Née aux État[s-Unis, ...] diplômée de [...] gie. Elle a c[...] de publier *Enquête dans le brouillard*, qui a obtenu le Grand Prix de Littérature policière en 1990 et l'a imposée d'emblée comme un grand nom du roman « à l'anglaise ». Dans ce premier livre apparaît le duo explosif composé du très aristocratique Thomas Lynley, éminent membre de Scotland Yard, et de son acolyte Barbara Havers, qui évoluera au fil d'une quinzaine d'ouvrages ultérieurs, parmi lesquels *Sans l'ombre d'un témoin* (2005), *Anatomie d'un crime* (2007), *Le Rouge du péché* (2008), *Le Cortège de la mort* (2010) ou *La Ronde des mensonges* (2012). En 2009, elle a publié un recueil de nouvelles, *Mortels péchés*. En 2013 paraît *Saratoga Woods*, premier livre de la série *The Edge of Nowhere* mettant en scène la jeune Becca King, suivi de *L'Ile de Nera* (2013), des *Flammes de Whidbey* (2015) et des *Lumières de l'île* (2017). Dans *Juste une mauvaise action* (2014), *Une avalanche de conséquences* (2016) et *La punition qu'elle mérite* (2019), Elizabeth George renoue avec les enquêtes de Thomas Lynley et Barbara Havers. En 2021, elle décide de livrer ses méthodes d'auteur avec *De l'idée au crime parfait, mon atelier d'écriture*. En 2022 paraît *Une chose à cacher*. Tous ses livres ont paru aux Presses de la Cité et sont repris chez Pocket.

Retrouvez toute l'actualité de l'auteur sur :
www.elizabethgeorgeonline.com

UNE AVALANCHE
DE CONSÉQUENCES

ÉGALEMENT CHEZ POCKET

LES ENQUÊTES DE BARBARA HAVERS & THOMAS LYNLEY

ENQUÊTE DANS LE BROUILLARD
LE LIEU DU CRIME
CÉRÉMONIES BARBARES
UNE DOUCE VENGEANCE
POUR SOLDE DE TOUT COMPTE
MAL D'ENFANT
UN GOÛT DE CENDRES
LE VISAGE DE L'ENNEMI
LE MEURTRE DE LA FALAISE
UNE PATIENCE D'ANGE
MÉMOIRE INFIDÈLE
SANS L'OMBRE D'UN TÉMOIN
ANATOMIE D'UN CRIME
LE ROUGE DU PÉCHÉ
LE CORTÈGE DE LA MORT
LA RONDE DES MENSONGES
JUSTE UNE MAUVAISE ACTION
UNE AVALANCHE DE CONSÉQUENCES
LA PUNITION QU'ELLE MÉRITE

LES ENQUÊTES DE SIMON & DEBORAH SAINT-JAMES

UN NID DE MENSONGES

LES ENQUÊTES DE BECCA KING

SARATOGA WOODS
L'ÎLE DE NERA
LES FLAMMES DE WHIDBEY
LES LUMIÈRES DE L'ÎLE

MÉTHODES D'ÉCRITURE

DE L'IDÉE AU CRIME PARFAIT, MON ATELIER D'ÉCRITURE

ELIZABETH GEORGE

UNE AVALANCHE DE CONSÉQUENCES

ROMAN

*Traduit de l'anglais (États-Unis)
par Isabelle Chapman*

Presses de la Cité

Titre original :
A BANQUET OF CONSEQUENCES

Le Code de la propriété intellectuelle n'autorisant, aux termes de l'article L. 122-5, 2° et 3° a, d'une part, que les « copies ou reproductions strictement réservées à l'usage privé du copiste et non destinées à une utilisation collective » et, d'autre part, que les analyses et les courtes citations dans un but d'exemple et d'illustration, « toute représentation ou reproduction intégrale ou partielle faite sans le consentement de l'auteur ou de ses ayants droit ou ayants cause est illicite » (art. L. 122-4).
Cette représentation ou reproduction, par quelque procédé que ce soit, constituerait donc une contrefaçon, sanctionnée par les articles L. 335-2 et suivants du Code de la propriété intellectuelle.

L'édition originale de cet ouvrage a paru aux éditions Viking, un département de Penguin Random House LLC, New york en 2015.

© Susan Elizabeth George, 2015
© Presses de la Cité, un département 2016, pour la traduction française
ISBN 978-2-266-27708-2

place des éditeurs

*Pour Jesse Vallera,
avec mon plus affectueux souvenir.
Chaque instant en sa présence
a été un privilège absolu.*

« Le passé est si difficile à déplacer. Il nous suit comme un chaperon, s'élevant entre la nouveauté du présent et nous – la nouvelle chance. »

Jeanette WINTERSON,
Pourquoi être heureux quand on peut être normal ?[1]

« Tout le monde, tôt ou tard, s'assied à un banquet de conséquences. »

Nancy HORAN,
Under the Wide and Starry Sky

---

1. Traduit de l'anglais par Céline Leroy, Éditions de l'Olivier, 2012 ; « Points », Seuil, 2013.

TRENTE-NEUF MOIS PLUS TÔT

8 décembre

Spitalfields
Londres

Pour leur week-end à Marrakech, Lily Foster s'était dit qu'ils emporteraient en tout et pour tout une valise et un bagage à main. Ils n'auraient besoin de presque rien... Depuis la mi-novembre, il faisait gris, froid et humide à Londres, alors qu'au Maroc ils n'auraient rien d'autre à faire qu'à se prélasser au bord de la piscine. Le reste du temps, ils s'aimeraient dans leur chambre d'hôtel, ce qui réduisait la garde-robe à peu de chose.

Les préparatifs ne prirent que dix minutes. Pour William : sandales, pantalon d'été, tee-shirt. Pour elle : sandales, petite robe moulante et foulard. Des maillots pour tous les deux, plus quelques basiques indispensables. Un point c'est tout.

Après quoi commença l'attente. Elle avait pensé le voir arriver dans la demi-heure, mais l'attente se prolongea près de deux heures, durant lesquelles elle ne cessa de lui envoyer des SMS et de lui laisser des messages vocaux sur son portable. Pas de réponse.

Juste sa voix, qu'elle avait toujours plaisir à entendre : « Will vous rappellera si vous lui laissez un message. »

— Où es-tu, William ? Je croyais que tu étais à Shoreditch pour le boulot. Qu'est-ce que tu fiches encore là-bas par ce temps pourri ? Rappelle-moi, s'il te plaît, d'accord ?

Lily se posta à la fenêtre. Il tombait un crachin serré. De gros nuages noirs et menaçants se bousculaient dans le ciel. De toute façon, même sous un beau soleil, leur bloc d'immeubles était lugubre : un quadrillage de bâtiments cubiques aux façades de briques sales et des rues aux pavés tellement défoncés que les riverains préféraient marcher sur les bordures de gazon pelé. Sous la pluie, l'endroit prenait des allures de coupe-gorge : « Vous qui entrez ici, abandonnez toute espérance... » Pour Lily, il était clair qu'ils méritaient d'habiter un meilleur quartier. Cette résidence sinistre ne lui convenait pas, et elle était encore plus nocive pour William. Seulement, pour l'instant, c'était tout ce qu'ils pouvaient se permettre. Il leur faudrait s'en contenter tant que son affaire ne tournait pas davantage et que William n'était pas mieux implanté dans son secteur.

Car c'était là où le bât blessait. William avait du mal à s'entendre avec ses clients : son attitude n'était pas toujours du goût de ceux qui payaient ses services.

« Tu dois tenir compte de l'avis des autres, lui répétait-elle.

— Ils me soûlent, avec leurs discussions interminables. Ça m'empêche de me concentrer. Ils ne peuvent pas comprendre ça ? Ce n'est pas comme si je ne les prévenais pas au départ. »

Les prévenir était une erreur, songea Lily. William devait cesser de s'y prendre de cette manière.

La rue en contrebas était déserte. Lily fronça les sourcils. Il allait arriver d'une seconde à l'autre, le col relevé contre la pluie, franchissant au pas de course la courte distance entre sa voiture et la tourelle qui abritait l'ascenseur de leur immeuble. Sur un balcon du bâtiment voisin, à l'angle, une femme dont le sari lui battait les jambes dans le vent se dépêchait de ramasser la lessive mise à sécher. Ailleurs, le linge étendu, les jouets, les plantes en pots maladives, le champ d'antennes paraboliques, tout semblait devoir rester livré aux assauts des éléments.

À travers la vitre lui parvenaient les bruits confus de la grande ville et d'autres, plus agressifs, comme le crissement des pneus sur le bitume mouillé du coin de la rue, le rugissement métallique d'un chantier de construction, la sirène d'une ambulance se ruant aux urgences et, beaucoup plus proche, le *foumpe foumpa foumpe* d'une basse trop sonore s'échappant d'une voiture.

Elle envoya un nouveau texto à William. Deux minutes plus tard, elle le rappela une fois encore :

— William, tu as eu mes messages, sûrement. À moins que… Oh, flûte, tu as encore mis ton téléphone en mode silencieux ? Tu sais comme je déteste ça. Et c'est urgent. Très ur… Oh, et puis merde ! Écoute, j'ai une surprise pour fêter l'anniversaire de notre rencontre. Je sais, je sais. Tu me diras que dix mois, c'est pas grand-chose, mais tu vas pas faire la fine bouche. Alors, tu vois, il faut qu'on soit quelque part à une certaine heure. C'est pour ça qu'il faut que tu me rappelles.

Il n'y avait plus qu'à prendre son mal en patience. Elle regardait les minutes passer et tentait de se rassurer : ils avaient encore largement le temps d'arriver à l'aéroport de Stansted. Tout était prêt : les passeports, les cartes d'embarquement, le programme du week-end au Maroc. Il ne manquait plus que lui, William.

Elle regrettait à présent de ne pas lui en avoir parlé ce matin. Mais William était de mauvaise humeur à cause de la tournure que prenait son chantier à Shoreditch, alors elle avait préféré garder sa surprise pour plus tard. Il peinait parfois à persuader ses clients d'adopter ses idées. Les gens aimaient avoir l'impression qu'ils étaient les maîtres d'œuvre, et ce, même s'ils engageaient un paysagiste aussi compétent que William Goldacre. Car c'est ce qu'il était : paysagiste, visionnaire, artiste et jardinier. Confiez-lui votre terrain jonché de mauvaises herbes, il vous le métamorphosera en un jardin de rêve.

Quand sa vieille Ford Fiesta se profila au coin de Heneage Street, c'était trop tard. Adieu Marrakech, elle avait dépensé tout cet argent pour rien...

Où était-il passé ? Qu'est-ce qu'il foutait ? Pourquoi n'avait-il pas répondu à ses appels ? S'il avait seulement décroché son putain de téléphone – « C'était pourtant pas compliqué, William ! » –, ils se seraient donné rendez-vous à l'aéroport. À l'heure qu'il est, ils seraient confortablement assis côte à côte dans l'avion, en route pour un séjour paradisiaque sous le soleil. Il lui payerait ça...

Il descendit de voiture. Ah ! Elle allait le recevoir ! Elle commença à préparer un petit speech bourré de reproches, mais dès qu'elle aperçut son visage à la lumière d'un réverbère, elle se ravisa. Il continua vers l'ascenseur d'un pas lourd, les épaules basses. *Oh, non*, se dit-elle. Il a perdu le client de Shoreditch. Cela faisait le deuxième en trois mois, le premier chantier s'étant conclu par du ressentiment, de la colère et de la rancune. Chez William. Car le client, lui, exigeait le remboursement de son acompte, une somme rondelette dont la plus grande partie avait déjà été dépensée en fournitures.

Lily emporta le bagage cabine dans la chambre et le fourra sous le lit. Le temps qu'elle regagne le séjour, la clé de William tournait dans la serrure. Elle s'assit sur le canapé avec son smartphone. Consulta ses mails. *Bon voyage, ma chérie !* Ce message de sa mère ne contribua pas à lui remonter le moral.

William la vit tout de suite – le séjour était si petit – et détourna instinctivement le regard. Puis il baissa les yeux sur le téléphone qu'elle avait à la main.

— Désolé, dit-il.
— Je t'ai envoyé je ne sais combien de SMS, William, je t'ai téléphoné…
— Je sais.
— Pourquoi tu n'as pas répondu ?
— J'ai cassé mon téléphone.

Il ouvrit son sac à dos et le secoua pour en faire tomber son portable. Écrabouillé.

— Tu as roulé dessus avec la voiture ou quoi ?
— Quelques coups de pelle ont fait l'affaire.
— Mais…
— T'arrêtais pas d'appeler… Je sais, Lily. Mais je pouvais pas répondre, et toi tu continuais… La sonnerie… Le vibreur… Et là-bas tout se passait en même temps. J'ai cru que ma tête allait exploser.

La seule solution était de faire taire ce putain de téléphone.

— Qu'est-ce qui s'est passé ?

William contempla le contenu éparpillé de son sac et alla s'asseoir, ou plutôt s'écrouler dans le fauteuil en toile face à elle. Il avait de nouveau ce double clignement de paupières. Un tic qu'il avait lorsque les choses prenaient une mauvaise tournure.

— C'est foutu, dit-il.

— Quoi ?

— Moi. Ça. Tout. Je suis bon à rien. C'est foutu. Fin de l'histoire.

— Tu as perdu Shoreditch, c'est ça ?

— Perdre, toujours perdre, c'est ma spécialité. Mes clés de voiture, mes cahiers, mon sac, mes clients. Même toi, Lily. Non, ne nie pas. Je suis en train de te perdre. C'est ce que tu voulais me dire, hein ? Tu m'as bombardé de SMS et d'appels pour m'annoncer que c'était fini entre nous. C'est ce que tout le monde fait dans ce cas. Pas vrai ?

Son clignement n'était plus double mais triple. Il devait à tout prix se calmer. Lily savait d'expérience qu'une fois franchi un certain cap il n'y aurait plus moyen de lui faire entendre raison.

— Pas du tout, William. Je voulais t'annoncer que nous partions pour Marrakech. J'avais trouvé une formule bon marché, un hôtel avec piscine et spa. Un week-end surprise, quoi ! J'aurais dû t'en parler ce matin, je sais, mais il aurait fallu... Oh, je ne sais pas...

Elle conclut en murmurant :

— Je pensais que ce serait amusant.

— On n'a pas de fric.

— Maman m'en a prêté.

— Alors tes parents savent que ça va mal ? Ils savent que je suis supernul ? Qu'est-ce que tu leur as dit ?

— Juste à maman. Et je ne lui ai rien dit du tout. Elle ne m'a pas posé de questions. C'est pas son genre, William. Elle ne se mêle pas de notre vie.

Pas comme ta mère à toi, se retint-elle d'ajouter.

Mais il l'entendit quand même. Son regard se durcit, comme toujours quand il s'agissait de sa mère. Lui aussi évita soigneusement le sujet.

— J'aurais dû m'apercevoir tout de suite que c'étaient des sales cons. Pourquoi est-ce que je tombe chaque fois dans le panneau ? Ils commencent par vouloir une création originale, et c'est ce que je réaliserais s'ils me laissaient faire. Mais non, ils réclament des dessins, des plans, des réunions de chantier. Et il faut leur présenter des reçus, et moi, je ne peux pas travailler dans ces conditions.

Il se leva pour aller à la fenêtre, d'où elle l'avait guetté interminablement. Elle ne savait pas comment le lui dire, mais elle aurait voulu lui faire comprendre que, s'il refusait d'être encadré et avait envie de travailler à son compte, il devait apprendre à gérer les clients. Sinon, il irait droit dans le mur à tous les coups. Il devait accepter l'idée que personne, jamais, ne lui confierait aveuglément l'aménagement de son jardin. Elle lui avait déjà dit tout cela, et pas qu'une fois : cela ne servait à rien, ils en étaient toujours au même point.

— C'est Londres, dit-il, le visage détourné comme s'il s'adressait à la fenêtre.

— Quoi, Londres ?

— Ça. Moi. C'est à cause de Londres. Les gens ici… ils sont différents. Ils ne me comprennent pas et je ne les comprends pas. Je vais me casser. C'est la seule solution. Il n'est pas question que je sois à ta charge.

À ces mots, il pivota sur lui-même. La tête qu'il faisait à cet instant était sans doute celle que voyaient ses clients quand ils lui posaient des questions : William Goldacre avait pris une décision. Et elle n'allait pas tarder à apprendre laquelle.

— Le Dorset.
— Le Dorset ?
— Je rentre chez moi.
— C'est ici chez toi.
— Tu sais ce que je veux dire. J'ai bien réfléchi. Je rentre. On efface tout et on recommence.

Spitalfields
Londres

Elle l'entraîna hors de l'appartement, et peu importait le crachin. Direction : le Pride of Spitalfields. Un pub qui se trouvait à deux pas – façade blanche et stores bleu roi dégouttant de pluie. Il était un peu trop « gastropub » à son goût, mais à l'intérieur on servait du bon cidre, et ils trouveraient bien une table tranquille dans le fond.

— Je n'ai pas les moyens, Lily, et je refuse de te laisser payer, protesta-t-il.

Elle rétorqua que sa mère lui avait filé un peu d'argent pour le Maroc. Et puis, de toute façon, pourquoi faire tant de manières puisqu'ils étaient ensemble ?

— C'est pas correct, lâcha-t-il d'un ton catégorique.

Cette expression, ce ton... Lily sut tout de suite qui était derrière chacune de ses décisions, notamment sa résolution de retourner dans le Dorset.

Ce fut plus fort qu'elle, elle ne put s'empêcher de lui demander :

— Tu as parlé avec elle ? Tu lui en as parlé avant de m'avertir, moi ? Pourquoi ?

— Maman n'a rien à voir là-dedans.

— Tout a toujours à voir avec ta mère.

Elle était tellement agacée qu'elle entra dans le Pride of Spitalfields sans se préoccuper de vérifier s'il la suivait. La seule table libre se trouvait près des toilettes pour dames : chaque fois que la porte s'ouvrait, une lumière crue les éblouissait. Les haut-parleurs, sans doute branchés *via* un iPod ou un iPhone sur une radio satellite, distillaient de la musique country, des vieilles rengaines de Johnny Cash assaisonnées de chansons de Willie Nelson, Patsy Cline, Garth Brooks, Randy Travis et des Judds.

— Tu n'as pas répondu à ma question, William.

Il inspecta la salle avant de se tourner vers elle.

— Si. Je t'ai dit...

— Tu me prends pour une conne ou quoi ? Bon, reprenons. Tu as parlé avec ta mère. Tu n'as même pas pensé à m'appeler pour me dire ce qui s'était passé.

— Je te répète que ma mère n'a rien à voir là-dedans.

— Laisse-moi deviner. Elle t'a dit de rentrer au bercail. Elle t'a dit que tu pourrais recommencer de zéro dans le Dorset. Elle t'a promis de t'aider, qu'elle et ton beau-père te soutiendraient. Quand est-ce que tu vas couper le cordon ?

— Je ne retourne pas vivre chez maman. Du moins pas de manière permanente. Seulement le temps de faire mon trou. C'est la meilleure solution.

— Merde, Will ! Je crois entendre ta mère, fulmina Lily.

— Je pense plutôt à Sherborne, ou au Somerset. Yeovil serait pas mal, c'est moins cher, mais à mon avis les affaires marcheraient mieux à Sherborne. Il y a du fric, là-bas. Même maman dit...

— Je refuse de savoir ce que « maman dit ».

— C'est à cause de Londres. À Londres, il est impossible de monter un business.

— J'en ai bien un, moi. Et ça cartonne, en plus.

— Un salon de tatouage, forcément. On est à Londres, non ? Mais moi, ce que j'essaie de faire... le truc dans lequel je suis bon... eh bien, les gens ne sont pas sur la même longueur d'onde que moi. Tu es aussi de cet avis : Londres est la ville idéale si on cherche l'anonymat, mais si tu aspires à autre chose, tu peux toujours te brosser. Tu l'as dit toi-même. Mot pour mot. Ne nie pas. Tu vois, Londres n'est pas un endroit pour un mec comme moi. Si j'ai supporté cette vie aussi longtemps, c'est seulement pour te faire plaisir.

Elle se tourna vers l'animation qui régnait dans la rue. Le quartier de Spitalfields devenait branché à l'heure où l'urbanisme futuriste de la City le menaçait d'invasion avec ses tours de verre hideuses. Même ici, non loin des ruelles de Whitechapel hantées par le souvenir de Jack l'Éventreur, des donzelles en jupe crayon flirtaient avec de jeunes blancs-becs en costume en sirotant du vin blanc millésimé. Au cœur de ce vieux quartier londonien, l'East End, leur présence était symbolique : un rappel que toute chose est éphémère et que « le progrès » ne s'applique pas seulement à la science et à l'économie, mais aussi aux populations. Lily détestait l'idée que, le temps passant, tout changeait et qu'on était bien obligé de s'adapter. Inutile de lutter, l'histoire était en marche.

— Alors, c'est fini ?
— Quoi ?
— Toi et moi.

Il posa une paume moite sur le poing fermé de Lily.

— Tu n'as qu'à venir avec moi. Tu pourras ouvrir une boutique. J'ai déjà parlé à…
— OK. Tu as parlé à ta maman. Et elle t'a dit qu'il existe un marché formidable pour les tatouages dans le Dorset.
— Eh bien… oui, si tu veux savoir. Tu la comprends toujours de travers, Lil. Elle tient autant que moi à ce qu'on reste ensemble tous les deux.

14 décembre

Spitalfields
Londres

Will ne s'était pas attendu à ce que Lily soit la première à déménager. Il avait pensé qu'elle resterait auprès de lui, il avait même compté là-dessus, sur sa présence rassurante jusqu'au moment où il bouclerait ses bagages et lui ferait ses adieux. Mais voilà, deux jours après qu'il lui avait annoncé sa décision, elle avait pris ses cliques et ses claques. Il lui restait quatre jours à passer tout seul... Ensuite, sa mère et son beau-père viendraient avec la camionnette de la boulangerie pour transporter dans le Dorset tout ce qui ne tenait pas dans la Fiesta.

Quatre jours de solitude, seul avec lui-même, avec ce qu'il avait dans la tête. Seul avec ses « voix ». Elles l'informaient de ce qu'il savait déjà : il avait gâché sa chance de bonheur auprès de Lily et, une fois de plus, prouvé qu'il était un moins que rien, un taré de naissance... Il n'avait qu'à se regarder dans la glace. Le miroir de la salle de bains lui renvoyait l'image de tout ce qu'il détestait chez lui. Sa petite taille. *T'es quoi, un nain ?* Son oreille droite mal formée. *Ton père est chirurgien esthétique et il n'a même pas voulu t'arranger ça ?* Ses épais sourcils en broussaille. *Tu t'es fait une tronche de gorille, mon p'tit gars ?* Et ce stupide « doigt d'ange » au-dessus de sa lèvre supérieure qui lui donnait un air poupin.

T'es moche comme un pou, mec. Elle n'a pas vu plus loin. Comment aurait-elle pu ? Tu lui as tendu la perche et elle l'a prise, mon pote ; qui le lui reprocherait ? Combien de temps il lui aura fallu, tu crois, connard, pour baiser avec un autre ? Avec un type qui sait s'y prendre comme il faut. Ni atermoiements, ni médicaments, ni étreintes à la « fast and furious »... Pas de « pardonne-moi mais tu es trop désirable, ma belle ». Non, le vrai truc, quoi. Ce que, avoue-le, tu n'as jamais pu lui donner.

Il téléphona à sa grand-mère. Histoire de penser à autre chose et, surtout, de ne plus entendre « les voix ». Mais quand il lui annonça qu'il rentrait dans le Dorset, elle lui dit de sa voix rauque de fumeuse, avec un fort accent espagnol d'Amérique latine :

— Ne fais pas l'imbécile, Guillermo. Ce n'est pas une bonne idée. Tu en as parlé à Carlos, *sí* ? Il te dira la même chose.

À quoi cela aurait-il servi qu'il parle à son frère ? Charlie avait une vie merveilleuse, aux antipodes de celle de Will à tous les points de vue. « Un retour dans le Dorset, dirait-il. Putain, Will. Fais pas cette connerie. Tu crois que c'est *elle* ta solution, alors qu'*elle* est ton problème depuis vingt-cinq ans. »

Charlie ne croirait pas plus que sa grand-mère et que Lily que ce retour chez sa mère n'était qu'un arrangement temporaire. Or, Will savait très bien que

Caroline Goldacre n'avait pas plus envie que lui de prolonger éternellement une cohabitation avec son fils. « C'est à titre provisoire, Will. Tu comprends ça, n'est-ce pas ? » Elle avait insisté pour qu'il accepte les termes de cet accord : elle l'hébergerait quelques semaines, le temps qu'il retombe sur ses pieds et trouve du travail et un logement ailleurs. À Sherborne, pensait-il. Ce serait forcément à Sherborne.

Sa mère avait précisé qu'il devait patienter à Londres en attendant que son beau-père et elle aient un moment pour venir le chercher, le dimanche suivant, le seul jour de fermeture de la boulangerie. D'ici là, il n'y avait pas de problème, n'est-ce pas ? Will lui avait affirmé que tout irait bien. Et puis Lily était partie.

Depuis son départ, le système de transmission dans son cerveau était perturbé et « les voix » ne lui laissaient plus un instant de repos. Au bout de vingt-quatre heures de cet enfer, il avait téléphoné à sa mère pour lui demander s'il ne pourrait pas arriver plus tôt. Il transporterait une partie de ses affaires dans la Fiesta et, le dimanche suivant, ils reviendraient tous à Londres pour embarquer le reste.

« Mon chéri, ne fais pas l'idiot, lui avait-elle répondu gentiment. Tu peux quand même survivre jusqu'à dimanche. Non ? Will, tu es sûr que tu prends bien tes médicaments ? »

Il lui avait juré que oui. Il n'avait rien dit à propos de la défection de sa compagne. Il ne voulait pas qu'elle fasse un amalgame entre ses médocs et Lily. Cela rimerait à quoi ?

Ces quatre jours s'étirèrent en longueur comme du caramel liquide. Rien ne venait le distraire de qui il était. Il marchait de long en large en se frappant doucement le front. Lorsque l'heure de l'arrivée de sa mère approcha, il se posta à la fenêtre comme un chien qui attend désespérément le retour de son maître.

La camionnette de la boulangerie tourna le coin de la rue. Sa mère en descendit et, comme d'habitude, aida son mari à se garer. Elle agita les bras puis se pencha à la fenêtre du conducteur pour lui dire quelque chose. Encore des mouvements de bras, jusqu'à ce que ce pauvre Alastair parvienne à faire son créneau sans emboutir un autre véhicule.

En observant cette scène, Will se sentit peu à peu retomber sous l'emprise du mal. Il essaya de lutter, en vain : cela débuta par le double clignement de paupières, puis, du tréfonds de lui, du fond de la nuit de son être, d'un endroit innommable, ces paroles lui montèrent à la bouche comme des bulles de fiel :

— Suceur de bites unité d'assaut nous voilà.

Il plaqua sa main contre sa bouche. Ses paupières papillonnèrent.

— Foutre foutre foutre salopard pluie glace.

Il se recula vivement de la fenêtre et tenta d'étouffer les mots avant qu'ils ne se forment. Mais la logorrhée jaillissait comme une gerbe d'eau sale d'une bouche d'égout.

— Pute pouffiasse roulure tu te la coules douce bam bam.

Le carillon de l'entrée lui vrilla les tympans. Il appuya sur le bouton d'ouverture de la porte et débloqua le système de sécurité de l'ascenseur. Il se flanqua une gifle, très fort. Ne ressentit aucune douleur.

— Enculez-les tous les joyeux compagnons Robin des Bois tas de foutre.

Il ouvrit en grand la porte puis recula à toute allure. Il se mordit le poignet, fort.

Des voix résonnèrent dans le couloir comme dans un tunnel, celle de sa mère, très douce, et celle d'Alastair, bourrue.

— Ça va marcher comme sur des roulettes, disait sa mère.

L'instant d'après, ils étaient dans l'appartement. C'est elle qui prit la parole en premier, lui reprochant de ne pas leur avoir demandé de décliner leur identité avant d'ouvrir la porte d'en bas.

— Will, mon chéri. Tu devrais quand même vérifier. Ce pourrait être n'importe qui, dans ce quartier…

Sa phrase resta en suspens : elle venait de voir dans quel état il était.

En proie à des triples clignements des paupières, il se tenait le ventre pour repousser une coulée irrépressible destinée à elle seule.

— Chatte brûlante chatte froide bouffe de chien porc.

Elle ne broncha pas, n'émettant qu'un faible :

— Oh, je ne me suis pas rendu compte.

Elle le prit dans ses bras. Il s'accrocha d'abord à elle, puis, toujours sous l'emprise de sa diarrhée verbale, s'arracha d'un bond à l'étreinte maternelle et se tapa la tête contre le mur. Mais rien n'y faisait, le flux ne tarissait pas.

Il entendit sa mère dire :

— Mon chéri, c'est seulement la coprolalie. C'est seulement des mots. Sinon, tu vas bien. Tu dois essayer de…

Alors il partit d'un rire de dément.

— Pute Biter à Broadmoor.[1]

---

1. Broadmoor est le nom d'un hôpital psychiatrique abritant un quartier de haute sécurité. *(N.d.T.)*

— Ce ne serait pas une mauvaise idée, marmonna son beau-père.

— Laisse-moi faire, Alastair, rétorqua sa mère. Si tu pouvais commencer à prendre ses affaires... ? Peut-être les descendre dans le camion... ?

— Où sont ses affaires ? Will, mon garçon. Tu n'as rien préparé ? Tu ne te rappelais pas que nous venions ?

— C'est évident, non, il n'a pas été capable de... Il faut que tu... Non. On n'a qu'à prendre juste ses vêtements. Lily enverra le reste. Je lui écrirai. Dieu sait pourquoi elle n'est pas ici. Will, où est Lily ?

— Lily salope bite putain le troubadour chante.

Ce n'étaient plus des cris qu'il poussait, mais des hurlements. Il roua le mur de coups de poing. Il sentit la main de sa mère se refermer sur son bras : elle voulait le tirer au milieu de la pièce. Il se libéra d'une secousse et fonça à la cuisine. Un couteau... Il se couperait la langue ou s'infligerait une douleur profonde... N'importe quoi pourvu que cette logorrhée cesse.

— Arrête ça tout de suite, William ! cria sa mère.

Il l'entendit derrière lui. Elle passa ses bras autour de sa taille.

— Je t'en supplie, souffla-t-elle.

La voix d'Alastair lui parvint du séjour :

— Caro. Il n'a peut-être pas envie de partir.

— Il n'a pas le choix. Regarde dans quel état il s'est mis. Will, écoute-moi. Tu veux que j'appelle une ambulance ? Tu veux aller à l'hôpital ? Je pense que ce n'est pas ce que tu veux. Alors il faut que tu arrêtes ça tout de suite.

— Je peux appeler le portable de Lily, proposa Alastair. Lui demander de venir. Sa boutique n'est pas loin, je crois ? Elle bosse aujourd'hui ?

— Ne fais pas l'idiot. C'est dimanche. Et regarde autour de toi. Elle est partie. Lily est le problème, pas la solution. Écoute-le donc. C'est clair pourtant.

— Mais ces paroles ne veulent pas dire que...

— Elles veulent dire ce qu'elles veulent dire.

Will se dégagea des bras de sa mère et se prit la tête dans les mains.

— Fourchettes couteaux cuillères la pluie tombe un torrent de terre boue foutre. Et vous deux baisant comme des chèvres pour que je me branle branle branle c'est comme ça qu'elle fait comme Jésus et Marie ensemble qu'est-ce qu'il a fait d'autre pendant trente ans ?

— Dieu du Ciel, dit Alastair.

— Ça suffit, William.

Caroline l'obligea à lui faire face. Il savait qu'il en était au quadruple clignement parce que sa vision était complètement trouble. Il distinguait à peine le visage lunaire de sa mère.

— Arrête ça tout de suite. Si tu n'en es pas capable, je vais devoir appeler Police Secours et ils t'emmèneront Dieu sait où et tu ne seras pas du tout content. Où sont tes médicaments ? Tu les as préparés ? Will, réponds-moi. *Immédiatement.*

— Et quand il le fait sur la croix cette pute salope grosse pouf a voulu foutre ce salaud foutre foutre.

— On n'arrivera à rien comme ça, soupira Caroline. Alastair, veux-tu bien nous attendre en bas ?

— Mais, chérie, je peux pas te laisser...

— Ça ira. Je sais ce qu'il faut faire avec lui. Il

ne me fera pas de mal. Il a juste besoin de retrouver son calme.

— Si tu crois…
— Oui.
— Bien. Appelle-moi si tu as besoin de moi. Je suis en bas.

La porte se referma sur Alastair.

Caroline ordonna d'un ton sec :

— Assez ! J'ai dit : *Assez !* Tu m'entends, Will ? Tu te comportes comme un enfant de deux ans, ce n'est pas possible. Qu'est-ce qui te prend de te mettre dans un état pareil, tu sais pourtant quoi faire pour garder le contrôle ? Alors quoi ! On ne peut pas te laisser cinq minutes tout seul ?

— Chatte dans une bouteille.

Elle le prit par les épaules et le secoua tellement fort qu'il claqua des dents comme s'il grelottait. Puis elle le fit pivoter sur lui-même et le poussa violemment dans le dos vers la salle de séjour.

— Je ne veux plus te voir ! Reprends-toi, maintenant. Tu sais quoi faire, alors fais-le. Et que je n'aie pas à te le dire deux fois.

Spitalfields
Londres

En se dirigeant vers sa camionnette, Alastair se sentit plus ébranlé que d'habitude : c'était la pire crise à laquelle il avait assisté à ce jour.

Au début pourtant, tout se présentait plutôt bien pour Will à Londres. Il s'était trouvé une petite amie – un peu bizarre avec ses piercings et ses étranges tatouages, mais est-ce que ça comptait, au fond ? –, et sa société de paysagiste avait joliment décollé. Il s'était rapproché de sa grand-mère, et même si, en dépit des conseils de sa mère, il avait fréquenté son père et sa lolita d'épouse, qu'est-ce que ça pouvait faire ? Il prenait enfin son indépendance. Des crises mineures pouvaient survenir, mais il les surmonterait. Du moins c'est ce qu'Alastair avait voulu croire.

« Laisse-le voler de ses propres ailes, Caro. Tu ne peux pas continuer à le dorloter éternellement. » C'était ce qu'il répétait à longueur de temps à Caroline. Sauf que, de son point de vue à elle, elle se bornait à être une bonne mère. Ses fils passaient en premier, elle avait été claire sur ce point quand Alastair avait découvert, avec consternation, que celle dont il était tombé follement amoureux était en fait mariée et mère de famille.

Dès qu'il avait posé les yeux sur elle à l'entracte de la traditionnelle pantomime de Noël, il avait eu envie de mieux la connaître : un verre de jus d'orange à la main, elle observait de ses magnifiques yeux au regard pétillant le spectacle réjouissant des familles affublées de costumes variés prenant d'assaut le buffet et le vendeur de programmes. Alastair avait emmené au spectacle ses cinq neveux et nièces. Elle avait prétendu être là pour les mêmes raisons que lui : ses deux neveux étaient quelque part dans la foule, sûrement en train de faire des bêtises, avait-elle ajouté.

« Je ne savais pas ce que tu penserais de moi », lui avait-elle dit quand les « neveux » s'étaient révélés être ses propres fils. En fait, elle souhaitait cacher qu'elle était mariée, mal mariée plutôt, à un homme qui la désirait si peu qu'il ne l'honorait qu'une fois par saison.

Elle n'avait pas à craindre la réaction d'Alastair. Il la trouvait tellement belle... sa minceur, sa masse de cheveux noirs, ses fesses magnifiquement moulées, ses grands yeux noirs et ses lèvres pulpeuses. Sa beauté lui coupait le souffle. Il était d'autant plus ému que cette femme ravissante était disposée à parler avec lui, lui qui se sentait comme le crapaud du conte face à la princesse, lui si court sur pattes, binoclard et presque chauve, alors qu'il avait rêvé d'être un militaire des Forces spéciales, une machine à tuer, un soldat décoré... Le sort en avait voulu autrement. À cause d'une fracture mal soignée quand il était petit, il boitait. Quelle armée aurait engagé un homme avec une chaussure orthopédique ?

Le soir de la pantomime, ils avaient bavardé gaiement de ce qu'ils allaient faire pendant les vacances de Noël, de l'importance de cette fête pour la famille. Ses parents à lui étaient en Écosse, sa mère à elle à Londres. Elle avait en fait révélé très peu de chose sur sa vie, contrairement à lui. Lorsque la sonnerie annonça la fin de l'entracte, il lui avait glissé sa carte en lui disant timidement que si elle avait envie de prendre un café ou un verre ou de visiter son entreprise...

« Quel genre d'entreprise ? avait-elle demandé.
— Le *repurposing*.
— Qu'est-ce que c'est que ça ?
— Venez me rendre visite et vous verrez. »

Il ne s'attendait pas à ce qu'elle le prît au mot. Et pourtant, deux semaines plus tard, elle s'était présentée dans son magasin de Whitecross Street, où il recyclait des objets achetés dans des vide-greniers, des enchères ou des brocantes. Des éléments industriels mastoc devenaient des tables, des maillets de polo étaient transformés en lampadaires. Une couche de vernis protecteur permettait de conserver l'aspect rouillé et écaillé de vieilles chaises de jardin : des détritus rendus à la vie.

Elle s'était montrée enchantée par tout ce qu'elle voyait, admirative de son savoir-faire et pleine de questions : elle voulait savoir ce qui le motivait dans ses décisions. Il buvait son admiration comme une éponge. Il y avait des gens dans le magasin, mais il les aurait volontiers fichus dehors pour se consacrer uniquement à Caro. Il bégaya, il rougit. Il s'efforça de cacher ce que tout chez lui trahissait : un désir libidineux destiné selon toute vraisemblance à rester inassouvi.

Caroline était restée jusqu'à l'heure de la fermeture. Ils étaient allés au pub et avaient parlé pendant trois heures, mais tout ce dont il se souvenait de cette soirée, c'était que son cœur cognait si violemment qu'il en avait des pulsations dans les yeux et des douleurs dans les testicules.

Quand il l'avait raccompagnée à sa voiture, elle lui avait dit qu'elle était ravie de le connaître, qu'elle avait trouvé chez lui une oreille attentive et qu'il la rassurait totalement. « Ce qui est très bizarre, puisque je vous connais à peine. Mais j'ai de bonnes vibrations et... »

Il n'avait pu s'empêcher de l'embrasser. Peut-être obéissait-il à une pulsion bestiale ? Toujours est-il que son désir s'était imposé à lui avec toute la force d'une nécessité absolue. À sa stupéfaction, elle lui avait rendu son baiser, lui offrant ses lèvres et son corps. Pas un murmure de protestation n'était sorti de sa bouche pulpeuse quand il avait glissé ses mains sous ses vêtements pour lui empoigner les fesses.

Près de s'évanouir de désir, il n'avait retrouvé son sang-froid que parce qu'ils étaient dans un lieu public. Il s'était détaché d'elle, essuyé la bouche sur le dos de sa main et avait regardé cette femme ravissante en se demandant quelle forme d'excuse ou d'explication il allait pouvoir inventer pour éviter de l'effaroucher et arriver à ses fins.

Mais ce fut elle qui se confondit en excuses. « Je n'aurais pas dû... Je n'aurais vraiment pas dû...

— Non. C'est moi. C'est la faute à l'alcool et à votre beauté...

— C'est que je suis mariée. Les enfants à la pantomime... ce sont mes fils. Et je me sens... Je n'ai pas le droit de souhaiter vous revoir... J'avais envie que vous m'embrassiez. Je ne sais pas pourquoi, mais vous êtes tellement différent de... Oh, mon Dieu, il faut que j'y aille. »

Ses mains tremblaient tellement qu'elle n'arriva pas à ouvrir la portière de sa voiture. Il lui prit ses clés. Une fois au volant, elle se tourna vers lui en murmurant : « Je regrette tellement... » et puis elle démarra.

Il n'avait pas eu le temps de lui dire que cela lui était égal qu'elle ait menti pour les neveux et caché l'existence d'un mari, que cela lui serait égal si elle possédait trois jambes et deux têtes. Seul importait qu'ils soient tous les deux, *ensemble*. En somme, il était tombé fou amoureux d'elle.

Aujourd'hui, dix-sept ans plus tard, il l'aimait toujours. Alastair leva les yeux sur les fenêtres derrière lesquelles Will se débattait, en proie à ses tourments. Il leur était à tous les deux dévoué.

C'était à cause de Will qu'ils avaient quitté Londres pour le Dorset. Ils avaient tout vendu pour acheter un commerce auquel, à l'époque, Alastair ne connaissait strictement rien. Cuire le pain, du moins chez lui quand il était enfant, était l'affaire des femmes. Bien entendu, avec la boutique venait une maison indépendante où ils pouvaient tous confortablement emménager. Après avoir procédé à l'achat, il avait embauché l'ancien propriétaire afin qu'il lui enseigne les rudiments de l'art d'accommoder la farine, l'eau, le sel et le levain, le sucre aussi parfois, pour produire du pain, de la viennoiserie et de la confiserie. À présent, il était propriétaire d'une chaîne de sept boulangeries aux quatre coins de la région. Le métier était épuisant parce qu'il fallait se lever aux aurores et que l'on avait rarement une nuit complète de sommeil, mais il avait pu faire vivre sa famille.

Caroline avait été occupée à plein temps par ses fils, surtout par Will. Alastair espérait qu'elle parviendrait une fois encore, alors que le pauvre gamin n'avait jamais été dans un pareil délire, à opérer un miracle et à le ramener à la raison. Sinon, il faudrait appeler du secours ou le conduire aux urgences. Autrement dit, il pouvait mettre une croix sur leur tranquillité.

Son téléphone, qu'il avait posé entre les sièges du véhicule, sonna.

— Alors, il s'est calmé, chérie ?

Mais la voix féminine qui lui répondit n'était pas celle de Caroline :

— Alastair, comment ça va ? J'ai eu le pressentiment pendant toute la matinée que tu avais des ennuis...

Étonné par le bond qu'avait fait son cœur, Alastair leva de nouveau les yeux sur les fenêtres de Will.

— Je suis à Londres, dit-il. Et je suis sacrément content de t'entendre.

TRENTE-CINQ MOIS PLUS TÔT

6 avril

Bromley
Londres

Au début, Lily n'avait pas eu l'intention de revoir William. Elle allait continuer sans lui, voilà tout. Cela lui était déjà arrivé. Elle savait que vivre seule n'était pas le bout du monde, contrairement à ce que voulaient laisser croire les autres femmes de son âge. Elle avait pris des cours de cuisine et appartenait maintenant à un groupe de passionnés qui, comme elle, étaient convaincus qu'on pouvait manger pour pas cher en évitant les fast-foods américains et leurs burgers à emporter : il suffisait de chercher les bonnes occasions sur les marchés, à Spitalfields ou à Portobello. Elle avait pris des leçons de danse avec un bel Argentin ténébreux, dont les charmes étaient à la disposition de toutes celles qui étaient intéressées. Elle s'était inscrite dans un club féminin d'aviron et sillonnait les eaux de la Tamise tous les samedis matin. En somme, elle avait repris le mode de vie qu'elle avait mis sur pause pendant les dix mois où elle avait été la compagne de William Goldacre et s'était juré de ne plus se laisser embringuer dans une histoire aussi désastreuse à l'avenir. Jusqu'au jour où il lui téléphona.

Il avait l'air en pleine forme, redevenu le William d'avant. En plus, il avait tenu parole : il n'habitait plus chez sa mère. Il s'était remis au travail et établi dans le village de Yetminster. Lily connaissait ? Non loin de Sherborne ?

Lily, bien entendu, ignorait tout de cet endroit : ce qu'elle savait sur le Dorset aurait pu tenir dans une cuillère à thé. Mais elle le félicita de ces bonnes nouvelles. Il continua par une description enthousiaste de ses pénates :

— C'est un petit cottage dans le village, à deux pas de la grande rue. Bon, mais ici, rien n'est loin de la grande rue. C'est tout petit, deux pièces en bas et deux chambres en haut, mais le jardin est incroyable. Il faut que tu voies ce que j'en ai fait, Lil. Et j'ai un premier client, ici, au village. Ce type, il s'est arrêté pour admirer ma création et m'a demandé si j'étais capable d'opérer le même prodige chez lui. Une surprise pour sa femme, m'a dit-il. Elle est en Australie, où elle rend visite à sa fille et à ses petits-enfants. Il veut quelque chose de spécial, pour la retenir au pays au cas où elle rentrerait avec l'envie d'émigrer. Mais le plus beau, et je savais que ça arriverait si je quittais Londres, c'est qu'il est à cent pour cent d'accord avec ma façon de travailler. Je lui ai dit combien d'heures j'avais bossé sur le mien, mais pas ce que ça lui coûterait, parce que – c'est ce que je lui ai dit – je ne peux pas connaître d'avance ce dont j'aurai besoin et combien d'heures j'y passerai. Mais je lui ai promis de le tenir informé à mesure et il a été d'accord.

— C'est magnifique, William.

— J'étais sûr que tu dirais ça. Tu veux venir ?

Dès qu'elle avait reconnu sa voix au téléphone, Lily avait su qu'il finirait par lui demander ça. Elle avait préparé une réponse, mais tout ce qu'elle trouva à bredouiller fut :

— Je ne sais pas...

— J'aimerais que tu voies le jardin surtout. Et l'autre que je suis en train d'arranger. Ce n'est pas un gros chantier, mais je suis seul. Je savais que c'était à cause de Londres, Lily. Le bruit, les embouteillages, la foule. Je suis pas fait pour la grande ville. Tu viendras ? Écoute, il n'y a pas de salon de tatouage ici. J'ai vérifié.

— Forcément, dans un village...

— Je veux parler de Sherborne, Lil. Ou Yeovil. Shaftesbury. Il y en a peut-être un à Dorchester ou Weymouth, mais dans le coin, rien. Tu vois où je veux en venir, non ?

Bien sûr que oui, elle voyait. Mais elle n'allait sûrement pas déménager dans le Dorset pour y ouvrir un salon... L'entreprise était trop hasardeuse : qui à la campagne voulait se faire tatouer ? Et puis il y avait le problème de la mère de William.

— Ta mère doit être contente de voir que tu bosses.

— Évidemment. Mais évitons ce sujet, si tu veux bien. Elle m'a aidé à me réadapter, mais ça s'arrête là. Je ne la vois pratiquement plus. J'ai quand même fait son jardin. Mais c'était quand j'étais chez elle et Alastair. Elle le fait visiter aux clients de la boulangerie quand ils attendent une commande. Il y a des gens intéressés. Elle m'a soutenu, Lily, c'est tout. Je vis seul maintenant, je vais très bien, je gagne ma vie. Pourquoi ne viens-tu pas voir de tes propres yeux ? Je te jure que tu ne le regretteras pas. On était heureux ensemble, toi et moi. Je sais qu'on peut retrouver ce bonheur. Je te demande seulement de nous donner une seconde chance. Tu veux bien ?

Lily réfléchit. À l'époque où William allait bien, elle avait été séduite par sa fraîcheur, sa gaieté, son enthousiasme. Puis elle avait découvert chez lui des choses insoupçonnées.

— Je ne crois pas que ce soit une bonne idée, William. Je n'arriverai jamais à faire tourner un business dans le Dorset ; on irait au-devant d'horribles déconvenues.

— Tu as quelqu'un d'autre, alors ? demanda-t-il. Ce n'est pas moi qui te le reprocherais. Après ce que je t'ai fait endurer… J'ai dégusté, tu sais. Mais maintenant, ça va super bien. Je prends un nouveau médicament. Je n'ai pas eu une seule crise depuis mon retour. Tu vois, c'était le stress. J'aurais dû savoir que Londres serait mauvais pour moi. Je ne sais pas pourquoi je me suis laissé persuader d'essayer de vivre là-bas. Je ne suis pas comme mon frère. Si tu veux la vérité, je ne me rappelle même pas ce qui m'a motivé.

Tu voulais t'éloigner de ta mère. Et ton frère souhaitait la même chose pour toi. Mais Lily garda ses remarques pour elle. Il avait l'air tellement en forme et heureux. Et puis elle avait pour lui une immense affection. Cela, au moins, ne changerait jamais.

Il perçut dans son silence un fléchissement de sa volonté.

— C'est facile comme tout, Lily. Le village est

desservi par le train. Enfin, il faut lui faire signe si on veut qu'il s'arrête – bizarre et d'un autre âge, tu trouves pas ? Mais si tu me dis lequel tu prends, j'irai à la gare le héler. Écoute : une fois que tu auras vu la maison, on descendra à Seatown. Il y a un camping près de la plage. J'y ai passé une nuit tout seul sous la tente, c'est génial. Il y a des kilomètres de sentiers de promenade. Un pub. Une épicerie. Un hameau. On pourra grimper sur le Golden Cap. La vue de là-haut, Lily ! Et comme il fait beau... bon, encore un peu froid, mais il ne pleut pas...

— Du camping ? répéta-t-elle, perplexe, sachant ce que cela impliquait : une tente, la promiscuité, la possibilité d'une intimité qu'elle n'était pas certaine de désirer.

Il s'empressa de préciser :

— En tout bien tout honneur, comme deux amis. Je veux dire, on n'attend rien l'un de l'autre, on ne fait pas de projet, c'est entendu, tu n'as pas à t'inquiéter sur ce point.

Il parlait trop vite, les mots se bousculaient. Pourtant, son discours était parfaitement logique. Il n'était pas aux prises avec ses tics verbaux. Il manifestait juste son enthousiasme.

— Bon, d'accord. Mais comme deux amis, alors, William. De toute façon, il faut que je te fasse un aveu.

— Tu as quelqu'un dans ta vie.

— Non, non. Je suis sortie avec quelqu'un, mais il n'y a personne en ce moment. Ce que je veux te dire, c'est que je n'ai pas envie de vivre dans le Dorset. Je suis une Londonienne dans l'âme. Comme ça, au moins, tu le sais. Et si tu ne veux plus m'inviter, je comprendrai.

— Pas question. Tu vas changer d'avis quand tu seras sur place. Tu n'es jamais venue, je crois ?

— Garder les moutons, c'est pas mon truc.

Il éclata de rire : un rire d'adolescent, un rire charmant, qu'elle n'avait plus entendu pendant cette affreuse période à Londres.

— Tu vas voir. Tu changeras d'avis.

14 avril

Seatown
Dorset

Il n'y avait pas que des moutons, en effet. Les ondulations vert tendre des collines crayeuses du Dorset étaient piquées çà et là de bosquets de feuillus aux frondaisons printanières et de bois où les pins se mêlaient aux châtaigniers, aux bouleaux et aux chênes. Lorsqu'on montait un peu, le paysage s'ouvrait, offrant de vastes panoramas qui dévalaient parfois au fond d'immenses vallées en forme de bol, laissant affleurer sur leurs pentes prodigieuses d'étranges bandes en escalier : des « rideaux », vestiges d'un labeur agricole remontant à l'époque médiévale. On était dans un paysage de bocage, de haies et de prés enclos. La pierre, la brique et le silex faisaient bon ménage sur les façades des maisons de village qui avançaient leurs pignons contre la route, comme des chiots tétant leur mère. Le pays présentait une telle abondance d'églises qu'on était enclin à penser que les habitants du Dorset étaient mieux informés sur l'au-delà que le reste de l'Angleterre.

Comme promis, William l'accueillit à la gare de Yetminster, où il héla le train pour qu'il marque l'arrêt. Il la serra affectueusement dans ses bras, se recula et la dévisagea avec une expression qui respirait la santé et le bonheur, une bonne mine qu'elle ne lui avait jamais vue à Londres, il fallait bien l'avouer. Il lui fit faire un tour de Yetminster – un village de carte postale au milieu de la campagne à quelques kilomètres de la ville historique de Sherborne, avec ses châteaux et son prestigieux pensionnat. Il lui fit visiter son minuscule cottage comme si chaque recoin recelait des merveilles architecturales. Il l'emmena dans son jardin afin qu'elle admire – ce qu'elle fit – les embellissements qu'il y avait apportés. Sa remise pour faire ses semis et bouturages sur laquelle grimperait un jour la glycine qu'il avait plantée à son pied, le pavage de pierre serpentant sur le gazon cerné de bordures de plantes vivaces, la petite terrasse en gradins où étaient disposés des sièges et des plantes en pots dont la beauté et les coloris allaient s'intensifier avec l'été. Elle lui dit que c'était superbe, et ça l'était.

Il lui répliqua qu'il savait qu'elle aimerait et lui vanta de nouveau les attraits de Seatown. Peu après, ils partaient camper. Aucune allusion n'avait été faite à autre chose. Pas un mot prononcé sur sa mère surtout, ce dont Lily lui était reconnaissante. Car, de toute évidence, Caroline Goldacre – elle n'avait jamais adopté le patronyme de son second mari, Alastair MacKerron, préférant s'appeler comme ses fils – s'y était prise comme il fallait avec William. Ce que Lily avait du mal à avaler.

Elle s'interrogea sur la raison qui les conduisait au camping de Seatown, sur la baie de Lyme. Le souffle glacé d'un vent né dans les montagnes de l'Oural frigorifiait l'air après avoir balayé les plaines européennes. Quand elle en fit la remarque, William répliqua :

— Ne t'inquiète pas. On a la tente, deux couettes en plus de nos sacs de couchage, et une fois qu'on commencera l'ascension du Golden Cap, on oubliera le froid. Tu as acheté un bonnet, non ? Des gants ? Alors, parfait.

Seatown n'était guère qu'un modeste hameau niché à bonne distance du rivage au fond d'une valleuse où il était protégé des violentes tempêtes hivernales sur la Manche. Un ensemble pittoresque de cottages occupés par des vacanciers : fenêtres et jardinets décorés sur le thème bord de mer ; barques renversées attendant une nouvelle couche de peinture ; casiers à crabes, filets de pêche et flotteurs traînant un peu partout et dégageant une forte odeur de poisson.

Après avoir longé le camping situé de l'autre côté du hameau, face à la mer, la route étroite descendait en pente raide pour s'arrêter net à la lisière de la plage. Un cours d'eau pétillait parmi les galets, disparaissant soudain pour mieux émerger près de l'eau salée. Le paysage, constata Lily, était aussi spectaculaire que l'avait promis William. La plage était en effet dominée par de majestueuses falaises dont l'une était le fameux Golden Cap, le point le plus élevé du littoral. De là-haut, disait William, à près de deux cents mètres au-dessus de la baie, on avait une vue à trois cent soixante degrés non seulement sur la Manche et la station balnéaire de Lyme Regis à l'ouest, mais aussi sur l'ensemble du Dorset qui déroulait ses somptueuses collines vers le nord.

La marche à pied jusqu'au sommet de cette falaise était, à en croire William, ce qui allait les réchauffer – ils partiraient dès qu'ils auraient monté la tente. Et après s'être ouvert l'appétit, ils iraient prendre un bon repas au pub – « L'Anchor, tu le vois, Lil ? ».

Le terrain de camping était divisé en deux parties situées à l'est de la route de la plage, en face de la grande falaise. Plusieurs rangées de caravanes de location étaient légèrement en surplomb du champ réservé aux tentes. En dépit du froid, une douzaine de tentes étaient dressées sur le gazon : on aurait dit des champignons de toutes les couleurs de l'arc-en-ciel.

Lily secoua la tête.

— On est fous, nous autres Anglais.

William rit de bon cœur. Quand les Britanniques étaient décidés à partir en vacances, rien ne les décourageait. Il se gara sur le parking et s'engouffra dans une cabane afin d'acheter le droit de planter des piquets dans un lopin de terre de la taille d'un mouchoir de poche. Trente minutes plus tard, la tente était montée, avec les sacs de couchage et les couettes à l'intérieur. Ils étaient prêts à se lancer dans l'ascension du Golden Cap.

Un panneau indiquait le chemin. William marchait en tête, son sac sur son dos et le pas assuré. Ils marquaient souvent des haltes pour souffler : rien ne les pressait. Ils prenaient des photos. Elle découvrit que le sac de William recelait des barres chocolatées, des amandes, des fruits, de l'eau et même une bouteille de vin rouge et deux verres. Assis adossés à un rocher, ils laissèrent leurs regards errer dans la vallée, Marshwood Vale, et sur la haute colline qui, d'après William, portait le nom de Pilsdon Pen. Encore un mois, et le manteau de verdure de la falaise se couvrirait des fleurs jaune d'or des ajoncs.

Une fois le sommet atteint, Lily vit que William n'avait pas exagéré. Évidemment, le vent était si puissant qu'ils ne purent guère s'attarder. Vers l'ouest, le croissant formé par les maisons de Lyme Regis clignotait dans la lumière du soir ; à l'est, la côte jurassique du Dorset se prolongeait, s'étirant en douceur le long de Chesil Beach, où les barres rocheuses se muaient en rochers et en galets de toutes les tailles, certains pas plus gros qu'un petit pois, roulés par la mer et emportés par les courants, formant plus loin un cordon rocheux derrière lequel miroitait une vaste étendue d'eau, une sorte de lagon que William identifia comme « The Fleet ».

La mer était grise, mais le ciel bleu, avec des nuages qui couraient comme s'ils étaient poursuivis par le soleil. Il n'y avait pas d'oiseaux, ce que Lily trouva curieux. Pas une mouette en vue. Le seul bruit était celui de l'inflexible souffle du vent.

— Tu es fou de nous faire monter ici. Même les oiseaux ne peuvent pas tenir.

Il répliqua gaiement :

— Tu veux qu'on gagne la France à la nage ? Je m'en sens capable.

Il se tourna vers elle et elle vit son visage, si jeune, un visage d'adolescent. Un peu timidement – ce qu'elle trouva charmant –, il lui demanda :

— Lily, je peux t'embrasser ?

— Curieuse question de la part d'un mec avec qui j'ai partagé un verre à dents.

— Ça veut dire oui ?

— Qu'est-ce que tu crois ?

Ils commencèrent par échanger un baiser presque chaste, comme si William n'en attendait pas plus. Cela aussi parut charmant à Lily. Elle prolongea leur baiser, plus voluptueusement. Ils s'embrassèrent longtemps et elle sentit le désir renaître en elle, comme avant.

Seatown
Dorset

Pendant la descente, il l'embrassa de nouveau. Cette fois sans demander la permission. Son intention était claire. Lily s'aperçut qu'elle était partante, tout en étant consciente d'un danger.

— J'ai retrouvé ma vie d'avant, William. Je ne veux pas la reperdre.

— On ne va pas parler de ça. Pas encore. On verra, beaucoup de choses ont changé pour moi. Moi aussi, j'ai retrouvé une vie.

— Que veux-tu dire ? Tu as quelqu'un… ?

— Je ne t'aurais pas invitée si j'étais avec quelqu'un, et j'espère bien que tu ne serais pas venue si tu avais quelqu'un de ton côté.

— Je te répète qu'il n'y a personne.

— Mais il y a eu ? Ces derniers mois ? Parce que pour ma part, il n'y a eu per…

— William…

Elle avait prononcé son nom sur un ton de tendre reproche.

— Ça ne fait rien, s'empressa-t-il de rétorquer. Cela ne me regarde pas.

Ils reprirent leur marche.

Ce soir-là, ils firent l'amour. Lily ne pouvait

préjuger de ce qu'il y avait derrière le désir de William – hormis une simple réalité biologique, à savoir le désir sexuel qui s'éveille tout naturellement dans l'intimité d'une tente après une belle journée passée ensemble –, mais, pour sa part, elle avait une double motivation. Le désir d'une part, sans aucun doute, mais aussi l'aiguillon de la curiosité. Lors de leurs précédentes étreintes, l'intensité de l'excitation avait été proportionnelle à la rapidité de son issue, ce qui avait donné lieu de la part de Will à de piteuses excuses et à la promesse que cela ne se reproduirait pas : « On s'y prendra différemment la prochaine fois. » Cela n'avait jamais été différent, et pourtant elle n'avait pas abandonné tout espoir. À présent, elle était curieuse de savoir s'il avait changé sur ce plan-là aussi.

C'est ainsi qu'elle ne manifesta aucune réticence lorsque, en revenant du pub, il la regarda tendrement, posa sa main sur sa nuque, chassa en douceur une mèche que le vent avait rabattue sur sa joue. À un moment donné, sans les tergiversations qui lui étaient autrefois coutumières, il demanda :

— Lily, tu veux coucher avec moi ?

Elle admira alors ce nouveau courage qui lui permettait d'exprimer son désir autrement que par des gestes sous-entendant un accord tacite. Peut-être était-ce, après tout, sa propre lubricité qui avait été à la source de leurs ennuis. Cette fois, elle se laissa guider par lui.

Après l'amour, ils s'allongèrent chacun sur le flanc, face à face, les mains entrelacées sur la hanche de Lily.

— Je t'aime, dit-il. Je t'aimerai toujours.

Elle sourit, mais n'articula pas les mots qu'il voulait entendre. Elle crut qu'il allait protester, la pousser à lui donner plus, comme avant, mais non, il se borna à lui sourire.

— Alors… C'était comment pour toi ? dit-il.

— Tu le sais très bien. Mais, William…

Elle hésita. Il la regardait, conservant une expression ouverte et généreuse.

— … ça ne change rien, reprit-elle. C'est splendide ici. Je suis d'accord avec toi. Mais je ne veux pas quitter Londres.

— Pas encore. Ajoute : « pas encore ». C'est au bord de tes lèvres.

— Je n'en suis pas sûre.

— Pas encore, insista-t-il.

Elle accepta son offre de compromis et joua le jeu :

— Pas encore, si tu le dis.

Il libéra une de ses mains et frôla le bout de son sein. Elle sentit un afflux de sang entre ses jambes, la preuve qu'elle était prête à recommencer.

— Tu es un coquin, William.

— Je peux l'être encore plus.

15 avril

Seatown
Dorset

Lily dormit beaucoup mieux qu'elle ne l'aurait cru, à même le sol et dans le froid. Un froid de loup vraiment. Son sommeil fut profond et sans rêve. La première chose qu'elle vit fut le halo projeté par le soleil sur la toile de tente. Elle se tourna du côté de William : il avait disparu.

L'espace d'un instant, elle se sentit comme Juliette, sauf qu'elle ne pouvait pas dire « Tu ne m'as pas laissé une goutte amie », sa soif n'étant pas accompagnée d'un désir d'anéantissement. Elle était aussi morte de faim, ce qui ne lui ressemblait pas, surtout au réveil. Elle s'étira, bâilla et chercha à tâtons ses vêtements. De la buée sortait de son nez comme des naseaux d'un taureau furieux. Elle n'avait aucune intention de sortir de son nid douillet avant d'être habillée.

Une opération malcommode, qu'elle mena à bien avec force grognements. Elle appela plusieurs fois William, en vain. Après s'être bagarrée un peu avec la fermeture Éclair de la tente, elle sortit la tête dans la pure lumière matinale. Pas un nuage, et toujours pas un oiseau. Ils avaient migré en Espagne, se dit-elle. Et comme elle les comprenait.

Elle appela de nouveau William. Les autres tentes étaient toutes fermées. Sans doute à cause du froid, ou de l'heure, ou des deux. Sa montre affichait sept heures et demie. Elle grommela et rentra la tête à l'intérieur.

Elle avait l'impression d'avoir la gorge tapissée d'une fine couche de sable. Il devait bien y avoir quelque chose à boire quelque part sous cette tente. Elle devait aller aux toilettes, mais cela pouvait attendre.

Elle avisa le sac à dos de Will et renversa sur les couchages les restes de leur casse-croûte du Golden Cap : une orange, des amandes, un bout de barre chocolatée et – grâce au Ciel – un quart de bouteille d'eau. Elle eut également la surprise de trouver un mince carnet relié.

Elle l'ouvrit sans réfléchir, supposant qu'il s'agissait de dessins préparatoires aux projets de jardins paysagers de William. Après avoir bu d'un trait l'eau au goulot, elle feuilleta distraitement le carnet. Les esquisses ici d'une fontaine, là d'un étang, et aussi de rocailles. Puis, en tournant une page, elle découvrit que William en avait fait ensuite un tout autre usage : il y avait tenu son journal intime.

Par la suite, elle regretta de ne pas avoir refermé le carnet immédiatement. William avait droit à ses pensées secrètes. Mais, aiguillonnée par la même curiosité qui l'avait poussée dans les bras de William la veille au soir, elle ne put s'empêcher de lire ce qui était écrit.

Manifestement, il avait couché à la hâte sur le papier des pensées fébriles. Son griffonnage rappelait sa coprolalie, sauf qu'il ne comportait ni insultes ni mots orduriers.

se remettre. un processus. ça n'arrive pas en un jour. processus signifie mouvement et changement. le supporter et se cramponner à l'idée qu'il y aura des jours meilleurs.

Lily fronça les sourcils, mais elle comprenait. Les premiers temps avaient été durs pour lui, il avait dû lutter. C'était normal, n'importe qui à sa place aurait eu du mal. Non seulement il n'avait plus de travail, mais en plus il l'avait perdue, elle. Elle tourna deux pages. Une nouvelle esquisse, celle-là d'une rangée d'urnes débordantes de fleurs. Puis :

c'est arrivé encore une fois. à table pendant le dîner on parle de Lily et je suis parti et rien m'arrête que ce qui m'arrête. plus tard encore et s'il y a pas d'autre moyen qu'est-ce que je fais merde inutile

Lily eut le frisson du mauvais pressentiment.

Charlie a téléphoné. il dit qu'il y a des solutions à tout. allons Will t'as pas besoin d'avoir toujours aussi peur mais c'est pas de la peur il sait pas que ça a jamais été de la peur c'est à l'intérieur que ça se tord.

Dehors, au loin, un chien aboya. Plus près, on essayait de faire démarrer une voiture. Cinq coups d'accélérateur. Quelqu'un cria, ou plutôt hurla que tout le monde dormait et qu'est-ce qu'il foutait, ce connard ? Lily entendit vaguement un enfant pleurer. Puis :

alors j'ai observé de près et j'ai vu que c'était comme ça depuis toujours le mépris de soi comme il a dit que ce serait et il devait déjà savoir sauf qu'il sait pas tout ce que je comprends pas c'est que je l'ai jamais vu avant et maintenant je le vois tout le temps et je veux mourir.

Lily sentit alors se refermer sur elle l'étau de la peur. Ces mots, *je veux mourir*, lui sautaient aux yeux, comme s'ils étaient lumineux. Elle tourna la page et continua sa descente dans les pensées d'un homme qui était, en réalité, un inconnu.

Seatown
Dorset

William quitta la petite épicerie avec de quoi préparer un copieux petit déjeuner. Il avait été obligé d'attendre l'heure d'ouverture – huit heures –, mais cela ne l'avait pas embêté. Il avait regardé le soleil illuminer la baie et suivi des yeux les silhouettes de deux randonneurs matinaux qui traversaient la pente émeraude de la falaise orientale au-dessus de la plage de galets. Une falaise plus effrayante encore que celle du Golden Cap. D'ailleurs, le sentier était jalonné d'avertissements. *Ne pas s'écarter du sentier. Ne pas s'approcher du bord. Risque d'éboulements*. Il faut dire que le danger n'était pas apparent : un champ incliné montant en douceur vers un ciel d'azur. Çà et là, un banc accordait un peu de repos à l'aventurier fatigué, mais il ne fallait pas espérer que les noisetiers tordus par le vent vous protègent des éléments.

Will inspira l'air pur dans ses poumons. Il était de nouveau lui-même. Il n'avait plus eu de crise depuis des semaines, et pas seulement parce qu'il prenait religieusement ses médicaments. Le fait était qu'il se remettait de son séjour londonien, des intrusions dans son processus de création, de la pression constante exercée par la promiscuité avec des inconnus, avec des individus en qui il ne pouvait pas avoir confiance. Et puis, il n'en négligeait pas l'importance, il n'habitait plus chez sa mère.

Lily avait eu raison sur ce point. Mais elle avait aussi eu tort. Le soutien de sa mère dans un premier temps avait été bénéfique. Ensuite seulement, il avait pu vivre seul et se prouver à lui-même qu'il en était capable. Plus question d'habiter chez maman aujourd'hui. Ni chez son frère et India à Londres. Et plus question de se cramponner à Lily comme un homme qui se noie, et de l'entraîner avec lui.

Ce qu'il savait, c'était que la paix de la campagne lui était nécessaire, aussi bien les collines vert pâle et leurs mosaïques de terres agricoles que le littoral, ses falaises majestueuses et ses extraordinaires sites géologiques, ses bois au fond des vallons et la voûte du ciel étincelant qui coiffait le tout comme un bol retourné. Il en avait besoin pour se sentir un homme, un vrai, et pas cette espèce de chiffe molle qui a peur de son ombre et de celle des autres. Dans la nature, il n'y avait pas de monstre caché dans l'armoire ou sous le lit. Il n'y avait que la terre, le ciel et la mer.

Sa mère le savait aussi. Lily finirait par le reconnaître.

Lily, pensa-t-il. Il était convaincu qu'il était en mesure de la reconquérir. Cela prendrait du temps, mais ils en avaient, du temps. Ils étaient jeunes, ils avaient la vie devant eux.

Elle fermerait son salon à Londres. Elle en ouvrirait un dans le Dorset. Il avait même trouvé une boutique qui lui conviendrait, mais il attendrait avant de le lui dire. Il saurait la persuader, petit à petit. À Londres, il avait fait de sa vie un enfer, mais il était certain que l'amour ne mourrait pas si facilement chez une femme comme Lily.

Une fois l'épicerie ouverte, il avait dû attendre plus longtemps que prévu, car il tenait à rapporter deux tasses de café brûlant. Il ajouta à celle de Lily du lait, mais pas de sucre. Comme elle l'aimait.

En arrivant à la hauteur de leur tente, il vit qu'elle n'était pas encore levée. Il posa son sac d'emplettes par terre, les deux gobelets sur une pierre plate, et s'agenouilla pour ouvrir la fermeture Éclair en songeant à ce qu'il allait lui faire pour la réveiller : des caresses, un baiser sur la nuque.

Elle était réveillée. Et habillée. Assise en tailleur sur son sac de couchage, son joli cou ployé, ses cheveux roux se détachant pour révéler sa peau blanche et douce.

— Ah, tu…

Le cri qu'elle poussa l'empêcha de terminer. Elle couvrit précipitamment de ses mains quelque chose sur ses jambes. Il vit ce que c'était. Elle prononça son nom.

— Oh, mon Dieu ! lâcha-t-elle encore.

Son visage se décomposa comme si elle avait reçu un coup de marteau.

Il sortit à reculons de la tente en étouffant un cri... où aller que voir que faire vers qui vers quoi se tourner...

Il se mit à monter la pente en courant, en direction de la mer.

DEUX MOIS PLUS TÔT

20 juillet

Victoria
Londres

L'affaire qui amenait l'inspecteur Thomas Lynley dans le bureau de la commissaire Isabelle Ardery n'avait rien à voir avec une quelconque enquête. D'ailleurs, il n'aurait jamais pensé avoir un jour à se soucier de ça. Certes, le sergent Barbara Havers se tenait à carreau depuis plus de deux mois sans donner signe de fléchissement. Pourtant le vœu le plus cher de Lynley depuis toujours était que sa coéquipière écoute enfin la voix de la raison et se mette à s'habiller, à parler et dans l'ensemble à se conduire d'une manière susceptible de recevoir l'approbation des officiers supérieurs qui tenaient son sort entre leurs mains. Mais voilà qu'à présent il constatait que cette nouvelle version de Barbara n'arrivait pas à la cheville de l'ancienne, dont l'insupportable compagnie finissait toujours, paradoxalement, par devenir une source d'inspiration.

Oui, elle l'avait exaspéré dès l'instant où, sur ordre d'en haut, ils avaient formé un tandem. Mais de fait, malgré son caractère désastreux, malgré son insolence effroyable, Barbara Havers était deux fois plus efficace que n'importe quel autre enquêteur, à l'exception du sergent Winston Nkata. Winston, il fallait bien l'avouer, était son égal en tout, sans toutefois la surpasser, sauf en matière d'élégance vestimentaire. Que penser alors de ce modèle soi-disant amélioré du sergent Havers, ce modèle capable de rester dans les rails ? Personne n'y gagnait à ce qu'elle garde ses pensées pour elle, surtout lorsqu'il s'agissait de débusquer la vérité dans une enquête. Le problème, c'était qu'elle n'était pas libre de se conduire comme elle l'entendait. En effet, Isabelle Ardery tenait dans un tiroir de son bureau une demande de mutation signée en bonne et due forme par Barbara, qui propulserait du jour au lendemain cette dernière dans le nord de l'Angleterre. Au premier faux pas, il suffisait d'inscrire la date pour lui garantir une vie trépidante à Berwick-upon-Tweed. Bien entendu, il n'y avait pas de poste vacant là-bas. Mais lorsqu'on bénéficie d'un service rendu, on rend la pareille. Or Isabelle Ardery avait le bras long : peu de commissaires de police du fin fond de la province anglaise négligeraient un renvoi possible d'ascenseur de la part d'une huile de la Met[1]. C'est toute cette histoire qui amenait Lynley dans le bureau de la commissaire. Il voulait la persuader d'enlever l'épée de Damoclès placée au-dessus de Barbara.

Sur le seuil de sa porte, il demanda :
— Je peux vous dire deux mots, chef ?

---

1. La police du Grand Londres, dont le siège est à New Scotland Yard : Metropolitan Police Service. *(N.d.T.)*

Isabelle était en train d'examiner un dossier, mais elle poussa les feuilles sur le côté et lui jeta un coup d'œil. Visiblement, elle trouvait louche son ton déférent.

Elle se leva, se dirigea vers un meuble de rangement mastoc contre le mur du fond et se versa un verre d'eau. Elle leva le pichet pour lui en proposer. Il refusa d'un geste. Puis elle dit :

— Asseyez-vous, Tommy.

Pour sa part, elle resta debout.

Lynley comprit que répondre docilement à son invitation serait la brosser dans le sens du poil. D'un autre côté, cette posture le mettrait en position d'infériorité... Il soutint son regard pendant qu'elle attendait qu'il se décide. Finalement, il déclara :

— Je suis aussi bien debout, si cela ne vous dérange pas.

— Comme il vous plaira, bien sûr.

Ils avaient la même haute taille. Lui par la grâce de la génétique, elle par celle de ses talons hauts qui la grandissaient de cinq centimètres, lui faisant atteindre un mètre quatre-vingt-sept. S'appuyant à la table du bout des doigts, il la regarda droit dans les yeux.

Pas question de plonger directement au cœur du sujet. Toutefois, il n'aurait pas le loisir de tourner autour du pot.

— Je voudrais vous parler de Barbara Havers.

Il vit les yeux d'Isabelle se plisser.

— Qu'est-ce qu'elle a encore fait, celle-là ?

— Rien. Justement.

— Justement ?

— Sa bonne conduite depuis deux mois... En fait, ça l'empêche de faire du boulot efficace.

— Elle finira par s'accoutumer.
— C'est ce qui m'inquiète. Sa personnalité, ses méthodes... Elle est l'ombre de ce qu'elle a été. Cette nouvelle version d'elle-même...
— Cette nouvelle version me convient tout à fait, le coupa Ardery. Je trouve très agréable d'arriver au bureau le matin sans me faire alpaguer par une virago qui tient à tout prix à m'infliger le récit de sa dernière mésaventure.
— Justement, dit Lynley. Bien mener une enquête, c'est se prendre des bûches tant qu'on n'a pas trouvé la solution. Si on devient trop précautionneux, qu'on a peur du bâton ou d'être traîné devant le juge ou mis sur le gril par les affaires internes ou...
Il hésita à poursuivre. Elle risquait de deviner ce qu'il avait en tête et ce n'était sans doute pas la bonne méthode. Isabelle n'appréciait guère qu'on lui dicte sa conduite.
— Ou ?
Elle leva son verre et but une gorgée d'eau. L'or de ses boucles d'oreilles scintilla tandis que la masse de ses cheveux blonds roulait légèrement en arrière avant de se replacer sagement sur ses épaules.
— Ou d'être muté, termina-t-il, se disant que de toute façon il n'avait pas le choix.
— Ah.
Elle posa son verre sur son bureau, se rassit et lui fit signe de faire de même. Cette fois, il obtempéra.
— C'est pour ça que vous êtes là, donc. Très bien, alors épargnons-nous dix minutes de cette métacommunication que je pratique déjà trop avec le père de mes fils. Vous souhaitez que je retire la demande de mutation du sergent Havers.

— Je pense que ce serait bénéfique.
— Je vous répète, Tommy, que je suis très satisfaite de la situation actuelle.

Il se pencha en avant et elle, comme instinctivement, se recula.

— C'est ce papier que vous l'avez obligée à signer qui l'empêche de se donner à fond dans son travail. Vous saviez ce que vous faisiez, non ?

— Si se donner à fond dans son travail, c'est devenir l'informatrice d'un torchon comme ce tabloïd[1]...

— Elle avait simplement l'intention de...

— Vous me prenez pour une imbécile, Tommy. Vous savez aussi bien que moi ce que Barbara a fait : elle s'est acoquinée avec ce journaleux de *The Source*, elle s'est servie de son autorité d'agent de Scotland Yard pour mener sans autorisation une enquête parallèle, elle a désobéi à mes ordres, elle a pris un congé sans en référer à quiconque, elle est partie à l'étranger, pour l'amour du Ciel... elle a failli provoquer un incident diplomatique.

— Je ne dis pas le contraire. Mais vous êtes bien placée pour savoir ce que c'est que de se trouver sous la surveillance constante de sa hiérarchie. Quand chacun de vos gestes est examiné à la loupe, on finit par se sentir tout le temps sur la sellette...

— Le sergent Havers aurait dû y penser avant de s'envoler pour l'Italie sans ordre de mission, après avoir livré les détails d'une enquête à son ignoble pisse-copie d'ami et avant de me forcer la main pour muter un sergent parce que lui et elle s'entendaient

---

1. Voir le roman précédent de la série : *Juste une mauvaise action*, Presses de la Cité et Pocket n° 16397.

comme chien et chat et ne pouvaient pas cohabiter dans le même département.

— Il n'est pas son ami.
— Qui ?
— Le journaliste. Quant à la mutation de John Stewart, n'estimez-vous pas qu'il l'a bien cherché ?
— Ses entorses démentes au règlement... et elle en a commis treize à la douzaine... lui ont valu mon animosité et celle de mes supérieurs. Vous le savez parfaitement.
— Vous exagérez tout de même un peu, n'est-ce pas ?
— Ne prenez pas vos grands airs d'aristocrate avec moi, Tommy.
— Pardon.
— Il faut que vous, et elle à plus forte raison, acceptiez cet état de choses. Si Barbara ne parvient pas à se comporter non seulement comme un membre d'une équipe mais aussi comme une personne responsable qui a le sens du devoir, alors qu'elle cherche un boulot dans un autre secteur. Ce qui me vient, comme ça, à l'esprit, ce sont les îles Falkland. Mais je suppose que garder les moutons ne lui plaira pas. Maintenant...

Elle se leva : inutile de mettre les points sur les i.
— Tommy... j'ai du travail et vous aussi, ainsi que Barbara qui, je l'espère, est arrivée à l'heure, dans une tenue correcte et la tête sur les épaules.

Lynley n'en savait rien. Il n'avait pas encore vu Havers ce matin. Mais il mentit effrontément en affirmant à Ardery que, sur ces chapitres, le sergent était maintenant irréprochable.

Victoria
Londres

Il se dirigeait vers son bureau lorsqu'il entendit dans son dos Dorothea Harriman, reconnaissable au *tac tac* de ses talons aiguilles sur le lino du couloir ainsi qu'à sa façon de saluer autrui en prenant soin d'attacher le grade au patronyme :
— Inspecteur Lynley ?
Il se retourna et vit qu'elle jetait un bref regard derrière elle.
Il attendit qu'elle le rattrape. Ce coup d'œil en direction du bureau d'Isabelle laissait supposer que Dorothea – secrétaire du département et employée civile – avait une fois de plus écouté aux portes et au moins surpris des bribes de ce qui s'était dit entre lui et la commissaire. Le renseignement, aux yeux de Dee, était un must du travail de la police, même au niveau du secrétariat.
— Je peux vous parler ? lui demanda-t-elle en désignant l'accès d'une des cages d'escalier qui servaient de fumoir à ceux qui avaient besoin de tirer quelques taffes quand le temps manquait pour opérer une sortie et en griller une entière sur le trottoir, à distance réglementaire de l'entrée.
Lynley lui emboîta le pas. Sur le palier, deux agents en uniforme étaient occupés à glisser des pièces dans un distributeur automatique et évoquaient un « petit merdeux » qui l'avait « bien cherché ». Dorothea attendit qu'ils soient redescendus à l'étage inférieur. Dès que la porte claqua, elle débita :

— Je m'en voudrais d'être porteuse d'une mauvaise nouvelle, mais je n'ai pas le choix...

— Ne me dites pas qu'à cause de mon intervention elle va muter Barbara tout de suite.

— Bien sûr que non. Et soyez certain qu'elle s'en abstiendra à moins que le sergent Havers ne lui force la main.

— Mais Barbara étant Barbara, c'est tous les jours qu'elle vous force la main, quand elle ne s'ingénie pas à dépasser les limites ou à carrément sortir des rails...

— Vous ne pouvez pas désamorcer une crise lorsqu'elle est inévitable. C'est ce que je me suis dit que vous concoctiez. Mais j'ai le regret de vous annoncer, inspecteur Lynley, qu'il n'y aura pas de changement dans cette direction.

Dorothea indiqua celle du bureau d'Isabelle comme s'il ignorait d'où le vent soufflait.

— Elle est persuadée qu'elle a pris la mesure qui s'imposait. Elle ne reviendra pas dessus.

— Sauf s'il se produit le genre de miracle auquel je n'ai jamais assisté, approuva Lynley.

— Je dois dire, quand même, que la tenue du sergent Havers est *légèrement* plus réglementaire ces temps derniers, vous n'êtes pas de cet avis ?

— Sa garde-robe n'est pas en cause. Comme vous l'avez sans doute entendu...

Dorothea baissa les yeux afin de se donner l'air gêné, quoique la jeune femme n'eût pas honte pour un sou de ces indiscrétions, auxquelles, d'ailleurs, elle excellait.

— J'avoue que le service n'est plus aussi animé maintenant que le sergent Havers est devenu tellement... différente. C'est beaucoup moins intéressant.

— Ce n'est pas moi qui vous contredirai, Dee. Mis à part persuader la commissaire de passer à la déchiqueteuse cette demande de mutation...

— Ce qu'elle ne fera jamais.

— ... je ne vois pas comment rassurer suffisamment Barbara sur sa situation pour que son cerveau se remette à fonctionner comme avant sans pour autant qu'il la pousse à n'en faire qu'à sa tête et à ignorer les ordres.

— C'est ce dont je voulais justement vous entretenir, dit Dorothea.

— Vous auriez une méthode de redressement ?

— D'une certaine manière.

— Dites voir...

Dorothea lissa un faux pli qui n'existait pas sur l'ourlet de sa robe d'été vaporeuse imprimée de volutes bariolées, robe que réchauffait une de ces vestes courtes dont la défunte épouse de Lynley eût été capable de citer le nom. Une tenue beaucoup trop élégante pour une journée ordinaire à la Met, mais sur Dorothea, cela passait comme une lettre à la poste.

— Voilà, dit-elle. De toute évidence, Barbara est malheureuse comme les pierres. Elle n'est pas dans son assiette. Ou plutôt elle est comme un balancier qui, après être monté trop haut dans un sens, monte trop haut dans l'autre.

— C'est une assez bonne description.

— Eh bien, je pense qu'il y a *toujours* eu une solution à ses problèmes ici à la Met, mais vous n'allez pas être content quand je vous aurai dit quoi. Je vous le dis quand même ?

— Essayez toujours.

— Bien. Voilà. Elle n'arrive pas à « débrancher ».

Elle est trop *investie*. Droguée au boulot. Enfin, *avant*, elle était obsédée par son travail, les enquêtes, ce genre de choses. Mais maintenant, sa nouvelle obsession, c'est comment ne pas contrarier la commissaire Ardery.

— Étant donné qu'Ardery joue de cette mutation comme d'une épée de Damoclès, son inquiétude est justifiée.

— Pourtant ça doit bien avoir une cause, vous ne croyez pas ?

— Quoi donc ?

— Son incapacité à décrocher.

— Elle ne veut pas échouer à Berwick-upon-Tweed, un point c'est tout. Ce n'est pas moi qui le lui reprocherais.

— Bien sûr, mais ce n'est qu'une partie du problème, inspecteur. Il y a aussi ce à quoi elle *ne pense pas*. Si elle y pensait, elle serait moins obnubilée par la manière d'éviter d'être mutée dans le Nord. D'accord ?

— D'accord, plus ou moins, répondit prudemment Lynley. À quoi donc devrait penser Barbara selon vous ?

Dorothea parut très étonnée par sa question.

— Mon Dieu, inspecteur, mais ce à quoi tout le monde pense tout le temps.

— Vous piquez ma curiosité. Qu'est-ce donc ?

— Le sexe.

— Le sexe ? Dorothea, croyez-vous vraiment le moment bien choisi ? dit-il en promenant un regard circulaire dans la cage d'escalier.

— Avec toutes ces histoires de harcèlement au bureau dont on nous rebat les oreilles, vous voulez dire ? Inspecteur Lynley, oublions un instant le « politiquement correct » et examinons les faits, proposa Dorothea avec un geste circulaire désignant l'ensemble de Scotland Yard. Il faut que le sergent Havers se mette au diapason du reste de l'humanité. Il n'y a rien de nouveau sous le soleil. En d'autres termes, il faut qu'elle pense à autre chose qu'au service et à ses craintes de mutation. Appelez ça amour, aventure, envie d'enfant, recherche de l'âme sœur, se caser, ce que vous voudrez. Au final, ce sera du pareil au même. Il lui faut un mec. Elle a besoin d'un exutoire. Quelqu'un dans sa vie, n'importe qui, afin que la Met ne soit pas *toute* sa vie, justement.

Lynley lui glissa un regard en coulisse.

— Vous voulez qu'elle prenne un amant...

— Nous avons tous notre jardin secret. Mais à votre connaissance, Barbara en a-t-elle déjà eu un ? Inutile de me répondre. Je sais. C'est non, et voilà pourquoi elle n'arrive pas à rester dans les...

— Dee, croyez-vous sérieusement que toutes les femmes ont envie, ou même besoin, d'un homme ?

Dorothea recula d'un pas, son front lisse soudain labouré de rides.

— Mon Dieu, inspecteur, vous croyez que le sergent serait une personne asexuelle ? Non ? Alors quoi ? Elle n'est sûrement pas... C'est ridicule, voyons. Impossible. Il y a eu ce professeur, son voisin, le père de cette adorable fillette...

Elle marqua une pause pour rassembler ses idées.

— D'un autre côté, sa coiffure... son manque total d'intérêt pour le maquillage, et puis ne pas savoir se nipper à ce point... Pourtant, tout de même...

— Je ne vous suis plus, Dee. Ou seriez-vous juste en train de penser à haute voix ?

Dorothea n'étant pas du style à se laisser démonter, elle se ressaisit immédiatement :

— Ça ne fait rien. L'histoire le dira, dit-elle évasivement. Mais prenons par exemple son ami le professeur.

— Taymullah Azhar. Parti avec sa fille, Hadiyyah[1]. Ils nous serviront d'exemple pour quoi ?

— Un exemple de ce dont elle a besoin, décréta Dorothea. Ce qu'elle aurait pu avoir s'il n'avait pas quitté le pays.

— Barbara et Azhar, énonça Lynley pour être bien sûr que c'était là où elle voulait en venir. Ce qu'ils auraient pu avoir. Ensemble.

— Vous avez deviné.

— Du sexe.

— Oui. Une aventure, une romance... Si les choses avaient tourné de cette manière, elle ne serait plus la même, croyez-moi. Et c'est ce qu'il lui faudrait, ne plus *être* la même. Et pour y parvenir... ? La procédure à suivre pour la mener jusque-là... ? Moi, je peux l'aider.

Lynley, quant à lui, avait des doutes.

— Vous savez, Dee, qu'Azhar et sa fille sont aujourd'hui au Pakistan. Que je sache, ils ne sont pas près de revenir, et Barbara ne peut sûrement pas aller leur rendre une petite visite. Alors je ne vois pas... Vous ne voulez quand même pas lui organiser une rencontre amoureuse ? Je vous en prie, soyons un peu sérieux.

---

1. Voir *Juste une mauvaise action*.

— Le sergent Havers... Barbara... elle n'est pas prête à ce genre de prouesse. Non. Voyons voir... Nous devons procéder par des chemins détournés...

Elle carra les épaules et rentra le menton.

— Inspecteur Lynley, j'aimerais me porter volontaire pour cette mission.

— Dans quel but ?

— Dans un but évident : lui faire connaître l'amour, quelle que soit la nature que cet amour pourra prendre.

— Et vous pensez vraiment que ça va changer quelque chose ? s'enquit Lynley.

Dorothea ébaucha un sourire omniscient.

— Faites-moi confiance, dit-elle.

23 juillet

Bishopsgate
Londres

En descendant à la station de métro de la gare de Liverpool Street, Barbara se demanda ce qui lui avait pris d'accepter cette promenade en compagnie de Dorothea Harriman. Elle avait en tout et pour tout un seul point commun avec la secrétaire du département : deux chromosomes X. Elles pourraient se poser cent questions pour mieux se connaître, cela n'y changerait rien. En outre, Dee lui avait fourni peu d'indices sur l'endroit où elle l'emmenait. Juste : « Retrouvons-nous à la gare de Liverpool Street, sergent Havers. Je dois faire un saut à Wentworth Street. On verra bien pour la suite. Vous connaissez Wentworth Street ? »

Barbara s'était plus tard aperçue que la question n'était pas aussi innocente qu'elle en avait l'air, mais, sur le moment, elle n'avait pas soupçonné autre chose qu'une gentillesse de la part de Harriman qui se proposait de sortir avec elle pendant ses heures de congé. Comme elle n'avait rien prévu pour ce jour-là – d'ailleurs, faisait-elle quoi que ce soit en ce moment ? –,

Barbara avait dit d'accord et, non, elle ne connaissait pas Wentworth Street. Elle n'avait pas la moindre idée de ce qui les attendait dans ce quartier de Londres, à part, sans doute, une rénovation urbaine délirante. De toute façon, une promenade avec Dorothea Harriman, c'était du nouveau.

Barbara ne savait plus à quand remontait son dernier passage dans cette gare, mais en émergeant du métro, elle se dit que les lieux avaient bien changé : la gare était devenue un gigantesque centre commercial. Des haut-parleurs tonitruaient des messages d'information. Des voyageurs pressés couraient dans tous les sens avec valises, mallettes et sacs à dos. Des agents de police en uniforme faisaient des rondes, à l'affût des terroristes potentiels – cela pouvait être n'importe qui : hommes ou femmes, jeunes ou vieux, même une grand-mère qui aurait caché une bombe dans son déambulateur. Des adolescentes parlaient fort, portant d'une main des sacs de magasin grands comme des pancartes d'homme-sandwich et de l'autre leur smartphone.

Elles s'étaient donné rendez-vous devant le fleuriste – Dorothea avait garanti à Barbara qu'elle n'aurait pas de mal à le trouver. En effet. Elle ralentit le pas avant d'aborder la jeune femme et d'interrompre son flirt avec un vieux monsieur qui insistait pour lui offrir un bouquet de tubéreuses.

Barbara commença par s'excuser de son retard, qu'en bonne Londonienne elle mit sur le compte du métro.

— La Northern Line. Un jour, ils auront une émeute sur le quai.

— Pas de souci, la rassura Dorothea.

En faisant au revoir de la main au vieux monsieur, elle passa son bras sous celui de Barbara et se pencha vers elle en lui susurrant sur le ton de la confidence :

— J'ai bu un *latte* à zéro pour cent, acheté des slips et me suis exercée à repousser les avances indécentes d'un petit vieux de soixante-dix piges. Mon Dieu ! Vous avez remarqué comme les hommes nient les effets du vieillissement ? Alors qu'à nous, les femmes, on nous rappelle sans arrêt que la quarantaine nous guette et que les rides se tiennent en embuscade ?

Barbara n'avait rien remarqué de tel. D'ailleurs, personne ne lui avait jamais fait d'avances, indécentes ou autres. Quant aux rides, sa stratégie était simple : fuir les miroirs. Les seules rares fois où elle se regardait dans une glace, c'était quand elle mangeait des épinards. Là, elle vérifiait qu'elle n'avait pas un bout de feuille coincé entre les dents.

Tandis qu'elles s'élevaient vers la lumière qui brillait au sommet des escalators, Barbara étudia du coin de l'œil la tenue « escapade à East London » de Harriman : pantalon étroit bleu marine moulant des chevilles fines, ballerines bicolores fauve et blanc, tee-shirt à rayures rouges et blanches, sac à main bicolore assorti à ses chaussures. À la ville comme au bureau, songea Barbara, Harriman se débrouillait pour ressembler à une gravure de mode.

Barbara, quant à elle, avait pris à la lettre l'expression « promenade » employée par Dorothea. D'où le pantalon de jogging, lequel était surmonté par un tee-shirt portant l'inscription : *Vous parlez tout seul ou vous faites semblant de croire que je vous écoute ?* Aux pieds, elle avait enfilé – c'était l'occasion – ses chaussures neuves. En les mettant tout à l'heure dans son bungalow de Chalk Farm, elle s'était dit que ces baskets montantes léopard étaient tout à fait ce qu'il fallait. À présent, elle les trouvait un peu... eh bien, un peu trop excentriques, peut-être.

Tant pis. De toute façon, ce qui est fait est fait. Barbara, placée derrière Dorothea sur l'escalator, décida qu'un compliment s'imposait. Elle déclara à la jeune femme qu'elle était « à croquer » – une expression qui l'avait obligée à effectuer une petite recherche de vocabulaire. Harriman la remercia d'un sourire et lui expliqua que c'était grâce à Wentworth Street.

Tout d'un coup, Barbara flippa.

— J'espère que ça ne signifie pas ce que je pense.
— Et que pensez-vous ?
— Que vous avez l'intention de me relooker. On a déjà essayé, Dee. Ça n'a pas marché[1].
— Oh, mon Dieu, non. Je m'en garderais bien. Je suis invitée à une garden-party demain après-midi et je n'ai rien à me mettre. C'est une affaire de cinq minutes.
— Et après ?
— Je crois c'est le jour du bric-à-brac au marché de Spitalfields. Vous aimez chiner dans les friperies, sergent ?
— Est-ce que j'ai une tête à aimer chiner quoi que ce soit ? Dee, enfin, vous allez me dire ce que vous avez derrière la tête ?
— Mais rien, rien du tout.

Dorothea se dirigea vers la sortie. Lorsque Barbara répéta avec insistance son nom, elle s'arrêta néanmoins, juste avant de franchir les hautes portes.

---

1. Voir *La Ronde des mensonges*, Presses de la Cité, et Pocket n° 15625.

— Vous n'êtes pas en train de me prendre en main ? Vous n'avez pas reçu des instructions ? Ardery ne vous a pas dit : « Faites quelque chose avec le sergent Havers, elle n'est pas encore tout à fait ajustée » ?

— Vous plaisantez, sergent. Enfin ! Que pourrais-je faire avec vous ? Venez et cessez ces enfantillages.

Sur ces paroles, Dorothea la reprit par le bras, afin d'être sûre de ne pas la perdre.

À Bishopsgate, l'architecture futuriste de la City étendait ses tentacules – en forme de hautes tours de verre – vers le Londres prévictorien de Spitalfields. Ici un capitalisme effréné s'efforçait de détruire l'histoire de la capitale. Et quand les immeubles ne s'élançaient pas vers le ciel aux couleurs de firmes internationales, des magasins appartenant à des chaînes dirigées par des magnats anonymes opéraient des ravages de la même envergure.

Une foule serrée occupait les trottoirs. La chaussée n'était guère plus dégagée. Mais les encombrements n'avaient pas l'air de décourager Dorothea, qui, son bras fermement passé sous celui de Barbara, se frayait agilement un passage entre piétons, taxis, bus et voitures, et traversait les rues haut la main. Barbara s'attendait à ce qu'elle s'engouffre dans un des magasins, mais rien de tel ne se produisit. Au bout de cinq minutes, elles se retrouvèrent dans un réseau de rues étroites qui les ramena au Londres d'hier.

Des bâtisses séculaires dressaient leurs hautes façades de brique sale. Certaines paraissaient si vétustes qu'elles offraient sans doute un habitat qualifiable d'indigne. Au niveau de la rue se côtoyaient des officines louches, les boutiques chatoyantes des marchands de saris, des salons de coiffure d'une propreté douteuse affichant des noms méditerranéens, des magasins de tissus, des pubs et des endroits où on vous servait sous l'appellation de café un peu de poudre mélangée à de l'eau, une poudre différente selon que vous le vouliez noir ou noisette. Une centaine de mètres plus loin, un marché battait son plein avec des étals croulant sous des habits de toutes sortes : du costume trois-pièces à fines rayures jusqu'à de la lingerie fine. Dans ce capharnaüm, on vendait aussi de quoi se restaurer et l'air embaumait le curry, le cumin et le poisson frit.

Dorothea balaya la scène d'un regard satisfait et soupira d'aise. Elle se tourna vers Barbara.

— Je sais que cela vous a toujours intriguée. Je préfère ne pas le divulguer, à cause de ce que les gens pourraient penser.

Barbara fit la grimace : elle n'avait aucune idée de quoi Harriman parlait.

— C'est ici que je m'habille, révéla Dorothea en indiquant d'un geste ample la rivière d'étoffes dont les flots multicolores occupaient la largeur de la rue. Douze livres la robe, sergent. Vingt livres le tailleur. Treize livres la paire de chaussures. Vous le portez une saison, et après, poubelle : de toute façon, ce sont pratiquement des loques.

Barbara secoua la tête, incrédule.

— Je ne vous crois pas, Dee. Quand je vois ce que vous avez sur le dos…

— Bien sûr, il y a toujours la pièce phare ! Le basique chic, le bon classique. Forcément. De temps à autre, il faut bien s'en payer un. La mode éternelle…

Mais le reste vient d'ici. Du bon marché, de la fripe, oui, mais...

Elle leva un doigt en l'air.

— Une excellente centrale vapeur fait des miracles et il suffit de changer les boutons et de trouver les accessoires qui tuent !

Spitalfields
Londres

Barbara ne se réjouissait pas vraiment de plonger dans les profondeurs de Petticoat Lane, mais Dorothea Harriman n'avait aucune intention de se laisser détourner de sa quête. Elle répéta qu'il lui fallait une robe convenable pour sa garden-party et précisa qu'un Certain Jeune Banquier serait parmi les invités. Elle avait la ferme intention de lui taper dans l'œil, annonça-t-elle. Si le sergent souhaitait voir comment elle procédait en matière d'achat vestimentaire, elle était la bienvenue. D'un autre côté, si elle préférait chiner de son côté, Dorothea lui recommandait son stand préféré où une famille de six personnes originaire du Bangladesh parvenait à vivre de la vente de contrefaçons de vêtements portés par des célébrités et les quelques membres de la famille royale qui avaient le sens de la mode.

— Je ne sais pas comment ils font, mais je suppose qu'ils se livrent à de l'espionnage informatique. Mettons que le vêtement est vu à la première d'un film ou à Ascot ou encore lors d'une visite officielle à la Maison Blanche, eh bien, ils l'auront sur leur stand cinq jours plus tard. C'est incroyable. Alors, vous chinez ou vous boudez ?

— Je chine, je chine...
Dorothea perdit son expression enchantée lorsque Barbara montra du doigt les stands de nourriture :
— ... par là-bas.
— Oh, non ! Je me refuse à croire que vous êtes aussi nulle que vous prétendez l'être, sergent Havers.
— Haut les cœurs, Dee, gardez la foi.
Et elle s'en fut explorer les haltes gourmandes sur Goulston Street, aussi nombreuses que variées et appétissantes.
En déambulant sur le trottoir avec un succulent deuxième plat chaud en promotion offert par Tikka Express, elle tomba en arrêt devant une vitrine qui correspondait pile à son goût. Death Kitty exposait en effet exclusivement des tee-shirts. Son assiette en carton repliée dans une main, elle entra pour s'apercevoir qu'elle s'était réjouie trop vite : les tee-shirts étaient tous noirs à tendance obscène, ce qui réduirait leur usage à ses visites à sa mère, dont l'état mental ne lui permettrait pas de saisir la finesse des jeux de mots.
Crotte ! zut ! et bof, c'est pas grave, conclut Barbara. Elle allait sortir quand une superbe affiche colorée attira son regard : l'auteur d'un ouvrage intitulé *À la recherche de M. Darcy*[1] *: le mythe de la fin heureuse* présentait son livre le lendemain et en lirait des extraits à l'Institut de Bishopsgate. Toutes les femmes étaient chaleureusement invitées à la rencontre-dédicace, et les hommes mis au défi de les accompagner.

1. M. Darcy est le type même du prince charmant dans le roman de Jane Austen, *Orgueil et Préjugés*.

Spitalfields
Londres

Les deux femmes déjeunèrent tard. Elles choisirent une crêperie branchée grande comme un mouchoir de poche avec des tables au plateau en inox et des chaises en forme de passoires étirées. Alors qu'elle dépliait délicatement sa serviette en papier, Dorothea se prépara à aborder un sujet que Barbara avait toute sa vie réussi à éviter.

Tout en découpant une bouchée de crêpe poulet-asperges, elle lui dit :

— Sergent, je vais vous poser une question à brûle-pourpoint : à quand remonte votre dernière partie de jambes en l'air ? Entendons-nous, la dernière fois qu'un homme, un vrai, vous a fait grimper aux rideaux ? Et pas un mec trop bien élevé, si vous voyez ce que je veux dire.

Barbara fit celle qui avait mal entendu et se contenta d'observer à la table voisine une mère de famille engagée dans un bras de fer virtuel avec son fils en bas âge décidé à faire rouler son petit camion dans son assiette pleine. Devant son silence, Dorothea tapota le bras de Barbara en ajoutant d'une voix sévère :

— Ne m'obligez pas à vous tirer les vers du nez.

Barbara se tourna vivement vers elle.

— Jamais.

— Jamais ? Comme dans « jamais vous n'aurez de réponse » ou bien… vous savez.

— Comme dans « vous savez ».

— Vous êtes… vous n'êtes pas vierge, quand même ?

Elle pencha la tête de côté et soudain, la consternation se peignit sur son visage.

— Vous êtes... Oh, mon Dieu. Pas étonnant. Que je peux être bête. Quand l'inspecteur Lynley a fait allusion à...

— L'inspecteur ? Ah, génial, Dee. Vous discutez de ma vie sexuelle avec l'inspecteur Lynley, maintenant ?

— Non, non, c'est juste qu'il s'inquiète pour vous. Avec votre ami parti au Pakistan. Nous sommes tous inquiets. Bon, mais ce n'est pas le sujet...

— Dee, il y a de quoi être énervée. Mais vous n'êtes pas une idiote, et je ne vais pas y aller par quatre chemins. Je suis très occupée, alors pour *ça*, je n'ai pas le...

— Ah, non, personne n'est trop occupé pour un bon coup. Punaise, sergent, ça prend combien de temps ? Dix minutes ? Vingt ? Trente, douche comprise ?

L'air songeur, elle ajouta :

— Une heure à la rigueur si on prolonge les préliminaires. Mais ce que je...

— Parlons d'autre chose, vous voulez bien ? la coupa Barbara. Du dernier film. Du programme télé. Des bouquins que vous avez lus récemment. Ou des célébrités, voire d'un membre quelconque de la famille royale, avec ou sans dents en avant. Vous avez l'embarras du choix.

— Répondez-moi d'abord : souhaitez-vous un homme dans votre vie ? Aimeriez-vous avoir une vie en dehors de la Met ?

— Une vie de flic, ça vous pourrit un mariage. Vous n'avez qu'à voir nos collègues.

Barbara ramassa la carte et l'étudia avec sérieux.

Une autre crêpe lui disait bien, ou douze, pendant qu'on y était. Mais Dorothea n'était pas encore prête à lâcher l'affaire.

— Je ne vous parle pas de mariage. Est-ce que je suis mariée, moi ? Ai-je l'air mariée ? Ai-je l'air d'une femme pressée de se mettre la bague au doigt ?

— Franchement ? Oui. Pas plus tard que tout à l'heure vous avez avoué vouloir taper dans l'œil d'un gars.

— Eh bien... oui, c'est vrai. Taper dans l'œil, baiser... et plus si affinités, pourquoi pas ? C'est notre rêve à toutes, en fin de compte, le mariage.

— Ah bon ?

— Forcément. Sinon, on se ment à soi-même.

— Moi, non.

— Et je devrais vous croire ?

— Le mariage n'est pas pour tous, Dee.

— N'importe quoi...

— Je vais prendre une autre crêpe, décréta Barbara en se levant.

Elle franchit en deux enjambées la distance qui la séparait du comptoir. En se retournant vers leur table, elle s'aperçut qu'un sac de courses occupait à présent la chaise qui, un instant plus tôt, avait accueilli son imposant popotin. Elle interrogea Dorothea du regard.

— Je n'ai pas pu me retenir, se justifia cette dernière. Je sais qu'il vous ira comme un gant. Surtout ne protestez pas, sergent Havers.

— Vous m'aviez promis de ne pas me relooker, Dee.

— Je sais, je sais. Mais quand je l'ai vu... et vous m'aviez complimentée sur le mien. J'aimerais vous faire toucher du doigt ce que c'est que le style chic décontracté... Écoutez, ce n'est qu'un ensemble pantalon. Essayez-le. Je vous ai pris aussi un chemisier. La couleur vous ira à ravir, la veste paraît coupée pour vous, le pantalon...

— Stop. Pitié. D'accord. Si j'accepte de l'essayer, vous me ficherez la paix ?

Sans attendre de réponse, elle poussa le sac en papier sur le sol et sortit son porte-monnaie.

— C'était combien ?

— Dieu du Ciel, il n'en est pas question ! Je vous l'offre, sergent !

Cela mit un point final à la discussion. Le soir venu, Barbara fourra le sac sous son lit sans l'ouvrir, comme on jette quelque chose aux oubliettes. Et l'expédition à Spitalfields aurait sans doute suivi le même chemin si elle n'avait pas écouté Radio 4 en mettant son lot de culottes à tremper dans l'évier – c'était le jour de la lessive hebdomadaire. Elle avait tendu la corde à linge et versé une dose généreuse de Fairy dans l'eau quand l'animateur, de sa voix de velours, susurra : « Tout cela est parfait, mais vous vous opposez, me semble-t-il, à l'ordre naturel. Je vais par conséquent vous poser une question : à quel moment bascule-t-on soit dans la campagne d'autopromotion, soit dans la contestation pour la contestation ? »

Une voix de femme répondit, ou plutôt aboya : « L'ordre naturel des choses ? Mais mon bon monsieur, depuis le temps des troubadours, la civilisation occidentale pousse les femmes à croire qu'"un jour un prince viendra". Rien n'est plus antinaturel, mais ce concept a permis de maintenir les femmes dans la soumission et l'ignorance. Elles ont tout accepté, même de se bander les pieds ou de se faire ôter des côtes pour avoir une taille de fillette de cinq ans...

Tout ça pour plaire aux hommes. On nous propose de nous injecter des produits pour préserver nos visages des rides, de nous mouler dans des vêtements qui nous serrent le ventre comme un boa constricteur, de nous teindre les cheveux pour rester jeunes à jamais et de marcher avec des chaussures dont l'inconfort n'a pas d'égal dans l'histoire de l'humanité, tout ça afin d'éveiller d'étranges fantasmes chez les hommes qui se font lécheurs de pieds, suceurs d'orteils et, soyez-en certain, amateurs de fessée. »

L'animateur gloussa bêtement. « Pourtant les femmes sont volontaires. Personne ne les y oblige. Elles dépensent des sommes folles, dans l'espoir de...

— Il n'y a pas d'espoir qui tienne. C'est ce que j'essaye de démontrer. C'est un comportement acquis en vue d'un résultat dont on les a convaincues qu'il était nécessaire.

— Les femmes ne sont pas des automates, madame Abbott. Peut-on dire qu'elles participent de leur plein gré... à leur... esclavage ? Sûrement pas.

— À quoi se réduit le choix d'une femme quand elle est bombardée d'images qui façonnent son point de vue sur le monde ? Il lui suffit d'ouvrir un magazine ou d'allumer la télé. Dès la petite enfance, on lui répète qu'elle ne sera rien sans un homme à son côté et moins que rien si elle n'affiche pas, six mois après avoir mis le grappin dessus, ce qu'on appelle maintenant un *baby-bump*. Comment a-t-on pu inventer un mot aussi stupide ? Une bosse-bébé ! Et pour obtenir tout ça, elle a intérêt à garder un teint de pêche, des dents blanches, des cils longs, fournis et maquillés. Quand elle sort de chez elle le matin, elle doit se tenir prête à trouver sur le pas de sa porte son prince avec une brassée de roses.

— Vous avez été mariée deux fois, madame Abbott. Serait-il envisageable que votre position actuelle s'explique par l'amertume liée à ces deux échecs ?

— On peut l'envisager, en effet. Mais on peut aussi envisager que les écailles me soient tombées des yeux après cette immersion dans la vie conjugale. Elle m'a fait comprendre que les femmes choisissent aveuglément d'être épouses et mères pour se conformer à un désir de réussite sans rapport avec leur désir intime. Elles donnent la priorité aux besoins des autres au détriment des leurs, un état des choses qui assure depuis la nuit des temps la domination des mâles. Moi, je dis que les femmes doivent pouvoir choisir en toute connaissance de cause.

— Avec l'idée qu'il n'y a pas de fin heureuse ?

— Croyez-moi, la première fois que Cendrillon a entendu le prince péter, elle a tiré la chasse sur le traditionnel "ils furent heureux et eurent beaucoup d'enfants". »

L'animateur conclut en riant : « Voilà un bon résumé. Chers auditeurs, nous recevions Clare Abbott, militante féministe de la première heure, venue nous présenter son dernier opus : *À la recherche de M. Darcy : le mythe de la fin heureuse*. Si vous voulez la rencontrer, elle sera à l'Institut de Bishopsgate demain soir à partir de dix-neuf heures trente. Je vous conseille d'arriver en avance, car mon petit doigt me dit qu'il y aura du monde. »

24 juillet

La City
Londres

India Elliott venait de reprendre son nom de jeune fille. Soit huit mois après avoir quitté son mari et deux semaines après avoir accepté de sortir pour la deuxième fois avec un homme rencontré dans le bus sur son trajet quotidien entre la clinique Wren à St Dunstan's Hill et son petit pavillon miteux de Camberwell. Elle n'avait jamais aimé s'appeler India Goldacre, mais Charlie avait tellement insisté... « On ne sera pas vraiment mari et femme tant que tu n'auras pas changé ton nom, ma chérie, avait-il dit en plaisantant seulement à moitié. Bon, si, en fait, mais c'est comme si tu refusais que les autres le sachent. » Lorsque Charlie voulait quelque chose, il était d'une ténacité à toute épreuve. Et puis au fond, qu'est-ce que c'était qu'un changement de patronyme ? Du moment que Charlie était content...

Au début et pendant un certain temps, leur union avait paru idyllique. Toutefois, quand elle y repensait maintenant, elle se rendait compte que le ver était déjà dans le fruit : elle avait été beaucoup trop soumise, et ce, à cause de sa belle-mère.

Le jour où Charlie l'avait présentée à sa famille, India s'était sentie tout de suite admirée, choyée, accueillie à bras ouverts par Caroline Goldacre. Pendant que Charlie était parti admirer les nouveaux fours de cuisson dans le laboratoire de la boulangerie de son beau-père, Caroline, autour d'un thé en tête à tête, lui avait confié combien elle était enchantée que « Charlie ait enfin trouvé une partenaire aussi cultivée que lui ». Quatre jours après, Caroline lui avait envoyé un foulard, acheté à Swans Yard à Shaftesbury : *Un petit quelque chose pour vous exprimer l'admiration que vous porte la maman de Charlie*. Les coloris du foulard seyaient parfaitement à son teint, à croire que Caroline était une styliste à son service.

Puis il y avait eu : *Pour l'adorable India*, écrit sur une carte accompagnant un bracelet en argent que Caroline avait déniché *dans une vente de charité ! Avec les affectueuses pensées de la maman de Charlie*. Après quoi, India avait reçu un collier de perles original, un sac à main, une petite pièce d'argenterie. Pas d'un seul coup, bien sûr. Pas tous les jours. Même pas toutes les semaines. Mais, de temps à autre, un paquet arrivait par la poste ou lui était rapporté par Charlie à la suite d'une de ses visites régulières à Shaftesbury.

Un dimanche, alors qu'ils étaient descendus dans le Dorset pour un déjeuner de famille, Caroline lui avait dit : « Merci de jouer le jeu, India. Toute ma vie j'ai rêvé d'avoir une fille – ne le dites surtout pas aux garçons. Cela me fait plaisir de vous acheter de jolies choses quand j'en vois. Mais ne vous sentez pas obligée d'aimer tout ce que je vous donne ! Si cela ne vous convient pas, vous n'avez qu'à le refiler à une amie. Je ne me vexerai pas. »

Caroline était une femme pleine de bon sens, toujours prête à vous raconter des anecdotes sur sa vie « avec mes garçons », tellement bavarde, en fait, qu'India était sortie de sa réserve naturelle, s'étant convaincue que toute méfiance à l'égard de la maman de Charlie aurait été injustifiée, à mettre sur le compte de son histoire personnelle de fille unique de diplomates à qui l'on avait inculqué au cours d'une enfance itinérante la notion qu'elle ne pouvait faire confiance qu'à ses parents quand elle abordait une terre étrangère.

Mais Caroline Goldacre, en dépit de sa naissance en Colombie, n'avait rien d'une étrangère : elle était arrivée en Angleterre à un très jeune âge. Peu à peu, India était tombée sous son charme. Aussi, le jour de son mariage, lorsque Caroline lui avait demandé : « S'il te plaît, India, appelle-moi maman », elle avait accepté en dépit du fait qu'elle avait une mère et que celle-ci était en parfaite santé.

Elle s'était dit que cela n'avait aucune importance. De toute façon, elle avait toujours appelé sa mère « mama », avec l'accent tonique sur la deuxième syllabe, comme si elles appartenaient à un quartier archaïque de la noblesse anglaise. Surtout, elle avait fait un immense plaisir à Caroline. La première fois qu'elle s'était servie de ce « maman », le visage de Charlie s'était éclairé d'un sourire de gratitude. Et quand ils avaient été hors de portée de voix de Caroline, il l'avait remerciée, ses yeux bleus pétillant de reconnaissance et d'amour.

Leurs premières années de mariage étaient loin d'avoir été parfaites, mais quelle union l'est jamais ? Si elle s'en tenait aux conversations qu'elle avait eues avec sa mère et ses copines, la vie conjugale consistait en une longue suite de compromis. Les orages entre époux n'étaient pas rares. Mais il fallait voir le côté positif des choses : le mariage était l'assurance d'avoir quelqu'un à son côté pour avancer sur le chemin de la vie, et c'était tout ce qui comptait.

Charlie était étudiant de troisième cycle en psychologie quand ils s'étaient rencontrés, un après-midi à la clinique Wren. Tandis qu'il était allongé sur la table d'acuponcture, elle lui avait parlé à voix basse avec ces intonations feutrées qu'elle employait la première fois qu'elle piquait ses aiguilles dans le crâne d'un nouveau patient. Grâce à sa formation, Charlie comprenait les comportements de ses congénères et leurs rapports à autrui. Et cette connaissance s'était approfondie avec sa pratique de psychologue en cabinet. À l'époque où ils s'étaient mariés, sa salle d'attente ne désemplissait pas. Son savoir-faire aidait ses patients à faire face aux difficultés qui surgissaient dans leur couple. Parfois, cela irritait India de voir qu'il appliquait une technique de manipulation au beau milieu d'une de leurs discussions privées. Elle le lui faisait remarquer, lui disant simplement qu'il était « en train de recommencer », et il lui demandait tout de suite pardon. Des excuses aimables, qui apaisaient l'atmosphère.

La mort de son frère Will avait tout changé. Le coup de fil hystérique de Caroline avait porté un premier coup à la structure fragile du couple qu'India formait avec Charlie. Pourquoi ? Pourquoi avait-il fait cela ?

La question avait été mise de côté par rapport aux circonstances de sa mort. La scène avait été terrible en effet : Will courant vers le haut de la pente jusqu'au bord de la falaise et... Il avait choisi la moins haute des deux falaises de Seatown, mais tomber de cent cinquante mètres ou de deux cents mètres ne changeait pas grand-chose au résultat final. Une seule personne savait ce qui avait poussé Will à sauter dans le vide ; les autres en étaient réduites à faire des hypothèses, plus ou moins supportables pour leur psychisme. Et pour certaines, pas supportables du tout.

Charlie appartenait à ce dernier groupe. Avec le temps, la vie à la maison était devenue un enfer. Pourtant, il était psychologue, se répétait India. Un psychologue ne fuyait pas ses sentiments, ni ne se voilait la face devant la vérité. Charlie évitait de prononcer le nom de son frère et affectait une bonne humeur, un air jovial, qu'elle était censée prendre pour argent comptant. Il racontait des blagues qui n'étaient pas drôles et proférait des remarques déplacées qui lui ressemblaient si peu qu'elle avait fini par se demander si elle le connaissait vraiment. Cette comédie avait pour seul but de lui permettre de fuir ce qu'il n'arrivait pas à accepter, à savoir qu'il avait été incapable d'aider son frère.

La mort de Will n'était pas un de ces tragiques accidents causés par l'effondrement du bord instable d'une falaise. Le jeune homme n'avait pas reculé devant l'objectif d'un appareil photo pour qu'on voie un plus grand bout de ciel derrière lui. Il n'avait pas, sous l'effet d'une drogue quelconque, cru follement qu'il pouvait voler. Non, il s'était juste élancé de la tente qu'il partageait avec Lily Foster, laquelle avait en vain essayé de le rattraper.

Lily avait été témoin du saut de la mort de son amoureux. Elle avait vu Will, la tête fracassée sur un rocher au pied de la falaise. Un peu de sable et d'argile éboulé de la paroi le recouvrait en une parodie d'enterrement.

Comment reprendre le fil de sa vie lorsque votre unique frère s'est suicidé ? Il devait bien y avoir un moyen. India en était persuadée. Mais Charlie Goldacre s'y refusait. India Elliott – désormais elle ne s'appellerait plus jamais autrement – avait supporté le poids de ce refus aussi longtemps que possible, autrement dit vingt-neuf mois à compter du jour de la mort de William. Après ça, il lui était apparu que la seule vie qu'elle était en mesure de sauver était la sienne.

Pour mener à bien ce plan de sauvetage, elle avait été obligée de se séparer de Charlie. Ensuite, elle avait accepté de revoir Nathaniel Thompson – Nat. Personnellement, elle préférait « Nathaniel », mais comme « Nat » semblait avoir sa préférence, elle avait accédé à son désir. « D'accord, Nat. » Au bout de sept trajets de bus entre St Dunstan's Hill et Camberwell, il l'avait invitée à boire un verre près de Camberwell Green. En dépit de la longue distance qu'il lui faudrait parcourir ensuite à pied, elle avait dit oui.

Le verre de vin s'était mué en dîner. Il était tard, et Nat avait appelé un minicab. En la déposant devant sa porte, avant de rentrer chez lui, il lui avait donné un chaste baiser sur la joue. « À demain, alors ? » Il faisait allusion à leur trajet en bus commun.

Quand il avait évoqué un peu plus tard une

exposition à la Tate Britain qui le tentait et lui avait proposé de l'accompagner, elle avait de nouveau répondu oui, sans hésiter. C'est d'ailleurs ce qui l'avait décidée à reprendre son nom de jeune fille, ce que Charlie devait découvrir en téléphonant à la clinique. Il avait été bouleversé – « Enfin, India. Quel mari ne le serait pas ? » –, mais elle avait tenu bon.

C'est alors que sa belle-mère était intervenue. Caroline était futée : non seulement elle avait pris rendez-vous au préalable à la clinique, mais encore elle avait pris la précaution de se présenter sous le nom de MacKerron. En ouvrant son dossier, India n'avait pas tiqué. C. K. MacKerron. *Tiens*, s'était-elle dit, *une nouvelle patiente. Mariée. Quarante-neuf ans. Une hanche qui lui fait souffrir le martyre.*

— Madame MacKerron, commença-t-elle alors que la porte s'ouvrait pour laisser le passage à une grosse femme qui préféra se planter sur le seuil, une main sur la poignée de la porte.

Les premiers mots de Caroline furent :
— Je t'en prie, ne m'en veux pas, India. J'avais peur que tu refuses de me recevoir. Comme j'étais à Londres à cause de Clare, je me suis dit… Bon, tu vois.

Elle prit place sur une chaise dans un coin de la pièce. Il n'y avait pas beaucoup de lumière dans cette clinique. Reconstruit par sir Christopher Wren sur les ruines d'une église saxonne, le bâtiment avait été bombardé durant le Blitz. De son passé d'église, on identifiait les cercles concentriques dans le jardin, une fontaine qui absorbait quelque peu le bruit de la circulation dans Lower Thames Street, de beaux arbres et un enclos de vieux murs. De la reconstruction de

Wren restait seulement une tour, laquelle abritait la clinique dont les pièces étaient petites et pauvres en fenêtres.

India, ne sachant trop quoi dire, déclara :

— Je ne t'en veux pas, Caroline.

Elle était sincère. En fait, elle ne savait pas trop ce qu'elle ressentait hormis de l'étonnement devant la prise de poids de sa belle-mère. Toutefois, les pulsations qui faisaient battre ses tempes lui intimaient la plus haute vigilance.

Elle posa le dossier sur le comptoir et s'assit sur son tabouret, devant la table d'acuponcture.

— Tu t'es faite belle, dit Caroline. Une nouvelle coupe de cheveux, une nouvelle couleur, un maquillage soigné... Je ne sais qu'en penser. En tout cas, c'est une surprise. Tu étais toujours au naturel, avant.

— C'est vrai.

India se retint d'ajouter que son look naturel avait été un artifice, voulu par Charlie pour plaire à sa mère. Caroline Goldacre désapprouvait les jeunes femmes qui, selon son expression, « falsifiaient la beauté multiple et diversifiée ». Ce que Charlie n'avait jamais pu expliquer à sa femme, c'était pourquoi sa mère érigeait le naturel en principe alors qu'elle-même avait les cheveux teints et le visage fardé. Malgré tout, India avait cédé à Charlie, allant même jusqu'à se passer de rouge à lèvres le jour de son mariage. Comment avait-elle pu se laisser faire ? Cela lui paraissait aujourd'hui invraisemblable.

Caroline ouvrit son sac à main et, l'espace d'un instant, India crut qu'elle lui avait apporté un cadeau et qu'il lui faudrait le refuser. Mais non, c'était un paquet de mouchoirs en papier. Caroline en prit un, prévoyante – les larmes couleraient probablement.

— La dame m'a dit que tu te faisais appeler India Elliott. Au téléphone, quand j'ai pris rendez-vous. Qu'est-ce que cela signifie ? Tu trouves qu'il n'est pas assez détruit, peut-être ? Ça risque de le tuer. Non, ne dis rien. Écoute-moi bien, ensuite je te laisse tranquille.

India savait d'avance où les mènerait cette entrevue. Elle se sentait déjà assez coupable d'avoir quitté Charlie, un peu comme si elle avait piétiné un blessé allongé sur le pavé. Mais elle avait fait tout ce qui était en son pouvoir pour l'aider à se remettre de la mort de son frère. Maintenant, c'était à Charlie de se secouer.

Caroline sembla lire dans ses pensées.

— Le chagrin n'a pas de bornes, India. Tu ne peux pas forcer quelqu'un à se remettre, pas d'une mort comme celle de Will. Ce n'est pas comme la disparition d'un ami ou même d'une épouse. Il s'agit de son *frère*.

Quand elle prononça le mot « frère », son menton se mit à trembler. India savait combien c'était dur pour Caroline de parler du suicide de son fils cadet. Elle poursuivit, en pleurant :

— Il n'aura pas d'autre frère. Il ne peut pas ramasser les morceaux et aller de l'avant. Toi, tu n'as ni frère ni sœur, tu ne comprends pas ce que c'est. Charlie en plus a joué un rôle de père pour Will, parce que son vrai père se fichait bien de lui. À dix ans déjà, Charlie était aux côtés de Will quand il avait besoin d'un ami, d'un protecteur... India, je n'ai pas voulu les couver, ni l'un ni l'autre, mais quand un enfant a des difficultés, un parent a le devoir d'intervenir. Et maintenant, le pire est arrivé. Charlie a perdu son frère brutalement, et toi, il t'a perdue aussi... Tu ne peux pas lui faire ça. Tu dois te rendre compte des conséquences. J'ai peur, vois-tu...

India s'approcha de sa belle-mère, laquelle leva les mains comme pour la supplier. India partageait la peur de Caroline : Charlie risquait d'attenter à sa vie. C'est cette crainte qui l'avait retenue, justement, pendant plus de deux ans tandis qu'elle attendait que quelque chose oblige Charlie à se reprendre en main. Mais au bout du compte, elle s'était dit que la meilleure manière, la seule, était de cesser de lui servir de béquille et d'exutoire émotionnels.

— Il lui faut de l'aide, maman. Il le sait, mais il ne bouge pas. Il prétend que c'est moi qui l'aide...

— C'est vrai.

— Non, toi et moi, on sait que c'est faux. Il a perdu presque toute sa clientèle. Il ne sort plus de l'appartement. Il y a des jours où il ne prend même plus la peine de s'habiller. Il reste sur le canapé à contempler le plafond. Et quand j'essaye de lui parler ou...

— Je sais, je sais, dit Caroline en larmes, terrassée par le chagrin. Tu mérites une autre vie que celle-ci. Mais tu ne vois pas... ?

Elle chiffonna son mouchoir et en sortit un deuxième pour s'éponger les joues. Un geste qui parut la calmer, car elle reprit la parole d'une voix douce :

— Peux-tu au moins ne pas demander le divorce, India ?

— Je n'en suis pas là.

— Oh, Dieu merci. Vois-tu, il est effondré depuis

que tu as cette aventure… Alors si, en plus, il se met à recevoir des papiers d'avocat…

India n'écoutait plus. La lumière s'était faite dans son esprit. Elle n'avait soufflé mot à personne qu'elle voyait quelqu'un. Elle n'en avait même pas parlé à sa propre mère. Par conséquent, si Caroline Goldacre était au courant, il n'y avait qu'une seule explication.

C'était Charlie qui le lui avait dit. Il avait téléphoné à sa mère pour lui raconter ses malheurs, comme toujours. Et Caroline s'était précipitée au secours de son fils.

En fait, c'était pire que ça : étant donné qu'India n'avait rien dit à Charlie, celui-ci l'avait sûrement suivie, ou fait suivre.

Spitalfields
Londres

Les sacs-poubelle pleins et le frigo vide étaient les deux seuls signes indiquant que Charlie Goldacre n'avait pas mis le nez dehors depuis deux semaines. Les premiers s'entassaient dans l'entrée. Le deuxième ne contenait plus que quelques condiments, du fromage moisi, trois œufs et une brique de lait dont l'odeur aigrelette le rendait bon à prendre la direction de l'évier. Sinon, rien, du moins à ses yeux, ne permettait de penser qu'il était resté reclus depuis qu'il l'avait vue en compagnie d'un autre homme.

Avant cette date, il y avait eu des bons jours et des mauvais. À vrai dire, ils avaient été plutôt mauvais dans l'ensemble, mais il lui arrivait quand même certains matins de se sentir la force de soulever le poids phénoménal qui le clouait à son matelas. Ces jours-là, il sortait. Même s'il ne pouvait se résoudre à recevoir des patients, il pouvait au moins marcher dans les rues en se laissant guider par ses pas. Quand il faisait halte pour boire un café, il essayait de lire un ou deux articles dans les journaux et tabloïds qui lui tombaient sous la main. Mais il oubliait aussitôt ce qu'il avait lu, tout comme il oubliait où il était allé et ce qu'il avait vu.

Autour de lui, la vie continuait. Un flot de voitures se déversait le matin dans la City et la quittait le soir. Sur les trottoirs grouillait une foule d'employés de bureau, de vendeuses, de jeunes gens en jean promenant leur dégaine sous la capuche d'un sweat noir. Les marchés de Middlesex Street et de Goulston Street étaient florissants. Tout cela lui paraissait tellement extraordinaire. Alors que le temps s'était arrêté pour lui, il était dur d'admettre que les autres prenaient part au tourbillon de la vie. À la lutte perpétuelle contre l'adversité qui chaque jour vous présente un nouveau visage.

Mettons que vous vous félicitiez, convaincu d'avoir atteint votre objectif… eh bien, le lendemain, vous voilà à bord d'un train emballé sur le point de dérailler. Charlie avait toujours eu conscience de ce risque, il n'avait pas fait toutes ces années d'études pour rien. Mais dans son esprit, ce risque s'était appliqué aux autres, pas à lui-même. Il aurait dû savoir, pourtant, qu'il marchait sur une fine couche de glace. Et maintenant que son monde avait basculé sur son axe, il ne lui restait plus qu'à se cramponner aux choses familières.

Après la mort de Will, il s'était cramponné à India.

Quand elle l'avait quitté, il s'était accroché à ses derniers patients. Et depuis que ces âmes torturées avaient migré vers les cabinets de psys qui ne se contentaient pas de les regarder dans le blanc des yeux, il ne quittait plus son appartement.

« Art déco » : c'était le terme employé par India. « Charlie, Charlie, il est fait pour nous ! » C'était le plus petit des appartements qu'ils avaient visités, avec moulures et superbes bibliothèques. Tout était impeccable, le parquet, le carrelage, le balcon. Le style n'était pas vraiment Art déco, plutôt éclectique, avec une veine égyptienne, et tape-à-l'œil. Ils auraient dû ressortir illico. Mais elle le voulait tellement fort, cet appartement, et il avait tellement envie de lui montrer combien il lui était reconnaissant de ce qu'elle faisait pour lui, ou plutôt pour plaire à sa mère. À l'époque, il voulait à tout prix que Caroline Goldacre aime India.

Ce que pensait le reste du monde, Charlie s'en fichait éperdument. Seule l'opinion de sa mère comptait. India s'était rebiffée, un peu, mais pas assez. Pourquoi donc s'était-elle montrée aussi docile ? Pourquoi ne lui avait-elle pas tenu tête ?

En réalité, il connaissait la réponse. On finissait toujours par vouloir plaire à sa mère. On n'en avait même pas conscience, pour la simple raison que ça devenait comme une seconde nature...

Il en était là de ses réflexions quand il entendit une clé tourner dans la porte. Il se trouvait à la cuisine devant le petit tableau blanc qui lui servait de pense-bête. Avant la mort du pauvre Will, ces notes lui avaient été indispensables. En effet, Charlie était un féru du bénévolat : il promenait les chiens du refuge de Battersea, il était « écoutant » à SOS Suicide

– *On croirait à une mauvaise blague*, se disait-il à présent –, il faisait la lecture à des malvoyants dans une maison de retraite, il aidait un groupe de jeunes handicapés à cultiver un petit terrain dans les jardins municipaux au sud de la Tamise. Mais ces activités étaient devenues trop lourdes pour lui. Une par une, il les avait laissées tomber.

La voix de sa mère l'appela doucement depuis le couloir. Sur le tableau blanc, il entreprit d'effacer le dernier élément de son répertoire.

Il entendit le bruit de ses pas se diriger vers le séjour. Elle allait voir qu'il avait dormi sur le canapé. S'il avait su, il aurait rangé. Sa mère ne comprendrait pas pourquoi il ne pouvait se résoudre à dormir dans le lit qu'il avait partagé avec India. En fait, tant que celle-ci n'avait pas emporté la dernière de ses affaires, c'est à peine s'il arrivait à toucher quoi que ce soit, tant tout dans l'appartement était imprégné de son souvenir.

Sa mère soupira. Elle se dirigea ensuite vers la chambre, toujours en l'appelant. Il ne jugea pas utile de lui répondre. Le logement était si petit qu'elle ne tarderait pas à le trouver. Il effaçait d'un coup d'éponge magique le mot *Samaritans*[1] quand elle surgit derrière lui.

— Pourquoi tu ne réponds pas, Charlie ? Retourne-toi que je te regarde, s'il te plaît.

Il obtempéra. Elle secoua la tête en disant :

— Bouge pas, je reviens.

Elle revint de la salle de bains munie d'un petit miroir, qu'elle leva devant la figure de son fils,

---

1. En Angleterre, une association de prévention du suicide. *(N.d.T.)*

l'obligeant à voir ce qu'il n'avait justement pas envie de voir.

Un visage hâve, pas rasé. Des yeux – bleus comme ceux de son père et de son grand-père maternel – bouffis et cernés de violet par le manque de sommeil. Des cheveux hirsutes. Toute sa personne témoignait d'un laisser-aller général. Il ne se rappelait même plus la dernière fois qu'il avait pris une douche. Son dos s'était arrondi, lui qui se tenait déjà courbé pour épargner à son frère cadet la vexation de se sentir plus petit.

Il regarda sa mère et tourna le miroir vers elle.

— Qu'est-ce qu'on dit déjà ? Médecin, guéris-toi toi-m...

Elle lui coupa la parole :

— Je t'en prie. Ça n'a rien à voir avec Will, et tu le sais parfaitement.

« Ça » se référait à son impressionnante prise de poids depuis la mort de son fils cadet. Des kilos en trop qui lui faisaient un visage rond comme la lune. Autrefois mince et élancée, elle camouflait désormais ses rondeurs sous des robes flottantes et des tissus fluides qu'elle accessoirisait de bijoux ethniques voyants. Aujourd'hui, elle portait une ancienne robe kimono d'India, qu'elle s'était appropriée un jour, la décrochant simplement de la patère derrière la porte de leur salle de bains et la fourrant dans son sac. India l'avait par la suite retrouvée sur elle – Charlie aussi l'avait reconnue –, mais ils s'étaient tous les deux abstenus de tout commentaire. Mon Dieu ! Qu'est-ce qui n'allait pas chez eux quand il s'agissait de sa mère ?

— Quelle est la raison, alors ? questionna-t-il en se tournant de nouveau vers le tableau blanc.

— La cortisone, Charlie. Parfaitement. Pour ma hanche qui me fait souffrir.

— Ah ! Bien sûr, comme tu voudras. Si le traitement par injections te soulage... Mais il vaudrait mieux que tu acceptes la vérité. Tu manges trop parce que tu n'arrives pas à faire ton deuil, maman.

— Et toi, qu'est-ce que tu fais, Charlie ?

Il émit un petit rire triste et posa l'éponge magique sur le rebord du tableau.

— Je ne sais pas.

Il entendit le cliquetis du miroir qu'elle posait sur la table.

— C'est déjà assez dur pour chacun de nous, ne nous disputons pas.

Il pivota sur ses talons.

— On signe une trêve ?

Elle le prit dans ses bras.

— Tu es un brave garçon, chuchota-t-elle. Mon alter ego, Charlie.

C'était leur petit secret. « Nous avons la même âme, lui avait-elle déclaré un jour. Je crois que c'est toujours ainsi avec son premier enfant. »

Le pire, c'est qu'il n'avait pas protesté devant cette énormité. Il ne l'avait jamais contredite. Aujourd'hui encore, il se taisait. Pourtant, tout son être se révoltait. Elle dut percevoir ses réticences, car elle relâcha son étreinte.

— Bon, il faut qu'on parle. On a beaucoup de choses à se dire.

Elle le mena dans le séjour où, en fronçant le nez à cause de l'odeur, elle se dépêcha de plier la couverture et de rouler les draps. Elle répéta l'opération avec la taie d'oreiller. Après quoi, elle emporta le tout dans la chambre. À son retour, elle s'assit et l'invita d'un geste à l'imiter.

Elle commença par inspecter la pièce. Bien entendu, elle nota les changements depuis qu'India avait emporté tous ces objets qui avaient décoré leur nid d'amour. Elle n'avait laissé qu'une photo encadrée, à la manière d'un vestige, l'image d'une India qu'elle n'était plus. C'était un portrait d'eux sur une terrasse, un verre à la main, le sourire à la bouche. India portait une robe sans manches, de longues boucles d'oreilles et un rouge à lèvres rose vif. Charlie avait roulé les manches de sa chemise à rayures. Il la connaissait depuis trois semaines et ne l'avait pas encore présentée à sa famille. Ils nageaient dans le bonheur. « Voilà qui j'étais avant que je me transforme pour te plaire », disait l'India de la photo.

Caroline, à qui on ne la faisait pas, le comprit tout de suite. Elle souleva le cadre et contempla le cliché. Puis elle le remit à sa place sur la table, à côté du canapé.

— Nous étions trop proches. C'est pour ça.

Il garda le silence. Il savait qu'elle ne parlait pas d'India, mais de lui.

— J'aurais dû m'y prendre autrement. Quand tu m'as proposé une clé de cet appartement, par exemple, j'aurais mieux fait de refuser. J'aurais dû te dire : « Ta vie est avec India maintenant. » Ç'aurait tout changé. Je ne suis certes pas la première mère à souhaiter rester proche de ses enfants, mais j'ai été trop loin. Quand tu t'es marié, j'ai considéré India comme ma fille. Je n'ai pas compris qu'elle se fichait d'avoir une relation avec sa belle-mère et, surtout, qu'elle n'avait pas besoin d'une nouvelle mère…

Il continua à se taire. Elle aurait aimé qu'il la rassure, qu'il lui jure que le naufrage de son mariage n'avait rien à voir avec elle. C'était vrai, d'ailleurs, ce n'était pas sa faute. Mais s'il la libérait de ses craintes, en contrepartie il serait obligé de lui faire des confidences et d'écouter des conseils qu'il n'avait pas envie d'entendre.

Caroline posa sa main sur la sienne.

— Je suis allée la voir, Charlie. Comme j'étais en ville, je suis allée à la clinique. Non, ne dis rien. Je me doutais que tu ne me le permettrais pas. Mais comme tu m'as dit qu'elle sortait avec quelqu'un... Que pouvais-je faire d'autre ? S'il y avait la moindre chance de la convaincre... Ç'aurait été trop bête de la louper, tu ne crois pas ?

Il était horrifié : sa mère plaidant sa cause auprès de son épouse. Mais, encore une fois, protester le mènerait sur un terrain qu'il préférait éviter. Il se contenta d'adopter l'attitude qu'il avait avec ses patients : il la dévisagea en silence.

Caroline lui serra la main plus fort.

— Elle n'a pas eu de rapports intimes avec lui. Je lui ai posé carrément la question. Elle m'a affirmé qu'il n'était pas entré chez elle. Elle ne sait pas où il habite, si ce n'est que c'est à Camberwell. C'est révélateur, non ?

Charlie se sentit troublé par quelque chose d'indéfinissable qui le tira de son mutisme :

— Révélateur de quoi, maman ?

— Cela montre que rien n'est encore joué. India s'accorde un moment de réflexion, et tu dois en profiter pour réfléchir de ton côté. Ce sont des choses qui arrivent dans un couple. Ce n'est pas la fin du monde.

— C'est seulement une question de temps, plutôt. India est ravissante. Ce type la désire. India cédera, parce que c'est ce qu'elle fait toujours, elle cède.

Caroline se leva pour se poster à la fenêtre donnant sur Leyden Street ; elle se tapota la bouche de son poing fermé, un geste qui signifiait qu'elle se retenait de lui crier dessus. Sa mère tolérait mal les contrariétés. D'un autre côté, elle se laissait rarement dominer par sa colère.

Le dos tourné, elle reprit :

— Charlie, il faut que tu te secoues. Tu n'as pas les problèmes qu'avait Will. Et même Will...

— Ne mêle pas Will à ça, maman.

— Will était sur le point de regagner l'affection de cette fille tatouée et piercée... Lily Foster. Et crois-moi, je ne m'en étais pas du tout occupée, comme je ne m'occuperai pas de tes difficultés avec India.

Elle lui jeta un regard.

— Mon chéri, il fallait juste que je sache où elle en était avec ce type. Je ne ferai rien de plus. Je t'ai transmis l'information. Maintenant que tu sais qu'il n'y a presque rien entre eux, tu vas pouvoir intervenir. Tu ne dois pas rester prostré dans cet appartement à te morfondre.

— Je ne peux pas.

— Bien sûr que si, tu peux.

— Je ne te parle pas d'India, maman. Je n'arrive pas à me remettre. J'ai essayé. J'essaye. Mais c'est trop lourd.

Elle revint s'asseoir auprès de lui et lui passa le bras autour des épaules. Elle écarta ses cheveux de sa tempe.

— Écoute-moi, mon chéri. Ce qui est trop lourd, ce n'est pas la mort de Will, mais le fait que tu n'as pas pu l'aider. Alors que tu aides tant de gens, Charlie. Pense à tous ceux que tu as sortis du malheur. Si tu n'as rien pu faire pour Will, pas plus que les nombreux médecins que nous avons consultés, c'est parce que ses problèmes étaient ancrés trop profondément en lui. Il avait son travail qui lui apportait du bonheur, mais en fin de compte, ça ne suffisait pas. Lily ne suffisait pas non plus. Ni moi, ni Alastair.

— J'aurais dû savoir quoi faire. Je sais en principe quoi faire.

Elle l'obligea à le regarder.

— Tu as toujours été pour lui un frère dévoué. En sautant de cette falaise...

Elle hésita, puis sembla se forcer à poursuivre :

— ... c'est comme s'il t'avait nié. Il faut que tu trouves la force en toi de surmonter cela. Je t'en supplie, Charlie, il faut que tu essayes.

Elle se tut, mais il voyait bien qu'autre chose la travaillait. Au prix d'un effort surhumain pour se contrôler, elle parvint à articuler :

— Je me suis promis...

Sa voix se brisa. Elle leva la main pour demander un moment de répit. Il attendit.

— S'il te plaît, reprit-elle, n'oublie pas que je l'aimais, moi aussi. Je lui ai presque consacré ma vie. Je l'ai emmené voir des spécialistes, des psys de tous les bords, thérapeutes, psychiatres. J'ai trouvé des écoles qui auraient pu lui convenir. Mais j'ai eu beau le supplier à genoux, ton père a refusé de m'aider à payer les frais d'inscription. Pour son propre fils... Il n'a pas voulu, Charlie. Tu te rends compte ? Et tu sais quoi, Charlie ? Il n'a pas voulu non plus l'opérer afin de le rendre moins complexé pour son oreille... Cette terrible malformation... toutes ces moqueries... Ton père m'a répondu : « Dieu du Ciel, Caroline, tu as déjà vu ce qu'est une vraie malformation ? Will n'a rien de grave, mais tu as monté ce petit problème tellement en épingle que tu as fini par en faire un handicapé social. » N'importe quoi ! J'ai bien essayé de trouver d'autres sources de financement, mais je n'étais qu'une pauvre femme obligée de travailler pour faire vivre sa famille. Si Alastair n'était pas entré dans notre vie, nous aurions été à la rue.

Vérité ou mensonge ? Charlie se refusait d'y penser. Sa mère faisait son travail de deuil, et si la reconstruction subjective du passé pouvait l'aider, qui était-il pour la contrarier ? En outre, cette affabulation la distrayait de leurs ennuis, à India et à lui. Il la laissa donc poursuivre.

— Mais il ne s'agit pas de moi, de mes enquiquinements, de mes soucis, de mes sentiments... Il s'agit de toi. Je n'ai plus que toi, maintenant. Tu ne peux pas te cloîtrer ici, dans cet appartement. Je ne supporte pas que tu sois dans pareille solitude. Si je te perds en plus...

Les larmes longtemps retenues coulèrent brusquement.

— Pardonne-moi, Charlie. Je pleure malgré moi. Quelquefois... c'est comme ça, je sais que tu comprends. J'ai envie d'en finir. Quelle est la limite où la douleur n'est plus supportable, tu peux me le dire ? Tu vois, je sais ce que tu ressens. Moi aussi, je suis ravagée par le chagrin. Et si en plus je ne peux pas t'aider... Je t'en supplie, permets-moi de t'aider.

Pour l'amour de Dieu, promets-moi de te battre pour reprendre goût à la vie et te remettre d'aplomb.

Le regard de Charlie était prisonnier de celui de sa mère. Il n'avait pas la force de se détourner. Pas plus qu'il ne pouvait nier son calvaire : sa mère n'avait pas seulement perdu un enfant. Il venait de le découvrir, mais elle ne le savait pas, et il n'était pas question de lui en parler maintenant.

— Je vais essayer, maman.

Elle l'étreignit affectueusement.

— Vas-y petit à petit, c'est tout ce que je te demande, Charlie. Tu vas y arriver, dis-moi ?

— Je vais essayer.

Thornford
Dorset

Une invitation à dîner n'engageait à rien. Aussi Alastair MacKerron accepta-t-il volontiers. Certes, il était officiellement son patron, mais en réalité, ils étaient plutôt des collègues. Des collègues qui avaient envie de partager un repas, et si ce repas devait avoir lieu dans la sphère privée de l'employée, chez elle plutôt qu'au restaurant, quelle importance ?

Cela faisait des années que Sharon Halsey travaillait à la boulangerie. Veuve prématurément à l'âge de vingt-quatre ans, elle avait, avec courage et une infatigable détermination, élevé ses deux enfants dans des conditions précaires et difficiles. La réussite était à la mesure de ses efforts : sa fille était oncologue à San Francisco et son fils linguiste à Strasbourg, en France. Ses enfants lui manquaient terriblement, et Sharon gérait cette douleur en s'investissant à fond dans sa vie professionnelle. Son côté hyperactif était d'ailleurs le moteur de l'expansion des affaires d'Alastair. C'était elle qui était à l'origine de l'ouverture des six autres boulangeries aux quatre coins de la région, chacune s'étant révélée extrêmement rentable.

Elle gérait l'ensemble de la chaîne et consacrait une demi-journée hebdomadaire à examiner les comptes et à réfléchir sur l'art et la manière de contenter toujours davantage les clients. Elle tenait la comptabilité et le carnet de commandes, remplissait les fiches de paye, engageait et renvoyait les employés. Elle permettait ainsi à Alastair de se consacrer à son principal talent – la boulange – et le soulageait d'un fardeau qui d'ordinaire pesait sur les épaules d'un commerçant : le management.

Alastair admirait énormément Sharon. Ce qui n'était pas le cas de son épouse. « Une vraie souris, cette bonne femme », disait d'elle Caroline d'un ton méprisant. Pourtant, si ses manières réservées et son air soucieux la rendaient en apparence effacée, elle possédait une volonté d'acier et se révélait une source continuelle de nouvelles idées qu'elle mettait en œuvre avec une énergie à la mesure de son imagination. Sharon travaillait déjà à la boulangerie quand Alastair en était devenu propriétaire. Ce dernier se félicitait d'avoir écouté le conseil de son prédécesseur, lequel lui avait dit : « Quoi que vous fassiez, mon vieux, ne vous mettez pas Sharon à dos. Elle veut une augmentation ? Une nouvelle bagnole ? Un appartement à Paris ? Vous dites oui à tout ; ce sera toujours un bon investissement. » Et en effet, il n'avait pas été déçu.

Elle habitait sur Church Road, à Thornford,

un village situé à une trentaine de kilomètres de Shaftesbury, une ancienne ferme autrefois entourée de terres agricoles. Dans l'alignement des pavillons qui la cernaient aujourd'hui, elle se singularisait surtout par son étroitesse. À l'intérieur, un minuscule vestibule dallé de pierre débouchait sur une enfilade de pièces qui, au fil du temps, s'étaient transformées en salon, salle à manger, bureau, cuisine, salle de jeu pour les enfants désormais envolés. Un escalier menait à trois chambres à l'étage. Les plafonds étaient bas, le mobilier confortable, les murs décorés de gravures, les fenêtres de rideaux à dentelles et les vases de bouquets confectionnés avec les fleurs du jardin – Dieu sait comment Sharon trouvait le temps de jardiner, alors qu'elle était sans cesse sur les routes du Dorset à veiller à la qualité des produits des boulangeries MacKerron.

Alastair et Sharon avaient eu deux rendez-vous dans le mois, le dernier le matin même. Comme il avait laissé échapper que Caroline était partie avec Clare Abbott assurer la promotion du dernier livre de cette dernière, Sharon s'était exclamée :

« Ah oui ? Pourquoi ne viens-tu pas dîner ce soir ? J'ai mis une épaule de porc ce matin au four en cuisson lente. Je t'invite à la partager avec moi.

— Mais tu comptais sur les restes, je parie.

— Je m'en passerai. Accepte, Alastair. J'ai l'habitude de manger seule, pas toi. Elle part combien de temps ?

— Caro ? »

Il n'était pas sûr. Depuis la mort de Will, ils menaient de plus en plus des vies séparées. Ils avaient tous les deux été sonnés par le suicide, mais il se remettait plus vite qu'elle. Rien de plus normal. Il aimait les fils de Caro – il les avait toujours aimés – mais, n'étant pas leur père, il ne pouvait pas avoir la sensation d'être amputé d'un avenir. Caroline n'arrivait pas à comprendre ça. Elle considérait que s'il avait fait son deuil, c'est qu'il n'avait pas aimé Will. Impossible de lui ôter cette idée de la tête. Au bout du compte, il leur était désormais plus facile de s'éviter que de se regarder en face en essayant de sonder leurs émotions réciproques.

« Sans doute une nuit ou deux. Elles sont à Londres, mais Clare a un appartement là-bas.

— Elle en a, de la chance... »

Cela avait été dit sans jalousie. Sharon n'était pas envieuse pour un sou. Elle n'était pas non plus de celles qui se cramponnent à un passé marqué par la perte d'un être cher. En d'autres termes, elle n'était pas du tout comme Caro. Alastair regretta aussitôt cette pensée déloyale, d'autant qu'il s'apprêtait à souper en tête à tête avec Sharon : il devait garder une attitude positive à l'égard de Caroline.

Sharon lui ouvrit la porte. L'entrée embaumait. Un énorme bouquet y trônait : des roses du même rose que ses joues. Soit elle s'était maquillée en son honneur, soit elle était émue.

Elle s'était aussi habillée avec goût, constata Alastair, soudain conscient de son propre manque d'élégance. Sa robe sans manches mettait en valeur ses épaules bronzées, son décolleté révélait la rondeur de ses seins et une gorge éclaboussée de taches de rousseur. Elle portait des sandales avec, autour de la cheville gauche, une fine chaîne en or – un bijou original et charmant, se dit-il. Ses jambes étaient plus fines qu'il n'aurait cru, lisses et d'une belle couleur brune. Quant à lui, après sa sieste habituelle, il avait enfilé sa tenue de boulanger, celle qu'il portait tous les jours : un jean aux ourlets blanchis par la farine et une chemise boutonnée jusque sous le menton, quoiqu'il eût roulé les manches en raison de la canicule.

Il aurait vraiment dû apporter un petit quelque chose, songea-t-il : des fleurs, du vin, une pâtisserie, n'importe quoi... Mais l'idée ne lui avait même pas traversé l'esprit. Il lui en fit un aveu penaud.

— On s'en fiche, Alastair. On est de vieux amis, toi et moi, on ne va pas se mettre à faire des ronds de jambe dès le départ, quand même ?

Ce « dès le départ » le fit tressaillir... À cet instant, il aurait dû s'interroger sur ce qu'il fabriquait à Thornford. Mais il préféra conclure que ce n'étaient que des paroles en l'air qui ne signifiaient rien.

Elle lui demanda ce qu'il voulait boire. C'était l'été et, pour sa part, elle prenait un Pimm's. Mais il pouvait avoir de la bière si c'était ce qu'il préférait, ou du cidre, ou encore du gin. Ils ouvriraient le vin à table, ajouta-t-elle.

— Je n'ai pas envie de te retrouver ivre mort dans un fossé, dit-elle en riant.

Il opta pour un Pimm's. À son invitation, il la suivit dans la cuisine, puis dans le jardin. Les champs agricoles s'étendaient au-delà. Ils s'installèrent sur des transats près d'un jeune cytise au feuillage brillant portant de longues gousses brunes, un charmant petit arbre qu'elle avait planté une fois ses enfants entrés dans l'adolescence.

— Avant, j'avais toujours peur qu'ils mangent les graines, lui expliqua-t-elle. Je leur disais que c'était du poison, mais tu connais les gosses. Et si jamais j'en perdais un après leur père...

Elle s'empressa d'ajouter :

— Pardon, Alastair. Quelle brute je fais de parler de ces choses-là. Il faut le mettre sur le dos de ma solitude. Je n'ai pas souvent un invité à dîner. Et puis, je suis un peu pompette.

— Oui, tu es toute rose.

Quel idiot, se reprocha-t-il aussitôt. Il ne savait vraiment pas parler aux femmes...

— Ah bon ? Mais ce n'est pas l'alcool. Je... je me suis mis du blush, ce que je ne fais pas d'ordinaire. Je dois être affreuse. Je ressemble un clown, dis-moi ?

— Pas du tout, Sharon.

Il but une gorgée de Pimm's, puis plusieurs à la suite dans l'espoir de se décoincer. Mais tout ce qu'il parvint à articuler fut :

— Il est mort quand ?

Elle parut d'abord étonnée. Elle aussi but un petit coup.

— Kev ? Il y a plus de vingt ans.

— Tu ne m'as jamais dit de quoi...

— De quoi il est mort ? De la gangrène.

Devant son expression consternée, elle ajouta :

— Ses intestins. Il a été négligent. Il avait des petites poches sur la paroi intestinale où tombaient des trucs, des pépins, ce genre de choses. Les médecins lui ont dit de faire attention à ce qu'il mangeait, mais il n'en a fait qu'à sa tête, et finalement, il en est mort.

— C'est terrible...

— Personne ne mérite de mourir comme ça. Pendant des mois, il est passé et repassé sur la table d'opération. Chaque fois, on lui ôtait un bout de ses intestins, mais l'infection revenait.

— Quel âge avait-il ?
— Vingt-sept ans.
— Et il t'a laissée...

Elle posa sa main sur son bras pour l'empêcher de poursuivre.

— Alastair, peu importe. Je veux dire, c'est comme ça, on a tous nos épreuves.

Elle se pencha légèrement.

— Comment va Caroline ? Je ne l'ai pas vue à la boulangerie depuis un bon bout de temps.

Sharon ayant mis le sujet sur le tapis, Alastair considéra qu'il n'y aurait pas défaut de loyauté à l'égard de Caroline à lui révéler quelques faits. Plusieurs années s'étaient écoulées depuis la mort de Will et elle en était toujours au même point, lui dit-il. Elle mangeait, lisait et regardait la télé, point barre. Il craignait qu'elle ne finisse par tomber malade, à force de se gaver comme elle le faisait. Ses seules distractions étaient la Ligue des femmes de Shaftesbury et son travail pour Clare Abbott. Il était spécialement reconnaissant envers cette dernière : elle sauvait la vie de Caroline – en tout cas, elle sauvait la sienne.

Devant l'expression étonnée de Sharon, il se rendit compte qu'il en avait trop dit. Quand l'alcool délie les langues... Il se détourna pour regarder les moutons paissant l'herbe du champ, pareils à de placides nuages blancs sur un tapis de velours vert. Sharon se déclara désolée d'apprendre que c'était si difficile pour lui.

— C'est moche, ce qui se passe pour toi et Caroline.

— Il ne se passe rien justement, répliqua-t-il avec un rire triste. Et cela ne date pas d'hier.

Il s'abstint de préciser que, déjà avant la mort de Will, les relations entre eux s'étaient refroidies. Bien entendu, la passion amoureuse des premiers temps avait fini par s'estomper. Mais il avait pensé qu'elle céderait la place à un amour tendre, à de douces étreintes entre les draps de leur lit conjugal. Il espérait de nouvelles naissances, une compréhension mutuelle croissante, un engagement plein d'affection. Il avait hélas vite compris, une fois les feux de la passion éteints, que Caroline ne lui vouait pas le même amour que lui.

Mais il arrêta là ses confidences à Sharon et se jura de ne jamais dévoiler cet aspect de sa vie. Non pas de crainte de trahir son épouse mais à cause de ce que cela révélait sur lui. Sharon lui demanderait sûrement pourquoi il était resté avec elle et il lui faudrait avouer que, pour la première fois de sa vie, il avait l'impression, avec Caroline – laquelle avait besoin de son soutien chaque jour, de mille manières différentes –, d'être important aux yeux d'autrui.

Comme Sharon le dévisageait intensément, il se força à soutenir son regard. Il s'était trompé. Elle n'avait pas pitié de lui. Elle avait plutôt l'air perplexe, et peut-être aussi intriguée.

— Ça c'est vraiment dommage, dit-elle.

Bishopsgate
Londres

Retenue par malchance au bureau plus tard qu'à l'accoutumée, Barbara n'arriva pas à l'Institut de

Bishopsgate avant vingt heures quinze. Après la façade glauque du commissariat de quartier, elle n'eut pas beaucoup à marcher. À l'intérieur de l'Institut, une pancarte indiquait la direction à prendre pour atteindre la salle où la rencontre avait lieu. Presque tout en haut du bâtiment. Elle suivit jusqu'au bout un couloir au sol carrelé dans le style Art déco, où les verts chauds s'accordaient à des teintes jaune beurre.

Elle se laissa guider par le bruit : des rires, des interjections, une voix féminine surtout, éraillée, celle de la célèbre féministe en chair et en os. La porte à double battant était grande ouverte. Elle marqua une halte sur le seuil. Un beau parquet et des murs peints en blanc donnaient à la salle un air de studio de danse. Dans la lumière crue des néons, des gens étaient assis sur des chaises pliantes en métal aux sièges charitablement capitonnés. Une estrade hissait l'oratrice au-dessus de son auditoire. Pour l'instant, micro à la main, elle arpentait l'espace exigu derrière le pupitre.

C'était la première fois que Barbara voyait Clare Abbott. Elle lui trouva une allure extra, mais pas pour les raisons que l'on associe en général avec les canons de la beauté féminine. Ce qui explique l'élan de sympathie qu'elle inspira à Barbara. C'était une grande et robuste femme aux épaules larges, toute de noir vêtue, mais ce qui enchanta surtout Barbara, c'était que ses vêtements de grande marque étaient chiffonnés. Le col de son chemisier strié était relevé d'un côté et pas de l'autre, de manière plus négligée qu'étudiée et, de toute façon, il disparaissait à moitié sous son abondante chevelure grise, terne comme un ciel de novembre. Sur son nez était perchée une paire de lunettes à monture épaisse qu'elle ôtait et levait en l'air de temps en temps pour appuyer ses paroles. Et d'après le tapage qu'elle faisait en marchant de long en large, elle devait porter des bottes militaires sous son pantalon.

L'assistance était en majorité féminine. Des employées de bureau sur le retour ou des femmes plus jeunes, certaines accompagnées par des hommes aux mines sidérées, offusquées ou gênées. Il ne restait pas de place assise, et Barbara se faufila dans le fond, où une grosse dame très brune habillée de façon voyante et croulant sous les bijoux houspillait une libraire stressée qui disposait des livres sur une table. Près d'elle, adossée au mur, une autre dame en noir au physique robuste semblait être une parente de l'auteure, tant elle ressemblait à Clare Abbott. Sauf que ses cheveux poivre et sel avaient une coupe courte asymétrique et que ses vêtements ne paraissaient pas avoir été achetés au marché de la nippe d'occasion, sur Wentworth Street, à un jet de pierre de l'Institut. Elle tenait dans ses bras un chien roux et noir à poils longs de race indéterminée qui portait – en dépit de la chaleur – un manteau vert pomme. Elle écoutait l'oratrice en souriant, tandis que l'autre femme, la brune chamarrée, quand elle n'était pas en train d'arranger les livres, levait de temps à autre un regard où se lisait l'exaspération : elle avait hâte que cela se termine.

Barbara ne lui donnait pas tort. On crevait de chaud dans cette salle – la climatisation est plutôt l'exception que la règle à Londres. En plus, il n'y avait pas de fenêtres. Un seul malheureux ventilateur peinait à remuer un peu d'air près de la table de présentation des livres. Pourtant, personne ne semblait pressé, surtout pas Clare Abbott.

Elle répondit aux questions personnelles d'abord par oui ou non. Oui, elle avait été mariée. Non, elle n'avait jamais eu d'enfant. Son premier mariage à vingt ans avait duré dix-neuf mois – « De grâce ! Nous n'étions que des gosses. » Son deuxième, dix ans plus tard, avait eu une plus grande longévité. Lorsque quelqu'un lui demanda si son nouvel ouvrage, déjà controversé, lui avait été inspiré par l'échec de ses relations conjugales, elle ne prit pas plus la mouche que lors de l'émission de Radio 4.

— Qu'appelez-vous un échec, madame ? Pour moi, une séparation est moins un échec personnel qu'une décision prise à deux et basée sur la compréhension des différences et un accord sur l'avenir. Mon premier mari et moi nous sommes réveillés un beau jour et nous sommes dit que nous n'avions rien en commun à part nos études à Oxford. Ah, j'oubliais, nous aimions aussi tous les deux beaucoup la pizza. Quant à mon second mari, il souhaitait prendre un poste au Moyen-Orient. Et moi, je n'ai aucune envie de vivre dans un pays où les femmes sont obligées de se cacher sous des draps noirs par une chaleur d'enfer. Dans l'un comme dans l'autre cas, nous nous sommes séparés bons amis.

— Et si l'un des conjoints veut une séparation et l'autre pas ? lança une personne dans le public.

S'ensuivit toute une série de questions qui s'enchaînèrent rapidement :

— Notre tâche ici-bas n'est-elle pas d'ouvrir notre esprit et de nous épanouir spirituellement en tant qu'êtres humains en relation avec d'autres êtres humains ?

— Croyez-vous qu'il existe pour nous un plan supérieur conçu par Dieu ?

— Pourquoi y aurait-il des mâles et des femelles si l'espèce n'a pas pour mission de se reproduire ?

L'écrivaine ne se laissait démonter par rien. Elle restait campée sur ses positions, calme et sûre d'elle. Soudain, à un signal de la femme qui lui ressemblait comme une sœur, Clare Abbott clôtura la séance.

— Mon éditrice me rappelle qu'il est l'heure des dédicaces, mais je tiens à vous dire ceci. Je ne vous conseille aucunement de mettre fin à votre mariage ou d'éviter de vous marier. Je vous demande juste de faire un examen de conscience afin d'identifier, parmi vos croyances, lesquelles sont le fruit de votre propre expérience, lesquelles sont le résultat de pressions extérieures cherchant à vous imposer quel genre de personne vous devez être. Le mariage convient très bien à celles et à ceux qui aiment avoir toujours le même partenaire sexuel et la même tête devant eux au petit déjeuner. Pour les autres, se soumettre à cette institution relève de la folie pure et simple. C'est pourquoi les fins heureuses dont les fictions nous rebattent les oreilles sont une absurdité, alors que le dénouement d'un roman comme *Anna Karénine* est tout simplement réaliste. Et puis, n'oublions pas Roméo et Juliette, Guenièvre et Lancelot, Mme Butterfly... Il y a des raisons à tous ces drames, et il serait sage d'en méditer la leçon. Ouvrez les yeux et vous vous apercevrez que seul un travail acharné peut vous procurer une fin heureuse. C'est la raison d'être de mon roman, *À la recherche de M. Darcy*.

Elle sourit et ajouta :

— Je ne peux que vous encourager à en acheter de nombreux exemplaires. Maintenant, je suis à votre disposition pour les dédicaces. Je vous en prie, ne traînons pas trop... comme ça, nous pourrons aller déguster ensemble un verre de cidre au pub d'à côté.

Les gens applaudirent, se levèrent et ramassèrent leurs affaires. La femme en noir – l'éditrice de Clare Abbott – posa son chien par terre et donna des consignes :

— Mesdames, s'il vous plaît, formez une queue le long du mur. Je vous promets que vous serez sorties d'ici moins d'une heure. Je musellerai moi-même Clare s'il le faut pour qu'elle fasse une dédicace à chacune.

La grosse dame brune couverte de bijoux déchira l'emballage d'un paquet de Post-it. Clare Abbott se fraya un passage dans la foule en marquant çà et là une brève halte pour serrer la main d'une femme ou accepter une carte de visite qu'elle glissait sans la regarder dans la poche de son pantalon. Elle se laissa tomber sur la chaise derrière la table tandis que le public attendait sagement.

Sans la pénible discussion qu'elle avait eue la veille avec Dorothea Harriman, Barbara serait sans doute partie tout de suite. Et puis, sa curiosité avait été éveillée par le battage médiatique qui accompagnait la sortie de ce bouquin, autant à la radio qu'ailleurs. Aussi prit-elle une place dans la queue. Si elle achetait ce livre, ce n'était pas pour elle, oh, non. Elle faisait plutôt son régal de romans à l'eau de rose, ouvrages qui feraient sûrement se dresser sur sa tête les cheveux gris de Clare Abbott. Le plan de Barbara était en fait de récolter matière à discuter avec Dorothea et de lui faire oublier ses idées tordues.

Tout était parfaitement organisé. La grosse brune confia les Post-it à l'éditrice qui, son chien au pied, se chargea de noter sur chacun le nom de la personne à laquelle chaque livre devait être dédicacé. Cependant, malgré l'efficacité de la libraire à la caisse, il fallut bientôt se rendre à l'évidence : cette petite affaire ne serait pas réglée en une heure.

Eh oui, tout le monde ou presque souhaitait bavarder un moment avec Clare Abbott. Elles – car il y avait seulement quelques rares et courageux spécimens du sexe mâle dans la queue – discutaient aussi les unes avec les autres. L'écrivaine avait décidément l'art de susciter le débat. La pile de livres baissait à vue d'œil, cependant que la salle devenait de minute en minute plus semblable à un sauna. La libraire tenta bien d'accélérer le mouvement, mais Clare Abbott prenait son temps...

Barbara se félicita d'avoir pensé à se munir de quoi se changer au bureau après ses heures de service. Au moins n'était-elle pas en train de suer dans le collant, la jupe et le chemiser à manches longues, la tenue approuvée par Ardery. Elle s'était coulée discrètement dans les toilettes pour passer un tee-shirt, un survêtement et des baskets. Ce n'était pas exactement une tenue de plage, mais cela lui permit de résister à l'envie de faire un strip-tease, ce qui, à n'en pas douter, lui aurait valu de finir la nuit au trou.

En l'occurrence, ce qu'elle portait sur le dos constitua le thème central de sa conversation avec la grande féministe quand, au terme de cinquante-quatre minutes d'attente, elle lui présenta son opus ouvert sur le Post-it où était inscrit le prénom Dorothea.

— « Et le 8ᵉ jour, Dieu créa le bacon », lut à haute voix Clare Abbott de sa voix éraillée avant de rire de bon cœur. Où avez-vous dégoté ce tee-shirt ? Il m'en faut un comme ça !

La grosse brune chamarrée s'approcha pour murmurer quelque chose à son oreille. Clare Abbott fit celle qui n'avait pas entendu et se pencha vers Barbara.

— Chère madame, vous allez me dire où je peux me procurer le même pour mon prochain rendez-vous avec mon médecin au sujet de mon taux de cholestérol. En fait, j'ai un faible pour la crème Chantilly. Vous pensez qu'on peut remplacer le bacon par de la crème Chantilly ? Où l'avez-vous trouvé ?

— Au marché de Camden Lock. Je suppose qu'ils vous feront un tee-shirt crème Chantilly s'ils ne l'ont pas déjà. Celui-ci a été fait spécialement pour moi.

— Votre création ?

— Ce qui est écrit là ? Oui. Mon péché mignon.

— Je l'adore. Dites-moi où est ce marché. Ce n'est pas une plaisanterie. J'en veux un absolument.

— Leur stand se trouve de l'autre côté du pont, plus près du marché de Stables, en fait. Mais c'est ouvert seulement le dimanche et comme il leur faut quinze jours pour imprimer…

— Oh, mon Dieu. Camden Lock le dimanche, la foule… Bon, il faut ce qu'il faut. Tenez, prenez un crayon et indiquez-moi comment je peux trouver ce st…

Elle fut interrompue par la brune aux bijoux :

— Clare, ma chérie…

La femme accompagna ces paroles d'un regard impatient à l'adresse de Barbara.

— Je vous en commanderai un, proposa cette dernière. Si vous voulez, bien sûr. J'habite à quelques rues du marché.

— C'est très gentil à vous, mais je ne voudrais pas abuser...

— Clare...

L'écrivaine acquiesça.

— D'accord, Caroline. Je sais que tu fais de ton mieux pour me garder dans les clous. Je me dépêche. C'est toi qui as mes cartes de visite. Peux-tu m'en filer une ?

Caroline tira d'une poche de sa tunique ample un mince étui argenté. Elle tendit une carte à Clare, qui la tendit à son tour à Barbara en disant :

— Vous avez mes coordonnées à Londres et à Shaftesbury. Les deux adresses sont bonnes. Caroline, peux-tu aussi me passer vingt-cinq livres ? Je n'ai rien sur moi et je ne vais quand même pas laisser cette dame... Oh, veuillez m'excuser, je ne vous ai pas demandé votre nom...

Clare Abbott baissa les yeux sur le livre ouvert.

— Dorothea ? dit-elle en lisant le Post-it.

— Non, Barbara Havers en fait. Ceci est un cadeau. Le livre, je veux dire. Tenez...

Barbara brassa les entrailles de son sac fourre-tout pour en extraire sa propre carte de visite.

Clare Abbott la remercia et la glissa avec les autres dans sa poche de pantalon. Barbara l'imita et lui promit qu'elle recevrait bientôt son tee-shirt par la poste. Elle refusa les vingt-cinq livres de Caroline.

— Considérez-le comme un cadeau.

Et sur ces paroles, elle s'éloigna vers la sortie.

Elle n'alla pas très loin. Au milieu du couloir, elle entendit derrière elle :

— Excusez-moi, madame... ?

La prénommée Caroline l'avait suivie.

— Caroline Goldacre. Je suis l'assistante de Mme Abbott.

Après une légère hésitation, elle déclara :

— Je ne sais pas comment vous dire ça, mais si je n'ouvre pas les yeux et les oreilles, elle se fourre dans toutes sortes de pétrins.

Barbara, ne sachant trop que penser, attendit la suite.

— Je dois y retourner, alors je vais être brève : pouvez-vous, s'il vous plaît, me rendre sa carte ? Elle est tellement impulsive avec les nouvelles têtes... Elle fait des promesses qu'elle ne peut pas tenir. Après, c'est moi qui dois réparer les pots cassés. Je suis désolée. Mais c'est mon travail, voyez-vous.

— Oh, vous voulez parler de l'histoire du tee-shirt ?

Caroline afficha une mine affligée.

— Vous ne devez pas la prendre au sérieux. Et surtout ne pas vous donner toute cette peine... Elle est comme ça. Elle aime rencontrer les gens et bavarder avec eux, mais après... Elle oublie ce qu'elle leur a dit et quand le téléphone sonne ou quand la personne attend derrière la porte, elle me reproche de ne pas être intervenue pour arrêter les frais. Alors, si vous voulez bien...

Barbara haussa les épaules. Elle plongea la main dans la poche de son survêtement et lui rendit la carte. Par simple curiosité, elle questionna :

— Que faites-vous de toutes les cartes qu'elle accepte, alors ?

— Elle me les passe à la sortie, répondit Caroline sans détour. C'est comme ça qu'elle est.

Bishopsgate
Londres

Rory n'avait pas perdu une miette de la manœuvre de Caroline Goldacre. Comme à l'accoutumée, cette dernière avait essayé de presser Clare – une tâche qu'elle considérait comme faisant partie de son travail. « Je suis la nounou de Clare, disait-elle. Si je n'étais pas là pour la rappeler à l'ordre, elle n'arriverait à rien. »

Cette profession de foi avait toujours semblé singulière à Rory. Elle-même collaborait avec Clare Abbott depuis son premier livre – un brillant pamphlet qui avait été bien reçu par la critique, *Le Dilemme utérin*, mais ne s'était vendu qu'à trois mille cinq cent soixante et un exemplaires avant de sombrer dans l'oubli. En sa qualité d'éditrice, elle avait chouchouté Clare pendant qu'elle accouchait de dix ouvrages et d'un nombre incalculable d'articles pour une presse demandeuse. Elle l'encourageait notamment à écrire des textes plus accessibles. Sous cet angle, *À la recherche de M. Darcy* était une réussite, et Rory était tout aussi ravie de ce succès bien mérité que son amie. En revanche, elle n'était guère enchantée par la place que Caroline Goldacre prenait peu à peu dans la vie de Clare. Clare, autrefois, n'avait jamais eu besoin de personne pour gérer ses affaires, prendre ses rendez-vous et tout simplement, travailler. Pourtant, cela faisait déjà un certain temps qu'elle employait Caroline dans la fonction de garde-chiourme.

« Un peu plus d'organisation dans ma vie ne me fait pas de mal », avait-elle dit à Rory d'un ton qui lui avait paru d'une désinvolture forcée.

Mais selon l'éditrice, il y avait anguille sous roche. *Tu ne serais pas jalouse, par hasard, Rory ?* s'était-elle demandé.

Elle avait conclu que non, mais quelque chose continuait de la tracasser.

Elle avait pressenti ce que Caroline cherchait en la voyant poursuivre la femme dans le couloir. Et à la vue de son expression à son retour, elle sut que tout s'était passé comme elle le voulait. Rory sortit de la salle avec Arlo trottinant à côté d'elle. Elle se dirigea vivement vers la cage d'escalier et rattrapa la femme au tee-shirt.

— Veuillez m'excuser… ?

Elle ramassa Arlo et le cala sous son bras. Le petit chien se pelotonna contre sa hanche, habitué à servir de bouclier vivant, un bouclier de fourrure bien chaude qui permettait à sa maîtresse d'ignorer les battements trop rapides de son cœur.

La femme au tee-shirt se retourna. Elle était remarquablement mal habillée, pensa Rory. Dans un sens, elle l'envia. Si elle ne s'était pas sentie obligée d'avoir une allure correcte lors d'une séance de signature, elle aurait enfilé le même genre de tenue, moins la boutade sur la poitrine. La femme remonta la bandoulière de son fourre-tout et, d'un revers de main, essuya la sueur qui perlait sur sa lèvre supérieure.

— Je n'ai pu m'empêcher de voir Mme Goldacre

courir après vous... Enfin, non, ce n'est pas tout à fait vrai. Je surveille toujours ce qui se passe autour de Clare. Je l'ai vue vous donner sa carte et je crois savoir pourquoi Caroline vous a suivie.

Elle posa Arlo sur le carrelage et sortit d'une pochette de son sac à main une carte de visite, ou plutôt deux : la sienne et celle de Clare.

— Quelque chose me dit que vous n'êtes pas une enquiquineuse.

— Je suis un flic. Barbara Havers.

— Ah, enchantée. Mme Goldacre fait du zèle tant elle a peur qu'on vienne distraire Clare de sa tâche. Or rien n'empêchera jamais Clare Abbott d'écrire ; son œuvre, c'est toute sa vie. Si elle vous a donné sa carte, c'est qu'elle a ses raisons.

Mais alors même qu'elle lui tendait les deux cartes, Rory parut soudain indécise.

— Vous n'allez pas la harceler, n'est-ce pas ? Vous n'êtes pas juste une fan qui se fait passer pour un flic ?

Barbara fourra son exemplaire d'*À la recherche de M. Darcy* dans son sac et en sortit un vieux portefeuille déchiré. Elle présenta à Rory sa carte de police ainsi qu'une carte de visite où l'on pouvait lire son nom sous le slogan : *Nous travaillons à ce que Londres devienne une ville plus sûre. Victoria Block. New Scotland Yard.*

C'était la première fois que Rory rencontrait quelqu'un enquêtant sur des crimes.

— La criminelle ! Oh, là là ! Je ne voudrais pas être indiscrète, mais est-ce la raison pour laquelle Clare vous a donné sa carte ?

Barbara Havers pointa son index vers sa poitrine.

— Non. C'est juste que je lui ai proposé de lui

en acheter un pareil au marché de Camden Lock. Elle veut le porter à son prochain rendez-vous chez le docteur.

— Ah, ça ne m'étonne pas d'elle, dit Rory en tendant cette fois avec assurance la petite carte cartonnée. Tenez, prenez-la, Clare n'est pas du style à distribuer ses coordonnées à n'importe qui. Je vous conseille de lui envoyer le tee-shirt à Shaftesbury plutôt qu'à Londres. Elle retourne là-bas aussitôt après sa tournée de promotion. Si vous pouvez attendre... mettons six semaines ?

— Pas de souci. Je peux aussi l'envoyer à sa maison d'édition si cet envoi risque de poser des problèmes avec son assistante.

— Caroline ? C'est du chiqué. Clare Abbott n'a besoin de l'assistance de personne. Au fait, je suis son éditrice. Victoria Statham. Mais on m'appelle Rory. Et voilà Arlo, ajouta-t-elle en remontant le petit chien sur sa hanche.

— Il est mignon... Mais il ne fait pas un peu chaud pour un manteau ? Et qu'est-ce que signifie CAP ? demanda-t-elle en montrant les lettres sur le côté du tissu vert qui ceignait l'abdomen de l'animal.

— Chien d'assistance psychologique.

— Comment cela, psychologique ? s'étonna Barbara.

— Oui, il m'aide à faire face à certaines situations sociales.

Elle n'en révéla pas plus sur le rôle d'Arlo dans sa vie.

— Rassurez-moi, vous allez prendre la demande de Clare au sérieux, n'est-ce pas ?

— Bien sûr. Mais je dois vous faire un aveu.

— Je vous écoute.
— Quelqu'un qui aime mes tee-shirts ? C'est bien la première fois.

Camberwell
Sud de Londres

India Elliott se sentait peu à peu redevenir elle-même. Elle retrouvait sa confiance en elle et en sa capacité à se faire de nouveaux amis. Elle réapprenait la philosophie que lui avait transmise son père quand elle était petite : « Arrête les frais dès que tu sens que quelque chose n'est pas bon pour toi. » Il l'avait bien éduquée de ce point de vue. « Il n'y a pas de honte à cela, ma fille. Il vaut mieux couper court que de te rendre malheureuse pour rien. »

Elle n'avait pas encore décidé si ce principe s'appliquait à son mariage, mais c'était possible. Nat Thompson n'était pas étranger à ce sentiment. Même si elle n'était pas certaine qu'un avenir se dessinait pour eux, India se sentait bien avec lui. Cela dit, elle s'était juré de ne plus jamais être la gentille épouse docile d'un homme qui décide de tout en maître.

Comme elle était seulement séparée, pas encore divorcée, elle ne voulait pas donner de faux espoirs à Nat. Lors de leur troisième rendez-vous, elle lui expliqua la situation. Ils venaient de visiter une exposition Matisse à la Somerset House et partageaient maintenant une tranche de gâteau au chocolat.

Elle se garda bien d'aborder d'emblée les conséquences de la mort de Will. Ce n'était pas son style de se lancer dans des confidences sur les replis intimes de son existence. Cela aussi, elle l'avait appris de son père. « Ne montre pas tes cartes, India » – il adorait les métaphores de jeu.

C'était plus simple de commencer d'abord par lui poser quelques questions. Sur ses études et son travail, puis, pour finir, elle lui demanda s'il avait été marié. Il avait trente-quatre ans, largement l'âge d'avoir derrière lui un mariage raté. Mais non, il était resté célibataire.

— J'ai toujours eu du retard sur les autres. Et toi ?
— Je suis séparée de mon mari. J'ai traversé, lui aussi d'ailleurs, des moments très difficiles... Un suicide dans sa famille.

Nat parut sincèrement désolé.

— Pas quelqu'un de trop proche, j'espère.

Comme elle se sentait en confiance, elle lui en dit un peu plus. Elle évoqua notamment la réaction de Charlie suite à la mort de son frère... et constata que Nat l'écoutait d'une oreille attentive et compatissante.

Lors de leur rendez-vous suivant, il l'emmena sur un chantier : il était expert dans le domaine de la conservation du patrimoine. Il travaillait alors à la réhabilitation d'une rangée d'*almshouses*[1] dans le sud de Londres, à Streatham. Derrière le mur de brique à l'arrière des maisons, un grondement sourd rappelait que des travaux de terrassement routier étaient en cours. Sans l'intervention de Nat, les bulldozers auraient détruit les petites maisons.

Celles-ci faisaient partie de l'histoire de Londres, lui expliqua-t-il.

---

1. En Angleterre, petites maisons de charité qui accueillaient les vieillards indigents. Tradition qui remonte au xe siècle.

— Si on détruit les bâtiments anciens sous prétexte qu'ils sont vétustes, nous perdons une partie de notre identité.

Avec un léger haussement d'épaules, il ajouta :

— Je sais que je suis rétro, mais que veux-tu ?

— Je ne te trouve pas rétro.

— Vraiment ? Ça me fait plaisir, ce que tu dis.

Ce soir-là, quand il la raccompagna chez elle, il l'embrassa. Comme elle n'était pas sûre qu'il la trouve jolie, ce baiser la rassura. Et comme il se prolongeait et devenait languide, elle s'aperçut même qu'il lui procurait un vif plaisir.

— Tu me plais beaucoup, India, lui dit-il en s'écartant d'elle.

— C'est réciproque.

— Quand je dis « beaucoup », c'est vraiment beaucoup. Je te l'ai déjà dit, je ne suis pas trop précoce.

En voyant une lueur inquiète dans le regard d'India, il rectifia en rougissant :

— Non, pas ça. C'est juste que je ne suis pas beau parleur... Quand tu es près de moi, tu vois, je ressens... disons que... je brûle... Bon... toutes les femmes ne me font pas cet effet, loin de là. Bien sûr, c'est peut-être parce que celles que je rencontre portent des twin-sets et un rang de perles et trimballent dans leurs grosses sacoches des dossiers patrimoniaux. Mais je ne crois pas. C'est que...

— Chut, Nat. Je ressens la même chose. Si on s'embrassait, encore ?

Après, il attendit sur le trottoir qu'elle soit bien en sécurité chez elle et que s'allume la lampe du séjour dont elle se servait aussi comme lieu de consultation.

Il attendit aussi qu'elle lui fasse un « au revoir, tout va bien » par la fenêtre.

Moins de trente secondes après son départ, la sonnette de l'entrée retentit. Sûre et certaine que c'était Nat revenu sur ses pas, elle ouvrit la porte, un large sourire aux lèvres.

Charlie se tenait debout sur le seuil.

Camberwell
Sud de Londres

Charlie savait pertinemment qu'elle s'attendait à voir l'autre type. D'ailleurs, c'était inscrit sur sa figure, sur ses joues rosies par le baiser. Et elle pensait sans nul doute qu'il revenait pour cueillir ce qui succédait au baiser comme le jour à la nuit.

Il vit son visage se décomposer. Elle regarda dans la rue – cherchant des yeux l'autre, évidemment. Puis elle eut cette phrase surprenante :

— Tu as une mine affreuse, Charlie.

Quelle importance ? Mais à la réflexion, cela n'avait rien d'étonnant que sa première remarque porte sur son apparence. Il avait bien observé le gars qui lui avait roulé une pelle et il ne se sentait pas brillant en comparaison.

— Tu comptes coucher avec lui ?

Ces mots lui étaient sortis de la bouche malgré lui. Il aurait donné cher pour pouvoir les ravaler, mais voilà, c'était trop tard. Aussi continua-t-il sur sa lancée :

— Et tu trouves ça normal, bien sûr ? Prendre ton pied. C'est en fait ce que tu préméditais...

— Je n'ai rien prémédité, Charlie.
— Mais tu y penses de plus en plus chaque jour. Tu as des fantasmes où tu te fais *prendre* plutôt que d'être forcée de caresser patiemment ton partenaire pour arriver à quelque chose...
— Arrête de te torturer. Tu ne le mérites vraiment pas.

Il resta interdit, figé, puis déclara amèrement :
— C'est pour ça.
— Pour ça quoi ?
— Que je ne veux pas que tu me quittes. Tu m'as compris, toi, tout de suite. Dès le premier jour, sur ta table d'acuponcture, tu m'as compris.
— Tu refais l'histoire, Charlie. Ce premier jour, j'ai été avec toi comme avec n'importe lequel de mes patients. Tu as toujours tes migraines ?
— Il s'agit bien de mes migraines. Elles vont et viennent. Qu'est-ce que ça peut faire ? L'important, c'est ce qui se passe ici.

Il indiqua d'un geste circulaire le quartier, la maison. Il la dévisagea quelques secondes puis demanda :
— C'est qui ? Un patient ?
— Juste quelqu'un que j'ai rencontré.
— Où ça ?
— Charlie...

Mon Dieu, les choses ne se passaient pas comme prévu. En venant ici, il avait seulement eu l'intention de regagner son affection. Mais de la voir avec ce type, d'être le témoin de leur baiser, alors qu'il savait le goût de sa bouche, la douceur de son corps dans ses bras... C'était trop pour lui.
— Non, dit-il. Ce n'est pas un patient. Tu as déjà commis cette erreur et tu ne serais pas assez bête pour

recommencer. Je suppose que tu dis vrai, tu l'as juste rencontré. Au pub ? Sur Internet ? En partageant un taxi sous la pluie ?

— On s'est rencontrés dans le bus.

Il fut un instant déconcerté, puis il se ressaisit.

— Cela ne se serait pas produit si tu ne m'avais pas quitté, pour la simple raison que tu n'aurais pas eu à prendre le bus pour te rendre dans la City à partir de ce... ce quartier pourri. C'est dangereux ici, India. Tu ne devrais pas rester seule.

— Mais pas du tout. De toute façon, c'est tout ce que je peux me permettre. J'ai ouvert une consultation dans l'appartement, le week-end. Pour arrondir mes fins de mois.

Elle montra d'un geste la pancarte *Acuponcture* à la fenêtre, avec des horaires pour le samedi et le dimanche.

— C'est une question d'argent ? Je peux t'en donner.

Elle le dévisagea d'un air implorant.

— Charlie, je t'en prie, non.

D'autant qu'elle savait que ses seules maigres ressources, à ce stade, lui venaient de sa mère.

— Tu me laisses entrer ? dit-il.

Il la vit se rembrunir.

— Cela ne sert à rien, Charlie. Ce qu'il y a entre moi... et Nat...

— C'est comme ça qu'il s'appelle, alors. Nat. C'est quoi ce nom ? Ce mec est une sorte de carpette, ou quoi ? Pourquoi pas Tatami ou Paillasson ? Ça irait aussi bien, non ?

Il vit qu'elle tolérait son agressivité parce qu'elle savait combien il était malheureux, et, India étant

India, elle était désolée pour lui. Sans doute était-elle aussi soulagée qu'il soit enfin sorti de chez lui. Il craignait cependant que son apparition si peu de temps après la visite surprise de sa mère à la clinique ne lui en apprenne plus long qu'il n'aurait voulu.

Il n'avait pas tort. Car elle lui demanda :

— Qu'est-ce que ta mère t'a raconté, cette fois ? C'est quoi, ses menaces ?

— Elle ne veut que mon bonheur. Elle a peur pour moi. Et elle est terrifiée. Qui ne le serait pas ? Dans sa situation. Après Will.

— Tu n'es pas Will. Tu n'as jamais été comme lui. Mais il faut que tu reprennes ta vie en main. Sinon, tu es fichu.

— Je suis fichu sans toi.

— Ce que tu dis est stupide, tu le sais mieux que personne.

Machinalement, il tendit la main pour arracher une feuille au houx qui poussait dans une urne, à la droite des marches du perron. La piqûre d'une épine acérée s'enfonçant dans le gras de son pouce lui arracha une grimace. India ne fit rien pour l'empêcher de recommencer, avec le même résultat.

Il détourna tristement la tête pour regarder la rue. Elle était déserte. Nul témoin ne viendrait le dénoncer d'avoir forcé la porte d'India et d'avoir... *d'avoir quoi* ? se demanda-t-il. De l'avoir prise à la manière d'un seigneur du Moyen Âge qui aurait exercé son droit de cuissage non seulement sur son corps mais aussi sur son âme ?

— On est faits l'un pour l'autre, India, lâcha-t-il.

— Personne n'est « fait » pour personne.

— Cela vaut pour ta carpette, alors... Bon, d'accord, Nat.
— Certes...

Il la regarda dans les yeux.

— Tu promets que tu ne... ? Que... que ce qu'il y a entre vous est sans lendemain ?
— Je ne dis rien de tel, Charlie. Maintenant, il faut que tu t'en ailles.

Elle recula d'un pas. Elle allait refermer la porte.

Il s'avança et plaqua la main contre le battant peint en rouge.

— Je veux entrer, India. Je veux voir où tu vis. Je veux comprendre pourquoi tu es partie et pourquoi tu tiens tellement à rester ici.
— Tu le sais parfaitement. C'est comme ça que ça doit être en ce moment. Tu es trop inquiet, trop craintif... Tu crois que si tu fais ce qu'il faut on pourra revenir en arrière et être comme avant. Mais c'est impossible. Il s'est passé trop de choses. Il nous faut d'abord aller de l'avant et c'est le temps qui nous dira si nous devons continuer ensemble ou séparément.

Il eut l'impression que les murs du pavillon penchaient dangereusement. L'envie irraisonnée le prit de les repousser, tant était impérieux son besoin d'agir, aussi impérieux que celui de respirer pour un homme qui se noie.

— Je ferai n'importe quoi pour qu'on continue ensemble... n'importe quoi.

Elle le dévisagea avec une compassion qui lui fit comprendre que leur amour avait été ébranlé au-delà de tout espoir de réparation.

— Je sais que tu ferais n'importe quoi, Charlie. C'est justement ça, le problème...

Spitalfields
Londres

— Dis-moi, franchement, demanda Rory Statham : as-tu jamais préparé un repas dans cette cuisine ?

Attablées au sous-sol de la maison ancienne que possédait Clare Abbott sur Elder Street, les deux femmes se livraient à l'autopsie de la séance de signature. En compagnie de Caroline Goldacre, elles avaient picoré un repas « à la Clare », dont les vestiges jonchaient à présent le plateau en métal recyclé de la table : fromages, raisin, biscuits salés, olives dénoyautées, amandes, quartiers de pêche, une baguette et un salami. Caroline, morte de fatigue, était montée se coucher, mais toutes deux avaient préféré traîner encore un peu. À présent, elles faisaient un sort à la deuxième bouteille de vin. Arlo ronflait par terre, sa tête posée sur le pied de Rory. Pour un peu, on l'aurait pris pour une serpillière espagnole.

Clare regarda autour d'elle. Comme le reste de la maison, elle avait rénové la cuisine peu à peu, au fil des années. La ruine, achetée à l'époque où Spitalfields était considéré comme un quartier où pour rien au monde une personne respectable n'aurait voulu habiter, était désormais cernée de maisons de plus en plus pimpantes. Autrefois, dans cette étroite rue pavée, les tisserands huguenots réfugiés en Angleterre avaient pratiqué leur art dans des conditions misérables et une puanteur que même la pluie ne pouvait dissiper. Aujourd'hui, comme dans tous les coins de Londres soumis à la *gentrification*, les gens ne croyaient pas à leur chance quand ils y dénichaient un logement à un prix accessible.

Astucieusement, Clare n'avait entrepris aucune rénovation de la façade. Sa porte d'entrée était barbouillée de graffitis jaunasses ; les bacs à fleurs des balcons ne contenaient plus que plantes mortes et nids abandonnés ; les vitres étaient sales, les stores vénitiens accrochés de guingois. Tout cela servait un objectif : ne pas laisser soupçonner d'éventuelles richesses intérieures. Dans l'esprit de Rory, cette précaution tenait du bon sens dans ce monde en mutation. D'autant que, quand Clare était dans le Dorset ou en tournée de conférences quelque part, sa maison restait inoccupée pendant de longues semaines d'affilée.

Il faut dire que l'intérieur était splendide. Y compris cette cuisine où l'écrivaine avoua volontiers n'avoir jamais fait cuire un œuf. Bon, si, elle y préparait son petit déjeuner. Et de temps à autre un sandwich. Elle y réchauffait de la soupe, aussi. Et elle y consommait des repas de chez le traiteur…

Rory éclata de rire.

— Quel intérêt, alors, de dépenser autant pour une cuisine ?

— Pour le plaisir des yeux, rétorqua Clare.

Elle vida le fond de la bouteille de vin dans leurs verres. Au-dessus de leurs têtes, des pas résonnèrent sur le trottoir : quelqu'un courait dans la rue. S'ensuivirent des cris, puis une autre voix. Une odeur de cigarette s'insinua par la fenêtre ouverte.

— Tu as été formidable ce soir, complimenta Rory. Particulièrement jubilatoire, je trouve. Qu'est-ce qui a provoqué cette joie, peux-tu me dire ?

Comme Clare ne répondait pas, elle ajouta :

— Tu as remis un mâle à sa place ? Un amoureux transi qui a osé manifester ses attentes... ?

— Non, c'était le public. Tu aurais vu ces harpies au premier rang : des fanatiques religieuses. Elles m'ont fusillée du regard dès que j'ai pris le micro. Bon sang, il fallait bien que je leur vole dans les plumes.

Rory sourit.

— Cette fois-ci, c'est la célébrité, Clare. Sais-tu que nous sortons une neuvième réédition ?

— Merci à M. Darcy. Je ne suis pas assez bête pour penser que mon bouquin doit son succès à mon seul mérite. Le titre fait beaucoup. Et la couverture. Pantalon moulant, bottes cavalières, redingote parfaitement coupée, col froncé... Et puis cette chevelure savamment décoiffée, ces yeux au regard brûlant braqués sur Elizabeth Bennet à l'autre bout du salon... Darcy est hautement désirable. Je parie que même toi, tu craquerais. Il ferait virer sa cuti à un hétéro.

Rory hurla de rire.

— Tu es vraiment impayable. Mais dans un sens, tu n'as pas tort.

— À quel propos ? Sur les pouvoirs de Darcy ou sur le fait que tu es un génie d'avoir trouvé ce titre et cette illustration ?

— Que je suis un génie, bien sûr. Ce pantalon moulant crème...

— Ah, ah ! s'exclama Clare. C'est donc bien ça ? Il te trotte dans la tête, ce petit monsieur. Tu attends que ses yeux de braise se posent sur toi, Rory. Comme toutes les femmes, quelle que soit leur orientation sexuelle.

— Toi comprise ?

Clare lui jeta un regard, mais garda le silence. Elle

se coupa une tranche de salami sur laquelle elle posa un gros bout de fromage, et engloutit le tout en une seule et énorme bouchée.

— Heureusement qu'on importe de bons produits en Angleterre, dit-elle lorsqu'elle eut terminé de mastiquer. Et toi ?

— Moi et les bons produits importés ? J'adore.

— Toi et tu-sais-parfaitement-quoi. Quelqu'un à l'horizon ?

Rory se pencha pour caresser la fourrure soyeuse d'Arlo.

— Je crois que je n'ai plus envie de repasser par là, Clare.

Son amie hocha pensivement la tête. Elle méditait une réponse appropriée. Alors que, face à un public, elle était dotée d'un sens de la repartie époustouflant, en privé, avec ses proches, elle se montrait toujours réfléchie et prudente. Elle savait très bien que les mots pouvaient blesser, surtout quand c'était elle qui les maniait.

— Je n'irais pas jusqu'à prétendre qu'il faut laisser le passé derrière soi. Mais combien de temps s'est écoulé, Rory ? Neuf ans ?

— Presque.

— Tu reviens de loin, tu as fait un long chemin au cours de ces années. Mais il te reste une étape à franchir. Contrairement à moi, tu n'es pas faite pour vivre seule. Il y a une femme quelque part qui attend ce que tu as à lui offrir, qui est prête à le recevoir.

Rory sentit en elle un durcissement, une sorte de glaciation intérieure. Elle avait toujours cette réaction quand une entorse était faite à la vérité, à *sa* vérité.

Surtout quand elle portait sur ce sujet. Elle leva son verre de vin et dit à Clare :

— Comment tu sais ça, toi ?

Clare frappa son index contre sa tempe comme pour dire : « Sers-toi de ton cerveau, ma petite. »

— Écoute donc les conseils de tante Clare, Rory. Elle sait de quoi elle parle.

— Ah... Si tu sais de quoi tu parles...

Rory tourna brièvement la tête vers l'escalier. Un simple petit coup d'œil pour vérifier qu'elles étaient bien seules. Clare suivit la direction de son regard et pressentit un changement de sujet de conversation.

— Écoute, reprit Rory, il s'est produit quelque chose d'étrange tout à l'heure...

Elle lui rapporta l'incident de la carte de visite et de la femme au tee-shirt.

— Je te raconte ça uniquement parce que ce n'est pas la première fois que je vois Caroline outrepasser son rôle. Ne dis rien, Clare ! Je sais qu'elle est entre autres chargée de te protéger contre ta propre générosité. Mais quand j'ai abordé cette femme... Cette inspectrice de Scotland Yard...

— Une inspectrice de Scotland Yard ?! glapit l'écrivaine. Alors, là, je me sens comme Miss Marple !

— Laisse-moi terminer, s'il te plaît. Comme Caroline était à portée de voix quand tu as donné ta carte à cette femme, elle savait parfaitement qu'elle avait l'intention de t'envoyer quelque chose par la poste. Je sais que cela ne me regarde pas...

— Tout dans ma vie te regarde, Rory. Si, si, absolument !

— Eh bien, pourquoi tolères-tu qu'elle intervienne de façon aussi intempestive ? Tu aurais pu donner ta carte à quelqu'un qui voulait te proposer une conférence ou un séminaire, un séjour en Europe ou aux États-Unis... Car, que je sache, ton livre n'a pas encore eu l'occasion de trouver ses lectrices là-bas...

— Ah, toi, tu ne te départs jamais de ton sens des affaires, lâcha Clare d'un ton désinvolte.

— C'est mon rôle. Mais Caroline, elle, devrait savoir se cantonner au sien.

Clare se saisit de son verre et d'une poignée d'olives qu'elle engloutit rapidement les unes après les autres. Rory crut qu'elle allait lui opposer une fin de non-recevoir. Finalement, elle dit :

— Écoute. Je ne peux plus me passer d'elle. Je ne sais peut-être pas très bien lui imposer des limites, mais elle est très dynamique, et à sa place, tu ferais la même chose qu'elle.

— Repêcher des cartes de visite dans la poche des gens à qui tu les as données ? Cela m'étonnerait.

— M'obliger à tenir mes engagements. Tout simplement.

Rory n'était pas convaincue. Quelque chose chez Caroline Goldacre l'inquiétait. Elle aurait voulu tirer cette affaire au clair, mais comme elle ne parvenait pas à cerner exactement ce qui clochait, elle répliqua :

— Dis-moi au moins pourquoi elle t'accompagne dans tes déplacements. Tu n'as jamais eu besoin d'une nounou jusqu'ici.

Une crainte subite la faisant tressaillir, elle enchaîna :

— Clare, aurais-tu un problème ? Tu n'es pas malade, j'espère ?

Clare poussa un cri.

— Ma chérie, je suis forte comme un cheval. À

moins que... tu penses à une démence précoce ? Eh bien, non. Mon cerveau est en parfait état de marche.

— Alors je ne comprends pas. Je ne t'ai jamais vue désarçonnée par une séance de signatures. Et tu sais que je suis toujours là en cas de besoin. Aussi, je te répète ma question : y a-t-il un problème dont je devrais être tenue informée ?

Clare avala quelques olives supplémentaires, puis regarda Rory droit dans les yeux.

— Quel genre de problème ?

— Je n'en sais rien, moi ! Si je te presse, c'est que je me fais du souci. Je conçois que son aide te soit précieuse à Shaftesbury. Il y a le courrier à trier, ton emploi du temps à gérer, les rendez-vous et tout ça. Même s'occuper de la maison, faire la cuisine... Mais Clare, je n'irai pas par quatre chemins avec toi : elle me paraît beaucoup trop impliquée dans ta vie.

— Rien que parce que je l'ai emmenée à Londres ? Voyons, elle voulait voir son fils. Il n'habite pas loin d'ici. Elle a fait un saut chez lui en fin d'après-midi aujourd'hui...

Comme son amie avant elle, Clare jeta un regard circonspect en direction de la cage d'escalier.

— Tu vois, Rory, son fils cadet est mort il y a trois ans, peu de temps avant que je fasse sa connaissance. Il s'est suicidé, cela ne fait aucun doute. Depuis, l'existence de Caroline est un calvaire. Elle a perdu un être cher, tu comprends, et dans ce cas, la personne qui reste...

Devant l'expression de Rory, Clare s'interrompit net et bafouilla :

— Oh, ah, désolée...

— Ce n'est pas grave. Fiona ne s'est pas suicidée.

Clare acquiesça, mais son front plissé prouvait qu'elle regrettait d'avoir été trop loin. *C'est le vin*, pensa Rory. L'ivresse leur faisait dire des bêtises. À ses pieds, Arlo ronflait toujours. Elle baissa les yeux vers lui et sentit son cœur se gonfler de tendresse.

— Tu sais, Clare, je serais morte sans ce foutu clébard.

— Je ne crois pas. Tu le dois à ton courage. Caroline n'a pas cette qualité. Pour surmonter son deuil, elle n'a que ce travail qu'elle fait pour moi.

— C'est ce qu'elle t'a dit ?

— C'est ce que je constate.

— Tu refais pour elle ce que tu as fait pour moi ? Tu lui accordes le temps et l'espace de... je ne sais pas... de panser ses plaies ?

— Je lui garantis un emploi.

— Est-elle à la hauteur ?

— Pas particulièrement. Pas dans tous les domaines.

— Dans ce cas, pourquoi ne pas réduire son rayon d'action, par exemple aux tâches ménagères ?

Clare se leva et commença à débarrasser. Elle pria son amie de ne pas bouger – elle ne voulait pas qu'elle réveille Arlo. Elle aimait beaucoup cette boule de poils, peut-être pas autant que Rory, mais elle lui était reconnaissante : grâce à sa discrète présence, celle-ci avait eu le courage de ressortir dans le monde.

— J'ai essayé, figure-toi, mais elle a résisté. Oh, au début, elle s'est occupée du ménage, mais elle n'arrêtait pas de répéter qu'elle avait d'autres qualifications. Elle pouvait se charger de ma documentation, rechercher des idées. Elle avait sous la main des tas de personnes à interviewer. Elle pouvait éditer mes textes, me créer un site Internet, l'administrer. Elle pouvait m'ouvrir un compte Twitter, me créer un blog, bref elle pouvait se charger de tout ce que vous autres de la maison d'édition voudriez m'imposer et que je m'emploie soigneusement à esquiver. Elle m'a demandé de lui donner sa chance, et moi, mal m'en a pris, j'ai dit banco. Qu'aurais-tu fait à ma place ?

— Oui, mais te donne-t-elle satisfaction ? Elle édite ton prochain livre ? Elle nourrit son blog et tweete pour toi ?

Clare emballa le salami et entreprit de transférer les olives, les pêches et les raisins dans des boîtes en plastique.

— Tu connais la réponse, il me semble.

— Alors, pourquoi ne pas la renvoyer ? Ou lui dire : « Ma bonne Caroline, comme vos belles promesses n'ont pas été tenues, je vous prie dorénavant de restreindre vos activités aux tâches ménagères. »

— Si seulement c'était aussi facile.

Rory fronça les sourcils. Clare lui cachait quelque chose, elle en était certaine. Elle flairait un secret, mais il se dérobait comme les fantômes de huguenots qui hantaient les rues obscures de Spitalfields.

— Dis-moi ce qu'il y a. Je t'en prie.

Clare rangea les boîtes dans le frigo puis revint s'asseoir. Alors seulement, elle répliqua :

— En tant que femmes, nous avons les unes envers les autres un devoir de solidarité. J'ai voué ma vie entière à ce credo.

— Oui, j'en ai bénéficié. Tu n'as pas à me le rappeler.

— Quand j'ai rencontré Caroline – c'était à une réunion de la Ligue des femmes de Shaftesbury – et que j'ai entendu le récit de ses malheurs, j'ai pensé que ce n'était pas compliqué pour moi de lui tendre une main secourable et de la soulager d'une petite fraction de ses souffrances. J'ai eu tellement de chance moi-même dans la vie...

— Tu as grandi dans une ferme des îles Shetland au milieu des moutons. Et ton frère, une nuit, a...

— Oui. Bon. Ne parlons pas de ça. Ce que je veux dire, c'est que mes parents croyaient en moi, que j'ai pu faire de solides études, que j'ai voyagé un peu partout dans le monde, qu'une année sabbatique en Asie du Sud-Est m'a ouvert les yeux : j'ai compris ce que c'était que d'être une femme opprimée dans une société dominée par les hommes, sans parler des ravages de la pauvreté. Alors que Caroline, elle, n'a pas trouvé d'autre moyen de quitter sa mère que de se marier, et ce premier mariage s'est révélé catastrophique. La pauvre, elle n'a jamais su se prendre en charge, trouver une raison de vivre. Elle s'est consacrée entièrement à ses enfants, comme tant de femmes, Rory. Et puis l'un d'eux s'est tué. Jamais je n'aurai à traverser une épreuve pareille. Et quand on a eu autant de chance que moi...

Elle haussa les épaules avant de conclure :

— Je ne vois pas d'autre explication à te donner. Je suis comme ça, que veux-tu.

Rory comprenait. Tout ce que Clare venait de dire était vrai. Pour elle, la solidarité entre femmes n'était pas un vain mot. Elle avait toujours agi dans ce sens. Son excès de libéralité à l'égard de Caroline Goldacre était en accord avec ses convictions profondes.

N'empêche, Rory continuait à ressentir un malaise, une sorte de réticence instinctive.

— Je suppose que je n'ai plus qu'à dire amen,

soupira-t-elle. J'espère au moins qu'elle ne t'empêche pas de travailler. Au fait, comment avance ton prochain ? Ta suite à *Darcy*... J'en ai l'eau à la bouche chaque fois que j'y pense, Clare.

— J'avance doucement en ce moment, avec la promo et tout le binz. Mais, chère éditrice, tu recevras le manuscrit en temps et en heure, comme toujours.

— Si tu dois dépasser les délais, il suffit de me prévenir à l'avance, tu le sais. Je peux changer la programmation.

Clare fit un petit geste, comme si elle chassait une mouche.

— Tu me connais, j'ai l'habitude de battre le fer pendant qu'il est chaud. J'ai la ferme intention de tenir les délais. N'aie crainte, nous serons bientôt riches, grosses et célèbres.

31 juillet

Victoria
Londres

En émergeant du labyrinthique système de sécurité, Lynley ne s'aperçut pas tout de suite que la femme debout devant les ascenseurs n'était autre que Dorothea Harriman. N'ayant jamais vu la secrétaire du département le nez dans un livre, il n'avait tout simplement pas fait attention. Il fallut qu'elle l'apostrophe – en se servant de son grade bien sûr – pour qu'il daigne la regarder.

— Mais, inspecteur Lynley, vous avez de la peinture sur les mains ! Et aussi dans les cheveux, au-dessus de votre oreille droite !

— Ah bon, vraiment ? dit-il en exagérant son accent d'Oxford.

Il tapota ses cheveux et, à la différence de texture, constata qu'elle avait raison. Une peinture marron aurait pu passer inaperçue, mais le rose fuchsia...

— Ah, zut, je n'ai pas mis assez de shampoing ce matin.

Et pour couper court à sa curiosité, il ajouta :

— Que lisez-vous, Dee ? Ça a l'air passionnant.

Elle lui tendit le bouquin. Il reconnut le nom de la célèbre féministe et son regard s'attarda un instant sur sa photo en quatrième de couverture. En vieillissant, Clare Abbott avait gagné en élégance, malgré sa masse de cheveux gris en bataille et son air sévère derrière ses lunettes à monture épaisse qui avaient peut-être été à la mode autrefois – disons, il y a soixante-dix ans. Il voulut rendre le livre à Dorothea, mais elle leva les mains comme si elle ne voulait plus y toucher. Les portes de l'ascenseur s'ouvrirent, et ils montèrent ensemble. Elle s'adossa à la barre du fond avec une petite moue.

— Il ne vous plaît pas ? s'enquit-il.

— Les élucubrations d'une lesbienne qui hait les hommes... une *misondre*, quoi.

Lynley était bien trop courtois pour la corriger sur le terme « misandre ».

— Je suppose donc que vous ne lisez pas cet ouvrage dans l'objectif de vous préparer avant de faire le grand plongeon ? Je vous parle du mariage...

— Non. C'est juste un cadeau du sergent Havers.

Elle leva les yeux sur les numéros des étages qui s'allumaient les uns après les autres à mesure de leur ascension. Puis, avec un soupir, elle indiqua le livre.

— Voici, je le crains, le résultat de notre première escapade toutes les deux hors les murs de New Scotland Yard.

— L'auriez-vous emmenée dans une librairie pour trouver un amant, Dee ?

Elle soutint son regard.

— Vous me prenez pour une imbécile, inspecteur ? Je l'ai emmenée sur Middlesex Street. J'ai été jusqu'à lui révéler les secrets de ma garde-robe. Je lui ai parlé des basiques... Bon, on ne peut pas tout à fait les comparer à des fondations, mais c'est l'idée. Ce sont les premières pierres sur lesquelles on peut adapter son habillement selon la tendance du moment.

Bien que ce fût là un langage qui passait au-dessus de la tête de Lynley, il s'efforça de paraître intéressé.

Les portes de l'ascenseur s'ouvrirent. Dans le couloir, Dorothea continua :

— En gros, je lui ai expliqué comment on s'y prenait. Je lui ai dit l'importance des accessoires et surtout de l'usage d'une excellente centrale vapeur. Oh, et je lui ai parlé des boutons... Rien de plus simple que de les changer et rien de tel pour donner du chic à un vêtement. Je lui ai même montré les stands où on dégote du vintage...

— Du vintage ?

— Des boutons vintage, inspecteur. Capitonnés de cuir, en forme de coquillage ou de coquille d'huître. Ou même en Bakélite. Vous prenez un costume très bon marché à vingt livres...

Lynley haussa un sourcil.

— Oui, oui, ça existe. Bien sûr, pour rien au monde vous ne porteriez ce genre de costume, mais...

— Vous vous trompez. J'allais vous demander où je pourrais dénicher une affaire pareille...

— Sur Middlesex Street, je vous l'ai dit. Bon, alors, vous prenez une veste et vous changez les boutons, eh bien, là, les gens ne voient plus que les boutons, et comme ils sont magnifiques, ils pensent que le costume est tout aussi beau.

— Je vois. C'est astucieux.

Il leva le livre.

— Et ça, c'est quoi ?
— Elle a vu une affiche... Je ne peux pas vous dire où. On était à peine arrivées qu'elle disparaissait du côté des stands de nourriture.
— Pourquoi est-ce que je ne suis pas étonné ?
— Elle s'est empiffrée de mets au curry, oui. Et après, je ne sais pas... Quoi qu'il en soit, quand elle m'a offert ça, expliqua-t-elle en désignant le livre d'un mouvement du menton, elle m'a affirmé qu'elle l'avait découvert grâce à notre escapade, et « merci beaucoup, Dorothea ». Ne me demandez pas comment ce bouquin a atterri dans ses mains. Peut-être que quelqu'un le lui aura refilé en espérant que... enfin... je n'en sais rien.

Lynley ouvrit le livre et lut la dédicace.
— Il vous est dédicacé, Dee.
— Non, c'est impossible !

Quand elle vit son nom et la signature sur la deuxième page, ses yeux bleus s'arrondirent de surprise, puis se plissèrent à la pensée de ce que cela pouvait sous-entendre.
— Elle a voulu me faire une farce, c'est cela ? Elle pense que je vis dans l'espoir de mettre le grappin sur l'homme idéal qui me sauvera de tout cela...

D'un grand geste, elle engloba l'ensemble de New Scotland Yard.
— ... et m'emmènera... dans un cottage du Surrey, où il me fera beaucoup d'enfants.
— Certainement pas dans le Surrey, commenta Lynley avec un sérieux que démentait son sourire.

Elle sourit aussi, malgré elle.
— Dans le Berkshire, alors. Ou le Buckinghamshire.
— À l'extrême rigueur, dit-il.

— Eh bien, elle va m'entendre, inspecteur Lynley. Mon plan a échoué, en tout cas, c'est évident.

Elle plissa le front et battit du pied avant d'enchaîner :

— Pourquoi pas le jardinage ? Un potager ? On rencontre toutes sortes d'hommes de nos jours dans les jardins municipaux...

— Mon Dieu, Dee...

— Alors, le bricolage. Ça oblige à fréquenter des magasins où les hommes sont trop contents de vous renseign...

Une idée lui traversa l'esprit.

— Mais cela nous ramène à nos moutons, inspecteur. Vous n'avez pas répondu à ma question. D'où vient cette peinture dans vos cheveux ? Je ne vous imagine pas franchement en train de bricoler.

— Dorothea, il y a des aspects de ma personne que vous ne soupçonnez pas.

— Hum. Mais cette couleur fuchsia... Tout de même, inspecteur Lynley ?

— Chut ! Ce sera notre secret.

Belsize Park
Londres

Rose fuchsia. Juste une petite touche sous forme de bande horizontale à quinze centimètres au-dessus du revêtement de carrelage blanc, lui avait-elle expliqué. Le « motif métro ». Le reste de la salle de bains était peint en gris pâle, avec des serviettes gris foncé et quelques touches de rose fuchsia sur ce que Daidre appelait « les extras ». Ceux-ci consistaient en un vase, un tapis à pois et une bande verticale en peinture spéciale pour tissus sur le store romain qui couvrait la nouvelle fenêtre à double vitrage. Cette fenêtre – « économies d'énergie obligent, Tommy » –, de même que l'installation électrique et la plomberie, était l'une des trois réalisations que Daidre Trahair n'avait pas entreprises elle-même. Elle avait fait le reste petit bout par petit bout, durant le temps libre que lui laissait son emploi au zoo de Londres, où elle était vétérinaire spécialisée dans les grands animaux. Lorsque Lynley avait lui-même du temps et qu'il désirait la voir, il se transformait en son homme à tout faire. Elle avait en effet acheté un appartement délabré dans Belsize Park afin, disait-elle, d'avoir un logement proche du boulot. Elle pouvait s'y rendre à vélo, comme ça. Et une fois l'appartement rénové, elle serait comme un coq en pâte.

Lorsque Lynley avait émis des doutes, Daidre lui avait ri au nez. Elle se prétendait très bricoleuse, et l'avait d'ailleurs prouvé au cours des mois précédents. Elle s'était attelée en premier à la salle de bains, dont la touche rose fuchsia constituait la finition ultime. Il lui avait prêté main-forte, non qu'il soit un as du bricolage – loin de là –, mais parce que c'était le seul moyen de passer du temps avec elle.

À présent, au moyen de la clé qu'elle lui avait confiée, il s'introduisait dans l'appartement. Une fois de plus, il avait apporté une pizza achetée dans une des boutiques du village de Belsize. Il essayait d'oublier qu'il n'avait jamais mangé autant de pizzas depuis qu'il était étudiant. Il posa le carton devant la fenêtre en saillie où ils prenaient leurs repas quand il lui rendait visite. Pour tout siège, ils disposaient de deux tabourets de camping. Quant à la table, c'était en fait l'ancienne fenêtre de la salle de bains posée sur deux grandes marmites rouillées que Daidre avait trouvées parmi les gravats du jardin, quand elle avait fait enlever la cuisinière répugnante de saleté laissée par le précédent propriétaire.

La cuisine était pour l'instant inexistante, la chambre à coucher se réduisait à un chantier. Daidre dormait sur un lit de camp avec un sac de couchage dans la plus grande des futures chambres, mais la pièce était encore dans le même état que le jour où elle avait acheté son logement : une ruine avec des trous dans les murs et une fenêtre aux vitres peintes en bleu, la peinture tenant lieu de voilage. La chambre n'était pas sa priorité, lui avait-elle expliqué. La cuisine serait la prochaine étape. « Quelles sont tes compétences en matière de cuisine, Tommy ? », lui avait-elle demandé. « Du même ordre qu'en ce qui concernait les salles de bains », avait-il répondu.

La nature de leurs relations avait peu évolué depuis leurs premières rencontres. Daidre tenait à conserver une grande partie de son indépendance. Lynley avait compris que c'était important pour elle, mais cela ne l'empêchait pas de continuer à essayer de la faire changer d'attitude. Était-ce un défi qu'il lui plaisait de relever ou cela cachait-il une raison plus profonde ? Pour l'instant, il n'avait pas de réponse. Toujours est-il qu'elle voulait se débrouiller seule et possédait une solide confiance en elle. C'était justement ce qui la rendait aussi mystérieuse aux yeux de Lynley. Il alla voir où en était la cuisine. Comme prévu, la fenêtre à double vitrage avait été installée le jour même. Les futures portes-fenêtres de la salle à manger étaient posées debout contre le mur, lequel, pour l'heure, ne comportait qu'une étroite ouverture vers le jardin. Il fallait attendre, pour les monter, que la maçonnerie soit terminée. Pour le reste, rien n'avait avancé.

Lynley revint vers le salon. Ayant emporté *À la recherche de M. Darcy*, il fouilla dans sa veste en quête de ses lunettes. Puis il se plongea dans sa lecture en attendant l'arrivée de Daidre. L'ouvrage commençait, constata-t-il, par la tragédie de Tristan et Yseult. Selon l'auteur, ce mythe était à l'origine de la grande illusion des temps modernes : l'amour-passion.

Lynley avait déjà bien avancé dans sa lecture quand il entendit la clé de Daidre dans la serrure. Il ôta ses lunettes et se leva du tabouret de camping. Elle entra en poussant sa bicyclette.

— Tommy ! Je n'ai pas vu ta voiture ! s'exclama-t-elle en se retournant vers la rue d'un air étonné. Tu n'es quand même pas venu en métro ?

— Tu me connais trop bien. Je l'ai garée dans le village. Ensuite, je suis venu à pied... avec de quoi dîner, d'ailleurs, répondit-il en indiquant la boîte à pizza.

— Quelqu'un surveille ta Healey Elliott alors... Tu payes un gamin de douze ans pour astiquer le capot ?

Il ne put s'empêcher de sourire.

— Il a quinze ans.

— Et il est tout content de te rendre ce service, j'imagine. Tu lui as permis de se mettre au volant ?

— Dieu du Ciel ! Non.

Elle appuya la bicyclette contre le mur. Quand Lynley s'avança pour l'embrasser, elle l'arrêta.

— N'approche pas ! Il faut d'abord que je prenne une douche. Qu'as-tu apporté ?

— Un spécial cabri de chez le Turc.
— Alors qu'est-ce que c'est que cette boîte à pizza ?
— Un habile camouflage. Je craignais de provoquer une émeute.
— Très drôle.
— Manger du cabri dans ce pays serait considéré comme un assassinat.
— Eh bien, j'espère que ce cabri-ci est aux champignons et à la mozzarella, avec des olives, dit-elle en riant.

Il fit un pas vers elle mais, de nouveau, elle tendit le bras pour l'arrêter.
— Aujourd'hui, c'était le jour des éléphants. Je ne rigole pas. Une douche s'impose.

Elle fila dans l'étroit couloir vers la salle de bains et ferma la porte.

Daidre aimait prendre son temps sous la douche. Lynley chaussa ses lunettes, retourna s'asseoir sur le tabouret de camping et, après s'être servi un verre de vin de la bouteille entamée lors de sa dernière visite, il reprit tranquillement sa lecture.

Yseult, la fille de la reine d'Irlande – qui est aussi magicienne –, représentait selon l'auteure l'idéal féminin, l'autre moitié d'un couple maudit. Il en était à ce stade de l'analyse quand Daidre refit surface. Elle s'approcha derrière lui et posa sa main sur son épaule. Son frais parfum fit palpiter les narines de Lynley.

— *À la recherche de M. Darcy* ? Mais qu'est-ce que tu lis ? Tu veux la recette de l'homme idéal ? Ou bien tu te demandes pourquoi les femmes sont encore attirées par quelqu'un d'aussi… d'aussi…
— D'aussi quoi ? fit-il en se tournant vers elle.

— Enfin, c'est un snob, non ?

— Sa proposition de mariage était plutôt grinçante, admit Lynley. Mais en fin de compte, il est vaincu par l'amour d'une femme remarquable. Du moins, c'est ce qu'on tente de nous faire croire. Sans oublier qu'elle a subi la pire belle-mère de toute la littérature. Malgré tout, ils réussissent à vivre heureux à Pemberley, au milieu des Van Dyck et des Rembrandt, dans une vaste propriété comprenant, si j'ai bonne mémoire, un superbe ruisseau à truites.

— C'était la clé de leur bonheur, j'en suis convaincue. Une truite sortie toute frétillante de la rivière, c'est irrésistible. Mais tu cherches quoi, en fait ? demanda-t-elle en désignant le livre.

— C'est une histoire compliquée. Dorothea est persuadée que Barbara a besoin de ne plus être aussi obsédée par son boulot. Elle lui concocte donc une diversion sexuelle… Et pour sa part, Barbara pense que Dorothea doit changer son point de vue sur les hommes. Raison pour laquelle elle lui a offert ce livre.

— Une amitié idyllique toute récente, si je comprends bien. Et toi, qu'en penses-tu ?

Il retourna le livre ouvert et le posa par terre avant de se lever.

— Moi, je m'occupais juste l'esprit avec un peu de littérature légère en t'attendant.

— Ton opinion s'est-elle modifiée à la lumière de ces pages ?

— Les rapports entre les gens sont une question trop complexe pour moi…

— Je suis d'accord. C'est pourquoi je les évite. Je préfère les animaux.

Elle soutint son regard, sans défiance. Daidre

disait toujours ce qu'elle pensait. Cela aussi faisait son charme.

— Très bien, répliqua Lynley. Alors évitons le sujet pour l'instant. Je ne t'ai pas encore dit bonjour comme il faut.

— Ça vaut mieux pour toi, crois-moi... à cause des éléphants. Mais je crois qu'avec la douche le problème est résolu.

— J'espère bien, mais ça n'aurait eu aucune importance.

— As-tu déjà senti l'odeur des éléphants ?

— C'est au programme.

Il l'embrassa légèrement d'abord, puis son baiser se fit plus intense. Il s'enivrait à son odeur, bien qu'à cet instant elle sentît surtout la savonnette et le shampoing.

Elle mit fin au baiser, mais sans brusquerie. Puis elle le regarda avec des yeux pleins d'affection.

— Tu as bu du vin, et moi pas. Ce n'est pas juste.

— On peut y remédier tout de suite.

— Excellente idée.

Elle s'approcha de la table provisoire et souleva le couvercle de la boîte à pizza. Il admira le naturel de ses mouvements quand, pour dégager son visage, elle balaya d'un geste ses cheveux blonds et les bloqua derrière ses oreilles, puis quand elle s'assit et se concentra sur la splendide pizza aux olives, champignons et mozzarella. Elle en croqua un morceau.

— Après une journée en compagnie de mes éléphants, c'est divin...

Une portion de pizza dans une main, elle indiqua de l'autre le livre à l'envers sur le sol.

— Alors, raconte un peu, cette lecture édifiante...

Tu sais comment vivre heureux jusqu'à la fin des temps ? Je remarque que le mot « mythe » figure dans le titre.

Camberwell
Sud de Londres

Il était dix-neuf heures trente lorsque Charlie Goldacre sonna chez India. Aucune lumière ne brillait dans la petite maison de Benhill Road, mais il se dit d'abord qu'elle devait se trouver à l'arrière. Comme personne ne répondait, il recula de quelques pas afin d'inspecter les fenêtres à l'étage : pas le moindre indice d'une présence humaine.

Charlie scruta la rue autour de lui. Il aurait tout aussi bien pu lui téléphoner, mais il avait jugé plus avisé de le lui dire de vive voix. Cependant, que faire à présent ?

Il opta pour une petite marche du côté de Camberwell Church Street, au bout de Benhill Road, où il trouverait sûrement un pub correct où tuer le temps en attendant le retour d'India.

Il avait à peine fait une centaine de mètres que sur le trottoir d'en face, d'un bâtiment jaune miteux, s'échappa un chant plein de gaieté et de rythme.

Du gospel. A cappella. Les vibrations des voix profondes le frappèrent tout autant que les paroles. Il y était question de la soif de vengeance d'Abel et de la rémission des péchés par le sang de Jésus. Charlie traversa la rue : c'était l'église pentecôtiste de Camberwell. La chorale répétait. « Il arrose nos cœurs contrits / Satan frappé de terreur s'enfuit. »

Charlie entra sous le porche et s'avança un peu pour regarder. Debout sur une estrade, ils devaient bien être quarante. Le chef de chœur fit un signe, et un homme s'avança pour entonner le verset suivant. De toutes origines, ces chanteurs formaient une véritable nation unie ecclésiastique. Ils portaient leurs vêtements de tous les jours, mais Charlie les imaginait aisément le dimanche, gesticulant en cadence avec la musique dans des chasubles bleu roi, rouge et or. Il était en train de se dire qu'il était aussi bien là que dans un pub, quand il la vit.

Aussi incroyable que cela puisse paraître, India tapait dans ses mains et chantait avec les autres en contrepoint du soliste avec une joie qui laissa Charlie abasourdi.

India, son épouse effacée, faisant partie d'une chorale multiraciale et, en plus, s'éclatant ! Sous le coup de l'émotion, il battit en retraite dans le vestibule. Des brochures étaient disposées en éventail sur le rebord de la fenêtre. Il s'y appuya avec l'intention de l'attendre de pied ferme.

Ils répétèrent quatre autres hymnes. Leur entrain avait un indéniable effet contagieux. À la fin, le chef de chœur dit quelques mots sur l'organisation du prochain service dominical.

— Et toi, Izzy Bolting, t'as intérêt à être à l'heure. Pas question de te glisser en douce au milieu d'un chant. Je ne veux plus qu'on se fiche de notre gueule.

Une voix l'apostropha :

— Pas de gros mot, pasteur Perkins !

Cette remarque provoqua l'hilarité générale. S'ensuivit un brouhaha.

Avant qu'ils ne se déversent dans le vestibule,

un homme y entra de l'extérieur. Charlie se plaqua dans le renfoncement de la fenêtre. Il venait de reconnaître le bellâtre dont s'était entichée India. Le dénommé Nat. Il était venu la chercher, cet idiot. Il ne pouvait pas identifier Charlie, bien entendu, mais ce dernier préféra rester embusqué. Cela lui permettrait d'assister à leurs retrouvailles.

Elle sortit la dernière et s'élança vers lui.

— Tu es là, Nat ! C'est chouette... mais il faut quand même que je fasse un saut à la maison.

Ils s'embrassèrent.

— Mmm. Tu as un goût de chocolat, dit-elle.

— C'est exprès. Tu en reveux ?

Elle rit, s'écarta légèrement et vit son époux. Le sang se retira de son visage. Charlie comprit qu'elle avait déjà couché avec lui.

— Charlie ! s'écria-t-elle. Qu'est-ce que tu fiches ici ? Comment tu savais que j'étais là ?

Elle le soupçonnait de continuer à l'espionner, songea-t-il. Il voulut protester, mais Nat passa un bras protecteur autour de ses épaules. Qu'avait-elle bien pu lui raconter sur son compte ? Qu'il n'avait pas encore accepté la fin de leur union ? Qu'il essayait de la récupérer ? Qu'il était un être pathétique ? Qu'il exigeait d'elle qu'elle soit à la fois une sainte et une pute afin qu'il puisse atteindre un instant d'anéantissement. Elle ne pouvait quand même pas le lui avoir dit ? Cependant, étant donné l'expression teintée de mépris de son compagnon, elle avait dû lui confier quelque chose d'approchant.

— Charlie, qu'est-ce que tu fiches ici ? répéta India.

— Je passais par là, répondit-il bêtement. Et lui, qu'est-ce qu'il fait là ?

— Tu sais très bien ce que je veux dire, riposta-t-elle. Tu m'as suivie, n'est-ce pas ?

Nat intervint :

— Elle n'a pas encore appelé la police, mais ça ne va pas tarder. Vous connaissez le mot « harcèlement », non ?

Charlie sentit monter en lui une bouffée de colère.

— Fermez-la. Ce n'est pas vos oignons.

Nat s'avança d'un pas. India le retint par le bras.

— On sort dîner, dit-elle à Charlie.

— Je ne suis pas invité, je suppose. La cinquième roue du carrosse et tutti quanti. On ne veut pas d'un mari s'interposant entre sa femme et son amant... Elle vous a dit que j'étais son mari ?

— Pour le moment, répliqua Nat.

Charlie dut se retenir pour ne pas se ruer sur lui, envoyer son poing dans sa belle gueule et lui défoncer la tête en le passant par la fenêtre. Seule le retint la pensée qu'il risquait de se ridiculiser. Car si Charlie avait près d'une tête de plus que lui, Nat semblait être en excellente forme physique. La main qu'il tenait posée sur l'épaule d'India s'était crispée : il était prêt à le recevoir.

India s'empressa de dire :

— Nat, tu peux m'attendre une minute dehors ?

L'autre commença par toiser Charlie, un examen qui ne se conclut apparemment pas à l'avantage de ce dernier. Mais quand India répéta son nom, il acquiesça.

— Si tu as besoin de moi...

— Merci, chéri.

En prononçant ces mots, India devint rouge écarlate.

Dès que Nat eut franchi la porte de l'église, elle se tourna vers Charlie.

— Ça m'a échappé. Excuse-moi.

En dépit d'une subite montée d'angoisse qui faisait palpiter chaque fibre de son corps, Charlie articula :

— Je sais qui tu es, India.

— Merci. Maintenant, dis-moi pourquoi tu es là. Si c'est au sujet de Nat, ce n'est pas...

— Il y a une cérémonie à la mémoire de Will. Je pensais que tu voudrais peut-être y assister.

En évitant de parler de Nat, Charlie pouvait à la rigueur se dire qu'il n'existait pas.

— Mais..., lâcha India, interloquée. Il y a déjà eu une cérémonie, avant la crémation.

— Ce ne sera pas la même chose. On inaugure un jardin du souvenir. J'espérais que...

Il s'éclaircit la gorge que l'anxiété contractait.

— C'est important pour moi que tu viennes, India.

— Ça se passe où ?

— À Shaftesbury.

À la façon dont elle tendit le cou et redressa le menton, il vit qu'elle était encore plus sur ses gardes.

— Pas chez ta mère ?

— Non, pas chez elle. Il y a une source d'eau fraîche en contrebas de Bimport Street...

— Ah ?

— C'est au fond de la propriété de Clare Abbott. Maman pourra y aller à pied. Elle pourra s'y rendre quand elle veut pour penser à Will ou méditer.

Envahi par l'émotion comme par une vague traîtresse, il émit une toux sèche.

— C'est un geste de Clare Abbott, elle le fait par gentillesse, je suppose. Il y a un endroit où s'asseoir et une pierre gravée au nom de Will. Clare m'a téléphoné. Les travaux ont été un peu longs, mais tout est prêt maintenant. C'est une surprise. Elle y conduira maman sous un prétexte quelconque. Nous, on sera déjà là. On l'attendra.

— Ton père est invité ?

Charlie souffla par le nez avec un bruit déplaisant.

— Ce ne serait pas sympa pour maman. Non, il n'est pas invité. Il y aura Clare, Alastair, moi… et toi. J'ai cherché à joindre Lily, sans résultat. Les dames de la Ligue des femmes de Shaftesbury seront là aussi, je crois. Je ne sais pas vraiment. Je voulais juste… Je sais que c'est beaucoup te demander, India, avec ton Nat dans les parages.

En voyant qu'elle mollissait, il interrompit sa péroraison. L'idée qu'elle puisse lui céder par pitié le révoltait, mais après tout, ce qui comptait, c'était qu'elle l'accompagne à Shaftesbury. Ils iraient ensemble en voiture. Ils passeraient la journée ensemble. Il aurait le loisir de lui prouver… quelque chose… n'importe quoi… ce qu'il fallait pour la persuader de reprendre leur vie commune.

— Je viendrai, bien sûr, dit-elle en tendant la main vers lui, sans toutefois le toucher. Je suis désolée, Charlie. Pour tout. Tu le sais.

— Mais tu ne t'excuses pas pour lui, riposta-t-il en indiquant d'un mouvement du menton l'autre qui attendait devant le bâtiment.

— Pourquoi m'excuserais-je ?

— Qu'est-ce que je dois comprendre ?

— Je ne sais pas exactement.

SIX SEMAINES PLUS TÔT

10 août

Shaftesbury
Dorset

En bonne Londonienne, Rory Statham était toujours saisie par la même sensation en arrivant à Shaftesbury, à savoir celle de laisser derrière elle la civilisation pour pénétrer sur les terres austères de Blackmore Vale, exposées toute l'année aux vicissitudes du climat britannique. À ses yeux du moins, le seul site digne d'intérêt était la pittoresque rue pavée, Gold Hill – « la colline d'or » –, dont la pente raide réservait aux visiteurs deux enchantements. Le premier était le charme des maisons anciennes qui s'y succédaient de guingois. Le second était la vue que l'on découvrait si l'on s'en donnait les moyens : il fallait entreprendre l'ascension de la colline, atteindre le haut d'un chemin goudronné appelé Park Walk, et là, par temps clair, un superbe panorama se déployait aussi loin que le regard pouvait porter, jusqu'aux rondeurs émeraude des collines de Hambledon et de Bulbarrow, et même jusqu'aux falaises de craie de l'île de Purbeck. Mis à part cela, la ville n'avait rien d'ensorcelant.

Clare Abbott considérait que Rory avait tort. Shaftesbury possédait une église médiévale, ainsi qu'un édifice servant aujourd'hui de mairie qui, certes, datait d'une époque plus récente quoique prévictorienne, mais que les architectes avaient conçu dans le même style moyenâgeux. Entendu, la ville comptait un peu trop de boutiques de bienfaisance pour sa taille, mais on y trouvait des pubs, des magasins de thé, un hôtel, un supermarché, des boutiques de vêtements et un poste de police. Tout le nécessaire, déclarait Clare.

Lorsque Rory avait cherché à lui arracher des confidences sur la raison qui la poussait à s'enterrer dans ce trou alors qu'elle était une Londonienne dans l'âme, Clare avait riposté : « Parce que ce n'est justement pas Londres, Rory », ajoutant que c'était parce que l'animation y était réduite à presque rien qu'elle était contente d'habiter là. Alfred « le Grand » avait judicieusement choisi son site quand il avait fondé la cité. Sa position élevée permettant une vue à vol d'oiseau à des kilomètres à la ronde était favorable à l'établissement d'un système de défense : l'ennemi ne pouvait pas vous attaquer par surprise.

Lorsque Rory lui avait demandé quel type d'ennemi Clare craignait, celle-ci avait éclaté de rire et répliqué qu'il s'agissait de ses voix intérieures, celles qui se mettaient à hurler dès qu'elle essayait d'écrire. Or le vent de la région l'empêchait de les entendre.

Rory ne l'avait pas contredite. Le vent en cette contrée était omniprésent. Clare habitait Bimport Street, dans la partie ouest de la ville, une maison orientée sud-est. Devant, le jardin avec sa belle pelouse était suffisamment abrité pour que l'on puisse prendre des bains de soleil sur de confortables chaises longues. L'arrière de la maison, en revanche, subissait les attaques de vents d'une violence inouïe. Il fallait que le temps soit vraiment merveilleux pour que l'on songe à s'y asseoir.

Rory descendit de sa voiture et ouvrit le portail en fer forgé. Elle suivit ensuite l'allée menant au garage abritant la vieille Volkswagen Jetta de Clare. En ce jour d'été, pas un souffle ne venait remuer les branches des chênes du jardin. Rory ouvrit le coffre de sa Fiat et sortit la panoplie de voyage d'Arlo. Après quoi, elle lâcha le chien, qui s'en fut bondir à droite et à gauche sur le gazon, truffe à terre, levant la patte çà et là afin de marquer son territoire. C'était parce que le beau temps était censé se maintenir aussi le lendemain que Clare avait choisi cette journée pour inaugurer le jardin du souvenir en mémoire du fils cadet de Caroline Goldacre.

Rory et Arlo étaient venus de Londres spécialement pour « la cérémonie », comme l'appelait Clare. Rory n'avait aucune idée de ce en quoi cela consisterait et aurait d'ailleurs préféré bouder l'événement. Trop de questions concernant Caroline Goldacre restaient sans réponse et l'emplissaient d'un curieux malaise. Mais Clare avait insisté et Rory, comme d'habitude, avait fini par céder.

« Mettons que j'aimerais que tu sois là en ta qualité d'amie, avait dit Clare. Je t'en prie, Rory. Après, on pourra... Je ne sais pas... faire un saut à Chesil Beach ? Au château de Corfe ? Ou emmener Arlo se promener sur Castle Hill ? C'est toi qui décides. »

Rory remonta l'allée dallée de pierre et sonna à la porte d'entrée. Personne. Elle plongea la main dans son sac pour en retirer le porte-monnaie où elle gardait les clés des deux domiciles de Clare. Elle siffla Arlo et attendit qu'il l'ait rejointe pour ouvrir la porte en criant le nom de Clare. Toujours pas de réponse. Elle cria le nom de Caroline. Même résultat. Ce n'était pas grave. Elle était comme chez elle dans cette maison.

— Viens, dit-elle à son chien.

Elle monta son vanity-case dans la chambre à l'étage. Là, elle ouvrit en grand la fenêtre et se pencha dehors pendant qu'Arlo reniflait les coins de la pièce.

Rory localisa immédiatement l'endroit que Clare avait choisi pour le « jardin du souvenir ». Derrière la maison, à une cinquantaine de mètres, la pelouse descendait en pente jusqu'à une ruelle pavée, Breach Lane. Au bord de cette voie étroite, côté nord, un dais blanc surmontait un tas de chaises pliantes attendant d'être déployées. Et à côté, il y avait trois personnes qui discutaient. L'une d'elles était Clare. Les bras croisés, elle fixait le jaillissement des eaux fraîches qui sortaient de terre pour former un bassin. Des arbustes venaient d'être plantés, et l'on avait installé des bancs de pierre devant un objet massif recouvert d'une bâche : le mémorial, sans doute.

Ce spectacle laissa Rory pensive. Pourquoi Clare souhaitait-elle rendre hommage à la mémoire d'un jeune homme qu'elle n'avait même pas connu ? Cela la dépassait. Tout ce que Clare avait pu lui dire, c'était que ça ferait « plaisir à Caroline ». Rory avait jugé plus sage de ne pas s'appesantir sur le sujet. Faire plaisir à Caroline ? C'était tout simplement stupéfiant. Pourquoi Clare tenait-elle autant à contenter cette femme ?

Rory se détourna de la fenêtre et regarda si son lit était fait. Non, il ne l'était pas. Elle se pencha pour caresser Arlo, lui susurra qu'il était un bon petit toutou et sortit les draps de l'armoire. Une fois la chambre prête, elle descendit à la cuisine, se prépara une tasse de thé et versa de l'eau dans un bol pour Arlo. Elle chercha ensuite le coussin qu'elle laissait pour lui à Shaftesbury et le trouva sur le lave-linge. Elle le plaça dans le salon, puis y apporta son thé et trois biscuits au citron sur une assiette. Elle venait de poser le tout sur la table dans le renfoncement de la fenêtre quand elle entendit la porte d'entrée s'ouvrir. Des pas résonnèrent sur les dalles de pierre. Rory s'avança sur le seuil : Caroline Goldacre avait à la main le courrier et un petit colis.

À la vue de Rory, Caroline sursauta et poussa un cri. Puis, comme si ce cri ne suffisait pas, elle lâcha sa poignée de lettres et le paquet. Curieux, songea Rory, sa voiture était pourtant garée devant la maison à côté de celle de Clare. Caroline aurait dû la voir.

— Rory ! Vous m'avez fait une de ces peurs.

Elle jeta un coup d'œil indifférent à Arlo qui s'avançait vers elle en remuant la queue et ajouta :

— Clare ne m'a pas dit que vous veniez. Sinon je me serais arrangée pour vous accueillir.

— J'ai la clé. Arlo...

Le chien reniflait les chevilles de Caroline.

— Couché, Arlo. Sur ton coussin.

Caroline suivit le chien du regard comme s'il allait mordre dans un coussin du canapé et le réduire en charpie.

— Mais quand même... Je n'ai pas pu préparer la chambre d'ami.

— Pas de problème, dit Rory. Je m'en suis chargée.

— Oh, fit Caroline en se tournant vers l'escalier. Bizarre que Clare n'ait pas été là pour votre arrivée.

Puis elle demanda d'un ton précautionneux :

— Rory, pardonnez-moi, mais Clare vous attendait, n'est-ce pas ?

— Elle m'a invitée, oui.

— Pourquoi ne m'a-t-elle rien dit... ?

Rory se retint de lui expliquer qu'il n'entrait pas dans ses attributions de savoir quels amis de Clare passaient lui rendre visite.

— Elle est très occupée. Elle n'y aura pas pensé.

— Vous allez partir quelques jours ensemble toutes les deux ? s'enquit Caroline. Ou devrais-je dire tous les trois, puisque votre petit chien vous accompagnera...

— Ça, c'est sûr, opina Rory aimablement.

— C'est étonnant quand même... Elle ne m'a rien dit non plus à propos d'un déplacement. Elle a une séance de signatures quelque part ? Ou une conférence ?

Rory fit non de la tête.

— Je suis juste de passage. Pour le fun.

— Pendant la campagne de promotion de *M. Darcy* ? Ça, alors...

Caroline la gratifia d'un bref sourire.

— Mais bon. Du moment qu'elle n'est pas étonnée.

— Je vous répète qu'elle m'attend.

— Mais pourquoi ne vous a-t-elle pas accueillie ?

— C'est la deuxième fois que vous me posez cette question, Caroline.

— C'est juste que...

Caroline expira bruyamment et repoussa la masse de ses cheveux noirs de ses épaules.

— Je n'ai pas acheté assez à manger, Rory. Bien sûr, je vais retourner faire des courses en ville... Mais si j'avais su en avance...

— Ne vous donnez pas cette peine, protesta Rory. Je viens de passer des heures en voiture, cela me fera du bien de me dégourdir les jambes. Et je pourrai choisir ce que je veux. En plus, Arlo va bientôt réclamer sa promenade.

— Formidable. Et cela ne vous embête pas d'y aller tout de suite... ? Comme ça, je saurai quoi vous préparer pour le dîner.

— Ah, mais j'allais justement prendre mon thé, dit Rory avec une amabilité forcée. Ne vous inquiétez pas pour ce soir. Je serai ravie d'inviter Clare au restaurant.

Sur ce, Rory pivota sur ses talons et retourna dans le salon, laissant Caroline au triage du courrier. Elle buvait son thé et grignotait son deuxième biscuit au citron en feuilletant le numéro de *Majesty* acheté rituellement à la gare – elle se régalait des photos pleine page et des articles sur d'obscures têtes couronnées de tous les pays du monde –, quand elle entendit un petit bruit à la porte. Elle leva les yeux.

Caroline tenait déplié devant elle un tee-shirt noir, sur lequel on pouvait lire : *Et le 8e jour, Dieu créa la crème Chantilly.* Au-dessous : un monticule blanc planté d'une cuillère.

Rory pouffa de rire.

— Cela doit venir de cette femme, à Bishopsgate. C'était ça, le petit paquet que vous aviez à la main ?

Caroline ne paraissait pas trouver cela amusant du tout.

— Clare voulait seulement être polie. Vous savez comment elle est : incapable de se débarrasser des importuns. C'est pour ça qu'elle m'emploie, pour que j'éloigne les gêneurs. J'ai repris la carte. Je savais très bien qu'elle ne voulait pas d'un vêtement aussi ridicule, Rory. Elle n'a fait que permettre à un autre être humain d'avoir l'impression de partager quelque chose avec elle. Elle a voulu lui accorder un moment de *Feel Good*, comme disent les Américains. Comment ce tee-shirt a-t-il non seulement pu être acheté mais aussi posté à son domicile ? Vous savez ce que je pense…

— Quoi donc ?

— Que vous avez agi dans mon dos et que vous avez redonné à cette femme la carte de Clare, que je lui avais prise.

— Si vous savez tout cela, pourquoi m'interroger, Caroline ?

Caroline lâcha le tee-shirt sur le dossier d'un fauteuil et s'approcha.

— Vous ne supportez pas que je travaille pour elle, n'est-ce pas ?

Elle se campa devant Rory, laquelle posa son magazine.

— À vrai dire, je ne comprends pas ce que vous faites pour elle qui vous rend aussi indispensable. Cela dit, Clare a le droit d'employer qui elle veut.

— Vous ne répondez pas à ma question. En fait, vous ne supportez pas que j'applique à la lettre ses consignes parce que vous désapprouvez ces consignes mêmes. Permettez-moi de vous poser une question.

Pensez-vous vraiment que j'aie envie d'être son cerbère ? Croyez-vous que cela m'amuse de la suivre partout et de faire le ménage derrière elle ?

Rory, impressionnée par le feu qui couvait dans le regard de Caroline, répéta :

— Le ménage ? De quoi parlez-vous ?

— Je parle du fait qu'en dépit de votre prétendue « amitié de longue date » vous êtes tout à fait à côté de la plaque en ce qui concerne Clare Abbott. Elle n'est pas du tout celle que vous croyez. La connaissez-vous vraiment ? Réfléchissez bien.

Rory interpréta ce discours comme une provocation menant à un affrontement qu'elle préférait éviter. Elle répliqua d'une voix adoucie :

— Connaît-on jamais personne ?

— En tout cas, moi, je la connais assez pour savoir qu'elle n'est pas celle que vous voudriez qu'elle soit. Je peux en mettre ma main au feu.

Rory se leva. Même s'il y avait encore un biscuit sur son assiette, elle songea que le plus sage était de laisser cette femme à sa méditation sur la connaissance des autres.

— Je vais descendre en ville. Viens, Arlo. Puis-je vous rapporter quoi que ce soit, Caroline ?

— Vous n'êtes pas seulement envahissante.

— Quoi ?

— Vous êtes toxique, Rory. Vous empoisonnez nos relations, à Clare et à moi.

— Il ne s'agit que d'un tee-shirt, enfin ! Ne faites donc pas tant d'histoires...

— Vous me prenez pour une idiote, Rory. Je sais parfaitement que vous passez votre temps à rappeler à Clare que vous êtes de vieilles amies alors que je ne suis qu'une employée. Vous la tenez pour une brillante intellectuelle, n'est-ce pas ? Vous ne pouvez pas savoir quels efforts je suis obligée de déployer pour qu'elle ne se fourre pas dans des situations qui l'entraîneraient à sa ruine, ce qu'elle est peut-être en train de faire en ce moment même, d'ailleurs.

Rory cilla. Puis, très calmement, elle dit :

— Je sors promener Arlo. J'en profiterai pour faire quelques courses. Vous avez le courrier à trier, je vois. Je ne veux plus entendre un mot sur Clare. Arlo, viens, mon chien.

Elle passa devant Caroline et récupéra sur le tabouret de l'entrée la laisse d'Arlo.

Dans son dos, Caroline déclara :

— Du moment que vous avez compris qu'elle ne vous accordera jamais ce que vous espérez d'elle. Et du moment qu'elle sait que c'est pour cette raison que vous lui collez aux basques.

La main sur la poignée de la porte entrouverte, Rory se figea. Arlo était déjà dehors. Elle riposta :

— Je lui colle aux basques, comme vous dites, parce que notre amitié, à Clare Abbott et à moi, remonte à plusieurs dizaines d'années. Alors je vous conseille de faire le travail pour lequel vous êtes payée pendant que je vais au supermarché.

Shaftesbury
Dorset

Ce soir-là, Clare sembla faire peu de cas des inquiétudes de Rory à propos de Caroline Goldacre. Ayant terminé un repas dont la qualité était étonnamment bonne compte tenu de sa provenance – un traiteur chinois douteux de Bell Street –, elles migrèrent dans le jardin derrière la maison afin de profiter de la douceur d'une soirée sans vent.

— Tu ne peux pas savoir quel cirque elle m'a fait sous prétexte que tu n'étais pas là pour m'accueillir.

Elles dégustaient ce qui restait de la bouteille de vin blanc pendant qu'Arlo dormait aux pieds de Rory.

— C'est une vraie mère poule. Voilà tout, dit Clare.

— Que tu aies pu oublier l'heure de mon arrivée... elle en a fait des montagnes.

— Je n'avais pas oublié.

— Je sais. Et de toute façon, j'ai une clé de la maison. Mais elle ne voulait rien entendre. Puis elle s'est mise à dire des choses très bizarres sur toi, sur ce que tu es et ce que tu parais être... parais être à mes yeux, du moins. À l'entendre, dès que je suis dans les parages, tu caches ton jeu.

Clare se détourna comme pour contempler la vue. Le soir tombait sur Blackmore Vale. Des points lumineux indiquant l'emplacement des villages, hameaux et fermes isolées commençaient à scintiller, semblant donner la réplique aux étoiles qui s'allumaient dans le ciel.

— Quand elle tient ce style de propos, finit par répliquer Clare, ce qui lui arrive parfois on ne sait pourquoi, je le mets sur le compte des épreuves qu'elle a traversées. En ce moment, semble-t-il, ses relations avec son mari ne sont pas au beau fixe.

— Qu'est-ce que son mari aurait à voir avec ses commentaires désobligeants sur toi ?

— Rien. Mais tu sais aussi bien que moi comment sont les gens quand ils ont des problèmes. Elle considère que je ne peux pas me passer de ses services. Dans son esprit, si elle n'était pas là, tout irait à vau-l'eau dans ma vie. Je n'ai pas réussi à la détromper. Je devrais peut-être partir en vacances...

Clare laissa sa phrase en suspens, comme si elle méditait sur une destination.

— Où aurais-tu envie d'aller ?

— Tu sais que je déteste les vacances. J'ai même du mal à survivre à un week-end sans travailler. Mais je pourrais faire semblant...

— Tu entends ce que tu dis ? Il faudrait que tu mettes en scène un départ en vacances pour échapper à une personne que tu emploies ? Clare, qu'est-ce que...

— Il ne s'agit pas de lui échapper.

Clare se leva brusquement et, son verre de vin à la main, se dirigea vers la limite du jardin où un muret de pierres sèches supportait un foisonnement de fougères, marguerites et silènes des prés aux fleurs blanches échancrées. Faisant tourner autour de son doigt la tige d'une marguerite, elle précisa :

— Je ne ferais que lui laisser le temps de régler ce qui ne va pas avec Alastair. Tu ne l'aimes vraiment pas, hein, Rory ? Elle n'a pas prononcé le nom de Fiona ?

— Pourquoi cette question ?

— C'est juste qu'elle est plus curieuse que la moyenne des êtres humains. À mon avis, elle sonde ceux qui me sont proches pour mieux me protéger.

— Sonder tes proches ? Comment cela ?

— Je ne suis pas sûre. Elle me pose en tout cas énormément de questions.

— Sur moi ?

— Sur tous ceux qui m'entourent, sur les gens que

je rencontre... Mais toujours avec cette idée de me mettre à l'abri.

— Comme si tu avais besoin d'une nounou. Comment lui est venue cette idée, enfin ?

Clare secoua la tête et se tourna vers Rory.

— Je n'en sais rien. Mais elle ne t'a pas parlé de Fiona ?

Rory lui affirma que non.

— Tu me le diras si jamais elle t'en parle ? insista Clare.

Rory aurait voulu savoir pour quelle raison cela lui tenait tellement à cœur. Sauf que le sujet était encore aujourd'hui comme un champ de mines pour elle. De sorte qu'elle se borna à répondre :

— Ne te fais pas de souci pour moi. Si elle savait quelque chose que *a priori* elle est censée ignorer, je serais seulement prise au dépourvu, en aucun cas blessée. Ce qui est fait est fait. Ça n'a rien d'un secret.

Clare se rassit dans son fauteuil, ou plutôt s'y laissa tomber. Puis elle vida jusqu'à la dernière goutte la bouteille de blanc dans leurs deux verres.

— Je voudrais que tu te trouves quelqu'un, Rory. Tu es faite pour vivre en couple.

Son amie se força à rire.

— Je rêve ou c'est bien toi qui émets une recommandation pareille... Tout de même, après *À la recherche de M. Darcy* ou, en ce qui me concerne, de Mme Darcy.

— Je ne prétends pas que tu serais heureuse toute ta vie si tu trouvais ce quelqu'un, rétorqua Clare. Mais tu aurais une existence plus épanouissante que celle que tu mènes depuis quelques années.

— Et toi donc ?
— Moi ? dit Clare en détournant de nouveau son visage pour contempler le crépuscule. Mon Dieu... Un compagnon, c'est bien la dernière chose que je souhaite.

11 août

Shaftesbury
Dorset

India n'informa pas Nat Thompson de sa virée dans le Dorset. C'était inutile. Puisque Charlie et elle s'y rendaient chacun séparément en voiture – pour lui permettre de rentrer rapidement après la cérémonie –, elle n'y allait pas *vraiment* « avec » son époux.

Ils sortirent de Londres en roulant l'un derrière l'autre, direction la M3. Comme il n'y avait pas beaucoup de circulation, ils arrivèrent à Shaftesbury avant le déjeuner. L'inauguration du mémorial étant fixée à quinze heures, ils avaient plus de temps devant eux qu'il ne plaisait à India. Mais lorsque Charlie l'invita à déjeuner au Mitre, elle jugea qu'il serait inamical de refuser.

Le pub gastronomique, situé au cœur de Shaftesbury, jouxtait la lugubre façade de l'église St Peter. Celle du restaurant n'était guère plus riante, avec ses pierres noircies par les lichens et l'humidité ambiante. D'après le panneau à l'entrée, chaque mardi, à la soirée quiz, tout le monde avait une chance de gagner le gros lot.

Le menu était affiché, avec en tête de liste : *tourte au fromage blanc, beignets de cabillaud pommes frites, rôti choux de Bruxelles et pommes de terre nouvelles.* Un rôti de quoi ? Mystère.

India suivit Charlie à l'intérieur. Elle n'avait pas faim. En fait, elle était barbouillée. Préférant éviter de donner de faux espoirs à Charlie, elle marchait sur des œufs depuis qu'il avait sonné à sa porte ce matin en s'exclamant avec une note de gaieté forcée : « Prête à affronter la jungle du Dorset ? » Elle ne voulait pas qu'il pense qu'elle était dupe de ses efforts pour lui prouver qu'il était redevenu ce qu'il avait été.

Charlie passa au bar prendre deux cartes.

— Je suis affamé, lui dit-il. Et toi ? Tu veux du rôti ?

— Oh, c'est beaucoup trop copieux. Ma ligne, tu vois... Je me surveille.

— Pourquoi ?

Il avait posé la question d'un ton désinvolte.

— Nat aime les femmes riches et maigres ?

Elle leva les yeux de la carte. Son expression parut lui suffire, car il se rétracta :

— Pardon, India. Ça ne me regarde pas. Enfin... plus ou moins.

— N'abordons pas ce sujet, Charlie.

— Quoi ? Tu es ma femme et tu couches avec un autre ?

— Je ne...

— Qu'est-ce que tu vas me dire ? Que tu n'es pas ma femme ou que tu n'as pas pris un amant ?

Elle fit mine de se lever. Il l'arrêta d'un geste.

— Pardon. Je m'étais pourtant juré... Ne t'en va pas. Je ne...

Il empoigna le pot de moutarde métallique à côté de la salière et du poivrier.

— Écoute... Ça m'a échappé. Je vais être... Quoi, déjà ? Sage ? Oui, sage.

— Je ne partais pas, j'allais juste passer ma commande.

— Laisse, je vais le faire.

— J'insiste pour payer ma part.

Elle se dirigea vers le bar, Charlie sur ses talons. Il ne s'opposa pas à ce qu'elle commande pour elle seule – un bol de soupe à la tomate, un petit pain et une bouteille de Perrier – et règle l'addition. Il prit la même chose. Une fois qu'ils se furent de nouveau attablés, il s'évertua à parler de tout et de rien, d'une nuit mouvementée qu'il avait passée avec des *Samaritans*, d'un de ses collègues bénévoles à Battersea Dogs, le refuge pour chiens abandonnés. Tout était bon pour la persuader que Charlie Goldacre était rendu à lui-même.

India aurait voulu lui dire qu'il était inutile qu'il se donne tant de mal ; elle avait juste besoin de temps pour voir s'il n'était pas trop tard. Ce n'était pas facile de lui faire comprendre qu'elle-même n'était plus ce qu'elle avait été lorsqu'ils vivaient ensemble, ni, surtout, de lui dire que Nat Thompson possédait à ses yeux des qualités qu'elle n'avait jamais trouvées en Charlie. Elle ne voulait pas réveiller le désespoir qu'elle sentait latent chez lui. Par conséquent, elle lui prêta une oreille la plus attentive possible, hocha la tête et conclut :

— C'est génial, Charlie.

Et puis, soudain, le ton faussement enjoué de la

conversation lui parut insoutenable. Le cœur chaviré, elle couvrit sa main de la sienne.

— J'ai de la peine, tu sais, de te voir comme ça...

Il resta un moment interdit et se tut pendant quarante-cinq interminables secondes avant de lui faire un petit sourire vite envolé.

— Je suis bien obligé de me rendre à l'évidence, India, et d'admettre que tu ne me connais pas du tout.

Elle posa sa cuillère.

— Qu'est-ce que tu veux dire ?

— Je vais très bien, voilà ce que ça veut dire.

L'expression d'India oscillait douloureusement entre la compassion et l'exaspération.

— Bon, d'accord, ajouta-t-il. Je ne suis peut-être pas en superforme mais je suis en bonne voie. Je mérite tes encouragements.

— J'essaye de te soutenir, Charlie. Je t'en prie, ne nous disputons pas.

Il s'appuya au dossier de son siège et regarda autour de lui, comme s'il cherchait un témoin à sa déclaration :

— Je ne sais plus à qui j'ai affaire, avec toi. La femme de Nat, peut-être ?

— Je ne suis pas un appendice, Charlie. Je ne suis pas un vulgaire prolongement, ni de toi ni de Nat.

— Tu es ma femme, voilà ce que tu es. Comment tu avais tourné ça, déjà ? « Je suis celle que je veux être toujours, ton aimée. » N'est-ce pas ce que tu m'as dit le jour de notre mariage ?

— S'il te plaît, l'implora-t-elle. Tu fais souffrir pour rien. Profitons de cette journée et faisons un peu la paix.

— Et demain ?

— Peux-tu me permettre de ne pas savoir encore de quoi demain sera fait ?

À cet instant, la porte du pub s'ouvrit, laissant entrer une bouffée d'air frais bienvenue et un groupe de randonneurs, sac sur le dos et cannes de marche au bout des bras. Ils affichaient bruyamment leur joyeuse humeur.

— J'ai faim à dévorer une truie et ses petits, pas vous ? lâcha l'un d'eux.

Peut-être à cause de leur présence, ou peut-être parce qu'il était sincèrement désolé, Charlie susurra :

— Pardonne-moi, India. Merci d'être venue. Je suis très touché. Maman le sera aussi.

India voulut bien le croire.

— Elle est au courant ? demanda-t-elle en indiquant d'un geste la rue.

— À en croire Clare Abbott, elle ne se doute de rien. Je ne sais pas comment Clare s'est arrangée pour tout organiser à son insu, je dois avouer. Maman a toujours été championne quand il s'agit de découvrir ce qu'elle ne devrait pas savoir.

Shaftesbury
Dorset

Au mémorial, Charlie et India trouvèrent une petite foule. Charlie connaissait presque tout le monde. La plupart des gens étaient employés dans l'une ou l'autre des boulangeries de son beau-père. Il y avait parmi eux la veuve qui gérait ses affaires. Elle était en compagnie de ces dames de la Ligue des femmes de Shaftesbury, identifiables à leurs chapeaux extravagants.

Breach Lane. C'était le nom du lieu-dit où était située la source dont Clare Abbott avait financé l'aménagement en échange de l'autorisation d'y installer son « jardin du souvenir ». Elle avait bien fait les choses. Will aurait adoré, se dit Charlie. On aurait pu croire qu'il l'avait dessiné lui-même. Les eaux vives de la source s'écoulaient pour former un bassin qui ruisselait tout naturellement le long de la pente. Des dalles de grès vert sculptées de motifs aquatiques élargissaient les abords agrémentés de bancs de pierre. Des graminées et des buissons tissaient un écrin de verdure autour d'un gros rocher, pour l'heure recouvert d'une bâche verte : sans doute le cénotaphe à la mémoire de Will.

Madame le maire de Shaftesbury, reconnaissable à l'imposante chaîne qu'elle portait autour du cou, était entourée des conseillers municipaux. Clare Abbott était flanquée d'une femme et d'un petit chien noir et fauve de race indéterminée. Le chien comme la femme semblaient se coller à Clare. Charlie, dans l'intention d'aller saluer leur hôtesse, offrit son bras à India. Elle le prit, et il l'en remercia intérieurement. Ils traversèrent le gazon jauni à cette saison. Clare fit les présentations. Rory Statham et Arlo, le chien.

— Comment vous êtes-vous débrouillée pour cacher ça à maman ? Elle ne sait rien, c'est vrai ?

— Autant que je sache, rien du tout.

Clare était, comme d'habitude, toute de noir vêtue. Elle aurait été plutôt chic si ses vêtements n'avaient pas été chiffonnés – il faut dire que le lin était un choix judicieux compte tenu de la canicule – et ses cheveux gris aussi mal coiffés, attachés à la va-vite en une queue-de-cheval négligée.

— Elle n'est pas venue travailler aujourd'hui. J'ai eu peur. Mais j'ai passé un coup de fil à Alastair. Il m'a promis de l'amener.
— Elle n'est pas souffrante, au moins ? s'enquit Charlie.
— Si vous voulez mon avis, j'ai l'impression qu'ils se sont livrés à une petite mise au point, tous les deux, Alastair et elle. Il s'est montré évasif au téléphone. « Elle n'est pas dans son assiette. » C'est ce qu'il m'a dit...
Tout en prononçant ces paroles, elle se tourna vers la dénommée Rory, laquelle demeura impassible.
— De toute façon, Alastair trouvera bien un prétexte pour la conduire jusqu'à nous... Ah, je crois que les voilà. Je suis ravie de faire votre connaissance, India. Je vous ai réservé deux places au premier rang. Si vous voulez bien m'excuser...
Charlie acquiesça d'un signe de tête. Clare s'éloigna pour accueillir Caroline. Son amie Rory resta sur place. Toujours mutique, elle ramassa son petit chien et ratissa pensivement avec ses doigts les poils longs de sa tête. Elle observait la scène de loin.
Après avoir garé sa voiture, Alastair s'était dépêché d'aller ouvrir la portière à son épouse. Ignorant la main serviable qu'il lui tendait, elle descendit inélégamment de la camionnette, ce qui, comme le savait Charlie, devait lui déplaire, d'autant plus que tout le monde la regardait.
Au début, elle parut surtout déconcertée à la vue du dais blanc déployé au-dessus des quatre rangées de chaises disposées en fer à cheval, de madame le maire avec son collier de cérémonie, debout devant la foule souriante et endimanchée, du nouveau jardin

autour de la source... Son regard se posa finalement sur Charlie et India. Alors seulement, une lueur s'alluma dans son regard. Passant devant Clare, devant les gens qui l'attendaient, devant la maire et les conseillers municipaux, devant les dames de la Ligue, elle s'empressa de rejoindre Charlie et sa femme.

— Oh, mes chéris... Je suis tellement heureuse...

Elle les regarda tour à tour et agrippa le bras de Charlie. Il songea alors qu'elle pensait peut-être qu'ils étaient sur le point de renouveler leurs vœux de mariage. Rien que le dais blanc, sans parler de la disposition des chaises, évoquait une célébration de nature matrimoniale. Mais dans ce cas, pour quelle raison auraient-ils choisi Shaftesbury ?

Il n'eut pas le temps de désillusionner sa mère. Clare s'approcha, leur désigna les chaises qui portaient des pancartes *réservé* et invita tout le monde à s'asseoir.

La cérémonie commença par un petit speech de madame le maire que Charlie n'écouta que d'une oreille. Elle exprima sa gratitude à Clare Abbott pour son projet conçu en harmonie avec le milieu naturel. Grâce à sa générosité, les habitants de Shaftesbury allaient jouir de la beauté de la vue sur Blackmore Vale et pouvoir s'accorder un moment de méditation dans ce lieu paisible. Comme l'intervention durait un peu trop longtemps à son goût, Charlie laissa ses pensées dériver. Il posa les yeux sur sa mère. Elle avait l'air sereine quoique assez perplexe. De toute évidence, ce qui se préparait ne ressemblait guère à un renouvellement de ses vœux avec India.

Finalement, madame le maire passa la parole à Clare, laquelle se plaça à côté de la pierre recouverte d'une bâche. En croisant les mains devant elle, elle déclara, en guise d'entrée en matière :

— Caroline. Alastair. Charlie, India…

Elle croisa le regard de son amie Rory avant d'enchaîner :

— Quelles que soient les circonstances de sa disparition, perdre un être cher est une épreuve bouleversante. Vous connaissez la douleur et le chagrin d'avoir perdu William. Même si je n'ai pas eu la chance de le connaître, j'ai été témoin de ce que son absence vous coûte. Surtout à toi, Caroline. Lorsqu'une vie est fauchée prématurément, l'une des principales craintes d'un parent, c'est que son souvenir tombe dans l'oubli. Ses proches ne l'oublieront jamais, naturellement, mais *quid* des autres, *quid* de tous ceux qui ne l'ont pas côtoyé de son vivant, de tous ceux qu'il n'a pas pu toucher ? Mon espoir, c'est que ce jardin du souvenir retienne sa mémoire. Je souhaite qu'il vous apporte à tous de l'apaisement. Ce lieu est depuis longtemps une de mes haltes favorites, et je me suis souvent dit au cours de ma promenade quotidienne que ce serait formidable d'en faire ce que vous avez aujourd'hui sous les yeux. J'ajouterai que la mairie a généreusement autorisé son édification. Alastair… ?

C'était un signe convenu, se dit Charlie en voyant son beau-père se lever et offrir son bras à Caroline. Il la conduisit jusqu'à Clare, laquelle dévoila la pierre commémorative et la superbe plaque de bronze. Pendant que Caroline déchiffrait en silence ce qui y était inscrit, Clare lut à haute voix :

— « À la douce mémoire de William Francis Goldacre. "De la contagion de la lente pollution du monde / Il est à l'abri, et désormais ne pourra jamais déplorer/Un cœur devenu froid, une tête devenue grise en vain." »

Sous cette élégie figuraient les dates de la naissance et de la mort de Will, soulignées d'une couronne mortuaire.

Un silence absolu s'installa sous le dais. Comme obéissant à un signal, un énorme vol d'étourneaux s'éleva alors des arbres en contrebas et se mit à tournoyer au-dessus d'eux à la manière d'un nuage noir palpitant.

Caroline, Alastair à son côté, s'avança un peu plus vers la pierre, toujours silencieuse. Enfin, elle déclara :

— Il aurait adoré cet endroit. Cela lui aurait procuré une telle joie, rien que de…

Incapable de poursuivre, elle se tut. Alastair la prit par les épaules en murmurant :

— Tu peux en être sûre.

Caroline se détourna de lui pour tendre les bras à Clare.

— Merci. Cela me touche énormément.

Peut-être pour désamorcer l'émotion et se joindre à l'exubérance des étourneaux, les gens rassemblés sous le dais applaudirent. Madame le maire les invita d'un geste à venir admirer la source d'eaux printanières et la pierre que l'on venait de dévoiler. Charlie et India se levèrent. On se congratula, on admira le mémorial, le bassin, les bancs, le jardin.

Quelqu'un annonça qu'ils étaient tous invités chez Clare Abbott, sur Bimport Street, à quelques centaines de mètres de là. Pour ceux qui ne voudraient pas de champagne, il y aurait du thé. Ils auraient ainsi l'occasion de discuter et de profiter de la belle journée estivale.

Alors que l'assistance s'égaillait, India agrippa le bras de Charlie en s'exclamant :
— Oh, mon Dieu, Charlie !
Une silhouette se profilait en contrebas de la côte, entièrement drapée de noir, semblable à une revenante. Puis le regard de Charlie se porta au-delà de cette apparition : il venait d'apercevoir son père. Francis. Francis et sa deuxième femme, Sumalee, chargée d'une brassée de lis.

Shaftesbury
Dorset

India, quant à elle, ne vit d'abord que la silhouette noire. Elle mit un certain temps à identifier l'amoureuse de Will – présente à l'heure de sa mort. Elle avait eu vent de l'événement, Dieu sait comment, et Dieu sait d'où elle sortait.

C'est seulement lorsque Charlie se détacha d'elle qu'India avisa Francis Goldacre et sa jeune épouse thaïlandaise. Charlie allait à leur rencontre. Il avait l'intention, sans aucun doute, de demander à son père pourquoi il se permettait d'amener à cette réunion la jeune beauté symbole de sa trahison.

India, de son côté, se dirigea vers Lily. La jeune femme prenait garde de rester en retrait, derrière une voiture garée au bord de la route. En la voyant approcher, elle recula jusqu'à se trouver hors de vue de toutes les autres personnes présentes.

Lily n'était plus la même personne... Et ce n'était pas seulement parce qu'elle avait teint d'un noir charbonneux ses magnifiques boucles rousses et multiplié piercings et clous sur son visage. Un anneau épais perçait son sternum. Le reste de son corps était couvert d'une espèce de robe chasuble noire et elle était coiffée d'un chapeau à large bord mou. Seuls ses Doc Martens rappelaient l'ancienne Lily.

India jugea inutile de l'interroger sur la cause d'une pareille métamorphose. L'épreuve pour Lily avait été terrible. Elle était derrière Will lorsque celui-ci s'était jeté du haut de la falaise de Seatown. Elle avait été parmi les premières personnes à voir son corps, peu après les gens qui se trouvaient déjà sur la plage, mais longtemps avant ceux qui auraient pu lui barrer le passage pour l'empêcher de voir la chair et la cervelle de son amoureux répandues sur les rochers.

En outre, Caroline Goldacre reprochait à Lily la mort de son fils. Lors de la crémation, le chagrin lui faisant oublier la portée de ses paroles, Caroline avait agressé Lily. Elle ignorait, avant la mort de Will, que Lily et lui étaient partis camper à Seatown. Tout ce qu'elle savait, c'était que son fils tentait de regagner l'amour de Lily. Et selon Caroline, il ne fallait pas chercher plus loin la raison du suicide de son fils : Lily l'avait éconduit. « Il n'avait jamais craqué avant toi, espèce de petite garce égocentrique », lui avait-elle craché à la figure.

India n'avait pas revu Lily depuis.

Elle s'approcha d'elle, les bras ouverts.

— Lily, *Lily*. Ne t'en va pas, je t'en prie. Tu es venue pour l'inauguration du mémorial ?

Sans un mot, Lily leva en l'air l'enveloppe matelassée qu'elle avait à la main, puis la serra contre sa poitrine. India laissa retomber ses bras. Lily était d'une maigreur effrayante. Ses poignets auraient pu être ceux d'une enfant s'ils n'avaient pas été noircis de tatouages – lesquels se prolongeaient sans doute sous ses manches, songea India. Lily avait les yeux rouges, comme si elle était droguée ou avait trop pleuré.

— Comment vas-tu ? lança India. Où étais-tu passée ?

— J'étais ici.

— Dans le Dorset ? À Shaftesbury ? Depuis que... Will... ? Pourquoi ?

— *Elle* le sait. Pose-lui la question.

Lily tourna la tête vers le groupe.

— Qui le sait ? Clare ? Caroline ?

— Caroline.

— Tu dors chez eux ?

India n'eut pas plus tôt prononcé ces mots qu'elle se sentit stupide. Étant donné les rapports entre les deux femmes, c'était hautement improbable.

— Pardon. C'est idiot, ce que je dis là. Où habites-tu maintenant ?

— Ici.

— À Shaftesbury ? Mais pourquoi ? Qu'est-ce que tu fais ici ? Ce ne peut pas...

Le deuil paraissait encore plus dur pour elle que pour Charlie. On aurait pu croire à de l'autoflagellation.

— Des tatouages, répondit Lily.

— Ah... oui. Tes poignets... Je vois que tu en as plus qu'av...

— C'est moi qui les fais, India. Comme à l'époque... à Londres. Il y avait une niche de marché ici. Je l'ai prise.

— Tu as ouvert un salon de tatouage à Shaftesbury ? Il y a vraiment une clientèle pour ça ?

— Oui, et même s'il n'y en avait pas, ça me serait égal. Ce n'est pas ce qui motive ma présence ici. C'est pour *elle* que je suis là. Tant qu'elle ne sera pas punie, je ne vois pas ce que j'irais faire ailleurs.

India fut parcourue d'un frisson glacé.

— Ce n'est pas possible... Lily, ce n'est pas une raison valable. Tu ne peux pas rester ici, pas après... après... ce qu'elle t'a dit aux funérailles.

— Ben si, c'est pour ça justement. Je tiens à être proche de la source.

India allait lui demander de quelle source elle parlait quand des éclats de voix emplirent l'air en provenance du mémorial. Elle se retourna vivement, mais le virage lui bouchait la vue. Elle reconnut néanmoins les accents de colère de Caroline ainsi que la grosse voix d'Alastair. Un incident s'était produit, sans doute lié à l'arrivée de Francis Goldacre et de sa femme.

Elle se tourna de nouveau vers Lily. À sa mine, India devina qu'elle n'était pas étrangère à ce qui se passait.

— Tu les as invités ? Mais pourquoi, Lily ? Et d'abord, comment tu as su ?

Lily la regarda droit dans les yeux.

— Je m'arrange pour tout savoir sur Caroline, dit-elle en tendant l'enveloppe matelassée vers India. Tiens, c'est pour Charlie. Je peux compter sur toi pour la lui donner ?

India n'avait aucune envie de se charger d'une telle commission. L'entreprise lui semblait pervertie, sinon empreinte de malveillance.

— Qu'est-ce que c'est ?

— Donne-lui cette enveloppe, c'est tout, India.

— Pourquoi tu ne la lui donnes pas toi-même ?

— Je ne peux pas.

Comme India refusait toujours de la prendre, Lily la lâcha sur l'herbe jaunie. Sur ce, elle pivota sur ses talons et s'éloigna sur Breach Lane, vers The Knapp et Tout Hill.

Shaftesbury
Dorset

Clare commença par remarquer la beauté des fleurs de lis, puis l'exquis visage de celle qui tenait le bouquet dans ses bras. Elle reconnut ensuite l'homme qui l'accompagnait et fut saisie d'horreur : Francis Goldacre. En plus, il était venu avec la femme pour laquelle, d'après Caroline, il avait abandonné sa famille. Heureusement, nombre d'invités étaient déjà en train de monter vers Bimport Street.

Caroline, elle, eut un mouvement de recul à la vue de son ex-mari. Elle prononça son nom. Alastair s'interposa, comme pour lui servir de bouclier.

Après quoi, Clare entendit Rory s'exclamer :

— Mais enfin, qui sont ces gens ?

— L'ex de Caroline et son épouse du moment, lui souffla Clare.

— Quoi ? Tu les as invités ?

— Mais non. Je vais essayer de les éconduire.

Elle descendit voir ce qu'elle pouvait faire pendant que Rory retournait s'occuper des invités.

Charlie Goldacre dirigea ses pas vers son père. Apparemment sans malice, Francis Goldacre et son épouse l'accueillirent avec le sourire. Mais lorsque Charlie repoussa violemment la main affectueuse que son père avait posée sur son épaule, Francis se rembrunit.

— J'ai apporté ce bouquet pour ta mère, Charlie, dit la jeune femme.

Elle cherchait des yeux Caroline dans la foule et ne s'était aperçue de rien.

Charlie dit à son père d'une voix sifflante :

— Tu fiches le camp d'ici tout de suite. Qu'est-ce qui t'a pris de venir ? Avec Sumalee, en plus. Tu ne penses donc jamais qu'à toi ?

Clare avait tout entendu, mais elle était soulagée : il parlait assez bas pour que sa voix ne porte pas jusqu'au dais. Elle avait peur d'un scandale... et de la mauvaise presse. Derrière elle, Rory enjoignait les retardataires à rejoindre Bimport Street.

Elle passa devant Caroline et Alastair, lesquels gardaient pour l'instant leurs distances, et leur dit :

— Venez. On va bientôt déboucher le champagne.

— Mais pourquoi quelqu'un aurait-il..., lâcha Caroline.

À quoi Alastair répliqua :

— Laisse-moi m'en occuper, Caro.

Clare revint en arrière et accéléra le pas pour atteindre le couple avant Alastair. Francis, devenu livide lorsque son fils avait repoussé son geste d'affection, était à présent rouge de colère.

Sumalee recula d'un pas en baissant la tête, de confusion ou de honte, nul ne pourrait jamais le dire.

— Ne me parle pas sur ce ton, dit Francis à Charlie, ou je t'arrache la langue.

Merveilleux, se dit Clare en s'avançant d'un pas décidé vers le couple.

— Je me présente : Clare Abbott.

Puis, plongeant un regard lourd de sous-entendus dans celui de l'ex-époux de Caroline, elle ajouta :
— Vous êtes le père de Will et de Charlie.
Il prit la balle au bond.
— Merci pour l'invitation. J'espérais... Sans doute était-ce présomptueux de ma part.
Clare fronça les sourcils. À côté d'elle, Charlie souffla :
— Qu'est-ce que ça veut dire, Clare ? Mon Dieu, c'est une mauvaise blague ou quoi ?
Clare n'eut pas le temps de répondre : Alastair bondissait à son côté, les poils hérissés sur ses gros bras.
— Foutez le camp ! cria-t-il à Francis. Et que je n'aie pas à vous le dire deux fois !
— Mais c'est un monument à la mémoire de mon fils...
— Voyez-vous ça ! cracha Charlie. Ton fils. *Ton fils !*
— J'estime que ma présence est justifiée, Alastair.
— J'ai été plus un père pour Will que vous ne l'avez jamais été. Tout petit déjà, il était comme un fils pour moi. Maintenant, vous allez dégager ou je prendrai les mesures qui s'imposent ! Et si vous vous avisez de vous approcher d'elle, je vous préviens, je vous casse la figure.
Il parlait de Caroline, évidemment, laquelle était remontée se planter devant de la pierre commémorative, à croire qu'il était nécessaire de la défendre contre de virtuelles intentions de vandalisme de la part de Francis et Sumalee Goldacre.
— Je tiens à voir la plaque, lâcha Francis, glacial.
— Il faudra me marcher sur le corps, dit Alastair. Vous ne vous êtes même pas donné la peine de vous

déplacer pour les funérailles. Quel genre de père êtes-vous ? Ce pauvre gamin, avec son oreille difforme, et vous avez toujours refusé de la lui arranger...

— Vous ne savez pas de quoi vous parlez, dit Francis. Ma chérie, enchaîna-t-il en prenant la main de sa femme, nous déposerons les fleurs, puis nous nous en irons.

Sumalee redressa la tête. Elle était beaucoup plus jeune que son mari. Sa longue chevelure noire encadrait un visage lisse au teint caramel que le soleil dorait.

— Comme tu veux, Francis.

Alors qu'ils faisaient mine de monter vers le mémorial, Alastair les arrêta en posant sa main sur la poitrine de Francis.

— Vous êtes dur d'oreille ou quoi ? Je vous ai dit...

— Ne me touchez pas. Si vous ne retirez pas votre main, je vous jure que vous me le payerez.

— Ah oui ? Je vais vous aplatir la tronche, et vous n'aurez pas le temps de dire ouf.

— Francis, souffla Sumalee, je t'en prie...

Elle se pencha pour déposer les lis aux pieds d'Alastair.

— Si vous voulez bien les placer à côté de la pierre de Will, nous n'irons pas plus loin.

— Ne te laisse pas impressionner par ce rustre, enjoignit Francis à sa femme.

— Ferme-la, intervint Charlie. Alastair a raison. Il a été un père pour moi, et aussi pour Will, mille fois plus que toi. Alors ne fais pas semblant de vouloir honorer la mémoire de qui que ce soit...

— Je tiens absolument à déposer cette gerbe, s'obstina son père.
— Ah, vraiment ? s'écria Charlie, bondissant pour piétiner les fleurs.
Son père s'élança pour l'en empêcher. Alastair rugit :
— Si vous touchez à un de ses cheveux, je vous tue !
— Stop ! cria Sumalee d'une voix aiguë.
Croyant bien faire, Clare empoigna Alastair, lequel était beaucoup plus costaud que Francis même s'il n'avait pas sa haute stature. Francis en profita pour envoyer son poing dans la mâchoire d'Alastair. Le coup déséquilibra Clare, qui lâcha Alastair, lequel se jeta sur Francis tandis que Sumalee tentait de s'interposer. Charlie la retint en arrière et la jeta au sol afin de laisser le champ libre à son beau-père.
Rien de plus banal qu'une bagarre entre deux hommes : lorsque la scène est dépourvue de la frénésie qui en fait le piquant au cinéma, c'est fini en deux minutes, faute de combattants. Alastair envoya Francis au tapis d'un coup de tête, puis le souleva en lui passant le bras autour du cou. Craignant qu'il ne l'étrangle pour de bon, Clare se précipita, mais Alastair était beaucoup trop fort. Il frappa plusieurs fois Francis à la figure.
— Charlie ! hurla Clare. Faites quelque chose !
Charlie se borna à marmonner :
— Il le mérite, et vous aussi, Clare.
— Il va le tuer...
— Ce serait bon débarras.
— Francis ! hurla Sumalee.
— Alastair ! Arrête !

C'était Caroline, laquelle, enfin, avait jugé bon d'intervenir. Elle dévala la pente en répétant :

— Arrête ! Arrête !

À cet instant, India arriva en courant en sens inverse et se rua sur Alastair afin de prêter main-forte à Clare. À elles deux, elles parvinrent à lui faire lâcher prise. Francis gisait à présent sur l'herbe terreuse.

Sumalee se traîna jusqu'à Francis, qui reprenait tant bien que mal son souffle. Elle les regarda à tour de rôle avec de grands yeux.

— C'est quoi, votre problème ? demanda-t-elle à la ronde.

Excellente question, songea Clare.

Shaftesbury
Dorset

Rory avait réussi à évacuer les invités en direction de Bimport Street. Certains étaient déjà dans le jardin de Clare, les autres étaient en chemin. Par conséquent, personne n'avait entendu la bagarre. Ne demeuraient sur place que les protagonistes.

Francis Goldacre et Alastair MacKerron étaient dégoûtants. Francis avait le visage tuméfié, plein de bleus et de bosses. Clare était stupéfaite qu'en si peu de temps on puisse infliger autant de dégâts à un corps. Alastair avait la figure qui enflait à vue d'œil. Son pantalon était déchiré au genou, sa chemise et son veston étaient souillés par ce qui ressemblait fort à de la crotte de chien. Mais celle qui avait l'air en plus piteux état encore, c'était Sumalee. Elle tenait son poignet serré contre sa poitrine.

Lorsque Francis ouvrit la bouche, ce fut pour s'adresser non pas à Alastair mais à son fils :
— Tu mériterais que je te tue pour ça.
Il désigna Sumalee du menton, puis se leva et l'aida à se remettre debout.
— Si jamais tu t'approches d'elle à moins de cinquante mètres...
— Francis, l'interrompit-elle. Non...
— Il t'a fait mal, Sumalee, je vais porter plainte pour agression.
Alastair intervint :
— Mêlez pas le gamin à cette histoire. Que cela reste entre nous. Ayez des couilles, pour une fois.
— Arrête, je t'en supplie, Alastair, gémit Caroline.
Au bénéfice de Francis, elle ajouta, le menton tremblotant :
— Je ne sais pas pourquoi tu es venu. Je ne sais pas pourquoi tu l'as amenée... Mais tu vois bien que...
— Nous avons été invités, rétorqua Francis d'un ton sec. On nous a laissé un message téléphonique. Nous avons été assez bêtes pour croire que tu avais recouvré tes esprits et décidé de redescendre sur terre au lieu de vivre dans ton monde imaginaire.
Caroline se tourna vivement vers Clare tandis qu'Alastair s'élançait vers Francis pour lui faire ravaler ses propos. Cette fois, Charlie retint son beau-père.
— Toi, Clare ! s'exclama Caroline. Tu leur as téléphoné... Mais pourquoi... Tu as vraiment cru que leur... Oh, mon Dieu.
Elle se couvrit la bouche de ses mains.
Clare profita de l'accalmie pour se défendre :
— Je n'y suis pour rien. Tu ne vas pas croire tout de même...

— Ton plan était bien préparé... D'abord la cérémonie... Puis Francis et elle... Pour m'humilier.

— Caroline, ce n'est pas vrai.

India s'avança.

— C'est Lily qui les a invités, déclara-t-elle. Je viens de parler avec elle. Elle me l'a fait comprendre.

— Lily ? s'étonna Charlie. Elle est ici ?

Ils regardèrent autour d'eux et ne virent que des voitures en stationnement.

— Cette garce... Je vais lui faire sa fête, menaça Charlie.

Blanche comme un linge, Caroline bredouilla :

— Lily... ici ?

De nouveau, elle reprocha à Clare :

— Elle aussi, tu l'as invitée... Lily Foster ?

Après quoi elle fondit en larmes : c'était la goutte d'eau qui faisait déborder le vase.

— Où était-elle quand tu l'as vue ? interrogea Charlie.

— Un peu plus bas sur la route, répondit India. Mais, Charlie, elle est presque méconnaissable. Elle m'a donné ça pour toi.

India se baissa pour ramasser sur l'herbe une enveloppe matelassée.

— Ne l'ouvre surtout pas ! s'écria Caroline. C'est peut-être une bombe.

Charlie jeta à sa mère un drôle de regard.

— Cela m'étonnerait que Lily se soit mise à fabriquer des bombes.

— Tu n'en sais rien. Elle est devenue folle, je te jure. Ne l'ouvre surtout pas. Alastair, explique-lui, toi.

Alastair résuma en quelques phrases une longue histoire. Vingt mois plus tôt, Lily Foster avait fait son apparition dans le Dorset. Elle avait commencé par rôder autour de la boulangerie. Elle n'achetait jamais rien, mais abordait les clients et les mettait en garde contre le pain en prétendant qu'il y glissait du poison. Petit à petit, elle s'était installée devant la boutique, comme si elle attendait quelque chose. Elle observait ses moindres faits et gestes en prenant des notes et en murmurant des paroles incompréhensibles. Il s'était finalement résolu à porter plainte. Elle avait déguerpi. Mais une semaine plus tard, elle était venue faire le planton devant leur domicile. Le matin, ils trouvaient sur leur seuil des excréments d'animaux, un oiseau mort, un rat à moitié mangé et, en dernier, la tête d'un chat.

— Le juge lui a interdit de s'approcher de nous. Depuis cette injonction d'éloignement, on ne l'a pas revue, conclut Alastair.

— Elle m'a dit qu'elle avait un salon de tatouage à Shaftesbury, les informa India.

— Comment a-t-elle su pour aujourd'hui ? s'enquit Francis.

— Elle m'a dit qu'elle savait tout, lâcha India.

Puis, se tournant vers Caroline :

— Elle m'a dit aussi qu'elle mettait un point d'honneur à savoir tout ce qui se passait dans vos vies.

— Les vies de qui ? demanda Clare.

— De Caroline. D'Alastair. À mon avis, elle n'est pas animée des meilleures intentions. Ta mère a raison, Charlie. N'ouvre pas cette enveloppe. Jette-la à la poubelle. Brûle-la. Lily n'est plus la même. Elle vous veut du mal.

Charlie retourna l'enveloppe entre ses mains.

Elle était scellée. Tous pouvaient lire dessus son nom écrit en grosses lettres.

— Elle aurait aussi bien pu la poster, dit-il. Elle connaît mon adresse. C'est sans doute anodin.

— Donne-la à la police, mon garçon, lui conseilla Alastair.

— Je t'en prie, Charlie, l'implora sa mère. Elle nous a nui de la plus terrible des manières. Si jamais il t'arrivait quoi que ce soit à cause d'elle... S'il y a quelque chose là-dedans... Cela donnera un argument de plus à la justice... Il faut agir, sinon elle ne nous fichera jamais la paix.

Charlie acquiesça et déclara qu'il porterait l'enveloppe au commissariat de Shaftesbury, où, apparemment, Lily Foster était déjà connue comme le loup blanc.

MAINTENANT

29 septembre

Marylebone
Londres

Rory Statham s'arma de toute la patience dont elle était capable pour expliquer une fois de plus à l'agente littéraire assise en face d'elle qu'il lui était absolument impossible d'augmenter l'avance de son protégé. Pourquoi ? Pour la bonne raison que la maison d'édition était assise sur dix mille invendus de son dernier ouvrage, lesquels allaient devoir être soldés. Par ailleurs, si la découverte du corps de Richard III sous un parking de la ville de Leicester jetait un éclairage nouveau sur ce roi controversé, il serait surprenant qu'un énième livre sur la disparition des princes de la Tour...

Tout en parlant, Rory vit arriver son amie Clare Abbott par les fenêtres intérieures de son bureau. Elle fronça les sourcils : Caroline Goldacre était dans son sillage. Elle qui pensait avoir démontré à Clare qu'elle devait la laisser à Shaftesbury... De toute évidence, ses arguments n'avaient pas été assez convaincants. Rory déclara à son interlocutrice :

— Je suis désolée, croyez-moi. Je comprendrai si le professeur Okerlund souhaite changer d'éditeur.

Elle se leva, imitée aussitôt par Arlo. Le petit chien s'étira tout en reniflant l'énorme sac en bandoulière de l'agente d'où dépassait un bout de sandwich. Il était trop bien dressé, cependant, pour tenter de s'en emparer.

Après avoir éconduit gentiment mais fermement sa visiteuse, Rory alla à la rencontre de Clare. L'écrivaine venait signer mille exemplaires de *À la recherche de M. Darcy*, avant la diffusion de son ouvrage sur le marché européen. Caroline allait l'assister dans cette tâche, expliqua-t-elle. Après quoi, les deux femmes partiraient pour Cambridge, où Clare était invitée à intervenir au Lucy Cavendish College : un débat qui promettait d'être houleux entre elle et la révérende Marydonna Patches, une très ancienne élève de cette université devenue partisane acharnée du principe selon lequel « la place de la femme est à la cuisine ». C'est ainsi, en tout cas, que Clare lui présenta l'affaire. Caroline et elle passeraient la nuit à l'hôtel et, le lendemain matin, elle participerait à une émission de radio, suivie d'une conférence au cours de l'après-midi.

Rory conduisit Clare et Caroline dans la salle de réunion au bout du couloir. Son assistante y avait déballé plusieurs cartons de livres, qu'elle avait soigneusement empilés aussi bien sur le sol que sur la table. Devant l'ampleur de la tâche, Caroline fit la moue et souffla à Clare :

— Je vais faire de mon mieux.

— Quand tu n'en pourras plus, arrête-toi, je peux très bien me débrouiller toute seule, lui assura Clare.

— C'est juste que...

Caroline s'interrompit pour jeter un coup d'œil à Rory. Un message non dit passa de Caroline à Clare.

— Je vais vous donner un coup de main, dit Rory. La page est déjà marquée sur tous les exemplaires. Ce ne devrait pas être trop long.

— Mais vous avez sans doute d'autres choses à faire ? insinua Caroline.

— Pas si importantes que je ne puisse vous aider. Vous êtes souffrante, Caroline ?

— Un peu.

— Vous auriez dû rester chez vous, non ?

— Je ne suis pas aussi souffrante que ça. Clare ? Si tu es prête... ?

Alors qu'elles en étaient à peu près à la moitié de leur tâche, Caroline s'excusa : elle devait aller aux toilettes d'urgence. Sitôt qu'elle fut hors de portée de voix, Rory demanda :

— Si elle est malade, pourquoi l'emmènes-tu à Cambridge ?

Clare eut cette réponse surprenante :

— Elle avait besoin de changer d'air...

Jetant un regard vers la porte ouverte sur le couloir, elle précisa :

— C'est Alastair. Il a une maîtresse. C'est sérieux, apparemment.

— Alastair ? Tu m'avais dit qu'ils avaient des problèmes, mais je croyais qu'il adorait Caroline. Comment l'a-t-elle découvert ?

— Des photos. Envoyées anonymement à Caroline, chez moi.

— Qui a pu faire une chose pareille ?

— Lily Foster, probablement... Ce serait conforme

au personnage. Elle tient Caroline pour responsable de la mort de Will.

— Mais il n'est pas certain que ce soit elle, si ?

— Pour les photos ? Oui, c'est difficile à prouver. Elles ont été postées à Dorchester.

— Et cette maîtresse ? Mon Dieu, on se croirait au XIXe siècle. Qui est-elle ?

— Sharon Halsey. Une des employées d'Alastair. Depuis que le pot aux roses a été découvert, il bat sa coulpe. Caroline dit qu'elle lui pardonnera à condition qu'il la licencie. L'ennui, c'est qu'il refuse tout net.

— Il doit avoir ses raisons...

— Sharon Halsey est d'après lui le pilier de l'entreprise. Sans elle, l'affaire partirait en quenouille. Il n'a donc aucune intention de la virer, tu vois. Du coup, ils sont tous les deux à couteaux tirés, Caroline et lui. Et ceci explique cela...

Clare fit un geste circulaire pour désigner la salle tandis que Rory continuait à placer des livres ouverts devant elle sur la table.

— Cette petite escapade loin des affres de la vie conjugale va lui faire du bien.

— Oui, mais elle sera un poids pour toi à Cambridge, si elle est malade. Elle ne pourra peut-être même pas porter sa valise.

— Je me sens capable de porter tous nos bagages. Enfin, Rory...

Clare leva les yeux et souffla sur les mèches de cheveux gris qui retombaient sur son front.

— Cette pauvre dame a eu son content de misères. Le suicide de Will, la dépression de Charlie et les persécutions de cette Lily Foster. Et maintenant, ça. Le naufrage de son mariage. Elle est au bout du rouleau...

— Oh, par pitié, Clare, a-t-elle vraiment *envie* de se remettre ?

Clare se redressa d'un seul coup, piquée au vif.

— Quelle drôle de question, Rory !

— Pardon... N'y vois pas de la cruauté de ma part. Mais le deuil est un processus. Si l'on veut se reconstruire, on doit s'y engager volontairement. On adhère à un groupe de parole. On s'implique dans des activités extérieures. On se bat pour franchir les différentes étapes. A-t-elle seulement essayé ?

Clare posa son stylo et tira une chaise sur le siège duquel elle tapota. Rory, qui se tenait debout à côté d'elle, s'assit, et Arlo en profita pour sauter sur ses genoux.

— Toi, tu l'as fait, ma chérie. Tu t'en es sortie. Mais elle, elle a perdu un enfant. Même si toi et moi, nous n'en avons pas, tu m'accorderas qu'il n'y a rien de pire... L'amour d'une mère pour son enfant n'est pas de la même nature que l'amour que tu portais à Fiona. Je ne dis pas qu'il est plus fort ou meilleur, ajouta-t-elle en voyant que Rory se détournait, mais il est différent. Il s'agit d'un être qu'on a mis au monde, qu'on a materné... La mort d'un enfant pulvérise le cœur d'une mère. Tu ne crois pas ? Le chemin de la reconstruction n'est pas le même.

— Je ne t'ai jamais entendue exprimer autant de compassion, dit Rory, consciente de la tristesse dont était empreinte sa propre voix.

— Je n'en suis pas dépourvue. D'ailleurs, tu le sais bien.

— En effet.

Rory couvrit la main de son amie de la sienne

et elles se penchèrent affectueusement l'une vers l'autre, front contre front.

— Tss-tss ! Je vous dérange, peut-être ?

Elles sursautèrent et s'écartèrent brusquement l'une de l'autre. Caroline se tenait dans l'encadrement de la porte.

Rory se leva en laissant glisser doucement Arlo au sol.

— J'ai un rendez-vous dans un quart d'heure, dit-elle à Clare. Je passerai voir où tu en es après.

Elle sortit, Arlo trottant sur ses talons. Elle ne s'éloigna toutefois pas assez vite pour ne pas entendre la remarque de Caroline :

— Vraiment, Clare, qu'est-ce que c'est que ces manières ?

30 septembre

Bayswater
Londres

Rory entreprit sa dernière longueur de natation. Il était plus de huit heures et il fallait qu'elle y aille... Elle arrivait en général au complexe sportif aussi tôt que possible, soit à six heures et quart du matin, mais aujourd'hui, cela n'avait pas été le cas, à cause du coup de fil de Clare, tard hier soir. Son amie lui avait fait un compte rendu du débat au Lucy Cavendish College. Avec un rire attristé, elle lui avait avoué avoir eu pitié de la pauvre révérende Marydonna Patches. Ils auraient pu lui choisir une autre adversaire que l'ecclésiastique, car, selon la formulation de Clare :

« Quand on se repose entièrement sur la Bible pour argumenter son point de vue sur la féminité... Tu sais bien comment ce genre de chose passe, dans une assemblée de femmes universitaires...

— Ce fut une crucifixion, j'imagine, si je puis me permettre de citer la Bible.

— Hum, plutôt une lapidation... Mais tu seras contente d'apprendre que le livre s'est vendu comme des petits pains. Plus une femme présente n'enviait le sort de la malheureuse Elizabeth Bennet après ses noces avec le fringant Fitzwilliam Darcy. Lorsque le rideau tombe, l'exploitation commence. Maudit soit Pemberley... »

Rory avait ri de bon cœur.

« Tu as dû te sentir comme un poisson dans l'eau.

— Ma chérie, tu as raison, j'étais tout à fait dans mon élément.

— Et Caroline ? n'avait pu s'empêcher d'interroger Rory. Elle a tenu le coup ?

— Hélas, je viens d'avoir des mots avec elle et elle est partie bouder dans sa chambre. Il faut avouer que je ne lui ai pas facilité la tâche. Je lui avais juré que ce serait terminé à dix heures, mais ça a traîné jusqu'à onze heures et demie, ce qui l'a fait flipper. Je la comprends. Cette séance de signatures. Ça n'en finissait pas. Ils voulaient tous me parler. Caroline n'arrivait pas à les faire décoller.

— A-t-elle repris ta carte à quelqu'un ? »

Clare avait gloussé.

« Sans doute, mais je n'en sais rien. »

Elle avait bâillé bruyamment et ajouté :

« Bon sang ! Tu as vu l'heure ? »

Là-dessus, d'un commun accord, elles avaient raccroché.

À présent, Rory se hissait hors de l'eau avec la sensation que tous les muscles de son corps avaient travaillé. Les couloirs de nage étaient déjà surchargés. Le niveau sonore sous la voûte était assourdissant et l'air saturé de chlore. *Mieux vaut quitter les lieux sans tarder*, se dit-elle.

Arlo se leva de la serviette pliée qui lui servait de

tapis, étira ses petites pattes avec une lascivité canine et interrogea sa maîtresse du regard – combien de temps cette routine matinale allait-elle encore durer ? semblait-il demander. Elle lui tapota affectueusement la tête et roula sa serviette. Il fallait qu'il patiente un peu, car elle n'avait pas encore fait sa séance au sauna. Quinze minutes dans un bain de vapeur brûlante, en compagnie de huit autres femmes, à différents stades de nudité, assises sur un des bancs des deux pièces carrelées de blanc. Après quoi, elle prit le chemin des douches.

Pendant qu'elle se rhabillait, elle s'aperçut qu'un appel manqué s'inscrivait sur l'écran de son téléphone. Clare avait essayé de la joindre à huit heures et demie.

Elle la rappela. Ce fut Caroline qui décrocha. Rory sentit monter en elle une irritation irrationnelle. Qu'est-ce qu'elle faisait avec le téléphone de Clare ? Et quoi encore ? Elle lui piquerait bientôt sa carte bleue ?

— Clare m'a appelée, Caroline. Est-elle...
— Ce n'était pas Clare. C'était moi ! s'écria Caroline. Rory, Clare est morte ! Elle est morte !

Thornford
Dorset

Alastair répondit à l'appel de Caroline alors qu'il prenait le petit déjeuner avec Sharon Halsey. Il n'avait pas été dans son intention de passer la nuit chez elle.

Au départ, quand il avait rompu avec elle, il avait qualifié leur relation de « passade » – « On peut bien s'amuser un peu, non ? » –, s'employant délibérément à la dégoûter de lui et réciproquement. Après tout, il n'avait couché avec elle que cinq fois avant d'être découvert. Ce ne pouvait donc être une liaison sérieuse, si ? Il ne seyait pas de dire : « Il vaut mieux arrêter tout de suite, poupée, parce que cela ne nous mène nulle part. » De toute façon, une telle déclaration aurait sonné faux. Car cette chose qu'il y avait entre eux s'était déjà ancrée dans son cœur.

Toutefois, il avait du mal à l'admettre. Il ne s'autorisait même pas à y *penser*, de crainte que Sharon ne surprenne le désir sur son visage et ne devine l'attrait qu'elle exerçait sur lui.

Le premier soir avait été chaste. Il s'était seulement attardé après le dîner, l'avait aidée à faire la vaisselle et surtout avait parlé jusqu'à tomber de fatigue. Six merveilleuses heures, pendant lesquelles ils avaient évoqué des enfances qui les rapprochaient. Ils venaient tous les deux de familles nombreuses où ils s'étaient sentis seuls, perdus au milieu d'une trop grande fratrie. Jeunes, ils avaient caressé de grands rêves. Elle, d'étudier les dauphins en Nouvelle-Zélande, et lui, d'endosser l'uniforme de soldat et de faire la guerre à ceux qui terrorisaient les innocents. Ils en avaient ri, mais dans le tréfonds d'eux-mêmes, ces rêves conservaient toute leur fraîcheur.

« Je t'imagine avec ta bande de dauphins.

— Et moi, je ne crois pas que tu pourrais faire du mal à une mouche. Pas toi, Alastair, pas avec...

— Avec ma fracture à la jambe. Oui... un boucher me l'a remise n'importe comment... Ah, il a fait un beau gâchis.

— J'allais dire : avec ton sens de l'éthique. Quant

à ta jambe, c'est juste une jambe. Plus courte que l'autre, et alors ?

— Ils n'ont pas voulu de moi à l'armée. Et ils ne sont pas les seuls. Il n'y a eu que Caro. Elle, elle m'a trouvé assez viril.

— Ne dis donc pas des bêtises. Tu es tout ce qu'il y a de plus viril. »

C'est elle qui l'avait entraîné dans un lit, lors de leur troisième tête-à-tête. Dans un lit qui n'était ni le sien ni celui d'Alastair. Un lit à Yeovil. Elle l'avait convaincu de la nécessité d'une réunion avec les employés de la boulangerie de cette ville. « C'est bon pour les affaires que le directeur lui-même passe faire une petite visite de temps à autre », avait-elle dit.

D'ordinaire, il allait faire une sieste dès que ses camionnettes de livraison partaient avec leur cargaison de pain frais. Debout dès deux heures et demie du matin, et après cinq heures de travail, il avait besoin de ce temps de repos. Pourtant, le conseil de Sharon lui avait paru avisé. Et qu'est-ce que cela lui coûterait ? Quelques heures de sommeil, c'est tout.

La réunion s'était passée comme prévu, mais pas la suite. Ils s'étaient retrouvés tous les deux à l'auberge locale pour un café, et, de fil en aiguille, dans la chambre que Sharon avait réservée. « Pour que tu puisses faire la sieste, Alastair. J'imagine que tu en as besoin. Tu veux monter un moment ? »

Il avait accepté. « Mais avec toi », avait-il ajouté. C'était ainsi que cela avait commencé. Après, il avait ressenti non pas de la culpabilité, loin de là, mais plutôt une immense reconnaissance pour le cadeau que le Tout-Puissant venait de lui faire en lui donnant cette femme.

Curieusement, elle avait le même sentiment. Elle lui avait dit qu'elle était à lui. Qu'elle lui appartenait. Dépendait de lui, de son amour, de son... Mon Dieu, que faire dans ces cas-là ?

Pour le savoir, la seule solution avait été de la posséder de nouveau. Il s'était dit qu'ils devaient savoir ce qu'ils représentaient l'un pour l'autre avant de prendre une décision. Il voulait être sûr que ce qu'il y avait entre eux n'était pas une réplique de la folle passion qui l'avait lié à sa femme au début.

Caroline ne quittait guère ses pensées. Comment aurait-il pu en être autrement ? Il ne pouvait pas plaquer quelqu'un d'aussi éprouvé par la vie que Caroline. Il lui semblait inconcevable qu'il puisse lui dire, un jour : « Écoute, Caro. Voyons les choses en face. Qu'est-ce qu'il y a entre nous, maintenant ? Il vaut mieux qu'on se sépare. »

Il se trouva qu'il n'eut pas à faire ce numéro. Caroline reçut des photos par la poste. Un courrier anonyme. Dieu merci, l'objectif n'avait saisi qu'un baiser, Sharon et lui main dans la main, et bon, d'accord, une caresse de sa part sur le merveilleux cul de Sharon. Mais cela avait suffi à déclencher chez Caroline une réaction qui l'avait tout simplement terrifié. Elle ne s'était pas mise en colère, elle n'avait pas pleuré, pas le moindre mot de reproche n'était tombé de sa bouche lorsqu'elle avait placé sur son assiette les photos à la place de son sandwich.

Si c'était sa mort qu'il cherchait, il allait être content. Voilà ce qu'elle lui avait dit... Elle voyait bien qu'il était amoureux de cette femme. Cela n'avait rien d'étonnant.

« Regarde ce que je suis devenue. Mais c'est le

chagrin, Alastair, je n'y peux rien. J'ai essayé, mais je n'y arrive pas. Je t'aime et en même temps je sais que je ne suis pas une épouse parfaite. Je ne demanderai pas le divorce. Cela te coûterait trop cher, tu ne mérites pas ça. Je n'ai qu'à me suicider, si tu veux, ce sera plus simple. »

Le suicide de Caroline ! Bon Dieu ! C'était la dernière chose qu'il voulait. Il avait bondi sur ses pieds et l'avait suppliée de lui pardonner « cette stupide passade ». Il ne savait pas ce qui lui avait pris. En général, Sharon et lui parlaient seulement affaires, « de la boulangerie de Dorchester et de la vendeuse qu'ils devaient virer à Corfe... » Il avait si bien plaidé sa cause qu'il s'était persuadé lui-même. Et à Sharon, il avait dit qu'ils avaient « pris un peu de bon temps, voilà tout », avant de s'arracher à la vue de son adorable visage.

Pendant deux jours, il s'était senti vertueux. En revanche, il avait perdu le sommeil. Puis il avait craqué, il lui avait téléphoné. « Tu es la femme de ma vie », lui avait-il déclaré.

Quand, la veille, il s'était retrouvé allongé après l'amour dans le lit en fer forgé de Sharon, les yeux dans les yeux de celle sans qui il ne pouvait plus vivre, tout lui paraissait gérable. Perdre la moitié de ses biens lui importait peu, après tout. Il laisserait à Caro la maison. Il lui donnerait la moitié de la boulangerie. Il lui céderait même, si c'était possible, son âme.

Aussi ne mentit-il pas, lorsque Caroline lui demanda au téléphone, ce matin-là :

— Où es-tu ? J'ai appelé à la maison, alors tu ne me feras pas croire n'importe quoi. Tu as passé la nuit chez elle, c'est ça ? Sympa de ta part de m'arracher le cœur...

Alastair jeta un coup d'œil à Sharon. Elle se tenait debout devant la cuisinière en robe de chambre, ses doux cheveux en bataille. Elle se tourna vers lui et comprit. Elle vint se planter derrière sa chaise, passa un bras autour de ses épaules et posa sa joue sur le haut de sa tête.

— Tu es avec elle, n'est-ce pas ? reprit Caroline.

Après une pause, elle ajouta :

— Pourquoi tu ne me tues pas toi-même ? Tous les deux, vous n'avez qu'à trouver un moyen de vous débarrasser de moi. C'est ce que tu veux, non ? Le champ libre. Qui est-ce qui te le reprochera ? Je suis devenue une grosse vache, je ne suis plus bonne à rien, à rien du tout. Tout ce que je touche s'en va en poussière. Will le savait, et toi, maintenant... Et Clare... Oh, mon Dieu, Clare...

— Quoi, Clare ?

— Elle est morte... et je suis seule avec elle. J'ai appelé Charlie, mais il est injoignable. Il faut que tu viennes, c'est pour ça que je te téléphone. Pas pour t'espionner. Pas parce que tu me rends folle. Elle est morte pendant la nuit. La police arrive. Il faut que tu viennes, Alastair... Tu es avec Sharon, n'est-ce pas ? Je sais que tu es avec elle et que tu ne peux plus me sentir, mais... s'il te plaît, s'il te plaît...

— Caro... garde ton sang-froid, chérie. Je fais au plus vite.

Sharon retourna au fourneau préparer les œufs et le bacon. Elle glissa des tranches de pain dans le grille-pain.

— Sharon, soupira Alastair au bout d'un moment.

C'est à propos de Clare Abbott. Caro est dans tous ses états, elle dit qu'elle est morte.

Les œufs et le bacon venaient avec un complément de tomates et de champignons grillés, plus une petite montagne de haricots. Un somptueux petit déjeuner anglais, comme il n'en avait pas mangé depuis des années.

— Tu as besoin de prendre des forces, lui dit-elle. La route est longue jusqu'à Cambridge.

River House Hotel
Cambridge

À cause de travaux sur l'autoroute, il était déjà midi quand Rory arriva à l'hôtel. Elle avait la sensation de vivre un cauchemar. Sa conversation avec Caroline avait été interrompue par les sanglots hystériques de cette dernière. En déployant des trésors de patience, Rory était parvenue à lui soutirer un récit passablement logique.

Clare était attendue pour l'enregistrement de l'émission de radio à dix heures trente, mais elle était toujours levée avant l'aube. Caroline avait toutefois pour consigne de ne pas la déranger pendant qu'elle travaillait, et Clare avait un article à terminer pour un magazine. Elle avait donc attendu huit heures pour toquer à sa porte. N'obtenant pas de réponse, elle s'était dit que Clare devait être descendue prendre son petit déjeuner. D'ordinaire, elle le prenait plus tôt, mais comme la soirée avait été fatigante la veille et qu'elle s'était couchée tard, elle ne s'était peut-être pas réveillée d'aussi bon matin qu'à l'accoutumée.

Ne la trouvant pas à la salle à manger, elle avait interrogé le concierge. Celui-ci n'avait pas vu Mme Abbott. Non, elle n'était pas sortie se promener au bord de la rivière.

Caroline avait de nouveau toqué à sa porte, puis comme leurs deux chambres communiquaient, elle s'était résolue à entrer par la porte intérieure.

Rory avait alors demandé pourquoi Caroline n'y avait pas pensé plus tôt.

Pour la simple raison que Clare exigeait de ne pas être interrompue quand elle écrivait.

Toujours est-il qu'elle l'avait trouvée couchée par terre, inanimée, non, morte, morte depuis des heures. Elle s'était jetée sur le téléphone…

Rory avait voulu savoir comment elle pouvait affirmer qu'elle était morte depuis des heures.

« Vous ne savez pas à quoi ressemble quelqu'un qui est mort depuis des heures ? Vous voulez que je vous fasse un dessin ? J'ai appelé la réception, qui a tout de suite appelé les secours. Les secouristes n'ont même pas essayé de la ranimer. Pour quoi faire ? Vous comprenez ? Elle était MORTE. Une crise cardiaque, une attaque… Que sais-je ? »

Rory gara sa voiture dans le parking. C'était un agréable hôtel, au bord de la Cam, à courte distance des bâtiments modernes de l'université dont le verre et l'acier se fondaient dans le paysage verdoyant, à l'ombre de saules et de sycomores séculaires. Rory enfila son manteau à Arlo, le mit en laisse et se dirigea vers la réception. Dans l'entrée, elle faillit se heurter à un homme massif qui sortait en compagnie d'un policier en uniforme.

— Mettez les scellés en attendant les ordres, disait-il à son acolyte.

Un inspecteur de police, se dit Rory tout en luttant contre l'impression qu'elle allait défaillir. Arlo, qui avait été dressé pour ça, devina sa détresse et se cogna contre le mollet de sa maîtresse pour l'orienter vers une grande caisse à plantes en bois où elle pourrait s'asseoir si nécessaire. Mais Rory se tourna vers l'inspecteur.

— Clare Abbott ? parvint-elle à prononcer.

L'homme vérifia d'abord que le policier en uniforme suivait ses ordres, puis il se présenta :

— Commissaire Daniel Sheehan. Que puis-je pour vous, madame ?

Rory lui dit qu'elle était une amie proche et une collègue de travail de Clare Abbott. Son éditrice à Londres. Elle était venue à Cambridge à l'appel de l'assistante de l'écrivaine, Caroline Goldacre.

— Où est Clare ? Que s'est-il passé ? Comment…

Rory ne termina pas sa phrase. Inutile de demander comment allait Clare. Caroline n'avait pas pu se tromper, pas après le passage des secouristes. Avant, peut-être, mais après, sûrement pas. Soudain, Rory se rendit compte que des larmes coulaient sur ses joues. Elle en fut horrifiée. Arlo lui donna de nouveau un petit coup aux jambes. Le commissaire la prit par le bras, la fit asseoir sur un canapé dans le hall de l'hôtel et s'assit lourdement à côté d'elle. Le petit chien se coucha à ses pieds. Daniel Sheehan se pencha pour le caresser et murmura :

— Tu dois être un chien qui aide les gens, toi.

Pour l'instant, expliqua-t-il ensuite à Rory, ils étaient à la recherche de la famille la plus proche.

Il n'avait pas réussi à tirer quoi que ce soit de cohérent de la dame qui avait découvert le corps. D'ailleurs, il avait fallu lui administrer un calmant. Et il lui avait conseillé d'appeler quelqu'un qui puisse la ramener chez elle.

— Madame Statham, poursuivit-il, connaissez-vous le nom du plus proche parent de la défunte ? Il y a l'identification du corps préalable à l'autopsie, et…

— L'autopsie ?

La pensée qu'on allait ouvrir le ventre de Clare… examiner et découper ses viscères… peser ses organes… recoudre sa… Rory se prit les tempes entre les mains. Arlo posa sa tête poilue sur ses genoux.

— Ne vous inquiétez pas, madame, dit Daniel Sheehan en lui serrant amicalement le bras.

Il se leva à moitié pour prier la réceptionniste d'apporter du thé et des biscuits. Ou quelques tranches de gâteau, s'ils en avaient… Après quoi, il se tourna de nouveau vers Rory.

— C'est juste la procédure. Vous savez, quand une personne en bonne santé apparente décède de mort subite, il y a toujours une enquête médico-légale. Mais l'identification passe en premier. A-t-elle un mari ? Des enfants ? Un frère ? Une sœur ?

— Elle n'a personne. Ses parents sont morts, et elle n'a pas d'enfants. Elle a bien un frère, mais ils sont brouillés depuis des années…

Il n'était pas nécessaire d'épiloguer sur ce frère qui lui avait volé autrefois son innocence. Clare l'avait longtemps haï. Depuis quelque temps, elle lui avait pardonné, mais quand même pas au point de vouloir reprendre contact avec lui.

— Elle ne voudrait pas que ce soit lui. Si c'est

autorisé, je peux l'identifier. Mais puis-je savoir pourquoi…

Le commissaire la dévisageait d'un air à la fois interrogateur et compatissant.

— Pourquoi la police est-elle ici ?

Elle avait posé sa question à l'instant où on déposait un plateau sur la table basse devant eux – une théière en porcelaine avec des tasses assorties, un pichet de lait et un sucrier. Le commissaire Sheehan regarda les cinq biscuits au gingembre disposés sur une assiette et fronça les sourcils. Après avoir touillé les feuilles de thé dans la théière, il remplit les tasses. Il cassa un biscuit en deux et demanda à Rory s'il pouvait en donner un morceau à Arlo. Il n'en parut que plus sympathique à l'éditrice. Après quoi, il lui expliqua que tout décès inattendu étant considéré comme suspect, le policier en service appelle le commissariat, lequel envoie un inspecteur. Il se trouvait qu'il était de garde – ils manquaient de personnel en ce moment.

— Si je comprends bien, cela ne signifie pas qu'on ait voulu la tuer ? L'idée que…

Rory écarquilla les yeux comme pour retenir une nouvelle montée de larmes.

— Pour l'instant, rien ne permet de dire si la mort est due à une intervention extérieure. Un verre renversé sur la table de chevet, un point c'est tout. Il n'y a pas d'indice de mort violente en tout cas. Vous pouvez être tranquille de ce côté-là.

Tranquille ? Comment pouvait-elle être tranquille alors qu'elle ne savait pas ce qui était arrivé à Clare…

— C'est son assistante qui m'a prévenue. Savez-vous où je peux la trouver ?

Le commissaire lui expliqua qu'elle était allongée

dans sa chambre. La disparition brutale de son amie avait réveillé les angoisses qu'elle avait eues lors du récent décès de son fils.

— La pauvre dame, conclut-il. Qui pourrait la blâmer ?

Qui, en effet ? songea Rory.

Spitalfields
Londres

À la voix d'Alastair, Charlie Goldacre comprit tout de suite que quelque chose clochait.

— C'est toi, mon garçon ?
— Oui. Qu'y a-t-il ?
— Je dois aller à Cambridge, j'ai besoin que tu viennes avec moi. Ta mère et moi... On est toujours... Eh bien...
— Que se passe-t-il, Alastair ? Cambridge ? Il est arrivé quelque chose à maman ?

Charlie commençait à paniquer.

— Non, non, pas du tout. C'est Clare Abbott. Elle est morte subitement. Ta mère et elle...
— Clare Abbott ! Mais... Comment ?
— Ta mère et elle sont montées à Cambridge pour je ne sais quel blablabla. Clare tenait à ce que ta mère l'accompagne parce qu'il y avait une vente de bouquins... Et puis... Elle est morte pendant la nuit. Ta pauvre maman l'a trouvée ce matin. Elle m'a appelé, elle est dans un état... Jamais elle n'arrivera à rentrer toute seule à la maison.

Charlie, aux yeux de qui la grande féministe était

un personnage supérieur au commun des mortels, bredouilla :

— Clare Abbott... Morte ? Un accident ? J'espère qu'elle n'a pas attenté à...

— Tout ce que je sais, coupa son beau-père, c'est qu'elle est morte et que ta mère n'est pas en état de prendre le train, avec le changement à Londres et tout le toutim. Ce qu'elle raconte n'a ni queue ni tête. La police l'a interrogée, et ça n'a rien arrangé...

— La police ? répéta Charlie.

Au même instant, il se sentit ridicule et furieux contre lui-même. Pourquoi jouait-il ainsi les perroquets ?

— Ils sont bien obligés de l'interroger, voyons. C'est elle qui a découvert le... euh... Clare. J'aurais préféré que ce soit la femme de chambre, je t'assure. Elle craque complètement. Il y a aussi sur place Rory, tu sais, l'amie de Clare qui a ce drôle de petit chien. Mais bon, tu vois, mon garçon, pour le moment, c'est pas tout rose entre ta mère et moi. C'est pourquoi on a besoin de toi. Elle m'a demandé de te le dire. En fait, elle m'a appelé uniquement parce qu'elle n'arrivait pas à te joindre.

— J'ai reçu des patients toute la matinée. Je viens de faire une pause.

— Tu n'as pas à te justifier, mon garçon. Alors ? Tu veux bien ? Je t'accompagne, bien sûr.

— Oui, évidemment, Alastair. Mais c'est terrible... Et si cette histoire l'achevait ?

— Je sais, soupira son beau-père.

Ils se fixèrent un point de rendez-vous dans les faubourgs de Londres afin qu'Alastair ne soit pas pris dans les embouteillages, puis Charlie se dépêcha d'annuler ses séances de l'après-midi.

La vie était pavée de bien cruelles ironies, songea-t-il. Clare Abbott, autant qu'il avait pu en juger, avait eu une santé de fer, alors que sa mère, avec tout le poids qu'elle avait pris, risquait à tout instant un infarctus ou une attaque cérébrale.

River House Hotel
Cambridge

Rory observa d'un œil distrait les touristes téméraires qui ramaient en rond sur la Cam dans des barques de location. D'autres, mieux avisés, avaient eu recours aux services de jeunes gens en canotier qui poussaient leur longue perche contre le lit de la rivière : ils filaient, insouciants, dans la direction de Grantchester. Dans le dos de Rory, assise à une des tables disposées sur la pelouse au soleil, Caroline Goldacre refusait de manger et de boire en dépit de l'insistance de son mari et de son fils. Ils la prenaient pour qui, enfin ! Clare était morte, ils ne comprenaient donc pas ? C'était la deuxième personne qui lui était arrachée...

« Arraché du ventre de sa mère avant terme. » *Comme c'est curieux*, pensa vaguement Rory. Cette citation de Macbeth lui était venue à l'esprit alors qu'elle n'avait rien à voir avec le drame qui se jouait ici et maintenant à Cambridge.

Elle sympathisait toutefois avec le manque d'appétit de Caroline. Elle non plus ne pouvait toucher aux minisandwichs, aux scones ou aux petits gâteaux.

Rien que l'odeur de la nourriture lui soulevait le cœur. À peine avait-elle réussi à boire une tasse de thé. Elle avait juste nourri le pauvre Arlo : lui, en revanche, avait englouti sa pitance en deux temps trois mouvements.

Le fils et le mari de Caroline l'avaient fait sortir dans le jardin, parce qu'elle se plaignait d'étouffer dans le hall de l'hôtel. Elle ne voulait pas de tous ces regards braqués sur sa personne, disait-elle. C'était la faute de ces satanés policiers, qui avaient insisté pour l'interroger en dehors de sa chambre, loin de Clare. Tout le monde les avait vus l'escorter dans une salle de réunion. Et à présent ils croyaient qu'elle avait quelque chose à se reprocher.

Pour le moment, on savait seulement que Clare était morte entre minuit et trois heures du matin. Et encore, le médecin légiste n'était pas vraiment sûr.

Rory avait demandé à Caroline pourquoi la police l'avait interrogée. Elle connaissait déjà plus ou moins la réponse à cette question, mais celle-ci lui avait paru naturelle étant donné les circonstances. Caroline avait rétorqué d'un ton glacial :

« Pourquoi, croyez-vous ? Vous êtes devenue idiote, ou quoi ? »

Rory s'était levée et avait marché jusqu'au muret bordant la rivière. La voix de Caroline l'avait poursuivie :

« Vous savez bien qu'elle est allée se coucher en bonne forme ! Ils voulaient donc savoir si j'avais vu quelque chose, entendu un bruit, et pourquoi je n'avais pas prêté assistance à une personne en détresse ! »

Cette conversation avait eu lieu il y avait dix

minutes à peine. Rory se détourna de la vue sur la Cam, rejoignit la table de Caroline et souffla :

— En détresse, vous avez dit ? Comment cela ?

— Elle était par terre, Rory ! La porte de communication entre nos chambres était ouverte, enfin, je veux dire, celle de son côté. Les flics trouvent ça suspect... Comme si j'avais projeté de la tuer au milieu de la nuit, mon Dieu...

Charlie tendit vers sa mère une main qui se voulait réconfortante.

— Maman, tu es dans tous tes états, et c'est tout à fait normal. Mais peut-être vaudrait-il mieux discuter à l'intérieur ? Ce serait plus discret...

— Évidemment que je suis bouleversée ! s'écria Caroline.

Des clients assis non loin tournèrent la tête vers eux. Caroline ignora leurs regards.

— Et toi, ne me fixe pas avec ces yeux comme si je débarquais de la planète Mars ! enchaîna-t-elle à l'intention d'Alastair. Elle ne se met peut-être jamais dans tous ses états, ta petite chérie ? Non, non, jamais, notre petite Sharon est parfaite...

Rory supposa qu'elle parlait de la maîtresse d'Alastair. Elle jeta un coup d'œil à Charlie. Il paraissait gêné. Rory s'assit, déterminée à en apprendre davantage. Arlo émit des petits geignements. Le chien percevait que la situation dégénérait, mais que pouvait-il y faire ? Ce n'était pas la peur qui animait sa maîtresse, mais la colère, et devant ce sentiment, il était sans recours.

— Vous ne l'avez pas entendue ? reprit-elle.

— Vous êtes un flic ou quoi, Rory ? Je dormais.

Qu'est-ce que j'aurais dû entendre ? Une crise cardiaque ou une attaque, ça ne fait pas de bruit.

— Mais si elle a eu la force d'ouvrir la porte de son côté, qu'est-ce qui l'a empêchée de venir vous réveiller ? Si elle a ouvert la première porte, pourquoi pas la seconde ?

— Elle était fermée à clé, voilà pourquoi ! Je l'avais verrouillée. Je voulais être un peu tranquille, pour une fois. Je n'avais même pas envie d'être là, si vous voulez tout savoir. Si je l'ai accompagnée, c'est parce qu'elle a insisté. Alors, pour qu'elle me fiche la paix, j'ai fermé à clé et je me suis couchée en me disant que si elle avait besoin de moi, elle n'avait qu'à se servir de son téléphone.

Un serveur s'avança avec un pichet d'eau. Il glissa discrètement à Alastair qu'ils seraient plus à leur aise à l'intérieur, où la direction leur avait réservé un petit salon privé.

Alastair se leva, imité prestement par Charlie, lequel se planta ensuite derrière la chaise de sa mère.

— Maman, on va pouvoir continuer cette conversation...

— Savait-elle que vous aviez fermé votre porte à clé ? coupa Rory.

— Bien sûr que oui. On s'était disputées, voilà. Je lui ai dit que je verrouillais ma porte et que je ne voulais plus qu'elle m'embête avec ses histoires...

— Clare m'a parlé de votre dispute, au téléphone hier soir, lâcha Rory. Mais elle ne m'a pas dit à quel propos...

— Arrêtez, taisez-vous ! cria Caroline.

Le serveur haussa la voix :

— Je me permets d'insister, madame...

— On dirait que vous pensez, Rory... Oui ! Vous m'accusez d'avoir tué votre précieuse poule aux œufs d'or ? Pourquoi j'aurais fait une chose pareille ? Vous croyez vraiment qu'en plus de tout le reste j'ai envie de perdre mon boulot !

— Tout le reste ?

Du coin de l'œil, Rory vit un homme vêtu d'un complet sombre traverser à grands pas la pelouse dans leur direction, un sourire aussi aimable que forcé vissé sur le visage. Le gérant de l'hôtel, sans nul doute. Mais tant qu'elle avait Caroline sous la main, Rory avait la ferme intention de lui soutirer le maximum d'informations.

— Tout le reste, Caroline ? C'est-à-dire ?

Peu lui importait qui écoutait.

— Quoi ? Comment ? bredouilla Caroline.

— Mesdames, messieurs, je peux vous aider ? intervint le gérant de l'hôtel en chassant d'une chiquenaude une poussière invisible sur la manche de son veston.

Il salua de la tête plusieurs tables voisines. Le serveur en profita pour battre en retraite, laissant son patron régler le problème.

— Je ne supporterai pas d'être traitée ainsi, déclara Caroline en continuant à ignorer cet homme affable.

Mais, finalement, elle se leva. Rory fit de même. Le gérant reprit son sourire et, avec une légère flexion du buste, fit un geste vers l'hôtel.

— Venez, venez, suivez-moi...

— Je ne le supporterai pas, répéta Caroline d'une voix aigre. Et toi qui restes figé là comme une statue de malheur, ajouta-t-elle au bénéfice d'Alastair, pendant que cette folle, là, m'accuse de tous les crimes... Oui, elle est morte, Rory ! et on sait tous ce que vous attendiez d'elle ! Qu'est-ce que ça vous fait, maintenant, de savoir que ça ne se produira jamais ?

— Mon cœur, je t'en prie…, chuchota Alastair.

Elle pivota pour lui faire face.

— C'est comme ça que tu l'appelles ? Ta petite pute minable ? Mon cœur, *mon cœur* ?

— Pitié, maman, dit Charlie.

Elle se rua sur son fils, non pas pour l'agresser, mais pour se réfugier dans ses bras.

— Ramène-moi à la maison ! cria-t-elle. Charlie, je t'en prie ! Ramène-moi !

Camberwell
Sud de Londres

India ne l'aurait pas avoué facilement, mais elle avait pris l'habitude de s'informer sur Internet. C'est ainsi que, tard dans la soirée, par un de ces encarts qui surgissent au détour d'une page de site Web, elle apprit la mort inattendue et brutale de Clare Abbott. « La célèbre féministe meurt à 55 ans. » La stupéfaction fit oublier à India ce qu'elle était en train de chercher.

— Quelque chose ne va pas ? demanda Nat derrière elle.

Il posa la main sur son épaule. Ah, oui, elle se rappelait : ils cherchaient une auberge de charme dans le Norfolk. Nat avait proposé de passer un week-end à la campagne. Comme il faisait encore beau, les rives des Broads – ces lacs en forme de rivières élargies – leur avaient semblé pleines d'attraits. Ils respireraient l'air pur, se promèneraient dans les dunes, flâneraient au bord de la Horsey Mere. Mais d'abord, ils devaient déterminer le village le mieux placé pour rayonner dans la région.

Nat lui embrassa le haut du crâne.

— Clare Abbott, dit-elle en cliquant sur le lien. Elle est morte.

Il n'y avait pas beaucoup de détails : Cambridge, le River House Hotel, un débat avec une femme pasteur réactionnaire. Clare était décédée pendant la nuit. Point.

— C'est cette femme pour qui travaille la mère de Charlie, ajouta India. C'est affreux. Nat, elle n'avait que cinquante-cinq ans. La pauvre maman de Charlie... Ce nouveau malheur va l'achever.

India avait raconté à Nat les incidents lors de l'inauguration du mémorial. Il avait en effet essayé plusieurs fois de l'appeler ce jour-là et avait été un peu froissé qu'elle ne lui ait rien dit. Le malaise s'était estompé de lui-même quand elle lui avait confié que, si elle n'avait pas été là pour parler à Lily Foster, tout le monde aurait été persuadé que Clare était la personne qui avait invité Francis Goldacre pour qu'il tourmente son ex-femme. Comme Nat s'étonnait, elle avait répliqué : « C'est comme ça, dans cette famille. Son dysfonctionnement m'a paru normal jusqu'à ce que je prenne la tangente. »

— Elle ne va quand même pas empêcher notre escapade dans les Broads ? s'inquiéta Nat avec un geste du menton vers l'écran de l'ordinateur.

— Sûrement pas.

Pourtant, en son for intérieur, les yeux fixés sur le visage sévère de Clare Abbott, India ne savait que penser. Ce n'était pas un très bon portrait de la féministe, d'ailleurs. Curieux, se dit-elle, comme peu de photographes parviennent à capter l'esprit de leur sujet. Il fallait posséder un talent et un savoir-faire particuliers.

— Tu es soucieuse, India, je le sens. C'est à cause d'elle ? De cette Clare Abbott ?

— Pas exactement...

Elle rumina un moment avant d'ajouter :

— Je devrais peut-être lui téléphoner.

— À qui ?

Nat s'assit à côté d'India et observa son visage. Ses yeux lui semblaient soudain plus sombres.

— Caroline, répondit-elle. Je devrais lui présenter mes condoléances. J'ai été sa belle-fille pendant tellement longtemps... Officiellement, je le suis toujours.

— Hum. D'ailleurs, quand est-ce qu'on va mettre ça sur le tapis ?

Il se frictionna la nuque, comme si c'était une question en l'air.

— De quoi tu parles ?

— India, quand même..., fit-il de la voix déçue d'un père face à la volonté de son enfant d'esquiver une discussion nécessaire. De Charlie et de toi, bien sûr. De ce que tu vas lui dire et quand...

— Je préfère éviter.

— En effet. Cela fait combien de mois que tu évites ?

Elle lui sourit. Elle était prête à le guider jusqu'à son lit pour lui prouver qu'il ne devait pas s'inquiéter.

— Tu devrais savoir exactement depuis quand, Nathaniel Thompson. Depuis que toi et moi...

— Deux mois, vingt jours, quatre heures et...

Il consulta sa montre.

— ... trente-sept minutes. Non, trente-huit.
— Tu n'es pas sérieux !

Il lui prit la main et déposa un baiser au creux de sa paume.

— Pour les minutes et les heures, non. Mais pour les mois et les jours, si... T'ai-je déjà dit ce que j'ai remarqué en premier chez toi dans le bus ?

Comme elle faisait non de la tête, il enchaîna :

— L'intensité avec laquelle tu lis. Il a fallu je ne sais combien de jours pour que tu lèves le nez de ton bouquin et que tu me voies.

— C'est vrai, Comme c'est bizarre. Je ne me souviens même pas de la première fois où je t'ai regardé.

— Bien sûr que non, dit-il en nouant ses doigts aux siens. Tout était trop récent à ce moment-là.

— Quoi ?

— Ta rupture avec Charlie. Quand vas-tu lui dire que tu ne retourneras plus avec lui ?

Elle retira sa main de la sienne et se tourna vers le visage intelligent de Clare Abbott sur l'écran de son ordinateur. Un instant, elle tenta de se mettre dans la tête de l'écrivaine féministe : n'aurait-elle pas considéré qu'India était tombée de Charybde en Scylla en passant d'un homme à un autre ? La période de transition avait été trop brève. Et d'ailleurs, que savait-elle au juste sur Nathaniel Thompson ?

— Je ne sais pas.

— Tu ne sais pas quand tu vas le lui dire ou tu ne sais pas si votre séparation sera permanente ?

— Les deux.

Il se leva. Ils étaient dans la deuxième chambre de la minuscule maison qui servait tout à la fois de bureau et de salon, la salle de séjour faisant office de cabinet d'acuponcture. La pièce avait beau être exiguë, Nat se débrouilla pour en arpenter le périmètre. Sa haute taille emplissait l'espace tout autant que l'émotion qu'il dégageait. C'était étrange, se dit-elle, qu'elle s'attache de nouveau à un homme qui, comme Charlie avant la mort de Will, extériorisait ses sentiments. Était-ce un trait de caractère qui la séduisait particulièrement ? Ou voulait-elle à tout prix éviter de fréquenter un homme susceptible de ressembler à son père ? Et si oui, pour quelle raison ? Elle aurait mieux fait au contraire de chercher un homme tel que lui, ce vivant éloge de la diplomatie.

— Que suis-je pour toi, India ? lâcha Nat. Une distraction ?

— Tu sais bien que non, dit-elle en se tournant pour soutenir son regard.

— Comment le saurais-je ? Tu n'as pas soufflé mot de ce que tu ressens pour moi. Alors que moi, j'ai mis mon cœur à tes pieds, ou plutôt je l'ai laissé traîner sur un rocher pour les vautours. Bon, tu ne vas pas nier que c'est à cause de Charlie. Quelle emprise a-t-il sur toi, bon sang ? Ce n'est quand même pas parce qu'il n'a pas le moral et qu'il a besoin de soutien...

— Nat, je t'en prie, ne nous disputons pas. Je tiens vraiment à toi... mais... je veux éviter de lui asséner un coup fatal.

— Tu préfères ne pas t'engager, c'est ça ?

— J'aimerais pouvoir faire autrement, crois-moi.

Nat se mit à la fenêtre qui donnait sur le jardinet devant la maison. S'adressant plutôt à la rue qu'à elle, il énonça :

— Il te faut un homme, un vrai.

Puis il tourna brutalement sur ses talons pour observer sa réaction.

India avait l'air étonnée. Comment avait-il deviné ? Elle ne lui avait jamais rien dit, résolue qu'elle était à ne pas trahir Charlie. Comme s'il lisait dans ses pensées, Nat répondit à sa question silencieuse :

— Je l'ai su à ta façon de dire : « Ça faisait longtemps. »

— Je n'ai jamais rien dit de tel.

— Si, dans un demi-sommeil, avant de t'assoupir. Tu as ajouté que tu ne t'étais pas sentie aussi bien depuis des années. On sait tous les deux pourquoi.

Ces mots la blessèrent, comme le fait parfois la vérité.

— Je t'en prie, ne nous disputons pas.

Il revint sur ses pas pour la prendre dans ses bras.

— Non, on ne va pas se disputer, pas à ce sujet-là, qui est l'évidence même.

1ᵉʳ octobre

Holloway
Londres

Barbara Havers rentra de Scotland Yard sur les genoux, les batteries à plat. Elle se vidait de son énergie, avec tous ses efforts pour atteindre un degré de coopération à même de satisfaire le bon plaisir de la commissaire Isabelle Ardery. Rien que pour tenir sa langue, elle devait serrer les mâchoires, se mordre les lèvres et grincer des dents, quand elle ne se rongeait pas les ongles. Le stress était en train de vampiriser ses forces vitales. Barbara se demandait combien de temps elle pourrait continuer à brider ainsi sa véritable nature sans que sa tête se transforme en cocotte-minute prête à exploser. Berwick-upon-Tweed commençait à lui paraître paradisiaque en comparaison. Elle gara sa Mini tout en haut de Haverstock Hill, abordant d'un pas lourd l'allée de la villa édouardienne derrière laquelle se trouvait son bungalow. Son humeur s'assombrit encore quand elle se rappela que Dorothea Harriman avait prévu pour elle une soirée « speed dating ».

La secrétaire du département savait se montrer opiniâtre. Sa vision du monde ne s'était hélas pas amendée à la lecture de l'ouvrage édifiant de Clare Abbott. D'ailleurs, c'est à peine si elle avait ouvert le livre avant de le refiler à l'inspecteur Lynley. Elle avait certes renoncé à relooker Barbara, mais elle avait mis au point une autre méthode de redressement. Son but étant de sortir sa vie sentimentale du néant, le speed dating était, à l'entendre, la solution parfaite : Barbara n'aurait que l'embarras du choix. C'était une technique de drague efficace, un peu comme la pêche à la ligne...

Barbara avait tenté de protester : elle n'avait jamais été intéressée par la drague.

« Taratata, toutes les femmes ont envie d'attraper un cœur d'homme, sergent Havers. Il n'y a pas de non qui tienne. Ni pour moi ni pour les autres...

— Comment cela, pour les autres ? Quels autres ? »

Dorothea avait été forcée d'avouer :

« Eh bien, c'est-à-dire que... on a tous hâte de vous retrouver, sergent, si je puis m'exprimer ainsi.

— Je ne suis pourtant partie nulle part.

— Oh... vous voyez bien ce que je veux dire... C'est à cause de cette histoire de mutation à Berwick-upon-Tweed. À cause de la commissaire Ardery. Vous êtes d'une sagesse exemplaire. Mais ça ne vous convient pas. C'était héroïque de la part de l'inspecteur Lynley d'essayer de désamorcer...

— Quoi ? s'écria Barbara. Qu'est-ce qu'il a fait ?

— Ouille. J'en ai trop dit. Je commence à perdre les pédales. Écoutez, essayons au moins ça, d'accord ? Considérez que c'est un jeu, une expérience, un truc à raconter à votre maman la prochaine fois que vous irez la voir... Je vous en prie... Et après... »

Dorothea avait laissé sa phrase en suspens pendant quelques secondes avant de poursuivre :

« ... je vous invite à dîner au restaurant. Où vous voudrez. L'addition sera pour moi.

— Je préférerais me faire arracher les ongles de mes orteils plutôt qu'aller à cette soirée.

— Non. Vous préféreriez penser à autre chose qu'à Berwick-upon-Tweed. De toute façon, vous ne pouvez pas refuser. Vous n'avez jamais tenté l'expérience. »

Dee avait dégoté « l'expérience » en épluchant les petites annonces à la fin du magazine *Time Out*, nichée sous une pub pour un *massage thaï dans votre chambre d'hôtel*. La soirée avait lieu dans un pub de Holloway... situé à un jet de pierre de la prison pour femmes.

Elle s'y rendait à présent, avec l'impression que son estomac se nouait davantage à chaque minute. Génial, songeait-elle, elle allait rencontrer des matons cherchant l'amour pendant leur temps libre... Elle ne ferait pas tache, c'était certain.

Dorothea l'attendait à l'entrée.

— Dee, vous êtes folle ou quoi ? Vous croyez vraiment que cet endroit est fréquenté par des gens honnêtes ?

— Ne vous inquiétez pas, sergent, on va étinceler comme des perles dans de la... bon, enfin... vous voyez, quoi.

Sur ces paroles, elle s'engouffra dans la salle sans laisser à Barbara le temps d'objecter que les perles, ça n'étincelait pas.

La salle de réception du pub avait été décorée pour

l'occasion... sans ostentation. Le plafond s'ornait de quelques guirlandes de papier crépon et une botte de ballons gonflés à l'hélium oscillait lentement au-dessus d'une table derrière laquelle étaient assises trois femmes. Elles avaient pour tâche d'accueillir les candidats, de leur faire payer l'entrée et de leur distribuer des tickets boisson. Alignés devant elles, des badges portant l'inscription *Bonsoir ! Je m'appelle...* attendaient d'être complétés au feutre noir. Une fois qu'ils avaient épinglé cette étiquette à leur poitrine, les célibataires s'égaillaient en solo dans la salle en jetant des regards en coulisse aux autres participants qui tournaient en rond.

Cinq rangées de tables étaient disposées au centre, portant chacune une indication donnée par un petit drapeau. *25-30* était-il inscrit sur la première, le reste s'étageant ainsi : *31-40*, *41-50*, *51-60* et *60 et +*. Au centre des tables, entre les rangées de chaises en vis-à-vis, trônaient des bouquets de marguerites en plastique.

Un homme corpulent aux cheveux noirs plaqués en arrière – une coloration « jeune » – se mit en devoir de leur exposer « le règlement », qui au demeurant n'était guère compliqué. Les rencontres duraient cinq minutes. Lorsque le minuteur se mettait à sonner, les joueurs n'avaient plus que trente secondes, après quoi les messieurs se décalaient d'un cran vers la droite tandis que les dames restaient à leur place. Sunny Jack Domino – car tel était le nom de l'homme aux cheveux teints – était là pour les « mener au doigt et à la baguette ». Au moment voulu, il amplifiait le son du minuteur en faisant tinter une espèce de cloche de crieur public, et les participants devaient impérativement cesser de parler entre eux.

— Vous pouvez donner vos coordonnées à qui ça vous chante. Le principal, c'est que ça tourne !

Barbara regretta de ne pas s'être munie de cartes de visite. Après tout, qui sait ? Elle allait peut-être se trouver des « affinités » avec quelqu'un... Elle changea d'avis lorsque Sunny Jack Domino expliqua la fonction des petits drapeaux sur les tables. Il s'agissait de diviser les célibataires par groupes d'âge. « Et pas de triche ! », leur dit-il en découvrant une dentition d'une blancheur suspecte.

Tous se dirigèrent vers les tables correspondant à leur degré d'ancienneté sur terre, pendant que Sunny Jack tentait de les persuader qu'ils étaient là pour s'amuser comme des petits fous. Barbara, elle, avait l'impression d'être de retour sur les bancs de l'école primaire...

— Un, deux, trois, partez ! s'écria soudain Sunny Jack.

Barbara ne tarda pas à s'apercevoir que si les dames s'étaient conformées aux instructions concernant leur âge, peu de messieurs avaient eu cette délicatesse. Certains se rajeunissaient de dix ans, quelques-uns de vingt ou même de trente. Elle parla ainsi à un type qui avait soixante-sept ans !

Elle tint bon trois sonneries. Son premier lui déclara qu'il était un adepte d'un régime consistant à se goinfrer de petits gâteaux et de chips, une sorte de roulette russe alimentaire qui contribuait sûrement à l'énorme galette flasque qui lui tenait lieu de ventre. À l'issue de cette confidence, il dévisagea Barbara, comme s'il attendait qu'elle le distraie. Le suivant lui avoua tout de go qu'il n'avait plus trente ans – c'était celui qui comptait soixante-sept printemps.

— J'aime les jeunes nanas bien roulées, et je suis un vrai taureau, lui dit-il avec un geste obscène consistant à faire un cercle avec le pouce et l'index de sa main droite dans lequel il dressa le majeur de sa gauche.

Le troisième candidat l'interrogea sur ses goûts musicaux, prétendant :

— Si on ne s'entend pas sur la musique, on ne s'entend sur rien.

La coupe était pleine. Barbara se leva et fonça vers la sortie. Dorothea la rattrapa en deux temps trois mouvements.

— Sergent Havers ! Vous ne...

Barbara comprit que seul un mensonge était en mesure de la tirer de ce mauvais pas. Elle leva en l'air son téléphone.

— Je viens de recevoir un appel, Dee. Je suis de garde ce soir...

Une fois dans la rue, elle chercha un *chippy*[1]. Elle n'avait pas dîné, et après l'épreuve speed dating qu'elle venait d'endurer, elle méritait de combler son petit creux. Pendant qu'elle errait, il commença à pleuvoir, pas une de ces douces averses automnales qui semblent faites pour laver les trottoirs, mais des trombes. Et, bien entendu, elle n'avait pas de parapluie.

Elle courut jusqu'à la boutique la plus proche, qui se trouvait être un marchand de journaux. Le regard de la femme voilée à la caisse ne lui laissa aucun

---

1. Fish & Chips.

doute : on attendait d'elle qu'elle fît un achat, ce à quoi elle se plia volontiers. « Un paquet de Wrigley's Spearmint, *siouplaît* ? » Plus un paquet de Players, un briquet et sa lecture favorite, le tabloïd *The Source*. En payant, elle s'enquit du *chippy* le plus proche, qui s'avéra situé à une dizaine de portes dans la même rue.

Elle commanda du haddock et des frites. Il n'y avait pas de tables, seulement des comptoirs en Formica contre les murs. Les coussins des tabourets étaient sales et poisseux, mais comme la perspective de manger sous la pluie n'avait rien d'agréable, elle se résigna en se disant qu'au moins le comptoir était assez large pour qu'elle y installe son journal. Après tout, compte tenu de la météo, ce n'était pas si mal.

La une accueillait une nouvelle choc : un footballeur, qui avait juré publiquement fidélité à son épouse – il faut toujours se méfier de l'eau qui dort, songea Barbara –, entretenait en réalité une maîtresse depuis trois ans sur la Costa Brava. « Je suis fidèle aux deux, déclarait-il. J'en connais d'autres pour qui c'est pas le cas. » Cela ne semblait pas le déranger que sa femme vienne d'accoucher – il y avait une photo d'elle sortant en pleurs de son domicile, avec un petit paquet dans les bras – et que sa maîtresse soit enceinte. « Je ne suis qu'un être humain ! »

Barbara ouvrit à la page 5 pour continuer à lire cet article fort intéressant. C'est ainsi que, vingt-quatre heures après les faits, elle apprit la mort de Clare Abbott ! La photo de l'auteure féministe et l'annonce de son décès subit lui sautèrent aux yeux. Apparemment, la mort avait été causée par un arrêt cardiaque. *Quelle pitié, elle n'était pourtant pas très vieille*, se dit Barbara en regardant de travers les beignets et les frites huileuses sur son assiette. Mieux valait les manger en les arrosant d'une double dose de vinaigre, pour remplacer les légumes.

4 octobre

Marylebone
Londres

Rory Statham attendit en silence pendant que, devant elle, le Dr David Jenkins tournait les pages, absorbé par sa lecture. Arlo, petite présence réconfortante, était couché à ses pieds. Jenkins n'avait pas levé les yeux depuis qu'il l'avait invitée d'un geste à prendre place dans un des deux fauteuils. Cela montrait qu'il partageait son inquiétude, n'est-ce pas ? Ce qui n'aurait rien d'étonnant. Il était le médecin traitant de Clare depuis trente ans. Quand elle lui avait téléphoné pour lui demander un rendez-vous à propos du décès de son amie cinq jours plus tôt, il avait répondu sans hésiter : « Mais bien sûr ! Pas avant six heures et demie toutefois. » L'horaire convenait parfaitement à Rory. Elle lui apporterait le rapport d'autopsie.

Elle l'observait avec attention, s'efforçant de deviner quelle serait sa réaction face aux conclusions du légiste : arrêt cardio-respiratoire à la suite d'une arythmie cardiaque fatale. Elle n'était pas certaine de savoir interpréter ce jargon, hormis que le cœur de Clare avait lâché.

Comment une chose pareille était-elle possible ? Si Clare avait eu un problème cardiaque, son médecin n'aurait-il pas dû s'en apercevoir ?

Jenkins avait l'âge de la retraite. Il avait réservé à Rory un accueil très amical et s'était montré compréhensif quant au fait qu'elle était accompagnée d'un chien de thérapie. Il était, du moins dans l'esprit de l'éditrice, un de ces praticiens à l'ancienne mode de Harley Street, même si son cabinet n'était pas dans cette rue. Toujours vêtu d'un complet trois pièces – quelle que soit la saison –, il regardait ses patients par-dessus ses lunettes en demi-lune, les oreilles et le nez truffés de poils, un collier de barbe d'un autre siècle au menton. Curieusement, Rory le trouvait rassurant.

Finalement, il leva les yeux, ôta ses demi-lunes et entreprit d'en nettoyer les verres avec un chiffon d'un air impénétrable. Puis il fronça ses sourcils broussailleux et mit en marche un ventilateur – le soleil d'automne était encore assez chaud pour avoir transformé la pièce en étuve.

— Pouvez-vous me rappeler ce que vous étiez pour Clare, exactement ? dit-il.

— Son éditrice et son amie...

Rory sentit les larmes lui piquer les yeux. Elle appuya ses doigts sur sa lèvre supérieure pour s'empêcher de pleurer. Depuis quelques jours, elle ne savait plus faire que cela. Elle avait perdu tout contrôle sur ses émotions. Le directeur de la maison d'édition l'avait invitée à prendre des jours de congé, mais l'idée de se retrouver seule avec elle-même la terrifiait.

— Nous étions très proches, Clare et moi. Elle

n'avait pas de famille en Angleterre, et elle m'avait chargée de s'occuper de ses affaires si jamais il venait à lui arriver malheur...

Rory baissa la tête. Arlo leva la sienne, une lueur interrogative dans ses yeux marron en forme de boutons de bottine.

— Je vois, dit Jenkins. Et son corps ?

— Il est en route... Elle est en route pour Shaftesbury. Une crémation est prévue, enfin, il faut encore tout organiser... Les pompes funèbres vont la garder...

Cette conversation sur la dépouille mortelle lui paraissait inhumaine, non seulement à cause du manque de respect pour la personne qu'avait été Clare, mais aussi parce que c'était trahir leur amitié mutuelle.

— Il doit bien y avoir eu des signes, des douleurs, des malaises, quelque chose... Comment pouvait-elle ignorer son état ?

Le médecin croisa ses longs doigts sous son menton.

— Ce sont des choses qui se voient avec l'insuffisance cardiaque. Mais les convulsions, cependant... C'est troublant, en effet.

Rory accrocha son espoir à la fin de sa phrase. Jenkins poursuivit d'un ton méditatif :

— Les enfants ont parfois des convulsions sans gravité quand ils ont beaucoup de fièvre, mais pas les adultes. Des convulsions à cause d'une arythmie, même sévère... C'est curieux. Le rapport ne fait même pas mention d'une tumeur au cerveau ou d'une cicatrice d'un ancien traumatisme crânien... Si vous voulez bien m'excuser... ?

Il sortit de la pièce pour revenir immédiatement avec une chemise en carton bourrée de papiers : le dossier médical de Clare, dont l'épaisseur disait le nombre d'années pendant lesquelles elle avait fait confiance à son médecin. Il passa plusieurs minutes à le consulter, puis, alors que Rory allait lui demander ce qu'il cherchait, il déclara qu'elle n'avait jamais eu de lésion cérébrale d'origine traumatique. Elle avait été examinée une fois par an et, dès l'âge de cinquante ans, elle avait tenu à ce que l'on procède à une coloscopie, un électrocardiogramme d'effort et un test de densité osseuse. Elle avait aussi consulté une gynécologue sur une base annuelle, précisa-t-il en ajoutant qu'il aimerait que toutes ses patientes soient aussi attentives à leur santé.

— Elle se nourrissait mal, dit Rory avec un sourire affectueux. Cela m'étonnerait qu'elle ait avalé un seul repas équilibré dans l'année. Et elle aimait bien le vin. Mais c'est tout. Elle n'a jamais fumé. Alors, je ne comprends pas comment ce... ce...

— Comme je vous l'ai dit, ce sont des choses qui arrivent. Même à des gens au top de leur forme, comme des coureurs de marathon.

Les réactions du corps humain étaient imprévisibles. C'était un des mystères de la vie... Il conclut par ces mots :

— Je suis désolé. Je vois bien que vous teniez à elle. Vous n'étiez pas la seule... J'ai vu des articles sur les derniers débats mouvementés...

Il eut un sourire amical et triste.

— Son dernier livre a fait du bruit. Elle était une intellectuelle engagée, n'est-ce pas ? C'est une grande perte pour tous ceux qui la connaissaient.

5 octobre

Victoria
Londres

Barbara Havers se dit que le meilleur endroit pour alpaguer l'inspecteur Lynley était dans le parking, au sous-sol de New Scotland Yard. Elle s'y pointa avec quarante minutes d'avance sur son horaire habituel et se posta sur la place réservée à Lynley. À l'arrivée de la Healey Elliott, elle s'écarta. Elle avait eu le temps de fumer six cigarettes et laissait un cercle de mégots sur le sol. Quand elle s'installa dans la voiture rutilante, le soupir que poussa Lynley n'était pas sans rapport avec l'odeur de tabac qu'elle dégageait déjà à sept heures cinquante-deux.

Sans lui laisser le temps de sortir sa bombe désodorisante, elle attaqua de front :

— Vous faites de votre mieux, inspecteur. Je m'en rends compte. Bon, maintenant je m'en rends compte. Au départ, j'ai flippé. Mais j'ai bien réfléchi, et maintenant je comprends ce que vous avez dans la tête et je vous suis reconnaissante d'y avoir pensé.

Mais faut pas vous faire des illusions, alors vous feriez mieux d'oublier.

Il laissa passer un moment avant de répliquer :

— Vous me parlez de quoi, exactement, Havers ?

— Elle ne déchirera pas les papiers. Pas de mon vivant ni du vôtre. Qui le lui reprochera ? Si j'étais elle, je ne les déchirerais pas non plus. Comme on fait son lit, on se couche, je sais. De toute façon, je ne regrette rien ; laissons pisser, inspecteur.

Il tourna la tête, mais tout ce qu'ils avaient sous les yeux était le béton du mur qui à cet emplacement présentait une tache d'humidité rappelant la silhouette de la reine Victoria sur la fin. Une vue qui n'avait rien de charmant, d'aucun point de vue. Barbara était sur le point d'en faire la remarque, quand Lynley reprit la parole :

— Vous voulez que je vous parle franchement, Havers ? Vous n'êtes pas professionnellement au meilleur de votre forme. Et ça ne date pas d'hier. Vous, moi et Isabelle savons que cela fait des mois. Pouvez-vous me dire à quoi rime ce charabia ?

— Je cherche un moyen. Ou plutôt, j'essaye de trouver un moyen.

— Un moyen pour quoi ?

— Pour jongler avec tout ça.

— Tout ça ? C'est-à-dire ?

Barbara sentit un point douloureux dans sa poitrine. Elle connaissait la méthode pour le faire disparaître : dis ce que tu as sur le cœur et tire-toi.

— Le boulot, inspecteur. Je me débrouille toute seule...

Elle posa sa main sur la poignée en faisant mine de sortir.

— Ce qui n'empêche que je vous suis...
— Je sais ce que c'est que de perdre un être cher, Barbara, la coupa-t-il.

La situation s'aggravait. Elle ne pouvait décemment plus prendre le large, et il le savait. Elle s'affala dans le siège et contempla le triple menton de la pauvre vieille reine.

— Oui, inspecteur... Et en ce qui me concerne, je sais que c'est idiot. Helen était votre épouse, et elle a été assassinée[1], mon Dieu. Alors qu'ils n'étaient que mes voisins et qu'ils ont seulement déménagé[2].

— Il n'y a pas de règle en amour, Barbara. L'amour n'a besoin ni de serment ni de paperasse pour être profond. Et quand l'être aimé n'est plus là, il n'est plus là, alors que les sentiments, eux, sont toujours aussi intenses. Mais ils n'ont plus rien pour les recueillir. Voilà pourquoi c'est si dur. Continuer à vivre dans ces conditions exige un effort de volonté gigantesque.

Elle tourna la tête vers lui. Il l'observait avec attention. Ses yeux, bruns, ce qui est rare chez un type dont les cheveux virent au blond pâle en été, ses yeux, donc, étaient fixés sur elle avec la lueur d'un sentiment qu'elle savait ne pas mériter : la compassion. Leur situation était différente, quoi qu'il en dise. Sans comparaison. Et elle lui était redevable de tant de choses. Elle tenta de le lui dire, à sa façon :

— Merci pour ça.
— Pour ça quoi ?
— Pour ce que vous êtes : un brave type, avec

---

1. Voir *Sans l'ombre d'un témoin*.
2. Voir *Juste une mauvaise action*.

vos bonnes manières, votre argenterie familiale et les portraits de vos ancêtres.

Ils restèrent un moment plongés dans la contemplation du tableau de bord de la Healey Elliott – ses boutons, ses cadrans, ses jauges mystérieuses... Barbara finit par rompre le silence :

— D'un autre côté, vous pourriez essayer de la persuader de me lâcher les baskets... Je parle pas du patron, mais de Dorothea. L'autre soir, elle m'a traînée à une soirée speed dating. Je vous dis pas. Depuis deux jours, elle me tanne pour que je prenne des leçons de danse de salon. Jusqu'ici, j'ai réussi à y échapper en arguant que j'avais les pieds plats, mais je ne crois pas que l'argument va tenir longtemps.

Lynley opina avec un petit frémissement des lèvres où pointait un sourire.

— La rumba, c'est magnifique, Barbara. Un cran au-dessous du tango, mais pas de beaucoup.

Elle lui sourit.

— Allez vous faire foutre, inspecteur !

Ils eurent un petit rire complice.

Ils quittèrent le parking, prirent l'ascenseur ensemble et se séparèrent dès que les portes s'ouvrirent à leur étage. Alors que Barbara se dirigeait vers son poste de travail, elle fut apostrophée par une des nouvelles recrues du département. Le jeune homme lui tendit un papier où il avait transcrit un message téléphonique.

Une certaine Rory Statham lui demandait de la rappeler. Une urgence concernant Clare Abbott, était-il précisé.

Rory Statham ? Le nom lui disait quelque chose... Ah ! mais oui : c'était la femme à la soirée de signatures de la féministe, celle qui l'avait rattrapée pour lui donner la carte de visite de Clare Abbott après que l'assistance de celle-ci la lui avait reprise. Elle sortit aussitôt son téléphone de son sac.

Les premiers mots de Rory Statham furent :

— Dieu merci, sergent !

Elle enchaîna avec un débit haletant :

— Il faut que je vous parle. En privé, de vive voix. C'est à propos de Clare. Elle est décédée à Cambridge et...

— J'ai appris la nouvelle par la presse, la coupa Barbara. Je suis désolée. Une crise cardiaque ?

— C'est justement ça le problème. Elle n'avait absolument rien au cœur. Je tiens le rapport d'autopsie et je suis allée voir son médecin traitant. Il a dit... Écoutez, pouvez-vous me retrouver quelque part ? Où vous voudrez. Votre heure est la mienne. C'est très important.

Elle semblait bouleversée. Barbara pouvait comprendre. Sur le chapitre du deuil, elle commençait à devenir une experte. Elle proposa de la voir pendant sa pause déjeuner.

— Onze heures, ça vous va ? Mais il faudra que vous me retrouviez ici. Et sachez que si on a une urgence, je serai obligée d'annuler.

Elle détestait imposer ses conditions, mais bon, elle devait se conformer à la règle.

— Onze heures à New Scotland Yard, très bien, lui répondit Rory Statham.

Victoria
Londres

À onze heures tapantes, le téléphone de Barbara sonna. Rory Statham l'appelait d'en bas. Comme Arlo l'accompagnait, ces messieurs de la sécurité refusaient de la laisser entrer.

— Je descends, dit Barbara. Ils pensent sans doute que vous lui avez fait bouffer des explosifs pour son p'tit déj.

La réception, comme toujours, était une véritable ruche, entre les policiers, les employés civils et les gens de passage. Barbara repéra tout de suite Rory Statham. Elle attendait devant une des grandes fenêtres du rez-de-chaussée depuis laquelle on avait une vue imprenable sur le réseau complexe de parapets en béton qui protégeaient le siège de la police londonienne contre les attentats à la voiture piégée.

Barbara piqua droit sur elle et, tout en lui serrant la main, fit un geste du menton vers l'extérieur pour indiquer qu'elles seraient mieux dehors pour bavarder. Hélas, lui dit-elle, elle n'avait pas beaucoup de temps à lui accorder.

Elles n'allèrent de fait pas plus loin que le trottoir d'en face, où un vent d'automne frisquet brassait les feuilles mortes tombées des platanes voisins. Rory lui tendit une enveloppe A4 en papier kraft.

— J'ai besoin de votre aide, dit-elle. Je ne sais pas vers qui me tourner. Selon eux, elle est décédée des suites... enfin, ils trouvent deux causes à la mort : l'arythmie cardiaque doublée de convulsions. Mais d'après son médecin... je lui ai fait lire le rapport d'autopsie... Il l'a confronté à son dossier médical. Il la suit depuis des années, voyez-vous. Il dit que rien dans son passé n'explique les convulsions. Elle n'avait eu ni traumatisme crânien ni tumeur au cerveau. Rien.

Barbara était impressionnée par le désarroi de son interlocutrice. Son petit chien aussi, apparemment, car il se mit à gémir à ses pieds. Rory le prit dans ses bras comme s'il s'agissait d'un enfant et il resta là, les pattes appuyées contre sa poitrine.

— Et son cœur ?
— L'arythmie ?

Rory se passa la langue sur les lèvres. Elle paraissait hésitante. Barbara répéta sa question.

— Il a dit que ça pouvait se produire... quelquefois. C'est rare, mais ça arrive, de cette façon inattendue. Le cœur se met à battre trop fort, puis trop lentement, puis de plus en plus irrégulièrement. Mais Clare avait subi tous les examens possibles et imaginables, il y a cinq ans de cela... Alors, cette mort...

— Que soupçonnez-vous ?

— Je n'en sais rien, dit Rory. Bien sûr, elle n'était pas seule à Cambridge. Caroline Goldacre... vous vous souvenez sûrement d'elle, c'est l'assistante de Clare, celle qui ne voulait pas que vous ayez sa carte ? Eh bien, elle était là. Elles avaient réservé deux chambres communicantes. Caroline avait verrouillé la porte de son côté pour que Clare ne puisse pas...

Elle changea Arlo de bras, ce qui parut lui permettre de se ressaisir.

— Il y a trop de détails qui me semblent bizarres, et je ne sais pas à qui m'adresser.

Barbara acquiesça. La porte fermée entre les

chambres pouvait être l'indice d'une malveillance. D'un autre côté, c'était peut-être insignifiant.

Elle sortit le rapport de l'enveloppe. Parcourut rapidement la partie descriptive : taille, poids, signes particuliers, poids des différents organes, toxicologie, contenu de l'estomac, état du cerveau. La conclusion d'arrêt cardiaque suite à un collapsus causé par une arythmie lui sembla à première vue correcte.

Elle leva les yeux. Devant l'expression qui se peignait sur le visage de Rory Statham, les mots expirèrent au bord de ses lèvres.

— Ils m'ont confié sa dépouille, reprit cette dernière. Je l'ai fait transférer à Shaftesbury. Ses parents sont morts depuis des années, voyez-vous, et son frère... Clare aurait refusé qu'il l'approche. Elle n'avait pas d'autre famille, et comme elle et moi étions intimes depuis...

Elle reprit sa respiration avant d'enchaîner :

— J'ai perdu ma compagne il y a neuf ans. Nous étions en vacances et...

Arlo émit un aboiement aigu. Rory sursauta. Elle avait serré la petite bête un peu trop fort. Elle le reposa sur le sol en s'excusant, comme s'il pouvait comprendre ce qu'elle lui disait. Mais peut-être, après tout, avait-il ce talent ? Sans se redresser de sa position accroupie, elle poursuivit :

— Clare m'a soutenue dans cette épreuve. Et maintenant, quand je pense qu'il lui est peut-être arriv...

— Bien sûr, dit Barbara, voyant que Rory ne terminait pas sa phrase.

Le problème, c'était qu'elle ne voyait pas ce qu'elle pouvait faire. *Misère !* se dit-elle. Il y avait trop de douleur dans le monde. Comment parvenait-on à vivre jusqu'à un âge avancé ?

Elle glissa le rapport dans son enveloppe et prononça les seules paroles qui lui paraissaient raisonnables :

— Puis-je le garder ? Je ne vous promets rien. Il a l'air correct, mais j'ai pu louper quelque chose ; je ne suis pas une experte... Ce que je vous propose, c'est de suspendre pour l'instant les funérailles. Je vous tiens au courant.

La gratitude jaillit de toute la personne de Rory, comme une vague trop longtemps retenue.

— Merci, sergent ! Oh, merci !

Elle enfouit son visage dans les longs poils du petit chien.

— Vous me téléphonerez alors ? dit-elle, toujours accroupie.

— Promis.

Victoria
Londres

Barbara songea à aller toquer à la porte des experts de SO7, le service spécialisé de la Met, afin qu'ils examinent les documents de Rory Statham. Mais finalement, cela ne s'avéra pas nécessaire. Peu après son retour, en effet, l'inspecteur Lynley vint la voir avec cette question :

— On déjeune ensemble, sergent ?

S'ensuivit une invitation chez Peeler's :

— Je vous invite. Nous avons quelque chose à célébrer.

— Quoi ?

— Mission accomplie. Au moins sur le front A. Ça n'a pas été commode. J'ai grillé mes réserves de diplomatie. De sorte qu'on mérite tous les deux un bon repas.

Une fois au restaurant – Peeler's servait une cuisine plutôt correcte –, il lui rapporta son entrevue avec Dorothea Harriman. La jeune femme avait admis que le speed dating était une mauvaise idée : « Déjà, je n'imaginais pas que les hommes feraient semblant d'être plus jeunes. Je croyais que ce genre de comédie était réservé aux femmes... Je me suis retrouvée avec des types qui n'avaient pas moins de quarante balais, inspecteur Lynley. »

Barbara était soulagée. Lynley, toutefois, la mit en garde contre l'obstination de Dorothea. La secrétaire n'avait pas abandonné tout espoir de la persuader de l'accompagner à des leçons de danse.

— La seule chose que je peux vous affirmer, dit-il, c'est que, pour l'instant, elle vous accorde une pause.

— Pas de souci, inspecteur. Les leçons de danse, je saurai les esquiver.

— Je vous conseille de vous inventer, d'ici une ou deux semaines, une nouvelle passion...

Il hésita avant de poursuivre :

— Pour quelqu'un... ou quelque chose peut-être ?

— Quelque chose ? Je serais tombée amoureuse, mettons, d'une voiture ? Il me faudrait votre Healey Elliott pour ça. J'ai vu quels regards vous aviez pour elle, inspecteur.

— Je l'avoue, c'est de l'amour. Mais je pensais plutôt à... un nouveau hobby. Un hobby qui occupe tout votre temps et vous empêche d'aller danser...

— La broderie, peut-être ? ironisa Barbara. Non, inspecteur, je vais me défendre sans avoir recours au mensonge. En attendant…

Elle ouvrit l'enveloppe de Rory Statham et expliqua toute l'histoire. Lynley délogea ses lunettes de la poche poitrine de son veston et se plongea dans la lecture du rapport d'autopsie. Il ne leva le nez que lorsque le serveur déposa leurs assiettes devant eux.

— Vous avez raison, Barbara. Le rapport m'a l'air tout à fait complet. On lui a fait la batterie de tests de dépistage habituelle. Et ces tests n'ont pas décelé la moindre trace de substances comme les amphétamines, les barbituriques, les benzodiazépines, les opiacés, le cannabis ou la cocaïne. C'est pour ça qu'ils n'ont pas procédé à des analyses d'identification plus poussées pour voir s'il s'agissait, mettons, d'un médicament contre le rhume ou de la méthylènedioxy-méthamphétamine, plus connue sous le nom de MDMA, comme vous le savez.

Lynley resta songeur un instant, puis :

— Il me semble cependant que ça vaudrait la peine de pousser plus loin l'analyse toxicologique. La probabilité est faible pour qu'on trouve quoi que ce soit, mais sait-on jamais.

— Mais puisque le dépistage n'a rien donné…

— La mort aurait pu être causée par une substance impossible à mettre en évidence par les premiers tests. Il faudrait analyser plusieurs échantillons différents, non seulement le sang, mais aussi l'urine et plusieurs sortes de tissus. Ces analyses nécessitent des techniques chromatographiques et de spectrométrie de masse. Bref, une technologie coûteuse que l'on économise par ce genre de conclusion : « arythmie cardiaque aiguë provoquant un collapsus subit, lui-même entraînant la mort ».

— Pourtant, c'est bien ce qui s'est passé, non ?

Lynley ôta ses lunettes, les plia et les relogea dans sa poche.

— Oui. Mais la question qu'ils auraient pu se poser, dit-il en tapotant le rapport, était : qu'est-ce qui a bien pu causer ces deux pathologies ? Ceci dépendait de la curiosité de l'expert médico-légal et, hélas, des moyens financiers de son labo. Sans indice laissant planer un doute sur la cause naturelle de la mort, il n'y avait aucune raison de chercher ailleurs une fois la cause de la mort déterminée.

— Il serait bon, si je comprends bien, de procéder à une deuxième autopsie ?

— En effet. Mais ce ne sera pas commode, étant donné que rien ne semble *a priori* suspect.

Barbara réfléchit. Une deuxième autopsie pourrait être réclamée par l'amie de Clare Abbott. Il faudrait faire intervenir un avocat, un juge, le procureur et Dieu sait qui d'autre. À moins que la Met ne donne un coup de pouce... ? La recherche de substances serait sûrement plus approfondie si la requête venait de la police.

— Je pense que cela s'impose, inspecteur.

— Une deuxième autopsie ? On n'a aucun indice, Barbara, qui...

— On a une porte fermée à clé entre deux chambres communicantes.

— Pas de quoi fouetter un chat.

— Je sais. Mais il y a cette femme... Cette Rory Statham. J'ai l'impression que Clare Abbott était pour ainsi dire sa seule famille et réciproquement... alors, si ça peut la tranquilliser... Je suppose que Clare Abbott a laissé de quoi payer ces analyses si coûteuses. Mme Statham n'aurait pas à passer le restant de ses jours à se demander pourquoi et comment et qui et quoi... Elle saurait. Ça vaut le coup, non ?

Barbara eut conscience soudain que ses propos pouvaient heurter Lynley. Le pourquoi de la mort de son épouse était en effet enfoui dans le silence de l'adolescent qui refusait de nommer l'individu qui l'accompagnait à Eaton Terrace le jour de l'assassinat de Helen. Lynley ignorait pourquoi ce garçon avait tiré sur sa femme. Et il y avait de fortes chances qu'il n'en sache jamais rien.

Il opina du chef. Il se pencha pour poser l'enveloppe en papier kraft sur le sol à côté de sa chaise, puis il prit sa fourchette.

— Merci, inspecteur.

11 octobre

Shaftesbury
Dorset

India n'informa pas Nat de son intention d'assister aux funérailles de Clare Abbott. Et ce n'était pas seulement parce qu'elle n'aurait pas lui expliquer pourquoi elle tenait tant à y aller – elle ne le savait pas elle-même. C'était principalement parce que Nat persistait à aborder le sujet « Charlie ». Par deux fois, au cours des derniers jours, la conversation n'avait pas dégénéré en dispute, mais tout juste : il y avait eu pas mal d'électricité dans l'air.

Elle comprenait confusément qu'elle se voilait la face. Certes, en esquivant toute prise de décision, elle évitait par la même occasion les conséquences de ces décisions, des conséquences pour l'heure impossibles à prévoir. D'un autre côté, en repoussant toujours au lendemain, elle prenait le risque de voir Nat la plaquer.

« Il veut te récupérer, lui avait dit ce dernier. Il cherche à éveiller ta sympathie et, quelquefois, India, les gens confondent sympathie et amour.

— Pas moi », avait-elle répliqué.

Ce qu'elle avait omis de lui avouer, c'est que la souffrance de Charlie la touchait vraiment. Elle se disait parfois que le conseil de son père – « Il vaut mieux couper court que de te rendre malheureuse pour rien » – relevait moins du bon sens que de la facilité : elle se retirait d'une relation simplement parce qu'elle avait perdu ses illusions.

Si elle lui avait fait cet aveu, Nat lui aurait répliqué que c'était exactement ce que Charlie voulait qu'elle éprouve. Mais India refusait de voir les choses ainsi. De son point de vue, Charlie n'arrivait pas à se remettre de l'avoir perdue, en plus de tout le reste. Il cherchait seulement à retrouver son équilibre.

Charlie lui avait demandé de l'accompagner aux funérailles. Sa demande ne lui avait pas paru déraisonnable. Il se sentait obligé d'y aller, rien que pour sa mère, qui avait éprouvé un choc terrible en découvrant le corps de Clare. En plus, la police l'avait mise sur la sellette. Sans parler de la liaison d'Alastair avec une employée...

India était tombée des nues. Une liaison ? Alastair avait une maîtresse ?

« Qui aurait pu s'en douter, hein ? avait dit Charlie. Ça fait un bout de temps que ça dure. Maman voudrait qu'il la vire, mais il refuse. Il prétend qu'elle est un pilier de la boulangerie. Je suis allé les voir plusieurs fois depuis l'inauguration du mémorial de Will et j'ai essayé d'arranger les choses entre eux, mais il n'y a rien à faire. »

Avec tous ces malheurs qui s'accumulaient sur la tête de sa pauvre mère, avait-il ajouté, les funérailles risquaient d'être mouvementées. Si India l'accompagnait et disait qu'elle devait rentrer vite à Londres, il aurait une bonne excuse pour leur fausser compagnie. De toute façon, il ne pouvait pas se permettre de s'absenter longtemps de son cabinet. Sur ses huit patients, deux avaient rendez-vous avec lui le lendemain des funérailles, dans la matinée. Il n'était pas question qu'il annule. India était au courant qu'il avait rouvert sa consultation, n'est-ce pas ?

Elle n'arrivait pas à se rappeler s'il le lui avait dit. Il est vrai qu'elle avait été trop absorbée par Nat pour prêter vraiment attention à ces détails. N'empêche, Charlie avait l'air d'être de nouveau lui-même et elle n'était pas insensible à son charme. Pas de façon passionnée comme au début de leur relation, mais la magie opérait toujours.

C'est ainsi qu'elle se retrouva à l'église St Peter à Shaftesbury, à deux pas de la place du marché. Ce n'était pas le lieu idéal pour des funérailles, regrettat-elle. Le conseil de la paroisse, à coup sûr bien intentionné mais égaré sur on ne sait quels chemins, avait « modernisé » l'intérieur de l'église médiévale. Un éclairage cru rabotait les ombres, un parquet recouvrait les dalles de pierre et l'entrée ressemblait plus à une librairie qu'à un lieu de culte. Ils avaient même réussi à éliminer l'odeur de roche moisie qu'exhalent en général les murs de ces constructions séculaires. De toute façon, toutes les odeurs étaient supplantées par celle des fleurs.

Si l'on en jugeait d'après la quantité de gerbes et autres couronnes, Clare Abbott avait été une femme très aimée. Non seulement son cercueil était couvert de fleurs, mais encore d'immenses paniers fleuris étaient posés à intervalles réguliers dans la travée et le chœur ressemblait à un jardin printanier. La foule était dense : des sympathisantes féministes, des collègues écrivaines ou universitaires, des relations de Shaftesbury, dont les membres de la Ligue des femmes, qu'India reconnut puisqu'elles avaient assisté à l'inauguration du mémorial de Will.

En repensant à cet événement, India chercha des yeux Lily Foster. Celle-ci n'était visible nulle part, ce qui la rassura. Caroline n'avait pas besoin d'un nouveau scandale...

Lorsqu'ils étaient arrivés chez elle, tout à l'heure, India avait constaté en effet que le voltage émotionnel crevait le plafond. Elle ne tarda pas à apprendre que cet état de choses avait deux causes. La première était le contretemps dû à une deuxième autopsie, qui, selon Caroline, avait été ordonnée sans la moindre raison. C'était un scandale, une désacralisation du corps humain. Tout ça parce qu'une certaine personne n'arrivait pas à accepter la brutale disparition de Clare.

« C'est cette Rory Statham qui tire les ficelles, avait-elle précisé. Elle est allée faire des histoires auprès de gens sans scrupule.

— Je ne crois pas que ça marche de cette manière, maman, avait prudemment dit Charlie.

— Qu'est-ce que tu en sais, toi ? »

Cela avait été dit d'un ton fort sec, et Caroline avait cherché à se rattraper :

« Désolée, Charlie, je suis tellement à cran. Je crois que je vais craquer. »

L'autre élément susceptible de jouer le rôle de détonateur se résumait en cette accusation : Rory Statham – toujours elle – « avait fondu sur la maison de Clare comme l'ange de la vengeance ». Elle avait fait changer les serrures et donné la consigne à tout le monde de ne plus en approcher. En qualité d'exécuteur testamentaire littéraire de Clare, elle était qualifiée pour établir un catalogue de son œuvre. Les archives de Clare – déposées par les soins de cette dernière à la bibliothèque de son université à Oxford – devaient être classées. Quant à ce qu'il y avait dans la maison, tout appartenait désormais à Rory Statham puisque Clare la lui avait léguée. L'université hériterait de la maison de Londres. Sa fortune – « s'il y en avait une », avait insinué Caroline – revenait aussi à Rory.

« Elle a eu ce qu'elle voulait, celle-ci, avait-elle maugréé. À part le tu-sais-quoi qu'elle n'aura jamais. »

Elle avait regardé son fils intensément, avant d'ajouter :

« À moi, elle ne laisse rien. Mais ça ne m'étonne pas. Il y a des choses que les gens ignorent sur Clare Abbott, et sa radinerie en est une. »

Quelle que fût la nature de ces zones de mystère, Caroline avait refusé d'en dire plus avant les funérailles.

Un flot musical – heureusement pas ces lugubres chansons pop qui semblaient être à la mode pour les cérémonies religieuses – annonça la fin du service. Tout le monde se leva tandis que l'on poussait le cercueil vers la sortie sur des roulettes. Il n'y aurait pas d'obsèques au cimetière puisque la dépouille de Clare devait être livrée aux flammes du crématorium le plus proche et ses cendres répandues selon ses vœux. Des vœux que, selon Caroline, Rory n'avait pas rendus publics...

Plusieurs personnes marchaient à la suite du cercueil. India reconnut l'amie de Clare Abbott, Rory, qui ouvrait le modeste cortège avec son petit chien.

Derrière elle venaient deux hommes du même âge que Rory, chacun avec une femme à son bras. India entendit chuchoter qu'il s'agissait des ex-maris de Clare et de leurs épouses. Elle trouva cela très sympathique. Apparemment, l'écrivaine avait gardé des liens amicaux avec ses ex.

Sur le parvis de l'église, les conversations s'animèrent. Le vent s'était levé. Une information circula dans la foule : un buffet attendait les amis de Clare au Mitre. Ils y seraient à l'abri de l'averse qui se préparait.

— On fait un petit tour, on grignote quelque chose et on s'en va, lui dit Charlie. Comme ça, on n'aura pas besoin de s'arrêter sur la route.

Sage précaution, pensa India. Ils se dirigèrent avec les autres vers la vieille auberge voisine de l'église. Dans la salle, il y avait déjà la queue devant le buffet. Le deuil ouvre l'appétit.

Rory Statham accueillait les gens sur le seuil, flanquée des deux messieurs qui l'avaient suivie hors de l'église. Elle les présentait à ceux et celles qui entraient : M. Weisberg et M. Tart. Elle n'épiloguait pas davantage.

India entendit le bref échange entre Rory et Caroline, laquelle se trouvait juste derrière elle. Clare ayant souhaité être incinérée, Rory se demandait si une deuxième plaque pourrait être posée sur la pierre du jardin du souvenir de Breach Lane, à côté de celle à la mémoire de Will.

Caroline posa sa main sur son cœur et répondit poliment :

— Que voulez-vous dire ?
— Une deuxième plaque, Caroline, sur le mémorial.

Rory jugeait inutile d'en rajouter, visiblement : une plaque était une plaque, un point c'est tout.

— Vous voulez dire, pour préciser que c'est Clare qui l'a fait poser pour Will ? s'enquit Caroline.

India jeta un coup d'œil à sa belle-mère. Faisait-elle exprès d'être aussi bouchée ? Charlie eut sans doute le même sentiment, car il lui lança :

— Maman, une plaque pour Clare. Quelques mots à sa mémoire...

— Pour Clare ? répéta Caroline. Tu veux dire avec son nom et sa date de naissance et le reste... Sur la pierre de Will ?

Son cou était devenu écarlate. Ce détail n'échappa sans doute pas à Alastair, car il la prit par le coude pour l'entraîner vers le buffet. Caroline lui jeta un regard agacé, avant de lancer :

— Cela ne sera pas possible, Rory. Bon, c'est à des kilomètres de chez moi et je ne peux pas venir tous les jours. N'empêche, cette pierre appartient à Will.

Rory demeura bouche bée, tandis que Caroline s'éloignait en direction du buffet.

India était stupéfaite, elle aussi.

— C'est quoi, son problème ? demanda-t-elle à Charlie. Quelle différence ça fait ? Cette pierre est énorme. Il y a largement la place pour deux plaques. Et de parler de la distance qui sépare le mémorial de chez elle...

Charlie jeta un coup d'œil vers sa mère avant de répliquer :

— Will. Des funérailles. Le seul fait d'entendre son nom. Ça réveille sa douleur.

— C'est absurde. Ce n'est qu'un... caillou !

Charlie la regarda de travers. C'était si peu le genre

d'India de critiquer les autres, et encore moins sa belle-mère. Pendant des années, elle s'était effacée, rien que pour faire plaisir à Caroline Goldacre.

— C'est vraiment absurde, répéta India, et tu le sais. Elle se sert de Will comme excuse pour qu'on lui passe tout. Pourquoi tu la laisses faire ? Pourquoi Alastair ne fait-il rien ?

— C'est ma mère. Je ne peux pas l'échanger contre une autre.

— Mais Alastair ?

— Alastair en a marre. D'où Sharon Halsey, à mon avis. Après maman, il doit avoir une impression de calme après la tempête. Un bon coup, voilà tout. Finalement, qu'est-ce qu'un homme veut de plus, quand on y pense ?

— Ah bon ?

— Je parle des hommes en général, chérie.

Ils se regardèrent dans le blanc des yeux. Le terme affectueux lui avait échappé, du moins c'est ce qu'elle voulut croire. Charlie s'empressa de poursuivre :

— Elle ne se rend pas compte, India. Elle est comme la plupart des gens qui ne mesurent pas la portée de leurs paroles.

— La plupart des gens savent qu'à des funérailles il est préférable de tenir compte du chagrin des autres. Si on est là, c'est qu'on éprouve de la sympathie pour ceux qui pleurent le mort ou pour le mort lui-même. Et si ce n'est pas le cas, on peut au moins faire preuve de diplomatie. Rory Statham a de la peine, ça se voit, et elle cherche à perpétuer la mémoire de son amie. Et même si ta mère a l'impression que cela souillerait la pierre de Will, elle aurait pu lui répondre, par exemple, qu'elles en discuteraient plus tard.

— Ce n'est pas moi qui te contredirai.
— Alors ?
— Alors quoi ?

S'il était incapable de voir où était le problème, c'était peine perdue, songea India.

Ils se dirigèrent vers le buffet, optèrent pour un simple sandwich au jambon, puis rejoignirent Caroline, laquelle leur faisait signe de venir s'asseoir près d'elle. India prit un air poli. Ils ne mettraient pas longtemps à avaler leur sandwich.

L'humeur de sa belle-mère était transformée. Elle claironna :

— Je suis désolée pour tout à l'heure. Pardonnez-moi. Je présenterai mes excuses à Rory avant de partir. C'est le fait de parler de Will. Et de penser à tout ça.

— C'est dur pour toi, mon cœur, murmura Alastair.

— Vous restez dîner avec nous ? demanda-t-elle à son fils et à India. Vous pouvez passer la nuit... Et demain, on irait voir la pierre de Will. Il y a un merveilleux petit arbre, tu sais, Charlie, où on peut accrocher des rubans de la mémoire, c'est comme ça qu'on les appelle, des bouts de satin bleus ou roses. Les gens font imprimer le nom de leur cher disparu et les suspendent aux branches. C'est touchant. Cela me ferait plaisir que vous restiez un peu pour qu'on aille tous voir ça.

— Hélas, je ne peux vraiment pas, dit India. J'ai des patients demain matin à la clinique. Et je crois que Charlie a...

Elle se tourna vers lui et vit qu'il regardait par la fenêtre. Elle suivit la direction de son regard. Lily Foster était là, dans la rue, debout devant l'auberge.

Comme la dernière fois, elle était tout en noir. Pour

se protéger de la pluie, elle avait relevé la capuche de la longue cape qui la couvrait jusqu'aux chevilles. Mais c'était bien elle...

Charlie se leva en disant :

— J'aimerais beaucoup pouvoir rester, maman, mais moi aussi, j'ai des rendez-vous de bonne heure demain. Les patients se bousculent tout d'un coup. C'est super d'être de nouveau au boulot.

Là-dessus, il posa sa main sur celle d'India.

Caroline se fendit d'un large sourire et avança la main pour la joindre aux leurs, comme s'ils s'apprêtaient à lever le bras et à prêter serment comme trois mousquetaires, se dit India. Elle retira vite la sienne avant que celle de sa belle-mère se pose sur celle de son fils.

— En fait, nous sommes obligés de repartir tout de suite.

— Vous reviendrez bientôt ? implora Caroline. Tous les deux ? Je dois vous avouer que c'est merveilleux de...

— Bientôt, la coupa Charlie.

Ils prirent congé. Alastair se leva pour les embrasser, mais Caroline demeura assise. Heureusement, elle avait le dos à la fenêtre et ne voyait pas Lily Foster. Charlie et India dirent au revoir à Rory, puis ils sortirent. Lily les aperçut et traversa sans l'ombre d'une hésitation.

Ils marchèrent rapidement vers le parking de Bell Street, espérant que la jeune femme les suivrait. Ce qu'elle fit. Une fois devant l'agence bancaire qui formait un des côtés du triangle de la place, ils s'arrêtèrent.

— Pourquoi rien n'a été fait ? lança Lily à l'adresse

de Charlie. Tu m'avais dit... Tu m'avais promis... Mais rien n'a été fait et voilà, ça continue... *elle* continue. Et toi, tu n'as aucune intention d'agir. L'as-tu même lu ?

— Lily, tu ne dois pas t'approcher de maman. Tout ce que tu obtiendras, c'est des ennuis, et ce n'est pas ce que tu veux.

— Tout ce que je veux, c'est qu'elle souffre.

— Il faut que tu t'en ailles d'ici avant qu'elle sorte du Mitre ou bien ça va faire un drame. Tu ne peux pas te le permettre, je te rappelle que tu n'as pas le droit de t'approcher d'elle. C'est entendu ?

— Qu'elle crève.

En dépit de la violence des paroles de Lily, Charlie ne se départit pas de son attitude affectueuse. Il passa un bras autour de ses épaules et lui dit d'une voix ferme mais amicale :

— Tu dois garder les pieds sur terre. Sinon, tes idées noires vont te bouffer la tête.

— Je veux que ça change.

— Tout change forcément. Maintenant, il faut que tu partes, et nous aussi.

Quelque chose dans la voix de Charlie parut convaincre Lily qu'elle se mettait en danger en rôdant autour de Caroline. Elle acquiesça et, après avoir jeté un regard torturé à India, s'éloigna d'eux. Ils la regardèrent disparaître au coin de la rue.

— Qu'est-ce qu'elle raconte ? s'étonna India.

— C'est à propos de cette enveloppe, je suppose. Celle qu'elle t'a passée le jour de l'inauguration.

— Tu as dit que tu la déposerais chez les flics. Tu ne l'as pas fait ? Charlie, elle est folle, c'est certain.

Elle pourrait être dangereuse. Rassure-moi. Tu as bien déposé l'enveloppe au commissariat ?

— Bien sûr que oui.

— Et alors ?

— Ils la connaissent... Ils m'ont fait attendre pour que je parle au flic en charge de son dossier. C'est lui qui a ouvert l'enveloppe.

— Il l'a ouverte ! Devant toi ? Ç'aurait pu être une bombe ! Une lettre piégée... Comment s'appelle ce truc que les terroristes envoient par la poste et qui tuent les gens. De l'anthrax ? Oui, c'est ça. Ç'aurait pu être de l'anthrax. Charlie, cette fille est folle. Elle est comme une...

India s'interrompit, soudain troublée par son émotion à la pensée que Charlie aurait pu être exposé à un danger mortel.

Les traits de Charlie s'adoucirent en même temps que sa voix.

— Ce n'était rien du tout. Des divagations de malade. Elle en a écrit des tonnes depuis la mort de Will ! C'est une sorte de *J'accuse... !*[1]. Une liste de tout ce qui, à son avis, a provoqué la mort de Will, dont elle tient maman pour responsable. Rien qu'à voir son écriture, on comprend quelle rage la possède et combien elle souhaite que maman souffre. Après avoir feuilleté le cahier, le policier m'a dit qu'il allait l'ajouter à son dossier. Du coup, j'ai eu mauvaise conscience. Je n'avais pas envie de l'enfoncer encore plus. Mais je n'avais pas le choix, j'ai dû le leur laisser. Et voilà.

— Mais elle a dit que tu lui avais promis...

---

1. En français dans le texte. *(N.d.T.)*

— Que veux-tu que je fasse ? Tu as vu dans quel état elle est. Elle m'a téléphoné et je lui ai dit que j'allais régler le problème, mais seulement à condition qu'elle se tienne loin de maman.

Il se tourna vers le bout de la rue que Lily avait empruntée.

— J'essaye de l'éloigner, India. La mort de mon frère a déjà fait assez de victimes. Ça me ferait mal au cœur que Lily vienne grossir la liste.

13 octobre

Fulham
Londres

Il était dix heures et demie du soir lorsque Rory Statham rentra chez elle à Londres. Les derniers jours avaient été longs et éprouvants. Et pour couronner le tout, il y avait eu cette altercation avec Caroline Goldacre. Rory avait fini par la jeter dehors. Elle-même avait quitté la maison de Clare et Shaftesbury précipitamment. Ce n'est qu'en s'arrêtant à mi-chemin pour prendre de l'essence qu'elle s'était aperçue de son oubli : son vanity-case était resté là-bas. Elle s'était maudite une fois de plus pour avoir permis à Caroline de troubler ses facultés mentales.

Bref, elle était complètement vidée. Il lui restait encore à faire faire sa promenade à Arlo, après quoi elle irait prendre un bain et se coucher.

L'automne était là pour de bon, et la mélancolie propre à cette saison semblait s'accorder à la disparition de son amie. Averses et bourrasques se liguaient pour arracher les feuilles des arbres. La lumière avait changé, elle aussi. Pendant les éclaircies, le monde baignait dans une lumière dorée ; la nuit tombait plus tôt. Rory ne voyait pas d'un bon œil l'hiver arriver. Comment allait-elle traverser ces longs mois sans Clare ?

Une fois qu'Arlo eut effectué son petit tour, elle retourna à la voiture récupérer le sac en plastique où elle avait fourré le courrier de Clare et celui où se trouvaient les croquettes du chien, ses jouets et ses friandises. Elle viendrait prendre la niche de voyage le lendemain.

En gravissant les marches du perron, elle se demanda si elle allait être à la hauteur de la tâche qui l'attendait. Le règlement de la succession – le classement des effets personnels de Clare et surtout celui de ses archives et de sa bibliothèque – l'occuperait pendant des mois. En outre, elle serait obligée d'aller régulièrement à Shaftesbury, autrement dit dans la sphère de nuisance de Caroline Goldacre. Pour sécuriser les biens de Clare, elle comptait faire installer un système d'alarme. Mais cela prenait du temps… En attendant, elle avait fait changer les serrures, au grand dam d'ailleurs de Caroline. Mais le pire moment avait été ce matin, quand elle avait informé l'assistant de Clare qu'elle n'aurait pas besoin de ses services. Bien entendu, elle lui verserait trois mois de salaire pour amortir le coup.

Face aux questions de Caroline – « Qui va trier son courrier ? Qui va s'occuper de la maison ? Qui va veiller à ce que son œuvre se poursuive ? » –, Rory n'avait pu s'empêcher de hausser les sourcils. Clare ayant occupé par ses écrits et ses conférences le devant de la scène du féminisme depuis trente ans, elle ne voyait vraiment pas qui pourrait bien reprendre le flambeau. Personne n'arrivait à la cheville de son amie. Et même si une telle femme existait, il lui faudrait des années pour gagner le public et le lectorat acquis à Clare. Caroline Goldacre ne se considérait quand même pas comme une deuxième Clare Abbott ?

Rory lui avait répondu qu'en qualité d'exécutrice testamentaire elle se chargeait désormais de tout. Pour l'heure, elle faisait suivre le courrier de Clare chez elle à Londres et avait engagé une société de nettoyage pour l'entretien de la maison. La future alarme dissuaderait les cambrioleurs – qui, de toute façon, ne couraient pas les rues à Shaftesbury. Quant à son œuvre et à son héritage, Rory s'en occuperait et s'emploierait à terminer et à publier le dernier livre de Clare, à titre posthume.

« Son dernier livre ? avait rétorqué Caroline en la fixant comme si elle était folle. De quoi parlez-vous ? Il n'y a pas de dernier livre.

— Mais bien sûr que si, elle écrivait un autre ouvrage. »

Rory l'avait contredite d'une voix plus sèche qu'elle ne l'aurait voulu. Cette femme était épuisante.

« Non, avait insisté Caroline. Je ne sais pas ce qu'elle vous a raconté... J'ai déjà essayé de vous expliquer, Rory, qu'elle n'était pas telle que vous croyiez qu'elle était... Je passais des heures par jour avec elle et elle n'avait rien en cours.

— Il y a vingt-quatre heures dans une journée, Caroline. Je ne pense pas que vous étiez à son côté en permanence. Ses habitudes de travail...

— Je les connais, et je vous l'assure : elle ne travaillait sur rien. Avez-vous trouvé des traces de manuscrit ? Vous venez de passer deux jours dans son bureau. Si elle écrivait quelque chose, vous l'auriez trouvé. »

Comme Rory restait coite, Caroline avait ajouté, avec une note de triomphe dans la voix :

« Je ne veux pas dire du mal d'elle, mais... à la vérité, Clare n'avait aucune inspiration pour son prochain livre. Elle ne vous l'a pas dit ? »

Rory préféra mettre fin à la discussion. Si Clare écrivait au milieu de la nuit, Caroline ne l'aurait pas su. Entendu, une première inspection de son bureau n'avait pas mis au jour de manuscrit en cours, mais cela ne signifiait pas pour autant qu'elle ne préparait rien. Elle avait des fiches éparpillées dans tous les coins. Des notes sur d'innombrables calepins. Des mois seraient nécessaires pour trouver un fil directeur à cette masse de documents.

Somme toute, Rory songea qu'elle avait été bien bonne d'accorder à Caroline trois mois de salaire et quinze minutes pour vider son bureau. Elle était d'ailleurs restée avec elle dans la pièce afin de s'assurer qu'elle n'emportait que ce qui lui appartenait.

Rory ouvrit la porte de l'immeuble et décrocha la laisse d'Arlo, laissant le petit chien grimper l'escalier devant elle jusqu'au premier. Il attendit devant la porte de l'appartement, la queue battant le plancher, puis trottina vers la cuisine. Elle l'entendit racler son bol sur le carrelage. Rory rit toute seule. Après lui avoir donné à manger et à boire, elle mit en marche la bouilloire.

Sur le plan de travail, le voyant du répondeur de son téléphone clignotait. Elle appuya sur la touche de sa messagerie vocale et sortit le thé du placard et la brique de lait du frigo. Tout en écoutant d'une oreille ce qu'avaient à lui dire sa sœur, sa mère et sa directrice générale, elle versa le lait dans un pichet et descendit la théière. Après quoi, il y avait deux appels raccrochés, puis : « Je vous ai appelée sur votre portable, mais ça ne passait pas. » Une voix de femme. Un accent populaire :

« Barbara Havers à l'appareil. J'ai les résultats de la deuxième autopsie et j'aimerais faire un saut chez vous. C'est bien ce que vous pensiez. Ils ont trouvé une autre cause. »

Elle avait laissé deux numéros de téléphone : son portable et son poste à la Met. Si Rory pouvait l'appeler pour fixer une heure...

Je le savais ! pensa Rory. *Je le* savais.

Elle jeta un coup d'œil à l'horloge. Onze heures vingt. Il était trop tard pour le portable, elle risquait de la réveiller. Rory appela donc son numéro à New Scotland Yard et laissa un message sur le répondeur. Elle serait chez elle le lendemain toute la journée... et disponible quand cela arrangeait le sergent.

Rory but son thé, songeuse. Ainsi, la mort avait été causée par autre chose. Elle savait bien que Clare n'avait rien au cœur. Heureusement qu'elle ne s'était pas contentée du diagnostic d'arythmie fatale.

Shaftesbury
Dorset

Alastair se leva à minuit. Couché à vingt et une heures, il avait dormi d'un mauvais sommeil. Son réveil était réglé sur deux heures du matin, comme d'habitude, mais il n'arrivait pas à trouver le sommeil.

De toute façon, il n'avait pas envie de rester couché, du moins pas dans cette maison.

Les derniers douze jours avaient produit sur Caroline un effet étrange. Elle était transformée. À croire qu'elle avait conservé à l'abri des regards une version inquiétante d'elle-même, qui venait d'émerger à la faveur de la disparition de Clare Abbott. Ou étaient-ce les intrusions de l'amie de Clare, Rory Statham, à Cambridge d'abord puis à Shaftesbury, qui avaient débridé cette autre personnalité ? Alastair n'aurait su le dire. Toujours est-il que cette nouvelle Caroline lui donnait envie de sauter dans le vide.

Comme Will. Ah, l'horrible pensée. Il la repoussa de toutes ses forces et s'assit, la tête dans les mains, au bord du lit, ce lit qu'il partageait avec Caroline depuis si longtemps. Mais désormais il faudrait qu'il se fasse à l'idée qu'il était seul, à moins de prendre certaines mesures.

Caro, en attendant, la dépassait, la mesure. Elle avait commencé par récurer tous les coins et recoins de la maison. Elle se levait aux aurores et restait à l'ouvrage jusqu'à la nuit tombée, armée de chiffons à poussière et de brosses à dents pour éliminer la crasse entre les carreaux. À genoux sur le parquet, elle frottait. Passait les fenêtres au vinaigre blanc. Vidait et nettoyait à fond chaque placard avec du coton hydrophile. Cirait les meubles. Traînait les tapis dehors et les lavait au jet d'eau. Débarrassait les penderies de leur surplus inutile. Passait les rideaux à la machine. Lessivait les murs, ainsi que les plafonds et les luminaires. Et pendant tout ce temps, pas un mot ne sortit de sa bouche. Ce n'est qu'à la fin, quand elle eut terminé, qu'elle commença à parler.

Elle parla de son enfance et des traumatismes qu'elle avait subis de la part d'une mère célibataire colombienne qui n'avait pas voulu d'elle, qui avait été obligée de la garder, qui l'avait arrachée à son pays natal… Elle avait dû quitter sa merveilleuse grand-mère, abandonner le chaton que celle-ci lui avait offert et suivre sa mère à Londres, où elle s'était trouvée dans une immense solitude…

Si elle s'était mariée aussi jeune, c'était uniquement pour échapper, pour *échapper*, comprends-tu, à cette mère terrible…

Son mari, un chirurgien, s'était bien fichu d'elle une fois qu'il avait obtenu ce qu'il voulait.

Ses deux fils, il ne les aimait pas, tu m'entends, car il n'aimait que lui. Will avait vécu un enfer petit garçon à cause de son oreille *difforme*, de sa petite taille et d'une maladie qui lui faisait débiter des mots incompréhensibles. Personne ne l'avait aidée à s'en occuper…

Jusqu'au jour où le mari l'avait quittée… De toute façon, ça faisait longtemps déjà qu'elle était seule, il était là sans être vraiment là et refusait même de la toucher. « Peux-tu imaginer combien j'ai souffert… Alastair, c'était abominable… »

Puis elle l'avait rencontré, lui, Alastair, à la pantomime de Noël, et cela avait tout changé. Elle avait eu l'impression de revivre. Elle avait tourné le dos au désespoir qui la torturait depuis tant d'années à cause de sa mère, à cause de son mari…

« Alors, plaque-moi et comme ça tu iras danser sur ma tombe une fois que je me serai tuée. Je le vois dans tes yeux chaque seconde, combien tu le souhaites, combien tu la compares à moi, combien tu maudis le jour où je t'ai téléphoné et t'ai dit que j'avais quitté mon mari, où je t'ai dit de me rejoindre maintenant parce que j'avais couché avec toi. Je croyais qu'on était faits l'un pour l'autre, tu vois. Sinon pourquoi j'aurais couché avec toi ? Ce n'est pas comme si tu étais si extraordinaire que cela. »

Il s'était mis à crier. Il avait eu envie de la frapper, rien que pour la faire taire. Rien que pour cela. Ensuite, elle s'était enfermée dans sa chambre pendant quarante-huit heures et il avait commencé à craindre, ou à espérer... et il s'était demandé comment il en était arrivé à confondre la peur et l'espoir. Il l'avait sauvée, n'est-ce pas ? Il l'avait sauvée de son mari et de sa vie malheureuse avec cet homme, mais lui, qui allait le sauver maintenant ?

Il se leva dans le noir et se posta à la fenêtre. Un pâle clair de lune laissait deviner le paysage. De l'autre côté de la route, là où une haie marquait la limite d'un champ, se tenait une silhouette sombre qui semblait guetter la maison. Lily Foster, se dit-il. Qui d'autre viendrait errer comme un spectre au milieu de la nuit en appelant le malheur sur leurs têtes ?

L'injonction d'éloignement ne l'avait pas découragée. Cela n'étonnait pas Alastair. Elle avait trop de haine en elle. Tant qu'elle n'obtiendrait pas ce qu'elle voulait, elle continuerait à les harceler. D'ailleurs, elle était devenue plus habile à ce petit jeu. Elle ne se montrait plus à la boulangerie, elle n'essayait plus de forcer leur porte, elle ne les prenait plus en filature, elle ne les haranguait plus de loin, elle ne laissait plus sur leur seuil des cartes de visite sous forme d'excréments, d'oiseaux morts et pire encore. S'il appelait la police maintenant, en pleine nuit, s'il leur disait : « Elle est là, dehors, elle guette, vous devez l'empêcher de nuire », les flics débarqueraient, mais ne trouveraient plus personne près de la haie, aucune empreinte dans la terre meuble... Elle était trop maligne pour laisser des traces. Alastair se sentait vraiment désarmé devant cette Lily Foster. Elle donnait l'impression non seulement de connaître le moindre de leurs faits et gestes, mais aussi de posséder le pouvoir de prévoir ce qu'ils feraient ensuite.

Mon Dieu, songea-t-il, quel mal les avait frappés ? Will mort, Charlie séparé de sa femme, lui-même un étranger sous son propre toit, et Caro... qui n'était plus celle qu'il avait épousée le cœur gonflé d'espoir.

Son cœur appartenait désormais à Sharon. Il décida d'aller la retrouver, même en plein milieu de la nuit. Il ramassa ses chaussures et descendit l'escalier. Une fois au volant de la camionnette, il ne fit aucun effort pour démarrer en douceur. Les vingt-huit kilomètres qui la séparaient d'elle n'étaient rien.

Il avait les clés de chez elle. Il entra sans faire de bruit. En silence dans le noir, il marcha sur la pointe des pieds.

Elle n'avait pas tiré les rideaux de sa chambre. En fait, elle ne les fermait jamais. Elle aimait suivre la course de la lune à travers la pièce et contempler les étoiles depuis son lit.

Il la regarda dormir. Il s'autorisa à sentir monter la force de son désir pour elle. Tout était possible avec Sharon, si seulement il pouvait être avec elle...

Le mot qui lui vint à l'esprit fut : Oui. Oui ! Un oui qui renversait toutes les barrières, tous les devoirs, serments et promesses. Il se jura de ne plus passer un seul jour à se morfondre dans la vie affreuse qu'il menait auprès de Caro. Il se jura que, quel que soit le prix à payer, il retrouverait le bonheur auprès de cette femme adorable endormie, là, sous ses yeux.

Les paupières de Sharon se soulevèrent. Elle ne sursauta pas comme l'auraient fait tant de femmes en trouvant au milieu de la nuit un homme au pied de leur lit. Elle sut dans l'instant que c'était lui... Repoussant ses couvertures, elle lui tendit la main.

Elle portait une chemise de nuit diaphane à travers laquelle il voyait les brunes aréoles de ses seins et le triangle noir de son pubis.

— Viens, Alastair... Tu ne veux pas dormir ? lui demanda-t-elle.

Il répondit qu'il ne lui restait de toute façon que deux heures avant de partir travailler.

— On fait l'amour, alors ? fut sa question suivante.
— Non. Je veux juste te contempler, Sharon.

Elle se dressa sur son séant et fit passer sa chemise de nuit par-dessus sa tête. Elle se tourna sur le côté et Alastair se rappela vaguement une peinture admirée un jour dans quelque musée londonien où il s'était réfugié après une averse glacée : un nu allongé sur le flanc, un long collier déroulant ses perles sur son corps voluptueux. Dans un coin, une servante – une femme noire, dans son souvenir – semblait veiller sur sa fragilité. Elle offrait sa nudité au peintre comme Sharon lui offrait la sienne, un bras replié sous la tête et l'autre posé sur sa cuisse.

Il tira le fauteuil au chevet du lit et lui demanda si elle n'avait pas froid.

Elle répondit que non ; il faisait bon dans la chambre malgré la fenêtre entrouverte. Pas de courant d'air. Elle répéta son invitation à la rejoindre entre les draps. Puis :

— Tu n'as pas fermé l'œil de la nuit, n'est-ce pas ? Qu'est-ce qu'elle a fait ?

Il hocha la tête.

— Ne t'inquiète pas pour moi, Sharon. Tu es ma veille et mon sommeil. Tu es la terre sous mes pieds.

— Ne sois pas fou, Alastair, je ne suis que de chair et d'os.

— Pas pour moi, répliqua-t-il.

13 octobre

Fulham
Londres

Barbara téléphona à Rory quelques minutes avant d'arriver à New Scotland Yard, sans succès. Comme il était tôt, elle supposa que l'éditrice était soit sous la douche, soit sortie pour le pissou du matin de son toutou. Elle laissa donc un message précisant l'heure à laquelle elle serait à Fulham et n'y pensa plus. Elle avait d'autres chats à fouetter. Obtenir l'autorisation de mener l'enquête figurait en tête de liste.

Elle avait bien réfléchi. Grâce à l'intervention de l'inspecteur Lynley, ils avaient décroché une seconde autopsie. Avec son tact d'aristocrate, il avait fait jouer deux de ses relations : son ancien camarade d'Eton expert en sciences forensiques et le commissaire de Cambridge avec lequel il avait collaboré quelques années plus tôt – Barbara aussi – lors de la découverte du corps sans vie d'une étudiante dans la rivière[1]. L'expert avait décortiqué le premier rapport

1. Voir *Le Meurtre de la falaise*, Presses de la Cité.

d'autopsie et conclut que toutes les pistes n'avaient pas été investiguées concernant la cause de la mort de Clare Abbott. Le commissaire avait aplani le chemin à Lynley, et celui-ci avait pu bénéficier de la pleine coopération des flics de Cambridge. Barbara estimait qu'ils n'avaient rien à craindre de ce côté-là, étant donné que ce n'était pas la faute de la police de cette ville si l'autopsie n'avait pas été aussi approfondie qu'elle aurait dû l'être. Mais comme Lynley n'aimait pas les mauvaises surprises, il préférait éliminer tout risque. Ce n'était pas elle qui irait le contredire. Elle avait trop besoin de lui et de son influence pour obtenir l'accord d'Isabelle Ardery d'aller à Fulham.

Isabelle était persuadée de l'inaptitude de Barbara à se conformer aux règles. Elle voulait l'avoir sous les yeux à tout moment, afin de pouvoir la contrôler et lui sauter sur le poil dès qu'elle faisait un pet de travers. En fait, elle lui avait sans doute déjà réservé un aller simple pour Berwick-upon-Tweed... Elle dirait certainement à Lynley de dépêcher un coursier, voire un constable en uniforme. À moins qu'elle ne l'envoie, lui.

Lynley ferait valoir que, justement, cette histoire était l'épreuve parfaite pour tester le niveau de professionnalisme de Barbara et sa volonté de garder la tête hors de l'eau. Il ne servait à rien qu'Isabelle cherche éternellement à la tenir sous sa coupe : la seule façon de voir si elle pouvait lui faire confiance était de lui offrir la possibilité de mettre la pagaille.

Il l'appellerait *Isabelle*, songea Barbara. Elle exigerait qu'il lui donne du *chef* ou du *patron*, ou même du *madame la commissaire*, mais lui hausserait un sourcil : ne se souvenait-elle pas de leurs tendres étreintes, quand il murmurait son nom alors qu'ils roulaient ensemble sur un matelas grumeleux quelque part à Londres ? Ce pourrait bien jouer contre lui, bien sûr, mais Barbara en doutait. Ardery et Lynley étaient des ex-amants, et à ce titre ils étaient solidaires, qu'ils veuillent bien l'admettre ou pas.

Lorsqu'il vint lui rendre le rapport d'autopsie, il lui dit :

— Ne faites rien que je ne ferais, Barbara.

Elle lui promit d'être une enquêtrice modèle, et, sur le moment, elle était sincère.

Barbara ne fut pas trop inquiète lorsque, en appuyant sur la sonnette à côté du nom de Rory, elle n'obtint pas de réponse. Ce qui l'ennuyait un peu, en revanche, c'était qu'il commençait à pleuvoir. Heureusement, elle avait son imper et, sous le perron, elle était assez à l'abri du vent pour s'en griller une. Une fois qu'elle eut sa dose de nicotine, elle sonna une deuxième fois. Toujours rien. D'après la position du bouton sur le panneau, Rory Statham devait habiter au premier. Et il sembla à Barbara que, derrière la porte-fenêtre à cet étage, un chien jappait. Elle sonna une troisième fois.

C'était quand même curieux. Barbara essaya une autre sonnette. Une voix d'homme répondit. Pouvait-il lui ouvrir la porte ? demanda-t-elle. Elle n'arrivait pas à réveiller la dame de l'appartement 3 et son chien aboyait…

— Bon sang, celui-là ! Il mériterait qu'on le pique. Ça fait des heures qu'il nous casse les oreilles.

La voix se tut, et la porte bourdonna.

Barbara monta par l'escalier. Il n'y avait qu'une seule porte sur le palier. Les aboiements du chien étaient plus clairs. Quand elle frappa, ils se déchaînèrent. Une porte s'ouvrit au-dessus et quelqu'un descendit à pas d'éléphant.

À sa voix, elle reconnut M. Piquez-moi-ce-clébard. Il gueula qu'il essayait de travailler. Ce foutu chien l'empêchait de penser. C'était déjà pas commode de se concentrer sur ce que fabriquaient les marchés financiers mondiaux, mais avec ce tapage en plus... Allait-elle y mettre un terme ? Parce que si la police n'était pas fichue de redresser une situation comme celle-ci alors qu'il l'avait appelée il y avait au moins cinq heures, à quoi servait-elle ?

C'est ainsi que Barbara apprit que la police locale avait reçu un appel matinal auquel elle n'avait pas répondu, sans doute parce qu'elle avait d'autres préoccupations que de faire taire un petit aboyeur. Elle sortit sa carte de police, laissa le mec furibard y poser ses empreintes dans tous les sens et lui annonça qu'elle n'était pas là pour l'animal – de toute évidence en détresse, lui dit-elle – mais pour parler à la propriétaire des lieux. Savait-il où elle se trouvait ?

Bien sûr que non, répliqua-t-il, et si elle ne pouvait pas fermer la gueule à ce clebs... il allait... péter un câble.

Avec des voisins de ce genre, se dit Barbara, ce n'était même plus la peine d'avoir des SDF à tous les coins de rue et des junkies dans les squares pour servir de repoussoir. Elle remercia ce monsieur pour sa sollicitude à l'égard de l'occupante de l'appartement et lui suggéra de réintégrer ses pénates, pour ne pas employer un langage plus vert.

Elle sortit du bâtiment en prenant soin de bloquer la porte d'entrée avec le rapport d'autopsie qui se trouvait dans son sac et chercha le gardien – l'immeuble était un peu petit pour avoir un concierge, mais sait-on jamais. Comme il n'y avait pas l'air d'y en avoir, elle sonna aux deux appartements du rez-de-chaussée dans l'espoir de tomber sur un habitant qui pourrait lui indiquer où récupérer des doubles des clés. Mais personne ne répondit.

Plusieurs solutions s'offraient à elle. Appeler la police du coin et les prier de défoncer la porte de Rory Statham. Appeler Police Secours et leur demander la même chose. Dans un cas comme dans l'autre, cela prendrait des heures, et il ne lui restait pas beaucoup de temps avant qu'Isabelle Ardery ne lui tombe sur le poil. Elle opta pour la solution numéro trois.

Une glycine aux branches épaisses cumulant au moins cinquante ans d'âge grimpait sur la façade jusqu'au toit, quatre étages plus haut. Elle n'avait pas encore perdu ses feuilles, ce qui ne faciliterait pas la grimpette, sans oublier que tout était mouillé. Mais elle passait au ras du balcon de Rory Statham. Avec un peu de chance, les portes-fenêtres ne seraient pas fermées à clé.

La glycine offrait de multiples prises d'escalade naturelles pour les pieds et les mains. Et après tout, l'appartement n'était qu'au premier. Barbara se félicita d'avoir mis ce matin ses grosses chaussures au lieu des escarpins qui l'auraient, à tous les coups, précipitée au bas de la plante.

Non qu'elle eût tellement la fibre Tarzan. En plus, elle n'était pas au top de sa forme, c'était le moins qu'on pût dire. Mais aux maux désespérés, remèdes désespérés. Après une première chute vénielle, tout se passa comme sur du velours.

Lorsqu'elle arriva à la hauteur du balcon, son pull était trempé à cause des feuilles mouillées et de la pluie qui continuait à tomber. La balustrade était en pierre, Dieu merci, mais Barbara testa prudemment sa solidité. Restait à se hisser suffisamment haut pour l'enjamber. Elle se tortilla pour monter d'un cran, et les branches charnues de la glycine craquèrent de façon inquiétante sous son poids. Trêve d'hésitations, elle prit son élan... et se retrouva le corps de part et d'autre de la balustrade, suspendue à plat ventre dans la posture dite du chien tête en bas. Elle battit des jambes en remerciant le Ciel de lui avoir fait mettre ce matin un slip impeccable et s'écroula sur le balcon.

Elle atterrit la joue dans une flaque. Avec un juron, elle se releva. Les carreaux du sol étaient en marbre et elle dérapa sur une petite mousse glissante. Étonnant : la mousse poussait sur le marbre, maintenant... Il y en avait partout, affleurant comme des continents sur un océan d'humidité.

Baissant les yeux sur elle-même, elle constata que la fermeture Éclair de son imper était déchirée, et sa jupe beige tachée. Son collant était filé de chez filé, ses chaussures étaient écorchées et elle préférait ne pas penser à l'état du reste de ses habits.

À l'intérieur, les aboiements s'étaient déplacés de la porte aux portes-fenêtres. Arlo grattait fébrilement quelque chose de l'autre côté de la vitre. Les rideaux étaient fermés. Barbara ne voyait rien. Mais l'énervement du chien combiné à l'absence de sa maîtresse ne présageait rien de bon.

Elle tenta d'ouvrir les portes-fenêtres. Verrouillées, bien entendu. Qu'est-ce qu'elle croyait ? Elle chercha des yeux autour d'elle un objet pesant. Il n'y avait pas même un pot de fleurs avec une azalée en train de se noyer.

De deux choses l'une : soit elle se servait de son pied, soit elle se servait de son coude. À la réflexion, il devait y avoir une artère quelque part dans son pied, et avec le bol qui était le sien... Elle se voyait déjà saignant à mort sur le balcon. Restait l'option coude.

Elle se recula d'un pas, reconnaissante de ne pas avoir devant elle un double vitrage, et avec un de ces cris inspirés des films d'arts martiaux propulsa son coude dans le carreau.

Elle dut s'y reprendre à deux fois, tout en essayant de calmer le chien devenu comme fou. Lorsque, enfin, le verre se brisa, Barbara se dit qu'un des voisins avait sûrement appelé les flics. Mais on n'entendait aucune sirène.

Elle arracha les tessons afin d'élargir l'ouverture et, avec mille précautions, passa la main à l'intérieur. Comme il n'y avait qu'un seul point de fermeture, elle n'eut aucun mal à tourner la clé et à ouvrir.

— Arlo, Arlo. Gentil chien. Couché.

Quelle chance que ce ne fût pas un chien-loup. Il lui aurait déjà arraché la main, sinon le visage. En la voyant surgir d'entre les rideaux, Arlo se précipita vers elle. Il était tellement content de la voir qu'il rampa par terre avec des jappements de joie. Elle tendit sa main, qu'il renifla comme il se doit. Elle avait passé l'épreuve canine.

Si les rideaux occultaient la lumière, ils n'opéraient pas de même avec l'odeur. Excréments, urine et quoi encore ? Du vomi ? Du vomi et du sang ?

Barbara eut la chair de poule. Elle ouvrit les rideaux, et la pièce s'emplit d'une lumière blafarde.

Elle avança de quelques pas et découvrit, coincée entre le canapé et le mur du salon, Rory Statham en proie aux convulsions de l'agonie.

Chelsea
Londres

En communiquant à Barbara Havers le rapport de la deuxième autopsie, Lynley avait été persuadé que l'affaire serait vite réglée. Barbara avait pour instruction d'informer Rory Statham de son contenu pendant que lui se chargeait d'en envoyer une copie à la police de Cambridge. Car Clare Abbott était morte suicidée ou assassinée. L'examen toxicologique plus poussé avait en effet mis en évidence la cause de son décès mais pas la manière.

« De l'azoture de sodium », avait-il dit à Barbara en lui tendant le dossier.

Elle lui avait demandé, en toute logique, ce que c'était. Il avait fait de même, peu avant, avec son ami Simon Saint James, lequel lui avait expliqué :

« C'est une substance utilisée comme agent de conservation dans les laboratoires d'analyses médicales. Autrement dit, ça limite la dégradation biologique des échantillons. C'est un poison mortel. C'est ça qui a tué cette femme à Cambridge, Tommy ? »

À Havers, Lynley avait répondu :

« Quand on l'ingère, ça a les effets du cyanure, en plus lent.

— Alors Rory Statham avait raison ?

— Oui, la cause de la mort de Clare n'est pas naturelle, en effet. Quant au meurtre, cela reste à voir. »

Il avait fait remarquer que Clare Abbott avait très bien pu s'empoisonner elle-même. Barbara avait maugréé. L'écrivaine était au sommet de sa carrière. Il avait rétorqué qu'on avait vu des célébrités au faîte de leur gloire attenter à leurs jours, à quoi elle avait riposté que cette célébrité-là ne se serait jamais suicidée, pas avec son dernier livre qui cartonnait. Lynley avait alors émis l'opinion selon laquelle ils ne connaissaient pas vraiment cette femme, n'est-ce pas ? Et Havers avait dit :

« On en connaît un rayon sur la nature humaine, inspecteur. Une chose est sûre : Clare Abbott s'est tuée comme moi j'ai renoncé aux Pop-Tarts au p'tit déj. »

Quoi qu'il en soit, suicide ou meurtre, la mort de Clare Abbott ne tombait pas dans leur escarcelle. Le chargé d'enquête restait le commissaire Daniel Sheehan. Leur mission se limitait à lui transférer l'information. Du moins en principe.

Lorsque son téléphone sonna, Lynley espéra entendre Daidre. Cela faisait des jours qu'il ne l'avait pas vue et elle lui manquait plus qu'il ne l'aurait cru. Mais c'était Havers, quoiqu'il eût du mal à reconnaître sa voix à cause d'un chien qui semblait aboyer directement dans le portable du sergent.

— Elle a été empoisonnée, inspecteur ! s'exclama Havers, manifestement bouleversée. Je suis prête à parier que c'est du poison. Je l'ai trouvée par terre et elle a vomi partout et je crois qu'elle est dans le coma...

— Rory Statham ?

— Mais oui ! Qui d'autre ?

— Elle respire encore ?

— À peine. Sa vie tient à un fil. J'ai appelé Police Secours ; ils l'ont emmenée aux urgences.

— Où êtes-vous ? Seigneur, Barbara. À qui est ce chien ?

— C'est le sien. Je suis dans son appartement. Ce chien, c'est une sorte d'auxiliaire de vie, paraît-il, il est dressé spécialement, un peu comme un chien d'aveugle. Il a été éduqué pour rester tout le temps à son côté et, depuis qu'ils l'ont emmenée, il est comme dingue.

— Vous ne pouvez pas l'enfermer quelque part ?

— Attendez une minute.

Les aboiements devinrent de plus en plus paniqués. Puis ils s'éloignèrent, et Barbara reprit son téléphone.

— Je l'ai mis dans la chambre. Punaise. J'y connais rien en clébards, mais celui-là, s'il pouvait parler, je parie qu'il nous en raconterait de belles.

— Vous avez prévenu la police ?

— C'est moi, la police. Nous, je veux dire. Écoutez, inspecteur, c'est sûrement le même truc. Ce qui a tué Clare...

— L'azoture de sodium ?

— Oui, quelqu'un en a fait absorber à Rory.

— Peut-être. Mais ce n'est pas notre affaire, Barbara. Celle des gars de Fulham, à la rigueur.

— Le moyen est le même. On a un meurtre et maintenant une tentative de meurtre. Deux femmes qui se connaissaient et étaient liées de plus d'une manière. Professionnellement. Intimement.

— N'empêche...

— Vous avez le bras long, inspecteur. J'ai besoin que vous vous en serviez. Vous savez bien. Vous

vous doutez de ce que ça représente pour moi. La possibilité de me ra...

Elle ne termina pas sa phrase et se mit à souffler dans l'appareil. Puis, d'une voix tout éraillée, elle reprit :

— Inspecteur, j'ai besoin de votre aide.

— Barbara, vous marchez sur les plates-bandes des autres. Étant donné ce que vous avez là, je suis étonné que le commissariat de Fulham n'ait pas encore envoyé un agent en uniforme.

— Ils n'envoient pas d'uniforme pour une hospitalisation d'urgence. Pour l'heure, ils n'en savent pas plus, et si cela dépendait de moi, ils n'en sauraient pas plus. En fait, cela dépend de vous.

— Bigre. Qu'est-ce qu'il ne faut pas entendre ! C'est le genre de raisonnement...

— Très bien. J'ai compris. Pas d'écarts de conduite. Mais retrouvez-moi au Chelsea and Westminster Hospital. C'est tout ce que je vous demande.

— Si j'acceptais, à quoi cela servirait ?

— Vous pourriez parler avec moi aux toubibs. Écoutez, les secouristes ont refusé de la *toucher* quand j'ai prononcé les mots « azoture de sodium ». Ils ont mis une combinaison Hazmat. À l'hosto, nous pourrons découvrir à quoi nous avons affaire.

— On n'a « affaire » à rien.

— Vous savez que c'est faux, inspecteur. Quelqu'un a éliminé Clare Abbott, puis est venu ici s'occuper de Rory Statham. Retrouvez-moi à l'hôpital. Si j'ai tort, je vous jure que j'oublierai cette histoire et rappliquerai à Victoria Street. Mais en attendant...

— D'accord. Je viens. Ne me le faites pas regretter.

— Comptez sur moi, inspecteur. Dans les clous jusqu'au bout. Juré.

Le trajet jusqu'à l'hôpital fut un cauchemar. La circulation et la pluie se combinèrent pour mettre la patience de Lynley à bout. Ce ne fut que par un habile détour par Belgravia et le haut de Chelsea qu'il put arriver à destination. Trois quarts d'heure environ, pour un trajet, qui au milieu de la nuit lui aurait pris en tout et pour tout dix minutes.

Une fois la Healey Elliott garée, Lynley releva le col du vieux trench-coat de son père pour se protéger de la pluie et se dirigea vers l'hôpital. Il eut l'impression de débarquer sur une scène digne d'un film catastrophe. Il s'avéra qu'il y avait eu un carambolage impliquant des poids lourds et des bicyclettes dans les environs de Battersea et que sept blessés venaient d'arriver aux urgences. Des individus ensanglantés étaient couchés sur des civières d'où s'échappaient des grognements de douleur tandis que l'équipe médicale s'agitait autour d'eux et s'échangeait des ordres en hurlant. Une voix sortant d'un haut-parleur priait tel ou tel médecin de prendre un appel, de se rendre au service de radiologie ou en salle d'opération.

Cette pagaille n'allait pas faciliter les choses, songea Lynley en cherchant des yeux Havers. Il l'entendit avant de l'apercevoir. Elle surgit d'une porte battante donnant sur un couloir et des ascenseurs. Il l'avait rarement vue aussi débraillée. Pourvu qu'elle ne croise pas le chemin de la commissaire Ardery à son retour à la Met, lequel, espérait-il, ne tarderait pas, étant donné qu'il n'avait pas mis Isabelle au courant des derniers événements.

— Que s'est-il passé ? dit-il.

— Ils l'ont...

— Je parle de vous, Barbara. Qu'est-ce qui vous est arrivé ?

Elle baissa les yeux sur sa tenue avec une grimace. On aurait dit qu'elle avait plongé la tête la première dans une benne à déchets verts.

— Je suis tombée, plus ou moins.

— Plus, ou moins ?

— Moins, je crois.

Elle promena les yeux autour d'elle, comme pour trouver une échappatoire au savon qui l'attendait.

— Écoutez, inspecteur. Il fallait à tout prix que j'entre. Il y avait cette glycine sur la façade et...

— Par pitié, Havers, épargnez-moi les détails. Où est-elle ?

— En isolement, pour le moment. Ils n'ont pas encore fait le diagnostic. Ils portent tous une surblouse et un masque, et ne la touchent qu'avec des gants. Elle a du pot d'être encore parmi nous.

— Ils lui donnent un traitement ?

— J'en sais rien. C'est plutôt le bordel ici, dit-elle avec un geste vers les blessés. Je me suis glissée derrière eux. Il y a une machine à café et des fauteuils pas loin des chambres d'isolement. Depuis, j'attends...

Elle se passa la main dans les cheveux, ce qui ne contribua aucunement à arranger son apparence.

— Arlo est dans ma voiture, ajouta-t-elle. Comme il ne peut pas rester là longtemps, je me disais...

— Qui est Arlo ?

— Le chien. Son petit chien. Je ne pouvais quand même pas le laisser à l'appartement, pas vrai ? Si je me charge de cette enquête, il faudra qu'on s'occupe de lui et, eh bien, je pensais... si vous vouliez bien... vous savez. Le temps qu'elle sorte de l'hôpital ?

Il la dévisagea fixement une bonne dizaine de secondes avant de répondre :

— Havers, vous vient-il parfois à l'esprit que vous avez tendance à pousser le bouchon trop loin ? Avec moi, s'entend.

— C'est que je sais que vous aimez les animaux, inspecteur.

— Ah bon ? Et comment avez-vous abouti à cette conclusion ? Ainsi qu'à celle qui vous chargerait de cette affaire ?

— Eh bien, vos chevaux dans votre château en Cornouailles ? dit-elle, préférant répondre à la première question plutôt qu'à la seconde. Je sais que vous faites un excellent cavalier, inspecteur. Et votre mère a des chiens sympas. Des retrievers, non ? Enfin, des sortes de labradors, je sais pas, moi. Ou est-ce des lévriers ?

Lynley prit une profonde inspiration.

— Emmenez-moi à sa chambre.

Elle le précéda vers la porte battante et l'ascenseur. Au deuxième étage, il la suivit le long des couloirs jusqu'à la chambre, laquelle était pourvue d'un sas fermé de l'intérieur.

Par bonheur, Havers se taisait, pour l'instant. Afin de rentrer dans ses bonnes grâces, elle partit leur chercher deux tasses de café à la machine. Ils buvaient en silence quand une femme sortit de l'unité d'isolement en ôtant sa surblouse.

— C'est elle qui..., murmura Barbara à côté de lui.

Et elle se leva prestement. Il l'imita.

Le bon sens retint Barbara, vu sa mise, de présenter

sa carte de police. Elle laissa à Lynley le soin de se présenter. De toute façon, le médecin n'aurait sans doute pas cru qu'elle était enquêtrice à la Met.

Mary Kay Bigelow – si l'on en croyait son badge – était une grande femme maigre. Elle paraissait épuisée. Lynley lui expliqua que sa collègue avait eu rendez-vous ce matin avec Rory Statham dans le cadre d'une enquête sur la mort de Clare Abbott. Il prononça les termes « azoture de sodium » mais pas celui de « meurtre ». Sa présence en ce lieu suffisait à le suggérer.

Le Dr Bigelow les informa qu'ils n'étaient encore sûrs de rien, mais qu'ils prenaient toutes les précautions nécessaires. Faute de protocole concernant l'azoture de sodium – si, en effet, il s'agissait bien de cela –, ils la traitaient comme pour un empoisonnement au cyanure. Pour l'instant, ils lui injectaient par voie intraveineuse du nitrite de sodium et du thiosulfate de sodium. Peu après son admission, la patiente avait fait un arrêt cardiaque. Pour le moment, son état était stable quoique critique. Le docteur parla aussi de nystagmus horizontal, d'astérixis, d'accumulation excessive de lactate dans le sang et d'un taux de potassium trop faible.

À la question de Havers concernant la possibilité de lui parler deux minutes, le médecin la fusilla du regard.

— Si elle est encore en vie dans vingt-quatre heures, on considérera que c'est un miracle. Quant à une conversation, il n'en est même pas question.

— C'est bien l'azoture de sodium ? dit Barbara. Qui l'a empoisonnée, je veux dire.

— Ça se présente comme tel, opina le Dr Bigelow avant de s'éloigner vers la machine à café.

Barbara fit mine que cette réponse lui convenait et se tourna vers Lynley.

— Je l'ai su dès que je l'ai vue couchée par terre... Elle a une chance de pendue que je me sois pointée chez elle, inspecteur. Quelqu'un était certain qu'elle serait seule assez longtemps pour avaler son bulletin de naissance comme Clare. Ces deux femmes étaient liées dans la vie, maintenant elles sont liées par le poison. On a une morte à Cambridge et une quasi morte à Londres. Suivez mon regard...

Lynley préférait ne rien suivre du tout.

— Barbara, je ne peux pas demander à Isabelle...
— Isabelle ? répéta-t-elle en haussant un sourcil. Bien sûr que si, vous pouvez tout à fait demander à *Isabelle*.

Il n'avait à s'en prendre qu'à lui-même, songea Lynley. Qu'est-ce qui lui avait pris d'avoir une liaison avec sa supérieure hiérarchique ? Une folie qui s'expliquait certes par son chagrin d'avoir perdu Helen. Mais ce n'était pas une excuse. Il n'avait jamais admis avoir été son amant, et il pouvait compter sur la discrétion d'Isabelle, mais Havers n'avait pas l'œil dans sa poche. Elle avait tiré des conclusions correctes. En revanche, ce qui l'était moins, correct, c'était la direction qu'elle voulait le forcer à prendre.

Havers estimait qu'Isabelle Ardery lui accorderait ce qu'il demandait, soit parce qu'elle céderait à une sorte de chantage, soit en souvenir du bon temps qu'ils s'étaient payé au lit. Lynley, lui, était sans illusions.

— La commissaire n'est pas influençable, sergent.
— Bon, peut-être, mais on a des moyens de

persuasion. Il va falloir prévenir Cambridge pour tout ça. Il faudra leur envoyer le rapport de la deuxième autopsie.

— Je l'ai déjà envoyé à Sheehan. Je lui ai aussi parlé au téléphone. Et je vois où vous voulez en venir. Mais ce n'est pas d'actualité. Ceci, dit-il en indiquant d'un signe de tête la porte de l'unité d'isolement, doit être traité par la police locale, et la mort de Clare Abbott par la police de Cambridge. S'ils ont besoin d'aide pour coordonner les deux enquêtes, ils pourront…

— Shaftesbury, le coupa Havers. Vous oubliez Shaftesbury.

— Quoi, Shaftesbury ?

— C'est là-bas que Clare Abbott habitait. C'est aussi là où vit Caroline Goldacre.

— Qui ?

— Celle qui était avec Clare Abbott la nuit où elle est morte. Et Rory Statham était récemment à Shaftesbury, où elle aurait pu la voir…

— Suggérez-vous qu'elle aurait pu tuer Clare Abbott ? Puis tenter de faire la même chose avec son amie Rory ?

— Je ne sais pas ce que je suggère, mais je voudrais bien tirer cette histoire au clair…

Après une hésitation, elle s'enquit astucieusement :

— Vous voulez que je revienne, non ? Tous, à New Scotland Yard, vous voulez que je revienne ? Alors laissez-moi faire. Comme je l'entends. Je veux qu'elle déchire cette foutue demande de mutation et je veux qu'elle le fasse parce que je lui aurai prouvé que j'étais utile ici. Sinon, elle ne la déchirera jamais. S'il vous plaît, inspecteur. Je vous en supplie. Ne m'obligez pas à me mettre à genoux.

Barbara Havers était décidément la femme la plus exaspérante du monde, se dit Lynley. Mais quel était l'intérêt de la maintenir à ce poste si on ne l'autorisait pas à faire son travail ?

Chelsea
Londres

Lynley ne retourna pas tout de suite à Victoria Street, mais il fit jurer à Havers qu'elle, en revanche, s'y rendrait immédiatement. Quant à lui, il prit la direction de King's Road, se retrouva dans les incontournables files de voitures, taxis et bus cheminant vers Sloane Square, puis se faufila vers les quais. Au coin de Cheyne Row et de Lordship Place, il se gara devant la grande maison en briques sombres de son vieil ami Simon Saint James. S'il devait croiser le fer avec Isabelle Ardery, autant qu'il ait en tête tous les arguments.

Saint James en personne lui ouvrit, accompagné de sa chienne, un teckel à poils longs affublé du nom improbable de Peach[1]. L'animal inspecta de près les semelles et les chevilles de Lynley, et, les jugeant probablement acceptables, retourna à son occupation précédente, à savoir mendier des morceaux de toast à son maître. Un en-cas de onze heures un peu tardif, spécifia Saint James. Lynley souhaitait-il se joindre à lui ? Il devrait se contenter de ce qu'étaient capables

1. Pêche.

de produire le grille-pain et la machine à expressos, car Saint James était seul à la maison, sans femme ni beau-père à appeler à la rescousse en matière culinaire.

Lynley refusa poliment. Il suivit son vieil ami dans la pièce qui s'ouvrait à gauche du vestibule. Un salon-bureau peu propice aux mondanités, tant il était encombré de livres. Ceux-ci couvraient tous les murs, du sol au plafond, sauf en deux endroits : là où se dressait une petite cheminée victorienne, et là où étaient accrochées les photos en noir et blanc prises par sa femme.

Quel bon vent amenait Lynley à Chelsea ? demanda Saint James. Pas la gourmandise, de toute évidence. Il s'installa dans un des deux fauteuils à oreilles placés perpendiculairement à la cheminée et invita son ami à faire de même. Quant à Peach, ne voyant pas de bout de toast venir, elle tournicota sur elle-même avant de se rouler en boule pour piquer un petit somme.

— Tu es sûr, tu ne veux pas de café ? redemanda-t-il.

— Absolument. J'en ai pris un au Chelsea and Westminster Hospital. Offert dans un geste de bonne volonté par Barbara, qui veut faire la paix. Pas imbuvable, d'ailleurs, une agréable surprise. Il m'a rappelé ce café à Windsor où nous étions toujours fourrés.

Saint James partit d'un bon rire.

— Café lyophilisé, lait en poudre, eau chaude du robinet et des morceaux de sucre qui refusaient de fondre. J'en déduis que tu n'es pas allé à l'hôpital pour le café ?

Lynley raconta l'histoire de Havers découvrant le corps inanimé de Rory Statham. Saint James posa sa tasse sur la table basse et alluma la lampe pour dissiper l'obscurité de ce jour pluvieux.

— Tu penses de nouveau à l'azoture de sodium ?
— Havers, oui, en tout cas. Quoique le fait que cette Rory soit toujours en vie... Est-ce possible, Simon ? Quand on en a discuté la dernière fois, j'ai eu l'impression que ce poison était fatal.

Saint James fourragea d'une main dans ses cheveux trop longs, dont les boucles emmêlées recouvraient son col de chemise. Il bâilla puis, après s'être excusé en accusant la qualité soporifique des monographies scientifiques qu'il était en train de lire, répondit à la question de Lynley. Tout dépendait de la quantité d'azoture de sodium, dit-il, et de la méthode employée pour intoxiquer la victime.

— En solution avec de l'eau ou un acide, par exemple, il libère un gaz qui, s'il est inhalé, provoque une chute de tension, une détresse respiratoire et la mort. Ingéré dans de la nourriture – encore une fois tout dépend de la quantité –, il déclenche des quintes de toux, des étourdissements, des maux de tête, des nausées, etc., mais la mort peut être évitée si la victime reçoit les soins appropriés en temps voulu. Le plus curieux, c'est que l'azoture, une fois mélangé aux sucs gastriques – qui sont très acides, comme tu le sais –, rend la victime à la fois toxique et explosive.

Saint James marqua une pause, puis :
— C'est sans doute à cause des vapeurs d'acide hydrazoïque que les médecins prennent autant de précautions avec cette femme. Ils ignorent comment elle y a été exposée, mais le fait qu'elle soit encore en vie semble indiquer qu'elle n'a pas respiré un gaz ; elle l'a plutôt ingéré dans sa nourriture ou ce qu'elle a bu.

Lynley avait du mal à imaginer quelqu'un se glissant dans l'appartement de Rory Statham pour commettre ce forfait. Elle devait laisser un double de ses clés quelque part. Ou elle aurait fait entrer chez elle son bourreau. Après tout, combien de temps cela prenait-il de verser un peu de sel dans... quoi ? un sucrier ? un pichet de lait ? un bol de céréales ?

— Bien sûr, reprit Saint James, ce truc est tellement toxique... Si Clare Abbott a voulu se suicider, si elle en a fait tomber sur ses vêtements, et si cette autre femme... comment s'appelle-t-elle déjà... ?

— Rory Statham.

— Si Rory Statham s'en est mis sur les doigts en touchant ses vêtements...

— Pourquoi ses vêtements ?

— Si Clare Abbott s'est empoisonnée elle-même, elle a pu en renverser en le mélangeant à de l'eau ou du thé, du café, du vin ou un soda, que sais-je ?

— Barbara ne croit pas au suicide. Clare Abbott était au sommet de sa carrière.

Lynley brossa rapidement un portrait de la féministe, ce qui était inutile, car Saint James, qui était un dévoreur de journaux, était déjà archi au courant.

— Ce sont des choses qui arrivent. La réussite, même si elle saute aux yeux, est parfois seulement une façade, et ça n'empêche pas la vie intérieure d'être un désastre.

— Mettons que, d'accord, elle ait absorbé une dose d'azoture de sodium... Comment diantre a-t-elle pu mettre la main dessus ?

— Dans un labo, un hôpital, une clinique. Partout où il y a des réactifs.

— Et pour le manipuler sans risque... ?

— Tu veux savoir comment on le fait ingérer à autrui sans s'empoisonner soi-même ?

— Oui.

— La personne qui se l'est procuré connaissait, je suppose, son degré de toxicité, surtout quand on l'inhale sous forme de gaz ou de poussière. Pour éliminer ce risque, il suffit de porter un masque de protection respiratoire de chirurgie ou de peinture, des gants en latex et une combinaison qu'il faudra ensuite laver. Non, en fait, le mieux est de jeter tout ce qu'on a porté pendant qu'on mélangeait la substance à une décoction quelconque...

— Et après ? Dans l'hypothèse où l'on n'utilise pas la totalité de son stock d'azoture de sodium ? Qu'est-ce qu'on en fait ?

— C'est blanc, on dirait du sel, répondit Saint James avec un haussement d'épaules. On peut le mettre soigneusement de côté dans un endroit sûr ou au contraire le jeter au vide-ordures pour qu'il termine dans une décharge quelque part. Le monde est devenu délirant. On ne sait plus quoi faire avec tous ces terroristes, mais je ne pense pas que le gouvernement exige des éboueurs qu'ils dressent des chiens pour détecter l'azoture de sodium.

Lynley opina. Il était du même avis. Toutefois, un détail le chagrinait.

— Il me semble qu'il y a mille autres manières d'empoisonner quelqu'un qui n'obligent pas à recourir à un produit aussi potentiellement dangereux pour celui qui le manipule.

— Bien sûr. Mais, Tommy, n'oublie pas que l'expert médico-légal avait conclu à un collapsus causé par une arythmie cardiaque. Si Rory Statham n'avait pas fait de démarche, si elle n'avait pas fait la connaissance de Barbara peu de temps auparavant,

si tu ne m'avais pas demandé de jeter un coup d'œil au rapport d'autopsie, si je n'en avais pas recommandé une deuxième, ce meurtre serait passé pour une mort naturelle. Tu vois, l'arme du crime a été choisie très judicieusement. Il ne te reste plus qu'à trouver un individu tout à la fois intelligent, rusé et rempli d'assez de haine pour tuer ta victime.
— Et Rory Statham.
— En effet. Tu as un beau programme devant toi.
— Ce sera celui de Barbara, si j'obtiens gain de cause, soupira Lynley.

Victoria
Londres

— Comment faut-il vous le dire pour que vous compreniez que c'est non, Tommy ?
La commissaire Isabelle Ardery plaça ses couverts parallèlement l'un à l'autre sur son assiette pour montrer qu'elle avait fini. Elle avait pris le carrelet, lui le steak. Elle avait trouvé la cuisson de son plat parfaite, lui regrettait de ne pouvoir dire la même chose.
Il l'avait persuadée d'accepter son invitation chez Peeler's et de déroger pour une fois à ses habitudes, à savoir la consommation d'un sandwich avalé devant son écran d'ordinateur. À cette heure-ci, le restaurant était désert, et leur tête-à-tête n'avait pas été interrompu. Lynley avait eu amplement le temps de l'informer d'une mort, d'un empoisonnement, de deux enquêtes et de la nécessité de les coordonner afin que rien ne leur échappe. Étant donné que Shaftesbury était l'un des lieux concernés, on allait au-devant de

complications, avec le risque de négliger, ignorer ou laisser filer un indice essentiel. La probabilité était grande que les enquêtes se prolongent pendant des mois et génèrent du mécontentement de tous les côtés, sans parler du coût. Il était préférable d'éviter tout ça, non ?

« Rien ne nous concerne, là-dedans », avait commencé à décréter Ardery, d'un ton plaisant mais avec cette lueur dans les yeux qui était un avertissement.

Il avait poursuivi malgré tout. La commissaire devait tenir compte de la provenance de l'azoture. Il fallait en outre examiner en laboratoire les vêtements des deux victimes. N'était-elle pas d'accord avec lui sur ce point ?

— D'accord, dit-elle, mais ce n'est pas à nous de faire faire une analyse toxicologique. Bon, je demande l'addition ? On paye chacun la moitié. Puisque vous n'avez pas obtenu de moi ce que vous vouliez, je n'ai pas envie que le remords me donne une indigestion.

— Écoutez-moi jusqu'au bout, au moins.

— Qu'est-ce que ça changera ? soupira-t-elle.

Elle fit un signe de tête au serveur et commanda un café. Puis elle ajouta :

— Entendu. Vous avez dix minutes de plus. Je suis tout ouïe.

Il lui expliqua que, suite aux conclusions erronées du premier expert, les effets de Clare Abbott récupérés dans sa chambre d'hôtel à Cambridge avaient été envoyés à son amie et éditrice Rory Statham. Sans doute avaient-ils échoué à Shaftesbury. Ils devaient à présent être renvoyés au labo de Cambridge. D'autre part, les experts de SO7 allaient passer l'appartement de Rory Statham au peigne fin. Et ce n'était pas fini :

les deux domiciles de Clare Abbott seraient examinés, l'un par la police de Shaftesbury, l'autre par celle de Bishopsgate. Les chances pour que tous ces gens aient envie de communiquer entre eux étaient minces.

Isabelle, qui était restée de marbre, demeura tout aussi imperturbable quand son café arriva, avec du lait et du sucre, alors qu'elle avait bien précisé qu'elle le voulait noir.

— Quelqu'un a empoisonné ces deux femmes, reprit-il. On a un meurtre et une tentative de meurtre.

— On n'est pas encore sûrs pour le meurtre, Tommy. Et à moins que vous ne soyez devin, vous ne pouvez affirmer que le deuxième cas est identique au premier.

— Allons, Isabelle...

Elle le mitrailla du regard.

— Chef, se corrigea-t-il. Mais qu'est-ce que cela pourrait être d'autre, étant donné qu'il leur est arrivé la même chose à toutes les deux ?

— L'une est morte, l'autre pas...

— Elle est dans le coma. Entre la vie et la mort.

— Vous ne pouvez pas dire que c'est la même chose. Et Barbara Havers non plus. Car, au final, de quoi s'agit-il, Tommy ? Je suppose que vous ne m'avez pas invitée à déjeuner pour me persuader de vous confier une autre affaire. Vous êtes assez occupé comme ça...

Optant pour l'esquive, Lynley remit sur le tapis une éventualité qu'elle avait envisagée au préalable :

— Cela m'étonnerait fort qu'une personne saine d'esprit choisisse l'azoture de sodium pour se suicider, Isabelle.

Elle leva vivement la tête en entendant son prénom pour la deuxième fois. Il poursuivit :

— Voyons : on a une victime à Cambridge et une autre à Londres, toutes les deux *a priori* seules au moment des faits. Toutes les deux ayant ingéré le même poison mortel.

— Oui, oui, ça n'est pas clair. Mais, et j'insiste sur ce point, on ne sait pas si le poison a été administré de la même manière à la deuxième victime. De toute façon, on ne va pas se jeter sur une affaire qui n'est pas de notre ressort. Un point c'est tout. Et puis, cette seconde victime, c'est peut-être aussi un suicide, qui sait ?

— Cette seconde victime avait laissé un message sur le répondeur de Barbara Havers. Elle souhaitait un rendez-vous. Bizarre de la part de quelqu'un qui a l'intention de se suicider...

— Elle a perdu sa grande amie, Tommy. Enfin, je suppose qu'elle avait pour Clare Abbott une immense amitié. Et seule chez elle, percluse de douleur, elle a l'impression que c'est la fin du monde, la terre lui semble dépeuplée, et sa vie...

Isabelle se tut devant l'expression de Lynley. Elle s'empressa d'ajouter :

— Oh, mon Dieu, je suis désolée. Je suis impardonnable.

Lynley se contenta de reprendre le fil de son raisonnement :

— Elle ne se serait pas tuée en laissant le chien dans l'appartement. Elle se serait arrangée pour le confier à un tiers.

— Vous pensez aux animaux, maintenant ? Vous m'étonnez. Où est-il ?

— Qui ?
— Le chien. Qu'en avez-vous fait ? Si vous ne l'avez pas déjà emmené à la fourrière à Battersea...
— Apparemment, c'est un chien éduqué pour servir de soutien psychologique à sa maîtresse. Je ne vais pas le mettre à la fourrière pendant que Mme Statham est à l'hôpital. Barbara l'a pris avec elle.
— Et alors ? Où est-il ? Ne me dites pas que l'un de vous l'a attaché à son bureau...
— Je n'attache pas les chiens, répliqua Lynley en se raidissant.
— Zut, Tommy.
— Il est dessous.
— Quoi ?
— Le chien. Il est couché sous mon bureau. Mais il n'est pas attaché.
— Vous êtes impossible, Tommy. Occupez-vous de ça tout de suite. Dieu du Ciel, nous ne sommes pas un refuge pour animaux. Quoique j'aie souvent l'impression d'être au zoo, avec vous.
— Au zoo... Bonne idée ! s'exclama-t-il.
Il tenait la solution au problème d'Arlo.
— Je sais à qui je peux le confier, provisoirement du moins, ajouta-t-il.
— Occupez-vous-en, dans ce cas.
— Et pour Havers... ? Chef, vous avez obtenu la possibilité de la muter à Berwick-upon-Tweed en un seul coup de fil, vous pouvez bien faire ça. Barbara a vraiment envie de se racheter auprès de vous et de vous prouver qu'elle est digne de votre confiance.
— Elle a surtout envie que je passe sa demande de mutation à la déchiqueteuse. Mais, ça, sachez-le, ça n'arrivera pas.

Il soupira. Ils tournaient en rond. Empochant le petit pain qui restait sur la table, il fit un signe au serveur pour qu'il leur apporte l'addition.

— Qu'est-ce que vous allez faire du pain ? s'enquit Isabelle d'une voix acide.

— C'est pour le chien.

15 octobre

Belsize Park
Londres

Il avait été obligé, le lendemain, de ramener Arlo à la Met. Grâce à la collaboration de ses collègues, il s'en était plutôt bien sorti. Entre les petites promenades avec les uns ou les autres selon leurs disponibilités, les bons morceaux qu'on lui jetait sous les tables et les brefs séjours aux toilettes lorsque la situation imposait qu'il disparaisse, le chien n'avait pas été repéré par la commissaire. Cette journée supplémentaire à garder Arlo au quartier général de la police était stratégique : Lynley devait dîner le soir même avec Daidre.

La soirée promettait d'être joyeuse. Ils inauguraient la nouvelle cuisine de Daidre dans laquelle, à l'en croire, elle avait l'intention de lui préparer un menu gastronomique à la hauteur de la magnificence qu'elle avait déployée pour rénover la pièce. Pour fêter l'occasion, il avait acheté une bouteille de champagne, indispensable selon lui à une pendaison de crémaillère. En plus, il lui amenait Arlo.

Elle vit tout de suite le chien. À peine avait-elle ouvert la porte qu'elle parlait déjà à l'animal :

— Qui vient là me rendre visite ? Oh, que tu es mignon ! Quelle jolie frimousse !

Puis à Lynley :

— Tu as un chien maintenant, Tommy ?

Il esquiva la question en lui tendant la bouteille de champagne, en l'embrassant et en lui disant la vérité :

— Tu m'as manqué.

— Vraiment ? Mais ça ne fait qu'une semaine. Ou dix jours ? Je ne sais plus. Tu m'as manqué, toi aussi. Mais j'ai moins eu le temps de m'en apercevoir. J'ai mis les bouchées doubles pour finir la cuisine. Et voilà, c'est terminé. Il faut que tu voies ça tout de suite.

Il la suivit, s'arrêta devant l'entrée de la pièce et ne put qu'admirer. Mis à part l'électricité et la plomberie, Daidre, comme d'habitude, avait fait les travaux elle-même. C'était, se dit-il, une femme remarquable. Tout dans la cuisine était dernier cri. Appareils électroménagers en inox, plans de travail en granite, murs carrelés, meubles élégants, éclairage sophistiqué, cuisinière à six feux, four à micro-ondes, machine à café… Le sol était en parquet de bois dur, les fenêtres à double vitrage, les murs replâtrés, enduits et parfaitement peints. Enfin, la partie salle à manger donnait par une porte-fenêtre sur le futur jardin.

Lynley se tourna vers elle.

— Je commence à me demander s'il y a quelque chose que tu ne sais pas faire, Daidre. L'aide que je t'ai apportée pour réparer le carreau de cette fenêtre en Cornouailles[1] était inutile, n'est-ce pas ?

---

1. Voir *Le Rouge du péché*, Presses de la Cité.

— Ceux que tu as cassés pour entrer chez moi par effraction ? répliqua-t-elle en souriant. En fait, oui, c'était inutile. Mais cela t'a bien occupé, et tu en avais besoin.

— J'avais surtout besoin de toi.

— Voilà le genre de remarque qui conduit généralement un homme et une femme dans la chambre à coucher.

— Crois-tu ? Ne me dis pas que tu l'as terminée.

— La chambre ? Non, pas encore.

Il se demanda si elle retardait volontairement les travaux de cette pièce pour le tenir à une distance raisonnable. Peu importait à Lynley qu'elle persiste à dormir dans un sac de couchage sur un lit de camp, sauf que cela l'empêchait de passer une nuit entière avec elle. Il n'était pas non plus ravi qu'elle refuse de dormir sous son toit. Elle voulait bien dîner chez lui et passer une heure ou deux dans son lit, mais c'était tout. Ce n'était pas par égard pour Helen, lui avait-elle affirmé. Mais l'idée qu'elle pourrait être trop... confortable la mettait mal à l'aise.

« Trop confortable ? Où est le problème ? lui avait-il demandé.

— Tu connais la réponse. »

Elle avait désigné l'espace autour d'elle et il s'était efforcé de voir la maison d'Eaton Terrace à travers ses yeux. Ces antiquités (des meubles qui se trouvaient dans sa famille depuis leur fabrication), ces tableaux de maître sur les murs, l'argenterie sur le buffet, la vaisselle de porcelaine fine dans les placards... tous ces objets témoignaient de l'écart entre eux, une sorte de Rubicon que – dans l'esprit de Daidre – ni l'un ni l'autre n'étaient prêts à franchir.

Elle lui prit la bouteille de champagne des mains et alla chercher deux flûtes. Elle sortit du réfrigérateur un plateau rempli d'assortiments divers : une « agape de bruschetta », plaisanta-t-elle. Elle n'avait rien mangé de la journée et serait vexée s'il ne faisait pas honneur à son dîner. Elle versa le champagne, trinqua avec lui, caressa sa joue d'une main et lui dit :

— Je suis tellement contente de te voir, Tommy.

Puis elle l'interrogea sur le chien.

— Ah ! Arlo...

Il lui livra le peu qu'il savait sur le rôle du chien dans la vie de Rory Statham. Il lui décrivit l'état de l'éditrice à l'hôpital et lui apprit la mort de l'amie de celle-ci, Clare Abbott, juste avant. Il expliqua comment il se trouvait maintenant en possession du chien de Rory, évoquant la part de responsabilité de Barbara Havers dans toute l'histoire. Daidre était déjà au courant de la position des plus délicates de Barbara au sein de New Scotland Yard. Enfin, Lynley rapporta à Daidre son rôle dans l'imbroglio du jour.

Il avait passé un coup de fil à Daniel Sheehan, le commissaire de Cambridge. Isabelle, et il s'en était assuré avant de contacter Sheehan, avait déjà mentionné la question. Elle était aussi têtue à propos de Barbara Havers que celle-ci l'était à vouloir s'insérer dans une enquête qui n'était *a priori* pas du ressort de la Met. Toutefois, la détermination de Barbara semblait, du moins aux yeux de Lynley, présenter un potentiel positif, alors que le refus inflexible d'Isabelle de donner à Barbara assez d'espace pour fonctionner paraissait destiné à pousser le sergent à la faute.

Avec Daniel Sheehan, il s'était montré franc, prenant en l'occurrence le contre-pied d'Oscar Wilde, lequel a écrit que la vérité est rarement pure et jamais simple. Il avait expliqué au commissaire que le sergent Barbara Havers devait travailler sur l'affaire Clare Abbott afin de prouver son efficacité à Isabelle Ardery et se prouver à elle-même qu'elle était encore elle-même. Autrement dit, elle montrerait sa capacité à opérer dans les limites assignées par la hiérarchie : à savoir obéir aux ordres qu'on lui donnerait, mais aussi suivre sa propre intuition, en se conformant, bien entendu, aux règles d'un travail normal de police.

Sheehan se souvenait de Barbara Havers, ce qui n'étonna pas Lynley étant donné que tous deux avaient passé plusieurs jours dans la circonscription du commissaire comme intermédiaires entre la police de Cambridge et les officiels du collège St Stephen, où une étudiante avait été assassinée. Quand Lynley lui eut expliqué la complexité de l'affaire – une morte, un empoisonnement évident par la mise en œuvre de la même substance, deux lieux différents, un troisième lieu où avait résidé la première victime –, Sheehan avait accepté de faire son possible pour inclure Barbara.

Une fois cet accord passé entre Lynley et Sheehan, la fureur d'Isabelle avait été pour le moins éprouvante. Lorsqu'elle avait hurlé « Inspecteur Lynley, dans mon bureau... *immédiatement* ! », il avait eu l'impression de se retrouver à l'école, et encore, il n'avait jamais été convoqué chez le proviseur, ayant toujours été un élève modèle. Et quand Isabelle lui avait interdit de fermer la porte du bureau – afin que ses collègues soient témoins de sa colère –, il avait serré les mâchoires et but la coupe jusqu'à la lie.

« Vous avez délibérément orchestré ce coup à

l'encontre de mes ordres ! avait-elle crié. Je devrais enclencher une procédure administrative pour votre mutation aux Hébrides !

— Chef... Je n'ai aucune idée..., avait-il répondu doucement et de manière totalement hypocrite.

— Ça suffit. Pas un mot de plus ! avait-elle hurlé en lançant son porte-crayon dans sa direction. Sheehan m'a mise au courant. Il a déposé une demande officielle pour Havers. Alors, vous allez m'écouter, inspecteur. Si jamais vous repassez une seule fois au-dessus de mes ordres en matière de personnel ou autre, je vous envoie devant la CIB2[1] avant que vous ayez pu dire « ouf ». Comment osez-vous agir dans mon dos et ordonner des mises à disposition de *qui que ce soit*... et surtout s'agissant de cette *soi-disant* enquêtrice indisciplinée et insupportable... pour travailler sur une affaire qui n'est pas dans notre juridiction, sans parler de...

— Isabelle... »

Il s'était rapproché de la porte pour la fermer.

« On ne bouge pas ! avait-elle hurlé. Je ne vous ai pas autorisé à faire un pas et je n'en ai pas terminé avec vous. C'est clair ? »

Il s'était contenté de la fusiller du regard. Elle avait alors ajouté :

« On n'a pas l'habitude, hein ? On n'a encore jamais parlé à Sa Seigneurie sur ce ton de toute sa carrière, n'est-ce pas ? Eh bien, écoutez-moi bien, inspecteur. La prochaine fois que vous prendrez l'initiative de manigancer de la sorte une mission, ce sera la dernière. C'est moi qui commande ici. Pas vous. Ce n'est

1. Une unité du service anticorruption de Scotland Yard.

pas un jeu, inspecteur. Nous ne sommes pas des pions sur votre échiquier. Maintenant, dégagez d'ici, et que je ne vous voie plus. »

Il s'était dirigé vers la porte, étant donné qu'il y avait été autorisé, mais au lieu de sortir il l'avait fermée.

« Sortez, inspecteur !

— Isabelle !

— Chef ! avait-elle hurlé. Patron, madame la commissaire. Vous ne faites jamais ce qui vous déplaît ? »

Il s'était rapproché d'elle et, debout devant son bureau, avait parlé calmement :

« Vous estimez que je me mêle d'affaires qui ne me concernent pas.

— Exactement.

— Mais vous ne voyez pas que, dans sa situation, elle est incapable de faire quoi que ce soit d'utile en ce moment.

— Elle a *toujours* été une incapable.

— Ce n'est pas vrai. Elle n'est pas commode, je vous l'accorde. Elle demande du doigté. Elle...

— Vous êtes cinglé.

— Elle croit qu'elle ne peut vous satisfaire qu'en gardant tout ce qu'elle pense pour elle, en se limitant à la lettre à ce qu'on lui dit de faire, en opérant dans un champ si limité qu'elle ne peut rien offrir de ce qui en faisait un bon flic avant : sa ténacité et sa capacité à prendre des risques, un peu de créativité dans son travail, si l'on peut dire. Elle a besoin, là, de mordre dans quelque chose et de se prouver à elle-même, et à vous, qu'elle est capable d'être un bon flic et *en même temps* d'obéir à un ordre quand on lui en donne un. Vous le savez, chef. Je sais que vous le savez parce que vous êtes vous-même un bon flic.

— Elle est inapte à obéir à un ordre quand elle ne veut pas l'entendre, avait répliqué sèchement Isabelle.

— C'est vrai, c'est ce qu'elle a montré jusqu'à présent. Je ne vais pas vous contredire. Mais j'aimerais voir...

— Ce n'est pas à vous de voir ça. Vous devenez aussi insupportable qu'elle, et je refuse d'avoir le moindre officier sous mes ordres qui...

— J'ai dépassé les bornes, je le sais, chef. Si vous voulez m'envoyer devant la CIB2, je le comprendrai et j'avalerai la pilule...

— Oh, ça va. Ne me donnez pas du "Noblesse oblige" par-dessus le marché. Je vais gerber sur mon bureau. »

Ils s'étaient regardés dans les yeux. Finalement, il avait dit :

« Que voulez-vous que je fasse ?

— Je devrais faire de vous un exemple. Je devrais vous forcer à écouter. Je devrais vous imposer de montrer un minimum de respect pour... »

Elle s'était retournée vers la fenêtre trop vivement. Lynley avait remarqué qu'elle serrait les poings. Il savait ce que cela signifiait. Elle avait envie d'alcool. Elle avait sûrement dans son sac ou dans un des tiroirs de son bureau deux ou trois petites bouteilles de vodka ou de gin, du type de celles qu'on sert dans les avions.

« Isabelle, je te demande pardon. »

Elle avait baissé la tête et était restée un instant immobile. Puis elle lui avait de nouveau fait face.

« Je vous charge de l'affaire, et n'essayez pas de discuter. Je vous interdis d'arrondir les angles. Si jamais elle parle à un journaliste...

— Elle ne le fera pas.

— Sortez de mon bureau... Laisse-moi, Tommy.
— Isabelle...
— Chef, avait-elle soupiré. Chef !
— Vous n'allez pas...
— Le regretter ? C'est ce que vous alliez me dire ? »

Non, ce n'était pas ce qu'il allait lui dire, et tous les deux le savaient. *Tu ne vas pas te mettre à boire ?* était la question qui flottait dans l'air.

« Je vous prie de m'excuser. Je vais surveiller ses moindres faits et gestes.
— Vous en subirez les conséquences.
— Je l'accepte.
— Rompez, inspecteur. »

Après avoir rapporté toute la conversation à Daidre, Lynley conclut :
— Dieu merci, elle ne savait pas que le chien était dans mon bureau.
— Ce n'est pas cool, Tommy. Je comprends son point de vue.
— Et le pire, admit-il, c'est que moi aussi, je comprends.
— Et pour le chien... ?

Arlo ayant découvert un amas de bâches antipoussière dans le salon, il les avait piétinées, puis, avec un gros soupir, avait posé sa petite carcasse poilue dessus pour faire une sieste. La journée avait été longue et éprouvante à la Met : il s'était bien promené, il avait bien mangé et on l'avait bien caressé.

— Arlo, c'est son nom. Je n'ai pas eu le cœur de l'abandonner. Je n'ai aucune idée de son pedigree, mais il est extrêmement bien dressé. C'est plus une ombre qu'un chien.

Daidre s'accroupit devant la bête. Arlo pencha la tête et cligna des yeux. Elle lui tendit ses doigts. Il les renifla puis reposa sa tête sur ses pattes, la regardant toujours. *Irrésistible*, pensa Lynley.

Daidre n'essaya même pas de résister.

— Bien sûr, Tommy, dit-elle.

— Comment, bien sûr ?

— Je vais m'en occuper jusqu'à ce que sa propriétaire soit en état de le reprendre. S'il est bien dressé, je peux l'emmener avec moi. Qu'est-ce qu'un animal de plus dans un zoo ? En plus, il tient dans le panier de mon vélo, je pense.

Elle caressa la tête d'Arlo.

— Quelle race de chien es-tu ? lui demanda-t-elle. On va faire une petite recherche.

— Ce n'est pas un bâtard ? demanda Lynley.

Daidre couvrit les oreilles du chien et regarda Lynley par-dessus son épaule.

— Je t'en prie ! Ne l'insulte pas !

Et, s'adressant au chien, elle ajouta :

— Ce n'est pas ce qu'il a voulu dire, Arlo. Les hommes sont parfois... comment dire ? Ils peuvent se montrer très ignorants sur les origines des autres.

— Je ne pense pas que ce soit mon genre, riposta Lynley.

Daidre se leva et le dévisagea avec un sourire affectueux.

— Tu veux la vérité ? Non, ce n'est pas du tout ton genre.

16 octobre

Fulham
Londres

Il n'était pas question pour Barbara Havers de faire la fine bouche. Il faudrait qu'elle se contente de ce qu'elle avait. Elle tenait à être sur cette affaire, elle y était, point barre. Elle voulait prouver qu'elle était apte à mener l'enquête sans commettre le moindre de ces écarts de conduite qui lui avaient valu sa situation actuelle. Eh bien, c'était l'occasion ou jamais. Mais son imagination lui avait fait miroiter, à tort, une enquête entièrement sous sa responsabilité sur la mort de Clare Abbott et l'empoisonnement de Rory Statham. Du coup, elle devait bien admettre que se retrouver réduite à un simple rouage dans la machine à investiguer de l'inspecteur Lynley n'était pas exactement son rêve de jeunesse. Et d'apprendre qu'il lui faudrait faire équipe avec le sergent Winston Nkata n'avait pas arrangé les choses.

Barbara avait vu clair dans le jeu de Lynley : il souhaitait que Nkata veille à ce qu'elle reste dans les clous et le prévienne à la seconde où elle ferait preuve de créativité. C'était humiliant. C'était injuste. Ce n'était pas normal.

« Mais, inspecteur... »

Barbara s'était interrompue d'elle-même en voyant le regard de Lynley. Ce n'était pas la peine d'aller plus loin. D'après le moulin à rumeurs, la scène entre Lynley et la commissaire avait été épique. Si l'on en croyait cette mine de renseignements qu'était Dorothea Harriman, elle était allée jusqu'à lui jeter un objet à la figure.

« Elle hurlait comme ces étudiants qui s'adonnent à la biture express dans la rue à deux heures du matin. Je vous assure, sergent Havers, un peu plus et je me sentais obligée d'intervenir. »

Barbara devait donc se résigner à son sort, à savoir accepter d'être surveillée par un grand mec d'un mètre quatre-vingt-treize qui avait fait ses armes dans les gangs de Brixton. Après tout, il pouvait vous arriver pire dans la vie.

Ils attaquèrent ainsi la journée en binôme, Nkata au volant de sa nouvelle Prius étincelante de propreté. Barbara lui suggéra de la déposer au Chelsea and Westminster Hospital pour voir où en était Rory Statham pendant qu'il se rendait à l'appartement de cette dernière. Si la malade avait repris conscience, elle aurait peut-être quelque chose à lui dire. Et en se répartissant les tâches, ils gagneraient du temps.

— Je reste avec toi, Barb, dit-il.

Elle le défia du regard en soufflant :

— Winnie...

Il se borna à hausser les épaules.

— C'est pas comme si j'étais ravi de cette feuille de route.

Autrement dit : inutile d'insister.

Ils trouvèrent le Dr Bigelow dans le couloir de l'unité de soins pour les patients infectés. Un bref échange suffit à leur faire comprendre qu'un entretien avec Rory Statham n'était pas une option. La patiente tenait le coup, leur expliqua le médecin, mais avec ce genre d'empoisonnement, il n'était pas rare de voir le malade décliner rapidement après une période de rémission. La mort pouvait survenir à n'importe quel moment, et non, il n'était pas question qu'elle leur permette d'approcher Rory, qui, de toute façon, était inconsciente.

À l'appartement, ils tombèrent sur trois experts de SO7 qui faisaient le pied de grue dans leur camionnette en attendant bon gré mal gré la personne qui devait leur donner accès aux lieux. Ils revêtirent en vitesse leurs combinaisons, gants, bottes, et tendirent à Barbara une tenue adéquate tout en jetant des coups d'œil inquiets à Winston : ils se demandaient s'ils auraient quelque chose à sa taille. Finalement, ils trouvèrent une tenue assez grande pour lui.

Nkata, au grand soulagement de Barbara, accepta l'idée d'un léger partage des tâches. Il commencerait par interroger les habitants de l'immeuble, au cas où l'un d'eux aurait aperçu un ou des visiteurs au cours de la journée précédant l'empoisonnement ou pendant la nuit. Pendant ce temps, Barbara emmènerait l'équipe de SO7 chez Rory, où ils se mettraient en devoir de recueillir tout ce qui pouvait présenter des traces d'azoture de sodium.

Devant la porte de l'appartement, les techniciens complétèrent leur tenue. Comme ils n'avaient pas apporté d'accessoires de protection pour Barbara, ils lui conseillèrent de ne pas entrer. Toutefois, le fait qu'ils lui aient prêté une combinaison montrait qu'ils s'attendaient bien à ce qu'elle n'en fasse qu'à sa tête. Ce qu'elle fit, en utilisant comme argument qu'elle avait déjà traîné là-dedans et qu'elle était toujours vivante. Elle releva quand même la capuche du vêtement et enfila les gants. Alors que les gars de la police scientifique se dispersaient dans l'appartement, Barbara piqua droit sur le bureau de Rory, placé sous une superbe affiche encadrée représentant des danseuses de French cancan.

Elle était sur le point de s'asseoir derrière le bureau quand un des types pointa la tête par la porte et lui signala que le voyant du répondeur clignotait. Elle se dirigea vers la cuisine, jeta un regard à l'individu qui était occupé à vider le frigo, puis chercha à comprendre comment marchait le répondeur du fixe de Rory. Il y avait quatre messages. Le premier d'une femme qui appelait de la part d'un certain professeur Okerlund : elle disait qu'il avait réfléchi à la question de l'avance sur ses droits d'auteur et que, même s'il n'était pas enchanté, il ne souhaitait pas mettre un terme à sa collaboration par ailleurs satisfaisante avec la maison d'édition. Il avait de grands espoirs pour son livre, la disparition des jeunes princes lui paraissant un sujet propre à générer un succès de librairie. Le deuxième message fut plus à la portée de Barbara : « Rory, c'est Heather, encore une fois. Papa pense que maman ne voudra pas de fête. Il dit qu'elle sera furieuse et qu'il vaut mieux l'emmener au restaurant. Tu me rappelles ? J'ai essayé ton portable. Pourquoi tu ne réponds pas ? » Puis Barbara entendit sa propre voix, annonçant à Rory qu'elle venait la voir avec le rapport de la deuxième autopsie. Le dernier message était de son assistante : « Rory, vous prenez une journée de congé ? Vous avez oublié votre rendez-vous de cet après-midi avec M. Hodder ? »

Barbara nota tous ces détails, puis se lança en quête du téléphone mobile de Rory, qu'elle découvrit connecté à son chargeur sur la table à côté du canapé. Il était essentiel d'examiner à fond ce qu'il contenait. Un travail parfait pour Winston une fois qu'il aurait terminé d'embêter les occupants de l'immeuble. Winston était un génie de la technologie alors qu'elle-même savait tout juste se servir de la commande de la télé, et encore.

Elle retourna à son inspection du bureau et ouvrit le tiroir du haut d'un meuble en bois où étaient rangés des dossiers. Chaque chemise en papier kraft portait le nom d'une femme différente. Barbara y trouva des tas de documents imprimés : des tirages sur papier de pages Web, des pages de magazines, des coupures de presse, de la documentation recueillie à l'ancienne mode dans des bibliothèques ou des archives. En feuilletant au hasard, Barbara se dit qu'il s'agissait de projets d'ouvrages, sans doute les suggestions de l'éditrice à l'auteure dont le nom figurait sur la couverture du dossier. Le premier tournait autour du sujet des concours de beauté enfantine aux États-Unis, avec des photos de petites filles de cinq ou six ans habillées, maquillées et coiffées comme des femmes miniatures. Le deuxième présentait des images abominables de la circoncision en Afrique. Le troisième traitait des brûlures domestiques, prétendument accidentelles, infligées aux jeunes mariées en Inde dont les familles ne pouvaient ou ne voulaient pas rajouter de l'argent à la dot. Le dossier suivant abordait la question du viol sur le même subcontinent indien, et, après ce thème réjouissant, venait un tas d'informations sur la mort par lapidation des femmes accusées d'adultère dans plusieurs pays islamistes. Suivait la question de l'élimination des nouveau-nés de sexe féminin en Chine. Barbara chercha le nom de Clare Abbott, mais il ne figurait sur aucun dossier.

Winston fit son apparition à cet instant et déclara :

— Rien à signaler... Oh, juste cette gonzesse au rez-de-chaussée qui m'a parlé d'« une bonne femme ressemblant à une serpillière agonisante » : il y a deux jours, elle a tambouriné sur sa porte pour l'interroger sur Rory. Je te rapporte ses paroles, Barb. Désolé, mais c'est tout ce que j'ai. Personne ne sait rien. À ce qu'il paraît, elle était plutôt solitaire. Et toi, tu as trouvé quelque chose ?

— Des raisons pour maudire les hommes à tout jamais.

— Comment ça ?

— C'est les recherches que faisait Rory. Peux-tu voir du côté de la chambre à coucher ?

Alors qu'il s'éloignait, Barbara ouvrit le second tiroir du meuble. Encore des dossiers, ceux-là apparemment pour des propositions de livres. Elle les éplucha. Cette fois, le nom de Clare lui sauta aux yeux.

L'Adultère anonyme/Clare Abbott, lisait-on sur la couverture. À l'intérieur, le titre complet était inscrit sur une page blanche. *Le Pouvoir de l'adultère anonyme : les rencontres en ligne et la dissolution de la famille.* Clare avait déjà rédigé une introduction, une table des matières et une note d'intention. Barbara supposait que c'était une proposition. À condition de laisser tomber le sous-titre, le succès était assuré. L'adultère anonyme ? C'était une accroche géniale. Sans doute le livre ne cartonnerait-il pas autant que *À la recherche de M. Darcy*, mais il était très probable qu'il trouve de nombreux lecteurs et lectrices.

Un des experts sortit de l'appartement, emportant tout ce que devait contenir la salle de bains. Au même moment, Nkata surgit de la chambre avec une liasse de photos dans une main et une liasse de lettres dans l'autre. Les deux étaient attachées par des élastiques.

— Dans la table de chevet. C'est tout ce que j'ai trouvé de potentiellement intéressant, dit-il en la rejoignant. Il y a aussi une pile de bouquins à côté du lit, une valise encore pleine de fringues pour un enterrement, et sa penderie et sa commode sont remplies de vêtements.

Les photos, constata Barbara, montraient Rory à différents moments de sa vie. On la reconnaissait en jeune femme en vacances quelque part. Les lettres étaient toutes de la même main, avec le nom *Abbott* griffonné dans le coin. Barbara les passa rapidement en revue. Il allait falloir les lire, mais cela pouvait attendre.

Elle trouva un ordinateur portable dans le mince tiroir sous le plateau du bureau ministre et le tendit à Nkata : il le prendrait avec le téléphone mobile de Rory. Avant que les gars de la police scientifique n'embarquent la valise – après quoi, ils n'en auraient plus aucune nouvelle pendant des semaines –, Barbara voulut y jeter un coup d'œil.

Le sac de voyage était posé devant la commode. Une rapide inspection l'amena à conclure que ce n'était sans doute pas celle de Rory, ce que Nkata n'aurait pu savoir. Elle reconnut quant à elle un des vêtements entassés n'importe comment : un chemisier en lin noir avec une bande blanche sur le côté. En le soulevant, Barbara revit la silhouette de Clare Abbott à Bishopsgate, arpentant la scène, micro au poing, pour répondre aux questions du public, le soir où Barbara avait assisté à la conférence et acheté un exemplaire de *À la recherche de M. Darcy.*

Soit Clare Abbott avait emprunté ce chemisier à Rory Statham pour la séance de signatures à l'Institut de Bishopsgate, soit cette valise appartenait en fait à Clare.

River House Hotel
Cambridge

Malgré la pluie incessante et le ciel plombé, Lynley arriva à Cambridge d'excellente humeur. Ancien élève d'Oxford, il savait qu'il faisait preuve de déloyauté envers son ancienne université en trouvant Cambridge à son goût, mais voilà, il lui était impossible de ne pas en apprécier la beauté. Même sous une pluie battante, ce que l'on appelait les Backs offrait une vue unique sur l'architecture spectaculaire des bâtiments et sur les vastes étendues de pelouse que les arbres décoraient de leur flamboiement automnal. Et au-delà de la rivière Cam, qui serpentait dans ce paysage enchanteur, se profilait le reste de la ville. Les étudiants circulaient à vélo, à pied, au pas de course ou en patins à roulettes, tandis que leurs professeurs étaient absorbés par des discussions philosophiques sur les problèmes de notre temps – du moins, c'est ce que Lynley voulait croire.

Ce spectacle lui faisait presque regretter de ne pas avoir embrassé la carrière universitaire, et il aurait volontiers attribué son enthousiasme à cette pensée s'il n'avait été trop honnête pour se mentir à lui-même.

Avant de quitter Victoria Street, il avait en effet téléphoné à Daidre, le chien lui ayant servi de prétexte. Elle lui avait ri au nez.

« Ne me dis pas que tu m'appelles pour vérifier qu'Arlo va bien ?

— Eh bien si, je te le dis.

— Que tu es bête, Arlo va très bien. Il préfère les lions aux éléphants, figure-toi.

— Des affinités félines/canines...

— Possible. Écoute, chéri, je ne peux pas te parler plus longtemps. J'ai une réunion, et je ne suis pas en avance. On se rappelle plus tard ? »

Ce petit mot, *chéri*... C'était une première, le genre d'événement infime qu'au XVIIIe siècle une jeune femme notait dans son journal intime. Lynley était conscient, bien entendu, qu'il était ridicule de charger ce « chéri » d'une signification qu'il n'avait peut-être pas. Sauf que Daidre n'avait pas pour habitude d'utiliser les petits noms tendres à la légère. Fallait-il pour autant en déduire que ses sentiments à son égard... ? Il n'en était pas sûr. Mais il ne pouvait s'empêcher d'espérer que cela révélait un changement subtil dans leurs relations.

Il présenta sa carte de police à la réception du River House Hotel et demanda à voir le gérant. Un peu plus de deux semaines s'étaient écoulées depuis la mort de Clare Abbott et il souhaitait interroger le personnel de service la nuit où elle avait ingéré l'azoture de sodium. Sa carte de la Met lui donna rapidement accès à M. Louis Fryer : cheveux gris, costume à fines rayures, œillet à la boutonnière. Il avait été averti par le commissaire Sheehan que sa cliente n'était pas décédée de mort naturelle. Ce qui le préoccupait le plus – un souci pour le moins compréhensible –, c'était de préserver la réputation de son établissement : les clients n'ont pas envie de repartir les pieds devant.

Avec un sourire qui découvrit une double rangée de dents d'une blancheur artificielle, M. Fryer invita Lynley à le suivre dans son bureau. Les mots « meurtre » et « suicide » produisirent l'effet désiré, à savoir son consentement spontané à une pleine coopération. Il sortit immédiatement la feuille de service de cette nuit-là. Les employés concernés ne devaient pas prendre leur service avant le début de soirée. Cependant, il leur téléphonerait pour qu'ils viennent tout de suite. Si l'inspecteur pouvait lui assurer qu'il n'y aurait pas de mauvaise « pub »...

Lynley répliqua qu'il ne promettait rien, mais qu'il ferait son possible pour tenir le nom de l'hôtel à l'écart des médias.

— Le mieux serait de convoquer calmement vos employés afin qu'on en finisse vite. En attendant, j'aimerais voir la chambre.

Fryer se fendit d'un deuxième sourire étincelant.

— La chambre ?

— Oui. Celle où Clare Abbott est décédée.

— Mais, inspecteur, à quoi cela servirait ? Il y avait un verre d'eau renversé, c'est tout. Alors, deux semaines après... On a fait le ménage je ne sais combien de fois depuis, vous n'espérez quand même pas trouver des indices... Qu'est-ce qu'on recherche dans un cas comme celui-là ? Des empreintes digitales ?

Lynley répliqua sèchement qu'il n'avait apporté ni de quoi relever des empreintes ni loupe. Mais l'inspection des lieux était indispensable pour comprendre ce qui s'était passé. Il avait envie d'ajouter qu'il ne s'attendait pas à trouver un individu « fourré derrière la tapisserie », mais il jugea que cette citation de *Beaucoup de bruit pour rien* passerait au-dessus de la tête du directeur.

Avant de sortir récupérer les clés de la chambre et prier son assistante d'appeler les employés du service de nuit, Fryer dit à Lynley :

— Je vais leur faire préparer du café et des petits gâteaux.

Comme s'il fallait leur tendre une carotte pour les persuader de venir pendant leurs heures de repos.

Étant donné sa célébrité, il n'était pas étonnant que le directeur et le personnel de la réception aient retenu le nom de Clare Abbott. Ils n'étaient pas près non plus d'oublier son assistante, qui avait « fait des histoires au jardin », un incident ayant nécessité l'intervention d'un serveur et de M. Fryer en personne. On ignorait la cause de cette altercation, mais on se rappelait qu'il y avait eu deux hommes, plus une dame avec un petit chien.

La chambre qu'avait occupée la féministe donnait sur la Cam, dont les eaux tranquilles filaient au-delà d'un muret de pierre, leur surface lisse grêlée par la pluie. Lynley testa la serrure de la porte-fenêtre coulissante du balcon. Elle n'était pas particulièrement solide, mais sa résistance avait été renforcée par la possibilité de glisser une tige sur le rail du bas.

Le mobilier était standard, le seul élément original étant que cette pièce communiquait avec la chambre voisine par deux portes, chacune pouvant être fermée à clé. Lynley trouva la deuxième verrouillée, mais supposa que la chambre d'à côté était identique : une table dans l'alcôve, un téléviseur à écran plat sur le mur, une table et des chaises disposées devant la baie vitrée coulissante, un lit flanqué de tables de chevet et de luminaires. En guise de touche locale : des aquarelles évoquant la vie universitaire du temps où les étudiants assistaient aux cours en toge noire.

Lynley testa aussi la serrure de la porte de communication du côté de la chambre de Clare : elle marchait parfaitement. Il inspecta la table : rien que les papiers et brochures habituels.

La carte du room service retint toutefois son attention. Le service d'étage était disponible vingt-quatre heures sur vingt-quatre, avec une carte réduite à partir de onze heures du soir. Par conséquent, il devait y avoir eu quelqu'un de garde à la cuisine au cours de la nuit qui l'intéressait.

Pendant ce temps, M. Fryer avait ouvert une salle de conférences et fait disposer par les employés de jour une collation pour leurs collègues de nuit. Lynley s'entretint d'abord avec le serveur qui était intervenu lors de l'escarmouche dans le jardin. Le mari et le fils de l'assistante étaient les deux hommes présents, l'informa-t-il. Ils étaient venus exprès du Dorset pour ramener cette dame chez elle, vu qu'elle n'était pas en état de rentrer toute seule.

Tard dans la soirée, il n'y avait plus qu'une personne en cuisine. Les commandes étaient prises par la réception. Le cuistot de nuit se révéla être une retraitée de la cantine du Queens' College retournée au travail à la suite de ce constat navrant : depuis qu'elle et son mari ne se quittaient plus, leur bonheur conjugal battait de l'aile. De son côté, il avait fait pareil et pris un travail à mi-temps de jour, et comme elle avait un plein-temps de nuit, elle espérait qu'ils vogueraient ainsi sans incident jusqu'à leurs noces d'or.

Son emploi dans une cantine universitaire n'avait pas développé son sens de l'observation ni sa mémoire des visages. En revanche, la solitude imposée par ses horaires nocturnes l'avait rendue volubile. Et accro à Shakespeare : elle profitait du calme de la nuit pour lire ses œuvres complètes – « J'en suis à sept, je ne suis pas près d'en avoir terminé », expliqua-t-elle à Lynley.

Elle s'était assise dans la salle de réunion, disposée à un long entretien. Bien qu'elle eût été tirée d'un sommeil profond et réparateur, elle était ravie de pouvoir se rendre utile et de « tailler une bavette » avec les flics. Le café et les gâteaux étaient un plus très apprécié.

— Quand je vais raconter ça à mes petits-enfants, lâcha-t-elle en ajustant les pans du cardigan de son twin-set.

Elle n'avait encore jamais été interrogée par la police. Et encore moins par un inspecteur de Scotland Yard... Elle se sentait comme une suspecte dans une fiction dramatique télé.

— Vous pouvez y aller, je suis prête, mon chou, dit-elle.

Mon chou... chéri... Ces petits mots tendres. Le cœur de Lynley chavira au souvenir du coup de téléphone. Il avait sûrement tort de fonder des espoirs sur quelque chose d'aussi trivial.

Il ne voulait pas décevoir la cuisinière, mais comme son temps était précieux, il se passa de circonvolutions et lui posa directement la question-clé : avait-on monté un room service dans la chambre de Clare Abbott ?

En effet, une commande avait été passée tard dans la soirée. Deux repas identiques. Une soupe à la tomate – « ma spécialité, je l'ai fait mettre au menu dès que j'ai mis les pieds dans cette boîte » – et une délicieuse salade au crabe accompagnée de petits pains au lait et de beurre doux. Deux verres d'eau. Deux verres de vin blanc. Les plateaux étaient redescendus vides, ce dont elle se félicitait.

Le groom de nuit – chargé de monter les plateaux – compléta l'information : les deux dames attendaient leur repas dans la chambre de Clare Abbott. Il s'en souvenait très bien, car l'une des deux avait râlé parce qu'elle avait demandé qu'un des deux verres d'eau ne contienne pas de glaçons.

— L'autre dame lui a dit d'arrêter de faire sa bécasse… c'est le mot qu'elle a employé, et « Tu peux boire aussi mon vin, si ça peut te calmer », qu'elle a dit.

— Curieux que vous vous rappeliez si bien ses paroles… Vous devez souvent être appelé pour le room service, non ?

— Ça, oui, m'sieur l'inspecteur, admit le portier de nuit. C'est sûrement parce qu'une des deux dames est morte après.

Et puis, quand il était remonté pour chercher le chariot qu'elles avaient laissé dans le couloir, elles criaient toutes les deux.

— Elles criaient ? s'étonna Lynley. Dans un hôtel ? alors que tout le monde pouvait les entendre… ?

— Bon, c'était peut-être pas des cris, mais en tout cas, elles parlaient fort et avaient l'air furieuses.

Il l'avait dit au policier qui l'avait interrogé le lendemain. D'ailleurs, à cause de ça, il se souvenait de ce qu'elles disaient.

— La première a dit : « Toi et moi, c'est fini » et l'autre a répondu : « Pas avec ce que je sais sur toi. Ce sera jamais fini. » C'est peut-être pas les mots exacts. Mais elles avaient la rage, ça c'est sûr, dit le groom. Une porte a claqué après.

Victoria
Londres

— Ç'aurait pu être quelqu'un d'autre, fit observer Barbara à Lynley.

Ils regardaient les photos saisies chez Rory Statham. En cette fin d'après-midi, la pluie cinglait les carreaux de l'unique fenêtre du bureau de Lynley. Barbara avait l'impression de revivre un moment du passé, et même si la surveillance de Winnie lui pesait, elle se surprit à éprouver un sentiment de nostalgie, assise là en compagnie de Lynley. L'inspecteur était pensif et – elle le devinait à son expression – sur le point de la contredire.

— C'est envisageable, dit-il, mais le gardien de nuit a été catégorique, aucune personne extérieure n'est passée par la réception. C'est probablement Mme Goldacre que le groom a entendue. En plus, elle avait eu des mots avec lui, avec le gardien, je veux dire.

Elle avait appelé la réception vers une heure du matin en demandant qu'on lui monte un nécessaire de toilette.

— Vous savez, dit Lynley, les hôtels de luxe ont en général des coffrets de courtoisie au cas où la clientèle aurait oublié quelque chose ou égaré ses bagages...

Le gardien de nuit avait répondu qu'ils étaient en rupture de stock. Elle avait alors voulu savoir si la boutique était ouverte. À sa réponse négative, elle avait réagi par un mouvement de colère.

— Elle avait dit pis que pendre de l'hôtel, ajouta Lynley, et l'avait prié d'envoyer quelqu'un à la pharmacie.

— À une heure du mat' ?

— Oui. Le bonhomme n'en revenait pas qu'elle puisse penser que la pharmacie était ouverte. Il lui avait ensuite demandé s'il pouvait faire autre chose pour elle – poliment, a-t-il précisé –, ce qui m'incite à penser qu'il devait être à bout de patience.

— Et alors ?

— Elle lui a raccroché au nez. Vous l'avez déjà rencontrée, je crois ?

— Brièvement. Elle m'est tombée dessus quand j'ai acheté le bouquin de Clare Abbott...

Barbara lui raconta l'incident de la carte de visite.

— Mais pour quelle raison Clare Abbott vous a-t-elle donné sa carte ? s'étonna Lynley.

— Elle était fan.

— De quoi ?

— Vous allez désapprouver.

— Dites toujours.

— De mon tee-shirt. Celui sur le bacon. Et ne me regardez pas comme ça, inspecteur, c'était un jour de congé.

— Mme Goldacre n'avait peut-être pas tort : elle voulait empêcher Mme Abbott d'adopter votre style vestimentaire...

— Elle voulait surtout m'empêcher de communiquer avec Mme Abbott.

— Et le tee-shirt ?

— Oh, je le lui ai posté. Mais le sien était sur la crème Chantilly, pas le bacon.

— Me voilà rassuré.

— La crème Chantilly est sur la liste des aliments bons pour la santé ?

— Je n'irai pas jusque-là.

Lynley déplaça quelques dossiers et prit le rapport d'autopsie d'après lequel l'azoture de sodium aurait été administré par voie digestive, soit par le truchement de la nourriture, soit du vin.

— N'oubliez pas cette histoire de glaçons, inspecteur. Un verre avec et un verre sans. Cela les rendait faciles à distinguer, non ?

— En effet. Et on a retrouvé un verre renversé dans la chambre, quoique cela ne veuille sans doute pas dire grand-chose.

— Pourquoi ?

— Si l'azoture avait été dans l'eau, on en aurait trouvé des traces.

Lynley leva les yeux au moment où Winston Nkata faisait son entrée dans le bureau avec à la main le téléphone mobile de Rory.

— Il n'y a rien qui ait l'air de clocher dans les textos, déclara Nkata. J'ai aussi regardé les photos.

Sur les onze dernières, on voit Mme Abbott au milieu de tas de gens qui boivent du thé et du champagne dans un jardin.

Il tendit le portable à Lynley, lequel jeta un coup d'œil rapide aux images avant de le passer à Barbara.

— Vous avez déjà vu ces têtes ?

Les clichés, constata Barbara, avaient été pris lors d'une cérémonie, apparemment au bord d'une rivière devant une vue magnifique sur la campagne.

— C'est dans le Dorset, je pense. Shaftesbury, peut-être, là où habitait Clare Abbott.

Sur les photos, on voyait madame le maire, identifiable à son accoutrement, qui faisait un petit speech. Puis c'était au tour de Clare Abbott d'être photographiée le micro à la main. Puis Caroline Goldacre donnant l'accolade à Clare. Sur la suivante, l'accolade était donnée par un type plutôt moche avec une bedaine, un crâne dégarni et des lunettes cerclées de métal doré. Il y avait aussi un plan rapproché d'une pierre sur laquelle était apposée une plaque. Apparemment, une plaque commémorative.

William Goldacre, lisait-on sur la plaque, plus un extrait de poème et les dates de naissance et de décès. Elle fit un rapide calcul mental. Le type était mort à trente-six ans.

Ce devait être le fils, se dit Barbara, qui montra Caroline Goldacre à Lynley – la seule personne hormis Clare qu'elle reconnaissait. Quelqu'un s'était aussi vu confier le téléphone de Rory pour prendre Rory et Clare ensemble, dans un autre jardin cette fois, peut-être celui de Clare ? Toujours est-il que du thé et du champagne accompagnaient des sandwichs. Barbara désigna Rory à Lynley.

— On dirait que c'est l'été sur ces images, inspecteur. L'inauguration d'un mémorial ?

— Et comme il semblerait qu'il soit à la mémoire du fils de Mme Goldacre, elle doit habiter dans le coin.

— Cette dame, elle est toujours dans les parages, fit observer finement Nkata, appuyé de l'épaule au chambranle, les bras croisés.

— Tu ne crois pas si bien dire, ajouta Barbara : Rory l'a très probablement vue la veille du jour où je l'ai trouvée inanimée chez elle. Elle m'a laissé un message à la Met. Je l'avais appelée à propos de l'autopsie et elle me rappelait, m'informant qu'elle rentrait tout juste des funérailles de Clare, où, je suppose, elle avait vu Caroline Goldacre.

— Deux femmes fréquentent cette Caroline Goldacre et toutes les deux sont empoisonnées, souligna Nkata.

— Ne mettons pas la charrue avant les bœufs, répliqua sèchement Lynley. Il faut d'abord trouver un mobile avant de montrer quelqu'un du doigt.

— Vous voulez que j'aille lui parler ? proposa Barbara.

— Commencez par lui téléphoner, répliqua Lynley. Si elle est à Shaftesbury, allez-y tous les deux.

— Mais, inspecteur, ne serait-ce pas plus logique que Winnie…

Lynley lui lança son regard acide.

— Bon, je téléphonerai, maugréa-t-elle, les sourcils froncés. Il te reste plus qu'à prendre ta liquette, Winnie. On part en vacances dans le Dorset.

Shaftesbury
Dorset

Alastair MacKerron sortait de sa douche de l'après-midi – après sa sieste – quand sa femme entra comme une tornade dans la salle de bains. Il était en train de se regarder dans le miroir en pied de la porte et ce qu'il voyait ne lui plaisait pas du tout. Il s'était vraiment trop négligé. Même jeune, il n'était pas bel homme mais, au moins, à Londres, il gardait la forme grâce au vélo et au kayak (qu'il pratiquait sur la Tamise). Tout cela était passé à la trappe lorsque Caroline et ses fils avaient fait irruption dans sa vie. Pendant très longtemps, ces trois rescapés d'un mariage malheureux avaient occupé une grande partie de son temps. Il s'était mis au service de leur bien-être et en avait oublié de prendre soin de lui-même. La seule attention qu'il s'accordait encore consistait à empêcher les quelques boucles qui lui restaient de grisonner. La pose mensuelle d'une couleur suffisait, et il se plaisait à penser que personne ne le remarquait. Aussi, lorsque Caroline entra, il eut peur qu'elle ne voie l'emballage du produit de coloration sur la tablette, à côté du lavabo.

Elle ne vit rien. Elle s'aperçut à peine qu'il était nu, ce qui n'était pas plus mal, étant donné qu'il n'arrivait plus à rentrer son ventre. Même l'adorable « Ne t'inquiète pas pour ça, Alastair » de Sharon ne le réconciliait pas avec son tour de taille. Sharon non seulement lui jurait qu'elle l'aimait tel qu'il était, mais aussi le lui prouvait au lit avec une créativité surprenante. Sous ses dehors réservés, elle était merveilleusement imaginative. En vérité, lui avait-elle expliqué, elle était seulement amoureuse.

« L'amour donne envie de faire plaisir à l'autre. J'ai comme l'impression que tu n'as pas l'habitude qu'on cherche à te faire plaisir ? »

Elle avait mis en plein dans le mille. Il y avait eu un temps où Caroline et lui avaient eu des relations charnelles harmonieuses. Mais ce temps était passé vite... Bientôt, leur principal sujet de préoccupation avait été les garçons. Et celui qui les accaparait le plus des deux était Will.

Cette petite phrase, « C'est Will. Je suis inquiète pour Will », avait étouffé les feux de la passion. Ces choses-là arrivent, s'était dit Alastair. Cela ne signifiait pas que l'amour était mort.

Mais avec Sharon, tout était différent. Il lui suffisait de penser à elle...

Or, miracle des miracles, Caroline était devenue plus souple à l'égard de Sharon. Alors qu'au départ elle exigeait qu'il « vire cette connasse pathétique avec sa tronche d'artichaut fané », elle n'avait pas tardé à admettre que Sharon était le pilier de la boulangerie et qu'il n'était pas question de la renvoyer. Elle avait ajouté :

« J'ai tout laissé aller à vau-l'eau, y compris moi-même. Cela ne m'étonne pas que tu ne me désires plus, Alastair. »

Elle voulait faire quelque chose pour redresser la barre. Cet état de choses avait assez duré puisqu'il l'avait précipité dans les bras d'une autre. À trois reprises, elle s'était glissée à côté de lui entre les draps et avait fait de son mieux, abaissant ses énormes seins sur ses lèvres.

Sans résultat. Le désir n'était plus au rendez-vous. Cela lui aurait semblé un péché contre Sharon... Caroline avait pleuré : elle ne lui plaisait plus, à cause du poids qu'elle avait pris en se gavant parce que Will lui manquait tellement. C'était parce qu'elle avait besoin de lui – d'Alastair – qu'elle le laissait froid... Il n'y avait plus entre eux de jeu de séduction, et c'etait ce qu'il appréciait, lui, car il était un *chasseur* dans l'âme.

« Tu l'as désirée, tu l'as eue, ta Sharon, c'est le seul plaisir que t'en as tiré, Alastair.

— Caro, ne te fais pas autant de souci », avait-il répondu.

Mais ce n'est pas ça qu'il aurait voulu dire. Il aurait voulu lui expliquer que Sharon était différente, qu'elle était totalement disponible pour lui, que... En fait, elle était tout simplement Sharon.

Pour le moment, cependant, Alastair était tout nu devant Caroline, et il n'était pas question d'argumenter. Il se saisit d'une serviette pour s'en ceindre les reins et dans le même mouvement jeta la boîte vide du produit de coloration pour cheveux dans la poubelle.

— La police a téléphoné, Alastair. La police... Je ne sais pas à quoi m'attendre, sauf que...

Elle tapota ses dents avec son poing fermé, comme toujours quand elle essayait de se calmer.

— Il y a du nouveau ?

— Ils veulent me parler. La police de Londres. Quelqu'un de Scotland Yard. Une femme. Elle veut m'interroger sur la mort de Clare. Crois-tu qu'ils pensent que j'aie pu lui faire du mal ?

Alastair prit ses lunettes sur le réservoir des W-C.

— Qu'est-ce qui s'est passé, alors ?

— Je viens de te le dire...

— Oui, mais... ils te soupçonnent de quelque chose ?

— Bien sûr que oui. Sinon pourquoi me téléphoner ? Pourquoi prendre la peine de faire le trajet jusqu'ici ? Elle a dit qu'ils seraient là en fin d'après-midi et que si je voulais la présence d'un avocat... Alastair, elle m'a parlé comme si... comme si j'étais une criminelle. Pourquoi penseraient-ils que j'aurais pu faire du mal à Clare ?

— Tu ne lui aurais jamais fait de mal, évidemment.

— Reste avec moi, Alastair. Je ne veux pas être seule aujourd'hui. Surtout en face de la police. Rien que l'idée de voir leurs têtes... Et s'ils décidaient que j'étais coupable... Pourquoi sinon viendraient-ils de Londres...

— Je reste avec toi, bien sûr.

Que pouvait-il faire d'autre ? Mais pour sa part, il n'était pas inquiet.

— Ils veulent sans doute éclaircir quelques questions à propos de Clare, et comme tu étais à Cambridge...

— Oh, mon Dieu, c'est moi qui ai préparé son sac. Le sac de week-end de Clare. Elle n'avait pas le temps, alors c'est moi... Faut-il que je le leur dise ? Ont-ils vraiment besoin de le savoir ? Non. Je ne peux pas leur dire. Après, ils se feront des idées.

— S'ils te posent la question, réponds franchement, Caro. La vérité, c'est toujours la meilleure option. Et ne t'inquiète pas autant.

— Comment veux-tu que je ne m'inquiète pas ? Clare est morte, Will est mort, et ma vie est un champ de ruines...

— Là, là, ça va aller, murmura-t-il en la prenant dans ses bras. Laisse-moi m'habiller et on prendra notre thé avant qu'ils débarquent.

— Il n'y a que toi qui puisses me rassurer, Alastair, dit-elle d'une voix adoucie. Merci, mon chéri.

Elle l'embrassa sur la bouche et ajouta :

— Cela fait un bout de temps que je ne suis plus moi-même. C'est à cause de Will. Ses problèmes, tout ce qui rendait sa vie si difficile, et toi, tu as toujours été là pour moi. Tu sais combien ça compte, n'est-ce pas ?

— Oui, dit-il, son cœur pesant une tonne. Je le sais, bien sûr.

Elle l'embrassa de nouveau, tendrement, comme autrefois. Mais, de nouveau – contrairement à autrefois –, ce baiser ne l'émut pas. Sachant d'avance que son indifférence provoquerait chez elle une crise de nerfs, il jugea plus prudent de placer sur son visage l'expression la plus affectueuse dont il se sentait capable.

— Tu te sens mieux ? dit-il.

— Oui, grâce à toi, si tu n'étais pas là…

— Je m'habille en vitesse et je nous prépare un bon thé.

En sortant de la salle de bains, elle se retourna à moitié.

— Ils m'ont demandé… Alastair, la flic qui a appelé… Elle m'a interrogée sur Rory. Elle voulait savoir quand je l'avais vue pour la dernière fois. Pourquoi cette question, à ton avis ?

Ses sourcils se rejoignirent et elle ajouta :

— Le jour où Clare et moi sommes allées signer tous ces livres à la maison d'édition… un peu après, nous montions à Cambridge. Clare est morte pendant la nuit. Rory aurait-elle... Aurait-elle fait quelque chose ? Fait du mal à Clare ?

Alastair haussa les épaules et lui jeta un regard qu'il espérait tendre.

— Ça va s'arranger, mon chou. Ces choses-là s'arrangent toujours.

Shaftesbury
Dorset

La pluie n'avait pas cessé de tomber de la journée. Lorsque la Prius de Winston Nkata arriva enfin à Shaftesbury, il était un peu plus de six heures du soir ; le vent soufflait si fort que la ville essuyait les assauts d'une pluie horizontale.

Caroline Goldacre habitait la périphérie, au pied d'une colline qui marquait une sorte de frontière entre les étroites rues bordées de maisons en pierre grise ou blanchies à la chaux et un paysage doucement vallonné, dont le vert émeraude chatoyait contre les jaunes et les ambres du feuillage. De temps à autre, des corps de ferme s'éparpillaient au loin, là où les pentes se couvraient de bois et de rochers.

La maison de Caroline Goldacre était l'une de ces anciennes fermes, toutes construites selon un plan en forme de fer à cheval. On pénétrait sur la propriété par une ouverture dans une haie de buis. En remontant l'allée jusqu'à la bâtisse de pierre, on passait devant une charmante enseigne *MacKerron boulangerie-pâtisserie*. Un bâtiment industriel abritait le fournil et le laboratoire de la boulangerie. Entre les deux constructions avait été créé un jardin en gradins surmonté d'une terrasse en pierre, avec barbecue, sièges, fontaine gazouillante et plantes en pots, ainsi que des parterres de graminées exotiques de hauteurs variées apportant une note de fantaisie aux hydrangeas, aux houx et à la bruyère.

Nkata se gara sur le côté du fournil, devant la fenêtre qui laissait entrevoir une pièce encombrée d'immenses fours en fonte, de plans de travail en inox et de toutes sortes de cuves aux formes surprenantes. Barbara et Winston descendirent de voiture et se plièrent immédiatement en deux contre le vent terrible qui paraissait déterminé à les repousser loin de la maison. Ils passèrent devant une deuxième fenêtre et aperçurent à travers la vitre ruisselante un tas de sacs de différentes tailles. Sans doute le magasin. Dans le fond, ils distinguèrent des pétrins grands comme des vieilles Volkswagen et des bacs larges comme des lits de camp. Apparemment, malgré sa dimension, c'était une boulangerie artisanale où tout était fait à la main.

Barbara précéda Winston. Des trombes d'eau formaient des torrents sur les tuiles du toit pentu au-dessus de la façade blanche. Elle s'avança sous le perron jusqu'à une solide porte en chêne. Nkata appuya sur la sonnette. Un carillon résonna dans les profondeurs de la maison.

Caroline Goldacre leur ouvrit, mais elle n'était pas seule. Le type moche vu sur les photos du téléphone de Rory Statham se tenait derrière elle. Il posa une main sur son épaule lorsque Barbara sortit sa carte de police ; presque au même moment, Caroline s'exclama :

— Vous !

D'un ton accusateur, elle ajouta :

— Vous étiez à la séance de signatures. Le tee-shirt...

— Eh bien oui, c'est moi.

Elle présenta Winston et Caroline Goldacre fit de même pour son compagnon. Alastair MacKerron fixa la cicatrice sur la joue de Nkata, souvenir d'une jeunesse mouvementée. Son un air trahissait quelque pensée du style : « Celui-là, mieux vaut ne pas m'y frotter. »

Caroline les conduisit au salon. Barbara se fit la réflexion que, même si les éboueurs soulageaient cette pièce de la moitié de son contenu, on ne pourrait toujours pas y faire un pas sans risquer de renverser une table ou de casser un de ces pichets en barbotine « Toby ».

Alastair s'éclaircit ostensiblement la gorge. Il leur proposa du thé. Barbara refusa poliment, mais Winston fit remarquer qu'une bonne tasse de thé tombait à pic, merci. Alastair s'éclipsa. Barbara étudia le salon plus en détail. Il y avait aussi des photos en veux-tu en voilà. Sans doute du fils défunt de Caroline Goldacre. L'autre jeune homme devait être son frère. On les voyait enfants à différents âges, puis adultes. Barbara saisit un des cadres.

— Ce sont mes deux fils, dit Caroline. Charlie et Will.

Elle ajouta curieusement, comme s'ils venaient l'interroger sur sa famille :

— Alastair n'est pas leur père biologique, mais il a été un vrai père pour eux, plus que l'autre...

— Décédé ? questionna Nkata.

— Non, Francis est tout ce qu'il y a de plus en vie. Francis Goldacre. Il est chirurgien à Londres.

— Quelle spécialité ? demanda distraitement Barbara, qui étudiait la photo qu'elle avait à la main.

Un des deux garçons avait un physique étrange. Il était coiffé comme à l'époque des Beatles, et ses lèvres pulpeuses – qui auraient prêté à un visage de jeune femme un charme lascif – lui donnaient une expression boudeuse et insatisfaite.

— Esthétique, dit Caroline. Surtout des liftings. Des prothèses de sein. L'industrie de la jeunesse et de la beauté est une mine d'or, il l'a bien compris.

Après une pause, elle reprit :

— Dommage qu'il se soit obstinément refusé à se servir de ses talents sur notre Will.

Barbara posa la photo et jeta un regard perplexe vers Nkata. Caroline s'en rendit compte et leur expliqua que Will avait une malformation de naissance : une oreille difforme, qui était en fait à peine une oreille, précisa-t-elle. Eh bien, Francis Goldacre n'avait pas voulu s'en occuper.

— Ses fils n'ont jamais été sa priorité, conclut-elle.

Alastair revint chargé d'un plateau avec un mug, une cuillère et deux sachets de sucre en poudre.

— Le lait a tourné, dit-il à Nkata. Désolé. On n'a pas eu le temps de faire les courses.

Caroline ne les avait pas encore invités à s'asseoir, mais, trêve de politesse, Barbara choisit le fauteuil le moins fourni en coussins décoratifs et y laissa choir son fessier. Alastair et Caroline l'imitèrent. Et Nkata se contenta de transférer sa haute taille auprès de la cheminée, sur le manteau de laquelle il posa son mug de thé.

— Pouvez-vous me parler de Cambridge, madame Goldacre ? s'enquit Barbara, qui ajouta, tout en allumant la lampe la plus proche : Je peux ? Il fait sombre ici.

— Vous dire quoi sur Cambridge ?

Caroline, qui s'était installée sur le petit canapé devant la cheminée, prit la main d'Alastair.

— Ce que vous y faisiez et pourquoi vous accompagniez Clare Abbott. Commençons par ça.

— J'aurais aimé que vous me disiez avant ce qui motive votre visite.

— Simple question de procédure, répondit Barbara en appuyant ses paroles d'un geste évasif. Mettre les points sur les t et les barres sur les i.

La boutade ne tira pas l'ombre d'un sourire à Caroline.

— De quoi Clare est-elle morte ? Les seules informations que j'aie, je les tiens des articles qui sont parus dans les journaux le lendemain de son décès. Il paraîtrait que c'est son cœur…

— Une convulsion, après que son cœur s'est mis à battre n'importe comment, dit Barbara. Mais une deuxième autopsie a creusé un peu plus. Il s'avère que les irrégularités du rythme du cœur et les convulsions… avaient une cause.

— Que voulez-vous dire ? intervint Alastair.

Barbara ignora sa question et répéta la sienne, à savoir : qu'est-ce qui justifiait la présence à Cambridge de Mme Goldacre ?

Caroline évoqua un débat et une séance de signatures. Le lendemain, Clare Abbott devait parler à la radio et faire une conférence. Par une série de sous-entendus, elle leur fit comprendre que la féministe se plaisait à humilier ses interlocutrices en public, comme elle l'avait d'ailleurs fait avec cette femme pasteur. Personne ne pouvait la retenir une fois qu'elle était lancée, dit Caroline. On avait beau lui conseiller d'y aller mollo et lui répéter que le sarcasme ne mettait pas d'huile dans les engrenages, Clare n'en faisait qu'à sa tête.

— Quel était votre rôle ? insista Barbara. Vous étiez pour elle une espèce de garde du corps ?

Alastair estima le moment bien choisi pour une deuxième intervention :

— Elle était beaucoup plus que cela. Clare n'aurait même pas su si c'était la nuit ou le jour si Caroline n'avait pas été là pour allumer l'électricité.

— Ça va, mon chéri, dit Caroline.

Elle expliqua que Clare et elle s'étaient rencontrées à la Ligue des femmes de Shaftesbury quand Clare était venue y faire une conférence peu après son installation dans cette ville. Elles avaient sympathisé et il se trouvait que Clare avait besoin d'une femme de ménage. Caroline s'était proposée, en se disant que, de fil en aiguille, son employeur finirait par lui confier des responsabilités plus à la hauteur de ses talents. Et en effet, elle ne tarda pas à être chargée aussi de la cuisine et des commissions. Ensuite, elle s'occupa du rangement : ce n'était vraiment pas le fort de la féministe.

— J'ai remis de l'ordre partout, dans la cuisine, dans les placards, les penderies... Puis dans son bureau, et c'est ainsi que ça a commencé. On s'entendait bien. J'étais contente de travailler pour elle, même si elle n'était pas toujours commode.

— Elle n'a pas été commode à Cambridge, d'après ce que j'ai entendu, avança Barbara.

Caroline pencha la tête de côté, l'air perplexe.

— Que voulez-vous dire ?

— Vous vous êtes disputées la nuit où elle est morte. À quel sujet ?

Caroline lâcha la main d'Alastair.

— Qui vous a dit ça ? demanda-t-elle, sur la défensive. C'est Rory, n'est-ce pas ? Il faut que vous sachiez que cette femme me déteste. Depuis le début. Elle voulait absolument que Clare me mette à la porte. Elle croit que je ne le sais pas, mais je sais plein de choses qu'elle ignore et c'est l'une d'elles. Clare et moi ne nous sommes pas disputées.

— Un gars de l'hôtel vous a entendues, lâcha Nkata avant de boire une gorgée de thé.

— Il est monté reprendre vos plateaux et il a entendu des cris, confirma Barbara.

— Vraiment ? Je ne me rappelle pas...

Caroline fronça les sourcils. Après quelques secondes de réflexion, elle ajouta :

— Ah, peut-être à propos de mon salaire. On en a discuté, en effet. Clare était plutôt près de ses sous. Sans doute à cause de son enfance. Elle a grandi dans une ferme des Shetland où ils élevaient des moutons. Alors dès qu'il s'agissait de me payer...

Elle haussa les épaules en enchaînant :

— Même dans son testament, alors que je travaillais pour elle depuis deux ans... Bon, le passé est le passé. Je n'étais pas ravie, mais que voulez-vous ? De toute façon, je n'y pouvais rien.

Nkata, qui avait ouvert le rapport de l'inspecteur

Lynley sur ses interrogatoires à Cambridge, lut à haute voix :

— « La première a dit : "Toi et moi, c'est fini" et l'autre a répondu : "Pas avec ce que je sais sur toi. Ce sera jamais fini." C'est ce qu'a entendu le gars de l'hôtel. On n'a pas l'impression que vous parliez de votre salaire.

— Je ne me rappelle pas du tout avoir prononcé ces paroles. Ni avoir entendu Clare dire ça. Nous n'avions aucune raison de nous disputer.

— Connaissiez-vous les clauses de son testament ? s'enquit Barbara.

— Attendez ! s'exclama Alastair MacKerron. Qu'est-ce que c'est que ces questions...

— Alastair, ça va, calme-toi, dit Caroline.

— Elle aura eu besoin d'un témoin, ajouta Barbara. C'était vous ?

— Je signais souvent à sa place, concéda Caroline. Mais en vérité, je ne savais même pas qu'elle avait un testament jusqu'au moment où Rory me l'a mis sous le nez après les funérailles, m'ordonnant de débarrasser le plancher parce que tout était à elle maintenant.

— La connaissez-vous bien ? interrogea Nkata.

— Rory ? Pas vraiment. Mais je sais beaucoup de choses sur elle.

Caroline se tut, comme si elle attendait que Barbara ou Nkata morde à l'hameçon. Comme ni l'un ni l'autre ne réagissaient, elle reprit :

— C'est l'éditrice de Clare. Elle est lesbienne. Cela ne me dérange pas plus que ça, mais le hic, c'était qu'elle était amoureuse de Clare. Elle ne voulait pas que ça se sache, mais ça se voyait comme le nez au milieu de la figure. Clare, soit dit en passant, était hétéro. « Une hétéro non pratiquante », se plaisait-elle à répéter. C'était faux, évidemment, mais peu importe.

— Qu'est-ce qui était faux ? demanda Nkata en continuant à boire son thé comme s'il posait une question en l'air.

— Pardon ?

— Qu'est-ce qui était faux ? répéta-t-il. Le fait qu'elle était hétéro ou qu'elle était non pratiquante ?

— Clare avait des amants, mais cela m'étonnerait que Rory ait été au courant. Clare n'aurait pas voulu lui faire de la peine.

— Elle m'a semblé plutôt directe, pourtant, fit remarquer Barbara. Quand l'avez-vous vue pour la dernière fois ? Rory, je veux dire.

— Aux funérailles. Il y a cinq jours, n'est-ce pas, chéri ?

Caroline se tourna vers son mari. Il acquiesça et lui rappela qu'après – « le lendemain, mon chou » –, elle était retournée chez Clare. Rory refusait de lui accorder assez de temps pour ranger ses propres affaires.

— Elle avait peur que je parte avec l'argenterie, ironisa Caroline. Il faut que je vous demande, sergent... Havers, c'est cela ? Vous n'êtes pas en train d'insinuer que Rory... Rory était déçue de ne pas être aimée en retour, c'est sûr, mais cela nous est arrivé à tous, non ? Et pour autant nous ne... provoquons pas chez l'objet de notre désir des problèmes cardiaques et des convulsions.

— C'est tout le contraire, laissa tomber Barbara. Rory est à l'hôpital, dans le coma.

— Quelqu'un lui a fait prendre un bouillon de onze heures, énonça Nkata.

Dans le long silence qui s'ensuivit, une rafale de

vent secoua les fenêtres. Caroline tressaillit. Il faisait froid. Une flambée avait été préparée dans la cheminée, mais personne n'avait eu l'idée de gratter une allumette. Caroline finit par demander :

— On a essayé de *tuer* Rory ? Comment est-ce possible ? Mais pourquoi ?

— C'est là toute la question, reconnut Barbara.

Shaftesbury
Dorset

Ayant décidé qu'ils méritaient bien un verre, Barbara et Winston reprirent le chemin du centre de la ville, où ils tombèrent sur The Mitre. Ils s'attablèrent, elle devant une bière, lui devant une limonade.

Nkata fut le premier à exprimer ce qu'ils pensaient tout bas.

— Le poison est une arme féminine, Barb.

— C'est sûr, acquiesça-t-elle en consultant sa montre et en sortant son téléphone de son sac en bandoulière. Voyons ce que l'inspecteur a pour nous.

Lynley n'avait pas eu de nouvelles : ni des experts de SO7 sur la présence d'azoture de sodium dans l'appartement de Rory, ni de ceux qui examinaient son ordinateur et son téléphone. En ce qui concernait Rory elle-même, il avait longuement parlé à sa sœur, qui lui avait appris que Rory pleurait toujours sa compagne, Fiona Rhys, assassinée quelques années auparavant sur la Costa Brava. Fiona était décédée des suites de multiples coups de couteau.

— Elles avaient loué une villa pour les vacances

d'été, expliqua Lynley. D'après ce que j'ai compris, cette villa était isolée, trop isolée...

— Y a-t-il eu une arrestation ? s'enquit Barbara.

— Oui, un type a été condamné pour ce meurtre. Après le drame, Rory aurait passé plusieurs mois chez Clare Abbott, à Shaftesbury.

— Caroline Goldacre prétend que Rory était amoureuse de Clare.

— Sa sœur n'a rien dit de tel. Elle a juste dit que Clare et Rory étaient des amies proches, et que Rory lui était reconnaissante.

— Y aurait-il un lien avec les empoisonnements ? prononça Barbara comme si elle pensait tout haut.

— On peut se le demander, approuva Lynley.

17 octobre

Shaftesbury
Dorset

À sept heures et demie, Barbara, encore à moitié endormie, descendit l'escalier de Clare Abbott. Comme ils avaient les clés de la maison, que ce n'était pas la scène de crime et qu'ils devaient de toute façon inspecter les effets de la défunte, Barbara et Winston avaient estimé plus simple de dormir chez elle, chacun dans une chambre bien sûr. Peu après une heure du matin, après avoir effectué un travail de relevage dans le bureau de la féministe, ils s'étaient souhaité une bonne nuit. Barbara s'était couchée avec l'intention de se lever de bonne heure, mais le lit était si confortable et le doux martellement de la pluie tellement apaisant qu'elle était restée dans les bras de Morphée.

L'odeur de bacon et de café lui titilla délicieusement les papilles. Nkata était au fourneau dans une tenue de running : short soyeux, sweat à capuche, baskets et bandeau antitranspiration. Barbara constata qu'il avait de belles jambes.

— Ça alors, Winnie ! Tu fais de la course en pied, en plus de tout le reste !

— C'est quoi, tout le reste ?

— Tu ne bois pas, tu ne fumes pas, tu te défends pas mal avec un cran d'arrêt. Et en plus, je découvre que tu sais faire la cuisine.

Il caressa la cicatrice qui lui barrait la joue.

— Je ne suis pas très bon avec les couteaux.

— Tu t'en es tiré, c'est déjà pas mal. Et puis, celui qui t'a fait ça a loupé ton œil. J'en déduis que tu as esquivé comme un as. Malgré tout, je me demande où va le monde si les gens trouvent tellement important de garder la « forme » – qu'est-ce que ça veut dire d'ailleurs ? – en négligeant ce qui compte vraiment dans la vie.

Elle regarda autour d'elle et avisa sur un des plans de travail quatre sacs de supermarché. Purée ! Winnie avait aussi fait les courses ! Dieu sait où il avait trouvé un magasin ouvert d'aussi bon matin.

— Tu as pensé à mes Pop-Tarts ?

Il lui jeta un coup d'œil, mais ne répondit pas.

— Ne me dis pas que l'inspecteur t'a donné pour mission de me nourrir convenablement, Winston. Tu es censé veiller à ce que je reste dans les clous, c'est tout. Mon régime, c'est mon affaire. Et où sont mes clopes ? dit-elle en désignant du doigt le comptoir. Je les ai laissées là hier soir.

— Au vide-ordures.

— Quoi ?

— La table est mise à la salle à manger, Barb. Le café est prêt. On mange.

Elle commença par plonger les mains dans la poubelle et, sous les coquilles de cinq œufs, retrouva son paquet de Players qu'elle essuya sur son tee-shirt de nuit *Réveille-moi quand le teckel aura appris la propreté. Le nain Tracassin.*

Nkata leur avait préparé un vrai petit déjeuner anglais, sans doute le genre de repas que sa mère lui servait tous les jours : œufs, bacon, saucisses, tomates grillées, champignons poêlés, toasts et confiture.

— Ça, ça te cale l'estomac, se contenta-t-il de déclarer.

Elle ne lui fit pas observer qu'avec les Pop-Tarts et les cigarettes, on obtenait le même effet.

Non seulement il était allé courir en passant par le supermarché, mais il avait aussi avancé dans leur inspection du bureau de Clare. Sur la table, à l'écart toutefois des assiettes et des plats, il avait posé un ordinateur portable, un téléphone et l'agenda de Clare. Il tendit ce dernier à Barbara. Pour sa part, il prit le téléphone. Comme celui de Rory, c'était un smartphone, de sorte qu'il y aurait un historique des appels et des SMS, ainsi que des photos. Barbara ouvrit l'agenda et vérifia les rendez-vous de Clare.

Elle ne fut pas étonnée de constater que l'écrivaine avait une vie bien remplie. Hélas, les notations manquaient de précision. Ses rendez-vous étaient indiqués, mais uniquement avec le prénom, le diminutif, voire les initiales de la personne. Parfois, il y avait juste le nom d'un lieu. En majorité, il s'agissait de femmes : Hermione, Wallis et Linne correspondaient aux rencontres les plus récentes. Mais Barbara trouva aussi un Radley, un Globus et un Jenkins, ainsi que trois rendez-vous avec Rory. Sur les cinq derniers mois, dix-huit étaient notés Wookey Hole, Lloyds, Gresham et Yarn Market. Quant à ceux juste avant sa mort, ils se résumaient à des initiales. Clare avait apparemment passé du temps avec MG, FG et LF.

— Bon sang de bonsoir ! s'exclama Barbara.

Avec ce qu'il y avait dans cet agenda, Winston et elle allaient rester coincés à Shaftesbury pendant des semaines.

Elle lut la liste à Nkata, qui leva le nez du téléphone de Clare.

— Hum... Pas mal de flou, hein ?

— Oui. Je suppose que ceux dont ne figure que le prénom étaient des personnes qu'elle connaissait bien. Des potes à elle, des collègues écrivaines, d'autres féministes... Et ceux qui n'apparaissent qu'avec les patronymes, elle les connaissait moins bien ou pas du tout. Des gens qu'elle devait interviewer, peut-être ?

— Et les endroits... C'est quoi ? Wookey Hole ?

— Des lieux de rendez-vous ? Ou des endroits où elle était attendue pour une conférence ou je ne sais quoi ?

— Redis voir les initiales.

Barbara s'exécuta.

— C'est intéressant, pas vrai ? Quand on se sert juste des initiales, il faut être certain de pouvoir se rappeler à qui elles appartiennent. T'imagines, tu sais plus qui est le mec ou la nana avec qui t'as rencard... Peut-être que ces gens avaient des noms trop longs à écrire.

— Ou alors elle était pressée.

— Ou alors... elle ne voulait pas que quelqu'un ayant accès à son agenda sache de qui il s'agissait.

Shaftesbury
Dorset

Caroline le réveilla à sept heures et demie alors qu'il s'était écroulé dans son lit moins de trente minutes plus tôt, une fois la fournée terminée et les camionnettes chargées et en route vers les boutiques. Elle avait commencé par prononcer son nom à voix basse, ce qui signifiait peut-être qu'elle voulait seulement voir s'il était profondément endormi. Il ne l'était pas, et elle s'en assura en le secouant doucement par l'épaule. Pauvre de lui, il était épuisé. La visite des flics la veille l'avait privé de sa sieste de fin de journée. Tout ce qu'il voulait, c'était dormir... Mais elle redit son nom et de nouveau secoua son épaule. Alastair souleva péniblement les paupières.

Caroline, qui prenait toujours tellement soin de son maquillage, avait l'air défaite. Son visage était encore plus bouffi que d'habitude, et elle avait les yeux battus. Elle était en imperméable et avait son sac à la main. Alastair songea non sans un certain agacement qu'elle l'avait réveillé pour lui dire qu'elle sortait... alors qu'un mot sur la table de la cuisine aurait suffi. Pourtant, son expression racontait une autre histoire. Et son imper était trempé.

— Tu ne dors pas. Dieu merci. Mon chéri, je ne veux pas te déranger, mais j'ai vraiment besoin de toi. Je ne peux pas, toute seule.

Il se redressa à moitié.

— Qu'est-ce qui se passe, mon chou ?

Elle s'assit au bord du lit.

— Ils sont chez Clare. Je suis passée devant la

maison, et il y a une voiture dans l'allée, en plus de la Jetta de Clare. C'est sûrement eux. Ils n'ont pas fini. Ils sont chez elle, mais je ne peux pas les voir seule, Alastair. La police. Je sais que je suis impossible, mais après hier... Tu as vu comment ils m'ont parlé... On aurait dit que j'avais commis... je ne sais pas... Tu peux me conduire là-bas ?

— Si tu me permets de faire un somme avant...

Son visage se décomposa.

— Tu ne... Tu ne penses quand même pas que j'aurais pu... Tu doutes de moi, maintenant... La police qui se déplace de Londres, rien que pour m'interroger...

Elle se leva.

— Caro, je ne pense rien. J'ai juste besoin de deux heures de sommeil. De toute façon, ils sont chez Clare, non ? Ils en ont pour un bout de temps. Elle t'a laissé sa carte. Appelle-la, et dis-lui qu'on fera un saut tout à l'heure pour prendre tes affaires. Elle n'a qu'à attendre...

— Tu le ferais pour ELLE, le coupa-t-elle. Je comprends. C'est drôle, je ne t'en veux même pas. Je ne te demanderai plus jamais rien.

Sur ces paroles, elle sortit en fermant derrière elle.

Il resta plus d'une demi-heure allongé dans le lit, le regard fixé sur la porte. Ce que Caroline venait de dire était la stricte vérité. Il se serait levé immédiatement et sans hésiter si Sharon avait eu besoin de lui. En fait, il aurait aussi pu se lever à présent pour conduire Caroline, puisque, de toutes les manières, il n'arrivait pas à se rendormir.

Ce qui le maintenait éveillé toutefois n'était pas tellement la petite scène que venait de lui faire sa femme. Il réfléchissait sur le tour que prenait sa vie. Les neurones lancés à fond de train, il hésitait entre plusieurs directions menant toutes au même endroit, à savoir une destination du nom de Sharon Halsey.

« Je me sens pris au piège, avait-il murmuré il y a peu dans les cheveux duveteux de sa maîtresse. Je ne sais pas comment je vais m'y prendre pour... »

Elle avait posé un doigt sur sa bouche.

« Alastair, rien ne nous oblige à prendre une décision maintenant. Ou même la semaine prochaine ou même dans un mois. Pour le moment, profitons de ce qui se passe entre nous. C'est assez, non ? »

Non. Ce n'était pas assez. Pas de son point de vue.

Alastair tendit la main vers son téléphone.

Elle était en route pour Bridport, lui dit-elle. Elle s'était arrêtée sur une aire de repos pour répondre à son appel. Rien qu'à entendre le son de sa voix, il sentit monter en lui toute la force de son désir. Il laissa échapper un gémissement. Elle lui demanda si ça allait.

— J'ai envie de toi, répondit-il. Ça fait genre macho, je sais, mais je n'y peux rien.

— Tu sais bien que je suis à toi, rien qu'à toi, murmura-t-elle. Si tu veux la vérité, aucun homme n'a compté comme ça depuis très longtemps. Moi qui croyais mes charmes envolés. Je ne me suis jamais sentie aussi belle, et quand une femme se sent belle, elle a envie de... de faire plaisir.

Elle rit avant de conclure :

— Oh, là là, c'est pas croyable ce que je te raconte là.

— Pas belle, toi ? Si tu veux voir quelqu'un qui ne touche pas sa bille rayon look, tu n'as qu'à me regarder. C'est un gouffre qui nous sépare, Shar, et c'est toi qui as construit une passerelle entre nous.

Il glissa sa main sur son sexe et sentit le battement de son sang sous ses doigts.

— Je veux être un homme libre pour être avec toi.

— Rien ne presse, Alastair. Je ne vais pas prendre un autre amant. Tu peux compter là-dessus. Alors, ne te fais pas de bile, d'accord ? Le chantage, c'est pas mon style.

— Quel chantage ?

— Eh bien, tu sais, genre : c'est fini entre nous si tu ne la quittes pas tout de suite... tu vois, quoi. Mais je veux qu'on soit ensemble, ça oui. N'en doute pas une seconde. Je sais dans quelles difficultés tu te débats. Je t'assure, Alastair.

— Tu es mon ange, murmura-t-il.

Elle gloussa.

— Je ne veux pas qu'on gâche ce qu'on a par des comparaisons oiseuses. Tu comprends ce que je veux dire ?

Non, il ne comprenait pas. Il ne pouvait s'empêcher de comparer sa situation actuelle – la femme avec qui il vivait, ce qu'ils partageaient – avec celle dont la promesse l'enchantait.

— J'adore ta voix, Shar.

— Que tu es bête. Mais je suis heureuse.

— Tu peux me bercer avec ta voix pour m'endormir ? Je ne peux pas t'avoir avec moi, mais j'ai ta voix. Tu peux me parler ? Je suis prêt à foncer à Bridport pour te voir mais pour l'instant... peux-tu me bercer de ta jolie voix ?

Shaftesbury
Dorset

— Je tiens une Hermione, Barb, dit Nkata. C'est un des noms de l'agenda, non ?

La vaisselle faite, ils étaient de nouveau assis à la table de la salle à manger. Cette fois, ils comparaient les noms de l'agenda avec ceux figurant dans les SMS de Clare Abbott. Nkata lut l'échange à haute voix.

De Hermione à Clare : *Faut que je te parle. Une autre info de L hier. Tu seras intéressée.*

Réponse de Clare : *1 verre ce soir ?*
Mitre. 20h ?
Oui.

Les deux femmes semblaient bien se connaître. *Une autre info... Tu seras intéressée.* Voilà qui pouvait aussi bien faire allusion à des commérages qu'à quelque chose de plus grave.

Barbara se dirigea vers le bureau de Clare pendant que Winnie continuait à décortiquer les textos de la féministe. Ils étaient convenus de ne pas appeler les gens dont ils repéraient les noms. Ils iraient rendre visite à ceux qui habitaient dans le coin. Quant aux autres, ils en transmettraient la liste à Lynley, qui ferait ce qu'il fallait à Londres. Ce n'était pas la peine de les prévenir que la police avait des questions à leur poser.

Barbara s'assit à la table de travail de Clare. Dans le tiroir sous le plateau, elle trouva les objets usuels : des stylos, des crayons, des Post-it, une agrafeuse, une règle et un paquet de pastilles Patafix. Ce qui était plus inattendu, en revanche, c'étaient les dix sachets de préservatifs. Il y en avait un d'ouvert, étalé à l'intérieur du tiroir comme si on avait voulu l'examiner de près.

Sur le côté du bureau, deux tiroirs de taille normale contenaient du papier à lettres, des cartes de visite, un petit enregistreur numérique mort de chez mort, du ruban adhésif, une lampe de poche, une calculette, un chéquier, un calendrier du National Trust, une boîte d'agrafes, des trombones et l'agenda de l'année précédente. Un troisième tiroir, plus profond, était fermé.

En maugréant, Barbara fouilla un peu partout à la recherche d'une clé et, ne trouvant rien, partit chercher le trousseau grâce auquel ils s'étaient introduits dans la maison la veille au soir. Elle constata que, outre les deux clés Banham – dont l'une ouvrait la porte d'entrée de ce logis-ci – et la clé de la voiture garée dehors, il y en avait une beaucoup plus petite.

C'était bien celle du tiroir. Des chemises cartonnées étaient soigneusement classées dans des dossiers suspendus verts. Elles étaient étiquetées : assurance vie, assurance voiture, assurance domicile, relevés bancaires, investissements. Rien que de très banal. Puis, un dossier « Caroline Goldacre » lui parut plus prometteur.

Remboursements de frais de transport, cotisations sociales, etc. Il y avait aussi des demandes que Mme Goldacre avait présentées à Clare Abbott à la fin des deux années passées à son service : elle voulait être augmentée, avoir plus de jours de vacances, une mutuelle supplémentaire, deux jours de congé d'urgence personnelle chaque mois, une prime pour des services « dépassant largement le cadre de mes obligations », sans plus de précisions. Sur les feuilles où figuraient ces demandes, quelqu'un – sans doute Clare – avait écrit soit *OK*, soit *merde*. Sur celles où il était question d'une prime, elle avait dessiné un point d'exclamation géant ou un bonhomme allumette dégueulant dans une cuvette de W-C.

Barbara posa ces dossiers sur le coin du bureau. Tout au fond du tiroir se trouvaient encore deux chemises portant le nom de deux hommes : Bob T et John S. À l'intérieur, quelques feuilles, dont un questionnaire rédigé avec la même écriture que celle figurant sur les étiquettes, sans doute celle de Clare. Ainsi la féministe les avait... interviewés ? Barbara lut les questions et comprit de quoi il retournait : il s'agissait de deux maris infidèles dont l'anonymat était préservé.

Un dernier dossier ne portait pas d'étiquette. Barbara y jeta un coup d'œil. Vide. Ou plutôt, il n'y avait qu'une enveloppe non scellée. Elle la secoua au-dessus de sa paume ouverte. Il en tomba une petite clé.

Barbara la regarda et la fit sauter dans sa main. Le fait qu'elle ait été elle-même sous clé indiquait qu'elle donnait accès à quelque chose de précieux aux yeux de sa propriétaire. Les banques proposaient-elles encore des coffres à leur clientèle ? Toutefois, la clé en question ne comportait aucun numéro d'identification.

Son regard se posa tour à tour sur les quatre armoires de la pièce. Aucune n'avait de serrure. Elle songea alors à un casier dans une salle de gym... à un coffre dans un grenier ou une cave. Autant commencer par là.

Elle était sur le point de monter voir s'il existait un grenier quand Nkata l'appela de la salle à manger.
— Le FG de l'agenda, Barb...
Toujours en short, il avait ôté son sweat pour révéler un tee-shirt d'un blanc éblouissant, qui n'avait même pas la complaisance de porter des marques de transpiration après son running matinal.
— Oui ?
— Je crois que c'est Francis Goldacre, dit-il en levant le téléphone mobile de Clare. Et il est dans son carnet d'adresses. Tout y est, son adresse, son numéro de portable. J'ai aussi cinq appels entrants et sortants avec lui.
Il se leva et se dirigea vers la cuisine en disant :
— À ton avis, de quoi elle a parlé avec Francis Goldacre ?
— C'est une bonne question.

Brondesbury Park
Londres

Lynley savait que Francis Goldacre, le premier mari de Caroline, était chirurgien bénévole à ses heures. Avant de quitter son bureau de Victoria Street, l'inspecteur avait en effet effectué quelques vérifications. Il fut toutefois agréablement surpris par la modestie de son domicile. Il s'était dit que l'homme devait gagner gros avec ces modifications de l'apparence corporelle que les femmes nomment en général des « petites retouches ». Dans l'esprit de Lynley, un praticien de la chirurgie esthétique affichait forcément sa réussite en habitant une belle demeure à Hampstead, Highgate ou Holland Park.

Mais ce n'était pas son cas. Francis vivait dans une de ces anciennes maisons d'ouvriers dites « semi-détachées », identiques les unes aux autres et qui bordent tant de rues londoniennes. Brondesbury Park avait la chance d'être planté d'arbres, mais c'était son seul atout beauté.

Barbara Havers avait appelé Lynley ce matin. Il fallait absolument qu'il interroge Francis Goldacre dès que possible. À propos de ses conversations téléphoniques avec Clare Abbott ! Nkata et elle étaient coincés à Shaftesbury, mais lui se trouvait à Londres, n'est-ce pas ? Pouvait-il… ?

Lynley, cependant, n'était pas tellement chaud. L'enthousiasme chez Barbara avait une fâcheuse tendance à oblitérer son bon sens. D'un autre côté, c'était la première fois depuis son voyage non autorisé en Italie qu'elle prenait une initiative. Aussi accepta-t-il de se rendre à Brondesbury Park où, d'après les recherches de Winston sur Internet, il n'aurait aucun mal à trouver le domicile de Goldacre. Son cabinet était situé dans le centre de Londres, sur Hinde Street, non loin de Manchester Square, si ça pouvait être utile à l'inspecteur, avait ajouté Winston.

Lynley avait téléphoné à Goldacre afin de l'avertir de sa visite. Le chirurgien se préparait à partir le lendemain pour une mission humanitaire en Inde. Il se trouvait donc chez lui. Stupéfait qu'un représentant de Scotland Yard souhaite s'entretenir avec lui, il se déclara néanmoins disposé à le recevoir quand il voulait. Lynley sonna à sa porte à dix heures quarante-cinq.

Goldacre lui ouvrit. Son visage en lame de couteau était piqueté de petits nodules de chair, sans doute des cicatrices de multiples cancers de la peau. Alors qu'ils se livraient aux présentations, Lynley songea qu'il était curieux qu'un homme de l'art n'ait pas eu recours à sa science pour embellir son apparence.

Comme s'il avait lu dans ses pensées, Goldacre haussa aimablement les épaules, se passa les doigts dans les cheveux – jaune filasse tirant sur le roux – et déclara :

— Je suppose que je pourrais vous retourner la question.

— Quelle question ?

Lynley pénétra dans le petit vestibule cubique, dont le sol et la moitié du mur avaient été carrelés par un habile artisan de l'époque victorienne. Un portemanteau qui avait vu de meilleurs jours était le dépositaire d'une collection tout aussi vétuste de parapluies et de bottes en caoutchouc.

— Pourquoi ne vous êtes-vous pas occupé de cette cicatrice sur votre lèvre supérieure ? Rien ne serait plus simple... Alors que pour moi, dit-il en désignant d'un geste son visage, cela prendrait un temps fou, et le temps est justement ce qui me manque le plus. Et l'envie...

— Ah, dit Lynley. Eh bien, cette cicatrice me rappelle quel petit con j'étais à seize ans. Si elle disparaissait, je risquerais d'oublier.

— Comme c'est intéressant. Entrez donc, inspecteur.

Au fond du vestibule, un escalier grimpait jusqu'au premier étage. Goldacre l'invita à entrer dans le séjour et lui proposa quelque chose à boire. Lynley accepta du café. Goldacre allait s'éclipser pour aller le lui préparer quand surgit une très belle jeune femme. Elle était de type asiatique et portait une tenue qui l'identifiait immédiatement comme appartenant au secteur médical. Elle annonça à Goldacre qu'elle partait. Le chirurgien l'embrassa tendrement avant de la présenter à Lynley : son épouse, Sumalee.

Elle était beaucoup plus jeune que lui, et d'une beauté permettant sans problème de comprendre le désespoir de la femme blanche : un mètre soixante-deux, mince et élancée, chevelure brillante jusqu'à la taille, peau mate parfaite, yeux en amande, dents blanches ravissantes, bouche pulpeuse aux lèvres rouges. Lynley apprit qu'elle était infirmière de bloc opératoire. Francis l'avait rencontrée à Phuket, où il séjournait dans le cadre d'une mission humanitaire.

Bien qu'en route pour l'hôpital, elle n'allait sûrement pas aider un quelconque chirurgien, puisqu'elle avait un bras dans un plâtre dont l'aspect un peu crasseux indiquait qu'il ne datait pas d'hier.

— Encore trois jours, dit-elle en croisant le regard de Lynley. Une mauvaise chute.

— On l'a poussée, précisa son mari, avant d'ajouter : Mon fils Charlie, à l'inauguration d'une plaque à la mémoire de son frère. Nous avions été invités par la compagne de William, Lily Foster. Nous ignorions que c'était un vilain tour que l'on jouait à mon ex-femme. On est tombés sur Charlie, et voilà le fâcheux résultat, dit-il en effleurant le plâtre.

— Il n'a pas fait exprès, protesta doucement Sumalee. Il voulait au contraire me protéger en me poussant à l'écart...

Goldacre termina sa phrase à sa place :

— À l'écart de ce qui était un véritable pugilat. Notre arrivée à la cérémonie a été très mal reçue.

— C'est du passé, maintenant, dit doucement Sumalee. Et mon bras est presque guéri. Bon, je dois m'en aller, Francis. Tu as terminé ta valise ? Tu as tout ?

— Ne t'inquiète pas. Ne joue pas les mères poules.

Elle sourit, regarda Lynley en haussant les sourcils et dit :

— Il oublie son passeport si je ne suis pas là pour le lui rappeler.

Ils s'étreignirent avec une affection qui semblait sincère, en tout cas plus convaincante que le bécot des couples indifférents. Après le départ de Sumalee, Lynley demanda depuis combien de temps ils étaient mariés.

— Douze ans, répondit Goldacre.

— Vous avez des enfants ?

— Elle ne peut pas en avoir, hélas.

— Ah, je suis désolé.

Goldacre regarda pensivement une photo encadrée posée sur une table auprès de la cheminée, puis il la ramassa et la tendit à Lynley. C'était le portrait d'une famille thaïlandaise : le père, la mère, les onze enfants. Lynley reconnut Sumalee parmi ces derniers, aussi belle à dix-sept ans qu'elle l'était aujourd'hui.

— Elle est tombée deux fois enceinte quand elle était adolescente, une fois à quinze ans, une autre à dix-sept. L'œuvre du même homme chaque fois, son oncle. Elle n'a pas voulu le dénoncer. Son père l'a obligée à avorter. La deuxième fois avec ligature des trompes. Irréversible.

Lynley rendit la photo à Goldacre.

— C'est terrible, je suis vraiment désolé.
— Les hommes sont capables de commettre des horreurs.
— C'est pour cette raison que Clare Abbott voulait vous voir ? En qualité de féministe, elle devait, je suppose, être outrée par l'histoire de votre femme.
— J'espère que n'importe qui serait outré, répliqua Francis. Non, Sumalee n'a rien à voir là-dedans. Clare voulait me parler de ma première épouse.
— Caroline.
— Oui.

Il dévisagea quelques secondes Lynley, comme s'il s'interrogeait pour la première fois sur les raisons de sa visite, ce qui l'amena à une conclusion qu'il exprima ainsi :

— Je vais vous chercher votre café, inspecteur.

Lynley eut tout loisir de regarder les autres photos exposées sur le manteau de la cheminée ou sur les tables. Sur certaines, Francis posait en compagnie de deux jeunes garçons, puis des mêmes devenus jeunes hommes. Sûrement ses fils. L'un était blond comme lui, l'autre brun. Le premier avait aussi hérité de la haute taille de son père et de son profil aquilin. Le deuxième était plutôt petit et avait les cheveux longs sur toutes les photos, quels que fussent son âge et la mode de l'époque. Une coupe qui rappelait le portrait de Richard III et ne contribuait pas à mettre en valeur les traits de son visage. Cette coiffure, ainsi que de contraste entre les deux frères, évoquait en effet ce fameux « hiver de mécontentement » au sein de la fratrie Plantagenêt.

Goldacre revint avec une cafetière, deux mugs, du sucre et du lait. Il fit un geste en direction du canapé défoncé. La table basse disparaissait sous des journaux laissés ouverts à différents stades de lecture, des revues médicales et du courrier non décacheté. Sans cérémonie, Goldacre posa son plateau sur la pile. Lynley le laissa s'asseoir d'abord, avant de s'installer à côté de lui. Ils faisaient face à l'âtre, où des bûches étaient disposées pour une future flambée.

— Clare Abbott vous a-t-elle expliqué pourquoi elle voulait vous parler de votre ex-femme ? s'enquit Lynley.

Le chirurgien touilla sa décoction, enfonça le piston dans la cafetière et remplit leurs mugs. Au lieu de répondre à la question, il déclara :

— J'ai appris par la presse qu'elle était morte brutalement. Est-ce que ceci, dit-il avec un mouvement ample de la main pour désigner tout autant Lynley que la pièce autour d'eux, a quelque chose à voir avec son décès ?

— Comment cela ?

— Eh bien, vous m'avez dit que vous vouliez me parler de Caroline, et je ne vois pas d'autre raison qui expliquerait votre visite.

— Clare Abbott a été assassinée.

Le pichet de lait en suspens au-dessus de sa tasse, Goldacre se figea.

— Oh, merde !

Il posa le pichet avant de poursuivre :

— Il n'y a rien eu là-dessus dans les médias...

— On a procédé à une deuxième autopsie. Vous saviez que votre ex-épouse était avec elle ?

— Au moment de sa mort, vous voulez dire ? Non, je l'ignorais. Vous ne pensez quand même pas que Caroline est pour quelque chose là-dedans, j'espère.

Goldacre se remit à servir le café.

— Inspecteur, il lui arrive de se comporter comme si elle était folle à lier. J'avoue que j'étais content d'en être débarrassé, enfin autant qu'on puisse l'être, s'agissant de la mère de ses enfants. Mais une meurtrière, ça, non.

— Nous n'en sommes tout de même pas à ce genre de supposition, lui affirma Lynley.

Après lui avoir résumé brièvement la situation, il ajouta :

— Vous seriez l'une des dernières personnes avec qui Clare a parlé avant sa mort.

— Vous ne me soupçonnez pas, quand même ?

Lynley ébaucha un petit sourire et saisit son mug.

— Pouvez-vous me décrire votre entrevue avec elle ?

— Eh bien, quand elle m'a appelé, j'ai cru qu'elle souhaitait un rendez-vous à mon cabinet. Après tout, je suis souvent sollicité par les femmes que je croise. Sauf que je ne donne pas dans le « ravalement de façade », mais ça, elle ne pouvait pas le savoir. Je l'en ai informée et elle a éclaté de rire. Elle m'a détrompé sur-le-champ sur ses intentions et demandé si je voulais bien la rencontrer.

— Elle ne vous a pas dit ce qu'elle avait en tête ?

— Non.

Goldacre prit une gorgée de café et posa son mug à côté d'un magazine dont la couverture était illustrée de photos de nouveau-nés affligés de becs-de-lièvre.

— En revanche, et j'ai trouvé ça bizarre, elle tenait à ce que l'on se rencontre en « terrain neutre ».

— C'est-à-dire ?

— Eh bien, elle ne voulait pas que notre conversation soit influencée par mon lieu de travail ni mon domicile. Elle était en train de se documenter pour un projet de livre.

— Vous gardez un souvenir précis de cette conversation téléphonique, on dirait, commenta Lynley.

— À cause de la suite des événements, peut-être. Nous avons déjeuné à la Wallace Collection. C'est à deux pas de mon cabinet.

— Et de quoi avez-vous parlé ?

— Elle voulait m'interroger sur mon mariage avec Caroline. Je vous avoue que ça m'a plutôt agacé... d'ailleurs, je ne le lui ai pas caché. J'avais l'impression d'avoir été attiré là sous un faux prétexte. Il est certain que les points de vue sur notre couple ne concordaient pas, entre Caroline et moi. Caroline a toujours été brouillée avec la vérité.

La remarque intéressa Lynley. Il songeait à son enquête.

— De quelle manière ?

— Je ne voudrais pas dire du mal d'elle, mais notre séparation a été pour moi une libération : enfin, je sortais d'un des cercles de l'enfer. Caroline, évidemment, avait raconté des salades à Clare, lui disant que je souffrais d'une dépression non traitée... n'importe quoi, vraiment... et de ce qu'elle appelait une « inertie sexuelle »... Sans doute trouvait-elle que je ne lui rendais pas assez souvent hommage. Bref, elle avait brossé d'elle un tableau où elle se campait en héroïne supportant ma mélancolie et portant toute la charge de l'éducation de nos enfants... La vérité était tout autre, c'est ce que j'ai expliqué à Clare.

— Quelle était-elle ?

— Même quand elle était de bonne humeur, Caroline était le genre de femme à donner envie à tout homme normalement constitué de se faire moine. Elle avait en plus très mal pris mes choix en matière de carrière.

— Comment ça ?

— On s'est mariés alors que je terminais mes études dans ma spécialité. Elle s'attendait à ce que je gagne des fortunes. Mais la chirurgie esthétique n'est qu'une des nombreuses branches de la chirurgie plastique. Et je n'avais aucune intention de faire cracher au bassinet les célébrités et les veuves richissimes. Une fois mon diplôme en poche, je me suis occupé, par exemple, des malformations néonatales des fentes labiales, des grands brûlés, des gueules cassées... Je passais, et je passe toujours beaucoup de temps à l'étranger. Ça n'a pas arrangé nos relations. Puis il y a eu le problème de William. Clare Abbott m'a interrogé sur lui avec insistance, à cause de son suicide. Caroline, disait-elle, estimait que c'était ma faute.

— Pour quelle raison ?

Goldacre se leva et se dirigea vers la table, dans l'alcôve de la fenêtre. Lynley se rappela une citation de Léon Tolstoï sur la complexité du bonheur conjugal. L'écrivain russe avait vu juste, sur ce sujet comme sur tant d'autres.

Goldacre prit une photo et l'apporta à Lynley. C'était un portrait du plus brun de ses deux fils, celui qui avait la même coiffure que Richard III. Pendant que Lynley contemplait ce cliché en se demandant ce qu'il devait y déceler, Goldacre fouilla dans un tiroir et en sortit une petite photo instantanée d'un bébé de profil appuyé contre l'épaule de sa mère. L'enfant n'avait pas d'oreille, seulement un trou bordé d'un lambeau de chair.

— Caroline voulait absolument qu'on l'opère tout de suite. Dans les jours suivant sa naissance. Elle refusait de comprendre qu'il fallait attendre. Si on lui avait fait une oreille d'enfant, il aurait fallu la lui refaire plusieurs fois à mesure qu'il grandissait. J'ai essayé de le lui expliquer, mais elle a traîné notre pauvre Will chez tous les chirurgiens de Londres. Tous lui ont dit la même chose. Du coup, elle l'a couvé et a fait toute une montagne de cette malformation, qui ne l'aurait sans doute pas plus gêné que ça autrement. Elle n'arrêtait pas de lui répéter qu'il était beau, talentueux, doué... Le pauvre gamin n'en a jamais cru un mot.

— C'est ce qui a motivé votre divorce ?

— Non. C'est Alastair MacKerron. Elle m'a quitté pour lui, même si elle a raconté à Clare que c'était moi qui étais parti avec Sumalee. En fait, j'ai toujours été reconnaissant à ce malheureux Alastair de m'avoir débarrassé de Caroline. Mais les garçons me manquaient. Caroline s'est arrangée pour compliquer les choses : c'était la croix et la bannière pour les voir. Et puis j'étais souvent à l'étranger pour mon travail... À vrai dire, j'ai laissé à Alastair les responsabilités qui m'incombaient en tant que père. Je n'en suis pas fier. Mes relations avec mes garçons n'ont pas été simples... Et maintenant, Will n'est plus là. Il y a Charlie, mais nous ne sommes pas proches du tout. Et il méprise Sumalee.

Il se tut. Lynley resta pensif. Soudain, un téléphone sonna quelque part dans la maison, mais Goldacre ne donna pas signe de vouloir répondre. Au bout de six sonneries, la voix désincarnée de Sumalee invita à laisser un message. La personne qui appelait raccrocha sans un mot.

— Ainsi, Clare souhaitait vous parler de tout ça ?

— Oui, et de ce que signifie la vérité pour Caroline. De toute évidence, elle l'avait surprise à mentir.

— Son emploi était-il menacé ?

— Avoir une menteuse pour employée est, vous l'avouerez, assez perturbant. Il est possible que Clare ait envisagé de la mettre à la porte, mais elle n'a fait aucune allusion à une possibilité de ce genre. Elle voulait juste en savoir plus.

— En savoir plus ?

— Caroline avait raconté sa vie à Clare et, comme tous les gens qui sont des menteurs pathologiques, elle s'était contredite plusieurs fois. Clare voulait vérifier certains faits.

— Vous auriez pu, vous aussi, mentir à Clare, fit observer Lynley.

— En effet. C'est pour cette raison que je lui ai conseillé de parler à la mère de Caroline et à quelques autres femmes qui la connaissent bien.

— Aucun homme ?

Goldacre éclata de rire.

— Inspecteur, Caroline a toujours été très douée pour séduire et manipuler les hommes. Alastair MacKerron pourra sans doute vous le confirmer.

Shaftesbury
Dorset

— Goldacre a conseillé à Clare de parler à une certaine Mercedes Garza...

La voix de Lynley devenait à peine audible. Il était sur son portable, conclut Barbara.

— Attendez, je les ai...

Puis :

— Pardon. Je ne trouvais plus mes clés de voiture. Mercedes Garza est la mère de Caroline Goldacre. Avez-vous des traces d'une conversation avec elle ?

MG, pensa Barbara. Oui, ces initiales figuraient dans l'agenda de Clare.

Trois coups de sonnette consécutifs retentirent dans l'entrée. Barbara regarda par la fenêtre du bureau. Caroline Goldacre se tenait sur le perron.

— Elle est ici, dit-elle à Lynley.

— Caroline Goldacre ?

— En chair et en os, avec un carton.

— Elle rapporte quelque chose ayant appartenu à Clare Abbott ?

— Pas la moindre idée. Où allez-vous maintenant, inspecteur ?

— Chez Mercedes Garza.

— Des nouvelles de nos amis de SO7 ?

— Non, rien.

Dehors, Caroline Goldacre avait repéré Barbara à travers la fenêtre. Elle fit un geste vers la boîte en carton qu'elle portait sur la hanche et sonna une nouvelle fois, avec plus d'insistance. Elle tournait la poignée de la porte lorsque Winston lui ouvrit.

Barbara écouta d'une oreille ce qu'ils disaient tandis que Lynley lui parlait dans l'autre.

— Ah, désolé, m'dame, dit Winston.

— Comment ça ? dit Caroline. Voyons, sergent... quel est votre nom, déjà ? C'est ridicule.

Le ton de sa voix était monté d'un cran. Elle poussa du coude Nkata, qui risposta aussitôt :

— Cette maison est sous investigation.

— Ah, bon, d'accord, mais pas mes affaires personnelles. Alors, laissez-moi passer.

— Je peux pas.

— Il va donc falloir que je téléphone à vos... supérieurs.

Au même instant, Barbara entendit Lynley lui parler d'une certaine Lily Foster.

— Attendez, inspecteur... Pouvez-vous conserver la ligne une minute ? Ça chauffe entre Winnie et la Goldacre.

Téléphone à la main, Barbara sortit du bureau de Clare et se porta au secours de Winston, qui s'efforçait de bloquer le passage à l'intruse selon une curieuse chorégraphie, chacun esquissant un pas de côté à tour de rôle. Winnie, manifestement, se refusait à se servir de ses mains.

— Vous ne pouvez pas entrer, madame Goldacre.

— Je viens reprendre ce qui est à moi, je n'ai aucune intention de voler les bibelots de Clare, si c'est ce qui vous inquiète. Mais ce... ce *policier* m'empêche de...

— C'est son rôle, lâcha Barbara.

— Je veux parler à un gradé, dit Caroline.

Barbara lui tendit son portable.

— Essayez toujours. Voici l'inspecteur Lynley.

Sur ces paroles, elle tourna les talons et se dirigea vers le bureau. Lily Foster, songea-t-elle. Lynley avait parlé d'une Lily Foster. Elle consulta l'agenda de Clare et bingo ! Voilà, peu avant le voyage de Clare à Cambridge : LF, plus une date et une heure.

Pendant que Caroline s'entretenait avec Lynley – pourvu qu'il ait le bon sens de prendre son plus bel accent d'Oxford, ce qu'elle appelait « Sa Voix » –, Barbara ouvrit les deux dossiers étiquetés de prénoms masculins et d'une initiale en guise de patronyme. Sans tenir compte du ton belliqueux de Caroline dans la pièce voisine, elle commença à lire le premier questionnaire.

Clare Abbott avait interrogé ces messieurs sur les rencontres qu'ils faisaient grâce à Internet. Leurs réponses avaient été franches. Bob T cherchait à s'envoyer en l'air « pour me marrer et pour changer du train-train conjugal ». Et pour John S, « bobonne » n'était pas « chaude pour certaines choses ». « J'ai pas ma dose de baise chez moi [...] combien une femme peut avoir de migraines par mois ? » Les deux déclaraient que la naissance des enfants avait été une catastrophe pour leur vie sexuelle. Aussi s'étaient-ils inscrits sur un site où des gens mariés rencontraient d'autres gens mariés, sans poser de questions. Leurs parties de jambes en l'air se passaient dans des hôtels, en plein air, à l'arrière d'une voiture, dans les toilettes pour dames d'un pub de Dorchester, chez un cousin, dans une cabane de jardin, dans une caravane et même... sur un banc de l'église St Peter à Shaftesbury.

Caroline Goldacre fit son entrée. Elle rendit d'un geste brusque son téléphone à Barbara.

— J'aurais pu venir plus tôt. J'aurais pu venir juste après la mort de Clare pour prendre mes affaires.
— Et vous vous êtes abstenue parce que... ?
— Je pensais qu'on aurait besoin de mes services pour ses papiers et la gestion de son œuvre posthume.

Barbara acquiesça en disant :
— C'est bien, ça... Inspecteur, vous êtes toujours là ?

La belle voix de baryton de Lynley déversa dans son oreille une coulée de velours :
— Je lui ai suggéré de s'adresser au juge si elle souhaitait avoir une autorisation, mais je l'ai avertie qu'elle n'obtiendrait sans doute pas satisfaction étant donné son intention de faire intrusion sur les lieux où une équipe de policiers travaille.
— Vous êtes top, inspecteur...
— Je fais ce que je peux. Quant à Lily Foster...

Il lui expliqua que cette personne avait joué un vilain tour à Caroline lors de l'inauguration de la plaque à la mémoire de son fils défunt, William.
— Il serait bon d'en savoir un peu plus là-dessus, dit-il.

Ils raccrochèrent. Barbara se tourna vers Caroline.
— Au sujet de Lily Foster, madame Goldacre. Vous pouvez éclairer ma lanterne ?

Heston
Middlesex

Mercedes Garza habitait à un jet de pierre du splendide manoir d'Osterley Park, une demeure dans le style néoclassique du grand architecte Robert Adam. Si la bâtisse n'avait rien perdu de sa splendeur, la campagne environnante, mangée par l'urbanisation, n'était plus qu'une zone bruyante à proximité de l'aéroport de Heathrow. En face de chez la mère de Caroline Goldacre, des jardins municipaux affrontaient les frimas de l'automne dans un état de délabrement plus ou moins avancé.

Lynley ne fut pas long à comprendre que Mercedes Garza dirigeait de chez elle une petite entreprise de services de ménage à domicile appelée The Cleaning Queens, devenue au fil des ans tellement prospère qu'elle comptait à présent cinquante-sept employées.

Il la trouva occupée à établir ses factures du mois, une tâche complexe quand il s'agit de compter deux ou trois femmes de ménage par domicile, certaines entretenant deux maisons ou appartements dans la même journée... Eh bien, Mercedes semblait à la hauteur, constata Lynley à la vue du personnage assis à un ordinateur, une cigarette plantée au coin de la bouche.

Cette maîtresse femme avait aimablement mis son travail de côté lorsqu'une de ses « reines du ménage » avait introduit l'inspecteur dans son bureau/salon, non sans lui avoir fait préalablement contourner un seau et une serpillière dans le couloir – apparemment, elle n'était pas seulement chargée d'ouvrir la porte.

Alors qu'elle se levait en faisant claquer les paumes de ses mains sur son bureau, Lynley se dit qu'il aurait facilement deviné qu'elle était originaire d'Amérique du Sud – Francis lui avait précisé qu'elle était colombienne. En revanche, il ne lui aurait pas donné soixante-huit ans. Non qu'elle eût une allure juvénile, mais c'était sa façon de s'habiller, ultra voyante. Un pull tunique à col bénitier orange, des leggings violets et des bottes en cuir marron rutilantes, du genre de celles que portaient les officiers pendant la Grande Guerre. Ses lunettes étaient vert citron et un foulard jaune vif retenait sa chevelure poivre et sel. Curieusement, l'ensemble était plutôt seyant. Lynley supposa que c'était parce qu'elle avait de l'aplomb à revendre.

Elle l'accueillit d'une poignée de main ferme, sans décoller sa cigarette de la commissure de ses lèvres.

— Francis me téléphone après votre passage... (Elle avait un fort accent latino-américain, et sa grammaire semblait à l'avenant.) C'est gentil. Il le fait par politesse, bien sûr. Café ? Thé ? Un verre d'eau ? (Elle sourit.) Ou vous préférez le whisky ?

Elle souffla un peu de fumée vers le plafond, puis écrasa son mégot dans la soucoupe d'une tasse de l'époque géorgienne dont Lynley reconnut le motif. Il était presque identique à celui de la vaisselle serrée dans les dressoirs de son château en Cornouailles. Ses ancêtres devaient se retourner dans leurs tombes en voyant une aussi belle porcelaine réduite à un usage aussi trivial.

Il refusa son offre de boisson et la regarda allumer une autre cigarette. Elle le pria de s'asseoir, ce qu'il fit – dans l'alcôve de la fenêtre –, mais elle resta debout. Cela mit Lynley mal à l'aise, étant donné sa conception des bonnes manières. Comme il faisait mine de se relever, elle l'arrêta d'un geste.

— Restez assis. Moi, c'est mes hémorroïdes, vous comprenez... Je passe mes journées sur mes fesses...

Devant la gêne évidente de Lynley, elle éclata de rire.

— Vous ne vous attendez pas à ça, *sí* ? Il faut avoir

son franc-parler dans la vie. *Ahora*. Qu'est-ce que je peux pour vous, inspecteur ? Je pense pas que vous êtes à la recherche d'une femme de ménage. Puisque vous avez été voir Francis, je suppose que c'est pour Carolina. Elle est la seule chose que nous avons en commun, Francis et moi.

— Vous avez des sujets de mésentente ?
— Francis et moi ? Pas du tout...

Elle ôta ses lunettes, sortit d'un tiroir de son bureau un chiffon et se mit à frotter vigoureusement les verres.

— *¿ Verdad ?* Je comprends pas pourquoi elle veut l'épouser, celui-là. Bien sûr, quand elle me dit qu'elle est enceinte de deux mois, je comprends mieux.

— Madame, avez-vous parlé de votre fille avec Clare Abbott, par hasard ?

Mercedes confirma d'un mouvement de tête, fit tomber la cendre de sa cigarette dans la cheminée, inhala longuement et reprit la parole à travers la fumée qui s'échappait de sa bouche :

— Je vois pas Carolina depuis des années. Alors au début je comprenais pas pourquoi cette femme veut parler avec moi. Carolina et moi... on est... comment on dit...

— En froid ? proposa Lynley.
— Oui, c'est ça. Je la vois pas depuis quoi... dix ans ? Non, plus... Elle me pousse à bout, celle-là. Vous voyez, j'ai d'autres enfants. Je lui ai demandé de ne plus nous approcher avec sa mauvaise langue.

— Vous protégez d'elle vos autres enfants ?

Mercedes se massa d'une main la hanche, puis ajusta son bandeau jaune.

— J'en ai assez de l'entendre m'accuser de...

comment vous dites... mal-quelque chose. Mauvaise conduite, quoi.

— Maltraitance ?

— Oui. Soi-disant que je lui ai gâché la vie. Je l'amène à Londres, vous voyez, elle a deux ans. Elle croit qu'en Colombie elle est heureuse avec ma mère... (Mercedes gloussa.) Ma mère ? Qu'est-ce qu'elle fait pour Carolina ? Elle lui donne un chaton... La belle affaire ! On ne peut pas l'amener en Angleterre... à cause de la quarantaine contre la rage, et puis c'était cher. Mais Carolina m'en veut toujours pour son chat. C'est idiot, tout ça... Franchement, je voulais la laisser à ma mère. J'étais seule, j'avais vingt et un ans... Mais maman me rappelle que Carolina est le fruit de mon péché.

Mercedes déplaça sur le manteau de cheminée une figurine de dame en costume de bain des années trente. Elle en possédait toute une collection, dans des poses et des atours variés. Elle la contempla un instant avant de reprendre à mi-voix, apparemment plus pour elle-même que pour Lynley :

— Les catholiques et leur purgatoire, leur enfer, leur Ciel... On vit dans le passé. On n'arrive pas à rester là, dans le présent. Vous êtes catholique, inspecteur ?

— Non.

— Quelle chance ! Je n'arrive pas à me remettre de ma religion... de mes péchés...

— Avoir eu un enfant à dix-neuf ans, c'est cela votre péché ?

— Je n'étais pas mariée au papa.

Lynley demeura imperturbable. Avoir un enfant hors mariage n'avait plus rien de honteux, en Angleterre.

— Pour ma mère, c'est un péché mortel, reprit Mercedes. Je commence par payer pendant deux ans à Bogotá. Puis je viens ici et je travaille à m'arracher le pied. Le boulot, ça me fait pas peur, ça non. Je fais d'abord des ménages et j'ai la bosse du commerce, je monte une entreprise. Carolina a de jolies robes, plein de jouets, elle mange de la bonne nourriture, elle a sa chambre à elle, elle va à l'école. C'est pas une mauvaise vie, je trouve.

— Mais elle ne partage pas votre point de vue ?

— Je me marie quand elle a seize ans, *sí* ? Elle ne s'y attend pas. J'ai trois enfants. Elle ne s'y attend pas non plus.

Mercedes alla chercher sur son bureau une photo encadrée. Des jumeaux et une petite fille. Manifestement, une photo déjà ancienne. Ces enfants devaient être des adultes, aujourd'hui. Mercedes l'informa fièrement que son fils aîné était directeur d'un hedge fund, le deuxième était avocat et sa fille préparait une thèse de physique nucléaire. Il y avait en effet de quoi être fière, pour une mère.

— Et votre mari ?

— Il est serrurier.

Comme elle, il avait démarré avec rien.

— Pas même le certificat d'études, précisa-t-elle. Mais tous les deux, on sait comment faire. J'essaye d'apprendre à Carolina... Avec de la volonté, on va loin, hein ? Mais c'est raté.

Mercedes corrobora les dires de Francis concernant sa rencontre avec Caroline, leur mariage, la déception de celle-ci sur les choix de carrière de son mari. Elle conclut ainsi :

— Elle fait que rester à la maison pour élever

ses fils, Guillermo et Carlos... Vous pensez que ça doit être bien pour elle, non ? Mais Guillermo est né avec... une oreille difforme. Carolina en fait un grand plat... (Mercedes hocha la tête.) Elle l'embête avec, c'est vrai. Buzzz-Buzzz... comme les abeilles.

— Est-ce la raison pour laquelle Clare Abbott souhaitait parler avec vous ? Saviez-vous qu'elle avait fait construire un petit monument à la mémoire de William ?

Non, Mercedes l'ignorait. Et non, Clare ne voulait pas lui parler de William. Juste de Caroline. Elle s'était munie d'un bloc sténo et elle lui avait fait écouter un enregistrement sur son smartphone, révéla-t-elle à Lynley. Caroline y évoquait son enfant. Clare lui avait expliqué qu'elle l'avait enregistrée à son insu. Elle ne voulait pas que Caroline soit « influencée »... D'après le bruit de fond, on aurait dit qu'elles étaient au restaurant, en tout cas en tête à tête.

— Vous a-t-elle dit pourquoi elle tenait à ce que vous écoutiez cet enregistrement ? s'enquit Lynley.

Mercedes ralluma une cigarette. Elle avait une façon de fumer, en tirant de longues bouffées, qui rappelait à Lynley la jeune Lauren Bacall, mais la ressemblance s'arrêtait là.

— C'est cette histoire que Carolina raconte...

Elle se tut. Adossée à la cheminée, elle parut pour la première fois troublée, son regard s'assombrit. Du couloir leur parvint un bruit d'eau : la femme de ménage devait inonder le carrelage avant de passer la serpillière.

— Tout détail concernant Clare Abbott pourrait nous être utile, madame. Francis vous a-t-il dit qu'elle avait été assassinée ?

Elle fit signe que oui et reprit la parole, d'une voix sourde et hésitante :

— Ce qu'elle raconte... C'est que des mensonges sur Torin, mon mari. Je sais ce qu'elle dit. Qu'il lui casse le nez une nuit, dans une crise de colère pour la punir d'être rentrée tard. Qu'il lui achète des vêtements dans des friperies. Qu'il ne lui permet pas de partir en vacances, à Noël, à Pâques. Je le sais, parce que mes enfants me rapportent.

Mercedes s'interrompit, tenta de reprendre contenance.

— Y a-t-il autre chose, madame Garza ?

Elle baissa encore la voix. Lynley dut se pencher en avant et tendre l'oreille.

— Elle me décrit à Clare, moi sa mère. Quand elle était petite, c'est vrai, je couche avec beaucoup d'hommes avant de trouver Torin. Mais je la laisse jamais pendant une semaine avec une femme de ménage pour... vous savez... ce qu'on fait au lit. Pourtant c'est ça qu'elle raconte à Clare. Elle dit que je la réveille au milieu de la nuit pour la gronder... et que je permets à Torin... quand je suis grosse... de faire ce qu'il veut avec elle. C'est ça qu'elle dit.

— Sur l'enregistrement ?

— Non, non. C'est ce qu'elle dit à Clare Abbott, mais sur l'enregistrement, c'est encore pire. J'ai mal...

Ses yeux se remplirent de larmes. Elle s'étrangla et se mit à tousser bruyamment. Elle n'avait pourtant pas l'air du genre à pleurer sur des problèmes auxquels elle ne pouvait rien. Lynley lui tendit une perche :

— D'après Francis, Caroline aurait parfois de légers arrangements avec la vérité.

Mercedes émit un rire qui se brisa.

— Elle dit à Clare que dans le noir la nuit quand elle est petite j'entre dans sa chambre et j'abuse de... je me sers d'une bouteille de Coca pour... Elle dit à Clare qu'elle le dit à sa maîtresse d'école et que j'ai des gros ennuis après.

— C'est ce qui est sur l'enregistrement que Clare vous a fait écouter ? insiste Lynley.

— Oui. Elle dit aussi qu'elle est placée dans un foyer de l'enfance et qu'il y a une enquête. Que je reste en garde à vue quelque temps, mais que personne la croit, parce qu'elle se rappelle pas assez de détails et que ces détails sont pas toujours pareils. Elle dit qu'à cause de ça, ils me relâchent et qu'elle est obligée de rentrer à la maison où je me venge dès que je peux.

— Quel âge avait-elle à l'époque ?

— Huit ans, toujours c'est elle qui dit.

— Et vous affirmez que rien de tout cela n'est vrai ?

— *Sí*. Rien. Je lui fais rien, elle m'accuse jamais de rien. Elle invente tout. Clare Abbott pense qu'elle ment, c'est pour ça qu'elle vient me trouver. Elle veut vérifier avec moi. Elle a déjà regardé s'il y a une main courante dans les fichiers de la police. Elle a rien trouvé, vous voyez.

— Pourquoi votre fille aurait inventé cette fable ?

— Pourquoi ma fille est une menteuse ? Je sais pas, inspecteur. Moi, je dirais que c'est quelque chose qu'elle a hérité, mais mes autres enfants sont pas des menteurs. Alors parce que je l'amène à Londres et la sépare d'une grand-maman gâteau, mais ma mère est claire sur ce point, pas question que je lui laisse sa petite-fille. J'ai pas de raison à vous donner, inspecteur, pas plus qu'à Clare Abbott. Et quand on a fini toutes les deux, je pense qu'elle veut seulement de bonnes raisons pour la fiche à la porte. Le mensonge, ça, c'est une faute grave.

Mercedes tira de la poche de sa tunique un mouchoir en papier avec lequel elle se tamponna les yeux. Elle écrasa son mégot et se moucha bruyamment. Lynley réfléchit. Les explications de Mercedes étaient facilement vérifiables. Si elle avait été accusée et mise en garde à vue pour abus sexuel sur son enfant, on en retrouverait aisément une trace dans les archives de la police. C'était évident. Mais ce qui le rendait perplexe, c'était pourquoi Clare Abbott s'était donné tant de peine...

— Vous avez dit que Caroline vous accusait sur cet enregistrement d'avoir cherché à vous venger dès que vous aviez été disculpée.

— Elle dit que ma vengeance, c'est l'enfant.

— Quel enfant ?

À quatorze ans, Caroline était tombée enceinte. Sa mère avait insisté pour qu'elle abandonne le bébé après la naissance. Comment une fille aussi jeune pourrait-elle élever un enfant ?

— Je pourrais m'occuper de l'enfant, mais je ne veux pas, et c'est ça le péché qu'elle me pardonne pas. C'est ça ma vengeance, selon elle.

— Le père ? Qui était-ce ?

Mercedes fit sonner un rire bref.

— Elle dit que c'est un homme avec qui je sors, mais non, c'est pas lui. Puis elle dit que c'est le père d'une camarade d'école. Mais comme elle ment tout le temps, je sais pas si c'est vrai. Puis je trouve un relevé de compte de la banque avec beaucoup d'argent, un compte à son nom.

— Le père payait pour l'éducation d'un enfant dont on l'avait déchargée ?

— Non. Elle me dit franchement quand je lui demande : elle le fait payer sinon elle dit tout à sa femme.

— Du chantage...

— Pour elle, c'est pas du chantage. Elle dit qu'il lui doit bien ça avec ce qu'elle lui a permis de lui faire. Comme je pense que c'est pas bien ce qu'elle fait, je vais voir cet homme. Il nie tout, le bébé, le chantage, tout... Je savais plus du tout où est la vérité. Qu'est-ce que je peux faire ? Il y a des tests, *sí*, on peut l'obliger à se soumettre, mais le bébé, il est dans une nouvelle famille, et Carolina raconte jamais la même histoire deux fois. Je me dis qu'il vaut mieux oublier.

— Savez-vous ce qui est arrivé à ce bébé ?

— Elle est adoptée. Je prie pour qu'elle devienne quelqu'un de bien et pas une menteuse pathologique comme sa maman.

Mercedes ébaucha un sourire pétri de tristesse et conclut :

— Vous savez, inspecteur, si je n'avais pas mes autres enfants pour me prouver que je suis pas une mauvaise mère, il y a longtemps que je me serais pendue avec mes draps.

La fille de Caroline avait été placée à la naissance dans un centre d'aide sociale catholique. L'accouchement était resté secret. Mais à présent, la loi ayant modifié les usages, il n'était plus impossible de retrouver l'identité de sa mère biologique ou de l'enfant qu'on a abandonné. Lynley se demanda si Caroline avait recherché sa progéniture, ou inversement...

Ce qu'il ignorait aussi, c'était le nom du père présumé de cet enfant. Mercedes paraissait réticente à le lui livrer. Et comme de toute façon cet homme avait nié sa paternité, il ne présentait pas grand intérêt, à moins de retrouver l'enfant et de pratiquer un test ADN. En plus, Lynley ne voyait pas quel rapport cette histoire pouvait avoir avec son enquête, à moins que Caroline Goldacre, pour une raison mystérieuse, n'ait été en contact avec le père ou la fille. N'empêche, lorsque Mercedes voulut bien lâcher l'identité de l'homme – un certain Adam Sheridan –, Lynley le plaça sur la liste des gens à interroger.

Dehors, le temps s'était levé et le ciel était bleu. Dans les parcelles allouées par la mairie en face de la maison, on profitait du rayon de soleil, certains poussant des brouettes le long des rangées de légumes d'automne, d'autres ramassant les restes pourrissants des légumes d'été.

Son téléphone sonna. Comme toujours, il répondit en déclinant son patronyme.

Une voix qu'il ne reconnut pas s'exclama :

— Bonjour, inspecteur ! J'ai quelque chose pour vous !

Les gars de SO7 remettaient enfin leur rapport.

Shaftesbury
Dorset

Même si elle était furieuse de se voir interdire l'accès aux effets personnels qu'elle avait laissés chez Clare Abbott, Caroline Goldacre parut trop contente de fournir à Barbara un rapport détaillé sur Lily Foster. Non seulement cette dernière avait été la compagne de son fils défunt, mais encore elle habitait depuis plusieurs mois la petite ville de Shaftesbury, dans le seul but, disait Caroline, de faire de sa vie un enfer. La preuve en était l'interdiction notifiée par la police à Lily de l'approcher. Barbara le savait déjà, mais Caroline expliqua la situation en long et en large, en faisant remarquer que la police ne prenait pas à la légère ce genre d'injonction. Lily Foster n'avait eu de cesse de la tourmenter, absurdement persuadée que Caroline était responsable du suicide de son fils.

De son côté, Caroline accusait Lily d'avoir plaqué le pauvre Will et précipité celui-ci dans une dépression sévère, dont seuls avaient pu le tirer son départ de Londres et les soins attentionnés pendant plusieurs mois de sa mère et de son beau-père.

— Mais ensuite elle est revenue à la charge, comme la grippe s'abat chaque année sur le pauvre monde... Will... Il n'arrivait pas à se remettre de cette histoire. Il ne voulait pas lâcher... Il lui était fidèle alors qu'elle... (Caroline serra les poings, comme pour s'empêcher d'exploser.) Je vous ai raconté ce qui s'est passé ?

— Clare était au courant ?

— Qu'est-ce que Clare a à voir là-dedans ?

— Je na sais pas, mais quand quelqu'un décède d'une mort non naturelle...

Barbara laissa sa phrase en suspens.

— Vous suggérez que Lily aurait pu... ? Expliquez-moi plutôt comment Clare a pu mourir d'un truc au cœur.

— Désolée, je ne suis pas autorisée.

Barbara demanda à Caroline d'examiner l'agenda de Clare. Pouvait-elle identifier les gens avec qui l'écrivaine avait rendez-vous ? Il y avait là des noms, des initiales, des noms de lieux, des surnoms et des dates. Tout ce qu'elle pouvait lui dire serait bienvenu.

Barbara, qui était assise derrière le bureau de Clare, fit glisser l'agenda vers elle. Comme elle l'avait espéré, l'assistant avait l'air de tout savoir. Radley était le dentiste. Il avait son cabinet en ville...

À un moment donné, Caroline marqua une pause et leva un visage perplexe : le sergent Havers pensait-il qu'une substance aurait pu être intégrée à un amalgame de sorte que, petit à petit, en mastiquant, Clare aurait absorbé quelque drogue provoquant des arrêts cardiaques ? Cette remarque incita Barbara à penser que Caroline avait beaucoup d'imagination. Tout haut, elle dit que les services scientifiques n'éliminaient aucune hypothèse. Après tout, si on pouvait se débarrasser des gens en leur injectant du poison avec la pointe d'un parapluie dans les rues de Londres, tout était possible, non ? Et les autres noms... ?

Jenkins était le généraliste de Clare à Londres. Hermione, Linne et Wallis étaient les dames les plus puissantes de la Ligue des femmes de Shaftesbury, laquelle organisait des conférences, trouvait toujours une bonne cause à défendre, servait de guide aux adolescentes en mal de modèle féminin et levait des fonds pour des bonnes œuvres. En fait, c'était par le truchement de cette ligue qu'elle avait rencontré Clare, peu après la mort de William.

À propos de Hermione, Linne et Wallis, le commentaire de Caroline fut :

— Je ne vois pas pour quelles raisons elle aurait eu rendez-vous avec elles. Elles cherchaient peut-être à la persuader d'adhérer. Clare était sympathisante, mais elle ne voulait pas devenir membre actif. Ce n'était pas son genre. Ceci dit, pour la ligue, elle représentait un gros poisson... (elle désigna d'un signe de tête l'agenda) et un portefeuille bien rempli à portée de main.

— Personnellement ?

— Pardon ?

— Cet argent... Pour elles-mêmes ou pour l'association ?

— Il vaudrait mieux leur poser la question directement. Mais vous ne trouvez pas que, lorsqu'une personne a de l'argent, il se trouve toujours quelqu'un pour convoiter une part du gâteau ?

C'était une remarque judicieuse, pensa Barbara, une remarque qui pourrait d'ailleurs s'appliquer à Caroline elle-même. Elle l'interrogea sur les initiales : MG, LF, FG. Caroline avait-elle une idée de ce à quoi elles correspondaient ? Elle observa attentivement son expression, mais Caroline l'étonna en répondant :

— Bizarrement, M et G sont les initiales de ma mère. L et F... ? Elle connaissait l'existence de Lily Foster parce que je lui avais parlé de ses interventions nuisibles dans ma vie. Ce devait être avant l'injonction qui lui a interdit de nous approcher. Mais je me demande bien pourquoi Clare aurait voulu la voir... à moins qu'elle n'ait souhaité se faire tatouer... ? Quant aux dernières... c'est curieux qu'elle se soit servie de ces initiales, non ? Peut-être était-elle pressée ? Ou... Bon, de toute façon, elle devait bien connaître ces gens, sinon elle risquait d'oublier ce qu'ils voulaient et où elle devait les retrouver.

Barbara ne manqua pas de noter que Caroline avait évité soigneusement d'émettre une hypothèse sur les initiales FG – sûrement celles de son ex-mari.

— Et Globus ? Vous connaissez ?
— Non, je regrette.
— Et les noms de lieux ?
— Pareil. Désolée.

Barbara la dévisagea. À part pour FG, elle paraissait sincère. Peut-être ignorait-elle le mobile des incursions de Clare Abbott dans sa vie privée. D'un autre côté, si elle était l'archétype de la menteuse dans toute sa splendeur, comme l'avait rapporté son ex-mari à Lynley...

Compte tenu de ce qu'elle avait vu dans l'appartement de Rory Statham ainsi que des questionnaires destinés à Bob T et John S, Barbara s'enquit des projets d'écriture de Clare. Caroline avait-elle rencontré les personnes que Clare avait vues pour son prochain livre ?

— Il n'y a pas de prochain livre, répliqua Caroline. Clare travaillait sur rien.
— Et l'adultère anonyme ? lui souffla Barbara.
— Pardon ?
— Les rencontres extraconjugales entre adultes consentants... Ça vous dit quelque chose ? Apparemment, elle interviewait des hommes sur ce

sujet. Rory Statham avait un dossier sur le projet, je l'ai trouvé dans un tiroir de son bureau...

Caroline haussa les épaules.

— Il y a peut-être eu un projet, je ne suis pas au courant. En tout cas, il n'y a pas de livre. Mais si Clare avait fait une proposition à Rory, cela explique pourquoi Rory et moi étions en désaccord.

Barbara fronça les sourcils.

— En désaccord ?

— Elle parlait d'engager quelqu'un pour mener à son terme le travail de Clare. Je lui ai conseillé de s'abstenir puisque Clare n'avait rien en train. Je suppose que Clare tentait de convaincre son éditrice qu'elle était sur un coup, mais si elle l'avait vraiment été... (Caroline fit un geste circulaire pour indiquer la pièce.) Vous n'avez qu'à chercher... si vous trouvez un brouillon...

— À votre avis, Clare mentait à Rory ? Pourquoi ?

— Je ne suis pas sûre. Tout ce que je sais, c'est qu'elle avait un contrat. Elle avait reçu un à-valoir, une avance importante. Elle n'avait peut-être pas envie de rendre l'argent. À sa place, qu'auriez-vous fait ?

À cet instant, la voix de Winston s'éleva dans la pièce.

— Barb... ?

Il se tenait debout sur le seuil du bureau avec à la main l'ordinateur portable de Clare. Caroline se hérissa. Manifestement, elle lui en voulait encore de n'avoir pas voulu la laisser récupérer ses affaires.

— J'ai trouvé un truc intéressant, continua Winston. Tu devrais y jeter un œil.

Fulham
Londres

La vieille dame déclara :

— Tu reviens de loin, ma chérie, mais ça va mieux maintenant.

Il y avait tant de gentillesse dans sa voix. Rory avait vaguement l'impression de la connaître. Pourtant, elle était sûre de n'avoir jamais vu ce visage. Tout comme elle ignorait ce qu'elle faisait là. Quel était le nom de cet endroit déjà ? Ce lieu où elle était allongée avec de minces tubes à oxygène dans le nez et une pince au bout de ses doigts la reliant à un appareil bipant à son chevet. Le mot était au bout de sa langue. Que c'était exaspérant !

La vieille dame se rapprocha en contre-plongée et, d'une main tremblante, écarta les cheveux de son front. Était-elle atteinte de la maladie de Parkinson ? se demanda Rory.

— Tu nous as fait une peur affreuse. Quand la police est venue... On a pensé d'abord que quelqu'un s'était plaint de ta musique à la police, surtout des tambours africains. Mais ils nous ont dit qu'ils t'avaient emmenée à l'hôpital...

Voilà le mot, songea Rory. *Hôpital*. Elle était couchée dans un lit d'hôpital. La poitrine oppressée et douloureuse, la gorge tellement sèche qu'elle ne parvenait pas à avaler, et elle avait du mal à voir net. Pour quelle raison l'avait-on transportée ici ?

— Tiens, Rory.

Une autre femme pénétra dans son champ de vision. Plus jeune – dans les quarante ans ? À la main, elle avait un gobelet en plastique avec un couvercle et une paille. Elle l'approcha de la bouche de Rory, laquelle s'aperçut qu'elle avait les lèvres gercées, comme si on les lui avait étirées au point de les déchirer.

— Bois un peu d'eau. Tu dois encore avoir très soif.

L'emploi de l'adverbe *encore* indiquait que Rory avait dû être consciente de sa soif, quoiqu'elle n'en eût aucun souvenir. D'ailleurs, elle ne se souvenait de rien sauf d'être rentrée de Shaftesbury et d'avoir sorti Arlo pour sa petite promenade du soir...

Arlo ! Rory paniqua. Si elle était couchée dans ce lit d'hôpital, où était Arlo ?

Elle chercha en vain à se redresser.

— Arlo ! articula-t-elle d'une voix faible en essayant d'écarter la couverture.

La femme plus âgée la gronda gentiment :

— Rory, non, non... Elle veut son chien, Heather. Il faudrait voir ce qu'il est devenu.

Heather. Rory avait une sœur qui répondait à ce nom. Ce qui signifiait que la plus jeune des deux femmes était sa sœur. Et donc que la plus âgée...

— Maman ? dit-elle. Maman. Arlo ?

Une troisième femme entra dans la chambre. D'après sa tenue, c'était une infirmière. Heather s'adressa à elle :

— Elle veut son chien. Où est-il passé ?

— Les chiens ne sont pas admis, répliqua l'autre d'un ton sec en se tournant vers Rory. Madame Statham, ne vous agitez pas, surtout. Vous êtes très malade et il n'est pas question que...

— Je me doute qu'on ne peut pas amener son chien, la coupa Heather, mais c'est un chien d'assistance psychologique. Elle a un permis spécial. Il est... Maman, tu te rappelles de quelle race il est ? Cubain ? Non, ce n'est pas possible.

— Bichon havanais, murmura Rory.

— C'est quoi, cette histoire, encore ? râla l'infirmière.

— Un havanais, voilà, dit Heather. Il est sûrement arrivé avec elle. Il est dressé à ne jamais la laisser seule. Le pauvre, il doit être malheureux comme tout. S'il vous plaît, pouvez-vous vous en enquérir d'urgence ? Elle ne va pas se calmer avant...

— Je n'y peux rien. Un chien... Il aura été envoyé immédiatement à Battersea.

Rory laissa échapper un grognement rauque et tenta de faire basculer ses jambes sur le côté du lit. L'infirmière maugréa quelques menaces où il était question d'appeler le médecin et d'expulser les deux intruses de la chambre, lesquelles justement sortirent... Rory n'entendit pas jusqu'au bout car la mémoire lui était revenue d'un seul coup. Clare était morte. Elle-même avait eu un malaise... des vertiges, impossible de respirer, la nausée. Elle se revit en train de tituber, assourdie par les aboiements d'Arlo...

La porte s'ouvrit. Sa mère accompagnée d'un grand blond entra. Heather fermait la marche. L'infirmière aboya :

— Pas de visiteurs ! Ça vaut pour vous aussi ! Je vous ai prévenues, mesdames !

— Il est au courant pour le chien, expliqua la mère de Rory. Et si vous croyez que ma fille va s'en tenir là à ce propos, vous avez tort.

L'homme s'approcha du lit et posa sa main sur l'épaule de Rory.

— Arlo se porte comme un charme, madame Statham. Vous n'avez pas à vous inquiéter. Je l'ai confié à une amie. Une vétérinaire. Elle s'occupe de lui en attendant que vous soyez de nouveau sur pied. Elle l'emmène partout, même à son travail. Au zoo de Londres. Elle me dit qu'Arlo aime bien les lions.

Il avait un sourire en coin et une petite cicatrice sur la lèvre supérieure. Autrement, il était bel homme. Rory songea absurdement que cela devait parfois lui poser des problèmes.

— Je m'appelle Thomas Lynley. Je suis un collaborateur de Barbara Havers à New Scotland Yard.

Bercée par cette voix chaude et profonde, Rory sentit ses muscles se détendre.

— Barbara… c'est elle qui vous a trouvée. Je vous préviens, elle a été obligée de casser une vitre. Elle a entendu le chien aboyer désespérément, voyez-vous. Vous aviez rendez-vous avec elle. Vous vous rappelez ?

Ça lui disait quelque chose, vaguement.

Une fois de plus, la porte s'ouvrit, laissant cette fois le passage à une femme en blouse blanche.

— Merci, ma sœur, dit-elle d'abord à l'infirmière avant de se tourner vers les autres occupants de la pièce. Mesdames, monsieur, vous fatiguez la malade. Il ne devrait pas y avoir ici plus d'une personne à la fois. Veuillez sortir tout de suite.

Elle inspecta l'appareil que Rory avait identifié comme étant un électrocardiographe. Elle vérifia aussi le sac de perfusion suspendu à une tige.

Comme personne ne bougeait, elle ajouta d'une voix glaciale :

— Vous ne comprenez pas l'anglais ? De quel droit, d'ailleurs, êtes-vous ici ?

Rory murmura :

— Maman...

Sa mère s'avança.

— Je suis là, ma chérie. Heather aussi. Heather... peux-tu... ?

Heather s'avança à son tour et prit la main de Rory dans la sienne. À ce contact, une autre tranche de souvenirs se remit en place dans la mémoire de Rory. La voix de Heather sur son répondeur quand elle était rentrée de Shaftesbury. Ensuite, elle avait sorti Arlo. Puis elle avait remonté ses affaires de la voiture et donné à manger à Arlo. Elle s'était fait du thé. Morte de fatigue, elle avait pris un bain et s'était mise au lit, mais elle s'était relevée quand elle avait eu ce malaise... vertiges, nausées, mal de tête affreux, coups de boutoir dans la poitrine.

Thomas Lynley discutait à présent avec la femme en blanc. Celle-ci tenait sa carte de police et lui disait :

— Nous n'avons pas besoin de vous ici, vraiment. La mère peut rester, mais vous deux... ? Je vous prie de sortir, ou j'appelle la sécurité.

C'est alors que Rory se rappela que l'homme lui avait dit quelque chose à propos de Barbara Havers.

— S'il vous plaît, articula-t-elle au prix d'un effort surhumain. Qu'est-ce qui m'est arrivé ?

— Vous aviez raison, madame Statham, lui répondit Thomas Lynley en ignorant les protestations du docteur. La crise cardiaque et les convulsions qui ont tué Clare n'étaient pas naturelles. Et nous pensons qu'il vous est arrivé la même chose.

— Vous allez devoir sortir, réitéra la femme médecin. C'est assez pour le moment.

— Je veux... qu'il... reste, chuchota Rory.

— Ce n'est pas à vous de décider, la tança le médecin.

— Accordez-moi dix minutes avec elle, et je vous jure que je m'en vais, dit Lynley.

Il paraissait tenter de lire le nom sur son badge, mais faute de lunettes adéquates, il n'y parvenait pas tout à fait.

— Elle a des informations importantes à me livrer qui permettront d'arrêter la personne responsable de son état. Dix minutes, répéta-t-il. Docteur... ?

— Bigelow. Bon, je vous en accorde cinq.

— Sept.

— Cela ne se négocie pas.

— Bon, alors cinq.

En se tournant vers la mère et la sœur de Rory, il ajouta :

— Puis-je m'entretenir seul avec elle ?

Elles sortirent en déclarant qu'elles attendraient dans le couloir. Le médecin s'éclipsa non sans lancer un dernier avertissement à Lynley, lui conseillant de tenir parole.

L'inspecteur tira une chaise au chevet de Rory.

— Clare a été empoisonnée avec de l'azoture de sodium. Vous aussi, *a priori*. Vous étiez à Shaftesbury avant de rentrer à Londres, n'est-ce pas ? (Rory confirma d'un signe de tête.) Quelqu'un vous a-t-il donné quoi que ce soit avant votre départ ? Quelque chose que vous avez rapporté chez vous ?

Après un instant de réflexion, Rory fit non de la tête. Personne ne lui avait rien donné.

— Quelqu'un a-t-il accès à votre appartement en votre absence ? Y a-t-il une deuxième clé qui se promène dans la nature ? Plusieurs ?

Rory réfléchit.

— Dans mon bureau... à la maison d'édition. Mais rien n'indique qu'elle ouvre la porte de chez moi. Personne ne peut se douter...

Elle était surtout préoccupée par cette histoire de poison. Elle leva la main – un effort éprouvant – et la posa sur sa poitrine.

— Dans quoi, le poison ?

— Dans votre dentifrice, madame Statham. Comme la majorité des gens, vous vous êtes, je suppose, brossé les dents avant de vous coucher, non ? (Elle fit signe que oui.) Vous avez toutes les deux été victimes du même poison, voyez-vous, aussi nous cherchons un lien. Il s'avère qu'il y en a deux. Le premier est le dernier livre publié de Clare Abbott. Vous êtes son éditrice, n'est-ce pas ?

Rory confirma de la tête et murmura :

— Qu'est-ce qu'un livre pourrait avoir...

— Je suis d'accord. Ce qui nous amène au deuxième lien. Caroline Goldacre. Vous avez passé une ou deux nuits à Shaftesbury, non ? Vous aviez organisé les funérailles pour Clare Abbott. Caroline Goldacre aurait-elle eu accès à vos effets personnels ? Plus précisément, à votre tube de dentifrice ?

Rory fouilla sa mémoire. En vain. Pourtant, elle avait le net souvenir que Caroline avait été importune, se mêlant de ce qui ne la regardait pas. Mais pour quelle raison aurait-elle voulu se débarrasser de Clare, puis d'elle ?

Une expression vint à l'esprit de Rory : *en prévention*. Mais à quoi appliquer ce concept ?

Shaftesbury
Dorset

En relisant les interviews de Bob T et John S, Barbara ne fut pas étonnée de découvrir le site Internet. Tout cela se rattachait aussi au synopsis qu'elle avait trouvé chez Rory Statham. Et tout cela semblait contredire l'affirmation de Caroline quant à l'absence d'un nouveau projet d'ouvrage de Clare Abbott.

Le site s'intitulait Just4Fun. Si c'était juste pour s'amuser, cela n'avait rien d'étonnant qu'il soit destiné aux adultes mariés désireux de faire des rencontres extraconjugales sans prise de tête. Rien de plus simple que de trouver un « plan cul » proche de chez soi : le site proposait des mises en relation sans lendemain par régions, ou même par communes. Ainsi, songea Barbara, on pouvait s'envoyer en l'air avec un supporter de la même équipe de foot.

Les profils n'étaient accompagnés d'aucune photo. Normal. Personne n'avait envie de clamer sur les toits son infidélité. Après tout, n'importe qui pouvait visiter le site. Qui aurait voulu prendre le risque qu'une connaissance, ou pire, sa compagne ou son compagnon, tombe sur son portrait ? Il ne fallait pas être naïf. Barbara supposa que les noms aussi étaient des pseudos.

Winston, debout dans l'encadrement de la porte, barrait le passage à Caroline Goldacre au cas il prendrait à celle-ci l'envie de se sauver. Elle ne paraissait pas avoir l'intention de bouger, mais elle s'enquit toutefois :

— Qu'est-ce qui se passe ? C'est l'ordinateur de qui ? Il est à Clare ? Vous avez trouvé quoi ? Ses e-mails ? Comment avez-vous fait ?

— Elle avait fait une liste de ses mots de passe et, en gros, elle se servait du même pour tout, l'informa Nkata. Les gens sont trop paresseux. Ils ne se rendent pas compte qu'on peut circuler dans leur historique et ouvrir tous leurs comptes.

Barbara leva les yeux. Elle allait émettre un commentaire, quand Caroline lança :

— Vous m'accusez, moi ? De quoi m'accusez-vous exactement, sergent ?

Barbara continua à cliquer sur les liens du site, passant en revue qui voulait quoi, comment, avec qui ou quoi. Certains avaient une sacrée imagination. Incroyable ce que les gens parvenaient à faire avec les différentes parties de leur corps et une bonne dose de souplesse.

— Elle couchait à droite et à gauche dans le Dorset, le Hampshire et le Somerset, dit Nkata à Caroline. Vous étiez au courant ?

Caroline ne répondit pas. Elle était mal à l'aise, semblait avoir perdu sa langue. Barbara regarda Nkata, comprenant peu à peu où il voulait en venir. Il avait suivi pas à pas les activités de Clare sur le site de rencontre.

— Vous prétendez que Clare Abbott retrouvait des inconnus pour coucher avec eux ? dit Caroline du bout des lèvres.

— *Quelqu'un* draguait des messieurs pour des

rencontres, rectifia Nkata. Peut-être que c'était Clare. Peut-être que c'était une autre personne. Comme je le disais tout à l'heure, si on connaissait son mot de passe, on pouvait aller sur tous les sites auxquels elle était abonnée et s'abonner à d'autres...

Il haussa les épaules.

— Ce que le sergent essaye de vous dire, précisa Barbara, c'est que la personne qui a pris des rendez-vous sur ce site pouvait tout aussi bien être la Mère l'Oie que Clare. Cela pouvait même être *vous*, qui cherchiez à ce qu'on vous fasse grimper au rideau dans le plus strict anonymat.

— Moi ? Je me serais servie de l'ordinateur de Clare pour *ça* ? Oh, c'est trop fort ! Vous savez bien que je suis mariée, non ?

— Justement, sur ce site, tout le monde l'est, fit remarquer Nkata.

— Ou fait semblant de l'être, rectifia Caroline. Cela m'étonnerait que ces gens se sentent obligés de le prouver. Ce site leur sert de prétexte, c'est dégoûtant. Ils prétendent être mariés pour qu'on n'attende rien d'eux, c'est ça, plutôt.

— « Ils » ou « elles », fit observer Barbara. Ça marche dans les deux sens. On tire son coup de cinq à sept, et voilà. Ça te paraît raisonnable, Winnie ? Oups. Laisse tomber. J'oubliais ton côté moralisateur.

— Hum, fit Nkata. Si ma mère découvrait que je faisais ce genre de conneries, Barb, elle me ferait tâter de son manche à balai.

— C'est de la maltraitance. À ton âge, en plus, tss-tss.

— Très drôle, fit Caroline en se dirigeant vers le

cabas qu'elle avait abandonné sur un fauteuil près de la porte.

Avait-elle l'intention de leur fausser compagnie ? Toujours est-il que Nkata s'interposa.

— Tu as lu les réponses des messieurs, Barb ? interrogea-t-il en désignant l'ordinateur d'un hochement de tête. Y a un truc intéressant. Ils écrivent à quelqu'un qui se fait appeler Caro. Pas Clare.

Caroline se figea dans son élan.

— Alors ça, c'est bizarre, commenta Barbara. Ce serait vous, par hasard, madame Goldacre ?

— Évidemment pas, qu'est-ce que vous croyez ? Ces gens-là ne se servent pas de leur vraie identité. Elle a évidemment... Mon Dieu, quand je pense à tout ce baratin sur le féminisme... Se servir de mon nom... Elle ne connaissait même pas ces types. C'étaient peut-être des repris de justice... ou des porteurs de maladies... ou des violeurs... Ils battaient peut-être leur femme... ou je ne sais pas... sûrement tous des psychopathes, de toute façon. Quand je pense qu'elle faisait des tournées dans le pays en proclamant que les femmes doivent être aux commandes de leur propre vie, quand je pense qu'elle dénigrait la passion amoureuse, selon elle un leurre destiné à précipiter les femmes dans des mariages qui ne peuvent que les rendre malheureuses pour le reste de leur vie... Et pendant ce temps, elle était en goguette et participait au malheur de pauvres épouses qui découvriraient un jour que leur mari les trompe...

Elle éclata d'un rire qui, à l'oreille de Barbara, ressemblait fort à un cri de triomphe.

— Les hommes avaient l'air de l'avoir à la bonne,

avança Nkata. À voir leurs commentaires... (Il avança le menton vers l'ordinateur.) T'as vu ça, Barb ?

Barbara avait vu, en effet.

— Oui, après un certain temps, elle n'a eu que l'embarras du choix, apparemment. Elle y allait fort, pour une dame de son âge.

— En plus, elle n'était pas vraiment canon, renchérit Nkata en visant Caroline Goldacre.

— Où voulez-vous en venir, sergent ?

— Comme j'ai dit, ils l'appelaient Caro.

— Puisque je vous répète qu'elle s'est servie de mon nom ! Je vous interdis de penser que... Si vous croyez que je suis assez stupide pour passer par l'ordinateur de Clare pour chercher des mâles répugnants, alors je vous mets au défi de les retrouver et de les interroger. Je vous donnerai ma photo, et vous prendrez aussi celle de Clare. Il leur suffira d'un coup d'œil pour vous dire quelle est la pute qu'ils ont baisée...

Des gouttelettes de sueur perlaient sur son front. Son visage luisait dans la lumière de la lampe de bureau de Clare.

Barbara et Nkata ne pipèrent mot. Le téléphone de Barbara sonna. *Lynley*. Elle se promit de le rappeler juste après.

— À cause de vous, maintenant, je ne me sens pas bien du tout.

— Ça vous arrive souvent ?

— Quoi ?

— De vous mettre dans tous vos états, comme ça. Et quand on pousse le bouchon trop loin, qu'est-ce qui se passe ?

— Je n'ai rien à vous dire, déclara-t-elle à la

cantonade tout en se dirigeant d'un pas vacillant vers la porte.

Cette fois, Nkata s'écarta d'un pas et la laissa sortir.

Shaftesbury
Dorset

Alastair s'aperçut qu'il avait du mal à entendre ce que Sharon lui disait. Pourtant il écoutait, attentivement en plus. Mais il lui était difficile de se concentrer sur le boulot. Il consulta les notes prises lors de leur dernière réunion bimensuelle, ici même, dans le bureau du siège de son entreprise. Ils devaient engager des vendeuses supplémentaires : Dorchester, Bridport et Wareham attiraient une telle clientèle qu'une seule personne derrière le comptoir ne suffisait plus à la tâche. En outre, il y avait un vice de construction dans l'immeuble où était situé leur nouveau magasin, à Swanage. Sharon proposait de s'y rendre pour faire le point et discuter avec l'entrepreneur chargé de la rénovation.

Alastair hochait la tête en répétant « oui, oui, oui », et en s'émerveillant de tout ce que Sharon faisait pour lui. Avec elle, il se sentait tellement paisible. C'était une sensation nouvelle, étrange et très agréable. Elle était toujours si calme, si sûre d'elle. Après toutes ces années auprès de Caroline, il avait acquis une vision particulière de la femme. Un être qui impose sans cesse sa présence et qui avait un besoin insatiable de lui, tant et si bien qu'il avait fini par s'effacer et s'oublier lui-même.

— Tu es un miracle, s'entendit-il déclarer à Sharon.

Ces paroles lui avaient échappé alors qu'elle lui expliquait quelque chose, la pointe de son crayon bien taillé posée au bas d'une colonne de chiffres censée représenter... Il n'en avait pas la plus petite idée.

Elle s'appuya au dossier de sa chaise.

— De quoi tu parles, Alastair ?

— Une veuve, deux petits, une minuscule pension du gouvernement... Et voilà ! Tu as élevé admirablement tes enfants sans personne pour t'aider, toute seule. Je connais ton histoire, Shar. Tu as commencé à Yeovil, comme vendeuse. Et aujourd'hui tu diriges toutes les boulangeries. Si tu quittes l'entreprise, je suis foutu.

— Je ne te quitterai pas. C'est ce que tu veux savoir ?

Avec ses lunettes perchées au bout de son nez, elle ressemblait à une charmante maîtresse d'école.

— Tu ne m'as pas demandé de la quitter, *elle*... Pourquoi ? Pas une fois tu ne m'as parlé de ça. Pourquoi ne me pousses-tu pas à l'éloigner pour que nous soyons l'un pour l'autre ce que nous voulons...

— Que voulons-nous, au juste ?

Elle posa son crayon et couvrit sa main de la sienne, ses doigts entre ses doigts, la douceur de sa paume exquise sur le dos de sa main. Un geste aussi minuscule et insignifiant que l'émotion qu'il suscita chez lui fut profonde. Le dos de la main de Sharon était éclaboussé de taches de rousseur. Il avait envie de la couvrir de baisers.

— Tu sais ce que nous voulons être l'un pour l'autre.

Les doigts de Sharon resserrèrent leur étreinte.

— Alastair, écoute-moi. Ne soyons pas aussi

conventionnels. Il n'est pas nécessaire que nous soyons mari et femme... que tu fasses de moi une épouse honorable. Les mœurs ont changé, et nous sommes heureux comme ça, non ?

— Ai-je l'air heureux, Shar ?

Il fit un geste circulaire, ne désignant évidemment pas le bureau où ils se trouvaient dans le laboratoire de la boulangerie, mais sa vie avec Caroline.

Le visage de Sharon s'assombrit. Elle était donc plus inquiète qu'elle ne voulait le dire. Elle se leva pour regarder par la fenêtre du petit bureau. Au premier plan, le jardin de Will, puis la maison. Il était sur le point de lui dire que Caroline s'était absentée, quand elle se retourna.

— C'est dur pour toi en ce moment, compatit-elle. Mais il s'agit sans doute d'une mauvaise passe.

— *Toi.*

Il s'était exprimé presque violemment. Elle eut un léger mouvement de recul.

— La mauvaise passe, c'est moi ?

— Non, non, je ne fais que penser à toi... je t'ai dans la peau... comme si tu t'étais glissée en moi, et moi en toi... Ne me dis pas que ce n'est pas ce que tu ressens parce que, si tout ça n'était rien qu'une tocade pour toi, je ne sais pas ce que je ferais.

À la fin de cette tirade, il se rappela qu'un homme pouvait être trompé par ses bas instincts. Mais dans son cas, il aspirait seulement à lier leurs âmes de manière que rien ne puisse plus les séparer.

Les yeux de Sharon s'arrondirent derrière le verre de ses lunettes, qu'elle ôta pour les essuyer sur l'ourlet de sa jupe.

— Tu es un romantique, Alastair, voilà ce que tu es. Qui l'aurait cru ?

— Tu me prenais pour quoi ?

— Un gars viril avec les mains dans la farine.

Était-ce vraiment ainsi qu'elle le voyait ? Il ne put s'empêcher de se sentir dépité.

— Fais donc pas cette tête, Alastair, s'empressa d'ajouter Sharon. Ça m'est égal, tu sais. Cela ne change rien à mes sentiments. Je sais que rien n'est simple pour toi. N'aggravons pas les choses.

— Les aggraver comment ? s'angoissa-t-il à voix basse, comme se parlant à lui-même.

— En exigeant plus de la vie qu'elle ne peut nous donner pour l'instant. On a tous les deux conscience qu'elle te tient dans ses filets, mais il vaut mieux ne pas épiloguer là-dessus.

— Mais moi… moi… il faut bien que j'y pense… Je ne vis plus quand je ne suis pas avec toi… ça signifie quand même quelque chose, non ? Je n'ai jamais été comme ça avec…

— Ne dis plus rien ! Ce genre de comparaison ne te mènera nulle part. Laisse couler, pour l'heure. Je ne vais pas disparaître comme par magie. Je suis là, auprès de toi, depuis des années.

— Je parie que tes gosses désapprouvent.

— Mes enfants ne sont pas au courant. Personne ne l'est. C'est entre toi et moi, et c'est très bien comme ça.

Comment pouvait-elle être aussi sereine ? se demanda Alastair. Ce n'était pas possible de considérer que tout allait bien.

Alors qu'il la dévisageait, son cœur se mit à battre la chamade. Ses battements pulsaient dans sa gorge et gonflaient sa poitrine jusque sous ses aisselles.

— J'ai tout le temps envie de t'embrasser. Tu me fais bander, tu le sais, non ?

— Chut, ou nous n'arriverons jamais au bout de notre liste, lui rappela-t-elle. N'oublie pas que le boulot, c'est...

Elle laissa sa phrase en suspens, car Caroline venait de faire irruption dans la pièce. Alastair se leva d'un bond. Caroline braqua son regard sur la bosse qui étirait sa braguette. Puis elle les dévisagea l'un après l'autre, Sharon et lui. Alastair cherchait un moyen de se sortir de cette situation embarrassante quand Caroline, qui maîtrisait mal son agitation, rompit le silence :

— Ils m'ont tendu un piège, gémit-elle. Ils cherchent à me faire avouer des horreurs alors que je ne sais même pas ce qui lui est arrivé. Juste qu'elle est morte du cœur. Si tu voyais leurs têtes quand ils me regardent... Pourquoi refusent-ils de me renseigner sur la vraie cause de son décès ? J'avais besoin de ton soutien, que tu leur démontres que je ne suis pas le genre de femme qu'ils croient. Que tu prennes ma défense. *La police*, pour l'amour du Ciel ! Tu sais ce que ça fait ? Tu sais comment on se sent quand on a besoin désespérément d'être épaulée face à des gens... et que la personne qui devrait être à votre côté ne l'est pas parce qu'elle... Ah, non, c'est vraiment trop !

Là-dessus, elle tourna les talons et sortit. La porte claqua. Alastair courut à la fenêtre et la vit traverser d'un pas vacillant le ravissant jardin de Will, ce jardin qui avait été fait en son honneur, dans le seul but de la rendre heureuse.

Dans son dos, Sharon s'attendrit :
— Je suis désolée, Alastair. Je voudrais tant pouvoir t'aider.

Spitalfields
Londres

India aimait les reflets de la pluie sur les pavés dans le jour déclinant d'un après-midi d'automne, la façon dont les feux de circulation brillaient, nimbés d'un halo mouillé, cette manière qu'avaient les phares des voitures de clignoter à travers le déluge. Elle humait avec délices les bouffées d'odeur emprisonnées dans l'air détrempé : les fumées de diesel qui lui rappelleraient toujours Londres où qu'elle soit à l'avenir dans le monde par une journée pluvieuse comme celle-ci ; la fumée des cigarettes consommées par ceux forcés de pratiquer leur vice sur le trottoir ; les fumets des cuisines des restaurants devant lesquels elle passait en se rapprochant de son ancien logis. Arrivée au pied de l'immeuble, elle constata que les lumières étaient allumées là-haut : Charlie l'attendait.

« Maman m'a téléphoné dans tous ses états, lui avait-il dit presque sans préambule au téléphone. Je sais que c'est beaucoup te demander, India, mais pourrais-tu passer chez moi après le travail ? Il faut que je te parle. Je viendrais volontiers, mais j'ai seulement une heure de battement entre deux clients. Tu es libre ? Tu as quelque chose de prévu ? »

Oui, elle avait quelque chose de prévu. Elle le lui avait dit franchement, afin de tester sa réaction : Nat et elle n'avaient pas encore fixé l'heure exacte de leur rendez-vous, mais il était entendu qu'ils se retrouveraient dans un restaurant non loin de la cathédrale St Paul. Nat adorait la friture et voulait l'initier au plaisir de déguster ces minuscules poissons trempés dans de la sauce tartare.

À cette explication, Charlie avait réagi tout à fait raisonnablement :

« Je vois. Pas de bol ! Bon, je suis grand et vacciné... il va falloir que je me débrouille tout seul.

— Quel est le problème ? avait-elle demandé. Alastair a toujours cette liaison avec... avec cette dame, j'ai oublié comme elle s'appelle.

— Sharon Halsey. Non, ça n'a rien à voir avec elle.

— Il l'a virée ?

— Non. D'après ce que j'ai compris, maman a pris conscience que, sans elle, rien ne marcherait plus à la boulangerie, sans compter qu'il aurait fallu lui payer un sacré nombre d'années d'ancienneté. Pour ce qui est de sa liaison avec Alastair, je n'en sais strictement rien. Ce qui inquiète maman, ce sont les flics de Londres. Ils enquêtent à Shaftesbury. »

Charlie avait alors appris à India la vérité à propos du décès de Clare Abbott. Une crise cardiaque, certes, mais provoquée. La police ne divulguait pas plus de détails, mais une seconde autopsie avait prouvé qu'il y avait eu meurtre. Et à présent, l'éditrice de l'auteure, Rory Statham, était hospitalisée.

« Ça alors ! Mais c'est quoi, cette histoire ?

— On n'en sait rien du tout. Maman m'a exposé en large et en travers ses liens avec les deux victimes, Clare et Rory. Elle s'est fourré dans la tête que les flics la soupçonnent de quelque chose. Comme elle ne sait même pas pourquoi cette pauvre éditrice est à l'hôpital – que l'on sache, elle a peut-être été opérée de l'appendicite –, si ça se trouve, on a seulement droit à un nouveau mélodrame à sa sauce. Sur ce, voilà qu'elle est en route pour ici !

— Ta mère ? Elle vient à Londres ?

— Hum... oui. Il faut que je trouve un moyen de la calmer. Je pensais que tu pourrais m'aider. C'est-à-dire, j'avais l'impression que je serais mieux armé pour faire face si je parlais d'abord avec toi. »

C'est ainsi qu'India avait accepté de venir le voir à l'appartement, avant son rendez-vous avec Nat.

Elle entra dans l'immeuble avec sa clé et monta l'escalier. De la musique s'échappait de l'appartement de Charlie. Elle frappa. La musique se tut.

— Te voilà, l'accueillit Charlie avec un sourire. Merci d'être venue.

India se fit la remarque qu'il avait l'air en forme. Il commençait à ressembler de nouveau au Charlie d'autrefois. Sa haute taille faisait beaucoup pour son élégance décontractée, mais il avait aussi une nouvelle veste et des chaussures neuves. Devant son sourire, il rougit un peu, la couleur de ses joues s'harmonisant avec celle de ses cheveux roux.

— Entre, dit-il en s'effaçant. Tu ne t'es pas servie de ta clé ?

India n'avait pas osé, mais elle préféra opter pour une autre explication :

— Je pensais que tu étais peut-être avec un patient. Quant aux clés, Charlie...

Curieusement, elle ne parvint pas à prononcer les mots qu'elle avait préparés : « Tiens, je te rends les clés d'en bas et celles de l'appartement, il n'y a aucune raison que je les garde pour le moment. »

Nat ne comprenait pas pourquoi ce n'était pas déjà fait. « Quand ? », lui avait-il murmuré seulement la veille au soir en la prenant dans ses bras après l'amour, le corps humide, au bord du rêve. Il avait soulevé sa chevelure et l'avait embrassée dans le cou, sa main tendrement close autour d'un sein qui semblait s'y nicher comme s'il y avait toujours eu sa place.

« Tu sais ce qu'on a, *nous*, avait-il murmuré. Tu le sais. »

Eh bien, non, elle ne savait pas exactement. Tout ce dont elle avait conscience, c'est que ses relations avec Nat étaient très différentes de celles qu'elle avait eues avec Charlie. Mais quelle valeur fallait-il leur attribuer ? Peut-être cédait-elle à l'attrait de la nouveauté, peut-être cet attrait s'estomperait-il avec le temps...

— Quant aux clés ? répéta Charlie avec douceur, comme il avait l'art de le faire lorsqu'il jugeait que vous aviez quelque chose sur le cœur et qu'il était la personne appropriée pour l'entendre.

Elle fronça les sourcils et mentit :

— Les clés... Je ne sais plus ce que je voulais dire. Comme c'est bizarre. Mais raconte un peu, pour ta mère.

— Tu veux boire quelque chose ? J'ai prépar... Viens.

Il la fit entrer au salon, où il avait disposé de quoi faire des martinis. Sur un plateau, une bouteille bleue, du gin Bombay Sapphire, transpirait à grosses gouttes après un long séjour dans le congélateur. Il y avait aussi du bon vermouth. Elle connaissait l'usage auquel il le destinait : quelques gouttes, qu'il ferait rouler dans le verre pour former un film. Des olives et des amandes grillées complétaient cet apéritif.

India eut un pincement au cœur devant ce tableau familier – d'ailleurs, c'était l'effet escompté par Charlie, elle le savait bien. C'était leur ancien rituel de début de soirée, quoique en général réservé au vendredi, pour la simple raison que, ce soir-là, peu importait s'ils remplissaient plusieurs fois leurs verres et buvaient un peu trop.

Elle se tourna vers Charlie en pensant à son rendez-vous avec Nat pour le dîner. Elle l'en avait pourtant informé. D'un autre côté, qu'est-ce que ça lui coûtait de ne pas le décevoir ? Il s'était donné du mal, et elle distinguait derrière lui, sur le tableau blanc de la cuisine, les lignes de son écriture soignée. Apparemment, il avait repris son travail bénévole, une étape importante sur le chemin de la guérison. De là où elle se tenait, elle pouvait lire les noms des associations : *Samaritans*, Battersea Dogs...

— Je ne peux pas rester longtemps, lui rappela-t-elle.

— C'est vrai, admit Charlie. Nat t'attend pour dîner. Je te suis reconnaissant d'avoir bien voulu venir. Mais j'ai pensé qu'un verre... Ou tu préfères du thé ? Si tu veux, on peut s'installer à la cuisine. Je n'avais pas l'intention... Quoique... je ne sais plus. Au point où j'en suis, tout ce que je fais est intentionnel. *Cependant*... (appuyé du charmant sourire du Charlie d'antan) je me félicite de pouvoir te démontrer que je suis redevenu un homme accommodant. Du thé, alors ? Earl Grey ou Assam ?

Elle décida qu'un martini ne prêterait pas à conséquence.

— Le gin, ça me va très bien. Mais petit.

— Ce sera petit pour moi aussi. J'ai encore un client tout à l'heure.

Pendant qu'il préparait leurs cocktails, elle observa les changements qu'il avait apportés à la pièce. Leurs photos de vacances étaient toujours exposées en bonne place, mais les rayonnages portaient de nouveaux livres et des objets d'art chinois : des baguettes, disposées sur un socle approprié, deux figurines et un pinceau de calligraphe au long manche. Au mur était accrochée une nouvelle peinture, une scène de marché, représentant des Chinois jouant aux cartes au milieu des fruits colorés. Quand ils vivaient ensemble, il avait exprimé plusieurs fois l'envie d'effectuer ce genre d'achats, mais elle s'y était chaque fois opposée. Pratiquant une médecine venue d'Extrême-Orient, l'idée de retrouver l'Orient en rentrant chez elle l'horripilait. Pourtant Charlie avait raison quand il disait que ce style s'harmonisait à ravir avec l'architecture Art déco. India se demanda s'il y avait d'autres sujets sur lesquels son mari avait eu raison et n'avait pas été écouté.

Ils se ressemblaient trop, Charlie et elle, c'était ça le problème. Ils étaient beaucoup trop accommodants.

En le regardant mixer les ingrédients de leurs martinis, India se prit à songer combien ses gestes lui étaient familiers. Ils se singularisaient notamment par leur précision : juste ce qu'il fallait de vermouth, de gin, deux olives piquées sur un cure-dents.

Pour dire quelque chose, elle lança au petit bonheur :

— Tu es très occupé par tes clients ?

Il lui glissa un regard en coin.

— Je regrette de ne pas avoir tout de suite suivi tes

conseils. J'avais besoin d'une thérapie pour traverser ce deuil. J'ai réfléchi à ce qui me bloquait, plus que tu ne saurais l'imaginer, et la seule explication que je vois est celle-ci : la mort de Will m'a anéanti parce que je me reprochais de ne pas avoir su l'empêcher. J'ai laissé tomber mon frère, voilà le constat auquel je me refusais parce que j'aurais été obligé de me remettre en question. C'est toujours ça le problème, bien sûr. Merde, India, Will me manque tellement !

— Bien sûr, qu'il te manque.

— Il a fallu que j'accepte le fait qu'il me manquera jusqu'au bout... Son absence va façonner les années qu'il me reste à vivre.

— Charlie, tu es trop dur envers toi-même.

Il la regarda droit dans les yeux et sembla hésiter avant d'enchaîner :

— India, il faut que tu saches que pour moi rien n'est changé. Ou plutôt... si, tout est changé, et en même temps rien ne l'est.

— Tout ?

— Tu sais bien. Will et ce que ça m'a fait. Toi et ce que ça m'a fait. Ces épreuves dont je me suis sorti, finalement. C'est ça le « tout », et le « rien », tu le connais déjà... Mais au cas où tu ne...

— Oui, oui, je sais, s'empressa-t-elle de dire avant qu'il ne déclare que son amour pour elle était inchangé malgré l'intrusion d'un autre homme dans sa vie.

Charlie savait qu'ils étaient amants, Nat et elle. Et il fallait reconnaître qu'il encaissait sacrément bien... India admirait sa capacité à rebondir. Cependant, elle était persuadée que, si elle ne l'avait pas plaqué, il serait encore en train de se morfondre dans le canapé.

— Bon, n'en parlons plus, India, ce n'est pas le

moment. Écoute, la police londonienne occupe la maison de Clare Abbott à Shaftesbury. D'après ce que j'ai réussi à tirer de maman au téléphone, ils ont découvert sur l'ordinateur de Clare un site de rencontres pour plans coquins. La police a interrogé maman à ce sujet.

— Pourquoi ?

— Apparemment, Clare s'en donnait à cœur joie avec ces types... en se servant du nom de maman. Elle couchait avec des hommes mariés, voilà.

India resta bouche bée, son martini en suspens devant son visage. Charlie poursuivit :

— Maman craint que la police ne fasse un amalgame et ne voie là un bon mobile pour elle de nuire à Clare.

— Mais comment s'y serait-elle prise pour provoquer une crise cardiaque ?

Charlie posa son martini et ramassa une poignée d'amandes. Il les soupesa au creux de sa paume.

— Après son coup de fil, j'ai consulté les statistiques sur ce genre d'affaires. À mon avis, s'ils mettent maman sur la sellette, cela signifie qu'il y a du poison dans l'air.

— Je ne comprends pas.

— Un poison qui provoque un arrêt cardiaque, ou des convulsions qui y font penser.

— Comment ta mère aurait-elle pu penser à une chose pareille, enfin ? Et même si elle connaissait ce truc-là, pour quelle raison aurait-elle tué Clare ? Parce que Clare se serait servie de son nom pour coucher avec des types mariés ? Était-elle seulement au courant ?

— Elle dit qu'elle ne s'en doutait pas une seconde. C'est en tout cas ce qu'elle a affirmé à la police.

— Est-ce que... pardon, Charlie, mais... tu la crois ?

— Elle n'en serait pas à son premier mensonge. Mais en plus, tu vois, il y a Rory Statham... l'éditrice de Clare... Elle est à l'hôpital, ici, à Londres.

— Quel rapport entre les deux ?

— Maman semble, entre autres, persuadée qu'elle est la prochaine victime, parce qu'elle était l'employée de Clare et que Rory était son éditrice. Son discours est totalement incohérent. On lui en voudrait à mort à cause du livre de Clare. Une des épouses des maris infidèles qui ont couché avec Clare va lui faire la peau... Ou alors Clare menaçait un de ces types, ou le faisait chanter... Le pire, c'est que maman ne se sent plus en sécurité avec Alastair. Elle dit que si ça se trouve, c'est Sharon Halsey qui tente de la tuer pour mettre le grappin sur lui. Ou bien c'est Alastair qui veut se débarrasser d'elle. Tu vois le truc.

— N'empêche : pourquoi viser Clare ?

— Tu as raison, mais tu connais maman. Quand elle s'y met, il y a un gouffre entre ici... (il posa son index sur sa tête) et là... (il indiqua sa bouche). Elle a appelé le commissariat de Shaftesbury pour en apprendre davantage, mais ils disent ne rien savoir, l'affaire étant entre les mains de Scotland Yard. Peut-être essayent-ils seulement de la tenir à distance... (Il prit une grande inspiration et souffla.) J'ai eu un mal de chien à débrouiller ce qu'elle me racontait. Là, elle est en route et...

Il marqua une pause et but une gorgée de martini en la regardant par-dessus le verre.

Devant son expression, India comprit ce qu'il attendait d'elle. Voilà donc pourquoi il n'avait pas voulu discuter de cette histoire au téléphone. Il allait lui demander d'héberger Caroline. Lui-même ne pouvait pas la loger, pas avec ses patients qui entraient et sortaient toute la journée. India lâcha du bout des lèvres :
— Charlie…
— Pour deux nuits tout au plus, je te jure, en attendant que j'arrange les choses.
— Quelles choses ?
— Maman et Alastair, pour commencer. Cette affaire de meurtre, ensuite. Autant qu'on sache, elle se trompe probablement du tout au tout et elle confond tout.
— Pourquoi ne va-t-elle pas à l'hôtel ?
— Elle n'est pas en état de se retrouver seule dans une chambre d'hôtel. Je sais, c'est beaucoup te demander, India. C'est même trop te demander ! Si je n'avais pas ces nouveaux clients, je la prendrais moi-même, bien sûr. Ou si l'appartement était plus grand. Mais voilà…

India savait qu'un des aspects du problème relevait de sa responsabilité. Après tout, c'était elle qui avait absolument voulu emménager dans ce minuscule appartement Art déco. Il avait accepté uniquement pour lui prouver qu'il lui était reconnaissant de s'être pliée en quatre pour faire plaisir à sa mère. Ils étaient tous les deux otages de Caroline, songea India. On en revenait toujours à ce triste bilan.

En fait, il lui était possible de rendre ce service à Charlie. Après ses longues journées à la clinique, elle retrouvait presque tous les soirs Nat pour le dîner, lequel pouvait très bien avoir lieu hors de chez elle. Elle céderait à Caroline sa chambre et dormirait sur le canapé. Deux jours, ce serait vite passé. Elle pouvait bien faire ça pour Charlie.

— Deux jours seulement ? Tu promets ?

Il leva la main.

— Si j'avais une bible... Je la garde cette nuit et je te l'amène demain matin à Camberwell. Si tu me laisses la clé, tu n'as même pas besoin d'être là. Sois tranquille, je n'irai pas fouiller dans le tiroir de ta lingerie fine... Malheureusement, je ne peux pas te promettre que maman ne le fera pas. S'il y a un truc que tu préfères qu'elle ne voie pas, cache-le.

Sa plaquette de pilules, songea India... Il faudrait la mettre hors de portée de sa belle-mère... Bon, mais à part ça, il n'y avait chez elle rien de particulièrement révélateur.

— Très bien, Charlie. Si tu promets...

18 octobre

Primrose Hill
Londres

Lynley gara la Healey Elliott sur Chalcot Crescent et termina à pied jusqu'à Primrose Hill. Il avait rendez-vous avec Daidre pour récupérer le chien. Il lui avait proposé de la retrouver au parc zoologique, à l'intérieur de Regent's Park, ce qui aurait été plus simple pour tous les deux, mais Daidre avait rétorqué que c'était l'heure de la promenade d'Arlo, celle de la mi-journée, et qu'il serait content de traverser Prince Albert Road et de grimper jusqu'au sommet de Primrose Hill.

La pluie s'était calmée, les trombes de tout à l'heure s'étant muées en un sombre et léger crachin qui ne semblait pas même mériter que l'on ouvre un parapluie. Lynley laissa le sien sur le plancher de sa voiture et remonta le col de son manteau. Arrivé en haut de la côte, il regretta son parapluie mais se consola en se disant qu'il survivrait...

Daidre n'était pas encore au point de rendez-vous. La météo aurait pu laisser penser que le parc serait vide, mais il y avait pas mal de monde sur les pelouses et les allées pavées qui les quadrillaient. Poussant des landaus ou des poussettes, des nounous faisaient prendre des bolées d'air sous bâche plastique aux bambins ; trois jeunes optimistes se passaient un ballon de foot au pied ; un couple de vieux comparait ce que l'on distinguait du panorama sur la ville avec le plan du skyline londonien qu'ils avaient devant eux ; enfin, à quelques pas de ce panneau indicatif, une femme entre deux âges fumait d'un air maussade sous un parapluie de golf.

Lynley repéra le parcours probable de Daidre depuis le zoo. Elle n'était pas en vue. Il jeta un coup d'œil à sa montre, puis contempla les arbres au bord du Regent's Canal en contrebas. Ceux-ci avaient revêtu leurs habits d'automne mais les couleurs étaient ternies par la grisaille. Bientôt, ils seraient dépouillés de leurs feuilles et devraient affronter plusieurs lugubres mois de jours courts et sombres arrosés de pluie, ou, de plus en plus souvent désormais, de neige.

Lynley ne se sentait pas très gai. Il avait lu ce matin la correspondance saisie chez Rory Statham. Il avait aussi regardé les photos. Celles-ci dataient apparemment d'un séjour que Rory et sa compagne Fiona Rhys avaient fait en Espagne et qui s'était terminé par la mort de Fiona. On les voyait au bord de la mer, sur fond de vagues ourlées de blanc. Elles se tenaient par la taille et souriaient à l'objectif. Sur une autre, installées à un bar devant des chopes de bière, elles piochaient toutes les deux dans le même plat de poissons frits. Sur une autre encore, elles faisaient leurs courses sur un marché de plein air au milieu de fruits et de légumes qui brillaient de soleil.

En somme, tout ce à quoi elles aspiraient, comme tant de leurs compatriotes, c'était à un peu de chaleur et de soleil. Elles n'étaient pas très exigeantes.

Elles semblaient heureuses, d'après ce que pouvait en juger Lynley. Ces images étaient celles d'un partenariat harmonieux : les deux femmes avaient accordé leurs rythmes de vie en fonction l'une de l'autre afin d'optimiser leur entente.

Les lettres, cependant, racontaient une autre histoire. Toutes étaient de la main de Clare Abbott. Elles présentaient une gamme complexe d'émotions, commençant par celles qui régissent des relations professionnelles, passant ensuite aux échanges amicaux et s'approfondissant peu à peu pour aborder en toute intimité des thèmes graves, puis s'arrêtant sur un malentendu. Comme il avait accès seulement aux lettres de Clare – celles de Rory étaient peut-être quelque part chez l'écrivaine, à moins que celle-ci ne les ait jetées après y avoir répondu –, des lacunes temporelles rendaient chaotique le déroulement des événements. Toujours est-il qu'il avait compris que, au fil des années, l'amour de Rory et Fiona avait montré un autre visage.

Les enfants, voilà quel avait été le nœud gordien. Fiona en voulait et son désir était entré en conflit avec la prudence de Rory, laquelle s'expliquait notamment par l'anorexie mentale dont souffrait Fiona. Cette maladie avait manifestement été le cadavre dans le placard dont l'odeur nauséabonde avait empoisonné l'atmosphère. Sujette à des rechutes régulières, Fiona ne paraissait pas, du moins aux yeux de Rory, capable d'assumer des responsabilités parentales. Elle avait fait part de ses inquiétudes à Clare, et l'écrivaine l'avait sermonnée dans la veine : « Les lèvres justes gagnent la faveur des rois. » En vain. Rory avait regardé Fiona tour à tour se tuer de faim et se gaver sans pouvoir rien faire, et cette obsession avait fini par miner leurs relations, au point de provoquer des épisodes de séparation au cours desquels Rory avait cherché le soutien affectif de Clare. Celui-ci avait été généreusement accordé, puis retiré lorsque Clare s'était rendu compte que Rory prenait ses marques d'amitié pour autre chose.

Le meurtre de Fiona avait engendré le prévisible cortège de culpabilités : la culpabilité d'avoir survécu à un terrible crime, la culpabilité d'avoir laissé la passion s'émousser en silence sans même qu'elle se transforme en tendresse, la culpabilité de la fugitive dont le sauve-qui-peut avait été payé au prix fort par sa partenaire. Dans cette épreuve, Clare Abbott s'était tenue aux côtés de Rory, aussi bien matériellement que métaphoriquement, mais au bout du chemin il lui avait bien fallu être franche : *Tu me manques aussi, Rory, mais ce n'est pas la même chose pour moi que pour toi, et on sait toutes les deux que la vie doit continuer.*

Vraiment ? se demanda Lynley. Les idées de meurtre et de suicide se mélangèrent dans son esprit. Que savait-il des journées précédant la mort de Clare Abbott ? Il regarda ses notes : Clare s'était trouvée à Londres le matin, et la nuit suivante, elle mourait. Elle avait signé ses livres à la maison d'édition en compagnie de Caroline Goldacre et… de Rory Statham.

Lynley réfléchissait à tout cela lorsque son téléphone sonna. Sans doute Daidre lui annonçant qu'elle était retenue au zoo ou en route pour Primrose Hill.

Mais non, c'était Barbara Havers. En quelques phrases, elle lui révéla l'existence du site découvert par Winston sur l'ordinateur de Clare, où quelqu'un, sous le pseudo de Caro24K (« Comme vingt-quatre carats d'or, *or* comme dans Gold-acre, inspecteur », lui traduisait Havers au cas où il n'aurait pas compris), avait fait des rencontres extraconjugales.

— Caroline prétend que Clare s'est servie de son nom pour coucher avec tous les hommes mariés du Dorset. Elle nous propose de nous filer sa photo et nous met au défi, si on ne la croit pas, de la montrer aux hommes infidèles...

— Alors ?

— Winnie est sur le coup. Il va trouver leurs vrais noms, leurs numéros de téléphone et leurs adresses. Vous connaissez Winnie. Il a ses entrées dans le monde cybernétique. Et d'après lui, une fois qu'il aura tout ça, il suffira de prononcer les sésames – « New Scotland Yard » et « enquête criminelle » – pour que les portes s'ouvrent.

— Et vous, sergent, vous en pensez quoi ?

— Clare a des transcriptions d'interview avec deux d'entre eux. Par ailleurs, j'avais pris, dans un tiroir du bureau de Rory à Londres, un projet d'ouvrage... (Havers marqua une pause agrémentée de bruits de papier froissé.) *Le Pouvoir de l'adultère anonyme : les rencontres en ligne et la dissolution de la famille*. C'est comme ça que ça s'appelait. Mais, à en croire Caroline, Clare Abbott n'avait aucun livre en cours, et vous savez quoi, inspecteur, elle a peut-être raison.

— Qu'est-ce qui vous fait dire ça ?

— Ce projet... Il y en a une tartine sur le sexe, Internet et les mecs mariés... des gens qui cherchent l'amour là où il n'est pas. Mais de début de livre, je n'en ai pas vu. Winnie et moi, on pense qu'il y avait de l'eau dans le gaz.

— Comment cela ?

— Caroline et ces types se roulaient dans le foin.

— Cela contredit sa proposition de montrer sa photo... Et les transcriptions d'interview faites par Clare ?

— Clare aura peut-être pigé ce que Caroline fabriquait et en aura profité pour les interviewer. Quant à la photo, il se peut que ce soit du bluff. Elle pense peut-être que nous n'arriverons jamais à les retrouver et que, même si on y arrive, ils refuseront de nous parler. Mais, comme je vous disais, Winnie... C'est rien, pour lui. Pendant ce temps, je cherche ce que peut bien ouvrir une clé qui était cachée dans un tiroir du bureau de Clare. Un tiroir fermé à clé... une clé sous clé. Au départ, j'ai pensé à un casier ou à une consigne quelconque, mais quand je suis arrivée en ville...

— Attendez, Havers. Winston est avec vous ?

— Puisque je vous dis qu'il planche sur l'ordi de Clare.

Lynley se douta de la suite. Il sentit ses mâchoires se serrer.

— Barbara, vous aviez ordre de ne pas quitter Winston d'une semelle. Et Winston avait reçu le même ordre vous concernant.

Silence. Puis Lynley entendit une voix d'homme en fond sonore. « T'as loupé quelque chose, Patrick. » Sans doute un passant dans la rue. Finalement, Barbara maugréa :

— J'avais pas réalisé qu'on devait être inséparables à ce point, inspecteur.

— Je tiens à ce que vous opériez ensemble. C'était vos instructions, je vous rappelle : en-sem-ble !

— Mais on opère ensemble, inspecteur ! Vous n'avez jamais dit qu'on devait être comme ces nageuses qui font des danses aquatiques en duo... quel est le mot, déjà ? Elles font des ciseaux en l'air avec leurs jambes...

— Ne cherchez pas à noyer le poisson, sergent. C'est toujours ainsi que cela commence avec vous, vous le savez très bien.

— Qu'est-ce qui commence ?

— L'interprétation des ordres... Vous avez l'art de brouiller les choses tant et si bien qu'une poule n'y retrouverait pas ses poussins. Dans la police, il y a des règles, vous ne pouvez en inventer à mesure pour votre propre usage. Vous vous figurez un peu comment Isabelle...

— Et vous, inspecteur, vous vous entendez ? Vous faites un... je-ne-sais-quoi nerveux, là. Je vous fais remarquer qu'*Isabelle* s'est bien gardée de nous fournir une équipe pour mener cette enquête. Il y a Winnie et moi à Shaftesbury, vous à Londres, et on a une montagne de boulot à abattre sans l'aide de nos jeunes bleus ambitieux. Il faut bien qu'il y ait une division du travail, quand même. Alors soit je reste sagement auprès de Winnie pour lui tenir la main et vous faire plaisir, à vous et à *Isabelle*, ou bien je fais avancer le schmilblick et je trouve ce qu'ouvre cette putain de clé que Clare planquait dans son bureau.

Havers avait insisté sur le prénom de la commissaire Ardery dans l'unique but de le désarçonner, ce qui était plutôt agaçant. Pourtant, il y avait du vrai dans son raisonnement.

— Cette clé…, reprit-elle. Je suis sur une piste. J'ai inspecté la maison de Clare de la cave au grenier… il n'y a rien qui corresponde. Dieu sait ce qu'elle a enfermé dans cette cachette, mais, quoi que ce soit, nous savons que nous devons le trouver. Êtes-vous prêt à m'aider, inspecteur, ou dois-je rentrer à Londres me mettre au garde-à-vous devant Ardery ? Je suppose qu'elle ne va pas tarder à vous convoquer dans son bureau pour que vous lui fassiez un rapport sur ma conduite… Vous lui raconterez ce que vous voulez ; en attendant, Winnie et moi, on lâche pas le morceau alors qu'on n'a personne…

— Pour l'amour du Ciel, assez, Havers ! la coupa Lynley. Continuez comme ça, c'est bon.

Il aperçut Daidre, enfin, traversant Prince Albert Road avec Arlo affublé de son manteau de chien d'assistance, trottinant à côté d'elle au bout de sa laisse. Lynley leva la main, mais elle ne le vit pas. L'instant d'après, la jeune femme et le petit chien prenaient un raccourci à travers la pelouse.

— Super, inspecteur. Vous en êtes où, de votre côté ?

— Je m'apprête à retourner à l'hôpital pour discuter avec Rory. Ses relations avec Clare Abbott n'étaient pas celles d'une simple éditrice. D'autre part, Clare et Caroline étaient bien *toutes les deux* dans le bureau de Rory à Marylebone avant de partir pour Cambridge. Je ne me trompe pas ?

Havers confirma et lui demanda ce qu'il avait derrière la tête.

— Je crois que Rory était amoureuse de Clare.

— Bon sang de bonsoir. Alors cette grosse vache de Caroline Goldacre a raison. Ça, ça me débecte.

Lynley raccrocha, pensif. Il songeait que la bonté, la pitié et la compassion sont souvent interprétées par celui ou celle qui en est l'objet comme l'expression d'un engagement amoureux. À cet instant, regardant Daidre et le petit chien gravir les derniers mètres jusqu'à lui, il ne put s'empêcher de douter de son propre jugement. Peut-être avait-il pris pour de l'amour la bonté de cette femme, qui compatissait au sort d'un homme dont la vie était un champ de ruines.

Alors qu'elle arrivait à sa hauteur, remarquant soudain que rien ne la protégeait de la pluie, il lui dit :

— J'aurais pu venir directement à ton bureau, tu sais. Je n'ai pas de coin de parapluie à t'offrir.

— C'est bizarre, nota-t-elle en promenant les yeux autour d'elle. En regardant par la fenêtre avant de partir, j'étais persuadée qu'il ne pleuvait pas. C'est comme si on était dans un nuage...

Elle posa son regard sur lui et lui sourit affectueusement quoiqu'elle ne dût pas voir grand-chose à travers les verres de ses lunettes constellés de pluie.

— De toute façon, Arlo avait besoin de se promener. Et puis je suis ravie de te voir. Quand j'ai vu ta silhouette au sommet de la colline, je me suis sentie comme une héroïne de l'époque victorienne. Tommy, ton imperméable date du siècle dernier. Où l'as-tu déniché ?

— C'était celui de mon père. Et j'ai l'impression qu'il appartenait à son propre père avant. Je ne suis pas certain qu'il soit imperméable en fait, mais j'aime bien cette coupe.

— Ça fait très MI6.

— J'ai toujours rêvé d'être un agent secret. Ça t'impressionne, alors ?

— Oui. Finalement, je crois que je te préfère avec le look... chiffonné.

— Comme lors de notre séjour en Cornouailles.

— Moins la boue... Comment ça va, à part ça ?

— Eh bien, je ne me sens pas très à l'aise, à fouiller la vie de toutes ces femmes...

— Cela ne fait pas partie de ton travail ?

— Si. Mais là, c'est encore plus attristant que d'habitude : des histoires d'amour, des deuils, des malentendus...

Elle le dévisagea.

— Crois-tu que tu pourras aller jusqu'au fond des choses ?

— Je t'avoue que je n'en suis pas sûr.

— Ah, la condition humaine, soupira-t-elle en lui tendant la laisse. Je prends goût à la compagnie de ce petit être. Je n'ai jamais eu de chien, du moins pas une fois adulte. C'est un peu curieux, je m'en rends compte, pour une véto. Mais ces animaux ont le chic pour se tailler une place dans votre cœur, tu ne trouves pas ?

— Hum... C'est peut-être pour cette raison que tu n'en as jamais pris.

Elle ne se détourna pas. Au contraire, elle le regarda droit dans les yeux :

— Oui, en effet, mon cœur n'est pas une auberge espagnole.

— C'est ce que j'ai noté, opina-t-il.

La conversation s'arrêta là pour la bonne raison que le téléphone de Lynley sonna. Voyant s'afficher *SO7*, il lui dit rapidement qu'il devait prendre l'appel.

Elle rétorqua que, pour sa part, elle devait retourner travailler.

— Tu prends soin de notre petit ami, hein, Tommy ?

Il lui assura que oui. Elle l'embrassa et se détourna pour redescendre la colline.

— Lynley à l'appareil.

— On a finalement les résultats des empreintes, inspecteur. Désolé de vous avoir fait attendre aussi longtemps.

Cerne Abbas
Dorset

À son retour, bredouille, de sa virée audacieuse en solo dans le centre-ville, Barbara ne fut pas étonnée d'apprendre que les petits amis de Caro24K freinaient des quatre fers, et pour cause, à la perspective d'être interrogés sur leurs activités associées au site Just4Fun. Assis à la table de la salle à manger, Winston et elle savouraient des sandwichs thon-maïs – au moins, il ne lésinait pas avec la mayo, apprécia-t-elle en enfournant le sien. Il lui expliqua que, lorsqu'il les avait contactés *via* la boîte mail du site, les types avaient tous cherché de bonnes excuses pour se défiler : depuis une belle-mère qu'il fallait emmener d'urgence à l'hôpital à cause d'une angine de poitrine jusqu'à : « Je ne crois pas que j'aie à me justifier au sujet de relations sexuelles entre adultes consentants. » Pour obtenir leur coopération, il avait fallu leur démontrer que la police était en mesure de les localiser en deux temps trois mouvements. Or, la dernière chose qu'ils voulaient, c'était que New Scotland Yard vienne frapper à leur porte.

Nkata ne leur avait rien dit sur la mort de Clare Abbott. Chaque chose en son temps...

— Bon, poursuivit-il, on a rendez-vous à quatorze heures trente au Royal Oak de Cerne Abbas avec toute la bande.

— Ils savent que c'est un rencard collectif ? s'enquit Barbara.

— Ce sera une surprise. C'est plutôt avantageux pour nous, non ?

Une fois les sandwichs engloutis, ils se mirent en route. Winston prit le volant de la Prius, non sans en avoir auparavant fait anxieusement le tour pour vérifier que le véhicule était sorti indemne de l'escapade de Barbara. Celle-ci attendit patiemment, mais se permit quand même de le gratifier d'un regard de reproche. Il haussa les épaules.

— Je te jure, Win, il y a des gens qui s'occupent moins bien de leurs gosses que toi de cette caisse.

À vol d'oiseau, Cerne Abbas n'était pas très loin de Shaftesbury, mais à la campagne il est rare de circuler sur des voies rapides. Winston opta pour un itinéraire qui les amena d'abord du côté de Sherborne, puis leur fit traverser le paysage vallonné et verdoyant de Blackmore Vale. Le riche bocage et les pentes herbeuses étaient peuplés essentiellement de vaches. Çà et là, des fermettes pointaient, nichées au milieu des rares arbres parvenus à prendre racine dans cette terre marécageuse.

Cerne Abbas était un petit village agrémenté d'étangs, de ruisseaux et de maisons dont la construction remontait à plus de quatre siècles. Ses dimensions minuscules avaient peut-être mis ce lieu à l'abri des ravages du temps. Même la création de l'A352 à sa périphérie n'avait pas réussi à en gâcher le charme. On y trouvait les vestiges d'une abbaye, ainsi qu'une rangée de maisons collées les unes aux autres sous la ligne fluctuante de leurs toits. L'étroitesse des portes et la vétusté des colombages cautionnaient leur caractère authentique : il ne s'agissait pas de répliques pittoresques équipées de tout le confort moderne, Wi-Fi compris. De l'autre côté de la rue se dressait l'église, sur le parvis de laquelle trônait un pilori, qui servait peut-être encore, qui sait ?

Le pub du Royal Oak – qui tenait son nom du chêne royal se dressant devant – était situé à la croisée des deux rues principales du village, Abbey Street et Long Street. Son étroit pignon dominait une table à pique-nique tapissée de mousse ; et lui-même était recouvert d'une vigne vierge arborant la palette flamboyante des couleurs de l'automne. Au-dessus de la porte d'entrée, une inscription faisait remonter la construction du bâtiment à 1540. Alors que Barbara et Winston s'apprêtaient à entrer, le soleil fit sa première apparition de la journée et vint frapper de ses rayons le noble personnage de l'enseigne, lequel accusait une vague ressemblance avec Charles II.

À l'intérieur, Barbara repéra deux types taillant une bavette au bar, l'un devant une pinte de Guinness, l'autre devant un Coca méritoire où nageaient des glaçons et une rondelle de citron. Sinon, à part le barman, l'endroit était vide.

Suivant la coutume de tout pub digne de ce nom, le barman et les deux hommes se tournèrent pour regarder entrer Barbara et Nkata. Si ces deux-là étaient les types de Just4Fun, songea Barbara, ils avaient oublié leur cerveau sous l'oreiller : leur expression montrait bien qu'ils ne voyaient pas en elle et Winston les poulets qu'ils attendaient.

Elle sortit sa carte de police, aussitôt imité par Winston. Il n'en fallut pas plus. L'un d'eux se hérissa de dards :

— Alors, quoi, je suis là, non ? J'ai dix minutes à vous accorder, pas plus.

L'autre râla :

— Vous n'aviez pas dit que vous seriez deux.

Puis les deux hommes se regardèrent, stupéfaits, et soufflèrent de conserve :

— Alors, vous aussi ?

Le barman parut se réveiller d'un coup. C'était un jeune homme qui faisait penser à un mouton, avec ses cheveux excessivement frisés, héritage d'un trop grand nombre d'unions consanguines, et son visage triangulaire au menton en galoche. La clientèle ne se bousculant pas à cette heure, toute forme de distraction était la bienvenue. Les choses devinrent encore plus intéressantes pour lui lorsque la porte se rouvrit pour laisser le passage à un cinquième inconnu à Cerne Abbas, lequel se joignit aux hommes que Nkata poussait gentiment vers une table du fond, la plus éloignée possible du bar.

On se présenta, les témoins tenant à ne livrer que des prénoms et des initiales. Barbara attendit que Nkata leur apprenne que peu importait, son expertise en matière d'Internet étant ce qu'elle était... Mais il se passa de commentaire et se contenta de hausser les épaules. Ils s'appelaient donc Van V, Bob T et Al C.

Après cette concession au savoir-vivre, Bob T fut

le premier à prendre la parole. Il voulait être sûr et certain que ce rendez-vous était confidentiel, que rien de ce qu'il dirait ne serait enregistré, que les informations qu'il livrerait ne seraient pas utilisées par la justice et qu'il serait autorisé à partir bien avant les autres. Barbara se demanda ce qui pouvait bien lui faire croire qu'il avait les moyens de négocier avec la police. Elle était sur le point de lui en faire la remarque quand Nkata les informa que, en ce qui le concernait, il avait seulement besoin qu'ils identifient la femme qu'ils avaient rencontrée en ligne.

Encore une fois, ce fut Bob T qui parla :

— Je n'ai pas couché avec elle.

Le deuxième homme gloussa, le troisième leva les yeux au ciel. Vexé, Bob T s'employa dès lors à prouver sa chasteté. Il se lança dans le récit de son entrevue avec « cette dingue de féministe » qui avait débarqué au Wookey Hole Motel dans le Somerset, où ils devaient se retrouver.

Barbara se rappela avoir lu le nom du motel en question dans l'agenda de Clare. Un des deux autres hommes émit un reniflement dubitatif, mais lorsque Bob T le mitrailla du regard, il produisit un énorme éternuement.

— Désolé... le rhume des foins.

Winston sortit une photo de Clare Abbott, qu'il avait dénichée dans son bureau : un de ces portraits d'écrivain dont les éditeurs se servent pour la promotion de leurs livres. À peine y eut-il jeté un coup d'œil que Bob T soupira :

— C'est bien la vieille bique en question, et je vous avoue que j'étais soulagé quand j'ai compris qu'elle voulait seulement m'interviewer. Je ne sais pas comment j'aurais fait, vu sa gueule... Vous dites qu'elle est morte ? demanda-t-il finalement.

— On vous a juste dit que c'était une enquête criminelle, lui fit observer Nkata aimablement.

— Qui d'autre qu'elle peut être mort ? rétorqua Bob T. Bon sang, si elle jouait ce genre de tour à tous les mecs, les aguicher en leur promettant monts et merveilles et puis, au moment du rencard, leur sortir des papiers à remplir et un stylo... Elle jouait avec sa vie, mais bon. Elle m'a dit qu'elle écrivait un bouquin, mais moi je lui ai répondu que je n'avais aucune envie de me retrouver dans un putain de livre. Je voulais juste prendre un peu de bon temps parce que ma grosse... Bon, les femmes, hein ? C'est un jour avec, un jour sans. Autant se faire curé tout de suite.

— Les enfants de chœur étant ce qu'ils sont..., ironisa Barbara.

— Hé, je suis pas...

— Et vous ? intervint Nkata en s'adressant aux deux autres. Vous reconnaissez cette femme ?

Ils firent oui de la tête.

— Sexe ou interview ?

Ils se consultèrent du regard comme s'ils hésitaient à dire la vérité, semblant se demander quelle option leur donnerait un air moins con. Dan V finalement se lança :

— Sexe.

— *Idem*, articula Al C avec un hochement de tête.

— Qu'aviez-vous de différent pour qu'elle ne vous présente pas des cases à cocher ? interrogea Barbara. Elle avait oublié ses papiers ? Ou il s'est passé quelque chose ?

— Comme quoi ? fit Dan V.

— Comme l'utilisation de la force, suggéra Barbara.
— Vous m'accusez de... Ah, mais n'importe quoi, personne n'a forcé personne à faire quoi que ce soit, je n'ai jamais forcé une femme de ma vie.
— Moi non plus, renchérit Al C. Elle avait peut-être des papiers sur elle, mais je les ai pas vus. On s'est retrouvés pour boire un verre...
— Où ça ? s'enquit Barbara tandis que Winston sortait son calepin relié de cuir et son porte-mine.
— Du côté de Bournemouth. Au Travelodge.
— Elle avait mis un sac sur sa tête ? plaisanta Bob T.

Dan V gloussa, mais Al C se défendit :
— C'était pas nécessaire. Mon truc, c'est le chocolat fondu, je laisse le reste à votre imagination. Le principal, c'est de garder le chocolat au chaud. Ça lui a bien plu, je dois avouer. C'est elle qui m'a demandé de recommencer. On s'est rencontrés, je sais pas, cinq fois peut-être ? Après quoi, on en a eu assez tous les deux. Chacun est parti voir ailleurs, sans explications et sans regrets. Eh oui... l'attrait de la nouveauté.

Barbara coula un regard vers Winston. Il restait imperturbable, mais Dieu sait ce qu'il pensait... En dépit de son association passée avec des gangs de rue, il était innocent sur bien des aspects scabreux de ce bas monde. Elle se tourna vers Dan V.

— Vous avez quelque chose à dire sur vos inclinations ?
— C'est-à-dire ?
— Où, quand et comment, par exemple.
— Au Best Western d'Ilminster.
— Vous êtes des sacrés romantiques, hein ?

commenta Barbara. Un Travelodge, un Best Western. Je me demande où on va à partir de là.

— Y s'agit pas de sentiments, protesta Dan V. C'est que pour le cul. On pose pas de questions, on fait pas de projet. La capote est obligatoire. On boit quelques verres et ensuite on décide. C'est oui ou c'est non, on partage le prix de la piaule, on s'amuse un peu, et *basta*. C'est pas compliqué parce que personne veut des complications... Sinon on serait pas allés sur ce foutu site.

Il haussa les épaules et jeta un coup d'œil aux deux autres, lesquels lui renvoyèrent son regard, puis tous se détournèrent les uns des autres.

Barbara se souvint brusquement du quatrième larron, celui qui ne s'était pas pointé au rendez-vous. Il faudrait quand même l'interroger, celui-là. Jusqu'ici, cette piste se révélait une perte de temps, à moins qu'on ne prenne en compte son aspect divertissant.

Soudain, Dan V dit à Al C :

— Alors elle est revenue à la charge ?

Son ton désinvolte était contredit par l'expression sur son visage. Barbara sentit le duvet sur sa nuque se hérisser. Du coin de l'œil, elle vit Winston lever le nez de son calepin. Tous étaient suspendus aux lèvres d'Al C, qui pour le moment se taisait en se trémoussant sur sa chaise. Il finit toutefois par acquiescer d'un rapide hochement de tête.

— C'est quoi, cette histoire ? insista Barbara.

Ce fut au tour de Bob T de se tourner vers les deux autres.

— Elle vous a coincés, hein ? Elle a essayé avec moi : « Je pense pas que ça fera plaisir à bobonne et à tes mioches d'apprendre ce que tu fabriques en douce, pas vrai ? » Un e-mail. Deux semaines environ après la rencontre avec la vieille pute.

Winston et Barbara échangèrent un regard. Winston s'enquit :

— Qu'est-ce qu'elle voulait ? De l'argent ?
— Ouais, fit Dan V.

Al C confirma d'un signe de tête dégoûté. Barbara se demanda ce qui le dégoûtait le plus : lui-même, cette femme, ou l'idée qu'une rencontre sexuelle anonyme ne puisse se passer sans contrepartie...

— Du chantage, donc, énonça-t-elle. Qu'est-ce que vous avez fait ?

— Je lui ai dit que je me foutais bien que ma femme apprenne que j'avais eu un entretien avec une féministe, lâcha Bob. Que je pensais que ça lui plairait, au contraire... Quant aux mioches, mes jumeaux sont encore en couches-culottes. Je crois qu'ils s'en fichent pas mal, de ce que leur papa fabrique à ses heures perdues.

— Et vous ? continua Barbara en se tournant vers Dan et Al.

Dan V avait casqué. Cet aveu fut accueilli par les deux autres avec des grognements désapprobateurs. Mais il expliqua qu'il avait trop à perdre si son épouse décidait de divorcer.

— J'ai payé les huit cents livres.
— Ben mon vieux, marmonna Al, compatissant.
— T'es dingue, commenta Bob.
— Comment ça s'est passé, et où ? interrogea Barbara en espérant, sans illusion cependant, que le versement s'était effectué par virement bancaire.
— En liquide.
— Par la poste ou déposé quelque part ?

— La poste, une adresse à Shaftesbury.
— Vous vous rappelez laquelle ?
— Juste le nom de la rue, Bimport, je crois. Après, je suis allé voir en voiture. Une belle demeure en pierre. Un beau jardin. Elle m'avait l'air vernie.
— Et vous ? poursuivit Barbara en se tournant vers Al. En liquide aussi ?
— J'ai pas payé. Ce message de menace, « le dire à bobonne » et tout ça, il ne m'a pas paru écrit par la même personne. Vous voyez, je suis prof d'anglais dans un collège. Et les gosses, c'est pas croyable ce qu'ils sont rusés. Le plagiat, ça n'a pas de secret pour eux. Il y a un site sur la toile qui permet de repérer les « emprunts » qu'ils font pour leurs dissertations. J'ai téléchargé les e-mails de Caro24K, eh bien, le dernier, celui où elle réclamait huit cents livres, n'était pas du même auteur. Si vous voulez mon avis, quelqu'un était au courant pour le site de rencontre. Quelqu'un qui connaissait son mot de passe...
— Ou qui avait accès à son ordinateur. Clare Abbott stockait tous ses mots de passe dedans, termina pour lui Barbara. L'avez-vous avertie ?
— J'ai appelé son portable et laissé un message.
— Vous l'avez rappelée ensuite ? Vous avez cherché à la joindre d'une autre manière ?

Il fit non de la tête. Ils gardèrent le silence quelques instants, pendant lesquels la porte s'ouvrit sur un couple de gens âgés accompagnés de leurs trois West Highland terriers. Une famille de quatre personnes les rejoignit au bar dix secondes plus tard. Commença alors un examen bruyant du menu : « Granny, je veux un steak-frites ! », suivi de : « Tu auras du poisson pané, et pas de discussion » (de la part du père) et de :

« C'est moi qui invite, Ian, alors laisse le p'tit gars prendre ce qu'il veut » (intervention du grand-père).

Tout était dit, songea Barbara qui observait les nouveaux venus, tandis que la famille continuait à se chamailler. Tout se résumait toujours à ceci : « Laisse le p'tit gars prendre ce qu'il veut. »

Fulham
Londres

Rory Statham sut qu'elle était de retour à la normale lorsque l'expression de sa mère la fit sourire. Elle avait été héroïque, sa mère, de lui avoir rapporté de chez elle, Rory, l'enregistrement du morceau qu'elle avait composé au cours des derniers mois. Rory avait rarement l'occasion de se servir de ses connaissances en géopolitique acquises à Cambridge dans le quotidien de son travail d'éditrice féministe. En revanche, il lui arrivait de mettre en pratique, pendant son rare temps libre, ce qu'elle y avait appris en matière de musicologie. Après ses études, elle s'était mise à composer de la musique, puis elle s'était interrompue de nombreuses années, pendant qu'elle était avec Fiona. Finalement, elle avait repris le fil de cette activité créatrice. Ce n'était pas pour se faire produire par un label. Elle composait uniquement pour son propre plaisir.

— Eh bien, fit sa mère aimablement. C'est... original, non ?

Rory avait eu pitié d'elle et avait arrêté l'enregistrement après le premier mouvement. Elle savait que sa mère trouvait que sa musique ressemblait à la bande-son de l'échangeur de Hammersmith à l'heure de pointe : des taxis se dirigeaient vers Heathrow avec à leur bord des passagers torturés par la peur de louper leur vol ; il y avait un accident quelque part devant ; les pompiers étaient de la partie, plus deux ambulances ; des poids lourds disputaient le terrain aux autocars et aux camionnettes ; les nerfs étaient à cran ; l'humeur massacrante.

Rory avait envie de rassurer sa mère en lui avouant que son qualificatif était exact.

Mais tout haut, elle lui dit :

— On n'a pas besoin de l'écouter jusqu'au bout. Tu es adorable de me l'avoir apporté, mais... il y a encore du travail à faire dessus.

— Mais non, ma chérie, c'est ravissant.

Rory ne put s'empêcher de rire.

— Je parie que ça te rappelle *Le Lac des cygnes*.

Sa mère gloussa elle aussi.

— Bon, d'accord, je ne comprendrai jamais ta musique. Je t'ai dit qu'Eddie et David téléphonent deux fois par jour pour prendre de tes nouvelles ? Ils voulaient venir te voir tout de suite, mais comme tu es sur la voie de la guérison maintenant, je leur ai conseillé d'attendre les vacances, avec leurs petits. J'espère que j'ai bien fait.

Rory tiqua un peu en pensant à son frère, au mari de son frère et à leurs deux garçons âgés de quatre et sept ans. Elle songea à Fiona et au tour qu'aurait pu prendre leur vie si seulement elle, Rory, avait accepté qu'elles adoptent ce bébé. Mais à la réflexion, non. Ç'aurait été pire, car elles auraient été en Espagne avec leur petite fille – elle aurait eu dix ans – et Fiona avait été assassinée...

— Tu as fait ce qu'il fallait, maman. Je préfère les voir à Noël, de toute façon.

La porte de la chambre s'ouvrit, et Rory ne pensa plus à ses regrets en voyant s'avancer l'inspecteur Lynley, et surtout Arlo... Le petit chien portait son manteau vert. Quand il avisa Rory sur son lit médicalisé, sa petite queue poilue se mit à s'agiter frénétiquement.

— J'ai réussi à convaincre l'équipe médicale qu'il était bien un chien d'assistance psychologique, déclara l'inspecteur. Grâce à ma carte de police, sa frimousse et mon amabilité, on a obtenu un droit de visite d'un quart d'heure.

— Posez-le sur le lit, s'il vous plaît, inspecteur.

Arlo tournicota sur les draps avant de se coucher à côté de Rory, la tête sur ses mollets et le regard fixé tendrement sur son visage.

— Il me fait les yeux doux. Bonjour Arlo, mon petit chéri. Vous avez un chien, inspecteur ?

— Non, mais ma mère en a trois : des lévriers, qui ont pour principale fonction de composer un tableau décoratif devant sa cheminée. Ils ne peuvent pas vivre sans un feu qui ronfle dans l'âtre.

— Où habite votre mère pour avoir un feu qui ronfle dans l'âtre ? s'enquit Rory.

— En Cornouailles.

La mère de Rory fit remarquer :

— Vous n'avez pas l'accent. Vous n'avez pas grandi là-bas ?

— Si, mais entre l'école et mon père, ils ont veillé à ce que je ne le garde pas.

Puis, s'adressant à Rory, il continua :

— J'ai reçu un appel des experts. Les empreintes

leur ont donné du fil à retordre, ce qui explique leur retard, mais ils ont découvert quelque chose de curieux. Votre tube de dentifrice ne comportait pas seulement les vôtres, mais celles de deux autres personnes.

Rory fronça les sourcils. Lynley précisa :

— Une des empreintes n'a pas encore pu être identifiée. L'autre appartient à Clare Abbott.

— L'empreinte de Clare ? s'étonna la mère de Rory. Et de quelqu'un d'autre ? Sur le tube de dentifrice de Rory ?

— Cela peut vouloir dire plusieurs choses. Mais la présence de celles de Clare...

— Attendez ! s'écria soudain Rory.

Arlo bondit sur ses petites pattes.

— Arlo, couché, tout va bien, le rassura Rory avant de se tourner vers Lynley et de lui faire part de ses conclusions : Ah, inspecteur, c'est ça... On s'est disputées.

— Clare et vous ?

— Caroline Goldacre et moi. Avant que je quitte Shaftesbury. Elle était furieuse. Elle prétendait que Clare n'avait aucun projet en cours, qu'elle n'avait rien écrit, et la discussion a tourné au vinaigre. J'ai fini par lui dire qu'on n'aurait plus besoin de ses services, ce qui est vrai, étant donné les circonstances. Elle voulait prendre ses affaires, mais je l'en ai empêchée parce que je dois d'abord faire l'inventaire de tout ce qui se trouve dans la maison. Je lui ai seulement permis d'emporter quelques trucs dans le bureau.

La mère de Rory intervint de nouveau :

— Mais, ma chérie, cette femme ne chercherait pas à t'empoisonner pour si p...

— Ce n'est pas ça, coupa Rory. Je déteste les conflits. Tu le sais, maman. Je n'avais qu'une envie : rentrer le plus vite possible à Londres. Après son départ, j'ai donc pris Arlo et les affaires d'Arlo, et j'ai filé tout de suite. Ce n'est qu'après que je me suis aperçue que j'avais oublié mon vanity-case à Shaftesbury. Je n'avais plus rien chez moi...

— Plus rien ? s'étonna Lynley.

— Plus d'affaires de toilette. C'est pour ça que je me suis servie de celles de Clare. J'avais hérité de son sac, vous voyez. Depuis Cambridge. Le sac qu'elle avait à l'hôtel où elle est morte.

— Bien sûr, opina Lynley. Au départ, on a cru sa mort naturelle, et on vous a donc remis son sac avec ses effets personnels.

— Je ne l'avais même pas déballé. Il n'y avait pas de raison. Mais quand je me suis aperçue que j'avais oublié à Shaftesbury mes...

— Vous avez pris son dentifrice. Qui a préparé ses affaires pour le séjour à Cambridge ?

— Clare elle-même, je suppose. Ou bien Caroline.

— Et elles avaient des chambres attenantes à l'hôtel, prononça pensivement Lynley.

Ils se turent, Rory entrevoyant les implications de cette découverte.

— Caroline connaissait certainement la marque de dentifrice préférée de Clare, reprit-elle. Puisque c'est elle qui faisait les courses. Elle a très bien pu substituer... Mais, inspecteur, elle n'avait aucun mobile. Cela aurait été mordre la main qui la nourrissait. Pourquoi aurait-elle fait une chose pareille ?

C'était une bonne question, concéda Lynley. Mais à ce stade, il fallait avant tout identifier la troisième empreinte. Si elle n'appartenait pas à Caroline Goldacre, c'était qu'il y avait un tiers impliqué dans l'affaire, et ce tiers aurait très bien pu glisser le poison dans le tube de dentifrice que Clare avait emporté à Cambridge.

Fulham
Londres

— On a bavardé avec trois des quatre maris infidèles, rapporta Barbara Havers à son supérieur hiérarchique. Le quatrième s'est déclaré en panne sur l'autoroute alors qu'il venait nous rejoindre. Ce que je crois comme je crois que je suis capable de gagner la France à la nage. Mais il dit qu'on peut venir le voir si on veut vérifier son histoire. Il stationne sur une aire de repos de l'A352, où il attend la dépanneuse.

Lynley s'adossa à l'aile de la Healey Elliott. Le trafic avançait au ralenti sur Fulham Road. Il avait appelé le sergent dans le but de l'informer à propos de l'empreinte de Clare, mais la conversation s'était portée d'abord sur les interrogatoires.

— Je vais vous dire ce que je pense, inspecteur, conclut Havers. On ne trouve pas de livre en cours d'écriture sur l'adultère pour la bonne raison que Clare Abbott s'est contentée de s'envoyer en l'air avec ses sujets. Au départ, elle a bien eu l'intention de s'y mettre, à ce bouquin. Peut-être même qu'elle a écrit un début. Elle a interviewé le premier type, c'était bon, mais au deuxième, celui qui tartine du chocolat, elle s'est dit qu'au fond, la pratique, c'était plus excitant que la théorie. Attendez ! Je vous ai gardé le meilleur pour la fin.

— Vous avez vraiment mieux ? plaisanta Lynley.

— Eh bien, figurez-vous que les trois hommes ont reçu des nouvelles d'elle peu de temps après...

Barbara l'informa de la suite.

— L'un d'eux, cependant, a soupçonné que ce dernier message ne venait pas de Clare. Pour en avoir le cœur net, il les a tous téléchargés dans un logiciel ou une appli ou je ne sais quoi...

– Et vous vous demandez si cette personne n'est pas Caroline Goldacre, c'est bien ça ? demanda Lynley.

— En effet. Winnie et moi avons envisagé cette possibilité.

Ils avaient aussi examiné les relevés bancaires de Clare ainsi que ses carnets de chèque. Or il se trouvait qu'elle avait fait des chèques au nom de Caroline Goldacre.

— Pas de grosses sommes, non, pas du tout, expliqua Barbara. Parfois vingt-cinq, parfois cinquante. Une fois cent livres. Qu'est-ce que vous en pensez ? Mon avis, c'est qu'elle la faisait chanter.

— Cela ne ressemble pas à du chantage, sergent. Vingt-cinq livres ? Cinquante ? Même cent ! Plutôt des remboursements pour des sommes que Caroline avait avancées pour acheter de la nourriture, du vin, des fournitures pour le bureau, que sais-je. En plus, si c'était du chantage, elle aurait exigé du liquide. Vous avez vérifié les autres comptes de Clare ? À Shaftesbury et à Londres ?

— Pas encore. Mais comptes en banque mis à part, il se pourrait que Caroline ait demandé genre : « Je suis un peu à court cette semaine, Clare. Tu peux me filer cinquante livres ? »

— Pas du chantage direct, mais sous-entendu ?
— Exact.
— C'est possible. Ce qui nous ramène à Caroline Goldacre comme cible potentielle du meurtre, lui rappela Lynley.

Un sujet menant à un autre, ils embrayèrent enfin sur la question des empreintes sur le tube de dentifrice. Lynley pria Barbara de relever celles de Caroline le plus vite possible. Lapolice locale lui prêterait sûrement son capteur biométrique. Il lui suffirait ensuite de les transmettre aux gars de SO7.

Barbara acquiesça :
— Très bien, inspecteur. Mais si jamais on trouve les empreintes de Caroline sur le tube, alors il y a quelque chose de pourri, et c'est pas à Copenhague.

Lynley sourit.
— Vous m'impressionnez, sergent. Mais il s'agit d'Elseneur, corrigea-t-il.
— Quoi ?
— Elseneur, répéta-t-il. C'est au Danemark.
— Copenhague aussi, à moins qu'ils l'aient déplacée.
— Peu importe. Continuez, c'est bien, sergent.

Camberwell
Sud de Londres

India regrettait d'avoir été obligée de mentir à Nat. Elle avait déjà inventé une excuse pour décommander ses trois derniers patients de la journée et, même si le prétexte d'une urgence familiale n'était pas à proprement parler un mensonge, elle avait l'impression de les avoir laissés tomber. Pour Nat, elle devait trouver autre chose, car il se serait enquis de la nature de cette urgence et lui aurait proposé son aide. Au téléphone, elle lui demanda si cela le dérangeait terriblement s'ils annulaient leur verre de ce soir. Quelques patients s'étaient décommandés et elle voulait rentrer tôt pour s'occuper de sa lessive, laquelle s'amoncelait de façon alarmante depuis deux semaines.

« Tu ne vas pas pleurer si je rentre chez moi directement ?

— Bien sûr que si, ma chérie. Je comptais sur toi pour être mon antidote à l'horrible journée que je viens de passer. »

Il avait eu un rendez-vous interminable avec une architecte. La jeune fille devait dessiner les plans qui permettraient de sauvegarder une enclave de petites maisons dans le quartier de Tower Hamlets, son dernier projet en date. Ce n'était guère qu'une vieille rue pavée disposée en travers de cette zone en pleine rénovation et, si on ne faisait rien, elle disparaîtrait en un rien de temps sous les bulldozers pour laisser place à des immeubles d'habitation modernes. Heureusement, Nat et ses lieutenants en twin-set bataillaient depuis deux ans pour sa préservation. Ils avaient gagné, mais à présent il fallait se mettre à l'ouvrage et le cabinet d'architecte n'avait rien trouvé de mieux que d'assigner à cette tâche une stagiaire de vingt-trois ans.

« Une journée épaisse comme du porridge de huit heures, avait soupiré Nat. J'ai besoin de me changer les idées.

— Je suis désolée.

— T'inquiète. Dis-moi juste que tu me tiens une place au chaud dans la forteresse de ton cœur.

— Pour toi, mon cœur n'a jamais été une forteresse.

— Alors, dis-moi que tu viendras dans le Shropshire à Noël. Papa se déguise en Père Noël pour ses petits-enfants. Les quatre alpagas du voisin font office de rennes et un tonneau sert de traîneau. Il ne manque rien à la fête, chapeaux, canons à confettis et cotillons, tu verras. Ah, et j'oubliais, le petit discours à la fin du repas. Vraiment, ma chérie, il ne faut pas que tu loupes ça. »

Elle avait ri.

« On est seulement en octobre. Tu ne pourras peut-être plus me supporter à Noël.

— On parie ?

— Bon, je vais réfléchir.

— Je penserai à toi. Et à ta lessive. »

Il avait cru à son histoire, et, de fait, elle avait vraiment de la lessive en retard. Pourquoi aurait-il fallu qu'elle mentionne sa belle-mère, qui n'allait de toute façon pas rester plus de quarante-huit heures ?

Caroline était à Camberwell depuis le matin. Charlie, comme prévu, l'avait conduite chez elle et s'était servi de la clé qu'India avait dissimulée dans le luminaire du perron. Une fois sa mère installée, il lui avait téléphoné. Elle savait que sa reconnaissance était sincère. Caroline était beaucoup plus calme ce matin que la veille au soir. « J'ai passé une soirée horrible, mais je suis content de l'avoir gardée à la maison même si ça impliquait que je dorme sur le canapé. Quelle idée d'avoir acheté ce machin, India. Autant dormir par terre, franchement ! Bon, mais elle ne va pas te causer de problème. Elle est tout à fait d'accord pour rester chez toi. Son tueur n'aura pas l'idée de la chercher à Camberwell.

— Tu n'as pas réussi à lui ôter de la tête la pensée qu'elle était la troisième sur la liste ?

— Il y a longtemps que j'ai renoncé à dissuader ma mère de quoi que ce soit. Au fait, je ne pense pas que ça durera plus d'une journée ou deux. Elle ne veut pas laisser Alastair seul longtemps. Je crois qu'elle a peur qu'il ne s'habitue à son absence et commence à en apprécier les avantages. »

Arrivée chez elle, India sonna, une fois, deux fois, trois fois, pas tellement surprise au fond de n'obtenir aucune réponse. Finalement, elle sortit son téléphone de son sac et composa son propre numéro. On décrocha.

— Caroline ?

Pas de réponse.

— Maman, ouvre tout de suite. Je ne peux pas entrer.

Enfin, la voix de Caroline sonna à son oreille :

— Qui est là ?

À quoi India riposta :

— Qui crois-tu ? Ouvre tout de suite cette porte.

— Pas si vous ne vous identifiez pas, répliqua Caroline.

— Oh, pour l'amour du Ciel ! À quoi ça sert, je pourrais mentir de toute façon. Jette un coup d'œil dehors et ouvre-moi cette putain de porte !

Un silence. India se figura Caroline encaissant avec difficulté le changement d'attitude de sa belle-fille jadis si douce. Au bout d'un moment, le rideau du bow-window remua et India vit s'encadrer le visage de sa belle-mère. Elle avait la main posée sur sa forte poitrine – pour calmer son pauvre cœur battant. India fit un geste vers la porte en criant :

— Ouvre, enfin ! C'est ridicule.

Caroline disparut. La porte s'ouvrit. Caroline s'effaça devant India en disant :

— C'est le ton que tu emploies avec moi. Je ne me doutais pas que... Bon, ça ne fait rien, je suis heureuse de te voir, ma petite chérie. Merci de m'avoir accueillie...

Elle désigna d'un geste circulaire le minuscule vestibule, ferma la porte à clé et reprit :

— J'ai passé la journée dans la cuisine et devant la télé dans la chambre, j'essaye de ne plus penser à... Je ne sais pas comment dire, India. À ce qui va se passer maintenant, je suppose. D'abord Clare et ensuite Rory et après ces inspecteurs de Scotland Yard qui viennent m'interroger et me disséquer comme si j'étais une espèce de monstre... Ils ont l'air de penser que j'ai quelque chose à voir avec ces meurtres. Et Alastair, en plus, ne m'est d'aucun soutien à cause de cette... cette... je ne prononcerai pas le mot, pourtant elle ne mérite que ça.

India se serra contre le mur pour éviter de se frotter à l'abdomen de Caroline qui encombrait la minuscule entrée. Au passage, elle ramassa le courrier. Caroline, sans cesser de parler, la suivit à la cuisine.

— Pardonne-moi, India. Je suis complètement déboussolée. Si Charlie n'avait pas été aussi gentil, et toi aussi, ma chérie, je ne sais pas vers qui j'aurais pu me tourner. Je comprends que Charlie n'ait pas pu me garder dans son antre. Sa maman n'a rien à faire là quand il écoute ce que lui racontent ses patients.

Dix secondes auparavant, India avait envie d'une tasse de thé. A présent, elle se dit qu'un verre de vin serait plus approprié. Elle avait une bouteille d'orvieto dans le frigo. Caroline l'avait déjà débouchée.

— J'aurais volontiers préparé quelque chose pour le dîner, dit sa belle-mère. Mais Charlie ne m'a pas précisé l'heure à laquelle tu rentrais. Et puis je n'ai pas d'appétit. Mais tu veux que je cuisine, ma chérie ? Tu dois être épuisée. Toute la journée debout à planter des aiguilles et à subir les jérémiades des uns et des autres. Je ne sais pas comment tu supportes.

En se versant un verre de vin, India remarqua que le voyant rouge de son répondeur était allumé.

— Je vais faire des pâtes. Sers-toi encore un peu de vin, Caroline.

— Aïe, j'espère que tu ne m'en veux pas d'avoir ouvert la bouteille ? J'ai pensé... Mes nerfs, tu comprends... Je suis à bout avec tout ça. Au fait, c'était ton père. Je n'ai pas décroché, mais j'ai entendu le message. Et le jeune homme avec qui tu avais rendez-vous pour un verre après le travail ? Il a téléphoné lui aussi. Nat, n'est-ce pas ? Charlie m'a dit.

India serra les dents. Elle imaginait très bien Caroline se ruant vers le téléphone dès qu'il sonnait pour voir qui l'appelait. Elle appuya sur la touche du répondeur. La voix de son père s'éleva : « Ta mère m'a parlé de ton nouveau Jules, India. Bien joué, mon petit. Écoute le conseil de ton vieux papa. Seul un imbécile décide de se coucher alors qu'il a des chances de compléter une quinte flush royale en prenant une autre carte. »

Puis la voix de Nat : « Ma chérie, c'est moi. On vient de raccrocher, mais je tiens à ce que tu entendes ceci quand tu rentreras. C'est très sérieux, pour Noël. J'ai oublié de parler de la suie. Papa en répand sur sa barbe pour faire plus réaliste. Jusqu'ici, les enfants n'ont pas remarqué que le feu de la cheminée est au gaz et que seul un lutin pourrait passer par le conduit. Cette année, ils vont peut-être découvrir le pot aux roses. Tu ne voudrais pas manquer ça, quand même. On se parle plus tard, j'espère. Bonne lessive, au fait. »

India se sentit rougir. Elle but une grosse lampée d'orvieto avant de se retourner pour faire face à Caroline. Celle-ci sirotait son vin et la fixait avec insistance. India était contrariée. Elle n'aurait pas dû se sentir gênée ou coupable. Et pourtant... Elle tourna le dos à sa belle-mère et posa le courrier sur la crédence. Caroline reprit la parole :

— Après le suicide de Will, tu veux vraiment faire ça à Charlie ? Tu lui brises le cœur.

India s'abstint de répondre. Elle classa son courrier : factures, publicités, et une enveloppe sur laquelle elle reconnut l'écriture de Nat. Elle ouvrit les factures : téléphone, impôts locaux. Jeta les pubs à la poubelle. Et glissa l'enveloppe dans son sac à main, à ouvrir quand Caroline et elle ne respireraient plus l'air de la même pièce.

Pourquoi pas tout de suite, d'ailleurs ? India ramassa ses affaires et monta dans la deuxième chambre, où un espace bureau occupait un coin alors que l'autre accueillait un petit écran télé, un système audio et un lecteur de DVD. Elle vit immédiatement que Caroline avait allumé son ordinateur. Sa belle-mère avait probablement eu accès à tous les détails de sa vie privée, puisque India – quelle idiote ! – y avait mémorisé tous ses mots de passe.

La voix de sa belle-mère retentit dans son dos. Elle était montée derrière elle.

— Tu ne m'as pas répondu, ma chérie.

— Je voudrais me changer, si tu permets, lâcha India. Je te retrouve en bas. Mais je refuse de parler de Charlie, il faudra trouver un autre sujet de conversation.

Caroline pencha la tête de côté pour la dévisager, ou plutôt elle avait le genre de regard que l'on porte sur un enfant quand on se demande comment le punir. Puis elle pivota sur ses talons et s'éloigna, son verre à la main. Dix minutes plus tard – on ne pouvait pas décemment prendre plus longtemps pour passer des leggins, des ballerines et un long pull –, India redescendit à la cuisine. Caroline, qui était en train de remplir une nouvelle fois son verre, l'accueillit en lui parlant, non pas de Charlie, mais de Nat !

— Je suppose qu'il a eu une enfance idyllique, avec un père à la maison, un père qui l'aimait, dit-elle en agitant les doigts en direction du téléphone. Comme toi d'ailleurs, ce qui, de ton point de vue, vous rend faits l'un pour l'autre, non ? Tu penses que c'est un garçon sur qui tu peux compter, qu'il vient d'une bonne famille sans squelette dans le placard surgissant mal à propos. Et sûrement pas le genre de squelette...

— Caroline, je te le répète, je ne veux pas parler de Charlie ni de quoi que ce soit qui ait un rapport quelconque avec lui.

— Alors, dis-moi, s'il te plaît...

La voix de Caroline fut troublée par une émotion dont India ne doutait pas de la sincérité, puisque, sans l'ombre d'un doute, elle aimait profondément ses deux fils.

— Oui, dis-moi ce qui a été de travers ? Il doit bien y avoir un moyen d'arranger les choses entre vous. Il *veut* que ça s'arrange, India. Il fera n'importe quoi pour regagner ton affection. Il se rend compte qu'il aurait dû... je ne sais pas... s'affirmer plus. C'est ma faute, je sais. J'ai été une mère surprotectrice. C'est vrai, j'ai toujours voulu ce qu'il y a de mieux pour mes garçons, parce que leur père, Dieu le sait, n'a pas accompli sa part des responsabilités parentales. J'ai pris l'habitude de les couver, et personne ne m'a dit d'arrêter. Quelqu'un aurait dû me prévenir. Mais aujourd'hui... India, si tu veux bien lui donner une seconde chance, tu verras...

— Je m'exprime si mal que ça que tu n'aies pas compris mes paroles ? rétorqua India en reposant son verre à pied trop brusquement (la coupe faillit lui rester dans la main). Tu écoutes quand les gens te parlent ?

Caroline se tut et parut réfléchir. L'espace de quelques secondes, India espéra avoir enfin réussi à convaincre sa belle-mère de parler d'autre chose. Lorsqu'elle reprit la parole, pourtant, seul son ton avait changé :

— Tu n'es plus la même, India, et ce n'est pas seulement ton apparence qui est changée. C'est ton cœur. Tu n'en as plus, n'est-ce pas ? Si tant est que tu n'en aies jamais eu un ?

— Je ne sais pas de quoi tu parles.

— Je parie que tu t'es convaincue que tu étais amoureuse de ce type, avec sa fête pour Noël, sa cheminée, sa suie dans la barbe, ses adorables petits-enfants. C'est de l'autosuggestion, India. Tu te leurres sur tes sentiments. L'amour n'est pas une tocade pour un type qu'on a rencontré dans un bar. C'est un acte d'abnégation. Pour le meilleur et pour le pire, on reste solidaire de celui qui souffre pour qu'il ne s'effondre pas. On embellit la vie de son amant, on est sa confidente, son amie, sa compagne...

— C'est ce que tu fais pour Alastair ? coupa India, dont le cœur battait à se rompre et dont les joues étaient brûlantes. Est-ce pour cela qu'il a pris une maîtresse ? Parce que tu as tellement embelli sa vie ?

Caroline plaqua sa main contre sa bouche et, à l'abri de ses doigts, articula :

— Tu es un monstre d'égoïsme, India. Tu ne penses qu'à toi... n'est-ce pas ? Cette... aventure que tu as avec M. Noël... Alors que le seul péché de mon fils est de s'être effondré lorsque son frère... mon Will...

Elle se leva, pivota sur elle-même, trébucha sur le seuil de la cuisine, sortit et gravit les marches jusqu'au premier. India s'attendait à un claquement de porte, mais rien ne vint. La porte de la chambre qu'elle avait laissée à sa belle-mère se referma sans bruit. Elle entendit seulement le *clic* du loquet intérieur.

Dieu soit loué pour Ses petits miracles, songea India.

Shaftesbury
Dorset

Plusieurs coups de sonnette finirent par tirer Alastair MacKerron de sa sieste. Les deux premiers avaient été intégrés à son rêve : il essayait de trouver la sortie d'un de ces énormes châteaux que l'histoire médiévale de l'Angleterre a semés un peu partout dans le pays. Sauf que celui-ci n'était pas une ruine, mais une bâtisse noire et austère aux corridors glacés et labyrinthiques, où il cherchait désespérément une femme, qui pouvait tout aussi bien être Sharon que Caroline. Comme elle demeurait hors de vue, son désir de la voir s'intensifiait.

Réveillé en sursaut, il se dit que c'était sûrement Sharon, Caroline s'étant sauvée à Londres. Au quatrième coup, l'importun laissa son doigt sur la sonnette. Alastair se leva en grognant. Il était en caleçon. Ce n'était pas l'heure habituelle de sa sieste, mais comme il n'avait pas fermé l'œil la nuit dernière, il avait profité de la première occasion pour s'allonger.

Il regarda par la fenêtre et comprit ce qui lui tombait dessus : c'était la flic de Londres, venue préalablement avec l'inspecteur noir de New Scotland Yard, lequel n'était cette fois visible nulle part. Il l'observa pendant qu'elle descendait à reculons les marches du perron pour contempler la façade de la maison. Son regard se vrilla dans celui d'Alastair. Elle lui fit signe de descendre.

Il leva l'index : une minute ! Il enfila son jean et un pull, mais ne prit pas la peine de se chausser, ni de se peigner d'ailleurs. Après tout, il valait mieux lui montrer qu'elle le dérangeait.

Il ne se rappelait pas son nom, lui annonça-t-il en lui ouvrant. Elle entra sans se faire prier. Sergent Havers, l'informa-t-elle. Sa femme était-elle dans les parages ?

— Que lui voulez-vous ? demanda-t-il.

Elle se dirigea vers le salon, jeta sur le canapé la serpillière qui lui servait de sac à main, et y prit place à son tour.

— Une petite mission à accomplir. Des ordres de Londres.

— Comment cela ?

— Des empreintes... Je dois relever celles de votre chère et tendre, monsieur MacKerron.

Elle posa un petit boîtier sur la table basse au milieu des magazines, tasses à thé et reliefs d'un sandwich fromage-cornichon.

Alastair avait l'impression d'avoir ingurgité une trop grosse dose de camomille.

— Vous voulez les empreintes de Caro ? Elle est accusée de quelque chose ou quoi ?

Le sergent Havers lui jeta un regard acide.

— Eh bien, deux crimes ont été commis, non ? À la réflexion, j'aurai besoin aussi des vôtres. Ce truc-là, dit-elle en désignant l'appareil, va nous permettre de les transmettre à des logiciels d'identification automatiques afin que nos services les comparent avec celles que nous avons prélevées. Voilà. De nos jours, on n'étudie plus les boucles, les spires et les tourbillons. Les miracles de la technologie, pas vrai ?

Il regarda derrière elle la fenêtre qui donnait sur le jardin.

— Où est l'autre... l'Africain ?

— Je suppose que vous parlez du sergent Nkata ? Il n'est pas plus africain que moi, mais passons. Votre femme et vous n'avez pas réussi à le faire déguerpir à Londres, si j'interprète correctement votre question. Il est chargé d'une autre partie de l'enquête. Bon... rapport à votre épouse... vous allez la chercher ou vous voulez que je me mette à yodler en espérant qu'elle ait l'oreille fine ?

— J'ai peut-être besoin d'appeler un avocat.

— Oui, c'est possible, répliqua gaiement le sergent Havers. Cependant, tout ce qu'il me faut, c'est vos empreintes, pour vous laver de tout soupçon... Une opération qui prendra moins de cinq minutes alors que votre avocat mettra une plombe pour arriver jusqu'ici, et je suppose que vous préféreriez ne plus m'avoir dans les pattes plutôt que de me voir installée à demeure.

— De tout soupçon de quoi ?

— Meurtre et tentative de meurtre. Monsieur MacKerron, s'il le faut, j'irai frapper à la porte du palais de justice pour obtenir un mandat, qu'il m'accordera aussi facilement que le boucher une côtelette de porc. Mais ce sera plus rapide – sans parler de l'efficacité – si vous voulez bien me donner vos empreintes tout de suite et aller chercher votre femme.

— Elle n'est pas là. Vous pouvez avoir les miennes, mais Caro est à Londres.

Le sergent Havers ne manifesta aucun étonnement.

— C'est regrettable. Vous serez bien aimable de me communiquer ses coordonnées, adresse et numéro de téléphone, on enverra quelqu'un. Quant à vos empreintes... ? Si vous voulez bien vous avancer, je vais vous montrer un petit tour de magie. Je ne pense pas que vous voyiez ce genre de choses tous les jours.

Elle tapota sur l'appareil et prononça le proverbe préféré de tout flic en ces circonstances : « Qui n'a rien fait n'a rien à craindre. »

Alastair avait des doutes là-dessus.

Victoria
Londres

— Je croyais que nous avions passé un accord à propos de cette bête, inspecteur.

Lynley fit la grimace. La porte de l'ascenseur venait de s'ouvrir alors qu'il remontait avec Arlo. Il avait pensé s'éclipser discrètement avec le petit chien, l'emmener se soulager sur le carré de gazon et rentrer dare-dare le cacher sous son bureau. Mais Arlo avait pris plus longtemps que prévu, retenu en particulier par une exploration olfactive de l'environnement. Si bien qu'Isabelle Ardery, qui, au moment où il était descendu, assistait à une réunion au Tower Block, était à présent campée devant lui, tenant à la main un registre noir qui indiquait à Lynley que la réunion était terminée.

Elle s'écarta pour laisser les autres sortir de l'ascenseur.

— N'avions-nous pas conclu un accord, inspecteur ? répéta-t-elle.

— Tout à fait, concéda Lynley.

Il tenta d'ignorer les cris d'extase de deux secrétaires en arrêt devant Arlo, « Quel amour de petit chien ! », exclamations qui n'allaient pas arranger ses affaires avec la commissaire. Aussi opéra-t-il une retraite tactique :

— C'est une mesure temporaire, chef. Je l'ai emmené à l'hôpital.

— Ne me dites pas qu'il est tombé malade, soupira Isabelle.

— Au contraire, il est en excellente forme. C'est

sa maîtresse, ou plutôt son... « humain ». C'est le terme politiquement correct. Ces bouleversements linguistiques me dépassent.

— N'essayez pas de vous défiler. Je ne veux plus voir cet animal. Quel genre d'hôpital permet les visites de chiens ?

— Il portait son manteau de chien d'assistance. Il l'a toujours sur lui d'ailleurs, regardez. Cela explique son rôle de...

— Bon, bon, maugréa Isabelle en levant son registre devant elle à la manière d'un bouclier.

— Je me suis dit que ça aiderait peut-être Mme Statham à retrouver la mémoire. Et je ne me suis pas trompé. Nous avons découvert comment elle avait été empoisonnée : par le tube de dentifrice qui avait appartenu à son amie.

Pendant que Lynley la mettait au courant des derniers développements, Isabelle garda les yeux fixés sur Arlo qui levait vers elle un regard aimable.

— Pourquoi me regarde-t-il comme ça ? Qu'est-ce qu'il veut ? interrogea la commissaire à la fin de son exposé.

Lynley baissa les yeux. Arlo, assis sur son arrière-train, remuait la queue de gauche à droite à la manière d'un métronome.

— C'est un chien, Isabelle. Il veut se faire aimer. Ou du moins que vous ne vous conduisiez pas comme si vous aviez envie de le jeter par la fenêtre.

Elle exhala un deuxième soupir.

— Les jumeaux. Ils voulaient absolument un chien.
— Et... ?
— Bob en voulait un aussi. Et moi, j'étais « le méchant », comme on dit. Bien sûr, Sandra et lui ont

maintenant deux chiens, quatre chats et je ne sais quoi d'autre. Des furets, je crois, ou des cochons d'Inde ? Ou des rats. En tout cas, ils vivent dans une véritable ménagerie. J'ai l'impression que tout ce joli monde dort dans le même lit comme dans un conte de fées. Bob joue la comédie évidemment, du style : « Ah, non, pas *encore* un hérisson ! » En réalité, il est aussi irresponsable qu'elle. Il se délecte de me voir horrifiée à la pensée qu'ils nagent dans la crotte... celle des animaux, s'entend...

En voyant un sourire pointer sur les lèvres de Lynley, Isabelle haussa le ton :

— Ça vous fait rire, inspecteur ?

— Vous avez un bon fonds, chef. Regardez, il aimerait une petite caresse sur la tête. Je vous parle d'Arlo, pas de Bob.

— Je ne veux plus le voir d'ici demain, inspecteur. Nous sommes bien sur la même longueur d'onde ?

— Oui, chef.

Son téléphone sonna...

— C'est Havers.

— Au fait, reprit la commissaire, vous ne m'avez pas encore rendu votre rapport sur le sergent. Si vous croyez que je n'ai pas remarqué...

Lynley leva son téléphone à son oreille.

— Une minute, Barbara... (Puis, à Isabelle :) Tout va bien de son côté.

— Cela ne s'appelle pas un rapport. Le sergent Nkata vous tient informé au jour le jour, j'espère ?

— On n'a pas eu beaucoup de temps pour communiquer jusqu'ici. Ils font ce qu'il faut et...

— Ne vous dérobez pas, inspecteur. Je veux le

rapport demain matin. Et ne me regardez pas avec ces yeux.

— Quels yeux ?

— Oh, vous savez très bien. Votre regard me dit « Isabelle, vous *microgérez*. » Eh bien, je vous rappelle que, s'il y a une personne ici qui a besoin d'être microgérée, nous savons tous les deux qui c'est.

Sur ce, elle prit le chemin de son bureau. Arlo émit un petit jappement, en guise d'au-revoir sans doute. Sans se retourner, elle salua de la main en s'éloignant.

— À demain, inspecteur. Sur mon bureau ou dans ma boîte mail.

Havers attaqua :

— C'était Ardery ? Ça ne m'étonne pas, mon téléphone est devenu glacé, tout d'un coup.

— Elle s'inquiète à propos de ce que vous fabriquez dans votre coin. À juste titre, il faut bien l'avouer, mais nous ne reviendrons pas sur ce sujet. Je ne lui ai pas dit que vous enquêtiez en solo, sans Winston, alors vous avez intérêt à ne pas me faire regretter de vous avoir fait confiance.

— Elle a pris la tangente.

— Qui ça ?

— Caroline Goldacre. Elle est à Londres. C'est son mari qui me l'a dit.

— On sait où la trouver ?

— Elle est chez son fils, Charlie.

Havers déclina l'adresse. Lynley, qui avait la laisse enroulée autour du poignet, la nota pendant qu'Arlo attendait patiemment à ses pieds la suite des événements.

— Pensez-vous que le mari va la prévenir ?

s'enquit-il. Cela n'a pas dû lui faire plaisir d'apprendre qu'on voulait ses empreintes.

— Je ne pense rien, inspecteur. Il n'avait pas l'air catastrophé par son absence, mais comme je n'ai pas la fibre romantique, bien sûr, je suis mal équipée pour capter les vibrations d'angoisse d'un homme séparé de sa bien-aimée.

— Cela m'étonne de vous. Bon, je m'occupe des empreintes de Mme Goldacre. Vous, vous continuez dans le Dorset.

En raccrochant, Lynley songea qu'il devait s'équiper d'un de ces capteurs biométriques comme en utilisaient les agents de police de quartier. Cela ne devait pas être un problème. Après quoi, il consulta le plan de Londres *A to Z* afin de localiser Leyden Street, où habitait Charlie Goldacre.

Une inondation causée par la vétusté de la plomberie londonienne remontant au temps de la reine Victoria rendait la circulation infernale, comme d'habitude, mais au moins Spitalfields était proche de la City et non au fin fond d'une lointaine banlieue. Lynley gara la Healey Elliott à une place de stationnement relativement protégée des vicissitudes de la vie quotidienne dans une mégalopole, remit sa laisse à Arlo et se dirigea vers la façade Art déco de l'immeuble correspondant à l'adresse indiquée. Comme une vieille dame sortait avec son caddie au moment où il arrivait, il n'eut pas à se servir de l'interphone. Il se contenta de tenir la porte à la dame, de patienter pendant qu'elle roucoulait quelque tendresse à Arlo – ce petit chien s'avérait très pratique à l'usage –, puis il emprunta l'escalier. Il y croisa une femme qui épongeait ses yeux rouges avec une poignée de mouchoirs en papier, suivie d'un type renfrogné qui devait être la raison du gros chagrin. En sonnant chez le dénommé Charlie Goldacre – la porte était nichée dans une alcôve du palier du premier étage –, Lynley conclut que ces deux personnes sortaient de là car, en ouvrant, le jeune homme s'exclama :

— Vous avez oublié quelqu...

Les mots moururent au bord de ses lèvres.

Puis il proféra une phrase qui surprit Lynley :

— Mais je connais ce chien...

— Je n'ai pas eu le cœur de le laisser dans la voiture, expliqua Lynley. Charlie Goldacre ?

L'autre confirma d'un signe de tête, et Lynley glissa la main dans sa veste pour en sortir sa carte de police.

— Thomas Lynley, New Scotland Yard.

Charlie manifesta son étonnement et, curieusement, pointa la tête dans le couloir comme s'il voulait vérifier qu'il n'y avait personne d'autre.

— Je croyais que c'étaient mes patients précédents. Ils viennent de partir.

— Je les ai croisés dans l'escalier. Une femme en larmes et un homme en colère ?

— Le portrait est conforme.

— Je souhaite parler à votre mère, en fait. Si je suis bien informé, elle est ici.

— Non, elle n'est pas chez moi. De quoi s'agit-il ? Vous devez être un des policiers qui enquêtent sur la mort de Clare Abbott. Maman m'a dit qu'elle avait parlé à des enquêteurs, mais c'était dans le Dorset. Entrez.

Il paraissait nerveux, mais cette nervosité pouvait à la rigueur être attribuée à l'effet de surprise. Ce n'est pas tous les jours qu'on trouve un inspecteur de Scotland Yard sur son paillasson.

— Deux de mes collègues sont toujours à Shaftesbury. On a voulu parler à votre mère une deuxième fois, et on a appris par son mari qu'elle était montée vous rendre visite.

— Oui et non, répondit Charlie.

Après un bref bout de couloir, il fit entrer Lynley dans un petit salon entièrement dans le style Art déco : les moulures au plafond, le manteau de la cheminée, les bibliothèques, les fenêtres. Il avait été décoré dans le même esprit, avec un goût exquis. Arlo, en tout cas, sembla approuver. Il regarda autour de lui, soupira et se coucha en boule sous une petite table basse à côté du canapé.

— Maman était là hier, mais je l'ai conduite chez mon épouse.

Sa femme ? Lynley n'avait remarqué aucune touche féminine dans l'appartement... Bon, se corrigea-t-il, quand on y réfléchissait bien, en quoi consistait cette fameuse « touche féminine » ? Une petite photo encadrée de Charlie Goldacre et d'une jeune femme était posée sur la table basse.

Voyant sa confusion, Charlie précisa :

— Je devrais peut-être dire mon ex-épouse. Elle a déménagé de l'autre côté de la Tamise. À Camberwell.

Il expliqua à l'inspecteur qu'il ne pouvait pas à la fois recevoir des patients et loger sa mère. Il supposait que le séjour londonien de sa mère serait bref.

— À mon avis, elle cherche plutôt à échapper à mon beau-père qu'à la police, commenta-t-il.

— Ah, bon ? Pour une raison particulière ?

— Ça sent le sapin, entre eux, répondit Charlie

avec une familiarité curieuse étant donné la fonction de son interlocuteur. Alastair a une maîtresse, une de ses employées. Maman a découvert le pot aux roses et vous imaginez la suite. J'ai essayé de les réconcilier. Alastair avait plaqué Sharon, mais d'après maman, il est de nouveau avec elle et les choses ont l'air d'aller assez loin. Je suis désolé pour maman mais dans le fond, cette femme est... Comment vous la décrire... ?
Il haussa les épaules.
— J'allais me faire un martini. Vous en voulez un ?
Lynley accepta volontiers.
— Un zeste de citron, s'il vous plaît, à la place de l'olive.
— Ça marche. Asseyez-vous, je vous prie.
Charlie traversa le coin salle à manger pour gagner la cuisine, où il produisit des bruits de portes de frigo et de placard.
Au lieu de s'asseoir, Lynley inspecta la pièce tandis qu'Arlo levait brièvement la tête en le couvant d'un regard confiant. Peut-être avait-il faim ?
— Plus tard, promit Lynley au petit chien en chaussant ses lunettes pour examiner de plus près la photo.
Un Charlie plus jeune, une épouse souriante, un couple heureux. Son cœur se serra de chagrin comme cela se produisait encore régulièrement, dix-sept mois après le meurtre de Helen. Son souvenir surgissait à l'improviste. S'il se concentrait, il entendrait sa voix – « Tommy chéri, tu as eu une mauvaise journée. Tu racontes ? » – et sentirait la caresse de ses doigts dans ses cheveux.
Il posa la photo et se tourna vers la bibliothèque, qui montait jusqu'au plafond de part et d'autre de la cheminée. Des livres d'art, des ouvrages de sciences

humaines proposant des moyens de surmonter les épreuves de la vie. Çà et là, un roman ou deux et des bibelots en harmonie avec le thème chinois. Sur les rayonnages du bas, des manuels de psychologie, certains tombant en lambeaux. Le tout rangé au cordeau, et pas un grain de poussière.

Alors que Lynley allait s'asseoir, Charlie revint chargé d'un plateau avec leurs cocktails et une assiette d'allumettes au fromage. Il posa le tout sur la table basse devant le canapé en écartant un tas de dossiers et une boîte de mouchoirs en papier. Après quoi il alluma une lampe et le plafonnier. Cet éclairage réchauffa l'atmosphère : on n'était plus du tout dans le cabinet d'un psy mais bien dans un très joli salon.

À la cuisine, Charlie avait noté une adresse et deux numéros de téléphone au dos d'une carte de visite. Lynley, à qui il la tendit, lut : *Charles Goldacre : Psychothérapeute. Conseiller conjugal et familial.*

— Les coordonnées de ma femme sont derrière, dit-il.

Lynley glissa la carte dans la poche poitrine de sa veste avec ses lunettes.

— Je suis étonné que le mari de votre mère ne vous ait pas téléphoné pour vous prévenir que nous cherchions à la voir. En réalité, nous voulons prélever ses empreintes digitales. Nous avons identifié deux empreintes sur un objet ayant appartenu à Clare Abbott, mais une troisième est encore inconnue.

— Et vous pensez que cette empreinte pourrait appartenir à maman ?

— Nous devons éliminer cette éventualité. C'est la procédure. Je ne crois pas que votre mère ait eu un mobile pour assassiner Clare Abbott. Elle a été empoisonnée, si vous ne le saviez pas encore. L'objet en question est celui qui a servi à lui faire absorber le poison.

— Je vois.

Un silence, puis Charlie reprit :

— Vous dites qu'il y a deux autres empreintes.

— L'une est de Clare, l'autre de Rory Statham.

Charlie but une gorgée. Lynley l'imita. Le martini était parfaitement frappé, et délicieux.

— Vous pensez que Rory a pu...

— Nous ne négligeons aucune piste, répliqua Lynley.

— Cela fait des années qu'elles travaillent ensemble, non ? Clare et Rory ?

— Tout à fait. Mais votre mère ?

— Je sais, c'est un phénomène, ma mère, et l'entente n'a pas toujours été cordiale avec Clare, mais aussi elle se dispute avec tout le monde, alors je ne pense vraiment pas... Je la connais sans doute mieux que la plupart des fils connaissent leur mère.

— Vous êtes particulièrement proche d'elle.

— Nous le sommes tous les deux, mon frère et moi. Nous l'étions. Mon frère Will l'était encore plus, il a vécu plus longtemps avec elle. Sa mort a détruit maman. Elle est changée. Mais le chagrin ne l'a quand même pas transformée en meurtrière, inspecteur.

— Dans quel sens est-elle changée ?

Charlie fit la grimace. Regrettait-il de s'engager dans une conversation qu'il jugeait peut-être déloyale à l'égard de sa mère ? Il enchaîna néanmoins :

— Elle est boulimique au point qu'elle devient presque obèse, même si elle ne voudra jamais l'admettre. Elle mettra plutôt sa prise du poids sur le compte d'un dérèglement brutal de son métabolisme, ou sur un problème de thyroïde. En plus, elle est tout le temps sur les nerfs. Elle a des troubles anxieux, des sautes d'humeur... Elle se méfie de gens qui avaient autrefois toute sa confiance. C'est un peu la faute d'Alastair. Son infidélité...

— Le nom de Lily Foster a été cité plusieurs fois.
— Vous souhaitez aussi prélever ses empreintes ?
— Est-ce un conseil ?

Charlie posa son martini et sans changer de position, légèrement penché vers Lynley, il garda les yeux fixés sur son verre. Il avait bu pas mal depuis le début de la conversation. Ses joues avaient presque la même couleur que ses cheveux.

— Lily était la compagne de mon frère. Elle était là quand... vous êtes au courant pour Will ?

Il jeta un coup d'œil à Lynley, dans l'espoir sans doute qu'il lui épargne une pénible explication. Mais comme l'inspecteur se taisait, il conclut par :

— Je suppose qu'elle se trouve toujours à Shaftesbury. Elle y était, le jour de l'inauguration du monument à la mémoire de Will. Au fait, Clare a fait ça pour maman. Encore une preuve, si vous en cherchez une, que maman ne pouvait pas en vouloir à Clare. Elle a été bouleversée. Et très reconnaissante.

— Et Lily Foster ?

— Elle n'avait aucun contact avec Clare, autant que je sache. Elle a rôdé autour de nous pendant l'inauguration. J'ai parlé avec elle. Pour moi, elle est trop déséquilibrée pour préméditer un meurtre. Elle reproche à maman la mort de Will, et maman lui renvoie l'accusation. Si vous voulez mon avis, aucune d'elles ne ferait de mal à une mouche.

Charlie vida son verre et le plaça sur la petite serviette en papier qui protégeait la table.

— Maman est un peu... Écoutez, il faut que vous lui parliez de vive voix. Elle dramatise tout, voilà son problème.

— Au fait, je ne vous ai pas dit : j'ai vu votre père.

L'expression de Charlie se figea. Puis il prononça d'un ton faussement détaché :

— Je suppose que cela fait partie de la « procédure ».

Bizarrement, il ne s'enquit pas de la raison qui avait poussé Lynley à sonner à la porte de son père.

— J'ai aussi eu un entretien avec votre grand-mère.

— Ah bon ? Mais vous cherchez quoi exactement ?

— Clare Abbott avant sa mort est allée leur rendre visite à tous les deux. Nous cherchons à savoir pourquoi.

— Et avez-vous eu votre réponse ?

— Pas exactement. Ils ont tous les deux accusé votre mère d'être une menteuse pathologique. Mais nous ignorons en quoi cela intéressait Clare. Cela vous choque d'entendre votre mère qualifiée ainsi ?

— Je trouve personnellement qu'elle fait un drame de tout. Elle peut aussi être manipulatrice. Et elle a des tendances mégalomanes, c'est certain, mais menteuse pathologique... quand même, c'est aller un peu loin.

— Et le mensonge par omission ?

— Vous pouvez me citer un exemple ?

— À en croire votre grand-mère, votre mère aurait eu un enfant à l'âge de quinze ans. Elle vous l'a dit ?

— Ma grand-mère me l'a dit. Maman, non, elle ne m'en a jamais parlé ; il n'y avait pas de raison de le faire. Ma grand-mère me l'a dit uniquement parce qu'elle s'était disputée avec ma mère. De sa part, c'était une sorte de vengeance, me révéler ce secret... le bébé que ma mère a eu si jeune... Je sais que c'était une fille... mais elle n'a jamais été présente parmi nous, d'aucune manière. Ni fausse cousine ni fausse amie de la famille. Pourquoi maman nous aurait-elle parlé d'elle ? Elle voulait plutôt oublier son existence. C'est arrivé il y a si longtemps. Cela ne nous regardait pas, un point c'est tout.

Shaftesbury
Dorset

Barbara se félicitait de tout ce qu'elle avait accompli en attendant le retour de Winston, parti interroger Hermione, Linne et Wallis, les femmes dont les noms figuraient dans l'agenda de Clare Abbott. Comme elle avait fini avant lui, elle s'était dit qu'elle allait lui faire à manger. Elle lui devait bien ça. Après tout, il s'était occupé du petit déjeuner et du déjeuner. La préparation d'un dîner, ce n'était pas la mer à boire.

Avant de rentrer, elle s'était arrêtée au supermarché de Shaftesbury et avait dirigé son caddie vers le rayon des conserves. Il y avait une limite, quand même, à ses talents culinaires.

Winston n'était pas forcé de savoir, pour les conserves. Ce ne devait pas être très compliqué de faire disparaître les boîtes. Il suffisait qu'elle arrive à la maison avant lui. Elle sillonna rapidement les travées, sélectionna une boîte de goulasch au bœuf et une boîte de betteraves cuites. Bien, maintenant, en entrée ? Elle se décida pour des crackers, de la marmelade d'orange et un tube de rillettes de thon mayonnaise. Le dessert ? Une nougatine aux noix de pécan surgelée. Et pour la carte des boissons, trois cannettes de vin blanc pour elle et trois bouteilles de Fanta citron pour Winston. Il était temps qu'il élargisse son horizon gustatif. On ne pouvait pas éternellement s'hydrater en consommant du lait écrémé et de l'eau.

Lorsque le tintement de la sonnette annonça le retour de Nkata, tout était prêt ou presque. Le goulasch mijotait à petit feu et la table était mise à la salle à manger. Le seul hic était la nougatine : elle l'avait passée au four un peu trop longtemps, mais elle avait pris soin de jeter les bouts brûlés à la poubelle, où ils avaient rejoint les boîtes de conserve.Elle avait recouvert le tout de sacs en plastique du supermarché, qu'elle avait tapissés de papier journal froissé afin de dissimuler le logo Co-op qui aurait vendu la mèche.

Nkata marqua une halte sur le seuil de la cuisine, frappé de stupeur par le spectacle de Barbara au fourneau, cuillère en bois à la main devant une casserole fumante.

— Tu fais à manger, Barb ? Ce n'était pas la peine, alors, dit-il en montrant son sac à commissions. J'allais nous préparer une tourte bœuf-champignons-bière. Des choux de Bruxelles avec du bacon, des échalotes et des noisettes.

— Des échalotes ? répéta Barbara, qui se demandait ce que ça pouvait bien être. J'ai fait du goulasch. Ta tourte et tes échalotes peuvent attendre jusqu'à demain ?

Il répondit par l'affirmative et commença à déballer son sac, dont le contenu prouvait son intention de cuisiner à partir de vrais ingrédients. Des produits frais ! Elle sentit l'eau lui monter à la bouche. Bœuf, champignons, bière, une sauce succulente, une pâte croustillante, des choux de Bruxelles, du bacon, des noisettes et… ces trucs, là, des échalotes. Se ressaisissant, elle retourna à son touillage, souleva le couvercle de la casserole et huma le fumet qui se répandit dans l'atmosphère.

Eh bien, cela sentait un peu le brûlé. Elle racla le fond en cuivre de la casserole pour mélanger les morceaux noircis au reste du ragoût.

— Va t'asseoir dans la salle à manger, dit-elle à Winston. L'entrée est servie. Les boissons aussi.

— OK, dit-il en faisant une boulette avec son sac plastique. Je vais juste jeter…

— Non !

Cuillère en bois en l'air, elle bondit si vivement qu'il sursauta puis s'approcha de la poubelle d'un air soupçonneux. Il souleva le couvercle, le papier journal froissé. Un cliquetis : les boîtes de conserve s'entrechoquèrent. Il se tourna vers Barbara.

— Barb…, lâcha-t-il d'un ton inquiet.

Il n'était sans doute jamais tombé aussi bas dans l'échelle diététique.

— C'est pas la mort, quand même, lui dit-elle. Ce sera une expérience. Peut-être même une révélation. Il faut vivre, mon vieux. Déployer ses ailes.

Il s'éloigna de la poubelle avec un petit rire.

— J'aurais dû m'en douter en te voyant aux fourneaux. Tu m'as scié, je te jure. Bon, je suppose que je peux m'estimer heureux que tu n'aies pas la cigarette au bec au-dessus de la casserole… (Il renifla.)

Tu n'as pas fumé, Barb ? Tu n'as pas laissé tomber de la cendre dedans ?

— Moi ? Non. Tu me prends pour qui ? Nom d'une pipe, Winston, va t'asseoir.

Dès qu'il eut le dos tourné, elle saisit le bocal qui lui avait servi de cendrier et l'envoya avec ses cinq mégots rejoindre les boîtes de conserve dans la poubelle. Puis elle brassa le tout en espérant qu'il ne remarquerait rien.

Nkata était sagement attablé et mangeait de bon appétit. Il tartinait les crackers de rillettes de thon mayonnaise et d'une couche de marmelade. Si sa mère avait été dans sa tombe, elle aurait tourné comme une toupie, songea Barbara. Quand il lui sourit avec un hochement de tête satisfait, elle lui lança :

— Tu peux dormir sur tes deux oreilles, je sais tenir un secret.

Elle servit le goulasch dans les assiettes creuses et lui passa le plat de betteraves. Un peu trop cuit, un tantinet brûlé, la betterave trop molle, mais qu'à cela ne tienne, elle versa dessus quelques virgules de rillettes de thon mayonnaise. À la dégustation, cela lui parut un ajout judicieux.

— On a de la nougatine aux noix de pécan pour le dessert, annonça-t-elle en s'ouvrant une cannette de vin blanc.

— Ne le dis pas à ma mère, c'est tout.

— Puisque je t'ai dit que je savais la fermer.

Ce festin ne les empêcha pas de passer aux choses sérieuses. De son côté, elle n'avait pas grand-chose à raconter : Caroline Goldacre était à Londres mais Alastair MacKerron s'était laissé prendre ses empreintes sans faire d'histoire. Le récit de Nkata était plus long et bien plus intéressant. Il avait retrouvé Hermione et Linne – « Apparemment, Mme Wallis est partie au Canada parce qu'elle vient d'être grand-mère » – et elles s'étaient fait un plaisir de lui livrer tout ce qu'elles savaient sur le compte de Clare Abbott et Caroline Goldacre.

— D'abord, dit-il en inspectant les aliments qui ornaient l'extrémité de sa fourchette, il semblerait qu'elle soit un peu timbrée.

— Qui ? Caroline ?

— Oui, elle. D'après Hermione et Linne, elle se considère comme une féministe pure et dure alors qu'elle a toujours vécu aux crochets d'un homme ou d'un autre depuis ses... (fourchette en suspens, il consulta son calepin) dix-huit ans. Elle a eu son premier enfant à cet âge-là. Elle s'est impliquée dans la Ligue des femmes depuis qu'Alastair et elle ont acheté la boulangerie. Au départ, elle a essayé de tout régenter...

— À la Ligue des femmes ?

— Oui. Elle se considérait comme la seule qui soit assez compétente pour la diriger. Ce que ces deux dames – Hermione et Linne – ont trouvé du plus haut comique. Et puis... (Il mastiqua sa bouchée, prit un air pensif puis avala rapidement une gorgée de Fanta citron.) C'est pas mal, Barb. Ma mère fait jamais de goulasch. Ça a... une saveur particulière, hein ?

— C'est peut-être à cause des morceaux brûlés, avança Barbara. Je n'aurais pas dû racler le fond.

— Au contraire, la vaisselle sera plus vite faite. Pas de souci.

— Prends des rillettes, ça donne du goût.

— Je préfère comme ça... (Il retourna à son

calepin.) Et, bon... Elle n'était pas enchantée de son travail pour Clare. Elle avait l'impression d'être... (il fit glisser son long doigt sur la page) sous-employée. Elle jugeait son salaire trop bas, surtout que c'était elle qui « se tapait tout le boulot », je cite.

— Comment cela ?

— D'après Hermione, Caroline prétendait que c'était elle l'auteure des livres de Clare et que Clare en récoltait toute la gloire.

Barbara fronça les sourcils en songeant aux sommes versées par Clare à Caroline.

Winston poursuivit :

— Soi-disant que Clare ne serait rien si elle n'avait pas été là pour veiller à envoyer ses textes à son éditrice. Toujours d'après Hermione, après les funérailles de Clare à St Peter, c'est le nom de l'église d'ici, elle criait sur les toits que Clare l'avait exploitée honteusement.

— Et la deuxième dame ? Linne ? Qu'est-ce qu'elle a dit ?

C'était encore mieux. Linne et Caroline Goldacre auraient été très copines autrefois. Ensuite, elles se sont disputées à propos d'un immeuble dont Linne et son mari sont propriétaires dans un coin de Shaftesbury appelé Swans Yard.

— Une sorte de petit quartier d'artistes ; il y a des ateliers, des galeries...

Le bâtiment source de litige hébergeait une boutique et un appartement. Les deux étaient loués à une tatoueuse. Et ladite tatoueuse n'était autre que Lily Foster. Caroline voulait à tout prix que Linne et son mari l'expulsent.

— Linne a refusé tout net, arguant que la jeune

artiste en question avait signé un bail en bonne et due forme et payait régulièrement. Elle ne causait aucun ennui, il n'y avait donc pas la moindre raison de l'expulser.

Winston referma son calepin. Barbara se félicita de le voir piocher une nouvelle fourchetée de goulasch, avec toutefois beaucoup de betterave.

— C'en a été fini de l'amitié entre les deux femmes. Ça s'est passé un an environ après le suicide du fils. D'après Hermione, Caroline n'arrête pas de rouvrir cette plaie. Ni l'une ni l'autre, apparemment, ne portent Caroline dans leur cœur. Par contre, elles aimaient bien Clare. Elles n'étaient pas des amies proches, mais elles l'admiraient. Elles n'ont jamais compris pourquoi elle continuait d'employer Caroline et ont lâché en riant que celle-ci devait la faire chanter. Elles ont dit que Clare devait avoir des tas de secrets et que Caroline en savait assez long pour jouer les maîtresses chanteuses. Intéressant, hein, surtout quand on pense au chéquier de Clare et aux rencontres avec ces types mariés.

— Peut-être, mais j'en ai parlé à l'inspecteur, et il pense que les sommes sont trop dérisoires pour être du chantage. De toute façon, Caroline aurait préféré du liquide, non ? Et si elle réclamait huit cents livres aux maris infidèles, pourquoi si peu à Clare ? Il faudrait qu'on examine tous ses comptes, je te parie qu'elle a une banque à Londres...

— Oui, c'est fort possible. Si ça se trouve, Clare cherchait à la fiche à la porte, mais l'autre ne se laissait pas faire. D'après ces dames, Caroline ne méritait que ça, mais elle n'était pas du genre à baisser pavillon facilement.

— « Toi et moi, c'est fini. » C'est ce que l'une d'elles a déclaré à Cambridge, n'est-ce pas ? lui rappela Barbara.
— Et l'autre : « Pas avec ce que je sais sur toi. Ce sera jamais fini », répliqua Nkata avec un hochement de tête.

Camberwell
Sud de Londres

India était en train de faire la vaisselle lorsqu'on sonna à sa porte. Derrière elle, assise à la table, Caroline fit un bruit de bouche et murmura :
— Ne réponds pas, India. Ça peut être n'importe qui, Dieu sait ce qui traîne dans ton quartier à la nuit tombée.

Ce commentaire péjoratif incita India à aller ouvrir.

Elles avaient terminé de dîner, et Caroline venait de s'ouvrir une autre bouteille de vin, un sangiovese qu'India réservait à la soirée en tête à tête avec Nat programmée pour la semaine suivante. Fidèle à elle-même, Caroline s'était servie avec un sans-gêne manifeste.

— J'arrive ! cria India au deuxième coup de sonnette en s'essuyant les mains.

Caroline la suivit en la suppliant :
— Regarde au moins qui c'est par la fenêtre.

India soupira et écarta légèrement le rideau du bow-window du salon. Nat... Sa silhouette reconnaissable entre toutes se découpait à contre-jour de l'éclairage de rue.

— C'est ton nouveau ?

India s'abstint de répondre. Ouvrir ou ne pas ouvrir ? L'un et l'autre portaient à conséquence. Elle avait dit à Nat qu'elle serait chez elle. Elle ne voulait pas prendre le risque qu'il la considère comme une menteuse. Aussi s'avança-t-elle vers la porte alors que Caroline susurrait :

— Je suppose que je devrais être contente que tu ne lui aies pas encore confié les clés de chez toi.

Ignorant cette dernière pique, India alluma sous le perron avant d'ouvrir. Elle n'avait pas envie qu'il rencontre la mère de Charlie, mais elle savait qu'il ne servait à rien de prier Caroline de leur accorder un moment seuls. D'ailleurs, celle-ci était postée juste derrière India, quoique dans l'ombre, et donc, pour l'instant, hors de vue de l'extérieur.

— Ah, fit Nat. Tu es là. Je suis passé d'abord à l'église... (Ce qui rappela à India que c'était le soir de la chorale : cela lui était complètement sorti de la tête.) Quand j'ai vu que tu n'y étais pas, j'ai... bon, c'est égoïste de ma part, mais j'étais tellement pressé de te donner ça... dans l'espoir de te convaincre.

Il avait à la main une photo. Un jeune garçon à califourchon sur un alpaga déguisé en renne, son long museau affublé de faux bois en tissu. Nat, costumé en lutin, avait l'air aux anges. Au sol était répandu un peu de neige.

— J'y croyais dur comme fer, comme tu peux voir. Je devais avoir, attends... Bon, j'avais dix-sept ans quand je me suis aperçu que les alpagas n'étaient pas des rennes et que mon père n'était pas le Père Noël. J'aurais dû arriver à cette conclusion plus tôt dans la vie... Vois comme j'étais naïf.

India rit.

— Je vois surtout combien tu es tenace, Nathaniel Thompson.

— Tout est une question de motivation.

C'est ce moment que Caroline choisit pour sortir de l'ombre.

— Peux-tu me présenter à ton ami, India ?

Nat ouvrit des yeux ronds.

— Oh, pardon, j'ignorais que tu avais de la compagnie.

Caroline prit les choses en main :

— Mais entrez donc. Nous en sommes à la vaisselle. Il reste un peu de vin, vous ne direz pas non ? C'est vous le fameux Nat, n'est-ce pas ?

India sentit son sang se glacer. Caroline pouvait très bien gâcher ses relations encore fragiles avec Nat...

Nat, déconcerté, hésitait sur le seuil.

Caroline passa devant India et lui prit la photo des mains avant de se diriger vers la cuisine.

— Ne prenez pas racine, Nat, dit-elle sans se retourner. Entrez, entrez. C'est vous sur la photo ? Ah, oui, je vous reconnais. Vous étiez un bel adolescent et vous êtes devenu un bel homme. Je vois pourquoi il te séduit autant, India.

India, ne voyant pas, elle, comment s'en sortir, invita Nat à entrer.

— Désolée, lui chuchota-t-elle. Je n'ai rien pu faire.

Caroline se chargea de sortir un verre pour Nat, le servit de vin, se resservit et remplit aussi celui d'India, comme si elle était chez elle, comme si c'était elle qui recevait.

— Je me présente, Caroline Goldacre, la maman

de Charlie, dit-elle quand ils entrèrent dans la cuisine. Vous avez rencontré Charlie ?

— Oui, l'informa India.

— Comme c'est civilisé.

India n'avait aucune intention de boire, mais Nat prit une gorgée puis contempla son verre comme s'il en admirait le rubis de la robe. India supposa qu'il essayait de se faire une opinion sur la situation.

— Vous paraissez avoir une charmante réunion de famille à Noël, Nat, continua Caroline. En tout cas, à en croire votre message téléphonique. Je l'ai entendu par hasard. Le vôtre et celui du père d'India. Il parlait de vous, d'ailleurs. Vous serez heureux d'apprendre que l'honorable Martin Elliott encourage sa fille à vous fréquenter. Ce que je ne ferai pas. Charlie, après tout, est le seul fils qui me reste.

Elle avala une bonne lampée. India soupira.

— Caroline... Maman...

Caroline leva la main.

— J'en ai trop dit. Comme d'habitude. Je vais me faire petite souris et vous laisser tranquilles tous les deux. De toute façon, je dois téléphoner à Charlie. Il voudra savoir comment je m'en sors... (Elle enveloppa India d'un regard affectueux.) C'est vraiment gentil à toi de m'héberger. C'est Charlie, vous savez, qui lui a demandé.

Sur ce, elle les quitta en emportant son verre et la bouteille. India rougit. Alors qu'elle commençait à bafouiller, Nat prononça vivement :

— Ils se sont décommandés ?

Elle le regarda sans comprendre. Il la dévisageait intensément.

— Qui a décommandé ?

— Je vois. Écoute, vu les circonstances, ce n'est pas grave si tu m'as menti, India. Ce qui me dérange, c'est que tu te sois sentie *obligée* de me mentir.

Elle comprit soudain sa question... Elle lui avait dit que des patients avaient décommandé leur rendez-vous.

— Excuse-moi, j'avais peur de ta réaction. Impossible de dire non à Charlie. Il ne pouvait pas recevoir sa mère dans notre appartement.

Il plongea son regard dans le sien.

— « Notre » appartement ?
— Quoi ?
— C'est ce que tu viens de dire. Il ne pouvait pas recevoir sa mère dans « notre » appartement.

— C'est une façon de parler. Je peux quand même faire ça pour lui, loger sa mère pour une nuit ou deux.

— Tu es sûre que c'est tout ?
— Je ne crois pas qu'elle s'attardera. Elle va vouloir rentrer dans le Dorset... rejoindre son mari, le beau-père de Charlie...

— Je ne te parle pas de sa mère.
— Oh, Nat..., soupira-t-elle.

Elle se détourna et fit face à l'évier, sans intention toutefois de se remettre à la vaisselle : elle se contenta de contempler la fenêtre ténébreuse. Derrière elle, il prononça :

— N'en parlons plus. J'ai l'impression de... de me comporter comme un loup-garou. Heureusement, il n'y a pas de pleine lune et de toute façon je ne suis pas vraiment un loup-garou.

À la fois stupéfaite et amusée, elle pivota sur ses talons.

— Qu'est-ce que c'est que ce délire ? lui demanda-t-elle en souriant.

— Désolé, je voulais plutôt dire homme des cavernes. Je te prends par les cheveux et je te traîne jusqu'à mon souterrain.

— Les hommes des cavernes habitaient vraiment sous terre ?

— Pourquoi s'appelleraient-ils ainsi, sinon ? Notre côté primitif n'est jamais très loin sous la surface, la civilité n'est qu'un vernis soigneusement entretenu. Depuis toujours, l'homme cherche à marquer son territoire, et cela passe par le besoin de s'approprier ce qu'il désire. Mon feu, mon espace vital…

— Ma femme, compléta India. Mais je ne veux appartenir à personne.

— Je sais, et en réalité je ne voudrais pas que tu appartiennes à qui que ce soit, même pas à moi. C'est juste qu'il me vient parfois l'envie de rendre définitif quelque chose qui ne peut pas l'être, qui ne pourra jamais l'être : rien ne peut jamais être pour toujours.

Saisie par l'émotion, India ne pouvait plus détacher ses yeux des siens. Sa poitrine se gonflait sous l'effet d'un élan de tendresse né au tréfonds d'elle-même. Était-ce cela qu'une femme était censée ressentir pour un homme ? Ou souhaitait-elle secrètement que Nat l'emmène où il voulait et prenne toutes les décisions pour elle ?

Nat indiqua d'un signe de tête la photo que Caroline avait abandonnée sur la table.

— Au fait, je garde le menu de Noël pour plus tard. Sache qu'il sera spectaculaire. Et dans l'après-midi, le clan au complet se réunit pour le petit speech, lequel est accompagné de pudding et d'une montagne de crème fouettée.

Elle ramassa la photo et étudia son jeune visage.

— Tu me la donnes ? Je ne sais pourquoi, à voir ton look d'ado un peu boutonneux sur les bords, il me semble que tu es... je ne trouve pas le terme...

— Moins homme des cavernes ? Tu sais, ils avaient aussi des boutons sur la gueule.

Elle le compara avec le portrait.

— Tu viens d'un milieu heureux. Une famille aimante, des traditions, la sécurité.

— Je vais te faire un aveu : je suis l'esclave de mes neveux et nièces. Ils sont dix maintenant. Sans compter que ma sœur cadette m'en prépare un nouveau.

— C'est sympa.

— Sa grossesse ?

— Tout ce que tu me racontes.

Elle posa la photo et noua ses bras autour de son cou. Quand ils s'embrassèrent, elle oublia tous ses sujets d'inquiétude : Caroline, Charlie, la fidélité, l'amour, la culpabilité, la peur. Il l'étreignit, fort, et elle sentit contre elle la preuve de son désir.

À cet instant, la sonnette retentit. Comme surpris en flagrant délit, ils s'écartèrent brusquement l'un de l'autre. India savait que la même pensée venait de leur traverser l'esprit : Charlie.

Caroline descendit l'escalier en un clin d'œil et, avant qu'India ait eu le temps de réagir, se rua à la fenêtre pour regarder derrière le rideau. Sans se retourner, elle lâcha :

— Un *autre* homme ? India, décidément, tu es une vraie tombeuse.

Camberwell
Sud de Londres

Cette fois, Lynley avait laissé Arlo dans la voiture. Le petit chien avait eu une journée fatigante, du moins c'est ce que Lynley se plaisait à penser. Il dormirait sur le siège passager de la Healey Elliott.

Il dut sonner deux fois. Et lorsque la porte s'ouvrit, il fut étonné de voir non pas une jeune femme, mais un homme de haute taille, brun, aux joues bleuies par ce genre de barbe qui oblige à se raser deux fois par jour. Son costume lui allait trop bien pour être du prêt-à-porter, sa chemise d'une blancheur immaculée était déboutonnée au col et il ne portait pas de cravate. Physiquement, il n'avait rien à voir avec Charlie Goldacre.

L'inconnu considéra Lynley d'un air à la fois méfiant et perplexe. Derrière lui se tenait la jeune femme de la photo. Et derrière elle encore, surgissant d'un salon à la gauche du vestibule, une femme plus âgée : plus que ronde, double menton, yeux trop maquillés, boucles d'oreilles tape-à-l'œil, deux colliers, froufrous et superpositions de soie aux couleurs voyantes parvenant mal à dissimuler ses formes rebondies. Pour compléter le tout, des leggins. Lynley supposa qu'il s'agissait de la mère de Charlie.

Il sortit sa carte de police et se présenta. Caroline Goldacre s'effaça, sans doute dans l'espoir – vain – de passer inaperçue. Mais Lynley s'adressa directement à elle :

— Charlie me dit que vous êtes à Londres pour quelques jours. Vous voudrez bien m'accorder dix minutes ?

— De quoi s'agit-il ? se hérissa Caroline.

— Entrez, inspecteur. Je suis India Elliott. Et voilà Nathaniel Thompson.

Celui-ci se tourna vers India.

— Veux-tu que je... ?

Il indiqua la rue d'un mouvement du menton.

— Non, je t'en prie, reste.

Caroline Goldacre protesta :

— La police m'a déjà interrogée, je ne vois pas ce que je pourrais ajouter.

Lynley fit celui qui n'avait pas entendu. Il constata que le salon ressemblait plutôt à un cabinet médical, essentiellement occupé par une longue table d'auscultation. Aux murs, des rayonnages accueillaient des dossiers et des boîtes. Il avait, bien entendu, remarqué la pancarte *Acuponcture* dehors.

— Je crains de devoir vous recevoir à la cuisine, si cela ne vous dérange pas, lui dit India. Un café ?

Caroline prononça « India » d'un ton scandalisé. India ignora la critique implicite et précéda Lynley. Les autres suivirent.

À la vue de l'évier où trempaient des casseroles, Lynley comprit qu'il avait interrompu une séance vaisselle. La pièce était si minuscule que quatre personnes y tenaient à peine. India proposa de le laisser seul avec sa belle-mère, mais Caroline insista pour qu'elle assiste à la conversation, arguant qu'il lui fallait un témoin.

Lynley se demanda de quoi elle avait peur. Il avait sur lui le capteur d'empreintes digitales. Il le posa sur la table en déclarant qu'il ne s'attarderait pas longtemps. Il informa Caroline qu'il était d'abord passé chez son fils à Spitalfields...

— Comment avez-vous su que j'étais allée chez Charlie ? s'enquit Caroline.

— Par ma collègue, Barbara Havers. Elle s'est rendue chez vous, mais votre mari lui a dit que vous étiez à Londres.

— Pourquoi voulait-elle me voir ?

Caroline était restée debout. Du coup, personne ne s'était assis. India se tenait devant l'évier et les casseroles sales. Thompson était adossé au frigo. Sur le pas de la porte, Caroline semblait sur le point de se sauver à la moindre provocation. Comme Lynley ne répondait pas assez vite à sa question, elle enchaîna :

— J'ai déjà parlé avec elle. Plus d'une fois, en plus. Et avec vous aussi. C'était bien vous, au téléphone ?

— Tout à fait.

— Si je suis allée chez Clare, c'est uniquement pour récupérer mes affaires, vous savez. J'ai essayé de le faire comprendre à votre collègue. Je ne vois pas pourquoi la police aurait besoin de mes effets personnels. Ils sont à moi, après tout. Un coupe-papier, un vieux grille-pain recyclé en porte-courrier, un dévidoir pour rouleaux de Scotch que j'ai acheté parce que Clare négligeait de le faire, mon mug à café... Bref, rien d'intéressant pour la police.

— C'est la procédure, l'informa aimablement Lynley. Notre façon d'éliminer les suspects de notre liste.

Du coin de l'œil, il vit India et Thompson échanger un regard. Quant à Caroline, elle était outrée.

— Et de quoi me soupçonne-t-on, je vous prie ?
— Vous êtes la dernière personne à avoir vu Clare avant sa mort.
— À part la personne qui l'a tuée, rétorqua Caroline. Si elle a été assassinée d'ailleurs, si on lui a donné quelque chose pour provoquer cette crise cardiaque... si une telle chose existe !

À l'entendre, on aurait cru que la mort de Clare était un affront qu'on lui avait fait.

— C'est pour ça que je suis là, justement, dit Lynley. J'ai besoin de vos empreintes pour vous enlever de la liste. Il y avait trois empreintes différentes sur l'objet qui a servi à empoisonner la victime.
— Et vous croyez que l'une d'elles est la mienne ?
— C'est une simple procédure, madame Goldacre.
— Oh, c'est toujours la même chanson ! Mais franchement, ai-je un mobile pour tuer qui que ce soit ?
— Le poison a été détecté dans un tube de dentifrice. Nous avons appris seulement aujourd'hui que le tube en question appartenait à Clare. Étant donné que vous étiez en déplacement avec elle au moment de sa...

L'horreur et la consternation déformèrent les traits boursouflés de Caroline.

— Qu'y a-t-il ? demanda Lynley.
— Oh, mon Dieu ! Oh, oh...

Son désarroi semblait authentique.

— C'est à cause du dentifrice ?
— Oui.

Caroline vacilla sur ses jambes. India tira une chaise vers elle.

— Tiens, assieds-toi, maman.

Caroline obtempéra. Les yeux fixés sur l'appareil posé sur la table, elle dit :

— Clare avait oublié le sien. On s'est disputées. Oui, je l'avoue, je me suis fâchée, j'étais fatiguée et elle m'avait juré que la soirée ne se prolongerait pas au-delà de dix heures. Un peu plus tôt, elle s'était rendu compte qu'elle avait oublié son dentifrice et m'avait demandé de lui prêter le mien. Je le lui avais passé... prêté, pas donné. Mais à un moment de la dispute, je l'ai quittée, j'ai fermé à clé la porte de communication entre nos deux chambres parce que je ne voulais plus entendre parler d'elle jusqu'au lendemain. Elle pouvait se montrer terrible... Ensuite, je me suis aperçue que je n'avais plus mon dentifrice. J'ai appelé la réception pour qu'ils me fournissent un nécessaire de toilette. Ils n'en avaient pas. Je m'en suis donc passée.

Elle posa sa main sur sa poitrine volumineuse comme pour jurer qu'elle disait la vérité. Mais au lieu de faire un serment, elle souffla :

— Je ne me sens pas bien, ma chérie, India... tu aurais un peu d'eau ?

India lui servit un verre d'eau minérale fraîche du frigo. Avant de boire, Caroline en examina le contenu puis dévisagea India d'un air soupçonneux, à croire que sa belle-fille voulait l'empoisonner sous le nez de Scotland Yard. Toutefois, elle but, puis :

— Mon cœur bat trop fort. Une minute, s'il vous plaît.

Tous les regards étaient braqués sur elle. Elle semblait réfléchir aux complexes répercussions susceptibles de se produire quand on a eu en sa possession et qu'on a refilé à une tierce personne une substance mortelle.

— Vous comprenez ce qui s'est passé, n'est-ce pas ? Je suis la seule personne qui était censée mourir.

19 octobre

Thornford
Dorset

Alastair débarqua chez Sharon à sept heures quarante du matin, alors que le soleil frôlait les champs et faisait étinceler les hautes herbes ployant sous la rosée comme sous une pluie de diamants. Pour la première fois, il avait délégué à son assistant le chargement des camions de livraison dépêchés dans les différentes succursales de la boulangerie. Curieusement, il n'en ressentait aucune culpabilité. Au contraire, son arrivée dans la fermette nichée au milieu des maisons alignées et des cottages de Church Road lui paraissait totalement naturelle et normale.

En s'acheminant vers la porte d'entrée, il s'autorisa un petit fantasme. Il se voyait dans la peau d'un mari retournant auprès de sa femme. Levée depuis une heure, celle-ci avait préparé le petit déjeuner et attendait avec impatience le bruit de sa clé dans la serrure, de ses pas sur les dalles de pierre du couloir.

Dès que Caroline était partie comme une folle à Londres, il avait téléphoné à Sharon. En lui annonçant la désertion de sa femme, il s'était efforcé de ne pas avoir l'air de fonder trop d'espoir sur cette brusque envolée.

« Il s'est passé quelque chose, Alastair ? s'était inquiétée Sharon. Soufflerait-il un vent de discorde entre toi et Caroline ?

— Ce vent-là souffle en permanence. Elle est allée chez Charlie. Pour qu'il la protège.

— Et toi, tu ne la protèges pas assez ?

— Apparemment pas.

— Qu'est-ce que tu vas faire ?

— Je veux être avec toi. »

Face au silence de Sharon, Alastair avait craint d'être allé trop loin. Quand il était seul, il se laissait aller à imaginer ce que serait la vie à deux avec elle. Il en avait tellement envie...

Sharon avait fini toutefois par répliquer :

« Elle n'est pas partie pour toujours, c'est juste un incident de parcours.

— J'en ai par-dessus la tête, de ces incidents, je te jure.

— J'aimerais pouvoir aplanir tes difficultés, mon chéri. »

La tendresse qui perçait dans sa voix et surtout ce tout petit mot, *chéri*, avaient fait vibrer les fibres de son cœur.

Ce soir-là, après le dîner, ils étaient allés directement au lit. Alastair s'était levé à une heure du matin pour être à deux heures tapantes au labo de la boulangerie. Elle ne devait pas avoir beaucoup dormi non plus : elle s'était levée afin de lui préparer un thermos de café et lui dire au revoir.

La porte d'entrée était ouverte. Il suivit l'odeur de café jusque dans la cuisine. Un rayon de soleil éclairait la table mise pour deux : deux moitiés d'un pamplemousse, une boîte de Corn-Flakes, un pichet de lait, un sucrier. Sur la crédence, deux tranches du pain complet spécial de la boulangerie étaient insérées dans le grille-pain. Dans un bol reposaient quatre œufs, à côté d'une poêle où avaient été soigneusement disposées de minces lamelles de bacon.

On aurait cru à une publicité pour le bonheur conjugal. Elle avait tout préparé pour son retour ! Il décida qu'il allait lui faire une bonne surprise. Un petit déjeuner au lit...

Il cassa les œufs dans le bol et jeta les coquilles à la poubelle. C'est alors qu'il la vit par la fenêtre. Elle était assise sur une chaise de jardin, sous le cytise à présent dépouillé de ses feuilles. Il se rappela qu'elle avait attendu que ses enfants soient grands pour planter cet élégant petit arbre, de peur qu'ils ne s'empoisonnent avec ses gousses. Sharon en avait justement une à la main, elle la faisait tourner entre ses doigts tandis que son regard errait sur les champs où broutaient les moutons.

Il fut étonné de la trouver aussi pensive et espéra que le sujet de sa méditation n'était autre que lui-même. Depuis qu'ils étaient ensemble, il l'avait toujours vue en mouvement, toujours active : recousant un bouton à sa chemise, repassant des serviettes de table usées jusqu'à la trame, pliant du linge propre, coupant les fleurs fanées des parterres devant la maison. Quand elle avait terminé ces corvées, elle s'asseyait à son secrétaire et écrivait à ses enfants. Pour eux, jamais d'e-mail. Une lettre est une chose durable, disait-elle ; elle peut être conservée, relue, attachée à d'autres par un ruban, transmise aux générations futures. Un e-mail, non. Et puis il y avait la lenteur. On attendait une lettre. Sharon était une femme patiente et elle avait enseigné la patience à ses enfants. Il fallait savoir attendre ce qui était important.

Peut-être était-ce cela qu'elle faisait là, assise dehors au lever du soleil. Peut-être attendait-elle seulement ce qui allait arriver... sans penser à rien.

Comme elle ne savait pas qu'il était rentré, il en profita pour l'observer à loisir. Il était fasciné par ses cheveux. Qu'est-ce que Caroline avait dit ? Qu'ils étaient filasse ? Sharon avait en effet des cheveux fins et lisses, peu abondants, mais dans la lumière limpide de cette belle matinée, il en admira les subtiles nuances de blond.

À un moment donné, elle dut sentir sur elle le poids du regard d'Alastair. À l'instant où elle se tournait vers la fenêtre, il frappa au carreau. Elle n'eut pas l'air étonnée de le voir, seulement heureuse. Elle se leva, jeta la cosse de cytise et se passa les doigts dans les cheveux comme pour se recoiffer. Elle avait aux pieds des sabots dont le rouge vif contrastait avec le vert de la pelouse. Il entendit *cloc-cloc* quand elle les ôta sur l'escalier de derrière.

Il alluma le feu sous la poêle et mit en marche le grille-pain.

— Je voulais le faire pour toi, dit-elle en entrant.
— Comment savais-tu que je reviendrais ?
— Je ne le savais pas...

Elle s'arrêta à la porte pour enfiler ses pantoufles et resta un moment immobile.

— Mais je l'espérais.

Quelque chose dans le ton de sa voix lui fit suspendre son geste (il était en train de battre les œufs).

— Et si je n'étais pas revenu ? s'enquit-il.

— Ma vie aurait continué. Comme d'habitude.

Puis, lisant sa déception sur son visage, elle se dépêcha d'ajouter :

— Alastair, je t'ai fait de la peine ?

Il secoua la tête.

— Tout ça est stupide.

Elle caressa du bout des doigts les rares boucles qui lui restaient. Une profonde affection se lisait dans son regard.

— Je crois que tu cherches à avoir ce que tu as déjà, chéri. Je ne suis à personne d'autre qu'à toi, et cela n'est pas près de changer. Maintenant, rends-moi mon fourneau. J'adore cuisiner pour toi quand tu me regardes avec ces yeux... Comme si ce que tu voulais n'avait rien à voir avec ce que je mets dans ton assiette, conclut-elle d'un air malicieux.

Ces quelques mots suffirent à exacerber son désir. *Bon sang*, se dit-il, *cette femme est magique*. Il prit sa main et la posa sur son entrejambe.

— Voilà ce que je veux.

— Eh bien !

Elle serra les doigts, puis les desserra lentement. Il exhala un soupir. Elle le repoussa légèrement pour retourner à sa cuisine.

— On m'attend aujourd'hui à la boutique de Swanage, lui apprit-elle. J'ai à peine le temps de manger avant de filer. Tu veux bien rester ici ?

Une fois repu, bien sûr. Tu dois être mort de fatigue. Tu as dormi cette nuit ?

— Suffisamment, mentit-il.

Elle réduisit la flamme sous le bacon et termina de battre les œufs, auxquels elle ajouta un peu de lait, du sel et un tour de moulin à poivre.

— Cela s'estompera, dit-elle. Il vaut mieux que tu l'admettes tout de suite, sinon tu seras déçu.

— Tu me parles de quoi, là ?

— C'est comme une faim, ce qu'on a entre nous... mais rien ne dure... surtout pas *ça*... (Elle appuya ses paroles d'un geste de son petit fouet en inox.) En ce moment, tu ne penses qu'à m'ôter ma petite culotte et à me faire l'amour, là, dans la cuisine. Mais ça te passera.

— Je sais ce que je veux, répliqua-t-il d'une voix tremblante. C'est plus qu'un simple désir sexuel.

Et comme elle lui jetait un regard à la fois sceptique et amusé, il précisa :

— C'est vrai, je te jure.

Il se rapprocha et elle lui sourit.

— Tu sais, je ne peux m'occuper que d'une sorte d'appétit à la fois. Nous ne devons pas nous laisser aller. Tu as une affaire à...

— Alors là, je m'en fous complètement, de mon affaire.

— C'est un tort. Tu l'as construite...

— Grâce à toi.

— Ne raconte pas n'importe quoi. J'ai juste été la mouche du coche. Il ne faut pas oublier ce qui est important parce que personne ne vit de... bon... (Elle rougit, ce qui la lui rendit encore plus adorable.) Ce qui nous arrive à tous les deux... Personne ne peut vivre tout le temps aussi intensément. Alors sois gentil, assieds-toi, mange ton pamplemousse. On a, toi comme moi, besoin de garder nos forces.

Shaftesbury
Dorset

Lorsque Lynley se décida finalement à lui téléphoner, Barbara était furieuse contre lui. La veille au soir, comme il ne l'avait toujours pas appelée à vingt et une heures pour lui dire comment s'était passé son entretien avec Caroline Goldacre, elle avait composé plusieurs fois son numéro. Si les empreintes digitales sur le tube de dentifrice étaient bien celles de la grosse salope, il l'avait probablement déjà embarquée. À minuit, Barbara avait renoncé, non sans lui avoir laissé un dernier message : « Purée, mais vous êtes passé où ? » Il lui avait fallu trois bonnes heures pour trouver le sommeil. La sonnerie du téléphone la réveilla à sept heures du matin. Elle aboya :

— Pourquoi vous ne m'avez pas appelée hier soir alors que vous saviez que j'attendais, punaise ?

— Mon Dieu, Barbara, vous êtes toujours d'aussi bonne humeur, le matin ? Vous n'avez pas encore pris votre café ?

— *Pourquoi* vous ne m'avez pas appelée ? Qu'est-ce que vous croyez qu'on peut faire, nous autres, si vous ne nous tenez pas au courant ?

— J'imagine que vous avez dîné et en avez profité pour vous coucher de bonne heure. J'ai dû ramener Arlo à Daidre, sergent. Il était déjà dix heures du soir passées quand j'ai quitté Camberwell.

— Vous auriez pu me bigophoner de votre voiture en chemin.

— Et me mettre en infraction en téléphonant au volant ? Vous rêvez.

— Et chez Daidre, alors ? Vous voulez me faire croire qu'elle avait les crocs et vous a déchiré votre beau costume pour... Quand bien même, vous auriez pu la tenir à distance le temps de me...

— Vous devriez lire de la meilleure littérature, sergent. En plus, ce sont les hommes qui arrachent en principe leurs vêtements aux femmes. Surtout dans vos romans, non ? Bon, ne répondez pas. En fait, Daidre dormait.

— Et vous êtes entré sur la pointe des pieds, vos chaussures à la main, pour vous glisser entre les draps sur un matelas moelleux et lui souffler amoureusement sur la nuque ?

— Hélas. Un sac de couchage sur un lit de camp, vous voulez dire. Avec elle, c'est la vie à la dure.

— Je vous crois. Où êtes-vous, là ?

— À Belgravia. Je me dirige vers ma voiture. Bon, et si on passait aux choses sérieuses ?

Il l'informa des derniers développements. À entendre Caroline Goldacre, le tube de dentifrice lui appartenait et elle n'avait pas préparé le sac de Clare avant le voyage à Cambridge.

— Clare ayant oublié le sien, elle le lui avait prêté, expliqua Lynley.

— On la croit sur parole ? Elle aurait pu préparer le sac de Clare et « oublié » d'y joindre le dentifrice. Personne ne peut savoir la vérité.

— Naturellement.

Il lui apprit ensuite que l'appel de Caroline à

la réception avait pour d'obtenir un tube de dentifrice en remplacement de celui qu'elle avait laissé à Clare.

— Vous vous rappelez qu'elle avait été horriblement désagréable avec le concierge de nuit quand il lui avait déclaré qu'ils n'avaient pas de coffret de courtoisie avec nécessaire de toilette...

— Pour s'assurer qu'il n'oublierait pas l'incident ? suggéra Barbara.

— Le fait qu'elle se soit montrée infecte l'a rendu mémorable, c'est certain. On peut tout à fait douter de l'affirmation de Caroline selon laquelle elle était la victime ciblée. D'un autre côté, il nous faudrait un mobile. Pourquoi aurait-elle jugé nécessaire de se débarrasser de son employeur ? Bon, quant aux empreintes numéro trois, ce sont bien les siennes. Ce qui est logique si on colle à son histoire. Elle n'est pas si bête que ça, vous savez. Si elle avait mis du poison dans ce tube, elle n'y aurait pas laissé ses empreintes.

— Pour le mobile, ça marche dans les deux sens. Qui aurait jugé nécessaire de se débarrasser de Caroline Goldacre ? Oh, et puis ça ne fait rien. On a quand même établi qu'elle était capable de faire chanter les gens.

— C'est vrai, admit Lynley. En plus, son mari actuel a une maîtresse, une femme qui travaille pour lui, une prénommée Sharon. C'est le fils qui me l'a dit. Cela fait quelques mois que cela dure, d'après Caroline. Il faudrait investiguer de ce côté-là.

— Et interroger cette fille qui est l'objet d'une injonction...

Barbara lui fit un bref résumé de ce qu'elle avait

découvert concernant Lily Foster. Grâce à Charlie, Lynley en savait déjà assez long sur elle. Après quoi, ils raccrochèrent.

Barbara fit sa toilette – Winston, songea-t-elle, devait déjà être sur le pont depuis deux heures. Elle le trouva en bas dans la salle à manger – devenue leur salle des opérations –, en train de prendre un rendez-vous sur son téléphone portable. D'un hochement de tête, il lui indiqua la direction de la cuisine. Supposant qu'il lui avait préparé quelque chose à manger, elle ne se fit pas prier davantage.

En effet, dans le four attendait une plaque recouverte de papier alu. Dessous, elle découvrit une assiette de toasts, une autre d'œufs pochés, tomates grillées et bacon, le tout accompagné d'un bol miraculeux de haricots blancs à la sauce tomate Heinz. La machine à café tenait au chaud une demi-cafetière. En retournant avec celle-ci à la salle à manger, elle dit à Winston en se fendant d'un immense sourire de serveuse empressée :

— Encore une tasse, monsieur ?

Il venait de raccrocher.

— C'était la psychiatre, lui dit-il.

— Ça y est, je t'ai fait péter un câble... En si peu de temps, je me surprends moi-même.

— Très drôle, Barb. Mais c'est celle de Clare, pas la mienne. Une drôle de dame appelée Karen Globus. Tu te rappelles ce nom ? Dans l'agenda ? Linne la connaissait, elle appartient aussi à la Ligue des femmes. J'ai rendez-vous avec elle cet après-midi à Sherborne. « Je ne pense pas pouvoir vous aider beaucoup dans votre enquête blablabla... »

Barbara alla chercher à la cuisine le plateau du

petit déjeuner, puis lui transmit les dernières nouvelles de Lynley. Winston tomba d'accord avec Barbara : si Caroline était, comme elle le prétendait, la cible de l'assassin, alors il fallait investiguer du côté de la tatoueuse. Mais s'il s'avérait qu'elle mentait, on se trouvait devant un tout autre tableau.

Peu après, ils partaient en voiture à l'adresse indiquée la veille par Linne Stephens. La boutique s'appelait Needle Brush. À leur arrivée, Lily Foster était justement en train d'ouvrir. Elle installait une enseigne-chevalet sur le trottoir devant sa porte. Elle n'aurait pas pu être autre chose qu'une artiste tatoueuse, se dit Barbara en détaillant sa tenue. Toute de noir vêtue, depuis ses bottes jusqu'à son débardeur en passant par sa jupe déstructurée, elle avait les cheveux teints en un noir charbonneux et les bras couverts de dessins colorés. Ceux-ci, examinés de plus près, se révélèrent tumultueusement pornographiques : les postures érotiques suggérées exigeaient en tout cas des partenaires une souplesse exceptionnelle. Curieusement, le personnage masculin portait toujours un bandeau sur les yeux. Un travail extrêmement minutieux, qui pouvait être qualifié d'œuvre d'art. Barbara se demanda néanmoins comment Lily se sentirait dans cette peau quand elle atteindrait la cinquantaine.

— Lily Foster ? s'enquit Winston.

— Elle-même, répondit Lily en entrant dans sa boutique et en passant derrière le comptoir.

Une table à dessin trônait dans un coin. Les murs étaient décorés de photos de tatouages effectués par l'artiste et d'une myriade de modèles proposés au choix de la clientèle. Une galerie d'animaux de A à Z, les signes du zodiaque... Aucun de ces motifs ne ressemblait de près ou de loin aux arabesques dont s'ornaient les bras de Lily, ce qui pouvait signifier, se dit Barbara, que la perversion n'était finalement pas si vendeuse que cela.

Winston sortit sa carte de police et Lily tira un tabouret à roulettes de dessous la table. Un spot éclairait un motif sur papier de soie en cours d'élaboration. Elle s'assit, étudia un moment le dessin et effaça quelques traits avant de se tourner vers eux. Barbara vit qu'elle jetait un coup d'œil à la carte de Winston. Très cool, elle leur demanda s'ils voulaient des tatouages.

— J'ai horreur des piqûres, lui dit Barbara. Et mon ami Winston, ici présent, ne voudrait pas causer du chagrin à sa maman qui à mon avis n'a pas la passion des ornements corporels. Hein, Win ?

— À la rigueur son nom dans un cœur, opina Winston. Lily Foster, c'est bien vous, donc ?

Lily s'écarta de la table sur les roulettes du tabouret. À la lumière du spot, Barbara s'aperçut qu'elle aurait pu être très jolie si elle avait eu moins de piercings (le demi-anneau dans sa cloison nasale était particulièrement repoussant), si elle avait gardé la couleur de cheveux que le bon Dieu lui avait donnée, si son habillement avait été moins funèbre et si ses tatouages n'avaient pas proposé à l'œil une diversion perturbante. Elle avait un teint d'une blancheur d'albâtre rehaussée par des taches de rousseur sur le nez et une bouche au dessin si parfait qu'on l'eût dite façonnée par un chirurgien esthétique. L'absence de cils et de sourcils avait quelque chose d'exotique. Barbara voyait quelle sorte de séduction elle avait pu exercer.

— S'ils vous ont raconté que je rôde autour de chez eux, ils mentent. Et même si j'étais passée devant leur maison à pied, ce qui n'est pas le cas, la rue est un passage public. Même les flics sont d'accord sur ce point. Alors si j'ai envie de me promener, ça regarde personne. Si j'ai envie de m'arrêter pour reprendre mon souffle, ça regarde personne. D'ailleurs, j'ai jamais rien fait d'autre que me balader...

— Je suppose que vous faites allusion à votre injonction, lâcha Barbara. Vous ne pensez tout de même pas que Scotland Yard se déplacerait parce que vous avez violé une interdiction d'approcher ?

Sur ces paroles, elle agita sa carte de police sous le nez de la jeune femme.

— J'ai rien violé du tout. J'habite cette ville, c'est inévitable que je la croise de temps à autre.

— Il faut qu'on parle de ça aussi, admit Barbara.
— C'est-à-dire ?
— Pourquoi habitez-vous ici ? traduisit Winston.
— Je vis où j'ai envie de vivre, se défendit Lily. Aux dernières nouvelles, ce n'était pas illégal.

— Mais quand même, qui aurait pensé que des tatouages auraient du succès dans cette partie du monde ? fit remarquer Barbara.

— Vous seriez étonnée. Je suis la seule artiste à quatre-vingts kilomètres à la ronde. J'ai fait une étude de marché avant de m'installer. Mes affaires marchent très bien, merci.

— Vous êtes vous-même une publicité pour ce que votre art peut faire pour améliorer l'apparence de votre clientèle, dit perfidement Barbara.

Lily rougit – avec son teint de porcelaine, ses joues prenaient facilement la couleur d'une rose –, mais se tut. Elle ne fit pas mine non plus de couvrir ses tatouages. Ne jeta pas un coup d'œil au cardigan noir qui était accroché non loin.

— Vous étiez la compagne de Will Goldacre, je crois ?

Lily retourna à son ouvrage, un dessin complexe où se mêlaient un taureau, un singe et un cheval.

— La maman de Will nous a parlé de vous. Vous étiez là quand il s'est jeté de la falaise. Elle vous tient pour responsable de son suicide. Pour quelle raison ?

Sortant brusquement de son calme apparent, Lily lança son crayon sur la table.

— Elle l'avait réduit à n'être qu'une coquille vide d'homme à peine capable de fonctionner quand il n'était pas auprès d'elle. On aurait dit qu'elle l'avait mis au monde pour le guider à travers toutes les épreuves de la vie, le guérir, résoudre tous ses problèmes et...

— Le guérir de quoi ? interrompit Winston en plongeant la main dans sa veste où il gardait son calepin. Il était malade ?

— Quelquefois il n'arrivait plus à contrôler son flot de paroles, expliqua Lily. Ça lui tombait de la bouche dès qu'il était contrarié. Des mots sans queue ni tête, des gros mots et... Oh, et puis qu'est-ce que vous voulez, à la fin ? Qu'est-ce que ça peut faire, maintenant qu'il est mort ?

Ses yeux brillaient intensément. Elle se leva et se mit à ranger les objets posés sur les rayonnages derrière le comptoir : livres d'art, magazines, bouteilles et flacons de toutes sortes... Comme ni Barbara et Winston n'émettait de commentaire, elle reprit d'une voix cassante :

— Elle voulait qu'il soit plus que normal... elle le voulait parfait ! Si elle avait pu, elle aurait été *lui*. En venant à Londres, il avait sauvé son âme, mais au bout d'un moment il n'y arrivait plus.

— C'est à Londres que vous l'avez rencontré ? s'enquit Barbara.

— Il habitait chez son frère. Il créait un jardin pas loin de chez mes parents. Je me suis arrêtée un jour pour le regarder travailler. On a bavardé. Il m'a plu. Je l'ai invité à boire un verre et on s'est bien entendus, tous les deux. Au bout d'un certain temps, on a emménagé ensemble. Mais sa mère a trouvé ça intolérable ! Oh, là là ! son pauvre chou menaçait d'être heureux... Et s'il fonctionnait enfin comme une personne normale, qu'est-ce qu'elle deviendrait, elle ? Mais il n'a pas réussi, il est revenu ici et il est retombé dans ses griffes. Alors, oui, je l'affirme haut et fort : elle l'a poussé dans les bras de la mort. Ceux qui la connaissent le savent, mais je suis la seule à le dire.

Elle s'était exprimée avec volubilité comme si elle les faisait bénéficier de son monologue intérieur. Le rêve de l'enquêtrice, se dit Barbara, craignant de voir le flux se tarir au moment où Lily s'aperçut que Winston prenait des notes. Mais la jeune femme marqua à peine une pause et continua sur le même mode :

— Pourquoi je la déteste ? Parce qu'elle aurait tout aussi bien pu pourchasser Will jusqu'en haut de la falaise. C'est à cause d'elle, tout ça. Il se débrouillait pas mal à Londres. On était bien, ensemble. Mais elle ne pouvait pas le laisser tranquille, ah non, pas plus qu'elle ne peut foutre la paix à Charlie. Elle est toujours sur leur dos, et quand elle ne l'est pas, elle l'est quand même : sa présence est constante, et le seul remède à ce fléau serait qu'elle meure.

Winston leva les yeux. Barbara jeta un coup d'œil de son côté. Lily éclata de rire. Elle s'avança vers eux en leur montrant ses poignets.

— Vous avez vos menottes avec vous ? Ou ça vous sert plus, maintenant que vous utilisez des bracelets en plastique ?

Elle laissa retomber ses bras le long de son corps et se dirigea vers la table où s'allongeaient sans doute ses clients et clientes pour se soumettre à l'action des aiguilles et de l'encre. Lily recouvrit le lit de douleur d'un drap blanc immaculé – on se trouvait probablement dans le nec plus ultra du salon de tatouage, songea Barbara – qu'elle replia sous le mince capitonnage.

— Vous vous attendiez pas à un discours pareil, pas vrai ? Alors maintenant, vous pouvez me dire ce que vous êtes venus faire ici ?

— Vous êtes au courant de la mort de Clare Abbott à Cambridge ?

— Évidemment. Tout le monde à Shaftesbury le sait.

— Elle a été empoisonnée, l'informa Nkata. Son éditrice aussi, quelques jours plus tard. Une dame du nom de Rory Statham.

Lily s'étonna :

— Qu'est-ce que ça a à voir avec moi ?

— Leur empoisonnement ? dit Barbara. Sans doute rien, si c'est bien Clare qui était visée. Mais voilà... Il est possible que Caroline Goldacre ait été la véritable cible. Et franchement, dans ce cas, cela a l'air de vous concerner pas mal.

Lily renifla.

— Et comment j'aurais empoisonné Clare Abbott et son éditrice alors que je cherchais à empoisonner l'exécrable mère de William ?

Barbara sourit.

— Bon sang, Lily, vous nous feriez un scoop, plaisanta Barbara. Mais vous avouerez que votre... quel est le mot, Winnie ?... *Animosité* ?

— Ça sonne juste pour moi, opina Winston.

— Donc votre animosité envers Mme Goldacre...

— Je ne suis sûrement qu'une parmi des dizaines de gens qui ne pleureraient pas sa mort, se défendit Lily. Si vous creusiez un peu, vous verriez que n'importe qui dans cette petite ville serait disposé à glisser de l'arsenic dans son porridge.

Barbara hocha la tête.

— Je l'ai rencontrée et j'avoue qu'elle n'est pas dans le top 10 de mes personnes préférées. D'un autre côté, avec ce que vous nous avez raconté, on ne vous donnerait pas non plus le bon Dieu sans confession. Et compte tenu de cette injonction qui est suspendue au-dessus de votre tête parce que vous l'avez sérieusement emm... Bref, les mobiles ont la fâcheuse tendance à s'additionner. Ainsi que les preuves circonstancielles.

Lily les gratifia de nouveau de son rire. Pas du tout le rire sardonique d'une folle qui a une fiole d'azoture de sodium planquée dans sa petite culotte, songea Barbara. La jeune tatoueuse semblait sincèrement amusée. Elle retourna derrière le comptoir, se rassit à son bureau, reprit son crayon et examina son dessin.

— Vous n'avez pas bien pigé la situation. Si j'avais

décidé de tuer cette garce, je ne me serais pas servie de poison. Je l'aurais étranglée de mes propres mains.

— Et Clare Abbott ? interrogea Winston d'un ton désinvolte, comme si sa question était motivée par la seule curiosité.

— Quoi, Clare Abbott ?

— On a trouvé dans ses affaires un agenda avec ses rendez-vous. Elle y a noté des initiales. LF. Ce serait pas vous par hasard ?

— J'ai jamais parlé à Clare Abbott.

— Elle ne vous a jamais téléphoné ? En tout cas, elle vous connaissait sûrement, elle. J'en resterais comme deux ronds de flan si Caroline avait été discrète sur votre interdiction de l'approcher.

Lily parut peser le poids des mots qu'elle s'apprêtait à prononcer. Finalement, elle se lança :

— Elle m'a téléphoné. Elle voulait me parler. On s'est mises d'accord sur une heure. Ensuite, j'ai annulé.

— Pourquoi ?

— Parce qu'elle refusait de me dire de quoi il s'agissait.

— Et comme ça, vous avez loupé l'occasion de casser du sucre sur le dos de Caroline ? ironisa Barbara.

— Vous croyez qu'elle m'aurait crue ? Pas une chance sur un milliard, oui. Caroline l'avait préparée comme il faut, c'est certain. De toute façon, je préfère que les gens se fassent une opinion par eux-mêmes sur cette salope. C'est beaucoup plus marrant...

Elle leur adressa un petit sourire bouche fermée et conclut :

— Maintenant, je dois me mettre au boulot.

J'attends un client ce matin pour démarrer une année du taureau, une année du cheval et une année du singe. Les années de naissance de ses enfants. Incroyable jusqu'où vont les gens pour encenser leurs mômes.

Elle leur tourna résolument le dos. À moins qu'ils n'aient l'intention de l'arrêter pour quelque délit ou de se faire tatouer, l'entretien était terminé.

Victoria
Londres

— Ça lui déplairait pas de faire griller ses entrailles au barbecue. Elle n'a rien à dire de gentil sur elle. Caroline aurait causé le malheur du gamin qui s'est supprimé. En fait, il avait du cirage dans le ciboulot et, toujours d'après Lily, elle aurait tout aussi bien pu le pousser du haut de cette falaise.

— Du cirage, sergent ?

Lynley était en chemin vers le bureau d'Isabelle, ayant été convoqué par un message de Dorothea Harriman sur son téléphone.

— Son père n'a pourtant évoqué aucun problème psychiatrique, poursuivit-il. J'ai vu une photo du gamin chez lui. Il avait une oreille difforme, enfin, c'est son père qui me l'a fait remarquer... Lily Foster a-t-elle fait allusion à cette oreille ?

— Non, rien. Par contre, elle nous a expliqué qu'il avait l'élocution qui déraillait de temps en temps. Quand il était contrarié, il se mettait à déblatérer toutes sortes de trucs sans queue ni tête et des cochonneries que vous oseriez même pas sortir à vos funérailles, si vous voyez ce que je veux dire. Lily colle tout sur le dos de la maman, et quand je dis tout, c'est vraiment tout. Mais je l'imagine pas dans la peau d'une meurtrière, pas de la façon dont ça s'est passé, du moins.

— Pourquoi ?

Lynley salua d'un signe de tête la secrétaire du département et messagère de la commissaire, l'élégante Dorothea, qui venait à sa rencontre. Elle tapota sur sa montre et posa ses mains sur ses hanches, imitant avec un certain talent Isabelle Ardery en mode impatience, jusqu'à l'expression de son visage. Il leva un doigt en l'air pour lui signaler qu'il arrivait dans une minute. Elle haussa les épaules et battit en retraite en direction du bureau de leur patronne.

— J'ai gambergé là-dessus, inspecteur, répondit Barbara, et je vois vraiment pas comment elle aurait pu se procurer ce poison, en farcir le tube de dentifrice de Caroline et le déposer dans sa salle de bains, sachant que son mari aurait tout aussi bien pu s'en servir. Non, non, le risque aurait été beaucoup trop grand. Ce n'est pas comme s'ils n'étaient pas sur leur garde en ce qui concerne son habitude de rôder autour de chez eux, vous voyez.

— Par eux, vous voulez dire Alastair et Caroline ?

— Tout à fait. Et elle ne cache pas qu'elle serait ravie si quelqu'un lui faisait la peau, mais évidemment elle pourrait être très maligne et jouer la comédie pour nous induire en erreur, justement. De la psychologie inversée, quoi.

— Parfois, il ne faut pas pousser trop loin les analyses psychologiques, sergent, lui dit gentiment Lynley. Où en êtes-vous avec la clé que vous avez trouvée dans le tiroir du bureau de Clare ?

— Les banques du coin ne proposent plus de

coffres. Il faut aller jusqu'à Yeovil pour trouver un service de ce genre, privé en plus, et j'imagine mal qu'elle se tapait la route jusque là-bas rien que pour ça.

— Vous êtes sur quoi, là ? Et au fait, où est Winston ?

— Ici même. On est allés main dans la main parler à Lily Foster. Vous voyez, on est comme des frères siamois. Pas vrai, Win ?

Lynley n'entendit pas la réponse de Winston, ses facultés auditives étant accaparées par un vacarme sans doute causé par le passage des éboueurs de Shaftesbury. La voix de Barbara retentit de nouveau à son oreille.

— Il nous reste Alastair MacKerron, cette Sharon qui bosse pour lui et une psychiatre qui figurait sur l'agenda de Clare. Et de votre côté ?

— La commissaire Ardery exige un rapport, là, tout de suite ! Je suis presque devant son bureau.

— Quand est-ce que cette dragonne va comprendre qu'il faut nous les lâcher un peu…

— Barbara, vous savez ce qu'elle veut et j'espère que vous allez continuer à nous fournir de quoi la satisfaire.

Ils raccrochèrent. Dorothea lui fit signe qu'il devait descendre dans l'arène sans plus attendre.

— Désolé, lança-t-il à Isabelle Ardery en entrant dans son bureau. J'étais au téléphone avec le sergent Havers.

Debout devant la desserte, elle surveillait avec son impatience coutumière la machine à café, une antiquité achetée pour son prédécesseur.

— Et puis merde ! s'exclama-t-elle en retirant le

pichet de sous le jet avant la fin, laissant le liquide noirâtre dégouliner sur l'assiette.

Elle lui proposa une tasse, qu'il refusa.

— Où est le chien ?

— De retour chez son « humain ». Pourquoi ? Vous vous y attachiez ?

— Vraiment, Tommy. Est-ce que j'ai l'air de quelqu'un qui s'attache ?

— À vrai dire, non.

Elle posa son café sur son bureau et l'invita d'un geste à s'asseoir. Il attendit qu'elle ait elle-même pris place pour obtempérer.

— Il a disparu. J'ai cherché partout, j'ai asticoté Dorothea au cas où elle l'aurait caché... mis à l'abri des regards indiscrets... mais apparemment il n'est jamais arrivé. Votre rapport, au cas où vous ne sauriez pas de quoi je cause. Nous étions d'accord pourtant. Je devais le recevoir par écrit sur mon bureau ou par e-mail... ce matin !

Il jeta un coup d'œil à sa montre.

— Très drôle, ajouta-t-elle, je sais parfaitement que la matinée n'est pas terminée. Mais ne finassons pas, voulez-vous.

— Je me suis couché tard, à cause du chien, entre autres. Je viens juste...

Elle l'arrêta d'un geste.

— Je ne vous demande pas l'alpha et l'oméga de votre vie intime. Un rapport sur l'enquête suffira. Qu'est-ce que fabrique le sergent Havers, Tommy ? Suit-elle vos ordres ?

— À la lettre.

Il jugea inutile de mentionner l'escapade de Barbara sillonnant seule les rues de Shaftesbury. En revanche, il la mit au courant des dernières nouvelles concernant l'assassinat de Clare Abbott et de la tentative sur Rory Statham. Elle écouta comme toujours avec une extrême attention, où l'on percevait les rouages puissants de sa matière grise. Elle eut un bref hochement de tête.

— Il faut mettre au crédit du sergent, dit-elle, que rien n'a encore filtré dans les tabloïds. Les articles des deux premiers jours sur la mort de la féministe n'ont pas été suivis d'accusations perfides contre nous, sur la lenteur excessive de l'enquête, l'inefficacité de nos services et tout ce qui s'ensuit.

— Barbara a compris la leçon, chef.

— Je suppose qu'on doit ce silence au manque de sex-appeal de notre affaire. En attendant que le sergent Havers juge opportun de chuchoter à l'oreille d'un journaliste le mot « meurtre ».

— Elle n'est pas stupide, chef. Impulsive, je vous l'accorde. Tête de mule, ah ça oui. Mais elle n'est pas bête. Elle sait ce qui lui pend au nez. Malgré son charme pittoresque, Berwick-upon-Tweed ne l'attire pas tant que ça. Si vous me permettez de vous faire un compliment, vous avez été bien inspirée.

Isabelle ramassa un crayon et tambourina avec sur sa table. Elle ébaucha un petit sourire machiavélique.

— Je suis étonnée que personne n'ait pensé à cette solution avant moi. Je ne parle pas de Berwick, mais de la demande de mutation signée.

— Il faut dire qu'elle n'était encore jamais allée aussi loin hors des clous[1].

— Il y a peut-être de ça, oui. Toujours est-il que

---

1. Voir *Juste une mauvaise action*, Presses de la Cité.

je suis agréablement surprise de la voir dedans. Dans les clous, j'entends. Veillez à ce qu'elle y reste.

Elle se détourna pour tapoter sur le clavier de son ordinateur. Puis, sans lever les yeux de son écran, elle déclara :

— Je veux des nouvelles de vous demain, Tommy. Sans avoir besoin de vous convoquer.

Il ne se leva pas. Si elle croyait l'avoir vexé en lui donnant aussi cavalièrement congé, elle se trompait.

— Isabelle, jusqu'ici, je n'ai jamais été obligé de rendre compte au quotidien à mon supérieur hiérarchique.

— Certes, mais jusqu'ici vous n'aviez pas transgressé les ordres de votre supérieur hiérarchique en mêlant à une de nos enquêtes une force de police extérieure pour obtenir ce que vous vouliez. Vous avez l'air d'oublier le commissaire Sheehan. Bon, maintenant, inspecteur, j'ai du travail, et je suppose que vous en avez aussi. J'attends votre rapport de demain matin dans... (elle consulta sa montre) vingt et une heures...

Il faillit la prier de leur adjoindre un enquêteur supplémentaire. Il aurait été pratique d'être épaulé pour interroger toutes les personnes associées de près ou de loin à Caroline Goldacre, Clare Abbott et Rory Statham et vérifier leur emploi du temps avant la mort de Clare. Seulement, il savait qu'il n'avait aucune chance qu'Isabelle accepte de lui assigner même une secrétaire civile. Aussi décida-t-il que le mieux était de se taire. Il retourna à son bureau.

Wareham
Dorset

Barbara n'avait pas *vraiment* menti à l'inspecteur Lynley. Elle était bien avec Winston ce matin, non ? Ils avaient tous les deux rendu visite à Lily Foster. Après, évidemment, d'un commun accord, chacun était parti de son côté. Dans l'esprit de Barbara au moins, les nécessités de l'enquête imposaient qu'ils suivent séparément les deux pistes qui s'étaient présentées à eux.

Au début, Winston avait rechigné. Mais comme pour interroger la psychiatre de Clare Abbott il devait se déplacer jusqu'à Sherborne, il avait bien été obligé d'admettre que cette solution représentait un gain de temps considérable, Barbara pouvant dès lors en profiter pour aller tailler une bavette avec Alastair MacKerron et sa maîtresse.

« Loin des yeux, près du cœur, Win.

— Loin du cœur, tu veux dire.

— L'inspecteur n'en saura rien si on ne lui dit rien, Winnie. Tu peux être sûr en tout cas que c'est pas moi qui vais le crier sur les toits. »

Pour achever de le convaincre, elle lui avait fait remarquer que la Volkswagen Jetta de Clare attendait devant la maison de celle-ci : il n'avait rien à craindre pour la Prius, elle ne lui réclamerait pas une deuxième fois les clés de sa précieuse voiture. Winston avait donc accepté de la ramener chez Clare sur Bimport Street.

Barbara examina les différents scénarios envisageables concernant le couple Alastair-Sharon. Elle opta pour l'audace : court-circuiter le mari infidèle et se rendre tout droit chez la maîtresse. Après tout, se dit Barbara, la dénommée Sharon avait un sacré paquet à gagner, au cas où la légitime avalerait son acte de naissance.

Barbara s'enquit du patronyme de Sharon – Halsey – dans une des boulangeries, et la suite ne fut pas compliquée : la dame était tout bonnement dans l'annuaire. Elle prit soin de téléphoner d'abord. Le répondeur de son fixe lui communiqua le numéro de son portable. Sharon lui déclara se trouver à Swanage, où elle surveillait les travaux d'une nouvelle succursale. Comme elle allait ensuite à Wareham, elle accepta de rencontrer le sergent Havers là-bas à treize heures. Barbara fut agréablement impressionnée. On lui donnerait le bon Dieu sans confession, à cette femme... à moins qu'elle n'ait été convaincue que l'azoture de sodium n'était pas traçable jusqu'à elle. Le plus curieux, c'est qu'elle n'avait même pas demandé à quel sujet Scotland Yard souhaitait l'interroger.

Barbara cueillit les clés de voiture de Clare sur le plan de travail. La Jetta était vieille mais démarra au quart de tour. Le trajet jusqu'à Wareham se révéla une agréable promenade. La route épousait les reliefs des collines crayeuses de Cranborne Chase, filant vers le sud et le vaste plateau argileux de l'« île de Purbeck ». De temps en temps, au détour d'un virage, au beau milieu du bocage, surgissait une fermette ou un hameau. Enfin, elle arriva au bord de la Frome.

Elles avaient rendez-vous devant le monument aux morts. Sharon Halsey avait précisé qu'elle s'y arrêterait pour avaler un sandwich parce que c'était une habitude chez elle, chaque fois qu'elle se rendait dans une ville, de visiter ce lieu de mémoire.

Barbara le trouva facilement, sur North Street, à côté d'une très vieille église. Le monument n'était pas loin non plus de la boulangerie MacKerron, où Sharon disait devoir passer l'après-midi.

Jamais elle n'aurait pris la discrète petite dame assise parmi les couronnes de coquelicots pour une briseuse de ménage. Elle s'était figuré plutôt une blonde sexy, dont les atouts morphologiques étaient susceptibles de faire oublier à un mari son serment conjugal. Or, en l'occurrence, les atouts en question étaient dans la case de Caroline Goldacre, pensa Barbara. En dépit de l'ampleur de sa personne – considérable, certes –, Caroline n'en avait pas moins une chevelure superbe, une peau parfaite, de grands yeux noirs, des mains fines et une poitrine magnifique, tandis que Sharon Halsey n'aurait pas attiré un seul regard d'une bande de naufragés sur une île déserte.

Sa beauté n'était de toute évidence pas ce qui séduisait Alastair MacKerron, conclut Barbara. Soit elle était une déesse au lit, soit elle avait établi avec son employeur une connexion d'âme à âme.

Pile au moment où elle abordait Sharon Halsey – carte de police à la main –, le ciel s'ouvrit pour lâcher une trombe d'eau. Sharon se leva vivement.

— Oh, mon Dieu… Vous êtes l'inspectrice ?

Elle fit un geste vers l'église, vers laquelle elles se mirent à courir pendant que Sharon lui lançait que ce lieu de culte séculaire de style saxon attirait les touristes à cause de « Lawrence ».

Cette femme aurait aussi bien pu lui parler javanais, mais elle la suivit dans la petite église très simple :

une seule travée, le côté nord occupé par le Lawrence en question, connu pour son association avec l'Arabie. Une statue le représentait étendu mort sur un tombeau, vêtu d'un costume arabe digne d'admiration. Il n'avait pas été inhumé là, continua à lui expliquer Halsey d'une voix tranquille. C'était une sorte de plaque commémorative merveilleuse.

— Je ne sais pas pourquoi, je le voyais plus grand, commenta Barbara en détaillant le gisant, les plis de sa tunique blanche et le sabre qu'il serrait contre sa poitrine.

— À cause du film, sûrement, lui fit observer Sharon.

— Ils n'en font plus d'aussi beaux.

— Oui, on n'a plus droit qu'à des poursuites en voiture et des fusillades...

— Comme si le cinéma était fait pour les garçons de douze ans.

— C'est le cas, sans doute.

Sharon se détourna du tombeau et posa sur Barbara un regard paisible.

— Vous vouliez me parler de quoi ? J'ai téléphoné à Alastair, supposant que ce devait être en rapport avec la mort de Clare Abbott.

— Et la vie de Caroline Goldacre, compléta Barbara. Nous avons appris par son fils Charlie que vous et le mari, vous la rendiez cocue.

— Oh, fit Sharon en rougissant.

— Vous pouvez toujours nier, mais les voisins ont une fâcheuse tendance à ne pas garder leur œil dans leur poche, ni leur langue.

— Je ne nie rien du tout, se rebiffa Sharon. Mais

c'est le mot que vous avez employé. C'est laid. Alors que ce n'est pas du tout comme ça.

— Bon, alors vous cueillez les fleurs de l'affection, c'est entendu. Et après, vous partagez une clope en regardant le plafond et en vous demandant où vous allez si l'un de vous deux ne se décide pas à prendre le taureau par les cornes. Vous voyez ce que je veux dire ?

Sharon fronça les sourcils, l'air moins froissée que perplexe.

— Vous êtes toujours aussi charmante ?

Barbara répliqua du tac au tac :

— Toujours, quand il s'agit d'un meurtre.

Sharon se déplaça vers une petite chapelle, où une fresque à demi effacée authentifiait le passé saxon de l'église. Elle s'assit sur un banc, son sandwich à la main. Mais elle avait perdu l'appétit, se dit Barbara en la voyant sortir de sa sacoche un morceau de film plastique dont elle enroba le pain avec des petits gestes tendres, comme on borde un enfant dans son lit. Barbara la rejoignit sans se préoccuper de savoir si elle avait envie ou non de respirer le même air qu'elle.

— Si c'est à propos de la mort de Clare Abbott, ni Alastair ni moi n'avons rien à voir là-dedans. Il m'a dit que la police était passée les interroger, Caroline et lui, et d'accord, vous avez raison, il me l'a dit « après ». Mais moi, je ne connaissais même pas Clare Abbott, et Alastair la connaissait seulement parce que Caroline travaillait pour elle. Et parce qu'elle avait fait ce mémorial et qu'elle avait invité tous les employés de la boulangerie...

Bon, je l'ai juste rencontrée à l'inauguration. Un point c'est tout.

— C'est tout pour Clare, mais pas pour Caroline.

— Je vous ai déjà... Alastair et moi... C'est pas moche comme vous voulez le croire.

— Bien. Je prends note. Je n'ai pas l'esprit mal tourné. Un homme et une femme, l'amour véritable, le destin, la fatalité et tout le tralala. J'ai pigé. Mais ce n'est pas pour ça que je suis ici... Ce que je suis venue vous dire, c'est que le meurtre... c'était Caroline et non pas Clare Abbott qui en était la cible.

Les lèvres de Sharon – incolores comme le reste de sa personne – s'ouvrirent puis se refermèrent.

— Comment cela ?

— Le poison. Il a été introduit dans le dentifrice de Caroline, pas dans celui de Clare. Caroline l'a prêté à Clare et...

— Alors Caroline est celle qui...

— Oui. Et Clare s'est brossé les dents avec, et elle est morte. Jusqu'ici on n'a trouvé personne qui ait eu un mobile pour se débarrasser d'elle. Alors que si on considère Caroline comme une victime potentielle... J'avoue que je ne l'ai pas trop appréciée pendant le quart d'heure que nous avons passé ensemble et que je comprends de mieux en mieux pourquoi on aimerait l'envoyer se balader dans les verts pâturages. Et quand on voit les choses sous cet angle, vous et le mari, vous êtes en haut de la liste des suspects. Quand vous cocufiez... Oups, pardon, revoilà ce vilain mot...

Barbara marqua une pause avant de choisir une expression qu'elle dut trouver plus appropriée :

— Quand vous jouez la bête à deux dos avec la discrétion d'une annonce publicitaire dans les pages de votre journal local, ce n'est pas bon, ni pour vous ni pour le mari. Ça vous profile comme un couple de tueurs, madame Halsey. « Mon amour, soyons heureux ensemble ! » C'est très très chaud. Ça fait un mobile de première catégorie.

Le calme avec lequel Sharon Halsey accueillit ce réquisitoire épata malgré elle Barbara. La main de Sharon lissait avec soin le devant de sa jupe à carreaux écossais, et Barbara se demanda dans quelle friperie elle avait bien pu dégoter un accoutrement qui n'était plus porté que par les écolières... et les Écossais.

— Vous pouvez vous faire les idées que vous voulez, qu'est-ce que j'y peux ? répliqua Sharon. Je comprends qu'on a peut-être l'air de se retrouver en cachette, mais...

— Je ne dis pas ça, madame Halsey, justement. Sinon, comment Caroline l'aurait découvert ? D'ailleurs, comment ça s'est passé ? Elle vous a surpris en pleine activité ? Elle vous a menacés ? Elle a cherché à vous en faire baver ?

— Comment cela ?

— Elle aurait pu presser votre Alastair comme un citron pour en extraire tout le jus. Je vous parle de divorce, là.

— Vous croyez peut-être que je suis intéressée par les biens d'Alastair, par l'entreprise qu'il a créée... Mais voyez-vous, et ça, vous ne pouvez pas le comprendre, je n'ai pas besoin qu'il la quitte. Ce qu'il y a entre nous est très fort, et peu m'importe s'il reste avec Caroline ou non.

Sur ces paroles, elle se leva comme pour prendre congé. Barbara l'imita, mais pour mieux lui barrer le passage.

— Mazette, vous êtes une femme remarquable, madame Halsey.

— Je ne vois pas pourquoi.

— Vous êtes en train de me dire que s'il quitte sa femme pour vivre avec vous ou s'il reste avec elle et se sert de vous pour tirer son coup deux fois par semaine, ça vous est égal ? Que vous vous en foutez comme de l'an quarante. Et vous croyez que je vais avaler un truc pareil ?

— « La bête à deux dos », « tirer son coup », vous pouvez toujours me mépriser, je suppose que vous n'avez jamais été amoureuse. Si vous l'aviez été, vous vous exprimeriez autrement.

Lorsqu'elle essaya de pousser Barbara pour sortir, cette dernière hésita. Malgré ses doutes sur l'honnêteté de son interlocutrice et le fait qu'elle ou son amant avait très bien pu injecter l'azoture de sodium fatal dans le tube de dentifrice de l'épouse encombrante, elle savait qu'elle n'en tirerait plus rien. Autant la laisser filer. Il était plus sage de se rabattre sur le fournil du sieur Alastair, où planquer un peu de poison mortel était sans doute un jeu d'enfant.

Elle regagna la voiture de Clare garée sur North Street, devant un café qui proposait un *chip butty* tout ce qu'il y avait de plus appétissant. Or, Winston n'était pas là pour la regarder d'un air désapprobateur si elle décidait de se régaler de frites entre deux tranches de pain de mie...

Elle était sur le point d'entrer quand son regard tomba sur le pneu de devant de la Jetta : aplati comme une galette. Elle commença par maudire le destin, puis elle se dit qu'elle n'avait qu'à s'avaler deux *chip butties* en attendant que la pluie cesse tout à fait. Ensuite, elle changerait le pneu. En fin de compte, son sens du devoir prit le dessus et elle ouvrit le coffre.

Il n'y avait pas de pneu de rechange. La place où il aurait dû se trouver sous l'épais tapis était vide, ou plutôt elle était occupée par tout autre chose : une sorte de coffre blindé, du style servant à conserver des papiers en cas d'incendie. Le cœur de Barbara se mit à battre plus fort et, oubliant son envie d'un petit casse-croûte, elle sortit la grosse cassette de sa niche. Comme il fallait s'y attendre, elle était fermée à clé... à clé !..... et qu'avait-elle glissé dans une petite enveloppe en papier kraft au fond de son sac ?

Ni une ni deux, elle renversa le contenu de sa besace sur le trottoir mouillé. Parmi les paquets de Wrigley's Spearmint et deux calculettes que lui avait données sa banque, elle délogea l'enveloppe qui s'était glissée entre les pages de son chéquier. Elle saisit la clé, l'introduisit dans la serrure... Bingo ! La cassette s'ouvrit, laissant apparaître tout un tas de documents. Si Clare Abbott jugeait utile de cacher des documents dans le coffre de sa voiture, c'est qu'elle ne voulait pas qu'ils tombent sous les yeux de son assistante. En d'autres termes, Barbara avait touché le gros lot.

Wareham
Dorset

Le café n'était pas bondé. D'ailleurs, vu le look de l'endroit, il ne devait jamais l'être. Tout était vieux et moche, depuis le lino jusqu'au ventilateur crasseux au plafond. Les tables dépareillées avaient l'air d'avoir été récupérées dans une décharge et les chaises étaient dans le même état de délabrement que les Nations unies. En somme, c'était exactement ce qu'il lui fallait. Elle allait pouvoir éplucher tranquillement ce qu'il y avait dans la cassette et, à moins qu'ils ne la jettent dehors, elle aurait tout son temps pour lire les documents.

Barbara passa commande. De quoi contenter aussi bien l'estomac de la cliente que le tiroir-caisse de l'établissement. Au *chip butty* envisagé précédemment elle ajouta un croque-monsieur, une salade au jambon et une tranche de gâteau renversé à l'ananas. La serveuse ressemblait à la vieille maman de quelqu'un et Barbara crut qu'elle allait lui offrir son avis sur le chapitre diététique, mais apparemment la fatigue et les jambes lourdes eurent raison de sa fibre mère poule : après avoir soupiré un : « Le gâteau aussi ? », elle se contenta de regagner la cuisine en traînant les pieds.

Comme la salle était vide, Barbara s'installa à la plus grande table, sur laquelle elle posa le coffret, puis, soigneusement rangées devant elle, les chemises en carton qui s'y trouvaient, heureusement étiquetées. Les interviews de Francis Goldacre et de Mercedes Garza, la transcription dactylographiée des conversations avec Hermione Barnett, Linne Stephens et Wallis Howard. Enfin, un épais dossier comprenant des copies d'e-mails : la correspondance électronique de Caroline Goldacre et Clare Abbott. C'était aussi copieux que le repas qu'elle s'apprêtait à faire, constata-t-elle avec un frisson.

Barbara était curieuse de voir ce qu'il y avait dans les e-mails, mais, devant la masse, elle opta d'abord pour la lecture des interviews. Elle ouvrit le dossier Francis Goldacre et parcourut rapidement l'histoire des relations entre Francis et Caroline, telle que racontée à Clare par Francis. Cela avait débuté par un coup de foudre dans un bar à vin.

Elle était superbe et mon Dieu tellement pulpeuse que je ne pouvais détacher mon regard de sa poitrine mise en valeur par un haut moulant et largement décolleté. Une barmaid de rêve, les clients étaient aimantés au bar rien que pour l'admirer. Au début, je l'ai prise pour une étrangère. Elle avait un petit côté exotique. Elle m'a interrogé sur mes études, je terminais ma médecine à l'époque, et j'ai été trop content de me laisser séduire. J'y suis retourné deux ou trois fois avant que nous nous retrouvions ensemble... au lit. Je me sentais privilégié, un vrai roi d'avoir été choisi par elle alors qu'elle repoussait les avances des autres types. Elle était chaleureuse avec les clients, mais savait les tenir à distance. Donc, j'étais très flatté. Vous savez comment c'est. L'ego, etc. Elle était jeune, vraiment très jeune. Elle se faisait passer pour une jeune femme de vingt-quatre ans alors qu'elle en avait tout juste dix-huit. Ça m'a fait peur sur le coup. J'avais dix ans de plus qu'elle, quand même.

Mais au fond, j'étais ravi qu'elle me traite comme un pacha. Je suis comme tout le monde, enfin tous les hommes, non ?

S'ensuivit un récit insipide relatant le bonheur de l'amour naissant. Barbara lut distraitement jusqu'à ce que les mots « tentative de suicide » lui sautent aux yeux. Elle embraya plus attentivement à partir de là.

... m'annonça qu'elle était enceinte. Je n'ai pas eu l'impression qu'elle me faisait un enfant dans le dos, comme on dit. Pas du tout, au contraire. Elle avait besoin de moi, c'était formidable. Une fois remise de sa tentative, elle a proposé d'avorter mais je voyais bien qu'elle n'en avait pas envie, et moi non plus. Je pensais qu'il était temps de me marier, et comme ça marchait tellement bien sexuellement entre nous... Je sais qu'on ne peut pas baser un mariage là-dessus, mais quand l'amour est brûlant et vous consume, on n'écoute pas trop la voix de la raison. Le mariage me paraissait s'imposer naturellement. Au départ, elle se montra hésitante. Il a fallu que je la persuade. On s'est mariés à la mairie et on a emménagé ensemble. Hélas, la grossesse n'a pas eu l'air de lui réussir. J'ai pensé : sautes d'humeur de la femme enceinte, un grand classique. Mais son caractère s'est vraiment altéré. Après ça, elle n'a plus jamais été la même.

En haut de la page trois, Barbara lut :

Elle a précipité la voiture contre un arbre. Je n'ai toujours pas compris pourquoi, mais à l'époque, je me suis dit que c'était grave. D'après elle, elle était furieuse contre moi parce que je l'avais appelée pour la prévenir que je n'allais pas rentrer dîner à la maison. Pas pour avoir oublié de lui téléphoner, mais pour lui avoir téléphoné. Elle avait commencé à préparer le dîner, un plat spécial pour moi, et elle était folle de rage à l'idée que je ne serais pas là pour le manger. Elle est sortie, elle est montée dans la voiture et a foncé sur le premier arbre venu. Quand je suis rentré, j'ai trouvé la voiture comme ça. Je dois vous avouer qu'à la suite de cette crise j'ai eu beaucoup de mal à supporter son mauvais caractère. J'ai pris le parti de me retirer dans ma coquille. Le silence est d'or dans ces cas-là. J'étais constamment sur mes gardes, ne sachant pas à quoi m'attendre de sa part.

Barbara ferma le dossier et pianota pensivement d'une main sur la couverture du dossier. Le récit de Francis Goldacre avait peut-être intéressé Clare Abbott, mais son histoire d'amour avec son ex-femme n'avait rien de romantique et, en plus, Barbara ne voyait pas ce qu'elle aurait pu en tirer comme moyen de pression sur son employée. Peut-être, après tout, se bornait-elle à recueillir des informations en vue d'une suite à son ouvrage *À la recherche de M. Darcy*.

Elle parcourut le dossier Mercedes Garza.

La mère de Caroline est âgée de soixante-huit ans. Quand je lui ai demandé un entretien, elle a eu l'air surprise, mais s'y est prêtée volontiers une fois que je lui eus expliqué les raisons de mon subterfuge pour obtenir un rendez-vous. Elle est venue me voir à Spitalfields.

S'ensuivait une description des relations mère-fille. Barbara en déduisit que le dossier précédent n'avait probablement rien à voir avec son livre sur la recherche de l'homme idéal...

La serveuse apporta le *chip butty* et le croque-monsieur serrés sur une assiette en plastique aux bords décorés de lapins guillerets grignotant des légumes peut-être pour encourager les clients à manger sain... Barbara lui demanda de la *brown sauce* et du ketchup, fidèle au principe selon lequel on ne sait jamais quel condiment va vous faire vivre une expérience gastronomique. Puis elle se plongea dans la correspondance électronique de Clare.

Devant l'abondance des e-mails, le plus sage était de commencer par pratiquer une sélection. Elle trempa un coin de son sandwich aux frites dans la *brown sauce*, mordit dedans, jouit du bouquet de saveurs et ajouta une dose de ketchup. Après quoi, elle piocha dans la masse des messages et effectua un choix arbitraire au début, au milieu et à la fin. Une méthode certes approximative, mais qui lui permettrait de se faire une idée du changement éventuel de ton et des sujets traités au fil du temps.

Au début, tout cela était fort poli : les deux femmes venaient de se rencontrer. Caroline Goldacre se déclarait admirative de Clare Abbott, l'écrivaine, la conférencière, la féministe. Clare lui avait donné son adresse mail après un petit speech à Shaftesbury. Le nom de la Ligue des femmes était cité et les messages dataient d'un peu plus de deux ans auparavant. Caroline s'émerveillait d'avoir reçu une réponse. Il y avait des phrases du style : *Quand je pense à tout ce que vous êtes, alors que moi je n'ai rien fait de ma vie,* plus tout un tas de flagorneries à faire grincer des dents. Assez rapidement, le ton devint plus amical et bavard. Caroline manœuvrait visiblement pour se faire embaucher et, d'après ce que Barbara savait sur Clare, cette dernière avait dû se dire qu'un heureux concours de circonstances la pourvoyait d'une femme de ménage affable.

Ainsi Caroline Goldacre ne mentait pas en affirmant qu'elle avait démarré par d'humbles besognes. En revanche, cela n'expliquait pas pourquoi Clare avait imprimé cette correspondance et l'avait cachée dans un coffre fermé à clé.

En sautant quantité d'e-mails, Barbara tomba sur la première fausse note, quelque dix mois plus tard. C'était à propos d'une maladresse de Caroline qui avait endommagé la plaque à induction, un reproche auquel elle avait répondu par l'offre de rendre son tablier :... *si mon travail n'est pas à la hauteur de vos espérances, Clare*. Le message suivant de Caroline était du genre vous-m'accusez-de-mentir, suivi d'un long développement écrit à trois heures du matin (était-elle soûle, droguée, hystérique ou en contact avec l'esprit de Henry James ?) : trois pages pleines sur son ex-mari, le suicide de son pauvre fils, le mariage de son aîné avec *l'horrible India*, puis de nouveau une tartine sur son ex-mari, qu'elle accusait de ne pas être « un vrai homme ». Elle se lançait ensuite dans une comparaison entre elle et Clare Abbott, laquelle bénéficiait de *privilèges comme tous les anciens d'Oxford et te rends-tu compte combien tu écrases les gens ou alors tu fais joujou avec eux comme tu l'as fait avec moi*. Tant et si bien que Barbara en eut le tournis. Certains passages de cet e-mail géant avaient été soulignés au marqueur jaune, et dans la marge on avait écrit *Timms 164* et *Ferguson 610*.

Les réponses de Clare, s'il y en avait eu, n'étaient pas présentes dans la liasse. En fait, il n'y avait là que les messages de Caroline. Vingt-quatre heures après, Caroline s'excusait platement d'avoir injustement déversé son angoisse sur Clare. Contrairement à ce qu'elle avait dû penser, ce n'était pas le reproche de cette dernière qui avait déclenché chez elle une crise d'anxiété, mais un coup de fil qu'elle venait de recevoir de *la perverse India* au sujet de Charlie. Sa belle-fille s'était déclarée inquiète pour Charlie, dont l'état dépressif lui faisait craindre qu'il n'attente à sa vie comme son frère. *Ça m'a brisée. Je venais de parler avec elle quand je t'ai écrit. Pardonne-moi, je t'en prie. Travailler pour toi me permet de ne plus penser à Will quelques heures par jour, et j'en ai un besoin vital.*

Barbara revint en arrière et consulta le fameux message. Il avait bien été envoyé à trois heures du matin. Et Caroline prétendait qu'elle venait de parler à India au téléphone ? À cette heure-là ?

Clare avait-elle été frappée par cette bizarrerie ? Quoi qu'il en soit, la correspondance retrouvait une tonalité paisible, même si Barbara estimait curieux que des femmes qui se voyaient tous les jours jugent nécessaire de s'écrire autant.

Caroline, petit à petit, assuma plus de responsabilités dans la maison. Elle faisait la cuisine, le ménage, elle s'occupait de tout. Au bout d'une cinquantaine d'e-mails se produisit un nouveau heurt. La dispute avait été déclenchée par une remarque de Clare sur un plat préparé par Caroline. « Le poisson n'était pas très frais. » Cette petite phrase anodine avait incité Caroline à noircir deux pages d'accusations, toujours sur le mode *Tu te sers de moi comme tu te sers des autres. Je sais au moins ça sur toi, et encore PLUS, j'en sais vraiment long maintenant sur ton compte.*

Son indignation portait sur des épisodes intimes de la vie de Clare Abbott. À propos des relations de cette dernière avec un frère qui lui avait demandé de lui prêter de l'argent, elle avait écrit : *Tu n'as pas voulu l'aider parce que tu ne peux pas lui pardonner, n'est-ce pas tu es la SEULE en ce bas monde qui ait jamais souffert hein Clare. Tu te conduis comme si tu étais la PREMIÈRE à avoir eu la visite de son frère dans son lit alors que tu n'imagines même pas ce que c'est que d'être VIOLÉE par son propre père, en plus ton frère ne t'a même pas violée il a juste fourré ses doigts là où il fallait pas et toi tu fais comme si c'était la pire chose qui puisse arriver.* Caroline continuait en disant qu'après avoir été abusée plusieurs fois par son père elle était allée tout raconter à sa mère. *Tu sais ce que ça fait quand ta PROPRE mère te croit pas, je suppose que non. Bon, j'ai fait une bêtise avec un MERDEUX mais tu ne penses qu'à toi Clare, tu es tellement narcissique mais moi je ne le savais pas et si je m'en étais doutée je n'aurais pas accepté de travailler pour toi, espèce de sale égoïste.*

L'adjectif *narcissique* avait été entouré à l'encre noire et un autre nom griffonné dans la marge : *Cowley 242*. Comme précédemment, Caroline avait présenté ses excuses vingt-quatre heures après : *J'ai mal compris quand tu m'as dit que le poisson n'était pas frais, j'ai pensé que tu m'accusais de ne pas savoir acheter le poisson et je ne peux pas t'expliquer pourquoi mais cela m'a fait penser à Francis et à son refus d'aider Will alors qu'il aurait pu très facilement l'opérer. Mon Dieu, je ne peux pas parler de Will. Je suis en train de devenir folle.*

Barbara souffla bruyamment. Elle n'osait pas envisager quel aurait été son avenir à la Met si elle avait envoyé pareille volée de bois vert – en sus de ses nombreuses transgressions – à ses supérieurs hiérarchiques. C'était étrange d'ailleurs que Clare Abbott, au lieu de renvoyer cette exaltée sur-le-champ, lui confie au contraire toujours plus de responsabilités et la fasse participer à sa vie de féministe professionnelle. À moins que Caroline ne l'ait menacée de révéler ses ébats avec les hommes mariés de Just4Fun.

En feuilletant les derniers feuillets, Barbara constata du coin de l'œil que son assiette de sandwichs était vide et que sa salade au jambon était arrivée. Elle commanda du thé, lequel lui fut servi avec une promptitude stupéfiante. Elle versa dans sa tasse une bonne dose de lait et de sucre et demanda qu'on lui emballe la salade à emporter. En mangeant le gâteau à l'ananas qu'elle faisait descendre avec le thé sucré, elle reprit sa lecture. Alastair MacKerron avait une maîtresse, annonçait Caroline à Clare. *Cette traînée de Halsey, je parie qu'elle le suce pour trois francs six sous parce que de toute façon il ne débourserait pas plus.* Caroline écrivait qu'elle les avait surpris dans le laboratoire de la boulangerie après la fermeture. *Elle était à quatre pattes et lui il souriait parce qu'il se SERVAIT D'ELLE comme il se servait de moi avant que je le surprenne avec la NOUNOU pour l'amour du Ciel dix-neuf ans et Will tout seul dans la cuisine alors qu'ils baisaient dans l'arrière-cuisine et tu ne veux même pas savoir ce que mon petit garçon m'a dit qu'il avait vu alors qu'il avait à peine huit ans ! Je ne sais pas pourquoi je ne le plaque pas parce que, tu vois,* PERSONNE *ne voudrait d'un homme comme lui, pas en permanence.* Alastair avait déclaré en outre qu'il *refusait de renvoyer* CETTE GARCE, *ce serait comme se faire couper un membre. Il a dit « bras » mais ce qu'il voulait dire c'était sa meilleure copine sa* BITE.

Cette partie aussi était soulignée au marqueur et annotée de noms et de chiffres. Il y avait également des notes au crayon, sans doute de la main de Clare Abbott, avec des abréviations : *del., abandon, grand s.o.s.* Barbara commençait à se demander si Clare n'encourageait pas Caroline à lui écrire, en lui disant peut-être que se confier la libérerait de ses angoisses. En tout cas, rien dans les propos de Caroline ne laissait entendre que Clare avait pu la prier de cesser de l'importuner.

Le dernier e-mail n'était pas le moins ordurier : *Il s'est mis à boire tous les soirs, Clare. Comment il arrive à faire le pain le matin, ça c'est pour moi un mystère parce que je te jure il n'est* PAS QUESTION *que je lui donne un coup de main, pas tant qu'il n'a pas viré la garce.* À LA PORTE ! *Ce qui n'est pas son intention. Elle s'attend à ce qu'il me quitte, mais il sait que je* L'AURAI *au tournant. Je lui ai sacrifié toute ma vie et c'est comme ça qu'il me remercie mais après tout il agit mal depuis longtemps. Deux ans après notre mariage il baisait déjà les stagiaires de sa boutique de Whitecross Street, ce que j'ai découvert un jour en venant à l'improviste, je lui apportais un repas acheté chez le traiteur et j'ai trouvé la porte fermée à clé. Je savais ce qu'il foutait à l'intérieur alors j'ai donné un coup de poing dans la vitre et il s'est senti con avec son pantalon aux chevilles et cette petite pute qui le suçait et son ÉPOUSE qui pissait le sang sur son précieux parquet. Le mensonge qu'il a raconté aux secouristes. Il leur a dit : Elle est très agitée, elle s'est coupée, pouvez-vous la garder en observation ? Bien sûr, à la même époque, il baisait la NOUNOU. Je me rappelle même plus son nom mais de toute façon elle n'était pas la seule qu'il se tapait et un jour je suis rentrée à la maison pour les trouver tous les deux en train, avec Will et Charlie qui REGARDAIENT comme si c'était quelque chose à la télé.*

Barbara interrompit sa lecture. Elle avait l'impression que les yeux lui sortaient de la tête. Sous son crâne, les questions ricochaient comme les billes d'un flipper. Qu'est-ce qui poussait quelqu'un à répandre un tel flot de fiel sur des pages et des pages ? Et qu'est-ce qui poussait l'autre personne à recevoir ces interminables récriminations sans au moins essayer d'y mettre un terme ? Sans compter que tout ça avait abouti à la mort d'une des deux protagonistes.

En rangeant les chemises dans la cassette en métal, Barbara sentit poindre le début d'une réponse. Car, sous tous ces papiers, il y avait une clé USB. Or, même elle savait que cette « mémoire flash » permettait non seulement de sauvegarder les fichiers sur lesquels on travaillait, mais aussi de les *soustraire* à la curiosité des intrus susceptibles d'avoir accès à votre ordinateur.

Elle devait retourner le plus vite possible à

Shaftesbury. Il fallait qu'elle sache de quoi il retournait.

Spitalfields
Londres

India avait accepté sans hésiter de retrouver Nat en fin d'après-midi. Il tenait à ce qu'elle visite son nouveau projet. Elle avait encore de la paperasse à remplir, mais elle décida que cette corvée pouvait attendre le lendemain. À cette époque de l'année, le soleil se couchait tôt et elle devait être sur le site de la rénovation avant dix-sept heures.

Le trajet se déroula sans problème, les indications de Nat étant aussi claires et nettes que l'homme lui-même. Elle se fit déposer par le taxi à la station de métro Shoreditch puis se rendit à pied jusqu'à Hunton Street, où un double alignement de maisons se terminait par les grilles d'une cour de récréation. Les cris des enfants mêlés aux injonctions des adultes annonçaient la sortie des classes.

Les maisons étaient séculaires, minuscules et vétustes. Cela faisait des dizaines d'années qu'elles étaient à l'abandon. La brique londonienne était à peine visible sous la couche de crasse. India concevait fort bien que des promoteurs immobiliers veuillent acheter le tout pour le démolir et construire à la place une tour, opération infiniment plus juteuse que celle consistant à réhabiliter ce chapelet de maisonnettes témoin d'un lointain passé. Devant ces jardinets en friche, ces portes d'entrée à la peinture écaillée, ces toits aussi troués que des passoires, on avait du mal à imaginer que des gens aient envie d'habiter là.

Elle trouva Nat dans un des jardinets en compagnie d'une jeune femme. Ils étaient tous les deux coiffés de casques de chantier, en dépit du fait que les travaux paraissaient inexistants, du moins à l'extérieur. Toutes les maisons n'étaient pas inoccupées. Alors qu'India approchait, elle remarqua une femme en *salwar kameez* qui essayait de sortir de l'une d'elles en manœuvrant un landau. Nat courut lui prêter main-forte.

C'est alors qu'il aperçut India. Il pencha la tête sur le côté en souriant, termina de sortir le landau de la maison, puis présenta la jeune femme à India : l'architecte stagiaire en charge du projet, Victoria Price. Une très jolie fille, se dit India, grande et élancée, au physique athlétique. Il lui sembla en outre, à en juger par les œillades et les sourires dont elle le gratifiait, que Nat ne la laissait pas indifférente. Ils discutèrent brièvement afin de s'accorder sur la date et l'heure de la réunion de chantier suivante, puis Victoria ôta son casque et une superbe chevelure blond doré avec des mèches platine se déroula sur ses épaules. D'un geste gracieux, elle sortit son smartphone pour noter le rendez-vous avec Nat. Elle lui apporterait les nouveaux plans, promit-elle. En attendant, devait-elle contacter le paysagiste ? Non, Nat préférait qu'elle s'abstienne pour l'instant. Il lui sourit. Elle lui rendit son sourire d'un air d'adoration puis s'éloigna vers la rue, juchée sur de hauts talons. India prédit qu'elle serait infirme avant la quarantaine. Pour le moment cependant, ses talons lui faisaient des jambes fines qui n'en finissaient pas.

— Elle est ravissante, commenta India lorsque Victoria fut hors de portée de voix.
— En effet. C'est regrettable qu'il lui manque le reste.

India lui jeta un coup d'œil interrogateur.

— Sa créativité n'est pas à la hauteur. Mais je reconnais qu'elle est sympathique et de bonne volonté, j'ai tort de me plaindre.

— Je parie que tu ne te plains pas tant que ça, le taquina-t-elle.

Il resta toutefois sérieux comme un pape.

— Viens, je vais te faire visiter les lieux, dit-il.

À l'attitude un peu froide et détachée qu'il avait avec elle, elle aurait aussi bien pu être une journaliste ou une relation amicale. Pour se rassurer, India se dit qu'il fonctionnait en mode travail. Sans doute lui aurait-elle fait visiter la clinique Wren avec le même calme.

Une fois à l'intérieur d'une des petites maisons, Nat lui expliqua assez brièvement ce qu'il projetait en termes d'aménagement intérieur, puis, au lieu de l'inviter à ressortir, il s'appuya contre un mur.

— Tu as sûrement deviné pourquoi je voulais te faire venir ici ?

— Tu voulais me montrer ce dont tu me parles toujours…

— Bien sûr, mais il n'y a pas que ça…

— Victoria Price ?

Il la regarda un instant d'un air confus, ce qui fit plaisir à India.

— Oh, tu penses à la stagiaire du cabinet d'architecture ? Mon Dieu non, elle n'est pas du tout mon genre.

— À mon avis, elle est le genre de tous les hommes.

— Pas le mien.

— C'est agréable à entendre.

Nat ne répondit pas à son sourire. Les mains dans les poches de son pantalon, il reprit :

— Je ne sais pas comment te dire ça, India.

— Il y a quelque chose qui ne va pas ? souffla-t-elle, soudain parcourue d'un frisson glacé.

— Oui et non. Voilà... Je préfère autant éviter d'avoir le cœur brisé. J'ai bien réfléchi et je pense qu'on devrait mettre un peu de distance entre nous... temporairement.

India fronça les sourcils. Le tapis se dérobait sous ses pieds et elle devinait qui était en train d'en tirer le coin.

— Caroline, prononça-t-elle. Tu es inquiet parce que je l'ai hébergée.

— C'est une des raisons.

— Nat, j'étais obligée, je ne l'ai pas invitée, je n'ai accepté que parce que Charlie...

— Justement. Charlie. Je sais que tu le fais pour Charlie... et c'est le couple que vous formez, toi et Charlie, qui m'a forcé à regarder la vérité en face. Écoute, ma chérie, ça crève les yeux : tu n'es pas encore prête pour ce que j'ai à t'offrir, et il n'est pas question que je fasse du forcing.

— Du forcing ? C'est à propos de Noël ? Ton invitation dans ta famille... que je n'ai pas encore acceptée ?

— C'est plus que ça.

Il détourna le regard vers la fenêtre dont les vitres étaient recouvertes d'une fine pellicule de plastique opaque les protégeant contre la poussière. Après avoir poussé un énorme soupir, il déclara :

— Je suis amoureux de toi, India, mais la voie n'est pas libre. Et si nous continuons comme ça maintenant, il me paraît inéluctable que cela se terminera mal pour moi. Ce n'est pas quelque chose dont j'ai envie, vois-tu.

— Qu'est-ce que tu veux dire par « continuer comme ça » ?

— Tu sais très bien.

— Tu penses à Charlie et sa mère...

Elle se rapprocha de lui, posa ses mains sur ses épaules et aimanta ses yeux aux siens.

— Nat, j'ai juste rendu service à Charlie. Je l'aurais fait pour n'importe lequel de mes amis. L'appartement de Charlie est minuscule, et il doit recevoir des patients...

— Je ne vois pas la différence que ça fait au bout du compte.

— Nat chéri, tu auras remarqué que j'ai dit « l'appartement de Charlie », non pas *mon* appartement. Je ne serai plus jamais sa femme. Après tout ce qui s'est passé au cours des dernières années, la mort de son frère, sa dépression... Et tu as rencontré sa mère. Elle serait enchantée si Charlie ne se relevait pas. Elle se sentirait tellement puissante. Cela m'apparaît clairement aujourd'hui, mais quand j'étais avec lui, j'étais aveugle. Elle a toujours souhaité qu'il se plante avec son frère, ce qui s'est produit d'ailleurs. Comme elle souhaitait qu'il rate son mariage avec moi, et regarde ce qui est arrivé. Et je suis sûre qu'elle aimerait qu'il rate sa carrière. Il serait obligé de retourner dans le Dorset comme Will. Il deviendrait sa « chose ».

— Il est grand et vacciné, il saura lui imposer des limites.
— Si tu savais à quoi elle m'a réduite quand on était mariés.
— Tu l'es toujours... mariée !
— Pour l'instant.
— Ce que j'essaye de te dire, India, c'est que lorsque tu auras réglé...
— Ce n'est pas le problème, Nat ! Tu ne m'écoutes pas vraiment. Si héberger quelques jours Caroline peut aider Charlie à rester dans la course, je ne vais pas l'envoyer balader. Mais cela ne signifie pas... absolument pas que...

Les larmes lui montèrent aux yeux. Quelle sorte de promesse voulait-il entendre ? Mais il ne fallait pas qu'elle pleure. C'était trop humiliant. Elle ne se conduirait pas comme une ado face à son petit ami qui cherche à la plaquer. Elle ajouta pourtant :

— Tu ne vas pas me laisser seule, pas quand je viens de te trouver.

Il ferma les yeux, puis les rouvrit et passa délicatement la main dans les cheveux d'India, une caresse légère comme une plume. Il murmura :

— Je voudrais que tu sois le point fixe vers lequel je me dirige.

— C'est ce que je suis. Je suis à toi, je t'appartiens. Avec toi, je suis totalement moi-même, je suis heureuse. Je n'ai pas envie d'être avec quelqu'un d'autre, seulement avec toi.

Il la prit dans ses bras, et ils s'embrassèrent.

— Moi aussi, souffla-t-il. C'est la même chose pour moi.

Ailleurs, elle l'aurait déshabillé, pour lui donner la

preuve du feu qui la dévorait. Mais dans un lieu aussi malpropre, elle aurait eu la sensation de commettre un sacrilège tant son amour pour Nat lui semblait pur. L'instant d'après, les mains de Nat étaient sur elle, déboutonnaient son chemisier, soulevaient sa jupe. Elle fit un geste vers son entrejambe. Le monde était en train de basculer... Peu lui importaient à présent le lieu et l'heure.

À travers les murs de brique leur parvinrent des bruits de pas dans l'allée entre les deux maisons. Puis :

— India ? Tu es là ?

Ils se figèrent.

— India ?

Non ! Charlie ! ? Mais comment... ?

India comprit d'un coup. Elle se revit le matin même sous la douche. Caroline en avait profité pour pénétrer sur la pointe des pieds dans la pièce où India avait dormi sur le canapé. Sa belle-mère avait consulté ses SMS et pris bonne note de tout ce qui pouvait lui servir pour lui nuire. Elle avait lu le texto de Nat lui donnant rendez-vous, l'adresse, l'heure... Caroline avait ensuite choisi son moment pour alerter Charlie en lui présentant la chose de manière qu'il se croie obligé de courir à son secours... Pourquoi ? Qui sait ? India savait seulement qu'il était là, dehors, en train d'arpenter les pavés, fou d'inquiétude.

— Qu'est-ce que... ?

Nat la lâcha et rajusta rapidement sa tenue. Elle brûlait de lui dire : « Non, ne fais pas ça. Continuons. » À croire que faire l'amour dans une maison en cours de rénovation constituait une espèce d'acte symbolique

que la proximité de Charlie n'avait pas le pouvoir de contrecarrer.

— India ? Tu es là ?

Elle retint sa respiration. Il n'irait quand même pas jusqu'à forcer la porte. Comme elle n'était pas venue en voiture, rien n'indiquait qu'elle était sur place. Qu'il reparte donc comme il était venu ! Il suffisait de patienter un peu.

Mais Nat ne l'entendit pas de cette oreille.

— Tes vêtements..., prononça-t-il d'un ton qui la priait de se rhabiller à son tour.

Éternelle enfant docile, elle se reboutonna, remit son chemisier dans sa jupe. Quant à Nat, il ouvrit la porte et sortit. Et que pouvait-elle faire d'autre que lui emboîter le pas ?

Charlie, ayant atteint le bout de la ruelle, revenait sur ses pas lorsqu'ils émergèrent dans le jardinet en friche devant la maison. Il se pétrifia. L'expression qui se peignit à cet instant sur son visage indiquait bien qu'India avait vu juste : il s'était fait avoir par sa mère. Elle se retint de lui crier : « Qu'est-ce qu'elle t'a encore raconté, Charlie ? » Ce n'était même pas la peine, elle l'imaginait trop bien : « Mon petit chéri, India est allée dans un quartier dangereux. Je ne sais pas ce qu'elle va faire là-bas, mais elle va rendre visite à quelqu'un dans un coin de Londres encore plus mal famé que celui où Will et l'horrible Lily habitaient. C'est très imprudent de sa part, j'ai essayé de la convaincre d'abandonner cette idée, mais tu la connais... Dieu sait ce qui peut lui arriver là-bas. Tu dois faire quelque chose ! »

Bien entendu, Charlie étant Charlie, il avait foncé à sa rescousse, et se retrouvait maintenant nez à nez avec India et son amant, ou futur ex-amant, au train où allaient les choses, car Nat se pencha de côté pour lui chuchoter :

— On parlera plus tard.

Sans lui accorder le temps de le retenir, il s'éloigna à grands pas. N'adressa pas un mot à Charlie, ni même ne le salua d'un hochement de tête. India le suivit longtemps des yeux. Puis, se tournant vers Charlie :

— Qu'est-ce qu'elle t'a raconté ? Je suis certaine qu'elle a fouillé dans mon téléphone ? Sinon, comment aurait-elle su ? Tu trouves que ce sont des méthodes correctes, toi ?

Charlie marcha vers elle. Son visage exprimait à présent un regret douloureux. Il savait parfaitement que sa mère l'avait manipulé, et cela le révoltait autant qu'India. Malgré tout, il déclara :

— Je ne peux pas lui en vouloir.

India repeigna avec ses doigts ses cheveux décoiffés par les caresses amoureuses de Nat.

— Qu'est-ce qu'il faudrait qu'elle fasse, grands dieux, pour que tu lui en veuilles ?

— Elle fait ça pour moi, pour mon bien.

— Donc c'est normal qu'elle te mente ? C'est normal qu'elle m'espionne pour trouver de quoi te prendre par les sentiments ? Ça te convient ?

— Bien sûr que non.

Charlie lui fit signe de la suivre dans la ruelle pavée et quand, machinalement, elle obtempéra, il prit la même direction que Nat. Elle resta à son côté comme si elle n'avait pas d'autre choix.

— Je suis furieux qu'elle m'ait menti, mais je comprends sa motivation, parce qu'elle est la même que la mienne. Je veux récupérer ma femme. Je veux retrouver *ma vie*. Maman cherche seulement à m'aider. Elle s'y prend mal, je sais, c'est idiot. Cette situation est stupide. Tu crois vraiment que j'ai envie de vous surprendre... d'interrompre... enfin, tu vois.

— C'est ce qu'*elle*, elle voulait, pourtant. Elle savait que j'avais rendez-vous avec Nat. C'est cruel, Charlie, et si tu ne le reconnais pas aujourd'hui après ce qui vient de se passer, je désespère de te faire comprendre ce que ta mère...

— Je comprends très bien, coupa-t-il d'un ton sec. D'accord ? Je comprends tout. Elle. Toi. Nat. Cette situation de merde. Ce que vous foutiez tous les deux dans cette baraque en travaux. Je comprends. Parfaitement.

India se sentit soudain vide, tel un ballon qui se serait dégonflé brusquement. Elle aurait tant voulu que Nat soit là, qu'il la touche, qu'il la réconforte, qu'il rétablisse le cours normal des choses. D'un ton ferme, elle dit à son mari :

— C'est pas possible, Charlie. Je te la ramène ce soir.

Elle consulta sa montre et calcula combien de temps il lui faudrait pour rentrer à Camberwell et embarquer Caroline.

— Nous serons chez toi à vingt heures.

— India, tu sais que j'ai mes clients...

— Alors prends-lui une chambre d'hôtel. C'est ce que tu aurais dû faire dès le départ. J'ai eu tort d'accepter. J'en ai assez de cette histoire.

— Laisse-moi jusqu'à demain. Je vais téléphoner à Alastair et le convaincre de...

— C'est à cause d'Alastair qu'elle est à Londres, lui rappela India. Elle voudrait qu'il se débarrasse de

Sharon. En attendant, tout ce qu'elle trouve à faire, c'est foutre nos vies en l'air. Elle y réussit très bien d'ailleurs. Je ne veux plus la voir. Débrouille-toi pour m'en débarrasser. Ce soir.

— J'ai SOS suicide ce soir, India.
— Fais-toi remplacer.
— Tu sais que je ne peux pas.
— À quelle heure tu termines ? Je te l'amènerai à ce moment-là. J'appellerai un taxi. Je louerai une voiture avec chauffeur. Tout plutôt que la garder chez moi une nuit de plus. Je n'en peux plus.

Il se frotta le front en appuyant si fort que ses ongles blanchirent.

— Je suis à l'association jusqu'à deux heures du matin, India.

Il attendit qu'elle se rende compte combien son projet était absurde. Puis, voyant qu'elle ne réagissait pas, proposa :

— Je vais te ramener chez toi. On s'arrêtera en route pour acheter de quoi manger avec elle et je lui parlerai. Et demain, je m'occuperai de son retour à Shaftesbury. J'appellerai Alastair, je la mettrai dans le train ou la conduirai moi-même. Tu peux compter sur moi. Si tu veux bien encore une seule nuit. Une seule nuit, India.

— Je ne veux...
— Je sais. Et après ce qu'elle vient de faire, je comprends. Je suis désolé. J'aurais dû me méfier, au moins me poser des questions. Crois-moi, je vais lui sonner les cloches.

India était dubitative. Personne, à son avis, n'avait le pouvoir de faire entendre raison à Caroline. Mais du moment que Charlie lui avait promis, et puis

c'était seulement pour une nuit. En plus, il allait la sermonner...
— Entendu. Mais demain, je ne veux plus la voir.
Il acquiesça.
— Merci.
Il ajouta d'un ton dégagé :
— Au fait, tu as boutonné mardi avec mercredi. Et je crains que tu n'aies perdu une boucle d'oreille.

Victoria
Londres

— Vous avez vu l'heure, qui que vous soyez ?
Cette apostrophe informa Lynley qu'il avait sans doute réveillé le bonhomme au milieu de la nuit. Ayant non sans mal réussi à localiser le dénommé Adam Sheridan – à Wellington, en Nouvelle-Zélande –, il avait téléphoné au B & B dont sa femme et lui-même étaient propriétaires, oubliant de tenir compte du décalage horaire.
— Je vous présente mes excuses, monsieur Sheridan. C'est bien Adam Sheridan à l'appareil ?
— Et à qui ai-je le putain d'honneur ?
Lynley trouva inhabituel qu'un tenancier de chambres d'hôtes s'adresse en ces termes à un client potentiel qui souhaitait peut-être, qui sait, réserver un séjour prolongé au Bay View Lodge. Il ne s'en présenta pas moins d'un ton aimable.
— Scotland Yard ? répéta l'autre. À cinq heures du mat' ?
Une voix de femme prononça quelques mots. L'homme répliqua :

— Comment veux-tu que je sache, bordel ?
Puis, au téléphone, il dit :
— De quoi s'agit-il ?
— Une femme du nom de Caroline Goldacre, énonça Lynley, quoique vous l'ayez peut-être connue sous celui de Caroline Garza.

Un lourd silence s'ensuivit. Puis Lynley entendit des bruits de mouvements. Il se figura le type enfilant ses pantoufles et ramassant une robe de chambre qui traînait par terre. Il sortait de la chambre. Autant que sa femme n'entende pas ce qu'il avait à dire. L'histoire n'allait pas être belle...

— Vous êtes là, monsieur Sheridan ?
— Ouais. Une minute, s'il vous plaît.

Il respirait bruyamment – cigarette ou asthme, songea Lynley. La minute réclamée passa. Comme Sheridan se taisait toujours, l'inspecteur insista :

— Vous êtes toujours là ?
— Ouais, ouais. On peut parler. Merde. Il pleut. Attendez. Je vais...

Finalement, il trouva un coin tout à la fois hors de portée de voix de sa femme et à l'abri de la pluie.

— Ce nom-là, je pensais plus jamais l'entendre. Qu'est-ce qu'il y a ? Qu'est-ce qu'elle a fait ?

Lynley ne fut pas étonné par la question, un coup de fil de Scotland Yard à cinq heures du matin n'augurant rien de bon. Mais ce qui était intéressant, c'était que le type demandait ce que Caroline Garza avait *fait*, non pas ce qui lui était arrivé.

Lynley souhaitait qu'il lui confirme le récit de Mercedes Garza. Il ne tourna pas autour du pot et énuméra la grossesse, l'accouchement sous X, l'adoption et le chantage. Contrairement à ce qu'affirmait

Mercedes Garza à propos de sa réaction à l'époque, il n'essaya pas de nier.

— C'était notre baby-sitter... Ma femme et moi, quand on sortait, on voulait pas laisser la responsabilité des petits à notre aînée, Rosie, alors on a pensé que Caroline pourrait l'aider.

Au départ, sa femme avait jugé les deux gamines trop jeunes, mais comme Caroline était assez mûre pour son âge, ils s'étaient dit « pourquoi pas ? ». Ils tenaient à leur sortie hebdomadaire – « importante pour leur vie de couple », affirmait sa femme.

Bref, employer une gamine comme Caroline leur permettait de sortir plus souvent que s'ils avaient été obligés de payer plein pot une vraie baby-sitter.

En général, Caroline passait la nuit chez eux dans la chambre de Rosie, mais de temps à autre, « à cause d'un cours de danse tôt le matin ou un truc dans le genre, je me rappelle plus et je préfère pas d'ailleurs », Sheridan ramenait chez elle Caroline en voiture. C'est pendant un de ces trajets qu'elle l'avait « allumé ».

— J'aurais dû faire gaffe, mais voilà j'étais un jeune con de trente berges bourré de testostérone, et j'ai franchi la limite.

— Dites plutôt plusieurs limites...

— Ouais, d'accord, c'est vrai. C'était moi l'adulte. Moi le responsable. Mais je vous jure sur la Bible et la tombe de ma mère qu'elle... On aurait cru une chatte en chaleur. Écoutez, j'ai pas envie d'en parler, c'est du passé, et j'ai payé ma dette...

— Vous avez fait de la prison ? Sa mère m'a dit...

Le rire de Sheridan lui coupa la parole.

— Ç'aurait été plus facile, croyez-moi. Non. On m'a accusé de rien. Pas de main courante chez les flics, rien. J'ai tout nié devant la mère et pour une raison que j'ignore elle n'a pas insisté. Mais j'ai perdu ma femme et mes enfants qui, depuis, refusent de me parler. Ils répondent même pas à mes cartes de Noël. Ils ont jamais voulu rencontrer ma nouvelle épouse. Tout ça en dépit du fait que j'ai payé cette petite pute.

— Si j'ai bien compris, elle avait quatorze ans, monsieur Sheridan.

— Cette fille n'a jamais eu quatorze ans, inspecteur. Bon, on a eu des rapports, mais elle prétendait prendre la pilule. Et la voilà qui tombe enceinte. Je commence à lui filer des sous pour qu'elle la ferme – je suis pas fier de moi, c'est sûr, ça me rend malade, vous comprenez ? Sa mère découvre le truc. Elle veut plus que je verse du fric à la môme mais elle, Caroline... Qu'est-ce qu'elle fait ? Elle va tout raconter à mon épouse... Je peux pas lui reprocher de m'avoir plaqué et d'être partie avec les enfants... Je méritais que ça. Et jusqu'au jour d'aujourd'hui, inspecteur, je sais même pas si c'était vrai, cette histoire de bébé, ou si la fille me mentait pour me soutirer du pognon.

— Il y a eu un bébé. Une petite fille qui a été adoptée à la naissance.

— C'est donc comme ça que ça a fini. Mais vous n'avez pas répondu à ma question. Qu'est-ce qu'elle a fait ? Pourquoi vous m'appelez ?

— Caroline ? On pense que quelqu'un a essayé de la tuer.

— Essayé ? Vous voulez dire qu'on l'a manquée ?

— En effet.

— Dommage. Et vous pensez que c'est peut-être

moi ? Vous imaginez que j'aurais pu sauter dans un avion à Wellington pour lui faire la peau ?

— Nous ne négligeons aucune piste.

— Vous pouvez me rayer de la liste, inspecteur. J'ai pas quitté la Nouvelle-Zélande depuis quinze ans. Vous pouvez vérifier si ça vous chante. Je suppose que c'est pas compliqué, de nos jours.

Oui, si le type était sorti du pays, Lynley pourrait le savoir.

Cela faisait un suspect de moins sur la liste, songea-t-il. Le type avait eu un mobile, mais pas les moyens de se débarrasser de Caroline.

D'un autre côté, ce manque de moyens était le dénominateur commun de tous ceux qui possédaient justement un mobile. Comment diable le meurtrier avait-il réussi à introduire un poison aussi particulier que l'azoture de sodium dans le dentifrice de Caroline ? Fallait-il en conclure que Caroline Goldacre menait la police en bateau ? Qui est moins susceptible d'être soupçonné de meurtre que celui qui en est la cible ? Mais dans ce cas, ils étaient de retour au même point : pourquoi Caroline aurait-elle voulu tuer Clare Abbott ? Parce qu'elle avait découvert qu'elle s'était entretenue avec sa mère et son ex-mari ? Parce que Clare se servait de son nom pour s'envoyer en l'air anonymement ? Cela paraissait bien mince, comme mobile.

Son téléphone sonna. C'était Havers. Au ton de sa voix, il comprit qu'il y avait du nouveau et que c'était gros. Et en effet :

— Tout était dans le coffre de sa voiture. La voiture de Clare, inspecteur.

Fulham
Londres

Rory venait de dire au revoir à sa sœur Heather et à son assistante à la maison d'édition, cette dernière ayant débarqué les bras débordant de fleurs, de cartes de vœux et d'une peluche. Elle lui avait souhaité un prompt rétablissement de la part de toute l'équipe, à commencer par la directrice générale jusqu'aux stagiaires dont le rôle était de trier le courrier. Quant à sa sœur, elle lui avait apporté un pyjama propre, du shampoing et des produits de beauté. Toutes les deux l'avaient aidée à se lever et à se mettre à la fenêtre, d'où elle regardait le vent d'automne souffler dans les feuilles des arbres. À présent, elle avait hâte de se laver la tête et de prendre une bonne douche, ce qui était sans doute bon signe. Elle pouvait se considérer comme sortie d'affaire. Elle avait aussi envie de récupérer Arlo…

C'est alors que Lynley entra dans sa chambre.

— Oh, inspecteur ! Comment va Arlo ? lança-t-elle sans préambule.

Lynley répondit qu'Arlo se portait comme un charme et l'attendait. Il lui raconta les aventures du petit chien au parc zoologique, puis tira une chaise à son chevet et, croisant les jambes, aborda le sujet dont il était venu l'entretenir. Elle l'écouta attentivement, non sans appréhension.

L'un des deux sergents enquêtant à Shaftesbury avait découvert des tas de documents dans le coffre de la voiture de Clare. Lynley lui fit un résumé de ce qu'il savait, puis précisa qu'ils n'avaient pas encore eu le temps de voir ce que contenait la clé USB.

— J'espère qu'en votre qualité d'éditrice vous allez pouvoir vous servir de ce matériau, conclut-il.

Elle répondit qu'elle ne savait pas trop quoi penser de tout ça. Ces textes avaient-ils quelque chose à voir avec un projet de livre ? fit-elle observer. Clare travaillait sur l'adultère, de sorte que ces transcriptions de conversations avec la mère et l'ex-mari de Caroline ainsi que les e-mails de Caroline elle-même lui semblaient hors sujet.

— On n'a rien trouvé sur l'adultère, c'est vrai, ajouta Lynley. Serait-il possible qu'elle ait été en train de travailler sur un autre ouvrage ?

— Je ne sais pas, inspecteur. J'en doute.

Lynley resta pensif une minute. Quand il reprit la parole, Rory n'aurait su affirmer si son hésitation était sincère ou feinte.

— Il y a autre chose...

Il lui apprit que Clare avait rencontré des hommes mariés par le truchement d'un site Internet.

— Sûrement pour ses recherches sur l'adultère, justement, fit valoir Rory.

— Sans doute, concéda Lynley, mais nous nous sommes aperçus qu'elle faisait plus que les interviewer.

Rory n'avait pas besoin qu'on lui fasse un dessin. Elle aurait préféré qu'ils parlent d'autre chose...

— Vous voulez dire que Clare couchait avec ces hommes ?

— Apparemment, oui. Elle en a interviewé deux sur quatre, et même avec un de ceux-là...

— Je vois, soupira Rory. Caroline n'arrêtait pas

de claironner qu'il n'y avait pas de livre, que Clare ne faisait rien, et je dois avouer... que je commence à la croire.

— Clare a peut-être juste été très loin dans sa « documentation ». Si ça se trouve, il y a un livre quelque part.

— Et c'est vous qui suggérez cela ? s'étonna Rory.

Le regard que Lynley posait sur elle était compatissant. Depuis quand les policiers étaient-ils aussi gentils ? Ils ne l'étaient jamais autant dans les séries policières. Trop pressés par le temps, et surtout trop blasés.

— Elle a peut-être eu du mal à leur soutirer des confidences, avança-t-il. Et comme elle les appâtait par des messages sans doute érotiques, on peut envisager qu'une fois sur place... Bon, elle ne résistait pas à la tentation. Le sexe sans engagement amoureux et dans le plus strict anonymat... Pour certaines personnes, c'est irrésistible.

— Pour vous ?

— Oh, moi, je suis un incorrigible romantique, répondit-il en haussant les épaules. Quoi qu'il en soit, d'après le sergent, rien n'était plus facile pour Caroline Goldacre que de voir ce qui se passait. Elle avait accès sans problème à sa boîte mail. En plus, Clare se serait servie du diminutif de Caroline : Caro24K comme pseudo, puis Caro tout seul pour signer ses messages.

Il marqua une pause pour la laisser digérer cette dernière information, puis ajouta :

— Apparemment, Caroline a joué les maîtres chanteurs. Après...

— Ah bon ? Ça ne m'étonne pas d'elle.

— Pourquoi ?

— Oh, juste une intuition. Vous voulez savoir ? Je ne l'aime pas beaucoup.

— J'ai une question, madame Statham. Si Caroline était au courant pour ces hommes et si elle essayait de les faire chanter, faisait-elle aussi chanter Clare ? Pas pour lui soutirer de l'argent, mais pour autre chose ?

— Quoi d'autre, mon Dieu ?

— On ne sait pas encore, mais vous qui connaissiez bien Clare Abbott...

Il laissa sa phrase en suspens. Rory réfléchit quelques secondes, puis :

— Cela expliquerait, en effet, pourquoi Clare la gardait en dépit de son sale caractère et de son incompétence... J'ai plusieurs fois abordé ce sujet avec elle.

— Et que vous a-t-elle répondu ?

— Oh, des excuses bidon : « Elle a besoin de travailler », « Elle gagne à être connue »... Franchement, je n'y croyais pas. J'ai toujours eu l'impression que quelque chose clochait, mais je n'ai jamais su quoi.

— En partant du principe que Caroline la faisait chanter, est-ce que Clare, pour se défendre, n'était pas en train de recueillir des informations que Caroline préférait garder secrètes ? Et dans cette éventualité, est-ce que Clare ne venait pas de la virer, ce dernier soir... ?

— C'est possible. Mais, quand on y pense, qu'est-ce que Caroline aurait fait de ce qu'elle savait sur Clare et ces hommes ?

— Eh bien... Mettons que les tabloïds s'emparent d'un scoop : la féministe la plus célèbre d'Angleterre couche avec des hommes mariés. Sa réputation en aurait pris un coup. Caroline en savait assez long sur cette histoire de sexe anonyme pour régaler ces torchons.

— C'est vrai, soupira Rory. Mais, oui... Et Clare ayant signé un contrat pour un futur livre sur le sujet, avec la date de remise qui approchait... Pas étonnant que vous n'ayez pas trouvé de brouillon. Comment aurait-elle pu écrire une ligne, avec ce qui lui pendait au nez ? Mon Dieu. Si seulement elle m'avait dit ce que complotait Caroline. On aurait pu trouver une solution.

— Pour une raison ou une autre, Clare n'a peut-être pas pu vous le dire...

Rory n'esquiva pas le regard interrogateur de l'inspecteur. Après tout, c'est vrai... elle n'avait pas été seulement l'éditrice de Clare Abbott, mais aussi une très vieille et fidèle amie. Alors qu'est-ce qui avait pu empêcher Clare de se confier à elle ? Absorbée par ces réflexions, elle n'était pas préparée à la révélation suivante.

— Nous avons dû perquisitionner chez vous, madame Statham. Il était essentiel qu'on découvre comment vous aviez ingéré le poison. Nos experts ont donc emporté tout ce qui pouvait contenir du poison. Et nos enquêteurs ont pris tout ce qui pouvait nous mettre sur la piste d'un mobile.

Rory sentit son pouls s'accélérer.

— Où voulez-vous en venir, inspecteur ?

— J'ai lu les lettres que Clare vous a écrites. Pardonnez-moi, mais ça fait partie de mon travail.

Rory se tut. Elle songea aux lettres de Clare, et aussi à celles qu'elle-même lui avait écrites. Clare les avait-elle conservées dans ses affaires, bien cachées – toutes ces phrases pathétiques vibrantes d'amour ? Cela lui aurait mis du baume au cœur, mais là n'était pas la question. Pour l'heure, elle était détentrice de plus de secrets qu'elle ne se sentait capable d'en affronter.

— Je suppose que vous étiez amoureuse d'elle, lâcha Lynley.

Rory fit oui de la tête. S'il avait lu les lettres de Clare, il était au courant, de toute façon.

— Mais de son côté… ?

— Elle ne m'a pas fait marcher, inspecteur. Je ne voudrais pas que vous pensiez ça, ce n'était pas son genre.

— Avez-vous… à un moment donné… consommé ?

— Brièvement. Quand elle m'a hébergée. Après Fiona… Vous savez pour Fiona, je suppose.

Comme Lynley confirmait d'un signe de tête, Rory continua :

— Clare m'a avoué dès le départ qu'elle n'était pas à l'aise dans les relations sexuelles avec une femme. Je lui ai répondu que je saurais la mettre à l'aise, que je savais qui elle était vraiment et qu'il suffisait de lire ses lettres. Elle m'a dit que j'essayais de remplacer Fiona, que je me fourvoyais… Puis elle a confessé ne pas s'intéresser au sexe, qu'il soit lesbien ou hétéro. Elle n'éprouvait pas de désir, n'avait pas envie d'être serrée dans les bras, peau contre peau. Elle disait qu'au début cela lui avait plu, mais qu'elle s'en était lassée. « Je veux aller de l'avant, tu vois, et le sexe me met des bâtons dans les roues. »

Rory se racla la gorge, luttant contre l'émotion, et elle conclut d'une voix chevrotante :

— Je me rends compte aujourd'hui, bien sûr, qu'elle cherchait seulement à ne pas me blesser. Après ce que j'avais dégusté à la mort de Fiona.

Lynley ne fit aucun commentaire, mais à son regard profond, elle eut la sensation qu'il savait exactement de quoi elle parlait : amour, désir, désillusion, perte de l'être aimé... la douleur indissociable de la condition humaine. Comment était-ce possible ? À moins d'avoir éprouvé au tréfonds de soi les joies et les souffrances de l'amour, comment pouvait-il savoir ce qu'était le déchirement de sa perte ?

Il reprit :

— En réalité, ses rencontres avec ces hommes *via* Internet prouveraient plutôt qu'elle vous disait la vérité. Si vous réfléchissez bien, c'était un bon exutoire à la frustration sexuelle. Elle se défoulait à l'hôtel, anonymement, sans engagement, sans questions posées... des coups d'un soir sans lendemain.

Rory hocha la tête, accablée. Elle n'avait plus qu'une envie : se pelotonner au fond de son lit et dormir pendant des jours et des jours.

— Et Caroline était au courant de tout ça, donc, lâcha-t-elle.

— Elle prétend que non, mais cela semble improbable.

— Et vous pensez qu'elle se servait de ces informations pour garder son job ?

— Mettons que nous ne sommes sûrs de rien. Mais le fait que Clare enquêtait sur le compte de Caroline est significatif. Reste à savoir si elle n'a pas levé un lièvre qui aurait rendu Caroline folle furieuse !

Belsize Park
Londres

Assis dans sa voiture non loin de chez Daidre, Lynley ressentait la perte de Helen plus douloureusement que jamais. C'était une conséquence inattendue de sa conversation avec Rory Statham. Chantage, rencontres sexuelles par Internet, intrusion d'une employée dans la vie privée de sa patronne... Ce n'était tout de même pas cela qui pouvait avoir déclenché cette peine immense qui l'envahissait. Il s'agissait d'autre chose, mais de quoi ? Il réfléchit à la relation entre Rory Statham et Clare Abbott. Rory aurait voulu tant de choses, mais cela ne lui avait pas été accordé...

En ce qui le concernait, avec Helen, tout lui avait été accordé : la connivence, la fidélité et un avenir qui s'annonçait heureux. Et cette chance lui avait été arrachée... Un coup du sort qu'il n'aurait en aucun cas pu anticiper. Il voulait retrouver tout cela. Il avait, devait-il admettre, terriblement besoin de son bonheur passé. Maintenant... Aujourd'hui... Ce soir. Il n'imaginait pas pouvoir continuer à vivre s'il n'était pas certain que ce but était là quelque part, proche.

Il soupira. Il regarda la rue et les maisons en rénovation. Il songea à sa brève histoire avec Daidre et se demanda si, en réalité, tout ce qu'il faisait n'était pas juste une excuse pour se détourner du vide. À vrai dire, il n'en savait rien. Il ne parvenait pas à se décider. Il se sentait à la fois paralysé, tout en étant avide d'agir, comme si tout ce qui constituait sa vie devait être déterminé au cours du quart d'heure suivant.

Il comprenait exactement pourquoi il tenait à voir Daidre : il voulait qu'elle avance, qu'ils avancent *tous les deux*, ensemble. Ce qu'il ne savait pas, c'était ce qui le motivait. Était-ce l'évidente retenue de celle-ci à rentrer dans son monde à lui ? Ou était-ce une complicité réelle qu'il ressentait avec elle ? Une complicité autrefois partagée avec Helen, mais qu'il n'avait plus retrouvée depuis.

Il avait grandi en sachant qu'il était redevable d'une histoire familiale de plus de deux cent cinquante ans et d'un immense domaine en Cornouailles. Il était conscient qu'une partie de ce qu'on attendait de lui en tant qu'aîné de la famille était d'engendrer un descendant mâle, lequel plus tard hériterait de toute cette terre et la transmettrait lui-même à son fils. Il était parvenu à mener sa vie en évitant cette responsabilité pendant de longues années. Il y avait cependant une limite à cette dérobade. Sa naissance, sa position sociale, l'obligeait. Il devait, comme ses ancêtres avant lui, perpétuer la tradition au fil des générations. Il n'avait pour l'heure pas de réponse à cela, comme il n'avait pas non plus de réponse à la raison pour laquelle il se trouvait en ce moment à Belsize Park. N'importe quel autre homme aurait gravi les marches du perron, frappé à la porte de Daidre, et couché avec elle si tel était le désir de la jeune femme, tout cela sans se poser de questions. Ou plutôt il l'aurait fait basculer sur le lit de camp, pensa-t-il ironiquement. C'était très habile de sa part de ne pas avoir acheté un véritable lit.

Il s'en voulait de gamberger à ce point. C'était à

cause de sa conversation avec Rory, se disait-il. Voir sur le visage de l'éditrice qu'elle comprenait soudain ce que la personne qu'elle aimait avait été en réalité... Lynley reconnut que ses tergiversations étaient aussi dues à son épuisement. Il aurait été plus avisé de rentrer chez lui, pensa-t-il. À défaut d'autre chose, il aurait bénéficié d'une bonne nuit de sommeil.

Mais ce n'était pas ce qu'il voulait. Il lui fallait à tout prix retrouver Daidre.

Il descendit de la Healey Elliott. En montant les marches menant à sa porte, il se dit qu'il était encore temps de faire demi-tour, de rentrer à Belgravia, de jeter un œil sur le courrier et de se coucher. Alors qu'il actionnait la sonnette, il en était encore à se demander s'il avait raison de poursuivre sa relation avec Daidre. Mais dès qu'il entendit sa voix – un simple « Oui ? Qui est là ? » –, rien d'autre ne sembla plus avoir la moindre importance.

— J'ai promis à Rory Statham que je prendrais des nouvelles d'Arlo. Il est là ?

— Il est là, bien sûr. Tu désirerais le voir ou lui parler te suffirait ?

— Le voir serait préférable.

Elle pressa le bouton qui ouvrait à distance la porte du bâtiment. Il entra dans l'immeuble et la découvrit qui se tenait sur le seuil de son appartement. À ses pieds, Arlo, dont la queue touffue frétillait d'impatience. Éclairées par une lampe de la pièce de séjour, leurs silhouettes se découpaient à la façon d'ombres chinoises. L'abat-jour avait été enlevé, ce qui créait des ombres bien nettes sur les murs, dont la couleur était en train de changer. Daidre avait un rouleau à la main et des gouttes de peinture gris pâle tombaient sur la bâche de protection étalée sur le sol.

Elle portait une combinaison de travail défraîchie. Sur le côté gauche de la poitrine était brodé le prénom *Jackson* et les taches de couleurs diverses qui la recouvraient faisaient penser à une œuvre de Pollock. Arlo lui-même était « décoré », remarqua Lynley : un de ses sourcils était gris et sa patte avant gauche avait trempé dans le bac de peinture.

— Il voulait m'aider, expliqua Daidre, qui avait suivi son regard. Nous avons eu une petite explication et, depuis, il n'a pas bougé de la cuisine. Arlo, dis bonjour à l'inspecteur Lynley.

Tommy caressa la tête du chien, après quoi Daidre le mena vers la cuisine, où elle avait placé une couverture pliée visible du salon. Elle pouvait ainsi le surveiller tout en travaillant. Lynley admira les progrès. Elle avait fait enduire – ou enduit elle-même – les murs. Elle avait réparé et poncé les parties en bois de la pièce, qui étaient maintenant protégées de la peinture par des bâches fixées à l'adhésif. Elle avait fait sauter un cloisonnage pour révéler la cheminée de style victorien. Celle-ci aurait besoin d'être restaurée en remplaçant quelques carreaux décoratifs, mais il se doutait bien que Daidre saurait s'en occuper. Elle allait aussi décaper l'immonde peinture lavande qui couvrait le parquet.

— Tu as bien avancé, complimenta-t-il.

— Que penses-tu de la couleur ?

— Sur les murs, parfait. Dans tes cheveux, je suis moins sûr.

— Oh, non ! J'en ai dans les cheveux ?

— Sur tes joues aussi. Sans parler de la séduisante petite pointe sur ton menton.

— Je n'ai jamais été douée pour la peinture, répliqua-t-elle, penaude.

— Au contraire, tu maîtrises le pinceau comme... comment dire, comme un vrai peintre en bâtiment. Je ne pensais pas que tu serais encore plongée là-dedans à une heure pareille. Tu sais quelle heure il est ?

— J'ai bien peur d'avoir loupé le dîner. Et toi ?

— Pareil.

Elle posa son rouleau dans le bac et monta le tout sur le haut d'une échelle, où elle prit soin d'équilibrer l'ensemble.

— Tu as faim ? lui demanda-t-elle. On peut fouiller dans le frigo. Je suis désolée, mais ce sera un peu frugal. J'adorerais pouvoir concocter quelque chose de spectaculaire avec les restes d'un simple coup de fouet, mais je ne maîtrise pas cet ustensile, tout du moins dans une cuisine.

— Je n'irai pas jusqu'à te demander dans quelle autre pièce tu manipules le fouet, plaisanta Lynley. Je vais aller voir ce qu'il y a dans ton frigo pendant que tu... J'imagine que tu ne vas pas dîner en bleu de travail ?

— Et tu auras parfaitement raison. Seulement...

Lynley s'arrêta pour l'observer. Ses lunettes étaient maculées de peinture, tout comme ses pieds qui, curieusement, étaient nus. Il cligna un œil malicieux.

— Seulement... ? dit-il.

— Seulement je n'ai rien en dessous. Enfin pas tout à fait. Petite culotte et soutien-gorge de sport. Mais rien d'autre. Je pourrais enfiler un jean. Un tee-shirt, un pull, que sais-je. Mais, pour être honnête, j'ai l'impression que ce serait une perte de temps. À moins, bien sûr, que tu ne sois affamé. Auquel cas, je comprendrais parfaitement.

— Tu as l'air de suggérer autre chose qu'une fouille en bonne et due forme du frigo.

— C'est vrai. Mais bon. Ça dépend de ton appétit...

20 octobre

Shaftesbury
Dorset

Ils travaillèrent d'arrache-pied jusqu'à trois heures du matin. À eux deux, ils lurent tous les e-mails que Caroline Goldacre avait écrits à Clare Abbott. Il y en avait des centaines, couvrant tous les aspects de sa vie, en particulier les relations de Caroline avec sa mère et son premier mari. Elle évoquait aussi ses rapports avec les autres habitantes de Shaftesbury depuis qu'elle vivait dans cette petite ville. Elle parlait beaucoup de ses fils, surtout de Will et de son suicide. Elle n'avait pas supporté de voir son corps éclaté, sa chair meurtrie : à cause de cela, expliquait-elle en large et en travers, elle n'avait pas pu lui dire adieu. Dans son cercueil, il ne ressemblait pas à son fils, même après être passé entre les mains d'un thanatopracteur de Londres engagé spécialement par Francis Goldacre, qui jusque-là n'avait jamais accepté de lever le petit doigt pour Will et qui le faisait maintenant qu'il était mort, lui qui avait toujours refusé de l'aider en dépit de ses supplications de mère désespérée et des actes d'autodestruction perpétrés par Will qui montraient à quel point il se détestait lui-même. Ce sujet était un des thèmes préférés de Caroline, avec ses nombreux commentaires sur le mariage de Charlie avec *l'horrible India* qu'elle trouvait *moche comme un pou et ne faisant rien pour s'arranger. On dirait qu'elle fait exprès de s'enlaidir pour faire souffrir Charlie. Je t'assure qu'elle n'était pas comme ça quand il l'a rencontrée, elle était jolie, mais elle s'est* COMPLÈTEMENT *laissée aller.*

Sur le chapitre d'India, les accusations s'enchaînaient, semblables à une suite de diatribes aussi enflammées qu'indigestes. Ainsi, India cherchait à se rendre indésirable parce qu'elle était asexuée. *Crois-moi, c'est elle qui voulait à tout prix se marier, pas lui. Ah ! elle ne l'a pas lâché une fois qu'elle lui a mis le grappin dessus, et maintenant elle se fait entretenir, n'est-ce pas, parce que l'acuponcture, ça rapporte quoi, tu peux me le dire ? Maintenant qu'il bosse comme un fou pour la faire vivre, tu vas voir, elle va plus vouloir coucher avec lui. Je ne voulais pas qu'il l'épouse. Ils étaient trop jeunes et si jamais India voulait un enfant, ce qui serait bien son style. Ah, si par malheur elle tombe enceinte, qu'est-ce qui va se passer ? Il ne pourra plus jamais s'en défaire.*

Il ne venait apparemment pas à l'esprit de Caroline qu'elle n'arrêtait pas de se contredire, parfois dans la même missive. À croire qu'une fois lancée sur un de ses sujets de récrimination, elle perdait tout contrôle. Mais la question que se posèrent Barbara et Winston, tout au long de ce fastidieux épluchage, fut la suivante : pourquoi Clare avait-elle jugé utile non seulement d'imprimer ces e-mails, mais d'en surligner des passages et de les annoter de chiffres et d'abréviations. Une question qui restait sans réponse, comme celle des motivations de cette abondante correspondance.

Par ailleurs, Winston avait fait à Barbara le récit de sa visite à Sherborne au Dr Karen Globus, la psychiatre dont le nom figurait dans l'agenda de Clare. Comme ils l'avaient prévu, cette praticienne avait d'abord refusé net de vérifier si Clare Abbott s'était un jour assise dans son cabinet. Même la présentation de la carte de police de Winston avait été impuissante à la fléchir. En revanche, lorsqu'il se mit à lui décrire les circonstances de la mort de Clare, elle retrouva comme par magie la mémoire, et ses fiches. Il s'avérait que l'écrivaine s'était présentée chez elle au titre de patiente. « Au départ, en tout cas », avait précisé le Dr Globus.

« Ça veut dire quoi ? avait interrogé Winston.

— En réalité, elle souhaitait en savoir plus sur l'abus sexuel des enfants. Mais au cours de nos entretiens, j'ai vite compris que l'enfant en question n'était autre qu'elle-même. »

Winston apprit à Barbara que la psychiatre était une féministe, comme Clare. Elle était entre autres l'auteure d'un article sur les mutilations génitales des filles en Angleterre, un article qui avait marqué l'opinion.

« Quelquefois, avait dit cette femme à Nkata, une personne aussi célèbre que Clare ne peut aborder un sujet de ce genre que de manière indirecte. À mon sens, son prétendu travail de documentation relevait de l'autoanalyse. Elle cherchait à éclaircir certaines zones d'ombre de son passé. »

Winston rappela à Barbara que le frère de Clare avait abusé d'elle quand ils étaient gamins.

— Oui, j'ai lu ça dans un des messages de Caroline. Elle n'y est pas allée de main morte, d'ailleurs.

D'après la psychiatre, Clare affirmait avoir surmonté ce problème à l'époque où elle était étudiante à Oxford.

— Elle avait vu un psy quand elle était jeune, mais comme Clare voulait discuter des répercussions des abus sexuels à l'âge adulte, le Dr Globus pensait que ce n'était pas vraiment réglé.

En fait, elles n'avaient pas encore, en douze séances, abordé le sujet, tant elles avaient débattu de questions d'intérêt général. Elles avaient commencé par examiner les conséquences des violences sexuelles sur mineurs, puis Clare avait orienté les discussions sur l'anxiété généralisée, les troubles bipolaires, le syndrome borderline, les personnalités dépendantes, les sociopathes, le comportement passif-agressif, le narcissisme pathologique, le trouble obsessionnel compulsif... Elle avait pris de nombreuses notes et posé des questions passionnantes.

« Cela n'avait rien d'étonnant, avait conclu le Dr Globus. C'était non seulement une remarquable écrivaine mais une femme d'une intelligence supérieure. »

Pendant leur dépiautage des messages de Caroline, Barbara et Winston étaient souvent revenus sur ces interrogations. D'une part sur le *pourquoi* de ce flot d'e-mails truffés de révélations, d'autre part sur le *pourquoi* de ces énigmatiques visites de Clare chez le Dr Globus. Soit Clare s'efforçait de tendre la main à Caroline, soit – et ils étaient d'accord tous les deux pour penser que c'était plus probable – elle cherchait à se délester de Caroline Goldacre avec le moins de répercussions néfastes pour elle-même. Cela collerait avec la conversation entendue par le garçon d'étage à l'hôtel la nuit de la mort de Clare. « Toi et moi, c'est fini. »

— Pas commode de se débarrasser d'une chienne qui aboie, lâcha Barbara.

Le lendemain matin, le sergent se réveilla plus tard qu'à l'accoutumée, avec l'impression d'avoir du fromage blanc dans la tête – l'effet du manque de sommeil. Elle trouva Winston devant l'ordinateur de Clare.

— Je croyais que tu avais déjà examiné l'ordi de fond en comble, Winnie ? s'étonna-t-elle.

— Il doit bien y avoir quelque part les réponses de Clare aux messages de Caroline, même si elle les a supprimées.

— Elle ne lui répondait pas forcément...

— À mon avis, si, puisque l'autre continuait de lui écrire.

Il se frictionna la nuque d'un air songeur.

— Un peu d'aide serait pas du luxe, Barb.

— C'est ce que j'ai dit à l'inspecteur, mais y a rien eu à faire, Winnie. T'as qu'à essayer, toi, il t'écoutera peut-être. J'ai trop de taches dans mon cahier pour que la commissaire accepte de nous envoyer du renfort ou d'appeler la police locale pour qu'ils nous dépêchent deux agents. Au premier plantage, elle m'enverra là-haut, dans ce bled paumé du Nord. Elle n'attend que ça.

Barbara alla chercher son petit déjeuner dans le four – comme la veille, soigneusement recouvert de papier alu – et l'emporta, ainsi que sa tasse de café, dans le bureau de Clare. Là, tout en feuilletant la pile des e-mails décortiqués la veille et en espérant une illumination, elle engloutit ses œufs brouillés au fromage parsemés de bouts verts savoureux qui devaient être des végétaux. Puis, une tranche de pain complet à la main, elle s'en fut fureter dans la bibliothèque de Clare où était rangée la panoplie littéraire de la féministe : *La Femme mystifiée*, *Le Viol*, *La Femme eunuque*, entre autres ouvrages du même acabit. Elle reconnut les noms des auteures : Betty Friedan, Susan Brownmiller, Germaine Greer... Toutes des femmes au panthéon du féminisme. Puis elle tomba sur un nom qui lui disait quelque chose pour une tout autre raison.

Geoffrey Timms ? Timms... Elle retourna vers le bureau de Clare et retrouva un e-mail de Caroline Goldacre, annoté, de la main de Clare, *Timms 164*.

Le bouquin de Geoffrey Timms s'intitulait *Frénésie : trouble de la personnalité borderline*. Barbara l'ouvrit à la page 164. Deux courts passages étaient mis entre parenthèses au crayon. Elle lut le premier : *Leur peur de l'abandon n'est pas feinte. Elle est directement liée à leur peur panique de la solitude. D'une part l'incapacité de faire face à soi-même et le besoin maladif d'être pris en charge par l'autre.* Puis le second : *Cette tendance à l'instabilité des relations interpersonnelles d'une intensité inappropriée peut être caractérisée par l'invasion de l'objet par peur panique de le perdre. On remarquera un partage des détails les plus intimes dès le début de la relation.* Barbara se reporta aux messages de Caroline. Le terme « invasion » semblait approprié. Elle se remit à feuilleter les e-mails et ne tarda pas à tomber sur une autre note dans la marge. *Ferguson 610*. Elle fut prompte à repérer sur le même rayonnage l'ouvrage de Jacqueline Ferguson : *Psychopathologie de la vulnérabilité émotionnelle*. À la page 610, un passage était mis entre parenthèses : *Dès lors que les émotions surviennent à répétition ou se prolongent plus longtemps que nécessaire au regard des circonstances, il convient de s'interroger.* Un second passage était, lui, surligné en jaune : *Cette dysphorie est généralement caractérisée par des émotions extrêmes, des tendances destructrices ou autodestructrices, un problème d'identité et le sentiment qu'on est une victime, surtout la victime de ceux en qui on avait placé sa confiance. La raison de cette autovictimisation paraît* a priori *dérisoire, mais elle est, pour le ou la patiente, de première importance : ce peut être quelque chose d'aussi anodin que l'annulation d'un rendez-vous ou un appel téléphonique resté sans réponse.*

L'annotation suivante, dans les e-mails, était *Cowley 242*. Et à la page 242 de l'ouvrage de cet auteur, intitulé *Se sustenter dans un monde hostile*, Barbara put lire : *L'erreur la plus fréquente consiste à penser que l'impact du comportement pathologique sur autrui est intentionnel de la part de la personne atteinte de ce trouble. Alors que c'est tout l'opposé. La capacité normale à gérer les émotions douloureuses et les difficultés des relations interpersonnelles a été perturbée.* Et un peu plus bas sur la même page : *Des manifestations fréquentes de douleur intense, automutilation, conduite suicidaire et même actes de violence à l'égard de tiers correspondent à une méthode de régulation de l'humeur ou à une manière de se dérober à une situation jugée intenable.* Sur la page d'en face : *Il ne faudrait pas conclure que le patient n'est pas responsable de ses actes ni que la nature destructrice de ces actes doit être tolérée. Même s'il est utile que l'entourage du patient comprenne ce qui motive sa conduite, il faut qu'il apprenne à lui poser des limites.*

Barbara tapota du bout du doigt sur le livre. Ces passages mis bout à bout jetaient un éclairage révélateur sur les relations entre Caroline et Clare. L'écrivaine cherchait à mieux comprendre Caroline, c'était l'évidence même. Pourquoi, cependant, alors qu'elle savait combien son employée était malade, ne s'était-elle pas débrouillée pour la mettre à la porte ? Voilà qui était beaucoup plus problématique. Soit Clare était l'objet d'un chantage soit elle avait pour une raison ou pour une autre vraiment besoin d'elle, soit, enfin, Clare avait peur. Dans cette troisième éventualité, elle avait peut-être conclu que le seul moyen de neutraliser Caroline était de...

— Barb ?

Winston se tenait debout dans la porte, l'ordinateur portable de Clare Abbott posé à plat sur sa large paume.

— Il faut que tu voies ça, Barb.
— Ça va nous aider ?
— Je crois bien que oui.

Camberwell
Sud de Londres

India, furieuse d'être obligée d'annuler ses deux premiers rendez-vous de la journée, raccrocha au nez de Charlie. Elle avait envie de balancer un gros bouquin dans une baie vitrée, sauf que, chez elle, il n'y avait ni gros bouquin ni baie vitrée. Elle n'avait pas le choix : il fallait annuler.

Elle se raisonna en se disant que ce n'était pas la faute de Charlie. Le Tower Bridge avait été levé afin de laisser passer « un putain d'énorme bateau, India, je te parie que c'est un destroyer de la Royal Navy ». Le bouchon avait été terrible, puis, un peu plus loin, un accident de vélo sur Old Kent Road n'avait rien arrangé. Il était en route, lui promettait-il. Il était désolé que la situation vire ainsi au cauchemar.

C'était une façon de voir les choses, songea India. L'autre façon était de considérer – pour la énième fois – qu'elle ne faisait que payer son manque de fermeté.

À sa décharge, Charlie lui avait dit d'aller à la clinique comme d'habitude, puisqu'il arrivait et qu'il se chargeait de sa mère. Mais India redoutait que, seule dans la maison, Caroline ne réussisse à persuader son fils de la laisser rester. Pire, en attendant son arrivée, elle irait fouiller dans son ordinateur. Elle avait déjà fait allusion à son projet de vacances dans les Broads avec Nat, et ça, elle ne pouvait le savoir que parce qu'elle avait lu ses mails. India avait changé son mot de passe la veille au soir, mais Caroline se débrouillait bien en informatique, et, de toutes les manières, elle ne voulait plus de cette femme chez elle.

Lorsque Charlie avait raccompagné India après le malheureux incident sur le chantier, Caroline les avait accueillis, folle de joie. Une joie triomphante qui semblait avoir occulté son effroi à se savoir la victime potentielle d'un assassin. Elle avait l'air d'avoir oublié qu'elle avait à peine fermé l'œil de la nuit après la visite de l'inspecteur de Scotland Yard, ayant erré dans la maison, regardé la télévision, sans se soucier de savoir si elle empêchait India de dormir. Elle avait parlé toute seule, pleuré, bu tout le vin du frigo, mangé. Finalement, elle s'était assoupie, mais pas India.

Il fallait qu'elle divorce. C'était clair. Elle était amoureuse de Nat, elle voulait vivre avec Nat, elle aspirait à l'existence pleine de tendresse que ses relations avec Nat semblaient augurer. Elle n'aurait rien de tout cela si elle permettait à Caroline Goldacre d'avoir prise sur elle. Elle aurait dû ouvrir les yeux dès qu'elle l'avait rencontrée, mais elle avait été aveuglée par le bonheur manifesté par Caroline, qui se prétendait enchantée d'avoir enfin une fille. India savait à présent que ce n'était que manipulation, afin de pouvoir garder le contrôle sur son fils. Et elle, India, en digne fille d'un père diplomate, dressée à ne pas faire de vagues, elle avait joué son jeu.

Mais c'était assez, se dit-elle. Elle avait prévu de recevoir Nat ce soir, rien que pour se prouver à elle-même qu'elle pouvait tenir ses décisions à l'égard de Charlie et de sa mère.

Après l'appel de Charlie, India avait essayé de réveiller Caroline, mais celle-ci avait dû avaler un somnifère – à une autre époque, elle aurait sûrement été une adepte du laudanum – et India n'avait pas pu la tirer d'un sommeil profond. À présent, si elle dormait encore, Charlie allait sans doute proposer de revenir la chercher ce soir. Aussi India entra-t-elle dans la chambre pour la deuxième fois de la matinée.

Caroline était couchée sur le flanc dans la position du fœtus. India ouvrit les rideaux, puis la fenêtre, en grand : le parfum écœurant de sa belle-mère imprégnait la pièce d'une odeur qui, dans l'esprit d'India, était celle des maisons closes. Il allait falloir qu'elle porte à la blanchisserie non seulement les draps mais aussi le couvre-lit et les couvertures, peut-être même les rideaux.

Elle revint vers le lit.

— Maman... *Caroline*.

Les paupières de la dormeuse frémirent, mais ce n'étaient que les mouvements oculaires rapides qui se produisent dans le sommeil. India lui arracha les couvertures et déclara d'une voix forte :

— Charlie va arriver. Il faut se lever.

Comme Caroline ne bougeait toujours pas, elle craignit qu'elle n'ait pris trop de somnifères. Charlie lui avait parlé de ses tentatives de suicide. Il les qualifiait d'appels désespérés à l'aide, ce qui était bien bon de sa part, jugeait India, étant donné que la première avait eu lieu alors qu'elle était enceinte de lui.

India se pencha sur elle. Caroline respirait normalement. Elle la secoua par l'épaule en répétant son nom plusieurs fois. Sa belle-mère bougea un peu, mais sans se réveiller. India se tourna vers le verre d'eau sur la table de chevet. Elle était tentée de le lui renverser sur la figure, mais d'un autre côté, elle n'avait pas envie de tremper l'oreiller. En fin de compte, elle opta pour les gifles et y prit plus de plaisir qu'elle n'aurait dû.

— Caroline. Maman. Réveille-toi.

Enfin, elle ouvrit les yeux.

— Charlie arrive.

— Charlie ? Pourquoi ? Il s'est passé quelque chose ?

Ce qu'il s'est passé, se dit India, c'est que ces dernières vingt-quatre heures lui avaient permis de voir clair.

— Non, rien du tout. Charlie vient te chercher.

— Mais où veux-tu que j'aille ? Je suis en sécurité, ici, ajouta-t-elle en essayant de prendre le bras d'India. Je sais que j'ai été casse-pieds, mon petit. Je n'ai pas été très correcte avec toi et Nat. Mais je pense à Charlie et à ce qu'il a traversé...

— Debout, ordonna India en soulevant sa belle-mère par le coude.

Caroline se raidit.

— Ce que j'ai fait, n'importe quelle mère le ferait. Tu comprendras ça quand tu auras des enfants, India... Eh ! tu me fais mal !

— Tu te lèves, oui ou non ?

— Bien sûr que je me lève. Qu'est-ce que tu crois ?

Caroline se redressa sur son séant, oscilla légèrement et posa les pieds par terre pour prouver à India qu'elle avait l'intention de tenir parole.

— Je t'en prie, écoute-moi. Quand je vous ai vus, Charlie et toi, hier soir... Quand il t'a ramenée de je-ne-sais-où...

— Tu sais parfaitement où j'étais puisque c'est toi qui l'y as envoyé. Et pour le savoir, tu as fouillé dans mes affaires, ce que je n'apprécie pas du tout.

— ... et qu'on s'est attablés tous les trois autour de ce délicieux curry... Que voulais-tu que je pense si ce n'est que le destin l'avait voulu ainsi ?

India jeta les vêtements de Caroline sur le lit, puis sortit préparer la douche. Elle entendit Caroline décréter :

— Je préfère un bain.

— Aujourd'hui, ce sera la douche. Tu la prends seule ou je t'aide pour que ça aille plus vite ?

Caroline prit un air méfiant. Elle écarta de son front

une boucle brune de ce geste languissant qui évoquait Elizabeth Taylor jouant du Tennessee Williams.

— Tu es devenue si dure, India ! Nat t'aime comme ça ? Non, je suppose que tu es bien différente avec lui. J'avais prévenu Charlie que tu lui préparais de mauvaises surprises d'un point de vue sexuel. Je l'ai vu tout de suite. Mais quel fils accepte d'écouter les conseils de sa mère sur ce sujet ?

— Tu n'as pas répondu pour la douche. Seule ou avec moi ?

Caroline se dirigea vers la salle de bains, dont elle ferma la porte à clé. India s'attendait à entendre couler le robinet de la baignoire, mais pas du tout. Caroline acceptait de perdre cette bataille. C'était déjà ça.

Elle descendit préparer le plateau de Caroline. Un petit déjeuner léger, histoire que sa belle-mère n'y passe pas des heures : thé, beurre, confiture, croissant, quartiers d'orange. Quand elle le porta dans sa chambre, Caroline y jeta un coup d'œil indifférent et commenta :

— Comme ça, on donne dans le continental, India.

Puis elle se remit à son maquillage. Caroline avait toujours eu la main lourde, elle en mettait une tonne.

La sonnette retentit. Charlie se confondit en excuses sur son retard, mais omit de demander si sa mère était prête à partir. India se crispa. La suite était prévisible.

— Je ne suis pas sûr que ce soit une bonne idée de la ramener à Shaftesbury maintenant, lâcha-t-il.

— Pourquoi ?

— À cause d'Alastair. Cette histoire avec Sharon... Et puis il y a Lily Foster...

— Tu crois vraiment que l'un d'eux cherche à l'empoisonner ?

— Ils ont des mobiles. C'est toute la question : qui a de bonnes raisons de tuer qui ? Personne n'en a pour tuer Clare. Et comme le tube appartient à maman...

India secoua la tête.

— Tu oublies quelqu'un dans la liste des suspects, Charlie.

— Qui ça ?

— Ta mère.

— Un suicide ? Personne ne se suiciderait en employant une méthode pareille.

— Je ne te parle pas de suicide à proprement parler.

India jeta un coup d'œil vers l'escalier. Caroline continuait à se préparer dans la chambre. India fit signe à son mari de la suivre dans la cuisine. Elle s'adossa au plan de travail.

— Qu'est-ce que tu veux dire ? reprit-il. Tu ne penses pas que maman aurait voulu tuer Clare. Elles avaient leurs différends, mais...

— J'ai eu toute la nuit pour réfléchir, le coupa India. Eh oui, ta chère mère m'a empêchée de dormir, alors j'ai eu du temps pour méditer.

Charlie eut l'air embêté.

— Je suis désolé, ma chérie, je t'assure.

— Bon, mais écoute. Une tentative de suicide... elle aurait ingéré juste ce qu'il faut pour être malade mais pas mortellement. Cela cadre avec la personnalité de ta mère. Elle l'a déjà fait. Et comme Will est mort et qu'Alastair ne s'intéresse plus qu'à Sharon...

— Et que notre mariage va à vau-l'eau, énonça pensivement Charlie.

India préféra ne pas pousser dans cette direction.

— Une autre tentative de suicide la remettait dans la course.

— Mais pourquoi alors donner le tube de dentifrice à Clare ?

— Elles s'étaient disputées.

— Ah bon ?

— Tout à fait. Alors ta mère a pu lui refiler le dentifrice en se disant que ce serait bien fait pour elle si elle était malade. Mais quand elle a vu ce qui est arrivé... Charlie, mettons qu'elle ait découvert le corps de Clare bien avant l'heure qu'elle a indiquée à la police. Mettons qu'elle l'ait trouvée morte au milieu de la nuit. Dans ce cas, elle a pu tout mettre en scène. Et notamment téléphoner à la réception pour se plaindre qu'elle était en panne de produits de toilette. Tu vois...

— Tu ne ferais pas un bon détective, India, déclara Caroline en entrant dans la cuisine.

Elle posa le plateau avant de toiser sa belle-fille des pieds à la tête.

— Ou bien tu n'as pas assez regardé de séries policières à la télé, sinon tu saurais qu'il ne faut pas laisser interférer ses sentiments personnels pour le suspect. Faut-il subodorer que mon meurtre seul te convaincra de mon innocence ?

— Maman, fit Charlie d'un ton lénifiant.

Mais India n'avait aucune envie de s'en tenir là.

— Tu veux savoir le fond de ma pensée, Caroline ? À mon avis, avec toi, tout est possible.

— Ah bon ? Je me demandais quant à moi pourquoi la police n'a pas enquêté sur toi plus soigneusement. Visiblement, tes sentiments à mon égard...

— Maman, laisse tomber, on y va, intervint Charlie.

— Je suis prête, lui dit-elle. Tu as averti ton

beau-père de mon retour ? Je préfère qu'il ait le temps de débarrasser la maison des pièces à conviction.
— Tu ne crois quand même pas qu'Alastair...
— Je ne te parle pas de son intention de me tuer. Je parle de cette traînée qui est sûrement venue chez moi pendant mon absence. Je ne me fais plus d'illusions : il ne va pas la lâcher. Ils ont tous les deux trop à y gagner. Alors, tu l'as appelé, Charlie ? Il sait que je rentre ? Ah, ça ne fait rien. Laisse tomber, c'est inscrit sur ta figure.
— Elle n'est pas allée à la maison, maman. Elle n'y a jamais mis les pieds.
Caroline lui tapota la joue d'une manière qui n'avait rien de tendre.
— Tu as toujours été extrêmement crédule. Ce n'est pas une qualité chez un psychothérapeute.

Shaftesbury
Dorset

Barbara suivit Winston à la salle à manger. Ils s'assirent tous les deux devant l'ordinateur portable. Comme il le lui avait déjà dit, il pensait que Clare avait répondu aux messages de Caroline.
— Sinon, l'autre aurait cessé de lui écrire, non ?
Barbara le félicita de son sens de la psychologie.
— Si tu veux poursuivre de ce côté-là, tu peux aller voir dans la bibliothèque. Tu seras édifié.
Il avait quant à lui cherché dans l'ordinateur de Clare. Il pianota sur le clavier pour lui montrer ce qu'il avait trouvé. En effet, Clare avait répondu, systématiquement mais toujours de manière brève, quelques

phrases tout au plus en réponse aux messages-fleuves de sa correspondante. Parfois une seule ligne. Barbara se pencha sur les réponses.

Bravo, ça soulage de parler. C'est sain de lâcher du lest de temps en temps.

Ne t'excuse pas. Je ne t'en veux pas. N'hésite pas à me remonter les bretelles quand je dis n'importe quoi.

Alastair m'a l'air d'un monstre. Comment le supportes-tu ?

Je suis sidérée que tu sois restée mariée si longtemps à Francis.

Qu'est-il arrivé après ça ?

Barbara leva les yeux. Winston souffla :

— T'as vu ça, Barb ? Chaque fois elle dit quelque chose pour l'encourager. Jamais elle lui fait remarquer qu'elle a dit le contraire dans le dernier mail ou que ça fait trois fois qu'elle lui sort quelque chose de différent. On dirait...

Il se frictionna la nuque en faisant une moue attristée.

— On dirait qu'elle la poussait à lui écrire, termina Barbara à sa place. Mais voilà... pourquoi ?

— Eh bien, il faut que tu voies ça... C'était dans la clé USB...

En quelques clics, il accéda à un dossier intitulé *Internet/Adultère*, qui contenait une liste de fichiers. Nkata ouvrit le premier et tourna l'écran vers Barbara. Un titre en gras : *Le Pouvoir de l'adultère anonyme*. Dessous, quelques lignes. Elle reconnut tout de suite l'introduction qui figurait dans la chemise sur le bureau de Rory Statham.

Suivaient une table des matières et plusieurs chapitres. La preuve que Clare Abbott travaillait bel et bien sur un livre au moment de sa mort. Elle en était au chapitre 13. D'après ce que Barbara pouvait en juger aussi rapidement, la prose était simple, facile à comprendre pour le lecteur *lambda*. Seulement, le fait que ce premier jet ne soit accessible que sur cette clé USB, laquelle était cachée dans un coffre blindé planqué lui-même dans le coffre de sa voiture, soulevait bien des interrogations.

— Elle ne voulait pas que Caroline le sache, dit Winston comme s'il avait lu dans ses pensées. Si elle avait laissé ce fichier dans son ordinateur ou si elle avait imprimé tous ces chapitres, Caroline les aurait vus. Et Clare ne voulait pas de ça.

— Mais pourquoi ? Qu'est-ce que c'était que cette histoire, entre elles deux ?

— On était partis sur du chantage, lui rappela Nkata, mais ce qu'on a là, c'est tout autre chose... On a Clare qui se tape des mecs mariés alors que par ailleurs elle pérore sur la scène féministe. Peut-être que Caroline ne supportait pas autant d'hypocrisie ?

Barbara s'accorda un moment de réflexion puis énonça pensivement :

— Clare est une féministe de renom, elle vient d'avoir un franc succès avec son bouquin sur l'homme idéal, M. Darcy... Elle est en train d'écrire un livre qui va encore accroître sa célébrité. Elle met le champagne au frais. Lorgne les prix littéraires. Elle a déjà présenté un synopsis à son éditrice. Elle a sûrement signé un contrat. Tout baigne.

— Et en même temps, elle baise à droite et à gauche dans le Dorset et le Somerset.

— Elle trahit ses consœurs en féminisme. Et elle projette en plus d'écrire un livre sur l'adultère en ligne...

— Mais pour rien au monde, elle ne révélera qu'ôter son slip fait partie du travail de documentation...

Barbara hocha la tête.

— Caroline est scandalisée. Elle dit à Clare que si elle publie ce livre elle livrera à la presse la vérité à propos de certains rendez-vous au Wookey Hole Motel. Pour Clare, ce serait la fin des haricots. De la pub pour son bouquin, d'accord, mais sa réputation de féministe ne s'en relèverait pas.

— Et c'est là qu'il y a un renversement de situation entre Clare et son employée. C'est maintenant Caroline qui mène la danse. Qui détient le pouvoir sur la vie de l'écrivaine, sur son écriture, sur sa réputation... C'est jouissif dans sa position de subalterne, tu crois pas, Barb ?

Barbara soupira.

— Bordel de merde, Win. Du coup, c'est plutôt Clare qui avait un mobile pour tuer. Caroline, elle, elle était tranquille. Elle tenait Clare Abbott. Pourquoi l'aurait-elle éliminée ?

— On a peut-être la réponse dans les interviews de l'ex-mari et de la mère. Cela montre que Clare cherchait probablement un truc qui lui aurait permis de clouer le bec à Caroline.

— Si tu veux mon avis, elle l'a trouvé.

— Il fallait donc qu'elle meure avant de pouvoir lâcher sa bombe.

Victoria
Londres

Lynley n'en voulait pas à Isabelle qu'elle exige de lui un rapport d'enquête quotidien. Après tout, il avait contourné son autorité en s'appropriant l'affaire dans le seul but de confier à Barbara une mission qui aurait la vertu de lui stimuler les neurones et l'imagination. À la place de la commissaire, il aurait été aussi furieux qu'elle. Ce matin-là, il se présenta donc de lui-même à son bureau et l'informa dans les grandes lignes du contenu des documents que le sergent Havers avait dénichés.

Isabelle voulut savoir ce que Winston Nkata avait dit concernant le comportement du sergent Havers à Shaftesbury. Lynley s'étonna :

— Je ne demande jamais à mes agents de m'informer sur un collègue, chef. Si Barbara commet la moindre faute, nous finirons par le savoir.

— Ce « nous finirons par » m'inquiète, répliqua-t-elle. Je préférerais savoir tout de suite. On se reparle demain, inspecteur.

À sa manière brusque de le congédier, il devina qu'elle avait d'autres soucis. Il fut tenté de lui demander lesquels, car les pressions de sa hiérarchie étaient constantes, mais il s'abstint. Il avait, lui aussi, d'autres chats à fouetter, bien que ces chats n'aient pas grand-chose à voir avec l'affaire en cours.

Il était préoccupé par Daidre. La nuit dernière, le lit de camp étant trop étroit pour deux, et en plus bancal, il avait dû, comme d'habitude, se résigner à l'inconfort d'un sac de couchage déplié à même le sol. Après l'amour, alors qu'ils étaient allongés côte à côte avec une mince couverture de provenance douteuse jetée sur leurs corps en sueur, il avait posé *la* question. Quand allait-elle se décider à terminer cette chambre ?

Elle avait botté en touche, ce qui aurait dû lui faire comprendre qu'il était plus sage de battre en retraite. L'appartement comportait deux chambres – celle-ci et une toute petite qu'elle avait l'intention de transformer en bureau. Daidre répondit en évoquant ses doutes à propos d'un de ses projets de décoration, à savoir le détournement de son usage utilitaire d'un râtelier ayant servi à ranger des assiettes. De guerre lasse, il avait soupiré :

« Daidre, tu sais très bien de quoi je veux parler. »

Elle s'était redressée sur un coude et avait récupéré ses lunettes sur le plancher.

« Je crois bien que oui. »

À sa voix, il avait perçu qu'elle était fatiguée. Néanmoins, il avait poursuivi :

« Peut-on parler de la raison pour laquelle tu évites le sujet ? Ne serait-il pas logique de penser à un moyen de dormir confortablement dans un appartement de cette taille ? Dormir, se laver, c'est le principal. Le reste peut attendre.

— Tiens, je n'y avais pas pensé. »

Elle s'était assise, les bras autour des jambes et la tête posée sur ses genoux. La pièce était très sombre, parce que les vitres de la fenêtre avaient été peintes d'un bleu épouvantable par le précédent propriétaire. Probablement n'avait-il pas eu assez d'argent pour des rideaux... Lynley la distinguait à peine, ce qui ne lui plaisait pas. Il aurait préféré voir l'expression de son visage.

« Ce que j'ai pour le moment me convient...

— Qu'est-ce que tu cherches à esquiver, Daidre ? »

S'était ensuivi un silence. Arlo ronflotait dans l'autre pièce. Le bruit d'un bus qui passait dans Haverstock Hill leur était parvenu à travers le simple vitrage de la fenêtre.

« Que penses-tu que je cherche à esquiver exactement ?

— Je crois que tu t'arranges pour m'éviter, moi.

— Est-ce que pendant cette dernière heure je t'ai donné l'impression que je t'évitais, Tommy ? »

Il avait caressé son dos nu. Sa peau était fraîche et il aurait voulu poser la couverture sur ses épaules, mais elle lui sembla trop sale.

« En surface non. Mais il y a une sorte de... je ne sais pas comment le définir... d'intimité, je suppose, qui te fait peut-être peur, je n'en sais rien. Pas une intimité physique, l'autre... celle, plus profonde, qui peut exister entre un homme et une femme. Et je crois qu'elle est matérialisée par cette chambre dont les travaux n'avancent pas d'un iota. »

Elle s'était tue. Il savait qu'elle réfléchissait. Daidre était une femme réfléchie... Cela l'avait attiré chez elle dès le début, quand il l'avait rencontrée en Cornouailles.

« Je crois que c'est l'aspect permanent qui m'effraye, avait-elle fini par dire.

— Rien dans la vie n'est jamais permanent, Daidre.

— Je le sais. J'ai dit *l'aspect*. Et puis, il y a tout le reste. Qui est là et bien là, et qui le sera toujours. »

À ces mots, il s'était assis à son tour. Soudain

conscient *d'être à nu*. Machinalement, il avait attrapé sa chemise.

« Bon sang, Daidre. Tu ne peux pas penser que... comment dire ? Que la différence de classe creuse un fossé entre nous ? On ne vit plus au XIXe siècle, tout de même.

— Contrairement à ce que tu imagines, ce n'est pas à la différence de milieu social que je pense. Je pense à l'enfance et à la façon dont notre éducation nous façonne depuis notre plus jeune âge pour donner finalement ce que nous sommes aujourd'hui... ici et maintenant. Nous croyons avoir laissé le passé derrière nous, alors qu'il nous rattrape comme un chien affamé.

— Tu vois, c'est bien la différence de classe qui te gêne. »

Elle s'était levée. Avait enfilé sa robe de chambre. Un vêtement pratique en tissu éponge, à l'opposé de ce que Helen aurait porté.

« Je crois que tu ne me comprendras jamais.

— Ce n'est pas juste. »

Il comprenait la nature de son combat et quelles forces en elle la retenaient. Elle n'avait pas la même culture que lui, loin s'en fallait. Ses parents étaient des gens du voyage, et elle avait été élevée dans une grande misère. Son père travaillait comme ferblantier ambulant. Ils n'avaient pas de foyer fixe, étaient ballottés de lieu en lieu, faisant halte au bord d'une rivière ou d'une crique de Cornouailles. Les trois enfants, négligés, manquaient de tout, d'une alimentation correcte, d'un abri décent, de vêtements, et surtout de l'éducation qui leur aurait permis d'être armés pour la vie et de mordre dedans à pleines dents. À treize ans, Daidre avait été adoptée par une famille aimante, mais c'était déjà trop tard. Aujourd'hui, elle continuait de se débattre pour compenser les lacunes de sa petite enfance. Lynley comprenait très bien ce processus intellectuellement, mais sur le plan affectif il avait du mal à s'ajuster.

« Personne ne peut replonger dans le passé et changer le cours des choses, avait-il repris. C'est une évidence. En revanche, je ne vois pas pourquoi on autoriserait le passé à créer un rempart autour de l'avenir…

— Ce n'est pas ce que je fais. C'est juste un constat. Tommy, je suis comme ça. Il y a bien un gouffre entre nous. Et ce n'est pas une histoire de classe. Mais une chose tellement ancrée dans chacun de nous qu'il n'y a probablement rien à faire.

— Je ne peux pas accepter ça.

— Oui, je suppose que c'est la raison pour laquelle tu continues à venir me voir.

— Tu pourrais m'en empêcher. Il suffirait d'un mot de toi. Enfin, plutôt une phrase. Une simple phrase pourrait tout régler entre nous. »

Elle avait posé sa main sur la commode, comme si elle voulait se retenir de traverser la pièce et de se jeter dans ses bras.

« Je le sais depuis des mois, Tommy. Mais la vérité, c'est que je n'ai pas pu la prononcer, cette phrase.

— Je *suis* amoureux de toi, Daidre. Tu le sais. »

Un silence, puis :

« J'aurais préféré que tu ne le sois pas. Ou du moins, que tu ne me le dises pas. Tu es encore beaucoup trop vulnérable, après Helen et…

— C'est faux. »

Elle avait serré les lèvres et avalé sa salive. Elle

était si différente de Helen. C'était un de ces moments où Daidre laissait poindre ses sentiments. Elle était aussi émue que lui.

« Il y a tellement de sérénité dans l'équilibre, Tommy.

— Pour toi, peut-être, mais pas pour moi », avait-il répondu en sortant.

En dépit de cette douloureuse conversation, ils ne s'étaient pas séparés en mauvais termes. À la porte, ils s'étaient embrassés et souhaité bonne nuit.

Mais alors que Lynley se dirigeait vers son bureau, il y pensait encore. Et quand son téléphone sonna, il espéra que c'était elle. Mais non...

— On a fini par comprendre, inspecteur. On a trouvé le livre. Elle était bien en train d'en écrire un. Caroline essayait de lui mettre des bâtons dans les roues. Clare tentait de trouver quelque chose pour se libérer du chantage de Caroline et elle avait trouvé.

Havers continua son exposé de façon plus ou moins cohérente, et Lynley fut bien obligé de redescendre sur terre. Leurs conclusions, à Nkata et à elle, n'étaient pas tellement différentes des siennes après son entretien la veille avec Rory Statham. Toutefois, Barbara, elle, tenait une preuve nichée dans une clé USB.

— Mais dans ce cas, argua-t-il en se faisant l'avocat du diable, pourquoi Clare a-t-elle encouragé cette femme ? Si, comme vous le dites, elle cherchait de quoi l'accabler...

— Elle ne voulait pas qu'elle sache avant d'avoir trouvé, inspecteur. Elle lui cachait l'enquête qu'elle menait tout en feignant de la soutenir. Si Caroline disait en passant qu'elle avait besoin de cinquante livres... ou... pourquoi pas ? d'un monument à la mémoire de son fils, Clare savait qu'il valait mieux qu'elle livre la marchandise. Car une fois que Caroline a eu vent de ses séances érotiques avec la bande des joyeux lurons de Just4Fun, elle a dicté à Clare ce qu'elle pouvait et ne pouvait pas faire. Croyez-moi, c'est la seule raison qui a pu pousser Clare à encourager ces messages de dingue qui tombaient tous les jours dans sa boîte mail. Elle cherchait un truc qui lui permettrait à son tour d'avoir un moyen de pression sur elle.

— Quel genre de moyen ?
— On ne sait pas.

Lynley émit un soupir de frustration.

— Bon sang, Barbara. Ça ne nous mène nulle part, vous êtes d'accord ? Ou du moins au point mort.

— Je suis sur le coup, inspecteur. Je vais trouver ce fameux levier. Il y a quelque chose. Je le sens. Regardez : Caroline est totalement jetée. Elle ne remarque même pas que Clare aurait dû la rembarrer ou au moins mettre le doigt sur ses affirmations contradictoires. « Tiens, la dernière fois tu disais qu'Alastair était une girafe et maintenant tu l'accuses d'être une mangouste. » Parce que c'est ça, les e-mails de Caroline, inspecteur. Elle oublie d'une fois sur l'autre ce qu'elle a raconté. Elle peste, elle râle, elle geint. Et tout ce que répond Clare, c'est : « Ah bon, ma pauvre », ce genre de choses... Elle cherchait un truc, je vous le répète, et elle l'a trouvé. Tout ça entre autres pour vous demander si on pourrait avoir un mandat de perquisition. S'il y a de l'azoture de sodium quelque part, c'est chez Caroline.

— On n'en est pas encore là, sergent, la rabroua Lynley. Ce n'est pas suffisant. D'aucune manière.

— Si, inspecteur. Je vous assure.

Lynley perçut la note de désespoir dans la voix de Barbara et il ne savait que trop bien à quelles extrémités le désespoir pouvait la mener.

— Ressaisissez-vous, sergent. De toute façon, même si vous aviez raison, Caroline se serait débarrassée du résidu d'azoture de sodium une fois le dentifrice contaminé.

— Ça, ça tient la route si on suppose que Clare était la seule personne dont elle voulait se débarrasser. Mais que dites-vous de son mari légitime qui se tape son employée ? Caroline va perdre un pactole s'il divorce. Vous croyez vraiment qu'elle va fermer les yeux alors que son petit stratagème avec le poison a si bien marché la première fois ?

— Mais ça n'a pas bien marché du tout, sergent. On s'en est aperçus.

— C'est vrai. Mais elle ne pouvait pas prévoir. Et on ne se serait douté de rien si Rory Statham n'avait pas insisté pour qu'on ouvre une enquête. Bon, il n'y a peut-être rien dans cette baraque, mais on peut au moins essayer... Et n'oubliez pas le laboratoire de la boulangerie. En plus, Winnie et moi, on tire la langue, à bosser tout seuls ici.

— Barbara, non c'est non. Calmez-vous un peu et écoutez-moi... Ce que je vous suggère, c'est d'aller frapper à la porte de ce M. MacKerron et de lui faire votre plus beau sourire. Avec un peu de chance, il ne résistera pas à votre charme et vous permettra de fureter chez lui. Et pendant que vous y serez, profitez-en pour l'interroger sur le contenu des mails de sa femme. Je parle des faits qu'elle cite. Son ex-mari et sa mère la traitent de menteuse pathologique. Alastair vous le confirmera peut-être, qui sait ?

— Et après ? La parole de l'un contre la parole de l'autre ? Ce qu'il nous faut, ce sont des preuves.

— Je ne vous contredirai pas. Mais vous m'accorderez que lorsqu'il y a autant de fumée...

— Il est temps de mettre les chariots en cercle. OK, je vois.

— Voilà que vous vous mettez à emboîter les proverbes maintenant... Bien. Cependant, Barbara, ne vous attendez pas trop à trouver quelque chose : personne ne garde en réserve une boîte d'azoture de sodium pour le cas où... Et puis, où Caroline aurait-elle pu s'en procurer ? Mais bon, vous avez raison, il vaut mieux vérifier.

— Formidable, inspecteur, alors pour le mandat ?

— Pas de mandat. Et soyez prudente. Ne sortez pas des clous. Parce que si nous obtenons un mandat par la suite...

— Vous pouvez au moins remplir les papiers, inspecteur ? Ça nous aiderait, Winnie et moi, de pouvoir dire qu'on a fait la demande.

Quel mal y a-t-il à cela ? se dit Lynley.

— Entendu, grommela-t-il.

Sitôt qu'il eut raccroché, son téléphone sonna. Pensant que Havers le rappelait, il continua sur le même ton :

— Sergent, si c'est pour...

À sa stupéfaction, c'était Sumalee Goldacre. Francis ne lui avait pas expliqué la raison de sa visite l'autre jour, mais il venait de le faire lors d'une conversation sur Skype – il était en mission en Inde, lui rappela-t-elle. C'était pourquoi elle appelait maintenant l'inspecteur.

— Vous souhaiteriez ajouter quelque chose à ce que votre mari m'a dit ?

En effet, confirma-t-elle. Elle avait une pause dans une heure. Pouvait-il la rejoindre à l'hôpital St Charles ? Ils étaient en train de se préparer pour le bloc, mais l'intervention ne devait pas durer longtemps.

Lynley consulta sa montre. North Kensington, se dit-il : ce n'était pas tellement loin de Kensal Rise. Il avait l'intention de tenir sa promesse à Havers, mais cette conversation pouvait être importante pour l'enquête.

North Kensington
Londres

Des places de stationnement longeaient les différents corps de bâtiment de l'hôpital, mais aucune n'était libre. Après avoir tourné un peu dans les rues environnantes, il se gara sur St Charles Square, entre une benne installée devant une maison en travaux et trois bicyclettes rouillées dont les carcasses entremêlées évoquaient une œuvre d'art contemporain. L'hôpital était constitué d'un ensemble d'immeubles fonctionnels en brique, que traversait une allée plantée d'arbres. Ceux-ci étaient revêtus d'une flamboyante livrée automnale. Lynley eut l'impression de se trouver sur le campus d'une université tant les lieux respiraient le calme, à l'écart de l'artère principale, Ladbroke Grove.

Lynley aurait pu être de meilleure humeur. Avant de quitter Victoria Street, il avait présenté une requête à Isabelle, qu'elle lui avait refusée tout net. Il avait argumenté. En vain.

« Vous ne pouvez vous en prendre qu'à vous, Tommy, je ne céderai pas. »

C'était catégorique. Elle était de nature rancunière et n'avait pas eu besoin de prononcer le nom du commissaire Daniel Sheehan pour lui faire comprendre pourquoi elle lui en voulait. Alors que tout ce qu'il souhaitait, c'était de pouvoir demander à une dactylo de bien vouloir démarrer les formalités administratives nécessaires à l'établissement d'un mandat de perquisition. Le refus d'Isabelle, dicté par son désir d'affirmer son autorité, l'irritait au plus haut point.

De sorte qu'il lui avait désobéi, tout en ayant conscience qu'il flirtait avec le suicide professionnel. Il avait longuement palabré avec Dorothea Harriman : celle-ci, une fois briefée, lui avait dit qu'elle se débrouillerait pour lui « faire ça » en toute discrétion.

Il avait rendez-vous avec Sumalee Goldacre à la cafétéria du bâtiment principal, au sous-sol. La salle sentait le vinaigre de malt. Le lino tacheté du sol et les tables en simili bois étaient d'une propreté rassurante.

Le long de deux murs, des canapés et des fauteuils étaient disposés autour de tables basses. Sumalee y était installée devant un sac contenant sans doute son déjeuner. En voyant Lynley entrer, elle se leva. Quand il arriva à sa hauteur, elle proposa qu'ils sortent. Malgré une brise fraîche, la journée était ensoleillée et, dans le jardin, des tables, des chaises et des bancs invitaient à la conversation. Il n'y avait presque personne. Ils pourraient parler loin des oreilles indiscrètes.

Cette sécurité semblait compter aux yeux de Sumalee. Elle choisit, au bout d'un parterre de rhododendrons, un banc qu'un dossier en forme de demi-roue de chariot rendait plus confortable tout en les obligeant à s'asseoir côte à côte, presque épaule contre épaule. Cela leur permettrait de converser à voix basse...

Le soleil scintillait dans ses cheveux noirs, sur sa peau mate et lisse. Elle était ravissante, constata une fois de plus Lynley. En outre, le contraste entre sa beauté exotique et sa tenue chirurgicale la rendait encore plus intéressante. Elle ne perdit pas de temps en politesses. Tout en sortant de son sac en papier un sandwich, elle entreprit de lui expliquer pourquoi elle l'avait fait venir :

— L'autre jour, avec Francis, j'ai d'abord cru que vous veniez parler de Will. Je me disais qu'il y avait peut-être du nouveau sur son suicide. C'était il y a trois ans, mais on ne sait jamais, la police fait parfois des découvertes après coup.

— Son suicide ne vous paraissait pas clair ? s'enquit Lynley.

Le dos bien droit, elle tenait son triangle de pain de mie à deux mains, à la manière d'un prêtre levant une hostie avant la communion.

— Si, si, c'était un suicide. Sa compagne était là, et plusieurs personnes l'ont vu courir sur la falaise. Mais quand même... on ne sait jamais. Un suicide a toujours une part d'ombre.

Elle mordit dans son sandwich et mastiqua pensivement. Elle sortit du sac en papier une grappe de raisin qu'elle offrit à Lynley. Il refusa d'un signe de tête. Elle continua :

— Je n'ai pas osé interroger Francis après votre visite, parce que... vous savez... parfois, il y a des sujets qu'il vaut mieux ne pas évoquer dans un couple. Êtes-vous marié, inspecteur ?

— Je l'étais. Ma femme est morte il y a dix-huit mois.

— Oh, je suis désolée. J'espère que vous étiez heureux en mariage ?

— Très heureux. Ce qui rend la perte évidemment...

Il leva la main puis la rabaissa : il en avait assez dit.

— Même dans un couple harmonieux, je pense qu'il vaut mieux éviter certains sujets, soit parce qu'ils touchent trop à l'intimité de l'autre, soit tout simplement parce qu'ils risquent d'être conflictuels. Dans notre couple, Francis s'est toujours montré réticent à parler de sa première famille, et je respecte son silence. Bref, c'est seulement hier soir qu'il m'a dit que vous vouliez lui parler de son entretien avec Clare Abbott.

— Étiez-vous au courant de cet entretien ?

— Oui, mais Francis ne savait pas que je savais.

— Ah bon ?

Elle lui coula un regard circonspect.

— Ce n'est pas ce que vous pensez. Je n'ai pas... (Elle fronça les sourcils, cherchant ses mots.) Je n'ai pas été *indiscrète*. Je l'ai su parce que Clare me l'a dit. Le jour où elle s'est entretenue avec moi.

Lynley se tourna sur le côté pour lui faire face. Son expression était toujours étonnamment sereine.

— Quand était-ce ?

— Dix jours après son entretien avec Francis.

— Et vous a-t-elle précisé le pourquoi de ces deux entretiens ?

— C'était à propos de Will. Elle voulait savoir si j'étais proche de lui. Je lui ai répondu que bien sûr, puisqu'il était mon beau-fils.

— Qu'est-ce qu'elle cherchait donc ? se demanda tout haut Lynley.

Sumalee lui glissa un regard méfiant.

— Ce n'est pas facile pour moi de vous parler, inspecteur. Tout le monde s'attend à ce que la deuxième épouse d'un homme se répande en commérages sur la première. Pourtant, à aucun moment, je n'ai eu l'intention de causer des ennuis à Caroline. J'ignore si ce que j'ai à vous dire aujourd'hui a un rapport avec la mort de Clare Abbott.

— Je comprends votre hésitation, madame Goldacre. Mais tout nouvel élément peut contribuer à faire avancer l'enquête.

Lynley attendit patiemment. De toute façon, il doutait qu'elle eût quoi que ce soit sur Caroline, mais qui sait ?

Des infirmières surgirent de la porte de secours du restaurant et prirent place autour des tables à piquenique. En bonnes Londoniennes, elles offrirent leur visage aux rayons du soleil. L'une d'elles déboutonna le haut de son chemisier.

Sumalee les observa distraitement avec un sourire, puis reprit en baissant la voix :

— Clare Abbott voulait me parler de la façon dont Caroline traitait Will, inspecteur. Elle voulait savoir si elle abusait de lui.

— Caroline ? Pas Francis ? s'étonna Lynley.

Comme elle faisait oui de la tête, il lui demanda :

— De quel genre d'abus parlait-elle ? Physique ? Mental ?

— Tous.

— Que lui avez-vous répondu ?

Sumalee rangea le reste de son sandwich dans le sac en papier, la conversation lui ayant sans doute coupé l'appétit. Elle arracha trois grains de raisin à la grappe, les posa au creux de sa paume délicate.

— Will a toujours eu des problèmes, d'après Francis. Il venait de temps en temps nous rendre visite, avec Charlie, et j'avais l'impression qu'il n'arrivait pas à se séparer de Caroline malgré tous ses efforts. Elle faisait tout pour l'empêcher de s'autonomiser.

— Et Charlie ?

— Pour lui, c'était différent. Il était un peu plus indépendant. Mais Will... ? Oh, pas du tout. La plupart des garçons veulent se débrouiller tout seuls et mener leur vie. Mais Will n'avait pas l'air d'en avoir envie, enfin, pas avant Lily Foster. Peut-être avait-il peur, mais j'ai toujours eu la sensation que sa relation avec sa mère n'était pas nette.

Elle baissa les yeux. Lynley voyait bien qu'elle avait encore des choses sur le cœur.

— Madame Goldacre, dit-il, si vous savez quoi que ce soit qui puisse nous aider... Bon, je vais vous présenter les choses autrement : ce que vous lui avez dit a-t-il pu par la suite être mis sur le tapis lors d'une conversation avec Caroline ? Cet élément aurait-il pu inciter Caroline à lui faire du mal ?

Lynley songea à part lui : Cela aurait aussi bien pu être quelque chose d'écrit...

Sumalee resta un moment silencieuse, puis elle

esquissa un léger hochement de tête, à peine perceptible.

— Je ne l'ai jamais dit à Francis. Je ne voyais pas l'intérêt d'envenimer encore la situation. Mais je l'ai dit à Clare. Je n'aurais sans doute pas dû, et si Will avait été encore de ce monde, j'aurais tenu ma langue.

— C'était donc à propos de Will ?

— Au début, je me suis demandé s'il me mentait. Je me suis même dit que c'était peut-être un truc typiquement anglais. Après tout, chaque culture a ses... rituels, je suppose.

Un éclat de rire fusa du côté des tables à pique-nique : « Non ! C'est pas vrai ! Si ! »... Sumalee les contempla un moment sans prononcer un mot, songeuse.

— C'était lors d'une de ses visites. Will devait avoir quatorze ans. J'ai ouvert la porte de sa chambre sans frapper. Je voulais juste ranger du linge propre, des jeans et des tee-shirts que je venais de laver. J'aurais dû frapper bien sûr, je sais, mais j'ignorais qu'il était dans sa chambre. Eh bien, il était debout devant le lit, le pantalon baissé, et sur le lit il y avait des photos de femmes... Des photos de magazines, des photos de charme... crues. Il se masturbait en les regardant. Je suis entrée pile au moment où il... éjaculait... sur le lit et les magazines. Tout s'est passé si vite que j'ai étouffé un cri. De surprise surtout... Je suis ressortie aussitôt.

Elle avait parlé sans le regarder, vite, sans gêne mais comme si un regret la taraudait. Elle poursuivit sur le même ton :

— Je pensais qu'il serait gêné après ça, ou qu'il ferait comme si de rien n'était ou bien qu'il me supplierait de ne rien dire à son père, quoique je ne croie pas que Francis aurait été choqué. Je me suis excusée plus tard d'être entrée dans sa chambre sans frapper et il a répondu : « T'inquiète, Suma. J'ai l'habitude qu'on me regarde. »

Lynley tressaillit.

— Il a été plus explicite ?

Sumalee jeta un coup d'œil de son côté. Ses fins sourcils s'étaient rejoints au-dessus de ses yeux noirs.

— Il m'a dit que c'était elle qui lui avait « appris », inspecteur.

Le visage de Lynley dut refléter sa perplexité, car Sumalee précisa :

— Quand il a eu dix ans, elle lui a appris à faire ça... pour qu'il contrôle ses paroles. Il avait un problème à ce niveau. Vous le saviez ?

— Le sergent Havers a vaguement évoqué une logorrhée.

— Il lui venait des mots malgré lui. Cela n'arrivait pas souvent, mais quand ça se produisait... Il m'a dit que quand il débitait des gros mots, il faisait ça, et ça les arrêtait. Il disait aussi que quelquefois il le faisait juste parce que c'était agréable. Mais d'autres fois, je vous rapporte ce qu'il m'a dit, elle le surveillait pour vérifier s'il le faisait bien... je suppose *comme il faut*.

— Combien de temps ça a duré ? Vous le savez ?

Elle fit non de la tête.

— Je ne sais pas ce qui s'est passé entre eux quand il est devenu adulte, mais quand il a craqué à Londres et a dû retourner chez elle et son beau-père dans le Dorset... eh bien, il était vraiment dans un sale état et on peut tout envisager, n'est-ce pas ? À cet âge-là, entre vingt et trente ans, quel jeune homme admettrait que sa mère le regarde se masturber ? Si ça s'est vraiment produit, naturellement.

— Ce que vous venez de me dire, c'est ce que vous avez dit à Clare Abbott ? s'informa Lynley.

— Oui. Elle a insisté pour m'enregistrer mais j'ai refusé. Je ne lui ai pas permis non plus de prendre des notes. J'ignorais ce qu'elle comptait faire avec tout ça, mais puisqu'elle voulait savoir, je lui ai dit la vérité.

— Will a très bien pu vous mentir parce que vous l'aviez surpris, fit observer Lynley. Vous dire que sa mère le regardait pour vous provoquer.

— En effet, mais pour quelle raison aurait-il voulu me provoquer, inspecteur ? Et comment aurait-il pu inventer ça s'il ne l'avait pas vécu ? Sa mère... Non, je ne crois pas qu'il mentait.

— L'aurait-il dit à quelqu'un d'autre ?

Elle eut un mince sourire.

— Inspecteur, à sa place, vous l'auriez dit ?

Elle lissa le tissu de son pantalon puis cueillit, enfin, au creux de sa main un grain de raisin qu'elle mâcha d'un air pensif.

Avait-elle une idée de ce que Clare avait l'intention de faire de cette information ? questionna Lynley. Sumalee ne savait pas, mais Clare était manifestement sidérée.

Lynley opina. Il se figurait que la sidération n'était qu'une composante de la réaction de Clare Abbott. Il ne pouvait pas croire qu'étant donné la nature de l'information l'écrivaine ne l'ait pas notée immédiatement quelque part. Elle avait forcément rédigé un résumé de sa conversation avec Sumalee. Et Caroline Goldacre avait dû trouver ces notes.

Shaftesbury
Dorset

Alastair passait la serpillière plus énergiquement qu'à l'accoutumée. Son assistant venait de partir après avoir nettoyé le pétrin, le refroidisseur et autres diviseuses et avoir vaporisé d'antiseptique toutes les surfaces où les pâtons avaient été façonnés en forme de miches, d'épis et de couronnes. Cela faisait des années que Caro le houspillait pour qu'il engage quelqu'un pour l'entretien du fournil une fois le pain chargé à bord des camionnettes de livraison, mais Alastair tenait à le faire, suivant le principe qu'on n'était jamais aussi bien servi que par soi-même. S'il avait eu le temps, il aurait peut-être aussi procédé à la désinfection.

Ce matin, la fonction de pousse-serpillière lui convenait particulièrement bien. Il commençait à être en sueur. Tant mieux, se dit-il. C'était un bon exercice pour évacuer le stress.

Charlie avait téléphoné pour lui annoncer qu'il ramenait Caro en voiture. Bien entendu, Alastair ne s'était pas attendu à ce qu'elle reste à Londres éternellement. Mais quelque part dans un coin de sa tête, il s'était autorisé à imaginer qu'il n'entendrait plus jamais parler d'elle.

Il avait passé les deux derniers jours avec Sharon. Il lui avait demandé de venir chez lui, et, comme il l'avait prévu, elle avait refusé. Elle lui avait aussi confessé qu'elle avait craqué et mis sa fille au courant. Sa Jenny lui avait d'ailleurs fait un sermon du style : « On ne couche pas avec un homme marié, maman. Tu es folle ou quoi ? Si tu crois qu'il va quitter sa femme pour toi. Ils le font jamais. »

Elle avait toutefois pris soin de taire son nom, sinon Jenny aurait illico téléphoné à Alastair pour lui dire le fond de sa pensée. En l'occurrence, elle s'était bornée à appeler son frère, lequel avait à son tour appelé Sharon pour lui faire la même leçon de morale.

Sharon avait ajouté avec un doux rire qu'ils voulaient tous les deux la brancher sur les rencontres en ligne. Jenny avait inondé sa boîte mail avec des noms de sites, puis, sur Skype depuis San Francisco, elle lui avait donné un tutoriel sur comment choisir le site qui vous convient, établir son profil, envoyer sa photo, etc. Elle avait refusé de raccrocher tant que sa mère ne s'était pas inscrite. Lorsque Jenny avait quelque chose en tête, on ne pouvait pas lutter... Les enfants étaient souvent à cheval sur ce genre de choses, et c'était plus facile de céder, n'est-ce pas ? À Alastair, Sharon avait juré que jamais elle ne répondrait à une demande si, par extraordinaire, elle en recevait une.

« Mais, Shar..., avait gémi Alastair. Rien que de penser à toi et à un gars sur Internet... Laisse-moi appeler tes gosses. Ils vont me croire, je t'assure, quand je leur dirai que toi et moi, on a la vie devant nous, si seulement... »

Elle avait eu l'air paniquée.

« Non, mon chéri. Écoute, ne pense pas une seconde que je vais t'abandonner. »

Alastair remuait ces pensées tandis qu'il nettoyait fébrilement le sol du fournil. Il ne se faisait pas d'illusions. La tentation de rencontrer des hommes qui s'intéressaient à elle serait sûrement trop forte pour Sharon. Brusquement, une ombre se dessina sur le sol devant la porte ouverte. Il leva les yeux. Elle ! La femme flic. Son premier réflexe fut de s'écrier :

— Attention ! C'est mouillé.

— Ça ne me fait pas peur, déclara cette femme exaspérante en posant le pied dans le laboratoire.

Comme lors de sa précédente visite, impossible de se rappeler son nom. Ce trou de mémoire l'irrita presque plus que de la voir salir son carrelage.

— Je viens de vous le dire, non, que c'était mouillé ? Vous voyez bien que je travaille, je préférerais que vous ne répandiez pas de la merde partout.

— Comme c'est gentil, dit-elle en riant. Et moi qui croyais que vous aviez peur que je glisse et me fracasse le crâne. Désolée. Je peux vous parler cinq minutes ?

— Me parler de quoi ? grommela-t-il. Vous avez mes empreintes. Qu'est-ce que vous voulez encore ? Caro n'est pas plus là que la dernière fois.

La flic – bon Dieu, quel était son nom déjà ? – laissa tomber sur un des plans de travail désinfectés son immonde besace et se mit à fourrager dedans. Après avoir disposé sur le marbre quelques saletés, elle sortit un vieux carnet effiloché et un moignon de crayon à papier qui avait l'air bon pour la poubelle. Elle ouvrit le carnet et gratifia Alastair d'un extraordinaire sourire.

Un sourire dont le charme stupéfia Alastair. Comment une femme au physique aussi quelconque pouvait-elle être métamorphosée par la magie d'un sourire ? Il est vrai que c'était la même chose pour Sharon : quand elle souriait, son âme brillait tel le soleil à travers un voile. Elle était un ange. Quant à cette flic, grâce à ce petit miracle, on oubliait son allure de pot à tabac aux cheveux en hérisson, mais ça s'arrêtait là.

— Il s'est avéré que vos empreintes ne sont nulle part, monsieur MacKerron. En revanche, ceux de votre dame...

Il flanqua sa serpillière dans le seau et appuya le balai-brosse contre le mur. Ah ! C'était Havers, son nom ! Voilà ! Le sergent Havers. Comme c'était bizarre, ces mots qu'on avait sur le bout de la langue, se dit-il en la regardant promener des yeux vifs et observateurs autour du laboratoire.

— Alors c'est là que ça se passe, hein ?

Elle arpenta la pièce et se pencha sur les cuves comme si elle s'attendait à trouver tout au fond une miche dorée.

— Moi qui croyais que le pain cuisait à l'intérieur d'un sachet en plastique... (Elle tripota les ustensiles accrochés au mur.) Comment vous faites pour empêcher les rampants de se repaître de vos ingrédients ? Ça doit être galère. Les charançons et toute la cohorte des nuisibles. Ils raffolent de la farine, pas vrai ?

— Tout sac de farine ouvert est consommé dans la journée. Même chose pour le sel, le sucre et la levure. Vos nuisibles n'ont plus rien à se mettre sous les mandibules.

— Vous voulez bien me faire visiter ?

Il la dévisagea sans cacher sa méfiance.

— Pourquoi ? Vous avez déjà fureté partout. Vous n'êtes quand même pas venue pour apprendre à pétrir ? Et puis, qu'est-ce que vous lui voulez à Caro, hein ?

— Qu'est-ce que je lui veux ? répéta Barbara en s'adossant au plan de travail.

Elle pencha la tête de côté pour le regarder

gentiment, mais en même temps elle surveillait du coin de l'œil la porte donnant dans la pièce voisine, où des sacs de farine s'entassaient, couchés sur des palettes de bois. Elle craignait sans doute qu'en jaillisse d'un instant à l'autre un gros rat porteur de la peste, se dit Alastair.

— Vous avez parlé de ses empreintes...

— Oh, ça... Un collègue s'est chargé de les prélever à Londres et on est tombés en plein dans le mille. Les troisièmes empreintes sur l'arme du crime sont au bout des doigts de votre tendre moitié. Ce qui signifie qu'il y a de fortes chances pour qu'elle soit la meurtrière. Bien entendu, on peut voir la chose sous un autre angle, mais pour l'instant, c'est celui-là qu'on explore... Ça vous dérangerait que je regarde un peu ce que vous avez ici ?

Et sans attendre la réponse d'Alastair, elle embraya :

— Ce sont vos fours ? Toujours en marche, si je comprends bien ? Comme dans Hansel et Gretel, hein ? J'aurais dû penser à apporter des miettes de pain... Purée, ils sont énormes !

Elle rapprocha son visage du cadran du thermomètre. Elle avait raison : il ne les éteignait jamais, pour la bonne raison que cela consommait moins d'énergie que de les rallumer le matin. Soudain, le sergent fonça vers la réserve où étaient stockées les briquettes de bois compressé qui alimentaient le foyer de combustion des fours. Il avait déjà rempli de bûchettes la machine qui les déversait à mesure dans la gueule du foyer afin d'entretenir la flamme.

— Pour en revenir à Caro, demanda-t-il, vous pensez sérieusement qu'elle voulait du mal à Clare ?

Le sergent haussa les épaules.

— Ce pourrait aussi bien être quelqu'un d'autre, quelqu'un qui aurait accès aux petites affaires de votre femme. Vous, par exemple. Et bien sûr, votre bonne amie. Elle vient par ici des fois ? Après tout, elle travaille pour vous.

— Sharon n'a rien à voir avec Clare Abbott ! s'indigna Alastair. D'ailleurs, elle ne ferait pas de mal à... à... à... un papillon ou... à...

Il se mit à postillonner.

— Tant mieux pour les papillons, mais pour les autres... peut-être bien que oui, peut-être bien que non.

Il la suivit alors qu'elle pointait la tête dans la chambre froide et tripotait le beurre, les œufs, le lait, la crème, etc.

— J'aurais pas cru qu'il fallait tant de trucs pour faire du pain, commenta-t-elle. Vous employez un goûteur professionnel ? Faudrait pas que le lait tourne, hein ? Ou que les œufs pourrissent. Si vos clients foncent aux urgences après avoir mangé leur tartine, vous n'avez plus qu'à fermer boutique, je suppose. Où gardez-vous le sel, au fait ? Et ces autres ingrédients indispensables... la levure, le bicarbonate de... quoi déjà ?

— Comme je vous ai dit, on utilise tout dans la même journée. Tous les jours.

— Bon, alors vous courez au supermarché pour en racheter chaque matin ? C'est pas tellement rationnel, ça.

— Mais non ! On les stocke dans la réserve avec le reste. Vous cherchez quoi, exactement ? Je suis pas idiot, vous savez. Ça se voit que vous êtes **après** quelque chose.

— Zut alors, moi qui pensais être discrète. Eh bien,

monsieur MacKerron, nous sommes en train d'établir un mandat de perquisition.

— Qu'est-ce que c'est que cette histoire ? Caro a fait quelque chose ? Moi ? Qui ? (Il bouillait intérieurement, de colère ? de peur ? d'énervement ?) Fouillez ce que vous voulez, si vous croyez qu'on cache quelque chose... une pièce à conviction... un couteau dégoulinant de sang, ou je ne sais quoi encore...

— C'est bon pour Shakespeare, ça, sauf que chez lui, il n'est pas caché.

— Quoi ?

Après un tour complet du fournil, elle se trouvait à présent devant la porte du bureau. Elle demanda la permission d'entrer d'un signe de tête accompagné d'un « Je peux ? ». À l'intérieur, elle observa l'ordinateur portable, l'imprimante, les piles de paperasses, les dossiers, les vieux journaux, les magazines, les vêtements de travail encore pliés. Elle posa la main sur le vieil écran comme si elle testait sa température et dit :

— Vous saviez que votre femme avait une correspondance avec Clare Abbott ? Elle lui écrivait tous les jours, c'est vrai. De longues lettres et Clare les a toutes gardées. Elle les a même imprimées. Des mails.

Alastair tombait des nues. Elle lui précisa qu'ils étaient envoyés aux petites heures de la nuit, vers les trois heures du matin. Caroline les aurait-elle écrits dans cette pièce ou y avait-il un autre ordinateur dans la maison ?

— Elle a le sien. Un portable. Elle le prenait avec elle quand elle allait chez Clare. Qu'est-ce que ces mails ont à voir avec l'enquête ?

— Ils sont instructifs, c'est tout. Au fait, je peux me poser quelque part ?

Elle indiqua une chaise d'un geste interrogateur. Il haussa les épaules. Elle s'assit et l'invita à l'imiter. Il obtempéra à contrecœur, se disant qu'il ferait bien d'appeler un avocat ou au moins Sharon. Après tout, si cette flic était venue l'embêter toute seule, son collègue était peut-être en route pour interroger Sharon. Il songea ensuite que ce n'était pas une bonne idée. De quoi ça aurait l'air s'il lui téléphonait ? Comme s'ils avaient quoi que ce soit à se reprocher.

— Caroline vous a parlé du prochain livre de Clare ? questionna le sergent Havers.

— Caro ne me parle pas de son travail.

— Vraiment ? Elle ne se plaint jamais d'avoir passé une sale journée ? Pas de : « Fais-moi un petit massage des pieds, chéri » ?

Comme il se taisait, elle l'interrogea sur une aventure qu'il aurait eue à l'époque où ils habitaient encore Londres, une aventure avec la nounou. Il commença par la regarder bouche bée puis :

— Quelle nounou ? On n'en a jamais eu.

— Celle avec qui Caroline vous a surpris ? Et Will vous a vus tous les deux.

— Will ? Moi et une nounou ? Et nous faisions quoi ? Vous... vous pensez à un rapport sexuel ?

— Caroline a raconté cette histoire à Clare, dans ses mails.

— Quand ? Où ?

— Tôt le matin, je vous répète.

— Je veux dire : quand est-ce que je suis censé avoir eu des rapports sexuels avec cette nounou devant Will ?

Le sergent se gratta l'oreille avec son crayon.

— D'après mes souvenirs, dans la cuisine... ou l'arrière-cuisine.

Alastair éclata de rire. C'était plus fort que lui, même s'il n'aimait pas trop le bruit qu'il faisait, plus un aboiement qu'un véritable rire.

— J'ai jamais rien entendu d'aussi stupide. Vous trouvez que j'ai la gueule d'un séducteur de nounou ?

— Je crains que mon avis en cette matière n'ait aucune valeur, monsieur MacKerron. Et en ce qui concerne ce qui se passe en dessous de la ceinture, tout est possible, vous savez. Possible aussi que vous lui ayez refilé un peu de fric. En tout cas, Caroline en fait tout un plat dans sa correspondance.

— Elle ment.

— Ça lui arrive souvent ?

— J'ai pas dit ça.

— En effet. Et la petite vendeuse avec qui elle vous a surpris à la boulangerie. « Le pantalon aux chevilles » et tout ? Avec la nénette à genoux ou offerte sur le comptoir. Finalement, votre femme a enfoncé la vitre avec son poing pour pouvoir entrer parce que vous refusiez de lui ouvrir.

Alastair ouvrit la bouche.

— La fenêtre, cette partie-là... elle est vraie.

Il n'en revenait pas que Caroline ait pu à ce point tordre les faits. Elle était venue le trouver dans sa boutique de *repurposing* et avait fermé à clé de l'intérieur pour qu'ils puissent avoir une discussion sérieuse. Elle avait trouvé une annonce pour une boulangerie en vente dans le Dorset. Elle voulait qu'il l'achète, mais lui n'était pas très chaud. Il n'était pas boulanger, et il n'avait aucune envie de quitter Londres. Il adorait son commerce, qui en plus était en expansion. Mais cet argument ne pesait pas lourd face à la volonté de Caroline. Elle l'accusait d'être comme tous les hommes, un égoïste, qui ne pensait pas une seconde à elle et à ses fils, surtout à Will qu'il fallait absolument éloigner de Londres. Ça lui était bien égal, n'est-ce pas, du moment qu'il pouvait s'amuser avec ses « stupides objets détournés » dont personne ne voulait, alors que les gens étaient bien obligés d'acheter du pain tous les jours de leur vie : « Alastair, tu m'écoutes ? Oh, mais ça serait trop te demander, pourquoi tu m'écouterais alors que je suis seulement bonne à faire ton ménage et ta lessive et te préparer des repas, ah… et écarter les jambes aussi, que j'en aie envie ou pas, et pour quoi, hein ? Pour te permettre de venir t'asseoir ici à attendre tranquillement qu'un passant entre et t'achète ces… détritus ridicules. »

Hors d'elle, elle était partie en courant, mais comme elle avait oublié qu'elle avait fermé à la porte à clé, et furieuse que le battant refuse de s'ouvrir, elle avait donné un coup de poing dans la vitre.

Après ce résumé, Barbara Havers fit remarquer qu'il fallait une force colossale pour briser du verre de sécurité, celui qui est utilisé pour les vitrines commerciales.

— Caro était très forte, rétorqua-t-il, et quand elle est en colère, rien ne l'arrête.

— C'est pour cette raison que vous vous êtes mis à la colle avec Sharon Halsey ?

— Sharon n'a rien à voir là-dedans.

Le sergent haussa les épaules.

— Pour votre gouverne, Sharon, elle, m'a parlé volontiers de vous…

Il sentit son estomac se contracter. Qu'est-ce que Sharon avait bien pu dire ?

— Vous vous rendez compte de quoi ça a l'air, je suppose. Vous et votre employée jouant au trampoline horizontal sur le premier matelas venu ?

— Quoi ?

— Mettre la quenelle dans le shaker... récurer la marmite... je vous laisse le choix des expressions.

— Moi, je dis « faire l'amour », repartit-il, de plus en plus agacé. N'essayez pas de la salir. Cette femme est un ange, et vous savez, je n'hésiterais pas une seconde et ne regarderais pas en arrière si jamais la chance de... de...

Il se mordit la lèvre. *Quel idiot*, pensa-t-il. Il était tombé droit dans le panneau. D'ailleurs, elle le regardait avec ses yeux brillants qui disaient : « Je t'ai eu. » Elle s'apprêtait sans doute à lui lire ses droits.

— Je ne nie rien à propos de Sharon, reprit-il, mais je ne veux pas que vous vous fassiez de fausses idées. Ça a peut-être l'air comme ça, mais ça ne l'est pas.

— Possible, fit le sergent. Mais au beau milieu d'une enquête pour meurtre... Alors que l'arme du crime a été découverte dans les affaires de toilette de votre femme ? C'est louche, que voulez-vous ?

Soudain, la lumière se fit dans l'esprit d'Alastair.

— Vous voulez dire que c'est Caro... que c'est elle qui était censée mourir ?

— Peut-être bien que oui, peut-être bien que non. Mais étant donné que Sharon et vous filez le parfait amour... ça m'étonnerait pas que quelqu'un ne soit pas mécontent de voir le cercueil de Caroline poussé dans un four.

— Bon, si vous me soupçonnez, allez-y, fouillez

autant que vous voulez. Si vous voyez quoi que ce soit qui me désigne comme un homme qui veut faire du mal à sa femme, embarquez-moi. Mais n'allez pas embêter Sharon. C'est une femme irréprochable. Jamais elle ne ferait quelque chose qui puisse nuire à quelqu'un... Elle est la seule raison pour laquelle...

Il se tut, pressentant qu'il était de nouveau en train de se tirer une balle dans le pied. Sharon était au cœur de sa vie, désormais, il s'abreuvait à son âme pure, et il n'était pas question de laisser la boue du scandale l'éclabousser.

Mais la flic ne pouvait pas deviner. Elle le pressa :

— Oui ? Elle est la seule raison pour quoi... ?

— La seule raison qui fait que je tiens le coup. Que je reste ici. Avec tout ça. Avec elle.

— Avec votre femme ? Vous êtes en train de me dire que Sharon veut que vous restiez avec votre femme ? Et elle, elle fait quoi ? Elle se contente de patienter ? Ça n'a pas de sens, monsieur MacKerron.

— Cela n'en a peut-être pas pour vous, mais cette femme est une sainte.

— Ah vraiment ? Mon petit doigt me souffle au contraire que, quand il s'agit de choses comme ce qu'il y a entre vous et elle, tout est possible.

Fulham
Londres

Rory progressait lentement dans le couloir, traînant sa perfusion à côté d'elle, sous le regard attentif du Dr Bigelow. Un mot du médecin et elle aurait le droit de sortir de l'hôpital et de reprendre le cours de sa vie, sans risque de rechute brutale due à la présence résiduelle du poison dans son sang. Elle était sur le point de faire demi-tour pour retourner à sa chambre quand l'inspecteur Lynley surgit de l'ascenseur. Il avait sous le bras plusieurs dossiers en papier kraft.

Il s'approcha.

— Vous avez l'air en pleine forme, lui dit-il.

— Pourvu que j'obtienne l'unanimité, répliqua-t-elle en désignant d'un signe de tête le Dr Bigelow.

— Le docteur est content de sa patiente ? demanda-t-il en se tournant vers le médecin.

— Assez, répondit le Dr Bigelow. Maintenant, madame Statham, vous allez retourner dans votre chambre, et je vais vous ausculter.

Rory fit le trajet en sens inverse, accompagnée par Lynley. Elle lui confia qu'elle espérait sortir incessamment. Sa sœur Heather avait promis au médecin qu'elle resterait chez elle quatre jours afin de vérifier si tout était en ordre.

— J'en connais un qui va être heureux, dit Lynley.

— Il est encore chez la vétérinaire ?

— L'autre soir, il l'aidait à repeindre son salon. C'est un petit chien très malin.

Lynley attendit patiemment que le Dr Bigelow écoute le cœur de Rory et lui prenne sa tension.

— Alors ? interrogea la malade.

— Demain matin, madame Statham, mais attention dorénavant à ce que vous avalez !

Sur ce, le médecin les salua d'un hochement de tête et sortit de la chambre.

Rory se dirigea vers les deux fauteuils devant la fenêtre. Elle s'assit dans l'un et dit à Lynley :

— Vous m'avez apporté quelque chose ?

Il posa les dossiers sur la table basse entre les fauteuils et s'assit à son tour, quoique pas avant d'y avoir été invité, remarqua Rory. Elle s'émerveillait de voir un homme de sa génération pourvu d'aussi bonnes manières.

— Un de mes deux enquêteurs à Shaftesbury a examiné le contenu de l'ordinateur de Clare : ses fichiers, son courrier électronique, l'historique de ses recherches... Il m'a transmis tout ce qui paraissait intéressant. Une sacrée entreprise.

— J'imagine.

— Entre autres, on a découvert que Clare ne conservait pas sous la main tout ce sur quoi elle travaillait. Pas mal de choses étaient difficilement accessibles. Je vous ai parlé de la clé USB que le sergent Havers a trouvée dans le coffre de la voiture de Clare ?

Rory acquiesça, et Lynley posa la main sur les dossiers : tout se trouvait là. Rory aurait-elle l'amabilité de parcourir ce qu'il avait apporté ?

Elle s'exécuta et eut la satisfaction de voir enfin la preuve que Clare avait l'intention de tenir parole. Elle était même bien avancée dans la rédaction de son prochain ouvrage et aurait selon toute probabilité remis son manuscrit dans les temps. Rory sauta le synopsis qu'elle connaissait déjà, lut attentivement la table des matières et se plongea dans la lecture de quelques passages piochés çà et là. Excellent, génial, pensait-elle. Elle se tourna vers Lynley.

— Vous dites que c'était sur la clé USB et nulle part ailleurs ?

— Tout à fait.

— C'est extraordinaire. Cela ne lui ressemble pas. Elle faisait toujours de multiples copies et des tirages sur papier. Au cas où... Garder tout sur ce petit machin, c'était risqué.

— Et pourtant, c'est ce qu'elle a fait. Nous soupçonnons qu'elle souhaitait... ou plutôt jugeait indispensable d'empêcher Caroline Goldacre de savoir où elle en était.

— Parce que Caroline l'aurait menacée de révéler ses rencontres sexuelles avec des hommes mariés ?

Il opina.

— Vous étiez d'accord avec moi pour qualifier cette information d'explosive. Si jamais cela s'était ébruité, elle serait passée pour une hypocrite.

— Certes. Mais elle aurait fini par surmonter le scandale. Cependant, c'est vrai qu'elle ne s'en serait pas sortie indemne. Si seulement elle m'avait mise au courant. Ce livre, c'était un projet magnifique. En droite ligne de ce qu'elle avait fait jusqu'ici. C'était la démonstration magistrale de ses théories sur la passion amoureuse et le mariage. Grâce à l'adultère en ligne, elle prouvait que c'était un leurre.

Rory soupira et se tourna vers la fenêtre. Sur le trottoir d'en face, il y avait un groupe de petits enfants rangés deux par deux et se tenant la main, avec une accompagnatrice devant, et une derrière.

— Vous y croyez vraiment ? demanda Lynley.

— À quoi ?

— Sur l'amour passion et le mariage... Vous êtes d'accord avec les idées de Clare ?

Elle l'observa plus attentivement. Il devait avoir la trentaine. Clare aurait dit qu'il avait encore de bonnes années devant lui avant de mettre une croix sur ses rêves d'amour passion.

— Vous êtes amoureux, n'est-ce pas ?

Lynley esquissa un sourire mélancolique.

— Je crains que oui.

Elle pencha la tête de côté, se remémorant leurs conversations passées.

— La vétérinaire ?

— Oui. Et comme on en est seulement au début, il n'est pas certain que cela nous mène très loin, d'autant qu'elle n'est pas...

Il haussa les épaules.

— Qu'elle n'est pas du genre à se marier ? Ou bien qu'elle rechigne à vous tomber dans les bras ?

— Pas comme je le voudrais, en tout cas. Mais les espoirs restent permis.

— Il n'y a rien de mal à cela. Il faut prendre des risques de temps en temps. Même Clare serait d'accord.

— En fait, c'est peut-être ce qui lui est arrivé. Elle a pris des risques en s'entretenant avec des membres de la famille de Caroline.

— Comment ça ?

— Elle est allée voir sa mère. Et Francis Goldacre. Puis la femme actuelle de Francis. Elle a aussi discuté avec une psychiatre de Sherborne sur la question des altérations de la personnalité. Nous pensons qu'elle a fini par trouver de quoi clouer définitivement le bec à Caroline.

— Elle le lui aurait fait comprendre ?

— On n'a pas encore de preuve. Clare vous aurait-elle donné la moindre indication ? Nous savons qu'elles se disputaient la nuit où Clare est morte.

— Clare a en effet évoqué une dispute, au sujet du débat : Caroline lui reprochait d'avoir fait traîner l'affaire.

— D'après ce qui a été entendu par un employé de l'hôtel, il se serait agi de tout autre chose. L'une a dit : « Toi et moi, c'est fini », et l'autre a répondu : « Pas avec ce que je sais sur toi. Ce sera jamais fini. »

Après une pause, il ajouta en désignant d'un geste le dossier :

— Puis-je vous demander dans quelle mesure Clare se sentait tenue par ses écrits ?

— Dans quel sens ?

— Jusqu'où, à votre avis, serait-elle allée pour se libérer de l'emprise de quelqu'un afin d'avoir toute latitude pour terminer son livre ?

Rory s'accorda un moment de réflexion.

— Elle a sûrement détesté être soumise à un chantage. Elle aurait été capable de n'importe quoi pour se débarrasser de cette peste. Mais elle ne se serait pas suicidée, inspecteur, si c'est ce que vous vous demandez. Elle n'aurait pas non plus tué Caroline. Elle s'en serait voulu à mort d'avoir été assez bête pour se mettre dans cette situation avec ce site de rencontres, mais le fait qu'elle écrivait secrètement son livre montre bien qu'elle n'avait pas l'intention de permettre à Caroline de gagner son petit jeu.

Lynley l'écoutait, le visage tourné vers la fenêtre.

— Vous la connaissiez bien, dit-il. Laissez-moi vous poser une question plus précise : si elle était parvenue à découvrir un élément qui aurait réduit Caroline au silence s'il avait été révélé au grand jour, s'en serait-elle servie ? Quelle que soit la nature de cet élément ?

— Pour se protéger, elle et son travail ?

Il confirma d'un hochement de tête.

— Absolument, inspecteur.

Victoria
Londres

Lynley ne perdit pas de temps et téléphona à Barbara Havers en regagnant sa voiture. Il l'informa d'abord du témoignage de Sumalee.

— C'est sûrement ça, inspecteur : c'est ce que nous cherchons. Bon sang, faut-il être malade ? J'ai jamais rien entendu d'aussi malsain. Ça donne froid dans le dos. Quel genre de mère apprend à son fils à se masturber et reste pour regarder ? Vous croyez pas qu'il aurait trouvé tout seul ?

— Sans doute, mais d'après ce que j'ai compris, se masturber l'aidait à arrêter sa logorrhée verbale. Dieu sait comment ils ont découvert ce moyen, mais d'après ce que Will avait dit à Sumalee, ça marchait.

— Et Sumalee a raconté ça à Clare ?

— C'est ce qu'elle affirme.

— Il doit y avoir des notes quelque part. Elle prenait des notes sur tout.

— C'est aussi ce que je pense.

— Où sont-elles passées alors ? On a ratissé dans tous les coins, inspecteur. À moins qu'elles ne soient à Londres. Elle a une maison en ville. Si vous pouviez faire faire... Oh, et puis c'est impossible. Ça prend un temps fou. Combien vous croyez que la commissaire...

— Je préfère ne pas jouer aux devinettes, Barbara. Mais s'il y a des notes, il faut les trouver, c'est certain.

Ils raccrochèrent. Lynley songea que se posait aussi la question du poison lui-même, ou plutôt de son origine. Si l'identité de la personne visée n'était pas certaine, le fait était que quelqu'un avait eu accès à un poison mortel. De retour à Victoria Street, Lynley s'assit à son bureau et feuilleta ses notes pour se remettre en mémoire les caractéristiques de l'azoture de sodium et les confronter à tous les protagonistes de cette enquête.

Outre son usage en tant qu'agent de conservation pour les fluides biologiques dans les laboratoires d'analyses médicales, la substance était aussi utilisée pour le fonctionnement des coussins de sécurité gonflables dont sont équipées les voitures. Un composé chimique extrêmement toxique, peu stable et sensible au choc certes, mais qui contribue à sauver des vies du moment qu'il reste à l'intérieur de l'airbag et se borne à le gonfler instantanément en cas de collision. Cependant, pour récupérer de l'azoture de sodium dans un airbag, il faudrait non seulement parvenir à l'ouvrir en évitant la détonation mais aussi revêtir une combinaison de protection chimique afin de ne pas entrer en contact avec le poison. Hautement improbable. À moins de travailler dans une usine qui fabrique ces coussins de sécurité, ce qui n'était le cas de personne dans l'entourage de Clare Abbott.

Rejetant l'hypothèse de l'airbag, Lynley examina l'utilisation du composé dans les détonateurs et autres engins explosifs, puis dans la lutte contre les insectes ravageurs. Cette dernière possibilité rendait suspects tous ceux qui habitaient à Shaftesbury, la petite ville étant entourée d'exploitations agricoles. Il prit note de demander à Havers et Nkata de chercher de ce côté.

De même, il allait falloir investiguer du côté des laboratoires, hospitaliers et autres. Francis Goldacre et sa femme Sumalee travaillaient dans des hôpitaux, et Lynley se demanda si India Elliott n'avait pas elle aussi accès à un labo. Il se rappelait la pancarte sur sa fenêtre proposant des séances d'acuponcture chez elle le week-end. Mais le reste de la semaine... Elle devait bien pratiquer dans un centre médical...

Si tout portait à croire que Caroline Goldacre avait été la cible du meurtrier ou de la meurtrière, on ne pouvait néanmoins éliminer la thèse selon laquelle c'était un coup monté de sa part : une erreur fatale avait coûté la vie à celle qui n'aurait pas dû mourir et avait sauvé la sienne par la même occasion. C'était ce qu'elle voulait faire croire. La pauvre Clare avait oublié d'inclure du dentifrice dans son sac de voyage et elle avait été contrainte de lui prêter le sien... Une mise en scène très simple. Et quel meilleur moyen, pour que personne n'apprenne son vilain secret, que de faire taire définitivement Clare ?

Le plan était habile et elle n'aurait pas eu de mal à le mettre en application, étant donné que Clare Abbott et elle ne se quittaient pratiquement pas. La seule question était : comment Caroline Goldacre avait-elle mis la main sur ce poison ?

Lynley se connecta à la Toile. Il choisit comme mot-clé *azoture de sodium*. En cliquant sur quelques liens, il se rendit compte avec effarement que ce composé horriblement toxique était disponible en vente libre sur Internet ! Son cœur se mit à battre plus vite...

Thornford
Dorset

Charlie mit beaucoup plus de temps que prévu pour ramener sa mère. Elle avait été malade et avait obligé son fils à s'arrêter un bon nombre de fois, refusant de reprendre la route avant de se sentir mieux. Entre les vomissements et les attaques de panique qui non seulement provoquaient chez elle des crises de claustrophobie mais aussi impliquaient de quitter l'autoroute, le trajet dura six bonnes heures. Charlie avait annulé évidemment tous ses rendez-vous de la journée.

À leur arrivée, Alastair était assis sur un banc dans le jardin de Will. Il contemplait le pavement à ses pieds en se demandant comment le gamin s'était débrouillé pour faire pousser de la verdure dans le sol sablonneux entre les dalles de pierre. À présent, de minuscules plantes dont il ignorait le nom couvraient les interstices. Le tout offrait un patchwork agréable à l'œil. Cela avait dû être l'effet escompté par Will, qui n'avait hélas pas vécu assez longtemps pour le savourer.

Le sergent Havers avait pris Alastair au mot et avait inspecté les lieux à fond. Alastair s'était rendu compte un peu tard qu'elle était venue pour ça. Il se demanda pourquoi il se faisait toujours avoir par les femmes. On aurait dit qu'il perdait le sens de ses propres intérêts dès qu'il était confronté au sexe opposé, pliant devant toutes les turpitudes qu'elles lui imposaient pour arriver à leurs fins. Il avait eu l'impression d'être un parfait imbécile en voyant la flic fouiner dans tous les coins du laboratoire, et il n'avait aucune intention d'avouer à Caroline qu'il s'était prêté aussi bêtement à son jeu.

Bien entendu, elle n'avait rien trouvé. Mais cela n'avait pas eu l'air de l'ébranler. Elle avait fait observer qu'il y avait plusieurs façons de plumer un canard et que plus d'un canard méritait d'être plumé, d'où il avait déduit qu'elle parlait de Sharon. Aussi, dès l'instant où elle était partie, il avait téléphoné à Sharon. Elle n'était pas chez elle – sûrement encore au travail – et elle ne répondait pas à son portable... Il avait laissé un message en bredouillant : la police avait fouillé chez lui, Caroline, le poison, la mort de Clare... « et les flics vont peut-être aller chez toi, Shar, tu n'es pas forcée de leur ouvrir ni même de leur parler ».

Après quoi, il avait attendu des siècles qu'elle le rappelle, en vain. Jamais il n'avait été dans pareil état de nerfs. De sa vie il ne restait plus rien que des guenilles. Il devait bien y avoir un moyen de s'en sortir, mais lequel ?

En voyant Caroline, Alastair se leva péniblement, les articulations raides après sa longue immobilité.

— Tu es encore là !

Ce furent les premiers mots de Caroline. Elle avait l'air en pleine forme.

— C'était dans mes affaires, mais vous le saviez, toi et ta greluche, n'est-ce pas ? Ce à quoi tu ne t'attendais pas, c'est que je le file à Clare. Et ce dont tu ne te doutais pas non plus, c'est que quelqu'un ne croirait pas à la version de la crise cardiaque. Rien n'a marché comme vous aviez prévu. Mais ce n'est pas étonnant. On ne peut pas dire que t'as inventé la poudre.

— Maman..., intervint Charlie, qui avait l'air complètement épuisé. Rentre, je vais te faire une tasse de thé, tu vas t'asseoir et te détendre...

— Je dois parler avec ton beau-père. Tu peux nous écouter ou partir. C'est comme tu veux.

Charlie, qui portait le sac de voyage, ouvrit la porte.

— Ce que tu as à lui dire peut être dit à l'intérieur.

Une sage parole, qui reçut l'approbation d'Alastair. Il n'y avait aucune raison de rester dehors et le fait que Caroline rechigne à entrer l'incita à suivre Charlie. Si elle voulait lui parler, qu'elle le suive.

Elle se rendit droit au salon. Charlie fila dans la cuisine, où des bruits divers signalèrent qu'il mettait son projet de thé à exécution. Alors qu'Alastair allait rejoindre son beau-fils, Caroline l'arrêta :

— Attends, il faut qu'on parle. Avant que tu ne passes à l'étape suivante...

Alastair, qui n'avait aucun plan en tête, songea néanmoins qu'ils approchaient dangereusement du point de non-retour et qu'il serait bien obligé de passer à l'action.

Elle se campa devant la cheminée.

— Tu aurais dû réfléchir davantage. Le dentifrice, ce n'était pas une bonne idée. Il n'était pas à la disposition de tout le monde, mais seulement de nous trois, et je n'ai aucune envie de m'empoisonner.

Il la dévisagea en se demandant de quoi elle pouvait bien parler. L'expression de Caroline avait perdu de son agressivité, mais son exaspération était intense.

— T'es bête ou quoi, Alastair ? Le poison ? La police l'a trouvé dans mon dentifrice. Ce n'était pas difficile : ces nouveaux tubes reprennent leur forme quand on s'en sert. C'était un jeu d'enfant. J'ai eu toute la journée pour y réfléchir. L'essentiel, c'était d'avoir accès à ma salle de bains, tu m'avoueras que c'est gros comme le nez au milieu de la figure.

— Qu'est-ce que tu racontes, Caro ?

— La police cherche un mobile non pas pour le meurtre de Clare, mais pour le mien. Mobile, moyen et opportunité... Et toi et ta greluche, vous avez eu les trois.

— La police est venue ici, enfin, la femme flic. Elle est au courant pour nous. Je lui ai dit qu'elle pouvait fouiller dans toute la maison, qu'elle ne trouverait rien... et elle n'a rien trouvé d'ailleurs.

— Tu t'es laissé faire, hein ? Comme d'habitude, Alastair. Saurais-tu mettre tes chaussettes si je n'étais pas là pour t'indiquer qu'elles vont sur tes pieds, mon chéri ?

Elle se détacha de la cheminée et se dirigea vers la fenêtre devant la table où se trouvait un assortiment de magazines. Caroline pouvait passer des heures à les feuilleter : des ragots sur les célébrités, leurs mariages et leurs liaisons de toutes sortes, leurs enfants, de longs articles sur les milliardaires européens, les belles demeures, les pages beauté, les voyages, bref les dessous de la jet-set. Alastair n'y avait encore jamais pensé mais, au fond, elle espérait peut-être provoquer un concours de circonstances qui lui permettrait de mener une existence dorée.

— Sais-tu, Alastair, que tu es l'homme le plus facile à manipuler de la terre ? Cette flic a réussi à te persuader qu'elle avait le droit de perquisitionner sans mandat. Et tu lui as permis de renverser les tiroirs de ma commode, je parie. « Regardez ce que vous voulez », tu lui as dit. Je te parie que ta petite pute ne sera pas aussi naïve. J'espère que vous avez planqué le poison chez elle.

— Sharon n'a rien à voir là-dedans, alors ne la mêle pas à cette histoire, Caro.

Elle le toisa d'un air sardonique.

— Tu es encore plus con que lorsque je t'ai épousé, et c'est peu dire.

— Maman...

Charlie venait d'entrer au salon avec un plateau : trois mugs de thé et une assiette de biscuits au chocolat disposés en rond autour de quatre quartiers de pomme. Il posa le plateau sur la table basse devant le canapé et se tourna vers sa mère.

— Ce n'est pas le moment.

Puis, à Alastair, il demanda :

— Tu as appelé un avocat ?

— Un avocat ? Pour quoi faire ?

Charlie plaça le mug de sa mère sur une petite table à côté d'un fauteuil, le plus loin possible d'Alastair.

— J'ai rien fait, protesta Alastair. À quoi ça servirait de payer un avocat pour lui dire ça ? J'ai rien fait, mais les flics sont chez moi. Alors qu'est-ce que je fais maintenant ?

— Un avocat, c'est toujours mieux, opina Charlie en tendant un mug à son beau-père et en lui désignant le canapé.

Charlie appliquait son savoir-faire de thérapeute, constata Alastair, mais il en faudrait bien davantage pour sauver leur mariage.

— Tu ne dois plus parler à la police, reprit-il à son intention. Je t'assure, je sais que tu penses bien faire, et c'est admirable...

— Il veut me pousser dans ma tombe, oui, coupa

Caroline. Comme sa Mme Faux-Derche. Bon sang, je devrais divorcer rien que pour que tu voies que c'est ce qu'elle cherche depuis le début, Alastair. Sache que ce n'est pas toi, c'est tout ça ! s'exclama-t-elle avec un geste circulaire. Cette maison, la boulangerie. Le fric... Ce que nous avons construit à partir de rien. Maintenant, elle est trop contente de s'emparer des fruits de notre dur labeur.

Alastair resta bouche bée une seconde. Puis :

— Tu rigoles ou quoi, Caro ? Tu n'as rien fait du tout. C'est Sharon et moi qui... Oh, tu as bien bossé pendant deux mois, mais après c'était « mes garçons » par-ci, « mes garçons » par-là, et ils t'occupaient tellement, et tu disais : « Alastair, je peux pas être disponible pour tout le monde. » Tu sais très bien que c'était ça, le deal.

— Un deal ? Tu prétends que notre mariage est une sorte de deal ?

— Maman... Alastair... Cette discussion ne mène à rien, émit doucement Charlie. Si chacun de vous s'accordait un moment pour...

Alastair l'interrompit :

— Rappelle-toi, Caro : on s'était mis d'accord que si je vendais *tout* ce que je possédais à Londres, mon magasin, ma maison, eh bien, on bâtirait une nouvelle vie ensemble, mais au final c'est Sharon et moi qui avons bossé comme des malades. Toi, tu avais tes émissions de télé, tes magazines, tes groupes de femmes et tes plats de chez le traiteur sous prétexte que t'étais débordée, hein, avec *tes* garçons. Toujours les tiens, d'ailleurs, alors que j'ai été un vrai père pour eux...

— Taisez-vous, tous les deux ! s'écria Charlie d'une voix forte avant de poursuivre plus doucement : On a les nerfs à fleur de peau. C'est dans ces moments-là que l'on risque d'aller trop loin. Il faut d'abord se calmer, il n'y a rien à gagner à...

— T'as qu'à te casser chez Sharon ! hurla Caroline. Tout de suite ! Je m'en contrefous ! Tout a toujours tourné autour de toi. C'est toujours ce que veut Alastair, ce dont Alastair a besoin, et jamais une pensée pour les autres. Oh, tu as fait semblant d'être un bon père. Comme tu as fait semblant de ne pas vouloir quitter Londres parce que soi-disant tu « aimais » ton stupide business. Mais en vérité, c'est moi qui t'ai sorti de la mouise, car s'il n'y avait pas eu le fric que j'ai obtenu de Francis à mon divorce on n'aurait pas pu... Quand je pense à ton magasin à la noix dans ce quartier où personne n'avait envie d'aller alors que n'importe qui de sensé aurait pris un stand aux puces...

— Vous délirez ou quoi ? s'exclama de nouveau Charlie. C'est exactement le genre de choses que les gens se disent dans un conflit comme celui-ci. On a des mots durs, on ne fait pas de quartier. Alors... Stop. Vous avez peur. Tous les deux.

— J'ai peur de rien, riposta Alastair. Les flics veulent fourrer le nez chez moi ? Qu'ils fouillent tant qu'ils veulent. Il leur faut un mandat pour fouiller encore plus ? J'y vois pas d'objection.

— Parce que tu t'es débarrassé du poison ? insinua perfidement Caroline. C'est Sharon qui l'a.

— Ne prononce plus son nom ! Si tu commences à accuser cette femme honnête, discrète...

— Suceuse de bite ! glapit Caroline. On peut ajouter ça à ta liste ?

Il s'élança vers elle, mais Charlie bondit pour s'interposer, renversant du même coup la petite table où reposait le mug de Caroline, laquelle retourna alors sa colère contre son fils :

— Tu vois maintenant pourquoi je ne voulais pas rentrer ? Tu vois ce qui va se passer si tu me laisses ici, avec ces deux-là qui complotent contre moi ?

— Enfin, maman. Tu n'en sais rien. Personne n'en sait rien d'ailleurs. Tout ce qu'on sait, c'est que quelqu'un s'est débrouillé pour introduire du poison dans ton dentifrice et c'est tout ce qu'on peut...

— Tu serais content, toi aussi ! susurra-t-elle d'une voix sifflante. Ce serait bien ton style.

Charlie recula d'un pas.

— Quoi ? Tu... tu...

— Oui, moi. Morte. Quand je ne serai plus là, tu pourras aller ramper chez ton India dans sa bicoque minable et faire les quatre volontés de cette petite pute. Pour le moment, tu ne peux pas t'abaisser à ce point, parce que je me jetterais sous un train plutôt que de te voir te prosterner devant elle et la supplier de te reprendre, parce que c'est ce qu'elle veut, tu comprends, elle veut te mettre plus bas que terre. Mais moi, je ne la laisserai pas faire, je refuse que tu termines comme Will, je ne vais sûrement pas me taire et regarder India te faire ce que Lily Foster a fait à ton frère.

Un silence terrible s'abattit dans la pièce. Charlie fut le premier à le briser :

— Lily rendait mon frère heureux, déclara-t-il,

blessé dans son amour-propre mais ne renonçant pas à sa dignité.

Caroline lui rit au nez.

— Pour l'amour du Ciel ! Tu es aussi con que ton beau-père. Qu'est-ce que j'ai fait, mon Dieu, pour être entourée de chiffes molles ?

Cette dernière insulte décida Charlie à partir.

Des années de vie commune avaient préparé Alastair à la suite des événements, autrement dit au brusque changement d'humeur de Caroline. Sa crise de violence s'arrêta net, elle tituba en arrière, se laissa tomber dans le fauteuil et demeura comme pétrifiée de stupeur, à croire qu'elle venait de recevoir une volée de gifles. Ses yeux se remplirent de larmes.

— Pourquoi faut-il toujours que je fasse de la peine à ceux que j'aime ?

Alastair garda le silence.

— Qu'est-ce qui ne va pas chez moi ? reprit-elle, pleurant de plus belle. Je ne l'ai pas cherché. Je ne voulais pas tous ces malheurs. Oh, si seulement c'était moi qui m'étais servie de ce dentifrice. J'aurais dû avaler le tube entier. Cela aurait été mieux pour tout le monde. C'est bien ce que tu penses, Alastair.

— Je ne pense rien du tout, Caro.

— Bah... Je ne m'attendais pas à autre chose de toi.

À ce stade, Alastair décida lui aussi qu'il en avait assez entendu. Il la laissa plantée dans son fauteuil, sortit, monta dans sa voiture et prit la direction de Thornford. Il fallait qu'il chasse l'énergie négative accumulée en lui.

Il entra chez Sharon sans sonner. Sa voiture étant garée devant la maison, il savait qu'elle était là. De la musique s'échappait de la cuisine où elle gardait un vieux transistor. Il resta un moment sur le pas de la porte à la contempler.

Elle nettoyait ses placards. Ayant sorti tout ce qu'ils contenaient, elle s'employait à vérifier, sage précaution, les dates de péremption. Il la regarda retourner un paquet de farine de noix de coco et le lancer dans la poubelle. C'est alors qu'il se manifesta en prononçant son nom.

Elle poussa un cri strident et se retourna, les mains autour de la gorge.

— Tu m'as fait une peur bleue ! Je ne t'ai pas entendu arriver... Qu'est-ce que...

— Nettoyage d'automne ?

— Tu l'as dit, c'est un de ces foutoirs ici... Alastair, il s'est passé quelque chose ? Tu es livide.

— Tu n'as pas eu mon message à propos des flics ?

— Si, si, bien sûr.

— Tu sais qu'il ne faut pas les laisser entrer. Tu es dans ton droit. Ils vont te mettre la pression en disant que c'est urgent, mais tu n'as pas à leur ouvrir.

Le visage de Sharon s'adoucit. Elle noua les rubans du sac-poubelle et le transporta à l'extérieur où elle le plaça dans la grande poubelle à roulettes, puis elle tourna vers Alastair un regard animé de cette tendresse qu'elle avait toujours au fond des yeux.

— C'est parce que tu t'occupes tellement bien de moi, lui dit-elle.

— Que quoi ?

— Que je suis à toi.

À ces mots, un poids énorme se leva de ses épaules. Il s'avança dans la pièce pour éteindre la radio.

Dans le silence, il lui sembla qu'il entendait non seulement son propre cœur, mais aussi le sien, et ils battaient à l'unisson.

— La seule musique que j'ai envie d'entendre, ma chérie, c'est celle de ton cœur.

21 octobre

Thornford
Dorset

Pour la première fois, Alastair ne l'avait pas quittée au milieu de la nuit. Ayant mis tous ses devoirs au placard, il avait confié la fournée du matin à son assistant et était resté dans le lit de Sharon.

Il ne se sentait pas coupable, ni ne se souciait de savoir si le pain d'aujourd'hui serait moins bon que celui de d'habitude parce qu'il n'avait pas été là pour veiller à toutes les étapes de sa confection. Pour l'heure, il était accaparé par toute une gamme d'émotions, dont la moindre n'était pas un sentiment de triomphe. Une lumière limpide baignait désormais ses relations avec Sharon.

Caro n'avait qu'à débrouiller toute seule, il n'était plus question qu'il quitte Sharon.

La veille au soir, ils étaient sortis au jardin dans les dernières lueurs du couchant. Non loin, un fermier sifflait son border collie qui rassemblait les moutons dans les champs. Ils avaient évoqué le lien particulier, tout à la fois utilitaire et affectif, entre l'homme et le chien.

Après avoir pris l'air, ils avaient dîné très simplement, de côtelettes d'agneau accompagnées d'une salade. Alastair s'en était voulu de ne pas avoir pensé à s'arrêter en chemin pour acheter une bouteille de vin, mais aussi il avait été tellement pressé de retrouver Sharon... Celle-ci avait déclaré que cela n'avait aucune importance.

Puis ils avaient fait l'amour. Sharon favorisait chez lui ce qu'il y avait de mieux, surtout au lit. Il savait que c'était la même chose pour elle, puisqu'elle lui avait murmuré : « Ça n'a jamais été aussi bon. » Il lui avait promis que ce serait toujours ainsi. Elle avait ri doucement et il avait ajouté : « Je te le jure. »

À deux heures du matin, elle lui avait demandé pourquoi il ne se levait pas. Il avait déclaré qu'il restait.

Il n'avait jamais aussi bien dormi. Depuis tant d'années, son sommeil était haché menu, non seulement par les horaires des fournées, mais aussi par les interruptions de Caro en proie à des angoisses, et également par ses propres démons. Lui qui s'attendait à passer la nuit à absorber la douce chaleur du corps de Sharon, il s'était assoupi profondément pour ne rouvrir les yeux que le lendemain matin.

Il était cinq heures. L'espace d'un instant, la panique s'était emparée de lui. Il avait oublié où il était. Ce n'est qu'en voyant dans la glace la figure endormie de Sharon qu'il retrouva la mémoire, et un calme serein.

Elle dormait du sommeil du juste, sur le côté, les poings serrés sous le menton. Une ébauche de sourire sur ses lèvres reflétait la substance de ses rêves.

Il se leva sans faire de bruit et ramassa ses vêtements. Il se dit qu'il ferait bien de se munir d'un nécessaire de toilette en attendant d'être dégagé complètement de Caro. Une robe de chambre serait la bienvenue, ainsi que des pantoufles. Un gilet de laine pour les soirées d'automne.

Il descendit à la cuisine, où il vit que le ciel commençait à blêmir au-dessus des champs. Un faisceau de lampe de poche se mouvant à côté de la grange indiquait que le fermier démarrait sa journée. Il décida quant à lui de préparer à Sharon le petit déjeuner du siècle. Pas un petit déjeuner anglais, quelque chose de beaucoup plus savoureux. Il allait lui faire des muffins, qu'il accompagnerait d'une omelette fromage champignons, le tout servi avec une salade de fruits et un verre d'orange pressée. Et si elle se réveillait avant qu'il ait fini, il lui interdirait de faire quoi que ce soit.

Il rit tout seul en se mettant en quête des ingrédients. Sharon avait-elle du fromage ? des champignons ? des fruits pour la salade et des oranges à jus ?

Il fit chauffer le four et mit un certain temps à trouver le batteur électrique, un bol et un plat. Jusque-là, tout allait pour le mieux. Des muffins au citron et aux graines de pavot. Une pâte fondante, du beurre moelleux...

Il sortit du frigo les œufs et le beurre. Il ouvrit les placards, où tout était parfaitement rangé. Bien. Il avait maintenant la farine, le sucre et le sel. Lui manquait la levure chimique... Où pouvait-elle bien être ? En marmonnant, il marqua une pause et, regardant par la fenêtre, vit que le fermier avait allumé la lumière dans la grange.

Son regard tomba sur la poubelle devant la porte du jardin. Il se rappela alors qu'à son arrivée Sharon était occupée à jeter ses produits périmés. Peut-être s'était-elle débarrassée de sa levure chimique ? Si la date de péremption n'était pas trop lointaine, elle serait encore potable.

Il alluma la lampe au-dessus de la porte et sortit. Il trouva tout de suite le sac-poubelle, l'ouvrit et fourragea à l'intérieur. Imbriquée dans une vieille boîte de sucres en morceaux, lui apparut une petite boîte de levure, à l'envers mais qui ne s'était pas vidée. Il la leva à la lumière. Il restait encore un mois avant la date de péremption. Un coup de bol. Shar s'était trompée.

Un bruit lui fit lever la tête. Un des moutons du fermier s'était approché du jardin et broutait les herbes hautes autour des piquets de la clôture. L'animal semblait très proche, presque à la même distance que le cytise dont on distinguait les longues cosses marron dans les premières lueurs de l'aube. Alastair ne put s'empêcher de s'interroger sur la nocivité des graines pour les animaux. Ce serait dommage que l'empoisonnement d'un mouton provoque un conflit de voisinage... tout ça pour jouir de la beauté éphémère d'un petit arbre au printemps quand il se couvrait de belles grappes jaunes.

C'est alors que sans coup de tonnerre, ni crescendo de musique dramatique, ni éclair zébrant le ciel, il sut, tout simplement.

Il lui avait téléphoné. Il avait laissé un message, sur son portable et sur son fixe. Il l'avait prévenue que les flics étaient à la recherche d'un poison. Il lui avait conseillé de ne pas les laisser entrer et de leur interdire toute perquisition tant qu'ils ne lui présentaient pas un mandat. Il l'avait avertie.

Elle ne s'attendait pas à sa venue hier soir. C'était la folie de Caro qui l'avait conduit jusqu'ici, et à son arrivée, il l'avait trouvée... Il se rejoua la scène. Cela ne lui fut pas difficile, étant donné que chaque geste de Sharon depuis quelques mois, chaque petit moment en sa compagnie, était comme gravé dans sa mémoire. Il la revit nettement dans sa cuisine, en train de nettoyer ses placards...

Alastair essaya de se persuader qu'il n'y avait là que pure coïncidence, qu'elle était innocente, bien sûr. Pourtant, il y avait ce qu'il tenait à la main et il y avait ce cytise, qu'elle n'avait planté qu'une fois ses enfants devenus assez grands pour comprendre que les cosses contenaient des graines toxiques et dangereuses.

Alastair rentra à la cuisine avec la levure. Il se sentait nauséeux. Il posa le paquet sur la table, s'assit et réfléchit.

Elle l'avait fait pour lui, pour leur avenir. Il n'était par conséquent pas plus question de la dénoncer à la police que de monter sur le toit et de s'envoler. N'empêche, il fallait crever cet abcès. Sinon il allait infecter leurs relations et pourrir ce qu'il y avait entre eux. Il ne voulait pas laisser un tel malheur se produire. La transparence, c'était à cela qu'ils devaient travailler. Leur couple pouvait aller de l'avant à cette seule condition.

Lorsque Sharon descendit à la cuisine, il était prêt. Elle n'avait pas résisté à la délicieuse odeur de café, et la voilà qui entrait d'un air ensommeillé, drapée dans une vieille robe de chambre effrangée avec aux pieds des pantoufles guère plus neuves.

Elle s'étira en levant les bras au-dessus de sa tête et lui sourit.

— Comment vas-tu, mon bel ami ?

Apercevant les ingrédients qu'il n'avait pas remis dans les placards, elle eut l'air étonnée puis, avisant la boîte de levure chimique sur la table, elle fronça les sourcils et s'en saisit pour l'examiner de près.

— Je n'avais pas mis ça à la poubelle ?

— Il vaudrait mieux s'en débarrasser autrement. Le laisser comme ça dans le vide-ordures... C'est s'attirer des ennuis, Shar.

— Qu'est-ce que tu racontes ? dit-elle avec un drôle de petit rire.

Ce petit rire le convainquit. Il lui prit le paquet et le fourra dans sa poche de pantalon.

— Je vais l'emporter...

Il laissa sa phrase en suspens, n'ayant pas encore trouvé de solution. Il consulta l'heure – un peu plus de six heures – et termina :

— ... à Sherborne. Il y a des poubelles derrière le supermarché. Il faut l'éloigner le plus possible. Il y a peu de chance pour que quelqu'un me voie à cette heure-ci.

— Mais, Alastair, pour quoi faire...

— C'est la date de péremption. Tout ce qu'il y a dans la poubelle dehors, c'est périmé. Mais ça, ajouta-t-il en tapotant sa poche de pantalon, non.

— Alors remets-le dans le placard.

— On ne peut pas le garder ici. On s'en fout, de la date. Les flics s'en foutront, eux aussi.

Elle avait l'air de réfléchir. Il se figura qu'elle était

en train de se livrer à des calculs compliqués, qu'elle s'angoissait, qu'elle était à bout de nerfs. Ce qu'elle avait fait... C'était pour eux, pour leur bonheur, pour l'avenir de leur couple.

— Ne t'inquiète pas, reprit-il. Je m'occupe de tout. Tu peux compter sur moi, aujourd'hui, demain, toujours. Depuis le jour de notre rencontre, tu ne m'as voulu que du bien. Tu es mon soleil, tu es toute ma vie maintenant. Alors, tu vois, je sais ce que c'est... (de nouveau, il tapota sur sa poche) et je vais nous en débarrasser. Dès que j'aurai passé cette porte, nous n'en parlerons plus, plus jamais. Mais à cette minute... Je ne veux pas de mensonge entre nous. Tout doit être dit, même ce qui n'est pas bien, même si les autres trouveraient que c'est mal, mais moi je sais que quoi que tu aies fait, tu l'as fait pour nous.

Elle passa sa langue sur ses lèvres.

— Alastair, mais de quoi parles-tu, enfin ?

— Les cosses du cytise. Voilà, c'est dit. Ne t'inquiète pas, je te jure sur tout ce qui m'est sacré que rien ne peut me détourner de toi.

Elle vacilla sur ses jambes, tendit la main et dit d'une voix émue :

— Tu crois qu'il y a du poison dans ce paquet ? Donne. Je vais te montrer la vérité.

— Puisque je te répète que ça m'est égal. Maintenant que tout est au grand jour. Tu veux la savoir, la vérité : je t'aime. Et je ne regrette rien. Personne ne nous séparera. C'est ce que tu redoutais, hein ? Qu'elle nous oblige à casser. Moi aussi, je ne pense qu'à me débarrasser d'elle. Mais un divorce suffira. Je me fiche bien de ce que ça me coûtera. La seule chose qui compte pour moi, c'est toi.

— Je ne suis pas une empoisonneuse.
— Shar, je t'ai appelée. Je t'ai dit que les flics...
— Je nettoyais mes placards. Je le fais deux fois par an.
— La date de péremption, Shar.
— Donne-moi ce paquet ! Donne !

Il pivota sur ses talons, décidé à foncer en voiture jusqu'à Sherborne et à jeter le poison derrière le supermarché. C'était le seul moyen. Ensuite, il reviendrait la prendre dans ses bras, et ils tourneraient la page.

Shaftesbury
Dorset

L'inspecteur Lynley avait tenu parole. Il avait rempli la déclaration et présenté faits et circonstances sous un jour susceptible de persuader un magistrat de leur accorder un mandat de perquisition pour le domicile de Caroline Goldacre et le laboratoire de la boulangerie à côté. En revanche, dénicher le bon magistrat se révéla une tâche autrement plus ardue. Une fois munis des papiers rédigés avec une précision bureaucratique parfaite – on y reconnaissait la patte de l'impeccable Dorothea Harriman –, les sergents Havers et Nkata téléphonèrent au commissariat de Shaftesbury pour savoir où l'on pouvait trouver le magistrat. Comme il était encore tôt, ils se rendirent chez lui, pour apprendre qu'il était en vacances en Croatie. Finalement, ils furent obligés d'aller jusqu'à Dorchester, où ils poireautèrent pendant une heure dans la salle des pas perdus du palais de justice pendant que Sylvia Parker-Humphries terminait ce qu'elle avait à faire quelque part dans le bâtiment.

Barbara avait reçu le matin même un appel d'une avocate de Shaftesbury, une certaine Ravita Khan : celle-ci lui avait annoncé tambour battant que désormais il faudrait passer par elle si elle avait des questions à poser à ses clients – M. MacKerron et Mme Goldacre. Barbara était donc sur les nerfs, plus impatiente que jamais d'obtenir ce mandat. Winston lui conseilla de sortir prendre l'air.

— Fume une clope, Barb. Ça va te calmer.

Lorsqu'elle fut de retour, guère plus détendue, il lui suggéra de rappeler le commissariat pour leur demander de leur envoyer des agents en renfort une fois qu'ils seraient munis du précieux mandat. De nouveau, elle s'exécuta.

Enfin, ils purent se rendre dans le bureau de Sylvia Parker-Humphries. La magistrate avait l'air d'une gamine, mais elle semblait connaître son métier et les soumit à une séance de questions-réponses dont Barbara se serait volontiers passée. De même, pourquoi jetait-elle ces regards intrigués en direction de ses baskets léopard ? – Barbara avait fait un effort vestimentaire. Winston, quant à lui, demeura imperturbable, et son assurance tranquille et courtoise parut rassurer la Justice.

Ils retournèrent à Shaftesbury en fin de matinée. Quatre agents les attendaient devant la maison des MacKerron. Ils ne tardèrent pas à comprendre que le maître de maison s'était fait la malle, ou plutôt, comme le rapporta un des hommes citant Mme Goldacre : « Il est sûrement dans le lit fétide de Sharon Halsey, parce que je ne l'ai pas vu depuis hier. » Pour l'heure, ladite Mme Goldacre était enfermée dans la maison avec un certain maître Khan, qui lui conseillait de ne pas ouvrir.

— Même pas pour permettre à Stan d'aller aux toilettes, précisa un deuxième agent en désignant un garçon au visage rougeaud de gros mangeur.

Le type avait dû se soulager un peu plus bas sur la route derrière un buisson d'aubépine, avec en guise de papier hygiénique... des feuilles. Ouille, pensa Barbara.

Ayant écouté les doléances de ces messieurs, Barbara et Winston s'en furent frapper à la porte. Elle s'ouvrit sur une très belle Indienne – Ravita Khan en personne, selon toute vraisemblance –, qui tendit la main vers eux sans prononcer un mot. Barbara y déposa le mandat en précisant :

— La maison *et* le fournil.

L'avocate referma la porte, à clé. Un des agents maugréa :

— Ça va pas se passer comme ça.

Barbara lui dit qu'elle était dans son droit si elle souhaitait vérifier la validité du mandat. Cela prendrait quelques minutes. La magistrate les avait félicités pour le souci du détail dont témoignait leur déclaration, et Barbara s'était promis de payer une pinte à Dorothea Harriman.

La porte se rouvrit. Ravita Khan déclara avec un hochement de tête :

— Vous pouvez y aller. Mais ne vous approchez pas de ma cliente, qui n'est pas, que je sache, mise en examen.

— Promis juré, acquiesça Barbara. Et toi, Winnie ?
— Craché.

L'avocate n'avait pas l'air d'humeur à rire, mais elle recula d'un pas pour leur laisser le passage.

Ils se répartirent le boulot. Barbara et deux agents se chargeraient de la maison pendant que Winston emmenait les deux autres au laboratoire de la boulangerie. Au préalable, Barbara les avait informés de la dangerosité de la substance qu'ils cherchaient. Tout paquet scellé devait rester scellé, tout paquet déjà ouvert devait être manié avec les plus grandes précautions. Sans le toucher surtout, il faudrait le glisser dans un sac en plastique, lequel, dûment étiqueté, prendrait le chemin des services techniques et scientifiques de la police. Attention, l'objet pouvait être placé sous leur nez aussi bien que dissimulé. « Si ça se trouve, le poison est dans un paquet de sel ou de sucre, mais il peut aussi être caché sous une latte de parquet, au fond d'une soupente, dans un trou dans le mur derrière un tableau, dans un sac attaché aux ressorts d'un canapé, dans un matelas… n'importe où, quoi. » Ce qu'elle omit d'ajouter, c'était que la poudre en question s'était peut-être déjà envolée, répandue le long d'une route aux quatre vents.

Ravita Khan les informa que sa cliente se cantonnerait à l'étage tant qu'ils n'auraient pas atteint cette partie de son domicile. Après quoi, elle se retirerait ailleurs.

Barbara doutait que Caroline parvienne à réaliser pareil exploit de discrétion. Et en effet, un peu plus tard, alors que l'un des agents se trouvait à la cuisine, l'autre au salon et elle-même à la buanderie, ils entendirent des pas au-dessus de leurs têtes et dans l'escalier. Puis une voix impérieuse, celle de l'avocate :

— Madame Goldacre.

La voix grincheuse de Caroline Goldacre s'éleva :
— Je tiens à voir ce qui se passe chez moi.
— Vous avez le droit de garder le silence, lui rappela Ravita Khan.
— Oh, je n'ai pas l'intention de leur parler, mais s'ils s'avisent de prendre quoi que ce soit chez moi, je tiens à voir ce que c'est et je compte sur vous pour faire de même.
— Je suis ici pour veiller à...
— Vous êtes ici parce que mon mari est un imbécile. Ce que je ne suis pas. Et comme il n'est pas ici à cette minute, vous n'avez pas grand-chose à faire, alors je vous prie de ne pas bloquer l'escalier ou je crains d'être obligée de vous bousculer pour passer.

Dans le silence qui suivit, Barbara imagina un bras de fer entre une avocate bouillant de rage et sa cliente têtue. Or, la première avait dû céder le passage, puisque Caroline fit son entrée au salon.

— Vous croyez que je serais assez bête pour cacher quelque chose là, derrière, dit-elle à l'agent. Remettez ce tableau droit, s'il vous plaît... Si vous cassez une seule assiette de ma collection... Elles datent d'avant la guerre de 14 et elles sont extrêmement précieuses... Enfin, voyons, qui irait fourrer quoi que ce soit dans un conduit de cheminée ?... Ne retournez pas mon canapé !... Un livre creux ? Et quoi encore ? Qu'est-ce que vous voulez trouver dans un tisonnier ?

Barbara pensant que l'agent tripotait le tisonnier pour une autre raison, elle se décida à intervenir et s'avança sur le seuil du salon.

— Pestez tant qu'il vous plaira, madame Goldacre, mais vous ne faites que ralentir notre travail.

Caroline s'était mise sur son trente et un : une jupe

évasée au mollet surmontait des bottes en daim, un tricot ample cachait ses rondeurs, et une magnifique écharpe mettait la touche finale à cette tenue dont l'élégance valait bien celle de Dorothea Harriman. Barbara se demanda si elle s'était habillée ainsi pour jouer la femme d'affaires dérangée par la flicaille ou pour distraire de leur tâche ces messieurs les agents de police.

— Qu'est-ce que vous cherchez, exactement ? Vous croyez vraiment que si j'étais coupable d'un crime j'aurais gardé une preuve chez moi ? Je vous préviens, si...

— Madame Goldacre, la coupa Ravita Khan dans une ultime tentative de reprendre la situation en main. Vous comprenez qu'en présence de la police tout ce que vous direz...

— Ils ne m'ont pas lu mes droits. Je regarde la télé. Je les connais, mes droits. Je dis ce que je veux sous mon toit.

Barbara, amusée, s'appuya de l'épaule contre le chambranle de la porte tandis que l'autre agent se dirigeait vers l'escalier pour « faire » l'étage.

— Allez-y, lui dit-elle.

— Madame Goldacre, proféra l'avocate, puis se tournant vers Barbara : Je vous préviens, si vous l'encouragez...

— Qu'est-ce qui vous fait penser qu'elle a besoin d'encouragement ?

— Dès que sera terminée votre perquisition, je vous prie, sergent, de quitter les lieux.

— J'ai aussi mon mot à dire, lui lança Caroline, et ni vous ni personne ne m'en empêchera !

Comme l'avocate se taisait, elle reprit, avec un regard de triomphe :

— Il n'y a rien ici. Aucun des deux n'irait cacher du poison dans cette maison ; même s'ils avaient oublié leur tête sous l'oreiller, ils ne l'auraient pas fait... Ils l'ont gardé chez *elle*. Je ne sais pas ce que vous foutez chez moi.

— Je prends bonne note, opina Barbara.

— Vous avez un mandat, non ? insista Caroline. Parce que si vous avez l'intention d'aller là-bas ensuite...

À cet instant, Winston poussa la porte d'entrée et fit un signe à Barbara. Celle-ci s'excusa auprès de Caroline, demanda au deuxième agent de terminer le salon et sortit dans le jardin avec Winston.

— Ça n'a pas été long, Barb. Il n'y a pas grand-chose. Pratiquement tout est empaqueté et scellé chez le fabricant. On a sorti tout ce qu'il y avait dans la chambre froide. On a vidé les palettes. On a emballé tout ce qui avait été ouvert.

— Lattes de parquet, cagibis, cheminée, coffre-fort, placards ?

Il secoua la tête.

— Rien non plus. Si tu veux mon avis, personne n'aurait conservé un truc aussi dangereux.

— À la condition de savoir à quel point il l'est.

— Ils le savent forcément, sinon ils seraient morts, non ? On s'est trompés de crèmerie, Barb. On va tout envoyer aux mecs du labo, mais je pense quant à moi que la preuve va venir de là d'où tout est venu jusqu'ici dans cette affaire.

— C'est-à-dire ?

— Des mots, Barb. Ce qui a été écrit, ce qui a été

lu, ce qui a été dit, ce qui a été enregistré, ce qui a été entendu. La réponse est là.
— C'est aussi ce que pense l'inspecteur. Il se base sur ce que lui a dit Sumalee.
— Alors ?
Barbara n'était pas contre. Il y avait en effet une autre piste à suivre que celle de l'azoture de sodium, et le mandat leur permettait aussi d'investiguer de ce côté-là, du côté des mots...
— On va emporter les ordinateurs, décida-t-elle. Il y en a un dans le bureau du fournil, il y en a sûrement un autre dans la maison, et je sais que Caroline a un portable. Si les mots sont notre solution, allons à la source.
— Parfait, dit-il.
— Ça va prendre des heures, bordel, Winnie. Des jours peut-être !
— C'est pas comme si on avait le choix. Je sais que la chef t'attend au tournant, elle veut des résultats et tout ça. Mais... qu'est-ce qu'on a d'autre, Barb ?
— Comme tu dis, rien. Pourvu qu'on ait du bol avec les ordis.

Fulham
Londres

Lynley arriva devant l'immeuble de Rory Statham vers treize heures trente, avec Arlo sur le siège du passager. Il était passé le prendre au parc zoologique de Londres mais il n'avait pas vu Daidre. Lorsqu'il lui avait téléphoné un peu plus tôt pour lui annoncer que la maîtresse d'Arlo était sortie de l'hôpital, elle lui avait dit qu'elle n'était quant à elle « pas sortie de l'auberge », avec une girafe prête à mettre bas, ainsi qu'une dame zèbre. Mais elle veillerait à ce que les affaires d'Arlo soient prêtes à emporter dans son bureau et chargerait son assistant de lui confier le petit chien. « Il va nous manquer à tous, Tommy. Il est adorable. Je me dis que je devrais avoir un chien. Ou quelque chose. » Lynley n'avait pas demandé de précision sur ce « quelque chose ». Il préférait ne pas penser qu'elle le comparait à un chien.

À Fulham, dès qu'il avait tourné le coin de la rue où habitait Rory, Arlo avait dressé ses petites oreilles. Dans le langage universel de la gent canine, cela signifiait qu'il était dans l'expectative, les battements rapides de sa queue venant appuyer le message. Dès que Lynley lui ouvrit la portière, il bondit dehors et trotta tout droit jusqu'à la porte de l'immeuble.

Lynley, chargé des affaires d'Arlo et de précieux papiers qu'il rapportait à Rory, se servit de son coude pour sonner. Mais les jappements joyeux d'Arlo avaient déjà convaincu Rory ou sa sœur de leur ouvrir. Arlo fila comme un dard dans la cage d'escalier.

Des bruits lui parvinrent du palier : le rire de Rory, les aboiements de bonheur d'Arlo, la voix de la sœur disant : « Rentrez, voyons, tous les deux. » Lynley trouva la porte de l'appartement grande ouverte. Rory, couchée sur le dos par terre, riait aux éclats tandis que le chien la reniflait et lui léchait le visage.

Le séjour était encombré de cartons pleins d'objets qui avaient été retournés à leur propriétaire par les experts de SO7. La porte-fenêtre avait été réparée, et toute trace de la visite impromptue de Barbara Havers effacée. Les rideaux avaient été tirés pour laisser entrer le soleil. Lorsqu'il se fut assuré que Rory était là pour de bon, Arlo tourna quatre fois sur lui-même avant de renifler le tapis et de se coucher au soleil avec un soupir d'aise.

Rory se leva, gratifia Lynley d'un grand sourire et alla s'asseoir à son bureau. Sans doute était-elle encore très fatiguée. L'inspecteur se déchargea par terre des accessoires pour chien et y préleva deux choses qu'il rapportait de Scotland Yard : les lettres de Clare et les photos des dernières vacances de Rory avec Fiona. Il s'avança vers le bureau et lui tendit le tout. Elle baissa les yeux vers les petits paquets, puis les releva.

Il tira un tabouret afin de s'asseoir auprès d'elle. Heather sortit de la cuisine, lui proposa du thé, puis, avisant les lettres et les photos, comprit que ce n'était pas le moment. Elle s'éclipsa et, de la cuisine, leur cria qu'elle allait préparer des sandwichs œuf-mayo. Pour ce faire, elle devait faire un saut au magasin. L'inspecteur Lynley avait-il la bonté de rester avec Rory jusqu'à son retour… ?

Après le départ de sa sœur, Rory regarda les photos. Avec lenteur, elle retourna un à un les clichés sur la table. Après quoi, elle les plaça à côté des lettres de Clare et parut les contempler comme si elle comparait ce qu'elles révélaient sur elle et ses liens avec les deux femmes.

Elle regarda Lynley droit dans les yeux.

— J'aimais Fiona, inspecteur. Nos relations n'étaient pas faciles, mais je l'aimais.

— Je n'en doute pas. Les gens ne sont jamais tout d'une pièce. On voudrait qu'ils le soient, mais ne sommes-nous pas tous à la fois bons et mauvais, simples et compliqués, heureux et malheureux, courageux et peureux ? Tout dépend des moments. On apprend à connaître quelqu'un par petits bouts, mais en réalité c'est l'ensemble que nous aimons, même quand l'autre n'est pas comme on voudrait qu'il soit.

Elle le dévisagea longuement.

— Vous êtes original pour un policier. Je suppose qu'on vous l'a déjà dit.

— Vous connaissez beaucoup de policiers ? la taquina-t-il en lui souriant.

Elle eut un petit rire.

— Vous savez, on s'était séparées, Fiona et moi, pendant quelques mois. Ce n'était pas la première fois. Cela faisait un bout de temps que ça n'allait pas trop entre nous. On avait décidé d'aller en Espagne pour voir si ça pouvait de nouveau marcher. On était… Ces derniers jours, nous étions heureuses…

Ce bonheur passé se refléta un instant sur son visage. Puis elle baissa les yeux sur sa table et, après une longue pause, reprit :

— J'ai sauvé ma vie plutôt que la sienne. Si je n'avais pas sauté par la fenêtre, elle serait toujours de ce monde. Je ne m'en remettrai jamais.

Lynley se remémora ce qu'il avait lu à propos de l'affaire. Les reproches que Rory s'adressait étaient sans doute naturels, cependant elle se montrait beaucoup trop sévère avec elle-même.

— Dans ces moments-là, Rory, on ne sait jamais comment on va réagir. Rien ne nous prépare à faire ce qu'il faut quand un intrus nous attaque dans notre lit au milieu de la nuit. Il n'existe pas de règle de conduite dans des circonstances de ce genre. Seul l'instinct nous dicte nos actes.

— Vous savez que ce n'est pas vrai, inspecteur. Tous les soldats qui ont fait la guerre vous le diront.

— C'est vrai, un soldat va à l'encontre de son instinct de survie, mais il est entraîné. Vous, vous ne l'étiez pas.

Elle se mura de nouveau dans un profond silence, puis :

— Pendant des années, je me suis dit qu'en sautant par la fenêtre j'avais voulu aller chercher de l'aide. C'est ce que j'ai plaidé au tribunal. Mais, voyez-vous, je n'aurais pas pu trouver de l'aide, la maison était trop isolée. On l'avait choisie pour ça, justement, parce qu'elle était loin de tout. On avait pour nous toutes seules la vue, le soleil et la plage. Pas de téléphone, pas d'Internet, pas même la possibilité de capter un réseau de téléphone portable dans les environs. Je savais forcément qu'il n'y aurait personne pour venir à notre secours quand j'ai sauté. J'ai plongé dans le noir... des ténèbres totales... il y avait un petit ravin, j'ai dégringolé là-dedans. Il n'a pas réussi à me trouver après, il avait perdu sa lampe de poche dans la bagarre. Voilà comment j'ai eu la vie sauve, alors que j'aurais dû mourir.

Lynley se pencha en avant.

— Vous ne me racontez pas tout. Si je me souviens bien, vous étiez criblée de coups de couteau, vous saigniez abondamment, vous aviez été violée, battue... C'est vrai, vous avez pu vous en tirer, mais tant mieux ! Car votre témoignage a permis l'arrestation du meurtrier. Sans vous et les preuves ADN, ce monstre courrait toujours, peut-être. Vous avez fait ce qu'il fallait, madame Statham.

Elle se remit à retourner les photos jusqu'à trouver

celle qu'elle cherchait. On y voyait la villa dont rêve tout vacancier britannique : une profusion écarlate de bougainvillées, des parterres de plantes méditerranéennes. Dans ce cadre idyllique, une jeune femme, Fiona Rhys, vêtue d'une robe en lin bleu et blanc, était allongée au soleil, un chapeau de paille cachant son visage. Des sandales sanglaient ses pieds délicats. Elle avait à la main un verre de vin blanc qu'elle levait vers l'objectif.

— Il faisait chaud cette nuit-là. On avait laissé les fenêtres ouvertes. Il est entré sans bruit...

Elle regarda quelques photos de l'intérieur de la jolie villa : carreaux espagnols, murs blancs, mobilier confortable, bouquets de fleurs.

— Au début, reprit-elle d'une voix basse, on croit qu'en faisant ce qu'on dit en général aux femmes de faire, c'est-à-dire ne rien faire justement... laisser faire, ne pas se défendre, se soumettre... Mais ensuite, on pense à toutes les femmes qui se sont soumises et qui sont mortes quand même et on se dit : Non ! Pas moi ! C'est ce qui est arrivé à Fiona, je pense. Ç'a été plus fort qu'elle. Je lui ai dit de ne pas se débattre. Je lui ai dit « Fiona, non, non, pas ça », mais j'avais un couteau sous la gorge et il m'avait attaché un bras au montant du lit et elle...

Rory marqua un temps d'arrêt, comme pour méditer sur ce qu'elle venait de dire, puis :

— Non. Pas par le bras. Il s'est servi d'une ceinture, une de ces fines ceintures en cuir que l'on trouve partout sur les marchés pour touristes. Il avait dû faire des trous supplémentaires pour pouvoir serrer plus fort. Ah, il était au point. Il a dit « *I mean business* » en anglais. Il savait que nous étions anglaises. Ah ça, il ne plaisantait pas, c'est certain, il avait surveillé nos allées et venues, il avait guetté alors que nous nous promenions nues sur la terrasse et dans la villa, persuadées que nous étions seules.

Arlo, flairant la détresse de sa maîtresse, se leva et vint se dresser sur ses pattes arrière contre ses genoux. Elle se pencha pour poser sa joue sur sa petite tête.

— Il a dit à Fiona qu'il allait me trouer la peau, et il a joint l'acte à la parole, pas de la pointe du couteau, plutôt comme un coup de sabre à travers le ventre. Il y avait du sang partout... tellement de sang... et on aurait pu croire que ça l'aurait dissuadé de me violer, mais bien sûr que non. Fiona a fait un bond et a couru sans doute chercher un couteau, mais il a été plus rapide qu'elle. Il a commencé par la rouer de coups, vous ne pouvez pas vous imaginer les bruits... horribles... les grognements, la chair et les os qui éclatent... puis les gémissements de douleur ; il lui avait cassé la clavicule, le nez et trois côtes. Il l'a violée. Il l'a frappée de nouveau, il l'a violée encore une fois, et j'ai entendu le couteau cliqueter sur le sol. Ils se sont battus pour l'avoir, mon Dieu comme elle a lutté mais elle n'a pas pu... J'ai entendu ce qu'il lui a fait et il l'a laissée là sur le sol. J'ai cru qu'elle était morte. Je me suis dit que plus rien n'avait d'importance. Il est revenu vers moi.

— Vous ne pouvez pas savoir comme je suis désolé, dit Lynley, mais écoutez-moi bien. Vous n'avez pas de reproche à vous faire pour ce qui est arrivé.

— Il m'a violée... combien de fois ? Quatre ? Cinq ? Peu m'importait de toute façon puisque Fiona était morte. Seulement... elle ne l'était pas, voyez-vous. Dieu sait comment elle avait survécu. Elle s'est relevée et s'est jetée sur lui... Comment a-t-elle fait ? Il était en train de me donner des coups de couteau, il était sur le point de... l'enfoncer là... en moi...

Lynley se leva comme mû par un ressort invisible. Ce récit abominable le révulsait et lui faisait honte, honte d'être un homme.

Rory versait des larmes silencieuses dont elle semblait ne pas avoir conscience. Lynley s'agenouilla à côté de son fauteuil et prit ses deux mains dans les siennes. Il aurait voulu la guérir de sa souffrance, mieux encore, effacer ces souvenirs qui allaient la hanter jusqu'à son dernier souffle. Comme il ne pouvait faire ni l'un ni l'autre, il se résigna à écouter la suite.

— Elle avait perdu tellement de sang... Pourtant elle s'est jetée sur lui et il a été un instant désarçonné. Par inadvertance, il a coupé la ceinture qui me tenait prisonnière. Son couteau a roulé sur le sol. Fiona l'a ramassé, mais elle n'avait plus de force... et lui c'était un forcené, il était comme possédé par quelque chose qui le rendait surhumain, capable de battre deux femmes qui aurait dû pouvoir...

— Non, dit Lynley.

— Il était sur elle, il lui arraché le couteau, j'ai entendu le bruit... le bruit du couteau s'enfonçant dans ses chairs... Je l'entends encore, inspecteur... un bruit horrible de viande... et c'est là que j'ai sauté par la fenêtre. Je l'ai abandonnée. Je me suis dit que j'allais chercher de l'aide mais je ne sais pas, je ne saurai jamais. Pendant qu'il la massacrait, je me suis cachée, et depuis je suis obligée de vivre avec ça. Avec cette lâcheté. Fiona avait essayé de me sauver et moi, je n'ai pas fait la même chose pour elle.

Lynley tendit les mains et força Rory à se lever. Il voulait l'éloigner du bureau, des photos, de ce qui la reliait à cette nuit. Il ressentait la nécessité de faire un geste.

— Madame Statham… Rory… Tout le monde a dû vous assurer que vous aviez fait votre maximum. Je suis sûr que Clare Abbott vous l'a répété un nombre innombrable de fois.

— En effet, opina Rory d'une voix sourde.

— Je vous prie à présent de m'écouter, parce que je suis un flic et que je suis bien placé pour savoir. Vous m'écoutez, Rory ? Les autres… Clare… tout le monde… Ils ont raison.

Elle s'essuya les yeux sur son bras, un geste de petite fille perdue qui toucha Lynley jusqu'au fond du cœur. Il avait envie de lui dire qu'elle était aimée par tant de gens, et que ces gens auraient agi de même. Si de continuer à vivre lui avait été accordé, ce n'était pas pour rien. En dépit des années qui la séparaient du meurtre de Fiona, Rory n'était pas encore parvenue à se pardonner d'avoir agi comme n'importe quel autre être humain.

— On a cru qu'on pouvait le maîtriser, on était prêtes à le tuer s'il le fallait, pour nous défendre. On était deux contre un… Même maintenant, je le vois dans leurs yeux quand ils me regardent. Ce que les gens pensent de moi… *Pourquoi à deux contre un n'avez-vous pas réussi ?* Et je n'ai pas de réponse à leur offrir.

— Personne ne peut avoir de réponse.

— Je me dis que j'étais en état de choc. J'allais chercher de l'aide... J'étais terrorisée. Mais la vérité, c'est que je l'ai abandonnée à son sort. Il l'a achevée comme si elle était... pas même un chien, inspecteur.

— Je vous en supplie, il ne faut pas...

Mais il savait pour l'avoir vécu et pour le vivre encore à quel point le sentiment de culpabilité pesait sur celui resté parmi les vivants. La conscience de Rory était encore plus torturée du fait de ses relations compliquées avec Fiona, tandis que lui avait perdu une femme qui s'était sentie choyée par lui jusqu'à ces derniers instants où, devant leur domicile, l'hémorragie interne lui avait ôté le souffle. C'était une pensée consolatrice, au fond, à laquelle il se raccrochait à ses heures de désespoir. Rory, elle, n'avait pas cette ressource.

Rory se tourna vers lui et lui sourit courageusement.

— Vous voyez, inspecteur, Clare avait le même point de vue que vous... Ses yeux me disaient que je n'étais pas responsable. Mais moi ? Jamais je ne le saurai vraiment. Je me suis persuadée que si elle me désirait, moi, si je parvenais à ce qu'elle m'aime...

— Clare ?

— Je me disais que si seulement je pouvais gagner son cœur, alors je serais pardonnée.

— Mais n'était-ce pas un pari impossible ?

— Si, mais voilà, c'est comme ça.

Shaftesbury
Dorset

Barbara se sentait irritable, nerveuse, incapable de se concentrer. De deux choses l'une : soit elle était en manque de nicotine, soit ils étaient sur le point d'arrêter Caroline Goldacre. Pour tester la première possibilité, elle sortit fumer dans un vent du nord-est qui tordait les buissons au bout du jardin de Clare Abbott. Elle alluma carrément deux Players à la fois et inhala avec un plaisir qui aurait écœuré Winston s'il avait été là. En rentrant, elle ne se sentait pas mieux... En réalité, ce qui lui mettait les nerfs en boule, c'était qu'ils avaient de quoi embarquer Caroline Goldacre, mais que leurs preuves, pour l'instant, n'étaient que circonstancielles, réduites à de simples hypothèses, conjectures et suppositions. Il leur faudrait au moins prouver qu'elle avait eu accès à de l'azoture de sodium et qu'elle avait été au courant de ce que Sumalee avait dit à Clare, si tant est que ces révélations fussent vraiment de nature à faire d'elle une criminelle.

L'idéal, bien sûr, aurait été de découvrir le poison au domicile de Caroline, mais cette dernière éventualité était improbable. Quoique, sait-on jamais, se dit Barbara, les experts des services scientifiques en trouveraient peut-être une trace dans tout ce qu'ils avaient saisi aussi bien chez les MacKerron que dans le laboratoire de la boulangerie. Puis elle se rappela que Winston s'était attelé, avec l'aide de deux techniciens informatique de la police du Dorset, à une tâche monumentale : le dépiautage des disques durs des ordinateurs enlevés lors de la perquisition.

Son téléphone sonna. Lynley venait aux nouvelles.

— On a pris tout ce qui aurait pu servir à cacher de l'azoture de sodium, inspecteur, mais Winnie et moi ne sommes pas optimistes.

— Hum... Vous êtes sur quoi à présent, sergent ?

— Nous cherchons une preuve que Caroline savait que Clare savait... Winnie est parti avec les techniciens pour examiner les ordinateurs, on s'est de nouveau séparés, mais...

À sa grande stupeur, Lynley l'interrompit net :

— À ce stade, cela n'a plus d'importance. De toute façon, n'importe qui peut acheter de l'azoture de sodium directement sur Internet...

— Merde !

— Winston doit chercher aussi de ce côté-là. En attendant, j'ai parlé avec Rory Statham. D'après elle, Clare n'aurait pas hésité une seconde à dénoncer Caroline pour se protéger elle-même.

— Le fait qu'elle regardait son fils se masturber, c'est un élément qui pourrait suffire.

— Suffire dans quel sens, sergent ?

— C'est tellement glauque...

— Oui, mais ça ne vaut rien dans un tribunal. Aussi peu valable qu'une rumeur. On ne peut pas utiliser ça pour une arrestation.

— Mais Caroline n'en saurait rien.

— Sans doute pas. Mais son avocate, si, croyez-moi. En plus, une accusation proférée par une femme contre une autre, c'est toujours peu crédible, vous avouerez. Non, il va falloir trouver quelque chose de plus solide. Et je ne vais pas vous accabler en vous rappelant le peu de temps qu'il vous reste pour cela.

Pourtant, ce n'est pas faute de plaider votre cause auprès d'Isabelle...

Isabelle, toujours elle ! pesta intérieurement Havers.

— Je ne pourrai pas éternellement lui jeter de la poudre aux yeux. Elle ne va pas tarder à exiger une arrestation. Qu'est-ce que je vais lui dire ?

— Dites-lui que Winnie et moi sommes sur la bonne voie.

— Elle va demander combien de temps encore.

— Bon, d'accord, j'ai compris. Dites-lui vingt-quatre heures.

Elle bluffait, forcément, mais que faire d'autre ?

— On va voir si vous y arrivez. Faites le max, sergent.

Ils raccrochèrent. Barbara jura entre ses dents. Si seulement elle savait ce qu'elle cherchait !

Elle retourna dans le bureau de Clare en se disant que le meilleur moyen de procéder à une nouvelle fouille était d'essayer d'adopter le point de vue de Caroline Goldacre.

Elle se dirigea vers la bibliothèque et entreprit de sortir et de secouer chaque volume pour en faire tomber... quoi exactement ? elle ne savait pas. Mais, mis à part les annotations déjà déchiffrées, elle ne trouva rien.

Le meuble où étaient rangés les dossiers se révéla tout aussi stérile. Elle relut la liste d'appels de Clare. Caroline avait pu remarquer qu'elle avait parlé avec son ex-mari, Francis, mais là encore, ce qu'on pouvait en déduire n'était qu'une simple supposition.

Finalement, elle se jeta dans le fauteuil et regarda voler les mouches. Au bout d'un moment, son regard se posa distraitement sur les bacs à courriers. Celui du courrier entrant était vide, celui du sortant contenait quelques feuilles. Elle les avait déjà examinées, comme le reste. Il s'agissait de copies de lettres, sans doute en attente d'être classées : des réponses à des demandes d'interview, des propositions de diverses universités lui offrant un poste, des invitations à faire des conférences, à se joindre à des conseils d'administration... Au bas de chacune des feuilles, Barbara lut sous la signature de Clare Abbott les mêmes initiales : CA/cg. Clare Abbott et Caroline Goldacre. Les lettres avaient été rédigées par Clare mais dactylographiées par Caroline.

Bon, et alors ? Caroline écrivait sous la dictée de son employeur. C'était le travail d'une assistante formée à la sténo... Seulement, Caroline n'avait sans doute pas de formation. De sorte qu'on pouvait se demander s'il n'y avait pas eu un autre moyen de transmission entre les deux femmes.

Barbara ouvrit les tiroirs et avisa alors le vieil enregistreur numérique qu'elle avait jugé précédemment mort de chez mort. Elle brassa le fouillis en quête de piles. Il n'y en avait pas. Elle courut à la cuisine. Tout le monde avait chez soi un endroit où stocker tout un fatras d'ustensiles dont on a rarement usage.

Elle tomba – ô bonheur ! – sur un paquet complet de piles AAA et rapporta ce trésor dans le bureau. Une minute plus tard, elle appuyait sur une touche et la voix profonde et éraillée de Clare s'échappait de l'appareil :

« Une lettre pour l'université d'East Anglia, Caroline. Merde, où elle est passée ? Ah, non, pardon. Elle est quelque part sur mon bureau. Tu pourras la retrouver ? Ça commence par : Cher professeur

Machin-Chose, j'ai bien reçu blablabla. Tu lui diras que je suis flattée mais que compte tenu de mon emploi du temps en ce moment, je ne pourrai pas, tu connais la suite. Ajoute que j'y penserai pour l'année prochaine. Avec mes meilleurs sentiments blablabla. »

Barbara fronça les sourcils, déçue. Mais ce n'était peut-être pas tout. Le cadran semblait indiquer qu'il y avait deux autres enregistrements.

De nouveau, la voix de Clare retentit, « dictant » de la même manière son courrier, cette fois une réponse à l'université d'Austin, au Texas. Elle était invitée à intervenir lors d'un colloque sur le recul progressif du système judiciaire américain en matière de droit des femmes à disposer d'elles-mêmes. Un sujet qui tombait pile dans les plates-bandes de Clare Abbott, songea Barbara. D'ailleurs, elle avait préparé une réponse favorable. « Qu'elle se mette en contact avec le bureau des conférenciers, Caroline. Dis que je suis très intéressée et tous les ronds de jambe d'usage. »

Le troisième enregistrement était de la même eau. Barbara exhala un soupir, marmonna et, en voulant éteindre l'appareil, appuya sur la mauvaise touche. Sur l'écran, elle constata alors qu'il y avait plusieurs pistes. Elle avait seulement écouté la piste A. La piste B était vide. La piste C, non...

Cette fois, ce n'était pas une lettre, mais une sorte de monologue. « Je viens de quitter Sumalee Goldacre, et il vaut mieux que je fasse ça maintenant que les détails sont frais dans mon esprit. Hélas, elle ne m'a pas autorisée à l'enregistrer ni à prendre des notes. Je n'avais pas le choix. Bon. Voilà. Il faudra que je revoie Karen Globus et que je me montre plus explicite... »

S'ensuivait un compte rendu du récit de Sumalee :
« C'est difficile à croire, je sais, disait Clare, mais tout est possible, après tout. Will lui aurait dit qu'il arrivait à Caroline de l'*aider*... On se demande ce que cela signifie, un garçon n'a pas besoin qu'on l'aide à se branler. Ils le font tous, non ? Un petit de deux ans fourre la main dans sa culotte pour voir. Mais Sumalee a dit qu'il avait dix ans, ou onze, quand Caroline lui a montré comment faire, apparemment pour lui permettre de surmonter son problème de logorrhée verbale. Bon, elle a trouvé ça toute seule ou alors elle a suivi le conseil d'un médecin. Mais ce qui fait froid dans le dos, c'est qu'elle *aimait* le regarder et qu'elle l'*aidait*, ce qui fait penser à autre chose qu'au souci naturel d'une mère pour la santé de son fils. Sumalee a dit qu'il avait l'air de trouver ça normal. Il avait le regard fuyant, mais il lui a raconté tout ça sans paraître gêné. Elle a plutôt eu l'impression qu'il la provoquait... qu'il la mettait au défi pour voir ce qu'elle ferait de cette information. Elle n'en a rien fait apparemment, elle n'en avait plus jamais parlé jusqu'à aujourd'hui. Il avait quatorze ans à l'époque. Est-il possible qu'il ait menti ? Oui, je suppose. Mais quand même... Et il s'est exprimé au présent. "Elle aime regarder"... "Elle m'aide." Sumalee en est sûre. En revanche, elle ne sait pas quel sens donner à tout ça. Parfois les adolescents sont tellement provocateurs. Les filles comme les garçons d'ailleurs. "Alors, j'ai réussi à te choquer ?"... Mais quand je pense à son chagrin sans fin, aussi ravageur aujourd'hui qu'au lendemain du drame... ses torrents de larmes chaque fois que son nom est prononcé. À quoi cela peut-il correspondre ? Il faut que je me remette en mémoire

ces passages dans le bouquin de Ferguson. Ah... et il faudra aussi que je parle avec Charlie. Les deux frères étaient proches. Il est raisonnable de penser que Will aurait dit quelque chose à son frère si sa mère le touchait. Et dans le cas contraire, Charlie aurait très bien pu soupçonner qu'il y avait quelque chose de bizarre entre Will et sa mère ? Il va falloir que je le joigne. Je ne peux pas demander son numéro à Caroline, ça lui mettrait la puce à l'oreille. Non, je vais me débrouiller pour l'avoir. Elle laisse toujours traîner son téléphone. »

Barbara éteignit l'enregistreur. Elle avait des picotements dans tout le corps. Charlie ! Le frère. Clare voulait lui parler, elle avait l'intention de l'interroger sur la nature des relations entre sa mère et son petit frère. Et peut-être de lui révéler la vérité s'il ne la connaissait pas. Cette information était une bombe nucléaire propre à pulvériser l'image que Caroline voulait projeter, non seulement aux yeux du monde mais aussi à ceux de l'enfant qui lui restait.

Ceci, estima Barbara, était enfin la preuve qu'ils cherchaient. Simultanément, elle se rappela les paroles entendues par le groom de l'hôtel à Cambridge. Une femme disant : « Toi et moi, c'est fini » et l'autre rétorquant : « Pas avec ce que je sais sur toi. Ce sera jamais fini. » Caroline devait avoir prononcé la première phrase, ayant écouté sans doute par hasard l'enregistrement du monologue de Clare. Et Clare la seconde, prête à user de son avantage : elle n'avait qu'à menacer Caroline d'aller tout raconter à Charlie et elle pourrait écrire son livre tranquillement et s'élever vers la gloire. À moins, bien entendu, que Caroline ne la tue avant.

Shaftesbury
Dorset

Alastair gara la camionnette à son emplacement habituel devant le laboratoire de la boulangerie. À travers le pare-brise, il contempla la façade en brique, puis dirigea son regard vers la fenêtre derrière laquelle les rayonnages lui parurent d'une propreté immaculée. Ainsi, son assistant avait officié à merveille pendant son absence, se dit-il, sidéré.

Comment avait-il pu se tromper autant en tout ? Il était tenté d'en faire retomber la faute sur sa jambe raccourcie par une fracture mal réparée. À cause de ce satané handicap, il avait été obligé de renoncer à son rêve d'une carrière militaire et avait toujours eu une piètre estime de soi. Et faute de confiance en lui-même, sa vie avait été une longue suite de mauvaises décisions.

Pourtant, il avait toujours été animé des meilleures intentions. Toujours. Depuis la première fois qu'il avait embrassé Caro jusqu'à ce matin, où il s'était assis sur un banc mouillé de Pageant Gardens. Il ne voulait faire de mal à personne. Il avait agi par amour.

En dépit des protestations de Sharon tout à l'heure et de son regard suppliant, il était parti du principe qu'il connaissait mieux qu'elle les usages du monde. Il lui avait dit de ne pas s'inquiéter. « Je peux bien faire ça pour toi, Shar », et elle l'avait laissé partir. Il avait roulé tout droit jusqu'à Sherborne pour se débarrasser de la levure chimique.

À Sherborne, après avoir franchi la voie ferrée et tourné dans le parking de Sainsbury's, il était arrivé en même temps que deux poids lourds qui s'étaient arrêtés sur la zone de livraison. Le premier transportait des produits de boulangerie et de pâtisserie industrielles – *Une ironie du sort*, pensa Alastair – et le second des articles de papeterie. Leur présence devant la grande porte à l'arrière du bâtiment l'avait obligé à chercher un « plan B ».

La gare n'étant pas loin, il s'y était précipité, mais il y avait déjà des voyageurs attendant le premier train de la journée. Il ne pouvait pas se permettre de jeter le paquet sous leur nez. Il était bon pour trouver un « plan C ».

Il s'était garé sur le parking de la gare et était resté un moment à réfléchir. Devant lui, de l'autre côté de la rue, il apercevait les couleurs d'automne des arbres de Pageant Gardens. Il tenait la solution. Seulement, il fallait que cela parût naturel.

Il avait par conséquent commencé par aller acheter le journal et un café à l'intérieur de la gare. Après quoi, il avait marché tranquillement vers le jardin, descendu l'allée de ciment et marqué une halte pour admirer le kiosque. Il n'était pas seul, même à cette heure matinale, mais les autres passants marchaient en sens inverse et à pas rapides, et il supposait qu'ils ne se souviendraient pas d'un promeneur avec le journal et un gobelet de café. Un peu jeune pour un retraité, mais à notre époque on voyait de tout, n'est-ce pas ?

Des bancs étaient disposés à intervalles réguliers. Alastair allait s'asseoir quand il avait vu une femme flic en uniforme se profiler au loin et piquer droit vers lui. Son cœur s'était mis à battre follement. Il s'attendait à ce qu'elle s'arrête, qu'elle lui demande ce qu'il foutait là, mais elle était juste passée devant lui en le saluant d'un bref hochement de casquette et d'un aimable « Bonjour ». Quelques secondes plus tard, elle franchissait le portail. Il l'avait suivie des yeux et s'était rendu compte que le commissariat était à deux pas. À cet instant, il avait été près de renoncer.

Une fois remis de ses émotions, il avait décidé que somme toute c'était encore le meilleur plan. Quel flic penserait à fouiller les poubelles d'un jardin public ? Il s'était approché d'un banc, avait fait la grimace devant la fine pellicule d'eau qui le recouvrait, mais avait-il le choix ?

Il s'était assis et avait ouvert son journal. L'héritier du trône et son épouse devant un bataillon d'écolières aux cheveux couverts d'un foulard et un gâteau d'anniversaire géant. Il avait regardé la photo sans la voir. Il avait lu l'article sans comprendre ce qu'il lisait. Un type était passé devant lui en chemin vers la gare, puis une jeune femme en scooter. Deux personnes promenant leur chien l'avaient salué. Enfin, il avait été seul.

Alastair s'était levé et, dans le même mouvement, avait sorti la boîte de levure de sa poche. Il avait l'arrière du pantalon trempé – pourquoi n'avait-il pas pensé à étaler quelques feuilles du journal sous ses fesses ? –, mais, sa veste couvrant ses hanches, il n'avait à déplorer qu'un relatif inconfort. Nul n'allait le prendre pour une pauvre cloche qui s'était pissé dessus.

Il avait pris la direction de la gare. Arrivé à hauteur de la poubelle, il y avait glissé le paquet, veillant à l'enfoncer jusqu'au bout. Par-dessus, il avait placé le journal. Le tout avait duré trois secondes.

Une fois au volant, il s'était dit qu'il s'arrêterait

au Sainsbury's pour acheter de la levure chimique et remplacer celle qu'il venait de jeter. Si les flics venaient perquisitionner chez Sharon, ils s'étonneraient de trouver ses placards si bien approvisionnés, mais auxquels manquait cet ingrédient indispensable pour faire de la pâtisserie.

Comme le supermarché n'était pas encore ouvert, il avait eu le temps, en attendant, de dresser une petite liste de ce qui lui manquait chez Sharon. Ses céréales préférées et le miel qu'il affectionnait. De la crème de citron. De quoi se raser. Et un bouquet de fleurs, car quelle femme n'aime pas les fleurs ?

Ainsi chargé, avec en sus une nouvelle boîte de levure de bière, il retourna à Thornford. En entrant dans la maison, il appela Sharon. Attablée à la cuisine, elle était habillée pour aller travailler. Alastair faillit lui dire que ce n'était pas la peine de s'occuper de leurs affaires aujourd'hui, mais il se retint à temps : surtout qu'elle ne change rien à ses habitudes.

Il lui présenta le bouquet.

— Des fleurs pour la fleur de mon cœur. Toi, ma chérie.

Il déposa un baiser sur le haut de sa tête, puis, alignant ses emplettes sur le plan de travail, il murmura presque :

— Je me suis débarrassé de ce truc. Je ne te dis pas où. Sache seulement qu'on ne le retrouvera pas... (Il fouilla dans son sac et sortit la boîte de levure chimique.) Tiens, ça ferait bizarre que tu n'aies pas ça dans ta cuisine.

Elle coucha le bouquet sur la table, prit la boîte cylindrique et la fit rouler entre ses paumes. Après quoi, elle se leva et sortit de la pièce.

Il lui emboîta le pas. Elle se comportait vraiment étrangement. Elle avait l'air... Il ne trouvait pas le mot... Si, elle ressemblait à une somnambule. Elle s'arrêta devant un placard du couloir entre la cuisine et le salon, l'ouvrit et lui tendit une boîte rigoureusement identique à celle qu'il venait de lui rapporter du supermarché.

— Alastair, comme je te l'ai dit, je nettoie mes placards deux fois par an. Cette boîte allait remplacer la levure que j'ai jetée hier. Lorsque la date de péremption d'un produit est passée ou proche, je m'en débarrasse.

Ne sachant que répondre, il la contempla, mutique, comme hypnotisé par la boîte de levure chimique. Il la retourna pour vérifier la date. Elle était fixée à un avenir lointain.

— On ne se connaît pas si bien que je l'espérais, énonça-t-elle. Sinon tu n'aurais pas cru... Tu croyais quoi, d'ailleurs ? Que j'essayais d'empoisonner... qui ? Caroline ? Toi ? Que je veux faire main basse sur les boulangeries ? Qu'est-ce qui a pu te faire penser ça ?

La gorge nouée, il sentit qu'une porte allait se refermer pour toujours s'il ne trouvait pas une parade.

— Cet arbre... dans le jardin, articula-t-il avec difficulté. C'est pour ça... À force de côtoyer Caro, j'ai fini par avoir la tête à l'envers. Et puis en voyant l'arbre et en me disant combien ce serait facile de... Mais je n'ai pas douté de ta parole, Shar.

— Pas de celle qu'il fallait, apparemment.

— Je ne voulais pas que tu aies des ennuis. Tu... je tiens tellement à toi. Et... (Il posa la boîte sur l'étagère du placard.) On en rira plus tard, hein ?

Moi fonçant à Sherborne pour t'acheter de la levure alors que tu en avais déjà et qu'il aurait suffi que je cherche mieux...

Elle se tut quelques instants, les yeux fixés sur la petite boîte, puis :

— Tu aurais pu chercher plus et trouver d'autres choses. Dommage.

À présent, rentré chez lui, Alastair n'arrivait pas à se décider à sortir de sa camionnette. Cela lui était tellement pénible de retrouver Caro qu'il venait de passer des heures à rouler sur les routes du Dorset. Il avait rendu visite à ses boulangeries afin de vérifier le travail de son assistant. Il en avait d'ailleurs été très satisfait.

Comme la voiture de Caro était garée à sa place habituelle et que son épouse n'était pas une adepte de la marche à pied, il supposa qu'elle était à la maison.

— Ils ont tout pris ! s'exclama-t-elle dès qu'il ouvrit la porte.

À croire qu'elle attendait derrière.

— Ils ont saccagé mes affaires, il m'a fallu la journée pour ranger. Mais tu t'en fiches, toi, la seule chose qui compte, c'est ta nuit avec ta poufiasse.

— Ne l'appelle pas comme ça, dit-il en la bousculant pour passer. Elle s'appelle Sharon. Tu l'appelles par son nom ou tu la fermes.

— Je la fermerai quand je serai morte, répliqua-t-elle. C'est ce que tu espérais, non ? Vous les deux tourtereaux, vous aviez de grands rêves. Eh bien, vous allez tomber de haut. La police a saisi ton ordinateur, le mien aussi, et tout ce qui te relie à elle... Elle est la prochaine sur leur liste. Ne te fais pas d'illusions. S'ils ne trouvent rien sur ton disque dur, et ils ne

trouveront sûrement rien dans le mien, ils iront chez cette pute...
— Je t'ai prévenue, Caro !
Il ne reconnut pas sa voix, ce grondement sourd d'une violence inouïe.
— ... une fois qu'ils se seront aperçus qu'ils me soupçonnaient injustement.
— Tu m'écoutes ? grogna-t-il en la saisissant par le poignet. Shar ne veut rien.
— Oh, je t'en prie.
— Tu ne peux pas comprendre parce que tu n'es pas comme elle. Toi, tu veux tellement de choses. Tu veux tout ! Pour un homme, tu es une vraie sangsue. J'aurais dû m'en rendre compte en t'entendant vitupérer contre Francis et te cramponner à Will et à Charlie pour ne pas les laisser, ne jamais les laisser...
— Tu ne sais pas de quoi tu parles. Lâche-moi. Tu me fais mal.
L'idée qu'il lui faisait mal ne lui déplut pas, au contraire. Il tordit légèrement son poignet.
— J'étais fou de toi. Tu le savais. Tu as joué là-dessus. Tu profites de ton charme pour nous embobiner.
Elle tenta de le faire lâcher prise, il resserra l'étreinte de ses doigts. Elle poussa un cri strident.
— Lâche-moi !
La peur qui perçait dans sa voix, ça non plus, ça ne lui déplut pas. Puis elle trouva une parade, comme toujours. Renversant la tête en arrière, elle le regarda droit dans les yeux.
— Dis-moi... Ta Sharon, tu crois qu'elle ne te mène pas par le bout du nez, qu'elle n'obtient pas exactement ce qu'elle veut ? Qu'elle ne te fait pas de

fausses promesses ? Oh, non ! Sharon n'est pas une femme calculatrice. Elle n'est pas comme moi. Ce n'est pas une démone. C'est ce que tu penses, hein ?

La tête tournait à Alastair. Il débita à toute vitesse :

— Sharon est une femme bonne et honnête, ce que j'ai eu le tort d'oublier quelques minutes... Sa bonté l'en aurait empêchée, je le sais, je m'en rends compte maintenant. Elle ne dit jamais que la vérité alors que toi tu n'as jamais su ce que ça voulait dire, la vérité.

Il libéra son poignet d'un geste brusque et constata avec satisfaction qu'il était rouge. Elle aurait un bleu. Très bien.

— Tu es fou, lui lança-t-elle.

— Au contraire, j'ai l'impression d'être sain d'esprit pour la première fois de ma vie.

Shaftesbury
Dorset

Lynley n'était pas impressionné. C'était un détail curieux, dit-il à Barbara, mais il ne leur servirait à rien, étant donné qu'il n'y avait pas moyen de prouver que Caroline Goldacre avait écouté l'enregistrement effectué par Clare Abbott après son entretien avec Sumalee. Évidemment, elle aurait pu, comme Barbara elle-même, appuyer sur le mauvais bouton ou bien se demander s'il n'y avait pas d'autres lettres à dactylographier. Mais il s'agissait de suppositions, et personne au bureau du procureur ne les prendrait au sérieux. Havers ne réussirait qu'à fournir un prétexte à Isabelle pour qualifier cette mission de perte de temps et d'argent pour la Met.

— Cependant, continua Lynley, il faut se demander pourquoi elle avait gardé cet enregistrement sur son appareil.

— Elle ne l'avait pas encore transcrit, proposa Barbara.

— Pourtant...

— Écoutez, inspecteur, le coupa-t-elle. Vous savez bien qu'on a peu de chances de trouver des preuves tangibles. Mais quand on met les maillons de la chaîne bout à bout... et c'est ce qu'on est en train de faire... cet enregistrement va la rendre incassable.

— Seulement lorsque vous aurez déterminé ce qui relie vos différents éléments, lui rappela Lynley.

Il l'informa en outre qu'il avait fait son rapport à la commissaire, laquelle leur accordait vingt-quatre heures. Pas une heure de plus, lui avait-elle dit. Si les sergents Havers et Nkata n'avaient rien de solide d'ici là, l'affaire serait confiée à la police du Dorset et ils devraient reprendre le chemin de Londres immédiatement.

Barbara était affreusement déçue. Lynley venait de lui démontrer que l'arme qu'elle croyait chargée n'était en réalité qu'un pistolet à eau.

Un peu plus tard, elle avait repris ses recherches dans le bureau de Clare quand Nkata lui téléphona du commissariat central du Dorset avec une nouvelle qui lui remonta le moral.

— Ça y est, je la tiens, Barb, notre piste de miettes de pain. On a trouvé une recherche sur Internet avec le mot-clé « poison ». Il y a plusieurs liens, dont un pour l'azoture de sodium. Et... tiens-toi bien, Barb, une commande en ligne pour ce produit. Le tout a été supprimé, bien sûr, mais les mecs ici sont des balaises du hacking.

— Oui ! jubila Barbara.

Elle raconta à Nkata ce qu'il y avait sur l'enregistrement et conclut :

— On va pouvoir l'arrêter. On a à la fois le moyen d'action et le mobile, entre deux tranches de pain, si je peux dire. Je vais aller la chercher chez elle et la ramener au commissariat de la ville. Tu m'y retrouves dans une heure ?

— Il y a un petit problème.

— Quoi ?

— C'est sur les deux ordis.

— Quels deux ordis ?

— Celui d'Alastair et celui de Caroline. Et en plus, il s'agit de Lily Foster. Écoute, je saute dans ma voiture et j'arrive. Je t'expliquerai tout.

Elle n'eut pas le temps de répondre qu'il avait déjà raccroché. Les deux ordinateurs ? Lily Foster ? Qu'est-ce que c'était que ce bazar ?

Elle fuma une cigarette dehors, puis arpenta le rez-de-chaussée de la maison de Clare, de la cuisine au salon et à la véranda et retour. Elle sortit de nouveau fumer à l'abri du vent. À moins qu'il ne lui pousse des ailes, Nkata allait mettre un temps fou à remonter du sud du Dorset par ces petites routes tortueuses de campagne. Elle avait le temps de méditer non seulement sur les preuves qu'ils avaient contre Caroline Goldacre mais aussi sur la raison qui la poussait, elle, Barbara, à vouloir à tout prix la coffrer.

Il n'était pas agréable de penser qu'elle allait peut-être droit dans le mur rien que parce qu'elle ne pouvait pas sentir l'assistante de Clare Abbott. Après tout, la

Goldacre prétendait être la cible du meurtre. Cette éventualité n'était-elle pas toujours envisageable ?

Le temps que Winston arrive, Barbara avait tellement fumé qu'elle en avait les yeux secs. Et à en juger par la tête qu'il fit en l'approchant, elle devait sentir comme les habitants de Wigan[1] en 1860.

— Tu es sans pitié, Barb. Fais quelque chose.

Elle monta se rincer la bouche. Et dut se rendre à l'évidence : l'odeur de tabac imprégnait ses cheveux, ses vêtements et sans doute sa peau.

Elle prépara du café et des toasts pendant que Winston faisait des œufs brouillés. Ni l'un ni l'autre n'avaient mangé, ils étaient affamés.

Tout en mangeant, Winston lui apprit que quelqu'un avait fait une recherche sur les poisons sur l'ordinateur d'Alastair. La phenmétrazine-hydrochloride avait été le premier choix, une substance qui en surdose provoque entre autres de la tachycardie...

— Ah, le cœur, approuva Barbara.

— ... un collapsus et des risques de coma. Le tueur l'a sans doute éliminé parce que trop incertain. Ensuite, il y a l'hydrate de chloral, un sédatif puissant qui provoque une insuffisance respiratoire. Sans doute rejeté parce qu'il prend trop de temps à agir. Puis l'amitriptyline, qui, toujours à fortes doses, peut provoquer une crise cardiaque. Rejeté parce que ça se vend uniquement sous ordonnance et n'est pas commode à trouver. Et enfin, l'azoture de sodium. Rapide, efficace et disponible en vente libre sur Internet.

---

1. Centre industriel au XIXe siècle, connu pour sa pollution. Cette ville fait partie aujourd'hui du grand Manchester.

— Le patron m'a dit de te parler de cette histoire de vente en ligne, désolée, j'avais oublié.

Ce n'était pas grave, la rassura-t-il. Ils avaient très vite trouvé la commande pour ce composé... sur l'ordinateur de Caroline. Supprimée, bien sûr, enterrée aussi profondément qu'il est possible de le faire sur un disque dur, c'est-à-dire fragmentée en un tas de petits morceaux. Mais ils avaient réussi à récupérer les données, jusqu'au numéro de la carte de crédit utilisée.

— Et voilà le travail, souffla Barbara, de soulagement.

— Non, c'est là que les choses se compliquent, lâcha Nkata.

L'adresse de livraison fournie était bien celle de Caroline Goldacre, mais le nom du destinataire était *Lily Foster*.

— Bordel ! Mais ça rime à rien.

— Elle a un mobile, Barb, lui rappela Nkata. Elle ne l'a jamais caché, d'ailleurs.

— Mais comment aurait-elle fait ? Elle s'est glissée dans la maison au milieu de la nuit ? Dans le laboratoire de la boulangerie aussi ? Elle se serait servie de l'ordinateur d'Alastair avant de passer sur celui de Caroline ? Et comment a-t-elle piqué à Caroline sa carte de crédit ? Tout ça, sans se faire prendre. Ça dépasse l'imagination. J'ai plutôt l'impression que la Goldacre a semé de fausses pistes à droite et à gauche. Elle fait ses recherches sur l'ordinateur de son époux pour les accuser, lui et sa dulcinée. Et puis, elle déteste autant Lily Foster que celle-ci la déteste. Donc, elle met son nom, au cas où Alastair s'en tirerait... Tu vois, vu de cette façon, c'est logique. La Goldacre veut se débarrasser de Clare à cause de ce qu'elle sait.

De Lily parce qu'elle estime que c'est à cause d'elle que Will s'est tué. D'Alastair, qui a une maîtresse... Elle est gagnante sur tous les tableaux.

— Ce n'est pas impossible, opina Nkata d'une voix pensive.

L'instant d'après, il lâcha le résultat de ses cogitations :

— Charlie.

— Quoi, Charlie ?

— Il aurait pu le faire aussi, Barb. Il vient les voir de Londres de temps en temps, non ? Il a accès aux ordinateurs autant qu'il veut. Quand Alastair fait sa sieste l'après-midi, il se sert de celui de la boulangerie. Quand Caroline dort au milieu de la nuit, il se sert de son portable. Rien de plus simple pour lui de lui emprunter sa carte de crédit. Il sait où la trouver.

— Et Lily Foster, là-dedans ? Pourquoi avoir fait envoyer le poison chez Caroline au nom de Lily ?

Nkata devait bien admettre qu'il y avait là un sérieux hic. Compte tenu de son interdiction d'approcher le couple MacKerron, Lily ne pouvait pas se permettre de rôder autour de la maison pour intercepter le facteur. Cela aurait été beaucoup trop risqué. D'un autre côté, si le paquet avait échoué entre les mains d'Alastair et de Caroline, qu'auraient-ils fait ?

— En voyant le nom de Lily, ils seraient allés directement à la police, dit Nkata, toujours pensif. Et ils auraient bien fait : une bouffée de poudre, et hop, plus personne.

— Oui, ils auraient été fous de l'ouvrir.

— Donc, on en revient au même point.

— Téléphonons au patron, proposa Barbara. Je t'ai dit que la chef nous imposait un délai de vingt-quatre heures ? Avec ta nouvelle piste, je crois qu'on va pouvoir avoir un peu plus de temps.

Lorsque Lynley décrocha, Barbara mit sur haut-parleur, et elle et Nkata informèrent leur patron de leurs dernières découvertes et conjectures. Lynley parut exaspéré.

— Ça ne tient pas la route, votre histoire, lâcha-t-il.

— Tout seul, non, je suis d'accord, inspecteur, plaida Barbara. Mais si vous l'additionnez au reste...

— Vous savez aussi bien que moi qu'on ne peut pas déposer une liste de suppositions sur le bureau du procureur. Une conversation entendue par un groom à Cambridge, un livre écrit en cachette, un site de rencontres adultères, des e-mails imprimés...

Barbara regarda Nkata en haussant les sourcils. Elle se figurait Lynley comptant sur ses doigts.

— Des centaines d'e-mails envoyés par *elle*, inspecteur !

— ... des manuels de psychologie annotés, des interviews de personnes de son entourage qu'elle a *peut-être* entendues ou dont elle a *peut-être* lu les transcriptions, un sac de week-end qu'elle a *peut-être* préparé, un tube de dentifrice qu'elle a *peut-être* empoisonné. Sans un seul témoin, sans preuve matérielle d'aucune sorte... Nous n'avons carrément rien contre elle à moins que vous ne provoquiez ses aveux.

Barbara se tourna vers Winston. Il affichait un air résigné, considérant sans doute qu'il ne leur restait plus qu'à plier bagage. Sauf que pour Barbara, vis-à-vis de la commissaire Ardery qui lui avait donné sa chance, il n'était pas question qu'elle rentre à Londres bredouille.

— Bon, alors on va le faire, dit-elle à Lynley.

Winston fronça les sourcils. À Londres, l'inspecteur Lynley faisait probablement de même.

— Comment ça ? lâcha-t-il.

— Caroline Goldacre va me faire ses aveux, à moi. Je vais les enregistrer. Il y aura une transcription avec mes initiales à toutes les pages. Et elle va les signer.

— Autant tirer des plans sur la comète, dit Lynley.

— Vous avez dit vingt-quatre heures ? Nous n'en avons plus que vingt-deux. Bon, ça me laisse suffisamment de temps. Elle va avouer. Vous verrez.

Elle raccrocha. Elle n'était pas dupe d'elle-même. Lynley n'était pas près de la croire, et elle n'y croyait pas non plus, pas vraiment. Mais elle ne voyait pas ce qu'elle pouvait faire d'autre.

Shaftesbury
Dorset

Alastair s'était couché, mais, le sommeil le fuyant, il avait fini par se relever. Sharon n'avait pas donné signe de vie. Il lui avait téléphoné pourtant, sur son fixe et sur son portable. Il voulait tellement lui expliquer, lui dire qu'il n'avait jamais pensé qu'elle était animée de mauvaises intentions envers quiconque... Le problème, c'était que si, justement, il avait cru à sa culpabilité. Pour aggraver son cas, il avait refusé de prendre en compte les indices prouvant le contraire. Plus grave encore, il avait refusé de la croire, elle. Pourtant, depuis le jour où il l'avait connue, elle avait toujours été parfaitement transparente. Et cependant il l'avait soupçonnée d'avoir... non, non, ce n'était pas possible. Ce hideux soupçon... Il l'avait prise pour une personne capable d'en empoisonner une autre pour un profit personnel. Pas étonnant qu'elle ne veuille plus rien avoir à faire avec lui.

En se tournant et se retournant dans son lit, il avait cherché des moyens d'obtenir son pardon. Il avait eu avec elle des conversations virtuelles. Il avait contemplé le plafond obscur. Il avait guetté les ombres de l'armoire contre le mur. Il avait surveillé du coin de l'œil la porte de la chambre.

Comme d'habitude, Caro écoutait la télé à fond, tellement fort qu'il pouvait presque suivre l'émission, un documentaire sur la chirurgie esthétique ; un type débile qui, pour se faire agrandir le pénis, était allé jusqu'en Amérique du Sud et était passé sous le couteau d'un charlatan avec un résultat désastreux dont témoignaient des photos. La pause publicitaire fit grimper les décibels jusqu'à des sommets vraiment très pénibles.

Elle faisait gueuler le poste dans la pièce qu'il avait aménagée spécialement pour elle, sur sa demande. Il avait bricolé tant de choses, dans cette maison, pour lui faire plaisir. Une nouvelle cuisine, de nouvelles salles de bains, une chambre pour chacun des deux garçons, afin qu'ils se sentent aussi bien ici que chez eux, à Londres. Elle avait absolument tenu à avoir une pièce pour elle seule, sa « tanière ». Elle prétendait que ça l'aiderait à trouver la paix intérieure. En réalité, rien n'était plus étranger à Caro que la sérénité. Finalement, elle en avait fait sa chambre à coucher. « Nous n'avons pas les mêmes horaires, de toute façon. » Un beau prétexte, oui. « Tu ne voudrais pas que je manque de sommeil ? J'ai besoin de faire mes nuits. Vraiment, Alastair, c'est pour les garçons, après tout. » Bêtement, il s'était persuadé que les choses changeraient une fois que Charlie et Will auraient quitté le nid. Quel idiot !

Alors qu'il se décidait à se lever, Alastair songea à toutes ces nuits où son sommeil avait été interrompu par le vacarme de la télé. Il ne l'avait jamais sérieusement priée de baisser le son, se contentant parfois de lui glisser : « C'est un peu fort quand on essaye de dormir, ma chérie. » Une requête voilée, qu'elle avait toujours délibérément ignorée. À présent, il se disait que Sharon n'aurait pas agi ainsi. D'ailleurs, Sharon ne regardait pas la télé au milieu de la nuit. Elle aurait été dans son lit, dans leur lit, et elle aurait adapté ses horaires aux siens pour qu'ils dorment ensemble, se couchant à huit heures du soir pour se réveiller non pas à deux heures du matin, comme lui, mais à quatre, parce qu'elle aussi avait une longue journée de travail devant elle. Mais Caro ? Oh, non ! Elle n'était pas comme ça ! Rien ne s'était passé avec elle comme ça aurait pu se passer avec Sharon.

Il cherchait l'interrupteur de sa lampe de chevet quand il entendit une voiture dehors. La lumière des phares filtra à travers les rideaux. Puis l'obscurité reprit ses droits. On entendit deux portières claquer. Il marcha pieds nus jusqu'à la fenêtre.

La pleine lune éclairait presque comme en plein jour et il la reconnut immédiatement, la flic de Londres. Accompagnée du grand Noir. Ils s'arrêtèrent dans le jardin de Will pour échanger quelques paroles. Puis ils s'approchèrent et sonnèrent.

À cause du tapage que faisait sa télé, Caroline n'avait sans doute rien entendu. Alastair songea à ne pas répondre. Après tout, ils ne pouvaient quand même pas enfoncer la porte. En plus, il était épuisé...

Soudain, la télé se tut. La sonnerie retentit une deuxième fois et se prolongea : la personne devait s'appuyer de tout son poids dessus. Il entendit Caroline sortir de sa chambre. Toutefois, elle ne descendit pas l'escalier. Alastair vit sa propre porte s'ouvrir.

— C'est sûrement pour toi. Ta petite grue ne peut plus se passer de son Alastair. Ah, je vois que tu es déjà levé ?

— C'est les flics.

Son visage s'allongea et elle se dirigea vers la fenêtre. La sonnerie en bas ne désarmait pas.

— Pas question que je leur permette d'entrer au milieu de la nuit, marmonna-t-elle avant de sortir de la chambre en le laissant planté là.

Quelques secondes plus tard, il entendit des bruits de voix : celles des flics, très calmes, et celle de Caro, criarde et outrée. De quel droit l'avaient-ils réveillée ? Avaient-ils vu l'heure ? Pour qui ils se prenaient ? Elle allait téléphoner à son avocate !

Alastair migra sur le palier pour mieux écouter. Il descendit doucement les marches.

— Vous savez combien d'heures j'ai passées à ranger le bordel que vous avez fichu chez moi ? En plus, vous avez emporté certaines de mes affaires ! Vous aviez vraiment besoin de prendre mon poudrier ? À moins que celle-ci, dit-elle en désignant d'un mouvement du menton le sergent Havers, veuille améliorer son apparence, mais ça, ça nécessitera plus qu'un peu de poudre, croyez-moi.

Alastair arrivant en bas de l'escalier, les deux policiers l'aperçurent.

— Monsieur MacKerron, dit la flic, nous sommes désolés de vous déranger. Nous aimerions avoir une petite discussion avec vous.

Sans se retourner, Caroline ordonna à son mari :

— Appelle l'avocate.

— Comme vous voudrez, intervint le grand Noir, mais si vous voulez bien nous écouter d'abord.

Le sergent Havers sortit de sa poche un petit appareil que, sans ses lunettes, Alastair ne parvint pas à identifier. Caroline protesta :

— Vous n'avez pas l'intention de m'enregistrer, quand même ? J'exige la présence de mon avocate !

— C'est un enregistrement de Clare Abbott, précisa le flic.

— Qu'est-ce qu'elle dit ? Elle donne le nom de son assassin imaginaire ?

Les deux enquêteurs échangèrent un regard.

— Si c'est vous qui le dites, opina le grand Noir.

— Je vous conseille d'écouter avant d'appeler votre avocate, reprit le sergent Havers. Bien sûr, vous êtes libre de ne pas suivre mon conseil. D'un autre côté, vous n'avez rien à perdre à écouter.

— Bon, bon, dit Caroline. Je vois qu'on ne se débarrassera pas de vous avant que j'écoute votre saloperie d'enregistrement.

Elle se recula de quelques pas pour les laisser entrer. Ils connaissaient le chemin du salon. Caroline les suivit, mais resta debout. Alastair se tenait derrière elle.

— Sachez que je ne vous dirai rien, décréta Caroline.

— Winnie, dit le sergent Havers en se tournant vers son collègue.

Celui-ci prononça les mots entendus si souvent dans les séries télé : « Vous avez le droit de garder le silence, etc. » Alastair en resta bouche bée.

— Vous plaisantez, là ! s'exclama quant à elle Caroline. C'est n'importe quoi ! Vous n'allez pas me faire croire que vous avez trouvé quelque chose chez moi, parce qu'il n'y a rien à trouver...

— On a un historique de recherche sur les poisons sur l'un de vos ordinateurs, madame Goldacre, l'informa le sergent Havers. On a un site proposant un certain poison à la vente. De l'azoture de sodium, si vous voulez savoir. Et on a une commande, avec une adresse de livraison à votre domicile.

— Vous mentez, vous essayez de me faire peur...

— Winston ici présent et des techniciens informatique de la police ont réussi à extraire ces informations. Plusieurs ordinateurs ont servi à cette opération.

— Et c'est moi qui aurais commandé ce poison ?! Moi, j'aurais voulu tuer Clare ?! Quand allez-vous comprendre que je n'avais aucun intérêt à me débarrasser d'elle alors que, dans cette pièce même, il y a quelqu'un qui, avec sa misérable pouffe, rêve de ne plus m'avoir dans ses pattes !

Alastair se tourna vers Caro. Elle avait le visage et le cou d'une couleur rougeâtre inquiétante.

— Bien, fit le sergent Havers en posant l'enregistreur sur la table basse. Maintenant, asseyons-nous calmement et écoutons.

Alastair s'assit sur un fauteuil en face du canapé où étaient déjà installés les deux flics. Caroline resta obstinément debout. Le sergent Havers haussa les épaules et leur expliqua :

— Il n'y avait plus de piles dans ce truc, c'est pourquoi je n'ai pas tout de suite trouvé. C'est bête. Mais vous allez voir... enfin, entendre.

La voix grave et rauque de Clare – plus masculine que féminine, estima Alastair – emplit le salon. Il remarqua que le visage de Caroline s'était crispé. Les flics l'avaient sûrement noté, eux aussi.

Clare donnait à son assistante les instructions nécessaires à la rédaction d'une lettre de refus pour une conférence.

— Et alors, qu'est-ce que ça prouve ? fit Caroline avec un geste de colère vers l'appareil. Qu'elle était trop paresseuse pour écrire ses propres lettres ? Je les écrivais pour elle, et alors ?

— J'ai eu la même réaction que vous, acquiesça le sergent Havers, mais ensuite j'ai appuyé par erreur sur une autre touche et je suis tombée sur une deuxième piste. Voilà...

La voix de Clare retentit de nouveau : « Je viens de quitter Sumalee Goldacre, et il vaut mieux que je fasse ça maintenant que les détails sont frais dans mon esprit... »

En entendant ces mots, Caroline marcha vers la table basse. Winston se plaça entre elle et l'appareil. Alors que Clare continuait à parler, Caroline se laissa choir dans un fauteuil.

« ... l'a surpris en train de se masturber devant des photos pornos de femmes. Elle est sortie tout de suite, mais il l'a vue. C'était pile à l'instant où il a éjaculé. Ma question est la suivante : dit-elle la vérité et sinon, pour quelle raison ment-elle ? »

— De quoi parle-t-elle ? émit faiblement Caroline.

— Vous le savez très bien, riposta le sergent Havers alors que la voix poursuivait.

— Je n'ai aucune idée...

Le grand flic intervint :

— Pourtant c'est assez évident, non ?

« ... Doit-on parler d'abus sexuel ou d'empiètement sur la sphère intime d'un enfant ? Pour moi, il y a abus, mais suis-je influencée par mon dégoût devant une pareille conduite ? Si ça s'est vraiment passé comme ça et que Will ne lui a pas menti... »

— Will ? s'écria Caroline.

Alastair avala sa salive. Il avait la gorge sèche et douloureuse, et la sensation qu'un poids énorme était sur le point de les écraser. À présent, la voix de Clare disait : « Est-il possible qu'il ait menti ? Oui, je suppose. Mais quand même... Et il s'est exprimé au présent. "Elle aime regarder"... "Elle m'aide". Sumalee en est sûre... »

— Qu'est-ce que c'est que cette histoire ? hurla Alastair comme si on venait de lui infliger une douleur cuisante.

— C'est au sujet de la logorrhée, lui expliqua Caroline en parlant fort pour couvrir la voix de Clare. C'est comme ça qu'il la contrôlait. Il arrivait à l'arrêter avant de tomber complètement sous son emprise. Quand le flot commençait... ces crises qu'il avait... il faisait ça, ça le calmait.

— Mais toi, comment tu le sais ? Il a dit que tu regardais. Il a dit que tu l'aidais. Que ça te *plaisait*... Bordel, Caro !

— Il mentait. Qu'est-ce que tu voulais qu'il fasse d'autre ? Elle était entrée quand il... Bon, pourquoi je l'aurais regardé ? Je l'ai pas regardé. Il dit que...

« ... elle a plutôt eu l'impression qu'il la provoquait... qu'il la mettait au défi pour voir ce qu'elle ferait de cette information... »

Ils se tournèrent vers la table basse. Le sergent Havers avait monté le volume. La voix de Clare était implacable. Mais le sang qui grondait dans les oreilles d'Alastair ne lui permit d'entendre que des bribes : « ... il avait quatorze ans à l'époque... quand je pense à son chagrin sans fin, aussi ravageur aujourd'hui qu'au lendemain du drame... chaque fois que son nom est prononcé... me remette en mémoire ces passages dans le bouquin de Ferguson... »

Puis, soudain, avec la stridence des trompettes de Jéricho : « ... il faudra aussi que je parle avec Charlie. Les deux frères étaient proches. Il est raisonnable de penser que Will aurait dit quelque chose à son frère si sa mère le touchait... »

Caroline bondit sur ses pieds. Winston, plus rapide qu'elle, la prit par le bras.

— Stoooop ! hurla-t-elle.

Le sergent Havers s'exécuta en disant :

— On appelle ça un mobile, madame Goldacre. J'imagine que vous n'aviez pas envie que Charlie entende cette jolie histoire. Maman qui regarde son petit frère se toucher et qui vérifie s'il s'y prend comme il faut, hein ? Et le petit frère a quoi ? Dix ans ? Et qu'est-ce qu'elle fait, la maman... hein ? Qu'est-ce qu'elle fait ? Elle essaye un nouveau remède contre son problème avec les gros mots, peut-être ? Elle lui dit de baisser son pantalon ? Non. Ça devait pas se passer comme ça. Il est en train de déblatérer des gros mots, alors il ne l'entend pas. Elle le lui baisse elle-même, n'est-ce pas ? Ou elle lui prend la main pour l'aider à le baisser... ou elle le fait avec sa propre main. Ou peut-être pas sa main mais une autre partie de son anatomie pour le stimuler un peu...

— Stop ! C'est répugnant ! Vous êtes...

Le sergent Havers déclencha l'appareil, et la voix de Clare reprit : « La distraction apportée par le plaisir sexuel pourrait en effet avoir eu un effet lénifiant sur son besoin irrépressible de débiter des mots ordurier, dans la mesure où il se rendait compte que cela mettait son entourage dans l'embarras. Faut-il déduire de tout cela qu'elle lui fournissait aussi les images pornos ? Comme si, pour endiguer la montée en puissance de sa coprolalie, il fallait parallèlement augmenter son excitation sexuelle ? Et s'il en était arrivé au point où les images ne suffisaient plus, comme un drogué qui a besoin d'augmenter sa dose ? Ne lui aurait-il pas fallu, lorsque se déclenchait son problème verbal, quelque chose de l'ordre de la... fellation ou du cunnilingus... »

Winston ne parvint pas cette fois à arrêter Caroline, qui tendit la main vers le petit appareil. Barbara le récupéra juste à temps et fit taire la voix terrible de Clare.

— Je vais vous dire comment vous avez fait, lâcha-t-elle. Vous avez fait vos recherches sur l'ordinateur de monsieur votre mari, et vous avez passé commande sur le vôtre. Vous vous êtes servie du nom de Lily Foster comme nom de destinataire pour la même raison. Si ça tournait au vilain – ce qui a été le cas, je vous fais remarquer –, vous aviez de quoi égarer les soupçons et vous poser en victime. Le seul problème, c'était la carte de crédit. Vous n'aviez aucun moyen d'emprunter celle de Lily et je suppose qu'Alastair et vous avez un compte commun. Alors, vous vous dites que cela orientera les soupçons vers lui. Surtout, vous vous servez de votre tube de dentifrice. Il fallait que vous ayez l'air d'être la cible. Tout ça, bien sûr, si jamais on découvrait que Clare n'avait pas été victime d'une simple crise cardiaque...

À cet instant, Alastair se rappela les paroles de sa femme quand la police de Londres avait débarqué. « C'est moi qui ai préparé son sac. ». Il n'avait pas le cœur cependant, même maintenant, de les leur répéter. Il ne pouvait, non, il ne devait pas la trahir.

Caroline était silencieuse. La respiration oppressée, elle regarda fixement l'appareil entre les mains de Barbara, puis elle leva les yeux, semblant lire un mot écrit au plafond :

— Charlie.

— Vous l'avez dit, opina le sergent Havers. Clare menaçait de parler à Charlie pour savoir ce qu'il savait. Vous ne pouviez permettre une chose pareille. Vous saviez qu'elle écrivait son livre sur l'adultère en dépit de vos efforts pour l'en empêcher. Elle était sûre que vous tiendriez votre langue sur ses escapades tant qu'elle tenait la sienne.

À ces mots, Caroline fondit en larmes.

— Je veux mon fils. Je veux Charlie. Je veux mon fils.

Camberwell
Sud de Londres

Le téléphone portable d'India sonna à trois heures et demie du matin. Elle crut que c'était son réveil, puis s'aperçut qu'il faisait nuit noire dehors. Elle empoigna le téléphone et se dépêcha de refuser l'appel. Nat, à côté d'elle, n'avait pas bronché.

Sur son cadran s'afficha *Charlie*. Son agacement se mua alors en consternation. Pour une fois que Nat passait la nuit chez elle... L'intrusion de Charlie était intolérable. Ce n'était pas comme si les choses étaient faciles entre elle et Nat.

Elle se leva sans faire de bruit. Apparemment, Charlie n'avait pas laissé de message, ce qui était curieux de sa part. L'instant d'après, le fixe se mit à carillonner, à la fois dans son bureau et à la cuisine au rez-de-chaussée. Elle se précipita. Si le répondeur se déclenchait, la voix de Charlie allait à coup sûr tirer son amoureux du sommeil.

Elle décrocha avant la troisième sonnerie.

— Charlie ?

Elle l'entendit soupirer de soulagement.

— Dieu merci, India ! Alastair vient de m'appeler. Maman...

— Qu'est-ce qu'il y a encore, Charlie ? Il est trois heures du matin !

— Elle est mise en examen pour le meurtre de Clare, souffla-t-il. Et le pire, c'est qu'elle a avoué.

India ouvrit la bouche mais, la gorge soudain affreusement sèche, ne parvint qu'à articuler :

— Mais... pourquoi ?

— Alastair dit qu'ils ont un enregistrement. Elle lui faisait des choses...
— À Alastair ? Qu'est-ce... ?
— Non, à Will.

India se laissa tomber dans son fauteuil de bureau.

— Elle faisait des choses à Will ? Qu'est-ce que ça veut dire ?
— Des choses sexuelles. Ça a duré des années... Clare l'a découvert... Will s'était confié à Sumalee. Je ne sais pas quand. Je ne sais rien d'autre. En écoutant l'enregistrement, maman s'est effondrée et ils l'ont arrêtée. Elle a tout avoué et elle a signé ses aveux... C'était il y a une heure.
— Mais Will ne t'avait rien dit, à toi ?
— Oh, non, il ne...

La voix de Charlie se brisa. India sentit son cœur se serrer, puis elle se rebiffa, soudain furieuse, tandis que Charlie bredouillait :

— Alastair a dit... Alastair, je ne l'ai jamais vu dans un état pareil... Il dit que maintenant ça lui paraît criant d'évidence, qu'il aurait dû le voir... sous son nez... et sous le mien, India. Je me sens vraiment en dessous de tout, pour Will...
— Tu n'as rien à te reprocher, Charlie. Si Will ne t'a rien dit, comment pouvais-tu deviner ? Tu n'as qu'à la laisser. Ne t'en mêle pas.
— Elle était toujours là, prête à voler à son secours, mais ce qu'elle lui faisait... Et moi, je...

Il se mit à pleurer.

— Arrête, Charlie. Tu te fais du mal !
— Je... je ne peux pas...
— Charlie. *Charlie !*

Il ne répondit pas.
— Bon. Je viens tout de suite. Tu m'entends, Charlie. J'arrive.
Elle raccrocha et se redressa.
Alors seulement elle vit Nat. Il la regardait, debout dans le couloir.

22 octobre

Victoria
Londres

— En dépit du fait qu'on n'a jamais eu que des preuves circonstancielles, Havers a obtenu un résultat remarquable, déclara Lynley.

— Vous devez bien admettre qu'il n'y a pas de quoi crier victoire, Tommy.

Ils étaient tous les deux dans le bureau de la commissaire Ardery, où l'inspecteur Lynley s'était précipité dès que la secrétaire, Dee Harriman, lui avait signalé que la patronne était arrivée.

— Que dites-vous d'aveux signés ? répliqua Lynley. Caroline Goldacre est en garde à vue à l'heure qu'il est. J'ai parlé à Barbara à six heures ce matin, chef. Elle a signé vers deux heures et demie.

— En présence d'un avocat ?

— Mme Goldacre n'en a pas voulu. On lui a rappelé plusieurs fois ses droits, mais elle a refusé obstinément. On a fini par lui en attribuer un d'office, mais elle l'a prié de ne pas intervenir. Tout est dans le dossier.

Derrière son bureau, la commissaire hocha pensivement la tête. Lynley savait qu'elle réfléchissait aux implications de ce qu'il venait de lui annoncer pour la carrière de Barbara Havers. Celle-ci n'avait-elle pas réussi à résoudre une affaire compliquée en restant strictement dans les clous ?

— C'est une bonne nouvelle, finit par admettre Isabelle en sélectionnant un dossier sur son bureau et en l'ouvrant. Et je suppose que le sergent Nkata l'a efficacement épaulée.

— En effet. Ils ont formé un tandem impeccable.

Lynley se garda bien de préciser que Havers avait plus d'une fois enquêté seule. Après tout, seul le résultat comptait et le résultat était positif.

— Quel est l'avis du sergent Nkata ?

— Je n'ai pas parlé avec lui.

— Ah bon ? Je vous prie de le faire. Je n'aimerais pas avoir à m'en charger moi-même. Et je crois bien que vous et le sergent Havers non plus, vous n'aimeriez pas que je m'en charge...

Le sous-entendu n'échappa pas à Lynley.

— Barbara aurait pu mener seule cette enquête avec deux agents de police à ses ordres. Vous le savez aussi bien que moi.

Isabelle lui jeta un regard en coin, sa boucle d'oreille en jade caressant la peau de sa joue.

— Bon, vous n'y croyez pas encore, reprit-il, et je ne nie pas que vous ayez de bonnes raisons de douter d'elle.

— C'est trop gentil de votre part.

— Mais si je peux vous faire observer que...

— Est-ce que j'ai l'air de quelqu'un à qui il faut faire des observations, Tommy ?

— Bien sûr que non. Mais, Isabelle... Chef... Après cette affaire, il me semble que vous pourriez lâcher du lest.

— Ah oui, vraiment ? Bon, eh bien, mettons que je suis ravie que cet imbroglio à Shaftesbury ait trouvé une résolution grâce aux sergents Havers et Nkata. Et je suis d'accord avec vous : on va lui lâcher la bride.

Lynley n'était pas assez bête pour s'imaginer qu'Isabelle Ardery n'avait pas d'arrière-pensée.

— Car si on la lui lâche assez, poursuivit la commissaire, Barbara finira par se prendre les pieds dedans. Alors, d'accord, lâchons-la-lui. Je n'y vois pas d'objection.

Lynley se dit que ce n'était pas la peine d'épiloguer. Il n'y avait rien à faire, Isabelle continuerait à attendre Barbara au tournant et à refuser de déchirer la demande de mutation signée par l'intéressée.

Il la laissa donc à son travail. Dans le couloir, il croisa Dorothea Harriman qui, par un geste discret de la tête en direction de la cage d'escalier, lui indiqua qu'elle souhaitait s'entretenir avec lui en privé.

Lynley lui emboîta le pas.

— Alors ? dit-il en haussant un sourcil lorsqu'ils furent seuls.

— Ça a marché pour le sergent Havers, n'est-ce pas ? Elle va pouvoir respirer un peu ?

— Je suis curieux de savoir comment vous avez abouti à cette conclusion ?

— Ce n'est pas compliqué, inspecteur Lynley, vous vous êtes pointé une heure plus tôt que d'habitude avec des chaussures ultra cirées et... vous aviez votre démarche élastique de quand-tout-va-bien. Ah, et peut-être... un nouvel after-shave ?

— Holmes, vous m'étonnerez toujours.
— Vous ne m'avez toujours rien dit...
— Barbara a obtenu des aveux complets.
— Vraiment ? Génial ! On peut passer à la phase suivante, alors. Vous me permettez de m'y remettre ?
— Vous remettre à... ?

Lynley ressentit un léger malaise, devinant vaguement ce qu'elle avait en tête.

— À la faire entrer dans le moule, faute de meilleure expression. J'ai bien réfléchi, vous voyez. Ça fait un bout de temps que ça mijote là-haut. Je me rends compte que j'y suis allée un peu fort. C'était trop pour elle. Je parle du speed dating. Après, je me suis dit qu'elle préférait les femmes, non que ce soit un problème pour moi, mais en fait il n'y a jamais eu de femme dans sa vie non plus. Ou si ?

— Pas que je sache, Dee. Mais elle est très discrète sur sa vie privée, comme vous avez dû le constater, spécifia-t-il dans l'espoir de la décourager.

Il en aurait fallu davantage, toutefois, pour empêcher la pimpante secrétaire de s'occuper de Barbara Havers.

— Évidemment, je ne m'attendais pas à ce qu'elle me fasse des confidences. Nous nous connaissons si peu.

— Vous vous côtoyez ici depuis des années, lui fit observer Lynley.

— On peut se connaître sans se *connaître*.
— Au sens biblique, vous voulez dire ?
— Pardon ?
— Vous savez, Adam qui connaît Ève ?

Il plaisantait bien sûr, mais il voyait bien que Dee

ne savait pas de quoi il parlait. Ce n'était pas une grande lectrice de la Bible.

— Bible ou pas, reprit-elle, il faut que je passe plus de temps avec elle. Je voudrais que nous devenions amies. On ne peut pas avoir une influence sur quelqu'un si l'on n'a pas de liens forts avec lui. Une tournée d'emplettes ne suffit pas à cimenter une confiance réciproque. Donc j'ai bien réfléchi et cette fois je crois que j'ai un bon projet...

Voyant que Lynley allait ouvrir la bouche pour lui démonter ses plans, elle s'empressa d'enchaîner :

— Je vais y aller mollo. Elle n'a pas vraiment dit non pour les leçons de danse, inspecteur. Je pense être capable de vaincre ses réticences. Je me dis que si je l'emmène à un cours où l'on danse avec un partenaire, elle va se retrouver dans les bras d'un homme. À moins qu'elle ne considère que c'est un sport et uniquement un sport... Je peux vous poser une question, inspecteur : que pensez-vous de la danse classique ?

Havers en maillot de danse... Lynley émit une petite toux pour s'empêcher de rire.

— Dee, vous savez...

— Oui, bien sûr, vous avez raison. Et que diriez-vous des claquettes ? Pour le coup, c'est un excellent exercice, et on n'a pas besoin d'une tenue spéciale.

Lynley n'imaginait pas plus Barbara faisant un numéro de claquettes qu'en tutu, mais enfin, Dee avait l'air très décidée. Il laisserait le sergent se débrouiller avec elle. Et puis, qui sait ? Elle ne serait peut-être pas mauvaise... En tout cas, cela ne ferait pas de mal.

— Je trouve votre plan génial, Dee.

Devant son sourire éclatant, il se reprit :

— Mais je peux vous demander quelque chose ?
— Bien sûr, inspecteur.
— Je vous en supplie, ne lui dites pas que je vous ai dit ça.

Shaftesbury
Dorset

Pour la deuxième nuit consécutive, l'assistant d'Alastair avait pris les rênes de MacKerron Baked Goods. Alastair n'avait même pas pensé à lui téléphoner pour l'informer de son absence. Quand il rentra à l'aube, après des heures et des heures à poireauter sur les bancs du commissariat local, et qu'il vit les camionnettes de livraison chargées et prêtes à partir, il se dit que tout marchait très bien sans lui, ce qui ne lui remonta pas pour autant le moral.

Il félicita le jeune homme pour ses initiatives. En croisant son regard, il songea que son assistant devait penser qu'il avait passé la nuit dans le lit de Sharon Halsey. Il fallait bien avouer qu'il ne s'était guère embarrassé de discrétion.

Shar lui avait téléphoné. C'est ce qu'il découvrit en rallumant son portable. Au poste, il l'avait éteint, ne le rallumant qu'une seule fois pour appeler Charlie, après quoi il l'avait de nouveau éteint, n'ayant pas le courage de parler à qui que ce soit. Il était sous le choc des aveux de Caro, et il s'en voulait terriblement d'avoir douté de Sharon. Comment avait-il pu penser une seconde à sa culpabilité ? Son aveuglement au sujet de Caro et de Sharon était-il la preuve qu'il ne comprendrait jamais un autre être humain ?

Alastair se rendit directement à la cuisine, vida ses poches sur le plan de travail, mit de l'eau à bouillir et ramassa son portable. Il y avait un message de son assistant, un autre d'India, et plusieurs de Sharon. Il n'avait envie d'écouter que les siens.

Elle ne viendrait pas travailler aujourd'hui, disait le premier. Elle avait réfléchi, disait le deuxième, elle allait prendre un congé. Et le troisième : « Alastair, tu as eu mes messages ? Il y a un problème ? J'ai appris que tu n'étais pas au fournil. »

Alastair n'avait pas le courage de la rappeler. Terrassé de fatigue, il commença à monter l'escalier en se disant qu'il n'arriverait jamais à dormir. Ce fut tout le contraire. Il n'avait pas plus tôt posé la tête sur l'oreiller qu'il plongea dans un sommeil sans rêves ni tourments.

Ce fut la sonnerie du fixe qui le réveilla. Il s'en saisit en espérant qu'une bonne nouvelle allait peut-être éclaircir son horizon. En entendant la voix de Ravita Khan, il déchanta.

— Pourquoi ne m'avez-vous pas appelée tout de suite ? attaqua-t-elle de front.

Il cilla comme si les battements de ses paupières avaient le pouvoir de dissoudre la glu du sommeil dans son cerveau. Il lui demanda comment elle avait appris ce qui s'était passé. C'était tout simple, lui répondit-elle : elle avait reçu un appel du sergent de garde au commissariat. Ce n'était pas tout à fait légal, mais elle connaissait ce policier. Une fois remise en liberté provisoire sous caution, Caroline aurait besoin d'un excellent avocat... Et puis, qu'importait comment elle l'avait su. Caroline aurait dû réclamer sa présence auprès d'elle dès le départ.

— Elle ne voulait pas d'avocat, lui expliqua Alastair. Les flics lui ont proposé. Elle leur a dit...

— Ne soyez pas ridicule. Ils devaient être ravis que je ne sois pas là.

— Ils ont fait venir un avocat commis d'office.

— Un incompétent, je parie.

Alastair ne partageait pas cet avis. En fait, personne n'aurait rien pu faire pour Caroline une fois qu'elle avait décidé de passer aux aveux. Il fit part de son opinion à Ravita Khan.

— Vous auriez dû me téléphoner dès qu'ils ont mis le pied chez vous. Pourquoi ne l'avez-vous pas fait ?

— Je vous répète...

— Les gens croient que la police a tous les droits. Et la police joue sur l'ignorance des gens, comme elle joue sur l'effet de surprise. Pourquoi a-t-elle avoué, nom d'un chien ? Ils l'ont menacée ? Ils ont trouvé des preuves chez vous ? Bon, ça ne fait rien. De toute façon, vous n'en savez rien. Vous n'étiez pas dans la salle d'interrogatoire.

Peut-être pas dans la salle, mais il était dans son salon quand Caroline avait tout avoué.

— Elle a commandé le poison en ligne. Il y a des preuves.

— C'est ce qu'ils lui ont dit ? Mais, bon sang, n'importe qui aurait pu le commander !

— Elle a préparé le sac de Clare, elle me l'a dit. Il lui a suffi de ne pas y inclure de tube de dentifrice. Comme ça Clare était obligée de lui emprunter le sien.

— Mais... le mobile dans tout ça ?

Alastair ne put se résoudre à le lui révéler.

— Caro vous en parlera.

— Elle refuse de me recevoir. J'ai déjà essayé.

C'est pour cela que je vous appelle. Vous voulez bien tenter de lui faire entendre raison ? Elle peut se rétracter. Les preuves sont circonstancielles. Elle n'a pas eu d'avocat.

— Si, celui qui a été commis d'office, lui rappela Alastair.

— Ils l'ont poussée à accepter cette défense. Ils lui ont forcé la main.

Alastair soupira.

— Je ne crois pas. L'impression que j'ai, c'est qu'elle attendait qu'ils aient assemblé les pièces du puzzle pour s'effondrer. Elle en avait marre de mentir et de faire semblant.

— Comment ? Que voulez-vous dire ?

En réalité, il n'en savait rien. Il était dans le noir complet. Quand Caroline prétendait qu'elle avait agi ainsi « pour le bien de Will », il ne parvenait pas à la croire. Maintenant, il voyait sous un nouveau jour non seulement son insistance pour rapatrier Will à la maison quand il avait craqué à Londres, mais aussi son antipathie pour Lily Foster. Jusqu'où les gens peuvent-ils aller pour justifier à leurs propres yeux les horreurs qu'ils commettent ? Mais ce qui le révoltait le plus, c'était son propre aveuglement. « Laisse-nous tranquilles, Alastair »... « Je m'en occupe »... « Il a besoin de sa mère »...

Il avait laissé couler uniquement parce qu'il était persuadé qu'elle agissait en bonne mère, qu'elle faisait de son mieux pour son enfant. Quel imbécile il avait été !

L'après-midi était déjà bien entamé lorsque Alastair sortit enfin de chez lui. Il avait besoin de se dégourdir les jambes. Se laissant guider par ses pas, et sans doute aussi par son inconscient, il marcha vers le centre, monta la côte de Foyle Hill, puis tourna dans Breach Lane et arriva devant la pierre à la mémoire de Will.

Des rubans roses ou bleus ornaient toujours les buissons près de la source. Des noms y avaient été inscrits, à moitié effacés ou sur le point de l'être. Les gens avaient aussi allumé des bougies, que le vent s'était chargé de souffler plus ou moins rapidement. Comme c'était un après-midi sans vent, il ralluma celles qui avaient encore une mèche. Il cueillit les morceaux de cire fondue, qu'il entassa sur un des bancs en pierre. Puis il s'assit à côté du petit monticule et contempla le rocher et la plaque commémorative. Il aurait voulu dire tant de choses au jeune homme dont on saluait la mémoire, mais tout ce qu'il put marmonner fut :

— Je ne savais pas, Will.

Si seulement il avait été plus sûr de lui, s'il n'avait pas été convaincu de ne pas valoir sa compagne, il aurait peut-être compris, il aurait sans doute fait quelque chose. Mais il ne s'était jamais senti l'égal de Caroline Goldacre. Au contraire, il était reconnaissant d'avoir reçu les faveurs d'une femme aussi extraordinaire. Il avait été le crapaud, et elle la princesse, sauf que lorsqu'elle l'avait embrassé il était resté crapaud.

Une voiture freina dans la rue derrière lui, mais il ne se retourna pas. Quelqu'un venait probablement suspendre un ex-voto près de la source, allumer une bougie… C'était bien, pensa-t-il. Dans un certain sens, cela rendait le suicide de Will moins affligeant, moins inutile, moins effroyable.

— Je suppose que tu vas avoir besoin d'un sac en plastique pour tout ça.

Dans son dos, la voix de Sharon était à peine

un murmure. Il se retourna d'un seul coup, mais ne prononça pas un mot. Elle posa doucement sa main sur son épaule.

— Je vais aller t'en chercher un.

Il la regarda reprendre le chemin de sa voiture et revenir avec un sac en plastique Sainsbury's. Puis elle s'assit à côté de lui. Tous les deux contemplèrent le panorama. Blackmore Vale. Même à cette distance, ils distinguaient les vaches de race jersiaise qui paissaient dans le bocage comme l'avaient fait leurs ancêtres au cours des deux cents dernières années.

— C'est si paisible ici, souffla Sharon.

Alastair n'osait parler. Il savait qu'il lui devait des excuses, mais comment s'y prendre lorsque la faute est impardonnable ? Jamais il n'aurait dû la soupçonner...

— Tu ne m'as pas rappelée, dit-elle. J'étais inquiète. Finalement, je me suis rendue au fournil.

Il sentait son regard peser sur lui, mais il gardait le sien fixé sur les collines crayeuses de Melbury Hill.

— Il n'y avait personne, mais ce n'était pas fermé à clé, ce que j'ai trouvé bizarre étant donné l'interdiction d'approcher de Lily Foster et tout ce qui se passe. Je ne suis pas entrée dans la maison, mais j'ai ouvert la porte, j'ai appelé... Alastair, tu m'expliques ?

Il se rendit compte subitement qu'elle n'était pas au courant. Bien sûr que non. Douze heures ne s'étaient pas encore écoulées depuis que Caro avait signé les aveux que la police avait placés devant elle. Mais la nouvelle n'allait pas tarder à se répandre. Forcément. On ne pouvait pas confesser l'assassinat d'une femme de la notoriété de Clare Abbott sans que cela fasse grand bruit.

Les yeux toujours sur le paysage, il commença ainsi :
— C'est Caro.
— Il lui est arrivé des ennuis ?
— C'est elle. La police l'a interrogée. Elle a tout avoué. C'est elle, Shar.

Sharon se leva et s'agenouilla devant lui afin qu'il ne puisse plus esquiver son regard, son visage, l'expression de sa sympathie. Il n'y avait aucun triomphe dans son attitude, aucune trace d'un je-te-l'avais-bien-dit. Elle n'était pas ce genre de femme.
— Elle a avoué quoi ?
— Clare Abbott, répondit-il. C'était Caro. Ils ont des preuves, bien sûr, mais elles n'étaient pas suffisantes. Puis ils lui ont fait écouter cet enregistrement...

Alastair se mordit la langue, fort, pour que ça fasse mal. Il s'en voulait tellement d'avoir fait de la peine à Sharon, il s'en voulait tellement de n'avoir pas su venir en aide à son beau-fils...

Sharon se pencha en avant et lui enlaça la taille des deux bras.
— Je suis désolée.

Elle n'en dit pas plus. Une autre se serait enquise des détails, se serait peut-être réjouie du malheur de sa rivale, mais Sharon, elle, répéta :
— Je suis vraiment désolée. Et toi, Alastair, comment vas-tu ?
— Désolé, aussi.
— Évidemment. Ce n'est pas comme si tu avais voulu lui causer des ennuis. Et maintenant... pauvre femme... que va-t-elle devenir ? Qu'est-ce qu'il se passe dans ces cas-là ? Où est-elle ? En garde à vue ? A-t-elle un bon avocat ?

Alastair songea qu'elle avait mal interprété ses paroles.

— Je ne suis pas désolé pour Caro, mais pour ce qui s'est passé entre toi et moi, d'avoir supposé que tu... Ce cytise et ses cosses et tout le reste alors que tu essayais de me faire comprendre... Tu m'as même proposé de goûter toi-même à la levure chimique sous mes yeux... Tu voulais me prouver... Oh, je suis tellement désolé.

— Ah, ça.

Elle se redressa et marcha un peu, s'arrêta à l'endroit où s'amorçait la pente qui dévalait en contrebas vers les prairies. Après avoir contemplé la vue pendant une éternité, elle déclara finalement :

— Je suis venue te parler de tout ça. Entre nous, ce ne sera en effet plus comme avant.

— Je regrette, tu ne peux pas savoir comme je regrette de ne pas t'avoir écoutée, Sharon. Tu essayais de m'expliquer et moi, comme un con... Je m'en fichais, en fait, du moment que tu restais avec moi. Qu'est-ce que cela révèle sur moi ? Je n'en sais rien. Je ne pouvais pas supporter l'idée de te perdre. Et si cela voulait dire que Caro devait mourir, pourquoi pas ? Tu vois jusqu'où ça allait dans ma tête.

— Et maintenant, comment c'est, dans ta tête ?

Elle pivota sur elle-même. Son visage, même à contre-jour, trahissait une immense fatigue. Elle n'avait sans doute pas plus dormi que lui depuis qu'ils s'étaient quittés. Alastair fit un geste plein de lassitude dans la direction du laboratoire de la boulangerie et de son domicile.

— J'en ai terminé. Je n'ai jamais été un vrai boulanger. Si j'ai embrassé cette profession, c'est uniquement pour elle et les garçons. C'était ce qu'elle voulait, ce dont elle avait besoin, disait-elle. Et pendant tout ce temps-là, elle…

À la dernière seconde, il n'eut pas le cœur de lui parler des agissements de Caroline envers Will.

— J'adorais ce que je faisais à Londres, reprit-il. Je rêvais d'y retourner.

Sharon pencha la tête de côté, comme pour lui permettre de mieux la dévisager.

— Ce que je me demande…

— Quoi ? dit-il.

— … c'est si tu pourrais reprendre ce commerce-là à Thornford. Je suis une fille de la campagne, moi, je n'ai jamais habité ailleurs.

— Pourquoi cette question, Sharon ? murmura-t-il en tremblant.

— Alastair, tu sais que j'étais furieuse que tu aies pu penser que j'étais capable de *tuer* quelqu'un.

— Oui, je sais. Et je suis tellement désolé, Shar.

— Puis je me suis dit qu'il nous arrive à tous d'aller trop loin dans nos propos, comme si on baissait la garde face à dame Folie. Nous sommes tous coupables d'avoir abouti un jour ou l'autre à une conclusion erronée. Mais ce que nous avons tous les deux… toi et moi ? Il n'y a rien de mal là-dedans, si ? Un homme et une femme se rencontrent, s'attachent l'un à l'autre, se fourvoient, se réconcilient. Oh, j'étais tellement en colère. Je ne voulais plus entendre parler de toi. Mais après une journée de réflexion, je me suis rappelé quel chemin tu avais parcouru depuis la mort du fils de Caroline, je me suis rappelé quel homme tu étais…

— Tu es en train de me dire que tu veux quand même bien de moi ? Après ce que je t'ai fait ?

— Je t'ai toujours dit que la seule chose qui comptait, c'était que nous soyons ensemble, toi et moi. L'heure est peut-être venue de me croire.

Spitalfields
Londres

India ne parvenait pas à définir ce qui se passait en elle. Il y avait sûrement une part de tristesse, celle d'avoir perdu un être cher, mais il y avait aussi la frustration de ne pas avoir été capable de se faire comprendre. En tout cas, elle avait la sensation d'être entraînée par un courant plus fort que sa volonté vers un univers inconnu qui la remplissait d'effroi. Il devait bien exister un mot pour exprimer ce qu'elle ressentait, mais elle était tellement sonnée à l'issue de cette nuit blanche qu'elle était incapable de le trouver. Campée devant la fenêtre du salon de Charlie, elle regardait distraitement les clients entrer et sortir de chez le traiteur au coin de la rue. Elle aurait voulu faire le vide dans son esprit, mais ce n'était pas facile.

Une heure après le coup de fil de Charlie dans la nuit, elle s'était retrouvée auprès de lui. Nat avait insisté pour la conduire lui-même depuis Camberwell. Il lui avait dit qu'elle était trop nerveuse pour prendre le volant, ajoutant que le trajet leur donnerait le temps de discuter. Elle pourrait, entre autres, lui expliquer pourquoi Charlie avait téléphoné au milieu de la nuit.

« Il ignorait que tu étais avec moi.

— Évidemment », avait-il répliqué.

Charlie n'avait en effet pas eu l'intention de gâcher leur première nuit ensemble. Sur le chemin de Spitalfields, plus calme, elle avait été capable de lui décrire la situation telle que Charlie la lui avait présentée. Nat avait hoché la tête, comme s'il ne voyait pas d'objection à cette soudaine migration d'India. C'est seulement quand il avait coupé le moteur de sa voiture devant les portes en verre de l'immeuble de Leyden Street que ses paroles étaient devenues tranchantes.

« India, c'est mieux qu'on ne se voie plus. »

Elle aurait voulu pouvoir déchiffrer l'expression de son visage, mais dans le faible éclairage de la rue, tout ce qu'elle distinguait de lui était la ligne de sa joue. Son regard restait dans l'ombre. Toutefois, il n'était pas nécessaire qu'elle croise son regard. Sa voix en disait assez long.

« S'il te plaît, Nat. Non. Pas maintenant. Ce n'est pas juste...

— Je sais, ce n'est pas juste, c'est mal venu, etc.

— Nat, sa mère vient d'avouer un meurtre. Son frère s'est suicidé.

— Il y a combien d'années, ma chérie ?

— Ce n'est pas facile pour lui. Il a fait d'énormes efforts, mais ça, c'est un coup terrible. Ce n'est pas comme s'il m'avait demandé de reprendre avec lui. Je ne peux pas le laisser tomber dans cette épreuve. Pas avec sa mère qui... S'il te plaît. Essaye de comprendre. J'agis par amitié.

— Je comprends très bien. Et je comprends aussi qu'il a une emprise sur toi qu'il n'est pas près de relâcher et dont tu n'es pas près de te libérer.

— Il s'agit de sa mère...

— D'abord son frère, ensuite toi qui le quittes, puis sa mère. Le destin l'accable, on est bien d'accord. Mais il y aura toujours quelque chose dans la vie de Charlie, non ? Bientôt le procès de sa mère, son séjour en prison, son chagrin de la savoir derrière les barreaux, ses visites au parloir... Ça n'aura jamais de fin.
— Je te le jure : ça ne se passera pas comme ça. »
Il avait souri. Cela, au moins, elle le vit dans le noir.
« Je sais que c'est ce que tu crois, India. Mais tu n'es pas le genre à rompre et à ne jamais regarder en arrière. C'est d'ailleurs une des raisons pour lesquelles je t'aime. Seulement, voilà, parfois les liens qu'une femme a tissés avec un homme sont trop solides... »
Elle aurait voulu le contredire, lui répéter que ce n'était pas ça, le problème, que la compassion, ça existait, mais tout ce qu'elle avait trouvé à dire fut :
« Et toi, les liens que tu as tissés avec moi ne sont pas assez solides pour résister à ce qui se passe cette nuit. »
Il avait répondu par un silence : elle avait frappé en plein dans le mille. Il se donna le temps de réfléchir, puis il soupira :
« Ce n'est pas tout à fait juste, là, India. Mais entendu, c'est en partie vrai. »
Il s'était penché pour l'embrasser une dernière fois.
« Nat...
— Va le retrouver. »
Elle n'aurait pu affirmer que Charlie avait guetté son arrivée de la fenêtre, mais il se révéla si prompt à répondre à la porte qu'elle supposa qu'il les avait vus en bas. Il avait sans doute pu constater la brièveté de leurs adieux, la brièveté de leur baiser... Le reste, il l'ignorait, heureusement.

Il lui avait refait le récit des terribles événements et comme il avait l'air épuisé, elle le guida vers la chambre afin qu'il s'allonge et essaie de dormir un peu. Cependant, elle avait pris soin de lui montrer qu'elle était là uniquement à titre amical. Elle voulait bien s'allonger sur le lit à côté de lui si cela pouvait lui apporter un peu de réconfort, mais elle resterait habillée et sur les couvertures. Elle repensa à ce que lui avait dit Nat dans la voiture. Dans un sens, il avait raison. Charlie serait toujours présent dans sa vie.

À un moment donné, Charlie avait voulu ajouter quelque précision à son récit, mais elle l'avait fait taire en lui caressant la tête et en murmurant :

« Plus tard. Détends-toi. »

De toute façon, il ne devait pas savoir grand-chose de ce qui se passait dans le Dorset. Le mieux était d'attendre d'en apprendre davantage avant de tirer des conclusions.

Il s'était endormi à six heures et demie. Elle était allée s'allonger sur le canapé du salon. Elle se rappela combien Charlie avait détesté dormir sur ce canapé. Il n'avait pas tort, autant s'allonger sur des lattes en bois. Cela dit, même si elle avait été confortablement installée, elle n'aurait pas pu trouver le sommeil. Elle avait fini par se lever.

Avait téléphoné à la clinique Wren afin de les prévenir qu'elle ne viendrait pas travailler aujourd'hui ni sans doute demain. « Une urgence familiale », avait-elle spécifié dans son message. Pouvaient-ils avoir la gentillesse de décommander ses rendez-vous ? Elle serait sans doute en déplacement et rappellerait dès que possible.

Elle n'était pas sûre pour le « déplacement », mais il

était probable que Charlie souhaiterait descendre dans le Dorset. Il voudrait parler de vive voix à Alastair et obtenir tous les détails avant de voir sa mère. Y aurait-il un procès, comme semblait le penser Nat ? Que se passait-il quand on avouait un crime ?

Avec la sensation d'avoir la tête comme dans du coton, elle s'était mise à la fenêtre. La contemplation de Leyden Street échouant à lui apporter la moindre réponse à ses questions, elle décida qu'un petit café était à l'ordre du jour.

Du café soluble, ce fut tout ce qu'elle trouva à la cuisine. Elle mit la bouilloire en marche et ouvrit le frigo. Elle n'avait pas faim, mais se dit qu'elle avait besoin d'un remontant. Charlie aussi, d'ailleurs. Elle était prête à parier qu'il n'avait rien avalé la veille au soir.

Dans le frigo, il y avait un paquet de Stilton ouvert, un œuf, des roulés à la saucisse, du brocoli jauni, des branches de céleri et des carottes encore plus ramollies, de la laitue qui pourrissait dans son sachet et une demi-plaquette de faux beurre. Rien qui fût susceptible de contenter ses désirs alimentaires.

Le congélateur n'offrait guère mieux : du *kedgeree*, des *waffles*, des glaçons et un paquet de blancs de poulet couvert de givre.

Les placards livrèrent des conserves de haricots, des nouilles instantanées, du pain sous Cellophane et un paquet de crackers de riz pas encore ouvert. Quelques bouteilles d'huile et de vinaigre, une rangée d'épices, un point c'est tout.

Ce serait bien de commencer par faire une liste de ce qui manquait, se dit-elle. Une fois son café prêt, elle ajouta du lait et du sucre à sa tasse et la transporta au salon. Dans son sac, elle avait un crayon, mais pas de papier. Elle retourna donc à la cuisine. Le dos d'une enveloppe ou d'une feuille publicitaire ferait l'affaire. Mais Charlie était décidément un as du rangement, il ne laissait rien traîner. Bredouille, elle retourna au salon.

À côté de la série des livres d'art que Charlie avait acquis depuis qu'elle l'avait quitté, elle avisa des vieux carnets écornés. Ils étaient au nombre de quatre. Elle choisit celui du bout, appuyé contre le serre-livres. Il y aurait forcément là-dedans une page blanche qu'elle pourrait déchirer.

Elle feuilleta le carnet à l'envers, s'apercevant soudain que ce qu'elle avait entre ses mains n'était pas à Charlie. Des plans de jardin. Des croquis. Des notes gribouillées... Le carnet avait appartenu à Will.

Elle tourna les pages tristement en admirant son talent de paysagiste. C'était une de ces cruautés dont la vie avait le secret : à cause de ses problèmes, il n'avait pas pu l'exploiter pleinement.

Au milieu du carnet, les dessins et les annotations cédaient la place à un texte. Un journal intime, semblait-il. Aucune date n'était indiquée, mais les changements d'encre étaient explicites. L'écriture était entrelardée de croquis de jardin. Elle revint en arrière.

Aurais dû écouter Lily La logorrhée pire ici qu'ailleurs Je voudrais partir mais je peux pas Tu peux pas Will ? Tu veux pas plutôt ? Et tu te demandes pas pourquoi, mec ?

India fronça les sourcils. Sa remarque à propos de Lily incitait à penser qu'il parlait de sa décision de quitter Londres pour le Dorset. Elle savait que Lily s'y était opposée. Et si sa coprolalie avait empiré après ce départ... Elle continua sa lecture.

Ce jour où elle et Alastair sont venus me chercher j'aurais dû savoir. J'ai eu une crise ce jour maudit et j'arrivais pas à les arrêter les mots impossibles jusqu'à ce qu'elle s'en charge elle-même et alors à cette seconde j'ai vu ce qui allait se passer si je retournais chez elle mais je l'ai laissée faire alors que je ne peux pas jurer que j'étais trop dans les vapes pour l'empêcher J'ai plus six ans, merde. Elle dit T'inquiète pas pour ça, si ça marche c'est ce qui compte Je veux t'aider, les mères sont là pour aider leurs enfants. Mais je veux pas je n'ai même pas de plaisir...

Un long passage était barré et noirci à en être illisible. Le terme « plaisir » fit tiquer India et elle revint en arrière pour relire : *elle s'en charge elle-même*. Saisie d'un sombre pressentiment, elle parcourut rapidement la suite jusqu'à : *elle me suce* et là, le temps sembla se figer.

Mon Dieu qu'elle me laisse tranquille quand je veux pas qu'elle me laisse tranquille J'ai envie de m'arracher le cerveau de mon crâne Ça marche tu vois bien que ça marche, quand c'est la dernière fois que tu as eu une crise ? C'est ce qu'elle me dit et je sais que c'est la vérité Ça les arrête et il n'y a pas d'autre moyen parce que le pire c'est que j'ai commencé à vouloir...

Encore des lignes noircies, plus une page arrachée, le graphisme d'un crayon mal taillé rendant l'écriture à peu près indéchiffrable sauf pour :

J'aurais dû savoir que ce serait comme ça

Et plus bas sur la même page :

Je savais qu'on le referait Je ferme ma porte à clé mais une crise pendant le dîner je me suis enfui en courant mais c'est devenu terrible et elle me disait Ne te traite pas comme ça alors que je peux t'aider si tu me laisses je fais ça par amour pour toi c'est tout et c'était comme à Londres ce jour-là et j'essaye de me dire qu'est-ce ça fait si c'est ma mère si ça marche et ça a toujours marché mais maintenant elle me dit qu'elle doit me faire un aveu et pardonne-moi mon fils chéri j'adore te sentir à l'intérieur

Les yeux d'India fixèrent ces derniers mots, comme hypnotisés. Puis :

de moi et c'est la terrible vérité mais je veux que tu le fasses comme ça on a ce moment ensemble et je t'avoue que mon amour pour toi a plusieurs visages Et le pire c'est que moi j'aime ça je déteste ça j'aime ça Je suis nul archi nul et je le serai tant que je suis pas loin d'elle et de ça

India se surprit à froisser les pages à mesure qu'elle lisait. De la bile lui remonta dans l'œsophage, et elle réprima un haut-le-cœur. Elle s'obligea à avaler et à continuer sa terrible lecture : *Trouvé un endroit à Yetminster et j'ai l'intention de le prendre ce sera un nouveau départ et je jure que c'est bien fini...*

Brusquement, une voix, non, à peine une voix, un souffle fit tressaillir India :

— Oh, non !

Et elle vit Charlie qui l'observait et sur ses traits se peindre un effroi qui lui communiquait plus efficacement que ne l'auraient fait des aveux ce qu'elle aurait dû savoir depuis le départ, depuis la toute première fois où ils avaient essayé de faire l'amour.

— Oh, ce n'est pas possible, Charlie, murmura-t-elle.

Elle s'attendait presque à ce qu'il coure s'enfermer dans la salle de bains, comme un adolescent dont un parent vient de découvrir le honteux secret. Mais il se borna à s'appuyer de l'épaule au chambranle de la porte, la dévisageant avec une angoisse si criante qu'il la lui communiqua aussitôt.

— Papa partait en mission, aux quatre coins du monde, murmura-t-il très bas. Un mois ou deux d'affilée. Parfois trois. Elle disait qu'elle avait peur. Peur toute seule dans la maison. Mais bien sûr elle n'était pas seule... Will et moi étions avec elle... mais qu'étions-nous ? Des gosses. Nous ne pouvions pas la protéger...

Il se lécha les lèvres. De son œil d'acuponctrice, elle ne manqua pas d'observer combien il avait la langue blanche.

— On cherchait d'abord dans la maison, elle et moi. J'entrais dans les pièces avant elle pour m'assurer qu'il n'y avait pas de cambrioleur. Il fallait faire toutes les pièces. En haut, en bas, au sous-sol. On se munissait d'une lampe de poche parce qu'elle disait qu'il ne fallait pas éveiller les soupçons des cambrioleurs. Ce n'était pas logique, mais rien n'était logique. On inspectait sa chambre en dernier.

— Charlie, tu n'es pas obligé de me...

— Si, je crois. Que dit-on déjà ? Qu'est-ce que je dis à mes patients ? « On est aussi malade que nos secrets »... (Il émit un rire las.) Ça me ressemble bien.

— Charlie, je t'en prie...

— Elle restait dans le couloir et moi j'entrais, je regardais sous son lit, sous les coussins, dans les placards. Quelquefois, j'avais peur à faire pipi dans ma culotte, mais je ne voulais pas le lui dire, parce qu'elle m'appelait son brave petit homme. « Tu es l'homme de la maison, mon chéri. Tu es mon brave petit homme. » Et pour un gamin de six ans, entendre...

— Tu avais six ans ? Si petit ?

— Elle était trop effrayée pour dormir seule quand papa n'était pas là, même après qu'on avait tout vérifié. « On fait dodo avec maman pendant que papa est parti sauver le monde », c'est ce qu'elle disait. « Maman a besoin qu'on lui fasse un câlin pour se sentir en sécurité. » C'est comme ça que ça a commencé. « Serre-moi fort, Charlie. Fais-moi un gros câlin. Tu n'as qu'à te coucher sur le côté derrière moi, voilà, tes bras autour de moi, tiens-moi chaud. C'est encore mieux si tu mets les mains sur la poitrine de maman, mon chéri. Comme ça, comme quand tu étais tout bébé. Pose ta petite main là, tiens le petit bout dur entre tes doigts. Tu peux pincer. C'est pas formidable, ça ? Maintenant, je peux dormir, Charlie. On est bien tranquilles, mon chéri... »

— Ça a duré combien de temps ?

— Jusqu'à ce qu'elle quitte papa pour Alastair. Je me suis dit : Bon, c'est derrière moi, je n'y pense plus... Elle avait besoin de réconfort et papa ne lui en donnait pas. Maintenant elle a Alastair et il ne la quitte jamais. Ce que j'ignorais...

Il désigna d'un geste le carnet qu'elle tenait sur ses genoux.

— Elle est passée à Will, dit India.

— Et elle n'a jamais arrêté. Mais je ne le savais pas. Je le jure devant Dieu, je ne savais pas. Jusqu'à ce que Lily me donne ce carnet.

— Lily ? Mais comment se l'est-elle procuré ? Quand te l'a-t-elle donné ? Depuis quand tu sais ?

Il la regarda droit dans les yeux. Il s'assit dans son fauteuil de thérapeute et attendit, sans prononcer un mot.

— Charlie ? souffla-t-elle.

— Tu le sais, India. Mais tu n'as pas envie de le reconnaître.

— Je t'assure que... Sauf... Après la mort de Will, sûrement, car il n'aurait jamais voulu qu'elle lise ça, qu'elle sache...

Soudain, la lumière se fit dans son esprit :

— L'enveloppe ! Le jour de l'inauguration du mémorial. L'apparition de Lily en contrebas dans la rue, guettant et... Oh, mon Dieu, Charlie, c'est moi qui te l'ai donnée, cette enveloppe. Moi ! Pourquoi ne l'ai-je pas laissée dans les mauvaises herbes quand elle est tombée ? Mais tu as dit que la police... Tu m'as juré que la police... Tu allais déposer l'enveloppe au poste. Tu m'avais promis.

— Je la leur ai apportée, mais quand ils ont vu que ce n'était qu'un carnet, ils me l'ont rendu. Ce n'était pas une bombe. Ce n'était pas de l'anthrax. Juste un petit carnet de croquis avec des gribouillages qu'ils n'ont pas pris la peine de déchiffrer parce que cela n'avait aucune incidence sur l'injonction de Lily.

— Et toi, tu l'as lu quand ?

— Au poste, sur un banc de l'accueil, parce que je voulais savoir pour quelle raison Lily me l'avait donné. Et j'ai vu. J'ai su... J'ai su que je devais trouver quelque chose à faire en réparation, India. Je n'avais pas compris que depuis le début sa logorrhée ce flot de gros mots était dirigé en réalité contre elle, oui, contre elle, et pour me dire ce qu'elle lui faisait. Il fallait que je fasse quelque chose pour me racheter.

India dévisagea intensément son mari. Elle voulut prendre une inspiration, mais l'air se coinça dans son gosier. Elle parvint à articuler :

— Te racheter ?

Elle avait une furieuse envie de fuir, de courir à la porte, de sortir de l'immeuble...

— Je n'ai jamais voulu faire du mal à Clare, dit Charlie. Que Dieu me pardonne. Quand elle est morte... et après, quand la police... Je ne sais pas comment Clare a pu se retrouver avec le dentifrice de maman.

— Oh, mon Dieu, Charlie !

— C'est tout de ma faute. Tu vois ? Cette femme géniale, morte, par ma faute, India.

— Arrête, chuchota-t-elle.

Puis, parce qu'il fallait bien aller jusqu'au bout, elle demanda :

— Comment tu t'y es pris ?

— C'était après l'inauguration du mémorial, je suis descendu soi-disant pour essayer de les réconcilier, maman et Alastair. Quatre fois. Peut-être cinq. Cela n'a pas été compliqué. J'avais déjà fait des recherches ici à Londres, dans un cybercafé. Il fallait juste que je laisse des pistes sur leurs ordinateurs dans le Dorset. Et pas toutes le même jour, bien sûr. C'est pourquoi j'y suis allé plusieurs fois.

— Et Lily... Elle est au courant ?

— Elle ne sait pas tout. Elle est intervenue après que j'ai passé commande. Je savais quel jour le pli devait arriver. Tout ce qu'elle avait à faire, c'était patienter à l'heure où le facteur passait. C'était un risque à prendre, mais de toute façon, si maman avait lu le nom de Lily sur l'enveloppe, elle ne l'aurait pas ouverte. Elle aurait appelé la police. Cela aurait chauffé pour Lily, évidemment, mais j'avais confiance, elle est douée. Et elle tenait tellement fort à venger la mort de Will. Ensuite, elle m'a envoyé l'enveloppe et voilà. Elle n'a jamais su ce qu'il y avait dedans...

Il baissa les yeux sur ses pieds nus, l'air aussi sans défense que lorsqu'il avait six ans et était utilisé comme jouet sexuel par sa mère.

— Je n'ai jamais voulu... Je ne sais toujours pas... Pour Clare...

Puis, cette fois sans remords, il conclut :

— Bon sang, si seulement ça avait pu être maman.

— Pourquoi a-t-elle avoué, alors ? Charlie, elle a vraiment avoué ?

— Sans doute. Elle a dû comprendre. D'après Alastair, les flics lui ont présenté des preuves, un enregistrement que Clare avait fait, quelque chose qu'elle avait appris par Sumalee. Je ne sais pas ce que c'est. Si c'est vrai, et je n'ai aucune raison de mettre en doute la parole du pauvre Alastair, maman a dû estimer que j'étais le seul capable d'avoir manigancé cette affaire de A à Z.

— Mais alors pourquoi... ? Les aveux ?

— Il paraît que la dernière chose qu'elle a dite à Alastair, c'est : « Raconte à Charlie ce qui s'est passé. Téléphone-lui. » Je pense qu'elle veut se faire pardonner pour tout ce qu'elle a fait.

India garda le silence. Il n'y avait plus rien à dire. Charlie avait mis son avenir entre ses mains, à elle, India, ses mains qui tenaient le carnet qui pouvait le détruire.

— Alors tu vois, murmura-t-il.

Elle se redressa.

— Quoi ?
— Pourquoi j'ai été... pourquoi je n'ai pas été à la hauteur avec toi... Le pourquoi, ça compte aussi, India. Mais ce n'est même pas la peine de chercher à s'en échapper, c'est comme ça. Il y a des choses qu'on ne peut pas oublier. J'ai été conscient de ça depuis le départ, India, je savais que ce n'était pas un ennui passager, et cela me rend d'autant plus coupable vis-à-vis de toi. On ne peut précipiter le passé aux oubliettes, India, comme dit Shakespeare : « Ne secoue pas contre moi tes boucles poisseuses de sang. » Je t'ai épousée en sachant que je ne valais rien comme amant. Il n'y a pas de guérison envisageable...
— Ne dis pas ça, Charlie.
— Et pourtant j'ai gardé espoir. Je garde toujours espoir, contre vents et marées. N'est-ce pas comique ? Je ne te reproche rien, India. À ta place j'aurais fait pareil.
— Nat et moi...
— Peu importe, Nat et toi, lâcha-t-il. Pourvu que ce soit une bonne chose pour toi, India, pourvu que je parvienne à me détacher...
— Nat et moi avons cassé, Charlie. Je veux revenir ici.
— Ce n'est pas possible. C'est généreux de ta part, India. Je te suis reconnaissant, oui, pour ce que ton offre révèle sur tes intentions.
— Qu'est-ce que tu veux dire ?
— Tu sais tout maintenant ; tu es libre de faire ce que tu veux de moi.
— Oui, je sais tout, Charlie. Et je veux rentrer à la maison.
— C'est de la folie.

— Je ne prétends pas le contraire. Mais je veux être avec toi. Je veux essayer. Je veux voir si, compte tenu de tout ce qu'on sait maintenant, on peut former un couple.

— Toi et moi, prononça-t-il comme pour se persuader. Moi, le tueur de Clare Abbott. Moi, l'empoisonneur de son amie.

— Non. Toi, l'homme qui n'a pas su aider son frère et n'a pas supporté de ne rien faire pour lui une nouvelle fois.

23 octobre

Marylebone
Londres

En arrivant à Marylebone High Street – une destination qui ne figurait pas vraiment sur sa liste d'envies –, Barbara Havers se dit que c'était exactement le genre de rue dont raffolait Dorothea Harriman. Bordée d'une multitude de commerces, de restaurants, de boutiques vintage, de magasins proposant de tout, depuis des articles d'art ménager dernier cri jusqu'à des sacs à main de la taille d'une niche de chien, cette rue étroite rappelait l'époque où les fiacres cahotaient sur les pavés avant de déposer de belles dames et de beaux messieurs aux abords de Regent's Park. À présent, en cette fin de journée, la sortie des bureaux déversait sur les trottoirs une foule de gens qui se pressaient vers les bars à vin, les restaurants et les pubs. La plupart avaient la tête plongée sur leur smartphone, marchant sans voir ce qu'il y avait devant eux, indifférents aux mille et une merveilles que la société de consommation semait à la ronde.

Barbara n'était pas là pour se joindre à la fête. Elle avait un rendez-vous avec Rory Statham à une adresse qui, à son désarroi, se révéla être une boutique de lingerie fine. Rory devait passer y chercher une commande en sortant de la maison d'édition. Comme elle s'était bornée à lui communiquer le nom de l'enseigne, Barbara ne se doutait pas de ce qui l'attendait. Aussi contempla-t-elle, éberluée, l'étalage impudique de soutiens-gorge, porte-jarretelles, bustiers, corsets et ravissantes liquettes de nuit, sans parler des petites culottes ultra-sexy. Si Barbara n'avait pas aperçu Rory à la caisse en train de payer ce que la vendeuse glissait dans un adorable sachet fourré de papier de soie, elle aurait tourné les talons et serait repartie aussi sec. Après tout, elle tenait à sa réputation.

La caissière en bustier adressa un sourire forcé à Barbara, qui, manifestement, n'avait pas le style du magasin.

— Je viens tout de suite, madame ! lui lança-t-elle.

À ces mots, Rory se tourna vers Barbara et lui sourit.

— Ah, vous m'avez trouvée. Je termine et on y va.

Barbara patienta en examinant une petite culotte avec soutien-gorge assorti et porte-jarretelles – il y avait vraiment des femmes pour porter ce truc si elles n'y étaient pas obligées ? Elle fit de son mieux pour ne pas pousser de cris devant les prix astronomiques. Elle qui n'achetait ses sous-vêtements que chez Marks & Spencer, et encore seulement lorsque les élastiques des siens étaient morts, ne pouvait concevoir que l'on débourse allégrement plus de cinq livres pour une culotte (et encore, celle-ci était en solde), alors que chez M & S on en avait un paquet entier pour le même prix. Elle se demanda si Dorothea Harriman connaissait ce lieu de perdition et se promit de lui poser la question la prochaine fois qu'elle la croiserait dans le couloir de la Met.

Elles avaient discuté une fois, brièvement, depuis son retour du Dorset. Barbara venait de subir ce qui tenait lieu de félicitations de la part de la commissaire Ardery. « Du bon travail, sergent Havers... Je suis ravie d'apprendre que le sergent Nkata et vous formez une bonne équipe... » En guise de conclusion, la patronne avait prononcé : « J'espère qu'à l'avenir vous nous gratifierez de la même qualité de travail. » Tout cela énoncé froidement, sans qu'à aucun moment il ait été question de déchirer la demande de mutation. Bon, Barbara ne s'était pas attendue à un miracle. Elle savait que leur chef tenait là le seul levier qui lui permettait de s'assurer qu'elle resterait dans les clous. Elle aurait été bien bête de le détruire.

Barbara n'avait pas eu à expliquer ce triste état de choses à Dorothea. Celle-ci l'avait tout de suite compris en la voyant approcher vers elle. Peut-être quelque chose de faussement guilleret dans sa façon de marcher ?

« J'ai appris que vous aviez résolu cette affaire avec brio, sergent Havers », avait-elle dit aimablement.

Comme Barbara acquiesçait, elle avait ajouté :

« Mais je dois vous dire que je suis absolument désolée... (elle avait hésité quelques secondes)... pour le speed dating. Je regrette, sergent, c'était une très mauvaise idée. Je n'aurais jamais dû vous imposer une épreuve pareille. Moi non plus, je n'ai rencontré personne ce soir-là, même si au début j'avais envisagé plusieurs possibilités... »

La secrétaire s'était balancée sur l'autre hanche, signe qu'elle s'apprêtait à émettre une opinion générale.

« Ces types... Ils mentent sur leur âge et pensent que les femmes s'en fichent.

— Pas de souci, Dorothea, ça me fait une nouvelle aventure pour ajouter du piment à mon autobiographie quand je me déciderai à l'écrire. Il ne faut pas ennuyer le lecteur, c'est mon adage. »

Harriman avait ri. Une jovialité qui avait semblé louche à Barbara.

« J'ai beaucoup réfléchi, sergent, vous savez, et j'ai pensé : Claquettes !

— Claquettes ? »

Barbara s'était demandé si elles étaient en train de jouer à « bout de ficelle selle de cheval... ». Elle avait donc ajouté : « Fred Astaire... Gene Kelly... Je ne sais quoi sous la pluie ? »

Dorothea avait froncé les sourcils.

« En fait, je pensais à une piste de danse. Pas besoin de partenaire. Évidemment, si vous en voulez un, vous pouvez... Ce n'est pas ce que je veux dire. Mais ce serait bien pour démarrer une nouvelle activité... Bon, les claquettes, c'est vrai, ça se danse tout seul. Sinon on s'embrouille les jambes. Mais vous pouvez faire des claquettes à côté de quelqu'un...

— De quoi vous me parlez, là, Dee ?

— D'élargir votre horizon. Et le mien par la même occasion. S'il vous plaît, ne refusez pas. Je sais, le shopping, ça n'a pas marché, et le speed dating a été un désastre. Mais réfléchissez aux avantages des claquettes : on rencontre des gens nouveaux et en même temps on fait de l'exercice.

— Vous m'imaginez avec des chaussures de claquettes, Dee ?

— Ni plus ni moins que moi-même, mais si vous envisagez le point de vue de l'autobiographie, sergent...

— Je plaisantais, Dee !

— Moi aussi. Une autobiographie, c'est le récit de toute une vie. Qu'importe si on l'écrit ou pas. Ce qui compte, ce sont les éléments qui la composent.

— Je ne savais pas que vous étiez philosophe, Dee.

— Ça vient de me traverser l'esprit. Quoi qu'il en soit, une autobiographie, ça s'écrit – ou ça se vit, donc – soi-même. Je ne peux pas vivre à votre place. Alors, voilà : la mienne comprendra des claquettes. Et la vôtre ?

— Vous me voyez en train de faire des claquettes, Dee ? s'obstina Barbara.

— Et vous ? Ou plutôt : avez-vous envie de vous voir en train de faire des claquettes ? Autrement dit, avez-vous envie de vous voir d'un autre œil que maintenant ? Non, non, ne me répondez pas tout de suite, sergent. Méditez là-dessus. Vous pourrez me téléphoner demain. »

Avec un petit au revoir du bout des doigts, la secrétaire avait repris le chemin de son bureau de la démarche chaloupée que lui imposaient ses talons aiguilles. Barbara avait eu un hochement de tête, d'admiration plus que de consternation.

À présent, alors que Rory la rejoignait avec son petit paquet, Barbara l'interrogea :

— Qu'est-ce que vous pensez des claquettes ?

— C'est un excellent exercice. Vous allez vous y mettre ?

— Ce n'était pas dans mes intentions.

— Prévenez-moi si vous vous lancez. Je viendrai avec vous. Maintenant, dit-elle en désignant la porte vitrée d'un mouvement de tête, si nous décampions d'ici et gagnions un lieu moins antiféministe. Fuyons ce royaume du fantasme masculin. En fait, j'ai acheté un petit truc pour ma mère. C'est son anniversaire. Mon père va l'emmener en Italie, et je me suis dit qu'un peu de frivolité était à l'ordre du jour. Quoique la vision de ma mère dans un bustier en cuir... Bon, il vaut mieux ne pas trop faire marcher son imagination.

— De toute façon, c'est pour votre père, non ?

— Sans doute.

Rory l'entraîna dans un restaurant au décor minimaliste et au menu hors de prix. Elle confia à Barbara qu'elle aimait bien le bar qui se trouvait en terrasse. C'était une belle fin de journée. Elles prendraient un verre, et Barbara pourrait l'informer du dénouement de l'enquête.

Rory Statham ne fut pas étonnée par la culpabilité de Caroline Goldacre ni par son mobile. Elle avait toujours estimé qu'il y avait eu quelque chose d'excessif dans son chagrin pourtant compréhensible après la mort de son fils cadet. Clare, malgré ce qu'elle en disait, devait elle aussi soupçonner qu'il y avait anguille sous roche.

— Clare préparait ce que j'appellerais un « contre-chantage », expliqua Barbara. Du genre : « Si jamais tu oses révéler mes escapades avec ces types mariés, si jamais tu essayes de m'empêcher d'écrire mon bouquin, je te gâche la vie en révélant que c'est à cause de toi que Will a sauté de la falaise. » Nous sommes presque sûrs que c'est ce que Clare s'apprêtait à faire.

Dès que Caroline a su qu'elle avait l'intention de parler avec Charlie pour vérifier l'histoire de Sumalee, Clare avait signé son arrêt de mort.

— Ainsi, Clare n'a pas eu le temps d'informer Charlie ?

— Non, mais elle avait déjà essayé de tirer les vers du nez de Francis, de la mère de Caroline et des femmes qui la connaissaient à Shaftesbury. Elle n'avait rien découvert de spectaculaire... jusqu'aux révélations de Sumalee.

— Si seulement elle s'était confiée à moi, regretta Rory. On aurait pu... je ne sais pas.

— Quoi ? Faire un scoop : la plus grande féministe anglaise s'envoie en l'air avec des types mariés rencontrés en ligne ?

— Non, mais peut-être transformer ça en travail de documentation pour son prochain livre ? avança Rory.

— Pas très convaincant, si ? Alors qu'elle couchait avec des hommes qui trompaient... leurs femmes. Cela ne témoigne pas d'une grande solidarité avec la gent féminine, vous trouvez pas ?

— En effet...

Barbara se rendit soudain compte que Rory n'avait pas Arlo avec elle.

— Où est votre mignon petit chien ?... Il ne lui est rien arrivé au moins ?

Oh, non ! Arlo allait très bien, l'informa Rory. Il l'attendait dans sa voiture devant la maison d'édition. Il était encore inquiet de la voir partir toute seule, mais il commençait à s'habituer.

— Tous les jours, je me force à me déplacer un peu sans lui. Il faut que je prenne le pli, je voudrais parvenir à vivre sans son assistance.

Barbara jugea ces paroles pleines de bon sens et de courage et se promit de les appliquer à sa propre vie.

Il n'était pas moins de neuf heures et demie du soir quand elle rentra à Chalk Farm. Elle eut la chance de tomber sur une place de stationnement pile devant l'église, au bas d'Eton Villas. En descendant de voiture, elle marqua une pause pour écouter la belle musique qui s'échappait de l'intérieur du bâtiment. Depuis qu'elle habitait le quartier, il s'y donnait, en plus des messes, des concerts. Elle se demanda tout à coup pourquoi elle n'y avait jamais assisté, pas même une fois. N'était-il pas grand temps qu'elle remédie à tout ça ?

La musique se tut, suivie d'applaudissements et de cris. « Encore ! Encore ! » L'orchestre se remit à jouer. Barbara n'aurait su dire quoi. Car, à part Buddy Holly, elle était, de son propre aveu, d'une ignorance crasse.

Elle se dirigea vers son bungalow. Les fenêtres éclairées des appartements dans la villa édouardienne laissaient deviner des intérieurs bien tenus, sauf au rez-de-chaussée, où elles étaient obscures, et pour cause, depuis des mois. Le sentier qui contournait la bâtisse était pourvu de spots détecteurs de mouvements. Ils s'allumèrent dès que Barbara s'y engagea pour gagner son domicile, dont la taille aurait convenu à un hobbit. En revanche, son perron était sans lumière, l'ampoule ayant claqué depuis belle lurette. Elle avait l'habitude, elle tâtonnait un peu, c'est tout, pour enfoncer la clé dans la serrure.

Elle était crevée et affamée, mais elle avait la flemme de se préparer à manger. Elle ouvrit le placard où elle rangeait sa réserve de Pop-Tarts, hésitant entre plusieurs variétés et optant en fin de compte pour une nouveauté : le goût « cupcake ». Heureuse de ne plus avoir à subir les coups d'œil culpabilisants de Winston, elle ouvrit le paquet, délogea deux tartes et les plaça dans le grille-pain. Elle mit la bouilloire en marche, sortit le dernier sachet de PG Tips de sa boîte et jeta un regard désabusé au courrier déposé en son absence par sa voisine – l'enturbannée Mme Silver.

Il y avait là un assortiment de factures – elle songea d'ailleurs à ne pas payer sa redevance télé puis se rappela qu'elle était une représentante de la loi –, trois offres de carte de crédit, une publicité pour une mutuelle qui lui recommandait chaudement d'adhérer avant de mettre sa vie entre les mains du NHS[1], et une enveloppe avec une carte. L'écriture sur l'enveloppe lui était inconnue. Elle la décacheta.

Un panda assis sous un parasol.

Hello, Barbara. Je demande à Thomas Lynley ton adresse. J'espère que tu vas bien. Je viens à Londres avec Marco et Bianca quatre jours aux vacances de Noël. Je pratique l'anglais avec toi. Bianca parle bien. Moi pas trop. Nous avons le temps de te voir. On voit aussi Thomas et Londres. Tu m'écris si tu veux nous voir ? Tu vois, je fais des progrès depuis que tu es venue à Lucca.

Signé *Salvatore*. L'inspecteur Salvatore Lo Bianco... Marco et Bianca étaient ses enfants. Elle avait fait leur connaissance pendant sa folle aventure en Toscane au printemps précédent. C'était en grande partie grâce à lui que son ami Taymullah Azhar et sa fille Hadiyyah

---

[1]. Système de santé publique du Royaume-Uni.

– les anciens occupants du rez-de-chaussée de la villa derrière laquelle elle logeait – avaient réussi à se sauver au Pakistan. Seraient-ils obligés d'y rester... ? Salvatore pourrait peut-être la renseigner.

Elle serait ravie de toute façon de les accueillir, lui et ses charmants enfants. Ce type était définitivement sympa.

Avec à la main une Pop-Tart croustillante tout juste surgie du grille-pain, elle appuya sur la touche du répondeur de son fixe dont le voyant rouge clignotait.

« J'ai décrit à maman ton goulasch. Quand elle a arrêté de rire, elle a dit que tu étais la bienvenue à la maison pour prendre des leçons de cuisine. Tu m'appelles, hein ? Elle parle sérieusement, tu sais. » Ça, c'était pour le premier message. Ensuite la voix de Dorothea :

« Je sais, je sais, je vous avais dit de réfléchir mais voilà, j'ai trouvé un cours de claquettes très chouette. C'est à Southall. Bon, c'est pas tout près, mais de toute façon si nous décidons d'y aller il faudra bien se plonger dans la mixité. Et manger du curry. Des tonnes de curry. En plus, on pourra se gaver sans remords, puisqu'on aura fait un super exercice. Bon. Assez jacté. Réfléchissez, sergent. Votre autobiographie et tout le reste. »

Barbara hocha la tête puis éclata de rire. C'était curieux, cette forme de communication par messages interposés, songea-t-elle. On la vivait soit comme une intrusion, soit comme une entrée en matière. À chacun de choisir.

Elle allait s'allonger sur la banquette qui lui servait de canapé quand elle aperçut le sac en plastique qu'elle avait fourré dessous à l'issue de son expédition à Middlesex Street en compagnie de Dorothea. Cette aventure shopping lui semblait tellement lointaine que c'est à peine si elle s'en souvenait. En tout cas, elle avait oublié ce que Dorothea avait acheté pour elle.

Elle renversa le contenu du sac sur la banquette : un pantalon et un chemisier. C'était pas si mal, au fond. Elle n'aurait pas acheté ça, mais elle pouvait toujours les essayer. En plus, elle n'était pas obligée de les porter en public.

La tenue lui allait comme un gant, constata-t-elle, ce qui était étrange, étant donné qu'elle n'avait pas indiqué sa taille à Dorothea. La secrétaire du département avait l'œil.

Pour se voir en pied, il fallait qu'elle monte sur la cuvette des W-C. Non seulement la coupe de la veste était parfaite, mais les couleurs de l'ensemble étaient flatteuses.

Il n'était pas à exclure qu'elle puisse porter cette tenue à la Met. Inévitablement, certains se moqueraient d'elle, mais ce ne serait ni la première ni la dernière fois. Et puis, après tout, faire rire les collègues, ça mettait une bonne ambiance. Et il y avait pire que de coopérer avec ses supérieurs hiérarchiques en matière vestimentaire. Elle préférait son propre style, mais pourquoi pas, comme aurait dit Dorothea, tenter l'expérience ? L'idée de l'autobiographie était à creuser.

Belsize Park
Londres

Lynley n'avait pratiquement eu aucun contact avec Daidre depuis quatre jours. Juste une conversation téléphonique. Et encore, celle-ci avait été fort brève. Lui avait-il mentionné qu'elle habitait maintenant à courte distance de sa collègue Barbara Havers ? Voilà l'excuse qu'il avait trouvée pour l'appeler. La suite, après cette remarque introductive, n'avait pas effleuré de sujet plus personnel que les pressions dont chacun était accablé au travail. Daidre s'étant déclarée opposée, pour des raisons éthiques, à des programmes de reproduction dont le seul but à ses yeux était de fournir davantage d'animaux en captivité, elle se trouvait en conflit avec certains membres influents du conseil d'administration du zoo. Pour sa part, Lynley avait fourni son rapport concluant à des résultats concrets dans l'affaire du Dorset. Il marchait encore sur des œufs quand il abordait la commissaire Ardery après avoir utilisé la police de Cambridge pour orchestrer l'implication de Barbara dans l'enquête. Bref, Lynley et Daidre avaient tourné autour du pot. Il savait bien qu'ils évitaient d'aborder l'essentiel. Que la phrase fatidique – *Je suis amoureux de toi* – planait au-dessus d'eux comme un nuage d'orage dont on ne sait pas s'il va éclater.

Il dîna chez lui, à Belgravia, ce soir-là, mais n'éprouva aucun plaisir à se retrouver seul. Il avait le journal du matin à finir de lire, le courrier à parcourir, un coup de fil à passer à sa sœur... Et Simon et Deborah Saint James proposaient une invitation.

« Je te promets que ce n'est pas moi qui ferai la cuisine, Tommy. Nous sommes impatients de connaître Daidre, tu sais », avait dit Deborah. Il faudrait qu'il leur réponde. Ces activités diverses auraient pu l'occuper une fois qu'il aurait terminé son repas. Pourtant, la seule chose dont il avait envie, c'était d'aller voir Daidre.

Il lui téléphona. Cette fois, pas de faux prétexte. Pas de mensonge.

— Je crois qu'on a pris un mauvais tournant. Puis-je passer te voir ?

Il était déjà tard, mais Daidre lui répondit qu'elle serait heureuse de sa visite.

— Tu m'as manqué, ajouta-t-elle. Le boulot a été infernal... comme d'habitude... et tu es un parfait antidote à mon angoisse d'avoir accepté ce sacré poste.

— La politique s'invite au zoo ?

— Oui, c'est ça... Mais viens. Tu n'es pas loin ?

— Belgravia, malheureusement.

— Oui, bien sûr, j'aurais dû m'en douter. En tout cas, si la balade ne te dérange pas trop, j'adorerais te voir.

Il avait eu quatre jours pour réfléchir à ce que signifiait le fait d'être amoureux d'elle. Parmi ses incertitudes, les plus fortes étaient celles qui avaient pour racines le milieu d'origine de Daidre. Elle avait essayé sans relâche de le lui rappeler et de lui expliquer les effets que produisait son passé sur ce qu'elle était et ce qu'elle resterait certainement.

Il sonna à la porte.

— Dois-je comprendre que c'est toi, Tommy ? lança-t-elle.

— Tu le dois, oui.

Elle lui apparut baignée de la vive lumière en provenance du salon. En la voyant en chemise de nuit, il se dit qu'elle aurait sans doute préféré dormir après sa journée harassante de manigances politiques au zoo.

— Je tombe peut-être mal. T'ai-je réveillée en t'appelant tout à l'heure ?

— Oui. Mais tu as priorité sur mon sommeil.

Elle referma la porte et tourna le verrou. Une bouteille de vin était posée avec deux verres et une assiette contenant des grappes de raisin sur la fenêtre transformée en table qu'ils utilisaient depuis déjà un bout de temps. Elle n'avait pas été plus loin que la peinture des murs du salon. Lynley en déduisit qu'elle mettait probablement un terme à leur relation – ou du moins avait-elle décidé de faire une pause. Il ne pouvait pas lui en vouloir. Il l'avait un peu trop bousculée et elle n'était pas femme à se laisser manipuler.

Elle remplit les verres. Le vin était excellent. Quand Lynley la complimenta, elle eut un petit sourire.

— J'ai découvert qu'acheter du vin en me fiant uniquement à l'étiquette conduisait à d'agréables surprises.

— Je vais adopter cette méthode dès demain, promit-il.

— Bien sûr, je ne choisis que des vins italiens, ce qui facilite les choses... (Elle leva son verre.) Félicitations pour ton affaire résolue. Est-ce que la commissaire Ardery est satisfaite, au moins ?

— Elle aurait préféré que nous coulions avec le navire.

— Elle ne t'a pas encore pardonné ?

— C'est une femme qui connaît le sens du mot « rancune ».

— Ah.

Elle se pencha pour attraper une grappe de raisin.

— Eh bien, assieds-toi, Tommy. À voir ta tête, tu as quelque chose à me dire.

Il s'assit. Ils étaient l'un en face de l'autre, de part et d'autre de la vieille fenêtre, comme ils l'avaient souvent été au cours des derniers mois, lorsqu'ils mangeaient ces inévitables pizzas qui constituaient leur ordinaire. Il aurait préféré être plus près d'elle – encore mieux, il aurait aimé lui prendre la main –, mais il devait oublier ses désirs : ils étaient ce qui les avait conduits à cette impasse.

— Je nous ai fichus dans une situation délicate. J'aimerais réparer cela, si tu me le permets.

Elle fronça les sourcils.

— Je ne vois pas très bien ce que tu veux dire.

— Si tu veux bien m'écouter...

— Je suis tout ouïe.

— Tu es une femme farouchement indépendante, Daidre. Tu es la femme la plus sûre d'elle-même que j'aie jamais rencontrée, je t'assure. Il a fallu que je réfléchisse à ce que ça signifiait...

— Pourtant, je te l'ai dit dès le début, Tommy. Depuis le premier jour, ou du moins depuis le moment où j'ai envisagé de venir à Londres.

— Je sais, tu l'as fait. Mais mon ego me soufflait que ce n'était que des mots. Si je patientais un peu, me disais-je, tu finirais par rentrer dans le rang.

Elle hocha la tête avec une expression de regret.

— Sauf que je ne rentrerai jamais dans le rang, tu aurais dû le comprendre. C'est ma malédiction. Je te l'ai déjà expliqué, je crois. Il y a un point au-delà duquel je ne peux pas aller... appelle ça comme tu voudras. C'est ce qui a mis fin à toutes les relations que j'ai eues.

— Oui, c'est vrai, tu me l'as dit. Maintenant, je pense que je comprends tout ça, je sais qui tu es. J'attendais que tu mettes ton passé de côté, alors que ton passé est ce qui t'a créée en premier lieu. C'est évident, je le sais maintenant.

— C'est un point d'ancrage, oui. Ou un boulet, si tu préfères.

— Je pensais que tu oublierais tout ça. C'était complètement idiot. Comment faire abstraction de son passé ? Moi, je n'ai jamais pu oublier le mien, et pourtant, je m'étais mis en tête que toi, tu pourrais, d'une manière ou d'une autre, le mettre de côté et lui interdire d'affecter tes sentiments à mon égard.

— Le passé est là, entre nous, et il le sera toujours.

— Oui, maintenant je le comprends.

— Et ? Ou serait-ce un *mais* ?

Il but une gorgée de vin, puis sourit d'un air las.

— Je sais seulement que je veux que tu sois dans ma vie, Daidre. Et je veux te dire que tu es libre de définir notre relation à ta guise... ce que tu désires que nous soyons l'un pour l'autre... Dis-moi ce qui te convient le mieux, ce qui est rassurant pour toi, ce qui te donnera l'espace de liberté dont tu as besoin.

Elle contempla en silence le verre de vin dont la robe rubis était le reflet du terroir toscan où le raisin avait mûri.

— Tu veux, finit-elle par dire.

— Comment ?

— Tu *veux* me dire... Mais quelque chose te bloque.

— Bien sûr, que ça bloque ! Je suis un homme

qui aime que tout soit bordé, or être avec toi exige que rien ne le soit. Dieu sait pour combien de temps, peut-être pour toujours. Et ça, ma chérie, ça ne sera jamais facile pour moi.

— Mais tu es prêt à essayer.

— Oui, déterminé même. Je ne peux pas promettre que je réussirai. Mais je peux te promettre d'y mettre tous mes efforts.

Elle détourna son regard vers la fenêtre. Il n'y avait pourtant rien à voir par là-bas, la broussaille du jardin était tellement haute qu'elle formait presque un mur. Alors qu'elle n'était pas le genre de femme à pleurer, il crut voir l'éclat d'une larme dans le coin de ses yeux.

— Tu es quelqu'un de remarquable, Tommy. C'est ce qui rend les choses tellement difficiles.

— Mais pas impossibles ?

— Là, tu me poses une colle.

Il se tut. Il n'y avait rien d'autre à dire. Il avait tenté de s'expliquer de son mieux. Il avait tenté de l'apaiser. Le reste dépendait d'elle. Il sentait son cœur battre fort dans sa poitrine. Laisser l'autre décider de son avenir, c'était un peu déprimant quand même. Il aurait voulu le lui dire, ça aussi, mais il en avait déjà assez dit.

Elle finit par se lever. Elle posa le verre sur la table et lui tendit la main. Enroula ses doigts dans les siens.

— J'ai quelque chose à te montrer.

Elle le conduisit hors du salon, passa devant sa salle de bains rutilante et entra dans la chambre. Les murs n'étaient toujours pas peints, le sol n'était pas poncé et la fenêtre n'avait pas été remplacée. Mais le lit de camp et le sac de couchage avaient cédé la place à un lit. Un vrai lit. À côté se dressait un lampadaire. Un carton d'emballage servait de table de chevet et accueillait un réveil et un verre d'eau. L'important, c'était la taille du lit. Pas énorme, mais assez grand pour permettre à deux personnes de dormir confortablement. Ensemble.

— Je vais devoir le contourner quand j'attaquerai les travaux de cette pièce, mais il m'a semblé qu'il était temps. Ce n'est pas la perfection, c'est certain. Mais si l'on y réfléchit bien, quand les choses sont-elles parfaites ?

— Très rarement, c'est entendu, admit Lynley.

— Alors, ça te conviendra pour le moment, Tommy ?

Il prit une profonde inspiration pour masquer son émotion.

— Daidre... Oui, c'est parfait.

Remerciements

Un grand merci pour commencer au Dr Doug Lyle, qui le premier m'a appris que l'azoture de sodium était un poison efficace, que l'on pouvait en outre facilement se procurer. Il a répondu à mes nombreuses questions une fois que j'ai eu expédié ma victime. Je le remercie de sa patience et des précisions qu'il m'a données. Merci aussi à ma collègue écrivaine Patricia Smiley, pour m'avoir présenté Doug, ainsi qu'à mes autres collègues, Nancy Horan, Jane Hamilton, Gail Tsukiyama et Karen Joy Fowler, pour le soutien qu'elles m'ont apporté. Je suis aussi profondément reconnaissante au Dr Gay Hartell pour m'avoir éclairée sur les personnalités difficiles.

Mon assistant Charlene Coe ne s'est jamais départie de sa bonne humeur dans son travail de documentation sur un éventail de sujets allant des différents usages de la levure chimique à l'histoire de la révolution industrielle. Pendant que j'écrivais ce roman, elle s'est aussi chargée de la lessive, des courses, du courrier, de promener le chien, elle a appris au chat à se promener en laisse, elle a tenu le rôle de sous-chef à la cuisine, elle a arrosé les plantes, fait des bouquets, s'est occupée de l'entretien de ma voiture et a participé à la gestion au quotidien de l'Elizabeth George Foundation.

Mon mari, Tom McCabe, a accepté avec beaucoup de gentillesse mes voyages en Angleterre ainsi que mes longues disparitions dans mon bureau, nécessaires pour insuffler la vie à ce roman. Il a réussi l'exploit de débarrasser notre propriété des cerfs qui y faisaient des ravages. Cela a été pour moi un gros souci en moins.

À ma première lectrice, Susan Berner, je dis merci pour ses questions et commentaires impitoyables sur le premier jet du manuscrit : elle m'a été d'une aide précieuse pour mener à son terme cette histoire compliquée.

Mon éditeur aux États-Unis, Brian Tart, a été formidable, généreux et encourageant, me répétant qu'il lirait mon manuscrit « lorsqu'il serait terminé », sans me presser de respecter les délais. Ses remarques, ainsi que celles de Nick Sayer, mon éditeur en Angleterre, m'ont permis de mettre un point final.

Et comme toujours, un très grand merci à mon agent littéraire, Robert Gottlieb, pour son formidable esprit d'initiative. Je lui dois énormément.

En Angleterre, je me suis souvent tournée vers l'infatigable et ingénieuse Swati Gamble, de chez Hodder & Stoughton, qui a eu l'amabilité non seulement de me prendre des rendez-vous avec les gens que j'ai eu besoin d'interviewer mais aussi de vérifier certains faits.

Mon attachée de presse en Angleterre, Karen Geary, m'a soufflé que Spitalfields et Camberwell seraient peut-être des quartiers de Londres appropriés pour mon histoire et elle ne s'est pas trompée : ils ont parfaitement collé au cadre que je souhaitais pour le roman. Je lui dois aussi de m'avoir bien fait rire en me faisant suivre le feuilleton dont les héros sont le petit prince George et ses parents.

Oxfords Bakery dans le Dorset est devenu le lieu pivot de mon intrigue. Je remercie son propriétaire de m'avoir fait visiter, de m'avoir autorisée à prendre des photos de ses étranges ustensiles et d'avoir répondu à mes questions.

Les marches à pied que j'ai effectuées aussi bien à Londres que dans le Dorset m'ont permis de trouver les sites du roman, et quoique je me sois efforcée d'être précise en toutes choses, le lecteur attentif remarquera qu'il m'est parfois arrivé de tordre un peu la réalité pour répondre aux exigences de mon récit. Mais dans l'ensemble, j'ai décrit les lieux tels qu'ils se sont présentés à moi pendant ce repérage, y compris l'incroyable clinique Wren, où India Elliott pratique l'art de l'acuponcture.

Chers lecteurs, sachez que si des erreurs figurent au fil de ces pages, j'en suis la seule responsable.

POCKET N° 16397

ELIZABETH GEORGE
Juste une mauvaise action

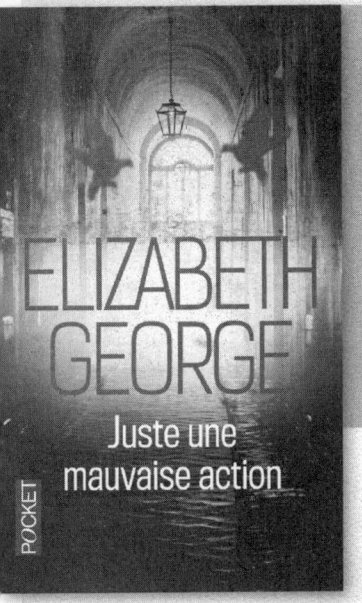

« C'est du grand George, pour initiés ou pas. »

ELLE

Elizabeth GEORGE
JUSTE UNE MAUVAISE ACTION

Jusqu'où peut-on aller pour aider un ami ? Lorsque l'adorable fillette de son voisin pakistanais est enlevée par sa mère, puis kidnappée sur un marché toscan, le sergent Barbara Havers se dit qu'elle ira jusqu'au bout. Quitte à flirter avec l'illégalité, manipuler les tabloïds et entraîner l'ami et célèbre inspecteur Lynley dans une affaire qui se révélera bien plus complexe qu'un simple enlèvement... Sous le soleil de l'Italie ou la grisaille de Londres, l'enfer est toujours pavé de bonnes intentions...

Retrouvez toute l'actualité de Pocket :
www.pocket.fr

POCKET N° 16397

ELIZABETH GEORGE
Enquête dans le brouillard

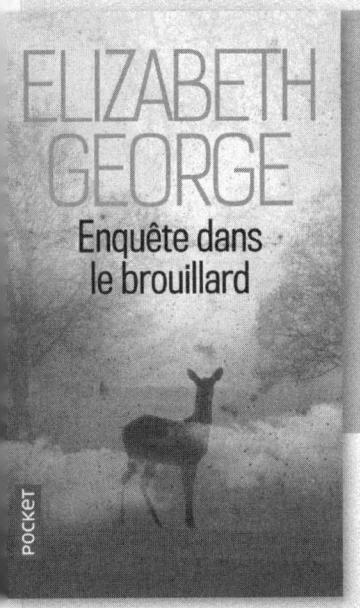

> Quoi de mieux qu'un duo d'inspecteurs incompatibles pour mener une enquête dont le coupable semble déjà tout désigné ?

Elizabeth GEORGE
ENQUÊTE DANS LE BROUILLARD

Le sergent Barbara Havers, 30 ans, ne s'embarrasse ni de coquetterie ni de diplomatie. Et ce n'est pas l'inspecteur Thomas Lynley, pur produit de l'aristocratie britannique à la réputation de don Juan, qui la fera changer. Une seule chose peut lui faire oublier son aversion : un crime à élucider. Justement, dans un paisible village du Yorkshire, on retrouve le corps sans tête d'un paroissien modèle. À côté du cadavre, sa propre fille. « C'est moi qui ai fait ça et je ne le regrette pas », gémit-elle avant de sombrer dans le mutisme...

Retrouvez toute l'actualité de Pocket :
www.pocket.fr

Faites de nouvelles rencontres sur pocket.fr

- Toute l'actualité des auteurs : rencontres, dédicaces, conférences...
- Les dernières parutions
- Des 1ers chapitres à télécharger
- Des jeux-concours sur les différentes collections du catalogue pour gagner des livres et des places de cinéma

POCKET

Un livre, une rencontre.